몽 환 절 경
계림에서의
365일

—

계
림
일
기

계림일기

1판 1쇄 | 2015년 9월 20일

지은이 | 조영임
고　문 | 김학민
펴낸이 | 양기원
펴낸곳 | 학민사

등록번호 | 제10-142호
등록일자 | 1978년 3월 22일

주소 | 서울시 마포구 독막로 10 성지빌딩 715호(04071)
전화 | 02-3143-3326~7
팩스 | 02-3143-3328

홈페이지 | http://www.hakminsa.co.kr
이메일 | hakminsa@hakminsa.co.kr

ISBN 978-89-7193-229-2 (03810), Printed in Korea

이 도서의 국립중앙도서관 출판시도서목록(CIP)은 e-CIP홈페이지(http://www.no.go.kr/ecip)와
국가자료공동목록시스템(http://nl.go.kr/kolisnet)에서 이용하실 수 있습니다.
(CIP제어번호 : CIP2015022389)

몽 환 절 경
계림에서의
365일

글 • 조영임

계림일기

桂林日記

학민사
Hakmin Publishers

책 머 리 어

이 책은 〈계림일기〉라는 책 이름이 말해 주듯 중국 계림에서 생활하면서 1년간 쓴 일기를 모아 엮은 것입니다. 일기의 사전적 정의는, "날마다 그날그날 겪은 일이나 생각, 느낌 따위를 적는 개인의 기록"이라고 되어 있습니다. 그러니까 이 책은 매우 사적인 기록입니다. 이렇듯 매우 사적인 기록을 '왜 굳이 책으로 펴내야 했나'라는 질문을 받게 된다면 저는 이렇게 대답하고자 합니다.

첫째, 기록은 그것이 어떠한 성향을 지녔든 간에 매우 의미 있는 작업이라고 생각합니다. 민족과 나라의 기록이 중요한 것만큼 개인의 기록도 소중합니다. 이것은 한 개인의 삶의 발자취이자 역사이기 때문입니다. 개인의 역사를 기록하는 데 일기만큼 적절한 표현방식이 없어 보입니다.

둘째, 일기가 개인의 역사를 기록한 것이긴 하지만 개인은 사회 속에서 살아가는 일원이기 때문에 그 안에는 다채로운 삶과 사회의 모습이 반영되어 있습니다. 그러니까 이 글을 읽는 독자는 제가 살고 있는 중국 계림에 관한 다양한 정보를 얻을 수 있을 것입니다. 예컨대 계림의 365일 날씨는 어떠한지, 계림 사람들은 어떠한 모습으로 살아가는지, 계림의 볼만한 관광지는 어디인지 등등과 같은 것들 말입니다.

셋째, 한 사람의 내면 의식을 드러내는 데 일기보다 적절한 표현 방식은 없어 보입니다. 논문은 이런저런 소소한 삶의 느낌들을 드러낼 수 없는 한계가 있습니다. 그런데 삶을 살다보면 기억해두고 싶은 사건과 느낌들이 참으로 많습니다. 저는 그러한 것들을 일기라는 형식으로 담아보았습니다. 그러므로 이 책은 저의 맨얼굴을 그대로 보여주는 것이라 할 수 있습니다.

넷째, 우리는 인터넷을 통해 세상의 많은 정보를 실시간으로 얻을 수 있습니다. 인천공항에서 비행기로 4시간이면 도착하는 계림의 풍정은 편린(片鱗)이기는 하지만 인터넷에서 확인할 수 있고, 한국에서 일어나는 거의 모든 뉴스도 이곳 계림에서 실시간으로 볼 수 있습니다. 그런데 적지 않은 분들은 아직 인터넷 정보를 공유하지 못하고 있습니다. 그 중에는 저의 두 분 어머니도 계십니다. 컴퓨터와 스마트폰을 전혀 다룰 줄 모르는 두 분 어머니는, 저와 아들이 '머나먼 중국 땅에서 어떻게 살아가는지' 늘 걱정이 태산 같다고 하십니다. 아무리 말씀드려도 걱정을 내려놓지 않는 두 분이 이 책을 읽으신다면 한결 마음을 놓으실 거라 생각합니다.

저는 365일 일기를 쓰면서 지속적으로 무언가를 기록한다는 것이 얼마나 어렵고 괴로운 일인지 새삼 깨달았습니다. 조선시대에 『흠영(欽英)』이라는 방대한 일기를 남긴 유만주라는 어른이 새삼 존경스러웠습니다. 쓰지 않으면 없어지고 맙니다. 기록하지 않으면 지나온 삶의 발자취가 흐릿해지기 마련입니다. 기록을 통해 삶을 기억하는 것은 매우 의미 있는 작업이라고 생각합니다.

이 책을 출간하는 데 여러 분의 도움을 받았습니다. 중국 생활의 든든한 후원자가 되어 주신 이영남 교수와 전금숙 교수께서 글들을 꼼꼼하게 읽고 조언을 아끼지 않았습니다. 또한 옌타이대학에서 함께 근무했던 김봉래 교수님께서도 옛 정을 잊지 않고 살뜰하게 글을 보아주셨습니다. 아울러 이 책을 출간해 주신 학민사 여러분께도 고개 숙여 감사의 말씀을 전합니다.

2015년 8월 **조영임**

CONTENTS | 몽환절경 계림에서의 365일 계림일기

계림의 여름 (6~8월)

계림의 가을 (9~11월)

계림의 겨울 (12~3월)

계림의

봄

3~5
Month

유만주(俞晚柱) 선생의 가르침

_____ 2014. 3. 15. 토. 비가 왔다.

조선시대에 유만주(俞晚柱)라는 인물이 있었다. 그는 34세에 요절하였지만 『흠영(欽英)』이라는 방대한 분량의 일기를 남겼다. 1775년부터 1787년까지 13년간의 대소사를 기록한 이 일기로 인해 그의 이름이 세상에 드러나게 되었다. 그가 일기를 쓰기 시작한 첫날, 다음과 같이 시작하고 있다.

"일어난 일을 날마다 기록하는 것은 고금이 다르지 않다. 사람이 세상에 태어나면 일이 없지 않아 내 한 몸에 모여든 일이 언제고 그치지 않는다. 따라서 날이 다르고 달이 다르다. 무릇 사람의 일이란 가까우면 자세하게 기억하고 조금 멀어지면 헷갈리며, 아주 멀어지면 잊어버린다. 하지만 일기를 쓴다면 가까운 일은 더욱 자세하게 기억하고, 조금 먼 일은 헷갈리지 않으며, 아주 먼 일도 잊지 않는다. 법도에 어긋나지 않는 일은 일기로 인해 행하기에 좋고, 법도에 어긋나는 일은 일기로 인해 조심할 수 있다. 그렇다면 일기란 것은 이 한 몸의 역사다. 어찌 소홀히 할 수 있으랴. 나는 글을 배운 이후 지난해에 이르기까지 3,700날 남짓을 살아왔다. 3,700날 동안 있었던 일을 아무 것도 기록하지 않았다. 그래서 지나간 일을 되돌아보면 꿈을 꾸고 깨어나서는 아무 것도 기억하지 못하고, 번개가 번쩍번쩍하여 돌아보면 빛이 사라진 것과 같다. 날마다 기록하지 않아서 생긴 잘못이다."

나 역시나 지난 40여 년의 삶을 돌이켜보면 또렷하게 기억나는 것이 별로 없다. 지난날들이 뿌연 안개에 가려진 것처럼 그저 몽롱하게 흐려 있을 뿐이다. 이것은 날마다 기록하지 않았기 때문이다. 유만주는, 일기란 이 한 몸의 역사라고 하였다. 그렇다면 나는 나의 역사를 무엇으로 증명할 수 있는가? 나의 기억으로? 나의 기억력은 시험을 치르는 데에만 유용하게 발달되어 있을 뿐, 삶의 전반을 도무지 되살리지 못한다. 그렇다면 나의 몸으로? 나의 몸은 내 삶의 역사를 총체적으로 담기에 너무나 옹색한 그릇이다. 그저 세월의 흔적을 읽어낼 뿐이다. 그래서 나는 날마다 일기를 써서 역사를 증명한 유만주를 본받고자 한다. 다시 유만주의 일기이다.

"이 일기는 하루를 강령으로 하여 네 가지 법을 세목으로 한다. 그 세목은 사건, 대화, 문장, 생각이다. 이 네 가지로 고금의 일을 포괄하고 고아한 일에서부터 비속한 일까지 두루 갖추어 싣는다. 크게는 성인과 영웅의 사업에서부터 작게는 서민과 미물의 생성까지, 귀로 듣고 눈으로 보고 마음으로 느낀 것을 그대로 기록해 둔다. 번잡해도 꺼리지 않고 기록해, 제사에 어떤 물고기와 어떤 과자를 올렸는지, 병을 고치는 데 무슨 약을 처방했는지, 책은 무엇을 편찬했는지, 도무지 얼마 만에 옷을 갈아입었는지, 쌀값은 얼마나 오르고 내렸는지 등을 모두 적어 놓는다."

이와 같이 유만주는 자기의 삶 전반에 대하여 빠짐없이 기록하였음을 밝히고 있다. 심지어 얼마 만에 옷을 갈아입었는지 등과 같은 매우 은밀한 사생활까지도 말이다. 날마다 기록을 한다는 것은 대단한 정력이 필요한 일이다. 무엇보다도 시간의 소비가 클 것이다. 그래도 일단 시작하기로 한다. 그런데 하루의 일과를 이렇듯 세세히 기록하는 것은 꺼려지는 바가 없지 않다. 유만주의 일기는 그의 사후 발견되었으며, 한문에 소양이 없는 사람은 손쉽게 읽을 수 있는 것이 아니다. 그런데 나의 일기는 책으로, 인터넷으로 널리 유포될 것이기 때문에 약간의 두려움과 주저함이 없지 않다. 그렇다하더라도 계림에서의 생활일기가, 혹여 새로운 타국 생활을 시작하는 누군가에게 조금의 도움이라도 된다면 다행이라 생각하며 쓰려고 한다. 또한 이것은 나에게 먼 훗날 계림에서의 생활을 추억하는데 좋은 자료가 될 것이라 생각한다.

중국의 미용실
___ 3. 16. 일. 비가 왔다

한국을 떠나오기 전에 미용실에 들러 머리손질을 하였건만, 어느새 더부룩한 머리칼에 마음이 심란하다. 아무래도 머리를 손질할 때가 된 듯하다. 사범대학 북문에서 32번 버스를 타고 월마(沃爾瑪)에서 내렸다. 2층에 있는 미용실로 들어서니 손님이 많아 20분을 기다렸다. 드디어 내 차례라고 하면서 먼저 머리를 감겨주었다. 아주 천천히, 아주 공손하게, 아주 부드럽게, 여러 번 샴푸를 하면서 거의 20분 정도를 누워있게 했다. 나는 성질이 급해서 좀 답답하긴 했지만, 대접받는 느낌이라 나쁘지 않았다.

머리를 감긴 보조미용사가 전문가에게 받을 것인지, 수석디자이너에게 받을 것인지 물었다. 수석디자이너에게 받고 싶다고 했다. 디자이너는 머리를 자르기 전에 먼저 하얀 종이테이프로 목을 감싸주고는, 드디어 작은 가위를 잡고 손질을 시작했다. 아, 물론 중국어 시간에 배운 내용으로 정확하게 "원래 모양대로 잘라 주세요. 조금만."이라고 얘기했다. 그랬더니 디자이너는 서툰 내 중국어를 듣고 어느 나라 사람이냐고 물었다. 한국 사람이라는 말을 듣고, 한국 사람들은 남자는 잘 생기고, 여자는 예뻐서 중국 사람들이 아주 좋아한다고 했다. 그리고 자기는 한국음식을 굉장히 좋아한다면서 계림에 한국음식점이 매우 적다는 이야기도 했다.

머리를 손질하는 데 무려 50분이 소요되었다. 디자이너는 섬세하기 그지없는 부드러운 터치로, 시종일관 얌전하게 그렇게 자신의 책무를 다하였다. 수석디자이너다운 태도로. 한국에서처럼 에센스를 바르고 스프레이를 뿌리는 것으로 마무리를 하였다. 어떠냐고 물어보기에 마음에 든다고 했다. 수석디자이너라서 45위안, 그렇지 않으면 30위안이란다. 이 정도면 만족이다.

중국인에게 내 머리를 맡기는 것이 여간 불안하지 않았다. 혹여 외출도 못할 정도로 엉망이면 어쩌나 걱정이 많았다. 사실, 모르면 한없이 불안한 것이 타국살이이다. 실제 불안한 상황이 연출되어서가 아니라 가상의 두려움이 더 큰 원인이다. 그러나 중국에서 살다보면 너무나 많은 부분에서 기우였음을, 나도 모르게 실없이 웃음이 나올 때가 많다. 경험해 보지 않았으면 말을 하지 말라! 두려워하지도 말라! 그저 당면한 상황을 직면하기만 하면 된다.

계림 산수갑천하(桂林山水甲天下)

___ 3. 17. 월. 비가 왔다

내가 사는 계림시는 광서장족자치구에 속해 있다. 중국은 4개의 직할시와 22개의 성(省), 5개의 자치구를 두고 있다. 5개의 자치구는 네이멍구(內蒙古) 자치구, 닝샤후이주(寧夏回族) 자치구, 신장웨이우얼(新疆維吾爾) 자치구, 광시주앙주(廣西壯族) 자치구, 시장(西藏) 자치구를 말한다. 광서지역

광서자치구와 계림시

은 춘추전국시대에는 백월(百越)이라 불렸던 곳이다. 중국 내에서는 남방에 위치해 있고, 광둥(廣東), 후난(湖南), 구이주(貴州), 윈난(雲南), 하이난(海南) 등과 인접해 있다. 또한 베트남과는 기차로 이동이 가능할 정도로 아주 가깝다.

광서지역을 특별히 장족자치구라고 부른다. 이것은, 광서지역에 분포해 있는 장(壯)족, 한(漢)족, 요(瑤)족, 묘(苗)족, 동(侗)족, 회(回)족 등 12개의 소수민족 가운데 장족이 가장 많기 때문이다. 광서는 소수민족의 인구가 전국에서 가장 많은 곳이기도 하다. 소수민족이 많기 때문에 한어(漢語) 외에 자기들의 언어를 별도로 가지고 있다. 예컨대 장어(壯語), 요어(瑤語), 묘어(苗語), 동어(侗語) 등의 방언이 있다. 이들 방언은, 한어 외에는 구별하지 못하는 내게는 전혀 다른 제2외국어로 들린다. 광서지역은 아열대 기후이기 때문에 아주 덥고 습하다. 이러한 기후로 인해, '과일의 고향'이라고 할 정도로 과일이 풍성하고 맛이 있다. 특히 화룡과(火龍果), 여지(荔枝), 용안(龍眼) 등이 유명하다. 이곳의 음식은 비교적 담백한 편이지만, 때로 시고 매운 것이 한 특징이기도 하다. 이 지역 사람들은 국수 종류를 즐겨 먹는다. 그래서 각 지방마다 맛있고 특색 있는 국수가 있다. 예컨대, 난닝(南寧)에는 라오요우펀(老友粉), 리우저우(柳州)에는 루오쓰펀(螺螄粉), 구이린(桂林)에는 미펀(米粉)이 있다.

계림은 광서장족자치구에서 동북 방면에 위치한 곳으로, 난닝(南寧), 리우저우(柳州)에 이어 세 번째로 큰 도시이다. 계림(桂林: 본래 외래어 표기에 따르면 '구이린'이라고 해야 하나 편의상 한자음대로 '계림'으로 표기하기로 한다)이라는 지명은, 진시황 때에 계림, 상군, 남해 등 삼군을 설치하면서부터 생겨났다고 한다. 계림은 그 지명에서도 알 수 있듯이, 계화나무가 유명하다. 중국에서는 아주 오래 전부터 '계림산수갑천하(桂林山水甲天下)'라는 말이 있을 정도로 산수가 수려한 곳이기도 하다. 지금은 국제적인 관광도시로 많은 외국인들이 이곳을 찾고 있다. 이곳에는 계림양강(桂林兩江) 국제공항이 있어 교통도 매우 편리한 편이다. 인구는 4,747,963명(2010년 기준)이다.

어느 하루

_____ 3. 18. 화. 안개가 짙고 이슬비가 하루 종일 내렸다

오전 4시 30분에 일어나 어제 못다 읽은 책을 마저 읽었다. 고미숙이 쓴 『동의보감』. 구구절절 무릎을 치게 하는 그녀의 탁월한 말발, 글발. 그녀의 도도한 내공은 도대체 어디서 나오는 것이며, 언제 연마한 것인가. 다시 『맹자』의 「부동심」 장을 읽고 썼다. 6시 30분이 되자 교정에는 음악이 울려 퍼졌다. 잔잔한 세미 클래식이다. 음악을 듣다가 문득 P에게 편지를 쓰고 싶어 간단한 안부를 물었다.

7시 40분. 기숙사 앞 학생식당에서 더우지앙(豆漿: 콩물) 두 개를 사가지고 왔다. 아침식사는 더우지앙 두 잔, 빠우즈(包子) 한 개, 찐빵 2개, 그리고 토마토다. 오전 8시 40분부터 12시까지, 다시 2시 30분부터 4시까지 중국어 강의가 있는 날이다. 게다가 4시 30분부터 약 1시간가량 중국어 과외까지 있는 날이다. 오후 5시 50분부터는 한 시간 동안 요가를 한다. 완전 탈진이다. 이 나이에 이렇게까지 열심히 해야 하나 싶다가도, 중년의 매너리즘에 빠지지 않고 뭔가를 열심히 궁구하고 있는 것만으로도 행복한 삶이 아닌가 생각하며 위로했다.

중국 음식

_____ 3. 19. 수. 비가 왔다

대학 강의가 없는 날에는 아들 덕원이와 함께 외국어학원에서 중국어를 수강하고 있다. 아들은 올해 2월 말에 한국에서 초등학교를 졸업했다. 그리고 새 학기가 시작되는 9월에 중국 중학교에 입학할 예정이다. 중학교에 입학하기까지는 약간의 여유가 있기 때문에, 그때까지 중국어 실력을

높이기 위해 부단히 노력하고 있다.

8시 40분에 시작한 중국어 강의가 정오에 끝났다. 계림은 한국인이 그리 많지 않다. 순천대학에서 어학연수 오는 예닐곱 명의 학생과 대학원생 한두 명을 제외하고는 덕원이와 나뿐이다. 그런데 반갑게도 학원에서 한국인 장 선생 부부를 알게 되었다. 나보다 계림에 먼저 왔고, 중국어 실력도 나은 듯했다.

오늘은 그들 부부가 자주 간다는 잉양추팡(營養廚房)에서 점심을 같이 먹었다. 예닐곱 개의 작은 테이블이 있는, 작고 깔끔한 식당이다. 종업원의 태도나 청결함으로 보아 체인점인 듯하다. 일단, 우리는 잘 모르니 그들 부부가 추천하는 메뉴를 시켰다. 중국요리는 주문을 잘 해야 한다. 아무리 맛있는 식당이라도 주문을 잘못하면 실패할 확률이 높기 때문이다.

오늘 주문한 요리는 이렇다. 츠즈파이구(豉汁排骨), 자오파이더우빤정러우(招牌豆瓣蒸肉), 치궈주지아오(汽鍋猪脚), 바이주어칭차이(白灼青菜), 눙즈리리구(濃汁粒粒菇). 아, 이것이 대체 무슨 요리인가? 대강 설명한다면, 갈비와 콩과 함께 찐 고기, 솥에다 찐 돼지족발, 볶은 채소, 버섯볶음 정도가 된다. 중국에서 요리를 주문할 때는 대개 고기요리 두어 가지와 채소를 시키는 것이 일반적이다. 우리도 고기요리 3개와 채소 2개, 그리고 죽통밥을 각자 시켜서 먹었다. 주문한 요리가 입에 맞는지 덕원이가 밥을 맛있게, 많이 먹었다.

오늘 점심은 내가 샀다. 중국말로는 칭커(請客)라고 한다. 5인이 식사하는데 모두 141위안. 휴지 1위안과 찻값 각 1위안이 포함된 가격이다. 새로운 사람을 알게 되니 계림에 관한 새로운 정보를 덤으로 알게 되었다. 이를테면, 어떻게 중국어를 공부하는지, 어느 식당이 맛있는지, 채소와 고기는 어느 시장이 싸고 신선한지 등등. 인적 네트워크를 확장한다는 것은 어느 모로 보나 좋은 일이다.

며칠째 계속해서 비가 내리고 있다. 이곳에서는 외출할 때 필수품이 우산이다. 비가 자주 오기 때문이다. 그런데 이곳 사람들은 갑자기 비가 온다고 하여 뛰거나 빨리 걷는다거나 하는 일이 없다. 또한 어지간히 굵은 빗방울이 아니면 우산을 쓰지도 않는다. '가랑비에 옷 젖는 줄 모른다'는 속담을 잊고 사는 민족인 것 같다.

중국의 치안

_____ 3. 20. 목. 약간의 비가 내리는 동시에 유리창이 흔들릴 정도로 거센 바람이 불었다

한국인에게 중국하면 가장 먼저 떠오르는 것은 해외 토픽 감으로 전하는 기상천외한 뉴스 뭉치들이다. 두 눈을 벌겋게 뜨고 장기를 적출 당했다는 둥, 인신매매를 당했다는 둥 얼마나 무시무시한 이야기들이 많은가. 상상을 초월하는 이야기가 현실 속에서 버젓이 일어나는 곳이 중국이다. 그렇다면 이러한 중국에서 사는 것이 정말 안전한 걸까?

한마디로 말하면, 적어도 우리가 사는 공간은 안전지대라고 할 수 있다. 중국의 대학은 학교 건물과 강의동 외에 교수 전용 아파트가 있고 학생 전용 아파트가 따로 있다.(학교 안에 어림잡아도 몇 만 명 이상이 거주한다) 나와 같은 외국인 교수들은 외국인 교수들만을 위한 전용 아파트에 거주한다. 그리고 중국 학생들과 달리 외국인 유학생들은 별도의 공간에서 생활하도록 되어 있다. 우리가 사는 외국인 교수 전용 아파트 맞은편에는 국비 유학생과 대학원생이 거주한다. 그들은 각자의 나라에서 선발된 장학생들이기 때문에 매우 우수한 학생들이다. 그러니 소란을 일으키는 일은 전혀 없다.

우리가 사는 아파트 입구에는 경비실이 있어서 출입을 엄격히 통제하고 있다. 경비실 앞의 '외교적으로 중요한 곳이니 관계자 외 출입금지(涉外重地 閑人免進)'라는 안내판이 말해 주듯, 외국인 교수들과 유학생들을 특별

관리하고 있다. 물론 아파트의 입구에서부터 각 동마다, 학교의 곳곳마다 CCTV가 설치되어 있다.

학교 안에는 필요한 편의시설이 갖추어져 있다. 여러 개의 대형 구내 식당, 우체국, 은행, 서점, 커피숍, 문방구, 복사가게, 수영장, 테니스코트, 배드민턴장, 탁구장 등등. 유학생들은 우리가 거주하고 있는 위차이(育才) 캠퍼스에서 주로 강의를 듣고, 나와 같은 교수들은 옌산(雁山) 캠퍼스로 이동하여 강의를 한다. 물론 옌산 캠퍼스로 이동하는 스쿨버스가 운행되고 있어 이동에 불편함이 전혀 없다.

우리들의 생활은 학교 안이나 주변을 벗어나지 않기 때문에 위험한 일은 없다. 다만 혼잡한 점심시간이나 저녁 시간대에 학교 근처에서 핸드 폰과 지갑을 소매치기 당하는 경우가 아주 가끔 있다고 한다. 또한 자전거 나 오토바이를 도난당하는 경우도 있다. 이렇듯 소소한 도난 사고가 있긴 하지만 그 외의 다른 큰 사건사고는 없다. 계림이라는 도시 자체가 조용하 기 때문이다.

이곳 사람들의 얼굴을 보면 '착하다'라는 말이 나올 만큼 매우 순후 하다. 그들은 장삿속에 밝은 사람 같아 보이지도 않고, 얍삽해 보이지도 않고, 강퍅해 보이지도 않는다. 계림은 공업도시가 아니기 때문에 변화가 많지 않다. 다른 말로 하면 좀 정체되어 있다고도 할 수 있겠지만, 나는 그 런 정체성과 변화 없음이 오히려 더 고향 같은 느낌이 들어서 좋다.

계림 사람들은 북방인과는 달리 술을 잘 마시지 않는다. 그것은 무더 운 날씨 탓도 있겠고, 남방 특유의 기질적인 측면에 기인하는 것도 있어 보 인다. 가령 저녁 약속이 있다고 하자. 그러면 보통 6시에 만나 식사를 하면 서 한담을 즐긴다. 이때 우리가 생각하는 것처럼 독한 바이지우를 들이키 는 그런 중국인들은 거의 없다. 그들은 한국 맥주보다 도수가 약간 낮은 맥주를 두어 병 마실 뿐이다. 그리고 8시가 되면 식사 자리를 정리하고 헤 어진다. 한국인들처럼 2차니 3차니 하는 것은 전혀 없다. 대부분의 식당은 저녁 9시가 되면 문을 닫는다. 또한 한국처럼 술집이 따로 있는 경우를 많이 보지 못했다. 그러니 과다하게 술을 마셔서 생기는 불미스러운 일은 일어나지 않는다. 우리는 대부분 학교 주변에서 생활한다. 밤늦도록 낯선 거리를 배회하는 일도 없다. 안전지대에서 생활하고 있으니, 크게 걱정할 일은 없다.

계림에는 천송이의 치맥이 없다
___ 3. 21. 금. 햇살이 환하게 빛났다

오후 2시 30분에 대학원 스터디를 시작했다. 작년에 온 이후 일주일에 한 번 『맹자』를 강독한다. 우리 대학원은 통번역대학원이다. 한중번역, 중한번역, 혹은 한국고전을 번역하는 일을 주로 한다. 그런데 여기 아이들은 고전이라고 하는, 『논어』, 『맹자』 등의 사서류와 같은 경서를 꼼꼼하게 읽어본 전력이 없다고 한다. 그러니 당연히 한국의 고문헌을 읽어내는 것은 무리이다. 그래서 대학원생들과 경서를 강독하기로 했다. 오늘 읽은 대목은 〈양혜왕 하〉편이다.

"홀로 음악을 즐기는 것과 사람들과 더불어 음악을 즐기는 것은 어느 쪽이 더 즐겁습니까?"
"사람들과 함께 듣는 것만 못합니다."
"소수의 사람들과 함께 음악을 즐기는 것과 많은 사람들과 함께 음악을 즐기는 것은 어느 쪽이 더 즐겁습니까?"
"많은 사람들과 함께 함만 못합니다."

여기에 "홀로 음악을 즐기는 것은 사람들과 함께 듣는 것만 못하고, 소수의 사람들과 함께 음악을 즐기는 것은 많은 사람들과 함께 음악을 즐기는 것만 같지 못한 것은 또한 인지정상이다"라는 주가 달려 있다. 언제

보아도 감동적인 문구이다. 특히 중국생활을 하고 있는 지금, 혼자만의 생활을 즐기는 한편, 내 안의 사유를 아이들과 함께 나누고, 함께 이해하면서 공감대를 확대하고 싶다. 나는 나를 더욱더 오픈하고 싶다.

지난주에 대학원생들에게 특명(?)을 내렸다. 〈별에서 온 그대〉에서 나온 천송이의 치맥을 계림에서 먹고 싶으니, 치맥 파는 곳을 수배해 보라고 했다. 요가를 하러 갔는데 중국 여학생이 그 드라마에서 나온 대사, 즉 '눈 올 땐 치맥이지!(下雪時要吃炸鷄喝啤酒)'를 말하면서 아는 척을 하였다. 김수현의 이름을 말하면서 "너무 좋다"고 열광하는 것이었다. 오호! 한류의 막강한 힘이여!

그런데, 아쉽게도 대학원생들은 일주일 동안 인터넷을 검색하였지만 결국 찾지 못하였다고 하였다. 치킨이라는 것이, 기껏해야 맥도널드, KFC 같은 곳에서 파는 것이 전부라고 했다. 한국의 치킨 맛은 세계 제일의 것인데 어찌 맥도널드, KFC 따위와 비교할 수 있으랴! 이미 치맥은 베이징과 상하이와 같은 대도시를 완전히 점령하였다는 보도가 있었건만, 계림에서는 그 흔적조차도 찾을 수 없다니. 비행기로 상하이까지 2시간, 베이징까지 3시간 거리에 있는 이곳 계림이 그토록 궁벽한 시골이었단 말인가. 꿩대신 닭이라고 하였던가. 우리는 한국 음식점인 백두산(白頭山)에 가서 삼겹살 한 판, 소고기 등심 한 판, 오징어튀김, 매운 닭튀김, 무침요리 등과 된장국을 먹었다. 그리고 시원한 맥주를 마시면서 치맥을 먹지 못한 아쉬움을 달랬다.

중국의 차와 다구
___ 3. 22. 토. 흐리고 비는 오지 않았다

오늘은 중국차에 관심을 보인 제주도 김 선생님께서 찻잔을 사고 싶어 하여 동행을 했다.(그 분이 제주 출신이기 때문에 그리 부른다. 제주시에서는 매년 계림시에 공무원 한 사람을 파견한다. 파견된 공무원은 공무뿐만 아니라 외국어학원에서 중국어를 수강하기도 한다. 그 분은 현재 유학생들이 거주하는 국제교류처에 살고 있다.) 작년에 한번 가본 곳이지만 도통 기억이 나지 않아 3학년 나란 학생에게 물어보았다. 11시 30분에 김 선생님을 만나 남문에서 택시를 탔다. 베이더우상청(北斗商城)까지 15분 소요되며, 택시비는 30위안이었다.

김 선생님은 1인용 다기, 찻잔 몇 개, 그리고 물 끓이는 주전자까지 구입하셨다. 물받이가 있는 차탁까지 사고 싶어 하셨으나 작은 것이 없어서 그만두었다. 차탁까지 갖추고 차를 마시는 것을 보면 그럴싸하고 멋있게 보일 수도 있다. 그러나 하루 종일 차를 마시는 나의 경우, 차탁은 오히려 거추장스럽다. 대개 일인용 다기를 사용한다. 필요한 다구를 고르고 나니, 차를 선택해야 했다. 내가 처음 중국차를 시작했을 때에는 철관음을 주로 애음했었다. 그런데 입맛이 점점 변하더니 지금은 보이차와 대홍포만 마신다. 보이차는 생차(生茶)와 숙차(熟茶)가 있는데, 그 중에서 숙차를 더 선호한다. 김 선생님께서 당신은 차 맛을 전혀 모르니 나보고 골라보라고 하셨다.

가장 저렴한 보이차와 가장 비싼 보이차, 그리고 보통의 보이차를 시음해도 되냐고 물으니 좋다고 했다. 시음해보니 역시 비싼 것이 입에 달긴 하였다. 주인장은 보이차가 위에 좋고 속을 편안하게 해 준다고 하면서, 색이 좀 더 맑고, 찻잎이 억세지 않은 것이 오래된 좋은 차라고 했다. 그러나 가격이 문제였다. 좋은 차는 1999년산으로, 무려 1300위안이었다. 보통의 것은 2007년산으로 300위안 대였다. 중국에서는 2007년부터 보이차의 맛과 품질을 보증하는 인증마크를 찍고 있다. 그러나 그 이전에 출시된 것들은 그런 표시가 없다. 그래서 "이것이 과연 1999년산이 맞는가? 어떻게 보증하는가?" 물어보니 주인장은 웃으면서 "혀로 느끼는 맛이 그것을 증명한다"고 하였다. 그러니 믿고 사는 수밖에 없었다.

이제 막 차를 시작하는 김 선생님에게는 고가의 보이차보다는 아무래도 보통 보이차가 어울릴 것 같아 그것을 추천했다. 그러다가 차에 익숙해 지고, 차 맛을 알아 가면 저절로 고급차를 찾게 될 것이다. 우리의 혀라는 것은 참으로 주체할 수 없이 간사한 것이기 때문이다. 보이차와 함께 대홍 포도 반 근을 샀다. 무이산 대홍포라고 하면서 1근에 1000위안 하는 것을 반 근만, 그것도 깎아서 400위안에 샀다. 친절하신 김 선생님께서 대홍포 의 반을 나눠 내게 주셨다.

여러 종류의 보이차와 대홍포, 거기에다가 홍차까지 시음을 하였다. 음, 무려 열 잔이 넘게 마신 것 같다. 오늘 김 선생님은 차도구와 차를 구입 하기 위해 940위안을 썼다. 주인장이 우리를 속였다고는 생각하지 않는 다. 물론, 상인이니 당연히 약간의 속임수야 있겠지만. 나는 이곳 계림 사 람들에게 기본적으로 믿음이 간다. 주인장은 보이차 송곳과 유리잔 6개, 그리고 홍차 티백을 덤으로 주었다.

점심때가 훨씬 지났기에 찻집 근처에서 식사를 했다. 화장실만 급하 지 않았더라면 학교 근처까지 갈 수도 있었을 텐데, 한 걸음을 떼기가 어려 울 정도로 힘들었다. 차를 너무 많이 마신 탓이다. 아, 솔직히 식당이 허름 해서 썩 내키지 않았다. 추천요리가 뭐냐고 물었더니, 주인장이 웃었다. 그도 그럴 것이, 마치 기사식당 가서 추천요리 운운하는 꼴과 같았으니 말 이다. 여기는 요리 전문점이 아니라 가정식 요리가 나오는 그런 식당이었 다. 그래도 화장실을 빌렸으니 먹을 수밖에. 감자볶음, 채썬 고기볶음, 갈 비와 밥. 아주 무난한, 실패할 확률이 거의 없는 요리를 주문했다. 시장이 반찬이라고 했던가, 덕원이와 김 선생님은 공기 밥을 세 그릇이나 비웠다. 물론 나도 많이 먹었다. 허름한 식당치고는 맛이 괜찮았다. 점심값은 76위 안. 여기는 평산(平山)이라고 한다. 계림에 온 후 이렇게 먼 곳까지 오기는 처음이었다.

동남아시아 친구들

___ 3. 23. 일. 흐렸다

　내 생일이라고 국제교류처에서 생일 케이크를 보내주었다. 만리타국에서 온 외국인 교수들의 생일까지 하나하나 챙겨주다니, 고마운 일이다. 보통 한국에서는 음력으로 생일을 챙기기 때문에 생각지도 못한 선물을 받은 것이다. 마침, 베트남 친구 후엔이 두 명의 캄보디아인(24세)과 인도네시안(18세)을 데리고 덕원이와 놀겠다고 방문을 하였다. 생일 케이크를 보더니 촛불을 켜고 생일축하 노래를 불러 주었다. 후엔은 중국어를 배운 지 6개월이 넘었다고 하는데, 수준은 거의 중급실력이다. 또 한국어를 조금 할 줄 안다. 그래서 반은 중국어를, 반은 한국어를 말하면서 중간에서 통역을 했다. 덕원이가 형들과 함께 운동을 하면서 자꾸 어울리다보면 중국어 실력이 늘 것이라고 하면서 같이 놀자고 제안을 하였다.

　그들이 저녁을 같이 먹자고 하여 함께 북문으로 갔다. 포장마차 같은 곳에서 각종 꼬치를 튀겨서 먹었다. 오늘 먹은 것은 이런 것들이다. 꽁치, 오징어, 소고기, 양고기, 돼지고기, 닭발, 빵, 부추, 파, 콩꼬투리, 브로콜리, 찹쌀 도넛, 두부. 이 모든 재료를 기름에 튀긴 것이다. 아, 옥수수도 있었다. 캄보디아 친구가 다른 두 명의 친구들을 더 데리고 와서 동석을 했다. 늦게 온 두 명이 생선찜 같은 것을 별도로 주문해서 함께 먹었다. 오늘은 내 생일이라서 꼭 내가 사고 싶다고 하였지만, 다음에 사라고 하면서 굳이 자기들이 음식 값을 치렀다.

　오늘 특별한 저녁을 먹은 것이다. 베트남, 캄보디아, 인도네시아 친구들이 제각각의 언어로 축하한다는 메시지를 전하면서 함께 즐거워하였다. 아, 이런 것이 진짜 글로벌리즘 (globalism)이라고 해야 할 것 같다. 여기에는 도무지 어떠한 선입견도, 편견도 없다. 그저 중국어를 배우기 위해 모인 열린 젊은이들만이 있을 뿐이다. 그들에게서, 한국의 농촌으로 시집온 가난한 베트남 여인과 열악하기 그지없는 3D 업종에 종사하는 불쌍한 인도네시아인과 캄보디아인의 우울한 모습은 전혀 보이지 않는다. 한국에서 바라보는 저들의 모습과, 중국 땅에서 바라보는 저들의 모습은 이렇듯 다르다. 왜 한국 땅에서는 그렇듯 고압적인 자세로 저들을 바라보고 대우하는가. 실로 좌정관천의 좁은 식견이 아닐 수 없다.

세계에서 제일 머리가 좋은 사람이 한국인, 베트남인, 유대인이라고 하던데, 그 말이 틀리지 않은 듯, 후엔 역시 매우 총명하다. 아, 인도네시아인도 정말 똑똑하다. 밥을 먹으러 갔다가 오는 사이에 한국말로 1에서 20까지, 배부르다, 배고프다, 밥 먹었냐 등의 짤막한 말들을 모두 배웠다. 한 달쯤 지나면 인도네시아인과 간단한 대화 정도는 할 수 있을 것 같다. 유쾌한 만남이었다. 즐거운 자리였다. 아! 나도 모르게, 내 삶의 영역이 자꾸만 자꾸만 확장되어가고 있다는 생각이 든다. 글로벌리즘과 노마디즘(nomadism)을 향해, 고(Go)!

고미숙의 책들

____ 3. 24. 월. 잠깐 햇살이 보이다가 다시 비가 왔다

오후 2시 30분 과외를 마치고 나니 오늘 해야 할 일은 모두 마친 셈이다. 다시 그동안 읽은 고미숙의 책을 정리했다. 근 한 달 동안 붙잡고 있었던 책들은, 『나의 운명 사용설명서』, 『몸과 인문학』, 『몸과 삶이 만나는 글 ─ 누드 글쓰기』, 『열하일기 ─ 웃음과 역설의 유쾌한 시공간』, 『삶과 문명의 눈부신 비전 열하일기』, 『동의보감 ─ 몸과 우주 그리고 삶의 비전을 찾아서』이다. 사실 마지막에 읽은 『동의보감』은 흐름을 놓쳐 제대로 읽지 못했다. 그도 그럴 것이, 의학과 역학의 원리를 알아야 하고 몸의 철학을 이해해야 하는데, 그렇지 못하니 주마간산 격으로 읽을 수밖에 없었다.

고미숙, 그녀의 사유와 지향, 고전에 대한 그녀의 열정, 글쓰기에 대

한 새로운 접근, 그녀가 쏟아놓은 언어 앞에서 한동안 잠을 이루지 못했다. 촌각을 다투어 그녀와 접속하고 싶어 안달이 날 지경이었다. 그것은 마치 한밤중에 찬물을 아무리 들이켜도 해결되지 않는 갈증과도 같은 것이었다. 그렇게 몇 주를 보내고 이제 마지막 책장을 덮었다.

아, 공부할 것이 왜 이렇게 많단 말인가? 그동안 숱한 세월을 나는 무슨 일에 힘을 쏟았단 말인가? 겉 문리만 난 상태로 전문가인양 하면서 사는 것도 부끄러웠다. 글쓰기도 다시 시작하고 싶어졌다. 우선 사주 명리학을 독학하기 위해 자료를 여기저기서 스크랩하고, 인터넷을 통해 자료를 다운받았다. 결국 또 공부만이 살 길임을 느꼈다. 아, 내 사주에도 공부 운이 상당히 있는 것 같다. 이제 내 팔자를 연구하기 위한 첫 걸음을 떼어보려 한다.

계림의 날씨
___ 3. 25. 화. 잠깐 햇살이 비치었다

덕원이가 어제 저녁부터 목이 아프다고 하더니 급기야 아침에는 열이 나서 공부하러 가지 못했다. 36.8도. 처음엔 미열만 있더니 점차 얼굴이 벌겋게 달아오르기 시작했다. 해열제를 먹이고 났더니 좀 가라앉았다. 계림에 온 이후 벌써 두 번째 감기이다. 나도 거의 이주일 이상을 목감기로 고생했다. 2월 20일에 왔으니 거의 한 달이 되었지만, 이곳 날씨에 아직도 적응이 안 된다. 며칠을 제외하고 거의 매일 주야장창 비가 내렸다. 한국처럼 소나기가 내리는 것도 아니다. 추적추적, 계속해서, 쉬지 않고, 비가 내린다. 빨래가 마르지 않아 하루 종일 제습기를 틀어놓아야 한다. 외출 시 필수품은 우산이다.

누군가는 "계림에서는 한 달 동안 사계절을 모두 경험할 수 있다"고 하는가 하면, 또 누군가는 "하루 동안에 사계절을 모두 경험할 수 있다"고까지 말한다. 중국의 현자가 아니어도 시시각각 춘하추동이 들어있음을 실감하게 된다. 밤낮의 기온차가 몹시 심하다. 날씨가 풀린듯하여 내복을 벗으면, 다음 날은 언제 그랬냐는 듯이 또 으스스 추위에 몸을 떨게 된다. 늘 외투를 입고 다니다가 한낮에 벗어서 들고 다니는 것이 상책이다. 계림에서는 절대 계절을 앞서가면 안 된다.

날씨 변화도 그렇지만 지독한 습기도 문제다. 지난 주 어느 날인가는, 날씨가 풀리면서 습도가 갑자기 높아져서 숨이 턱턱 막힐 정도로 심한 적이 있었다. 영화 〈도가니〉의 첫 장면처럼, 〈무진기행〉의 안개처럼, 바로 코앞의 사물조차도 인식하지 못할 정도로 안개가 심했다. 화장실과 부엌 쪽에서는 시퍼런 곰팡이가 피어나는데 소름이 돋았다. 우리가 사는 아파트의 복도는 사우나처럼 물기가 흥건하였다. 벽면에도 물이 줄줄 흘러내렸다. 1층 사람들은 집안의 벽면에서조차 물이 흥건하게 흘러내린다고 하였다. 침대의 이불과 베개가 축축할 정도라고 하니, 습기가 얼마나 심한지 알 만하다. 우리 아파트가 3층인 것이 얼마나 다행인지 모른다.

4월과 5월에는 습도가 높아져 사우나나 다름없을 것이라고 하는데, 어쩔거나! 계림의 날씨에 어떻게 적응할지 걱정이 많다. 이 교수는, 계림의 날씨에 적응할 수 있다면 세계 어디를 가도 잘 살 수 있을 것이라고 했다. 부디, 덕원이가 변덕스러운 계림의 날씨에 잘 순응하길 바랄 뿐이다.

중국의 전기 사정
___ 3. 26. 수. 갑자기 더워졌다

어젯밤에 200w의 전기를 충전하려 했는데, 충전카드가 고장이 나서 결국 정상적으로 충전이 되지 않았다. 우리가 사는 외국인 교수 아파트는 학교에서 각 가구당 한 달에 100w의 전기를 무료로 제공해 준다. 그리고 모자라면 각자가 개인적으로 충전해서 쓰는 시스템이다. 우리 집은 늘 전기가 모자란다. 추울 때는 전기장판을 노상 켜놓고 있고, 비오는 날에는 습기 때문에 거의 매일 제습기를 켜놓고 있어서 그러하다. 오전 중에 충전카드를 해결해 준다던 복무원은 다른 볼일을 보러 갔는지, 경비실에 없었다. 그래서 "2동 301호 조영임. 전기가 없으니 빨리 좀 해결해 주세요.(2棟 301號 曹永任老師. 没有電了, 請您快点解決吧!)"라는 간단한 메모를 남기고 기다렸다.

결국 12시쯤에 전기가 끊어졌다. 냉장고도, 컴퓨터도, 커피포트도, 형광등도, 모든 것이 멈추어 버렸다. 오후 강의가 있어서 머리를 감아야 하는데, 헤어드라이기를 쓸 수 없어서 결국 머리를 감지 못했다.(아, 꾀죄죄한 몰골로 강단에 서는 것은 학생들에 대한 예의가 아닌데!) 강의가 끝나고 집에 오니, 전기가 들어오고 모든 것이 정상이었다. 전기가 없으면 어떠한 것도 할 수 없으니, 신속하게 해결해 준 것이다.

작년에 계림에 온 지 얼마 되지 않아 냉장고와 화장실 변기가 고장 났다고 했더니 냉장고는 근 한 달 만에, 변기는 거의 두 달 만에 교체해 주었다. 화장실에 갈 때마다 '뻥뚜러'를 사용해야 했다. 말만 통했으면, 몇 번이고 쫓아가서 소리를 버럭 질렀을지도 모른다. "당신들 같으면 이런 상황을 참을 수 있겠냐!"고 하면서 말이다. 서재 등이 너무 어두워서 형광등을 하나 더 달아달라고 했더니, 아직도 아무런 답이 없다. 중국은 '만만디(慢慢地)'니까. 그러나 조금 늦긴 해도 기다리면 결국 해결된다는 것이 그나마 다행이 아닐 수 없다.

핸드폰

___ 3. 27. 목. 더웠다

엊그제 전화기를 떨어뜨리고 난 뒤, 전화가 먹통이 되어 버렸다. 한국 전화기는 몇 번을 떨어뜨려도 이런 일이 생기지 않았는데, 쩝! 중국제라서 그런가. 덕원이도 한 마디 거든다.

"엄마, 제발 다음에 한국에 갈 때는 꼭 한국 전화기로 두 개 사가지고 와!"

12시 중국어 강의가 끝나고 기차역으로 갔다. 핸드폰을 수리하기 위해서이다. 기차역에 내리고 보니, 우리가 찾던 기차역이 아니었다. 어떤 젊은이가 친절하게 계림역이 바로 기차역이라고 하면서 노선을 알려 주었다. 시내 한복판에 기차역이 있는 것을 이제야 알다니! 기차역에 도착해서 리엔퉁(聯通) 영업점을 찾는데도 한참 걸렸다. 겨우 찾아가서 핸드폰 구매 영수증을 보여주면서 고장이 났다고 하니, 직원은 "개인적으로 수리를 해야 하며 수리비는 400위안!"이라고 했다. 허걱, 무려 1시간 반 만에 물어물어 찾아왔건만, 학교 앞에서 요구한 수리비 120위안보다 훨씬 비쌌다. 생각할 것도 없었다.

점심에는 기차역 근처에서 홍콩 식으로 먹었다. 기차역 근처라서 그런지, 말쑥하게 차려입은 사람들이 여행용 가방을 옆에 놓고 밥을 먹거나, 노트북을 가지고 작업을 하고 있었다. 깔끔하고 맛이 괜찮은 식당이었다. 가격도 43위안이니 비싸지 않은 편이다. 기차역에서 사범대학까지 가는 버스가 없어서 거의 한 시간을 헤매다가 결국 택시를 타고 집으로 돌아왔다. 아, 오후에 장장 4시간을 돌아다녔건만, 핸드폰도 못 고치고 기차역에서 아파트로 돌아오는 버스 노선도 알지 못하고 헤매기만 하였다. 온 몸의 기운이 빠져 나간 듯 몹시 피곤하였다. 아무 것도 이룬 것이 없다고 생각하니 더 맥이 빠졌다. '이런 날도 있고, 저런 날도 있고, 하릴없이 헤매는 날도 있어야겠지. 여기는 우리가 모르는 중국 땅이니까'라고 생각하며 위로했다.

저녁에 장 지글러의 『왜 세계의 절반은 굶주리는가?』를 읽었다. "기근으로 인해 10세 미만의 아동이 5초에 한 명 꼴로 굶어 죽는 등 한 해 수천만 명이 기근에 희생되고 있으며 또 한 해 700만 명이 시력을 잃고 있다"고 한다. 저자는 이런 끔찍한 기아에 대한 범세계적 투쟁이 어려운 것은 세계은행, 세계무역기구, 국제통화기금 등의 무차별적인 신자유주의 정책 때문이라고 지적하였다.

계림의 봄은 비와 함께 흐른다
___ 3. 28. 금. 장맛비처럼 퍼부었다

요란한 천둥과 번개로 인해 오전 5시 30분에 눈이 떠졌다. 새벽 1시부터 퍼붓기 시작한 빗줄기가 조금도 수그러들지 않을 기세다. 어두운 방안에 플래시 놀이를 하듯 번쩍번쩍 번개가 멈추지 않았다. 우르릉 쾅쾅하는 천둥소리는 마치 위층에서 쇠구슬을 마구 던지는 듯했다. 덕원이도 일찍 잠이 깨어서 무섭다며 내 손을 꼭 잡고 놓지를 않았다.

"엄마, 학교 안 가면 안 돼? 혼자 있으면 너무 무서울 것 같아!"

나도 무서웠다. 학교에서 공식적으로 '오늘은 기상악화로 임시 휴강하도록 하겠습니다'라는 문자를 보내주기를 바랐으나, 그런 일은 일어나지 않았다. 7시 쯤 되니 억수로 퍼붓던 빗줄기가 좀 잠잠해졌다. 학교에 갔더니 학생들이 절반쯤밖에 출석하지 않았다. 새벽에 천둥 번개 소리를 들었느냐고 물으니, 그런 일이 있었냐면서 반문하는 학생들이 많았다. 아, 나와 학생들이 인식하는 세계가 이처럼 동일하지 않았다.

강의를 마치고 아파트로 돌아오니 제주도 선생님께서 점심을 같이 하자고 기다리셨다. '아줌마' 식당에서 돌솥비빔밥을 먹었다. 그곳에서 서울 잠실에서 왔다고 하는 한국 관광객들을 만났다. 술을 좋아하는 한국인들이 대낮부터 바이지우(白酒)를 들고 주거니 받거니 하다가 제주도 선생님께도 한 잔을 주셨다. 물 컵으로 반 잔! 역시 술 앞에서 통 큰 한국인들이었다. 잠시 소강상태이던 빗줄기가 또 거세지기 시작하더니 마구 퍼부었다. 계림의 봄을 뭐라고 표현해야 하나? 비. 비. 비. 아직은 그저 물에 젖은 계림만이 떠오를 뿐이다. 계림의 봄은 이처럼 비와 함께 흘러가는가보다.

영화 〈남자가 사랑할 때〉를 보다

____ 3. 29. 토. 모처럼 햇살이 쨍쨍하였다

덕원이가 양현이와 함께 저녁을 먹고 이 교수 집으로 갔다. 자고서 내일 온다고 했다. 모처럼 둘이 만났으니 히히덕거리면서 늦게까지 놀 것이 틀림없다. 이 교수는 나와는 동료이자 선후배 사이이다. 그가 나의 모교에서 박사학위를 받았기 때문에 나의 후배가 된다. 같은 스승님 밑에서 공부했으니 동문(同門)이 된다. 물론 조선족이니 한국인이 아닌 중국인이다. 이 교수의 주선으로, 나는 2007년 옌타이대학에서 외국인 교수로 1년 있을 수 있었다. 이교수와의 특별한 인연은 거기서 끝나지 않았다. 물론 내가 광서사범대학에 올 수 있었던 것도 전적으로 이 교수의 추천과 배려로 인한 것이었다. 이 교수의 부인인 전 교수도 우리 학과 교수로 재직하고 있다. 이들 사이의 아들인 양현이는 덕원이보다 한 살이 많다.

덕원이가 양현이네 집에 가고 없으니 마음이 심드렁해져서 영화를 한 편 보았다. 올해 초 개봉한 황정민, 한혜진 주연의 〈남자가 사랑할 때〉이다. 황정민! 어느 영화처럼 거침없이 쏟아내는 걸쭉한 욕의 세례가 낯설지 않았다. 영화 〈신세계〉에서의 장면이 오버랩 되는 것은 너무나도 자연스런 일이다.

양아치와 수협 다니는 얌전한 여자와의 사랑 이야기로 새로울 것 없는 진부한 스토리지만, 영화를 보면서 눈물이 나왔다. 시한부 인생의 남자 주인공은 라면을 먹으면서 치매에 걸린 아버지에게 넋두리를 퍼붓는다. "걔는 아부지가 없어요!" 나도 아버지가 없기에 울컥 눈물이 쏟아졌다. 눈물을 흘리면서도 유치한 공감이란 생각을 하지만, 원래 감정이란 이렇게 유치한 것이다. 그리고 유치한 것이야말로 진정 아름답고 순수한 감정이다.

이문세가 부른 엔딩곡이 더 애잔하게 들렸다. 그는 '기억이란 사랑보다 더 슬픈 것'이라고 했다. 사랑을 해 보지 않은 사람은, 슬픔을 경험해 보지 않은 사람은, 슬픈 사랑을 기억에서 억지로 밀어내려고 애써보지 않은 사람은, 사랑도 기억도 흐르는 세월 속에 희석된다는 것을 경험해 보지 않은 사람은, 절대 공감할 수 없는 가사이다. 햇살이 그렇게 쨍쨍하던 계림의 하늘에 또다시 빗줄기가 쏟아지고 있다.

김치 담그기

____ 3. 30. 일. 새벽 1시에 비가 마구 퍼붓기 시작하더니 아침까지 쏟아졌다. 오후에 비가 멈추었다

우리 학교는 4월 2일부터 7일까지 연휴이다. 4월 2일부터 3일까지는 광서자치구 명절이고, 5일부터 7일까지는 청명절 연휴가 겹쳤기 때문이다. 4월 4일은 원래 쉬는 날이 아닌데 쉬기 때문에 보강을 해야 한다. 오늘은 바로 보강을 하는 날이다. 한자강독과 회화 수업을 해야 하지만, 학과 행사가 있어서 문화체험행사로 대체하기로 했다.

우리 학과는 2005년에 조선어전업(朝鮮語專業)으로 개설 되었다가 2013년에 조선어학과(朝鮮語系)로 정식 승인을 받았다. 매년 학부생은 25~30명이 입학하고, 2011년도부터 대학원 신입생 5~12명이 입학한다. 현재 우리 과에는 나를 포함한 9명의 교수가 있다. 나와 이 교수, 전 교수는 박사학위를 가지고 있지만, 나머지 교수들은 아직 학위가 없다. 우리 셋을 제외하고 모두 30대 초반의 젊은 교수들이다. 우리 학과는 외국어 학원 중에서도 꽤나 인기가 있는 학과이다. 또한 국가급 프로젝트뿐만 아니라 크고 작은 프로젝트를 수행하고 있는 실력 있는 학과이기도 하다.

이러한 우리 학과가 특별히 자랑하는 것 중의 하나는 '문화체험교실'을 운영한다는 것이다. '문화체험교실'은 말 그대로 한국 문화를 체험할 수 있도록 꾸며놓은 교실이다. 이곳에는 한국의 의복과 풍물, 한국의 놀이 등을 체험할 수 있도록 모든 시설을 갖춰 놓았다. 한국의 먹거리를 체험할

문화체험교실에서 김치 담그기 수업

수 있도록 취사도구도 완비해 놓았다. 우리 학과의 '문화체험교실'은 중국 내 한국어학과 사이에서도 꽤나 잘 만들었다는 평가를 받고 있다.

오늘은 우리 학교 교직원들이 '문화체험교실'에서 한국의 다양한 문화를 체험하기로 하였다. 그에 앞서 오전에는 1,2학년생들이 한국의 전통 음식인 '김치'를 어떻게 만드는지 체험하였다. 내가 김치를 어떻게 만드는지 '시연자'가 되었다. 어제 시장에서 구입하여 소금에 절여 놓은 배추에 양념을 발라가면서 설명을 하였다.

김치를 직접 담근 지 얼마 만인가? 거의 10여 년 만인 것 같다. 예전에는 김치도 곧잘 만들어 먹곤 했는데, 식구가 단출해지니 엄마가 만들어 준 것을 먹는 것도 벅찼다. 물론 매년 엄마 집에서 김장김치를 담그기는 했지만, 그것은 어디까지나 엄마와 언니가 모두 준비해 준 재료에 양념을 버무리는 정도일 뿐, 내가 처음부터 주도한 것은 아니었다. 맛이 없으면 어쩌나 걱정했지만, 저들은 한국인들처럼 김치에 대한 섬세한 미각을 소유한 것이 아니니 걱정하지 않아도 되었다. 그리고 아이들이 잘 먹는 떡볶이도 같이 하였다. 학생들은 맵다고 하면서도 젓가락을 놓지 않고 계속 먹었다.

오후에는 교직원을 위해 김치 만드는 법을 다시 보여주었다. 낯 뜨거운 일이지만, 사실 이곳에서 나보다 김치를 잘 담글 수 있는 사람이 있지 않으니 어쩌겠는가! 김치에 관한 한 대단한 식견을 가진 사람으로 자처할 수밖에. 젊은 교직원들은 거의 열광하는 분위기였다.

이어서 보여준 김밥과 떡볶이 역시나 이곳 선생들에게 인기 만점이었다. 나를 모델로 하여 연방 사진을 찍고, 동영상을 촬영하였다. 그리고 중국인 한 선생님이 사온 삼겹살, 쇠고기, 닭고기 날개, 오징어 등을 구워서 먹기 시작했다. 한창 분위기가 무르익을 즈음 이번에는 한복을 입어보는 시간을 가졌다. 여자 선생과 남자 선생들이 몸에 맞는 한복을 입어보고 절을 하는 법을 배우고, 사진을 찍었다. 완전히 축제의 분위기였다.

한국인인 우리에게는 너무나 익숙한 문화이지만, 저들 중국인에게는 미지와 미 체험의 문화이기에 더없이 신선한 것 같다. 문화체험교실에는 내가 기증한 수백 권의 책이 책장에 꽂혀 있다. 그곳을 내방하는 손님들에게 우리 학과장은 "조 교수가 기증한 책"이라는 말을 잊지 않고 하였다. 그러자 모두들 내게 두 손을 모으고 사의를 표하였다. 책을 기증한 일은 두고두고 생각하여도 잘한 일이다. 교직원들의 얼굴을 보니 오늘 체험은 대만족인 것 같다. 우리 학과로서도 성공적인 행사였다.

루오쓰펀(螺螄粉)

＿＿ 3. 31. 월. 화창하고 바람이 시원하게 불었다

중국어 강의가 12시에 끝났다. 오늘 점심은 장 선생이 추천한 면을 먹기로 했다. 면의 이름은 '루오쓰펀(螺螄粉)'이다. 소라로 국물을 낸 면으로, 계림에서 한 시간 가량 걸리는 리우저우(柳州) 지역의 유명한 음식이다. 이 면을 먹기 위해 온 손님들이 이미 길게 줄을 서 있었다. 각각 3냥을 시켜서 식당 밖 나무 밑에 자리를 잡고 먹기 시작했다. 상추 같은 채소와 고기, 무,

땅콩 등 다양한 재료들이 배합되어 그런대로 괜찮은 맛이었다. 국물 맛도 시원했다. 절반쯤 먹었을까, 까~~악! 젓가락을 내던지고 자리에서 일어났다. 다들 왜 그러냐고, 무슨 일이냐고 하였다. 쥐가 지나간 것도 아니고, 벌레가 떨어진 것도 아니다. 내가 먹던 면 그릇에 시커먼 벌레 한 마리가 익사해 있었기 때문이다. 하필이면 내 그릇에? 오 마이 갓!

장 선생이 젓가락으로 벌레를 건져서 바닥에 던지면서, 채소 속에 있던 벌레인가보라고 했다. 그러나 이미 입맛이 떨어져서 더 이상 먹을 수가 없었다. 김 선생님은 끝까지 다 드셨다. 뭘, 그런 걸 가지고! 하시면서. 나는 꽤나 털털하고 비위가 좋은 척하지만, 사실은 아니다. 과외 시간에 벌레 나왔다는 얘기를 하니 과외 선생님이 다음과 같은 이야기를 해 주셨다.

"음식을 먹다 벌레가 나왔을 때, 유학생들의 태도를 보면 몇 년차인지 알 수 있다고 해요. 벌레를 보고 소리를 지르면서 젓가락을 내던지며 기겁을 하는 학생은 물어보나마나 1년차, 벌레를 보고 '에이, 입맛 떨어지게'하면서 젓가락을 놓고 더 이상 안 먹는 학생은 2년차, 벌레가 있던 자리만 치우고 계속해서 먹는 학생은 3년차, '어, 벌레가 있네. 요새 단백질이 부족했는데, 같이 먹어야지.'하면서 벌레도 함께 먹는 '징한' 학생은 4년차. 계림의 유학생들 사이에 이런 이야기가 오래전부터 있었다고 하네요." 그러고 보니 나는 영락없는 1년차 유학생 수준이다. 중국 생활에 익숙해지면, 벌레를 단백질의 화신이라 여겨 반갑게 입안으로 밀어 넣을 날이 오려나. 그렇게 '징한' 4년차가 되면 자유자재로 중국어를 구사할 수 있으려나.

백이와 유하혜

____ 4. 1. 화. 아침은 조금 선선하였으나 한낮 이후에는 다시 온도가 올라갔다

새벽에 『맹자』〈공손추〉 상편의 마지막 장을 읽고 썼다. 백이와 유하혜에 관한 글을 읽자니 2007년도에 메모한 것이 보였다.

孟子曰 伯夷隘, 柳下惠不恭. 隘與不恭, 君子不由也.(孟子 公孫丑 上)

맹자께서 말씀하셨다. "백이는 좁고, 유하혜는 공손하지 못하다. 좁은 것과 공손하지 못함을 군자는 취하지 않는다."

백이는 섬길 만한 임금이 아니면 섬기지 않았고, 사귈 만한 벗이 아니면 사귀지 않았다. 악인의 조정에 서지도 않았으며, 혹여 악인과 있더라도 자기 몸이 더럽혀질까 염려했던 인물이다. 반면에 유하혜는 누구를 섬긴들 임금이 아니며, 누구를 부린들 백성이 아니겠느냐고 하면서 더러운 임금에게 벼슬하는 것을 부끄러워하지 않았다. 악인과 함께 있어도 고민하지 않았으니 '너는 너고, 나는 나이다. 네가 어찌 나를 더럽힐 수 있겠느냐'는 식이었다. 유하혜는 어떠한 사람과도 상종하였으되 정도를 잃지 않았으며 가고 머무른 것에 연연해하지도 않았다. 백이와 유하혜는 이처럼 상반된 인물이었다.

나는 백이에게서 '대쪽같이 곧은 선비'의 기상을 느끼기도 하지만 한편으론 '속 좁은 사내'라는 생각이 들기도 한다. 유하혜에게서는 만인을 포용할 수 있는 '강물같이 큰 도량'을 느끼지만 한편으론 '자신을 지킬 줄 아는 능란한 정치인'이라는 생각이 든다. 나는 백이처럼 세상을 향해 날선 칼날을 들지도 못하고, 유하혜처럼 만인을 포용할 수 있는 아량도, 능란함도 가지고 있지 않다. 그렇더라도 나는 백이도 마음에 차지 않고 유하혜도 마음에 차지 않는다. 백이를 넘어서고, 유하혜를 넘어선 '군자'가 되고 싶은 것이다.(2007. 7. 5)

2007년은 지금으로부터 7년 전이다. 지적 성장이 멈춘 것인가, 오늘 다시 읽어도 백이와 유하혜에 관한 단상이 변함이 없는 것을 보면. 국제전화카드를 30위안에 구매하고 엄마에게 전화를 드리니, 언니네서 제천 집으로 오셨다고 하였다.

중국은 꼬치구이 천국

___ 4. 2. 수. 비가 잠깐 내렸다 말다 하였으나 맑고 시원하였다

새벽 3시. 어제 쓰다가 만 연재를 마무리하려고 일어났다. 정신을 수습하려 대홍포를 여러 번 우려 마셨다. 이번 호에는 봉암 채지홍이란 분을 소개하기로 하였다. 그분은 청주에서 출생하여 말년을 진천에서 보낸 호서지역의 조선 후기 성리학자이다. 좀 더 임팩트하게 써야 하는데, 늘 아쉽다. "이마에 핏방울이 맺힐 때까지 죽을힘을 다해 머리를 짜내면 누구나 좋은 글을 쓸 수 있다. 목숨 걸면 누구나 잘 쓸 수 있다."라는 강원국(『대통령의 글쓰기』의 저자)의 말을 되새겨본다. 죽을힘을 다해 쓰지 않았음을 인정한다. 목숨 걸고 쓰지 않았음을 인정한다. 갈아엎고 다시 쓰고 싶었지만, 오늘도 그냥 원고를 전송하였다. 이 못된 습(習)을 버려야 하는데!

연휴 첫날이다. 이번 연휴는 음력 3월 3일 삼짇날과 청명절이 겹쳐서 다음 주 월요일까지 휴일이다. 삼짇날 휴일은 광서자치구에서만 시행한다고 한다. 오늘 우리 학과 3학년 학생들이 마련한 꼬치구이 파티에 초대되었다. 아침 9시 남문에서 98번 버스를 타고 옌산 캠퍼스로 이동했다. 김 선생님과 나, 덕원이, 제주도 선생님 넷이서 함께 갔다. 도착하니 10시. 제주도 선생님께서 빈손으로 가기가 미안하다고 음료수를 사셨다. 장소는 학교에서 가까운 식당이었다. 꼬치구이를 할 수 있도록 시설이 잘 갖추어진 곳이었다. 아이들이 준비를 굉장히 많이 했다.

꼬치용 고기를 사다가 나무꼬치에 일일이 꽂아놓은 것이 수백 개는 되었다. 아이들이 직접 꽂았다고 한다. 소고기, 돼지고기, 닭고기, 닭 날개, 닭똥집, 돼지내장, 오징어, 소시지, 오리발 등의 육류에, 부추, 양배추, 가지, 옥수수 등의 채소도 있었다. 가지는 어젯밤에 나란이가 삶아서 가지고 온 것이라고 한다. 숯불 위에 석쇠를 올려놓고 고기를 굽기 시작했다. 고

기에 식용유를 바르고, 약간 익자 다시 양념장을 바르면서 계속 구웠다. 다 익으면 후추 등과 같은 향신료를 뿌려서 먹었다.

아이들이 오리발에 나무꼬치를 직접 꽂았다. 좀, 징그러웠다. 아이들은 오리발이 닭발보다 살이 많고 맛있다고 하였다. 불 조절을 못해서 태운 것도 있었다. 삶아온 가지는 반으로 가르고 칼집을 낸 다음 거기에 다진 마늘을 넣고 구웠다. 기대했던 맛은 아니지만 그런대로 괜찮았다. 중국인들은 꼬치를 정말 좋아하고, 잘 해 먹는 것 같았다.

우리 반의 청일점인 손흠의 역할이 아주 컸다. 회화시간에는 수줍어서 시키는 말만 몇 마디 하더니, 야외에 나오니 훨씬 밝고 적극적인 모습을 보였다. 집에서 이렇게 꼬치구이를 자주 해 먹는다고 했다. 굽는 솜씨가 노련하였다. 이쪽저쪽에서 손흠을 부르면서 도움을 청하였다. 덕원이는 내장이 쫄깃하고 맛있다면서 내장만 찾아서 먹었다.

아이들 정수리에 흰 눈이 설핏 내린 듯 재가 하얗게 내리고, 입가에 검은 숯 자국이 묻어나도록 먹고 또 먹었다. 오늘 종일 먹으면 다 먹을 수 있을까 싶었던, 수북하게 쌓여 있던 그 많던 꼬치들이 하나씩 구워지면서 사라졌다. 이런 모임에 한국학생들 같으면 벌써 맥주 서너 박스는 마셨을 텐데, 우리 학과 학생들은 술을 전혀 마시지 않는다. 제주도 선생님은 대번에 "아, 이렇게 꼬치를 먹을 때는 막걸리라도 한 잔 마셔야 하는 건데" 하면서 아쉬워하셨다. 학생들은 중간에 재미로 마작 게임을 하거나, 포커 게임을 할 뿐, 그저 계속해서 꼬치를 먹고 또 먹었다. 배가 불러서 더 이상 먹을 수 없을 때까지 먹었다.

한국과 중국, 가까운듯하면서도 이질적인 요소를 많이 가지고 있는 두 나라다. 음식에 있어서는 더욱 그러하다. 그런데, 중국인들은 언제부터 꼬치를 즐겨 먹기 시작했는지? 또 그냥 먹지 않고 왜 꽂아서 먹는지? 그 이유가 궁금했다. 즐겨 먹는 음식, 혹은 그 지역의 특정한 음식에는 저마다 역사적 혹은 문화적 배경을 가지고 있다. 아마도 중국인들이 즐겨 먹는 꼬치에도 어떤 문화적 배경이 있을 듯하다. 아무튼, 학생들 덕분에 즐거운 연휴 첫 날을 보냈다.

리우저우(柳州) 여행
___ 4. 3. 목. 화창하였다가 저녁 8시 경에 다시 빗방울이 떨어졌다

연휴 둘째 날. 나와 덕원이, 그리고 제주도 선생님과 셋이서 리우저우
(柳州)를 가기로 했다. 청명절 연휴가 시작되기 전이라 사람들이 많지 않을
것으로 생각하고 예매를 하지 않은 것이 후회되었다. 본래 10시 20분 기차
를 타려고 했는데, 기차역에 도착하니 줄을 선 사람들이 많았다. 막상 기
차표를 사려고 하니 여권이 필요하단다. 핸드폰에 저장된 것을 보여주었
으나 안 된다고 하였다. 할 수 없이 다시 집으로 돌아와 여권을 챙기고(혹
시 분실에 대비해 복사본을 가지고) 기차역으로 갔다. 한 시간이 넘게 줄을 서
서 기다렸지만 결국 오늘 표를 사지 못했다. 할 수 없이 다음날 오전 9시
20분 표를 살 수밖에 없었다. 연휴라 사람들이 고향을 가거나 여행을 가는
통에 대단히 북적거렸다. 이런 모습을 처음 본 제주도 선생님께서 연방 사
진을 찍고, 중국의 현실을 이제야 알았노라면서 소회를 말씀하셨다.

가려고 했던 리우저우도 못 가고, 그렇다고 집으로 돌아가기에는 서
운하여서 시 중심에 가서 점심을 먹었다. 태국 음식인 보우로오차오판(菠
蘿炒飯: 파인애플볶음밥)을 먹었다. 파인애플의 속을 걷어 내고 그 안에 볶음
밥을 넣은 것이다. 모양만 그럴싸하였지 맛은 그저 그랬다. 덕원이와 김
선생님도 역시 별로인 표정이었다. 먹거리 골목에서 특이하게 만든 감자
를 먹고, 야자열매를 마셨다. 그리고 양지앙쓰후(兩江四湖)라 이름 한 아름
다운 호숫가를 산책하였다. 좀 덥고 햇살이 뜨거웠다. 양산이 없어서 우산
을 들고 다녔다. 특별히 한 일도 없는데 피곤이 몰려와서 집으로 돌아오자
마자 낮잠을 잤다.

저녁을 먹고 나서 아침에 읽지 못한 『맹자』〈공손추〉 상편을 여러 번

읽었다. 그리고 덕원이와 함께 중국어 공부를 했다. 읽고, 외우고, 말하기 연습을 했다.

늦은 9시에 홍 교수님께서 맥주 한 잔 하자고 전화를 하셨다. 오, 이런 반가운 일이! 앞 동에 거주하시는 홍 교수님 댁을 방문하니 제주도 선생님도 계셨다. 같이 맥주를 마시면서 이야기를 나누었다.(홍 교수님은 현재 한국의 한 국립대학에서 중문학을 가르치시는 분으로, 안식년을 우리 대학에서 보내고 계신다) 홍 교수님은 지난 일주일 동안 한국에서 오신 지인과 사모님을 모시고 양쉬(陽朔)와 리지앙(漓江) 등을 다녀온 여행담을 풀어놓으셨다. 홍 교수님도, 지인들도 만족스런 여행이었던 것으로 보인다. 전에 옌타이에 있을 때 경식 언니와 함께 여행했을 때가 생각났다. 그때 언니도 패키지여행이 아니어서, 여유로워서 참 좋았다고 두고두고 말한 것을 보면 이해가 갔다. 연휴의 둘째 날도 이렇게 저물어갔다.

리우저우에서 만난 유종원

_____ 4. 4. 금. 화창하고 더웠다. 오랜만에 또렷이 뜬 달과 별을 보았다

아침 8시 10분. 리우저우를 가기 위해 학교 서문에서 16번 버스를 타고 기차역으로 이동했다. 기차역 대합실은 이미 여행객들로 북새통을 이루었다. 9시 25분 출발하는 고속기차가 움직이기 시작했다. 고속기차는 나도 처음 타본다. 한국의 KTX와 비슷한 것이라고 보면 된다. 고속기차는 일등좌석과 이등좌석이 있는데 약간의 가격 차이가 난다. 리우저우까지 가는 경우 일등석은 55위안, 이등석은 45.5위안이다. 실내는 깨끗하고 조용하여, 늘 타고 다니던 기차와 비교가 되지 않았다. KTX 승무원처럼 스커트 정장에 머리를 말아 올린 단정한 고속기차 승무원이 인사를 하면서 실내에서 담배를 피우지 말아달라고 하였다. 고속기차는 시속 200km로 달렸다.

드디어 한 시간 만에 리우저우에 도착했다. 리우저우는 광서자치구에서 두 번째로 큰 도시이다. 리우허우(柳侯) 공원을 가기 위해 역에서 버스를 타고 다섯 정거장을 지나 인민광장에 도착하였다. 버스 안에서 본 리우저우의 시가지는 깨끗하고 비교적 잘 정돈되어 있었다. 덕원이는 연방 "이렇게 좋은 도시가 광서에도 있었냐"면서 감탄을 하였다. 촌티가 좔좔 흐르는 계림 사람들의 옷차림과 비교가 되었다. 광장을 지나 좀 걷다 보니 바로 우리의 첫 번째 답사코스인 '리우허우(柳侯) 공원'이 있었다. 금강산도 식후경. 우리는 일단 점심을 먼저 먹었다. 공원 바로 앞에 있는 훠궈(火鍋: 샤브샤브) 전문 식당에서 소고기, 양고기, 채소, 새우, 면 등을 넣고 배부르게 먹었다. 어제 과음을 하신 김 선생님은 땀을 뻘뻘 흘리면서 드셨다. 중국 어디에서 먹어도 실패하지 않을 음식의 하나가 훠궈임을 확인했다.

리우허우 공원은 당나라의 시인 유종원(柳宗元, 773~819)을 기념하기 위해 세운 공원이다. 정문을 들어서자마자 먼 곳을 응시하는, 다소 진지한 표정의 유종원 동상이 우리를 반겼다.(항저우의 시후에는 소동파의 동상이 있다. 거기에 표현된 소동파도 짐짓 시인인양, 풍류객인 냥 그렇게 먼 곳을 응시하고 있다) 유종원은 영주에 유배되었다가 다시 리우저우로 이배되었다. 그때 나이가 43세였고, 그는 이곳에서 47세의 나이로 타계하였다.

당나라 때의 리우저우란 곳은, 척박한 불모지요, 질병이 창궐하는 살수 없는 땅이요, 오지 중의 오지, 바로 그런 곳이었다. 유배자의 몸이 된 유종원에게 "두려워 할 것은 아무것도 없었다. 다만 문화적 인격의 추락만이 두려울 따름이었다."(위치우위, 『중국문화기행』, 미래인, 2007, 361쪽) 그러나 유종원은 이곳의 자사로 있으면서, 리우저우 백성을 위해 우물을 파고, 교육을 시키고, 노비를 풀어주는 등의 선정을 베풀었다. 유종원이 베푼 선정이 각별했던 것일까. 그의 사후 천 년이 흐른 지금, 리우저우는 유종원이란 문인으로 더욱 빛나는 도시가 되었다. 아니, 유종원이 없었다면 별 볼일 없는 그런 도시가 되었을 것이 틀림없어 보인다.

공원은 별도의 요금 없이 출입이 가능하였다. 다만 유후사(柳侯祠)는

1인당 10위안의 입장료를 받았다. 헌화를 해도 좋다고 하였으나, 헌화는 우리 식 추모가 아니라 여겨 그만두었다. 사당 입구 한가운데에 '삼절비'가 있었다. 삼절비란, 유종원을 회고하면서 한유가 문장을 짓고 소식이 글씨를 써서 세운 비석을 말한다. 역시 호방한 소동파의 글씨임이 한눈에 드러났다. 내가 만약 글씨를 쓴다면, 얌전한 학자형 서법가는 되고 싶지 않다. 소동파처럼 활달하면서도 기상이 넘치는, 혹은 자유자재로 광필(狂筆)을 휘날리는 그런 서법가가 되고 싶다. 아마도 가능하리라. 내 안에 광적인 기질이 없지 않기 때문에!

사당 안에 안치된 유종원의 소상 앞에 조용히 묵례를 하였다. 젊은 남학생 두 명이 진지한 자세로 참관을 할 뿐, 다른 관람객은 없었다. 공원에는 '나지(羅池)'와 '감향정(柑香亭)'이 있었으나, 조금은 공관(公館)같은 느낌이 들어 운치가 있어 보이지는 않았다. 봄답게 봄꽃이 화사하게 피어 있고, 나무도 제 때를 만나 생기발랄 빛이 났다. 공원 의자에는 할머니 할아버지들이 앉아서 마작 게임을 하고 있었다. 저들의 이런 여유와 호사도 유종원이 있었기에 가능한 것이 아닐까.

대학 2학년 때, 지도교수이신 김성기 선생님의 연구실에서 유종원의 글을 『고문진보』에서 처음 읽었다. 『고문진보』에는 〈포사자설(捕蛇者說)〉 등을 비롯하여 10편의 산문이 실려 있다. 그 중에서 나는 유독 〈종수곽탁타전(種樹郭橐駝傳)〉을 아주 좋아하였다. 그 내용을 잠깐 언급해 본다.

곽탁타는 나무 심는 것을 업으로 삼는 사람이다. 사람들이 나무를 어떻게 그렇게 잘 키우냐고 물으니 탁타 왈 "나 탁타가 나무를 오래 살게 하고 잘 자라게 할 수 있는 것이 아닙니다. 나무의 천성을 잘 따르고 그 본성을 다하게 할 뿐입니다.(駝非能使木壽且孳也 以能順木之天 以致其性焉爾)"라고 한다. 즉, 나무의 뿌리를 곧게 뻗게 하고, 고르게 북돋워주고, 본래의 흙을 덮어주고, 빈틈이 없이 다져 주기만 하면 된다는 것이다. 그리고 그렇게 하고 나면 건드려서도 걱정해서도 안 된다는 것이다. 내가 강의할 때 특히 자주 인용하는 것은 다음의 대목이다.

"처음에 심을 때는 자식을 돌보듯 하지만, 심고나면 내버리듯이 한다. 그래야 그 천성이 온전해지고, 그 본성이 얻어지게 된다.(其蒔也若子 其置也若棄 則其天者全 而其性得矣)"

나무를 심어 키우는 것은 사람을 낳아 키우는 것과 다르지 않다. 쉽게 말해, 나무는 나무의 본성을 잘 따르게 하고, 사람은 사람의 본성을 잘 따르게 하면 된다는 것이다. 이것은 타자의 본성을 이해해야 하고, 나의 욕망에 타자의 삶을 끌어들여서는 안 된다는 뜻이기도 하다. 그런데 우리는 어떠한가? 부모는 자식을 소유하려 하고, 아내는(혹은 남편은) 남편(혹은 아내를)을 소유하려 하고, 애인은 그 애인의 삶을 소유하려 한다. 소유는 또다시 지배를 낳는다. 이렇듯 소유와 지배의 관계가 성립되지 않으면, 사랑이 아니라는 사유에서 벗어나지 못하고 있다. 왜일까? 유치해서이다. 성숙하지 못해서이다. 특히 자식의 삶을 소유 지배, 조작가능하다고 여기는 우리의 교육현실에서 꼭 새겨야 할 명언이 아닐 수 없다.

리우허우 공원을 나와서 택시를 타고 '대한민국 임시정부 항일투쟁 활동진열관(大韓民國臨時政府抗日鬪爭活動陳列館)'으로 이동했다. 택시를 잡고서 위의 장소를 말하니 기사는 몹시 귀찮다는 듯 없다고 하더니 그냥 가버렸다. 할 수 없이 경찰에게 물어보니 택시비 20위안 혹은 10위안이면 갈 수 있다고 하였다.(중국에서 어려운 일이 있으면 무조건 경찰에게 달려가는 것이 좋다. 말이 안 된다면 더더욱!) 다만 지금 있는 곳은 북쪽이고, 가려는 곳은 남쪽 끝이라고만 하였다. 그러나 끝이건 말건 어쩌랴. 가는 수밖에. 택시를 탔더니 기사가 다행히 안다고 하면서 목적지에 내려주었다.

이곳은 임시정부가 1938년 10월부터 이듬해 4월까지 청사로 사용했던 곳이라고 한다. 임시정부 청사 방문은 상하이에 이은 두 번째가 된다. 처음 상하이 임시정부 청사를 방문했을 때는 감개가 무량하여, 『아들아, 이것이 중국이다』에 자세하게 싣기도 하였다. 상하이를 거쳐 항저우, 창사, 광저우를 거쳐 이렇게 머나먼 리우저우까지 와서 머물 수밖에 없었던 임시정부 요원들의 고난을 생각하니 마음이 짠했다. 1층의 침실, 사무실

등은 복원하였다고만 하고 개방은 하지 않았으며, 2층에는 임시정부와 관련된 사진과 자료를 진열해 놓았다. 리우저우 임시정부라고 하여 특별히 눈에 띄는 것은 없었다. 다만 임시정부 요인들이 일제에 쫓겨 이곳까지 와서 대한민국의 앞날을 걱정하며 머리를 맞대고 독립을 위해 애썼다는 그것만으로도 한국인이라면 와 볼 만한 곳이라 생각한다.

임시정부 청사 앞에는 어봉산(魚峰山)과 공원이 있었다. 서울의 탑골공원을 방불케 할 정도로 노인들이 많았다. 김 선생님의 제안으로 산을 등반하였다. 15분 정도 걸린 듯하였다. 리우저우 임시정부 건물을 비롯한 리우저우 시내가 훤히 내다보이는 전망 좋은 곳이었다.

이렇게 하여 리우저우의 답사는 모두 끝이 났다. 우리 모자와 동행한 김 선생님은 재미가 없었을 지도 모른다. 내 여행의 첫 번째 키워드는 '문학적 배경'이 되는 곳을 답사하는 것이다. 그래서 먹는 것은 '대충', '아무거나' 괜찮다는 주의이다. 김 선생님께 여행 소감을 물어보니 좋다면서 이렇게 말씀하셨다.

"무조건 계림만 탈출하면 됩니다. 2014년 4월 4일이니, 앞으로 이 날을 기념하여 44탈출이라고 하겠습니다. 이번 여행을 통해 중국의 실정을 실감나게 느낄 수 있었어요. 계림과 비교적 가까운 리우저우가 이러하니, 광서자치구의 첫 번째 도시라고 하는 난닝은 어떤 곳인지 대단히 궁금합니다. 다음 코스는 난닝으로 합시다."

김 선생님은 올해 2월 중순에 계림에 오셨다. 아직 언어가 서툴고 중국 실정에 어둡다보니, 누군가와 동행하지 않으면 선뜻 혼자서 무엇을 할 엄두가 나지 않는다고 하였다. 그래도 인생 경륜이 많으셔서 상황파악 능력이 뛰어나시다. 눈치도 빠르신 편이다. 아마도 한두 달만 지나면 계림 접수(?)도 문제없을 것 같다. 리우저우 시내에서 콜라를 마시면서 시간을 때우다가 오후 5시 37분 고속기차를 타고 계림으로 돌아왔다. 모처럼의 나들이라 피곤한 하루였지만 나름대로 유익한 하루였다.

보고 있어도 보고 싶은 마음!

___ 4. 5. 토. 화창하고 더웠다

덕원이는 어젯밤에 여행에서 돌아오자마자 씻고 바로 양현이네 집으로 가서 잤다. 아들이 없으니 아침도 간단히 먹고, 점심은 남문 앞 식당에서 유퍼미엔(油潑面)을 먹었다. 좀 굵은 면발에 아삭하게 삶은 숙주나물, 파, 삶은 감자 등을 넣은 면이다. 나는 아삭하게 씹히는 숙주나물을 좋아한다. 그래서 베트남쌀국수도 좋아하는 음식 중의 하나이다. 옆 사람이 먹는 것을 보니(덕원이가 없으니 옆 사람이 먹는 것을 자세히 볼 수 있다. 덕원이는 나의 이런 행동을 아주 싫어한다. 교수님이 점잖지 못하게 남 먹는 것을 쳐다본다고 하면서…) 식초를 잔뜩 넣고, 고춧가루 양념도 많이 넣었다. 다음엔 나도 그렇게 먹어봐야겠다. 가격은 6위안. 넓적하고 흰 얼굴의 마음씨 좋아 보이는 여주인이 환하게 웃으면서 맛있냐고 물었다. 맛있다고 말해 주었다. 집으로 돌아오니 덕원이가 와락 달려들어 안겼다.

"왜 그래?"

"어젯밤부터 엄마가 너무 보고 싶었어. 근데 집에 와 보니 엄마가 없어 얼마나 걱정한 줄 알아? 어디 갔다가 왔어?"

덕원이는 저녁을 먹고 다시 양현이네로 가서 놀다가 내일 온다고 했다.

"어젯밤처럼 엄마가 데려다 줄게."

"그러지 마. 엄마가 데려다 주니까 이상하게 엄마가 더 많이 보고 싶어진단 말이야. 그리고 어두운 밤에 엄마 혼자 집으로 돌아갈 것을 생각하니 걱정이 돼서 안 되겠어. 오늘은 어두워지기 전에 형네 집에 갈 거야."

사실 나도 덕원이가 많이 보고 싶었다. 아침에 일어나니 허전해서 눈물이 나왔다. 중학교에 입학하면(이곳 중학교는 기숙사 생활을 해야 한다), 저 녀석을 어떻게 떼어놓을지, 생각만 해도 가슴이 아려왔다. 저녁을 먹고 장기를 두면서 덕원이가 장난스럽게 윙크를 하면서 말했다.

"보고 있어도 보고 싶어!"

"뭐야? 무슨 소리야?"

"어제 제주도 선생님에게서 배운 거잖아."

어제 리우저우 KFC에서 콜라를 마시는데, 옆 테이블의 남녀가 한 마디 말도 없이 각자 아이스크림을 떠먹으면서 스마트폰만 터치하고 있었다. 그러자 덕원이가 계속해서, 왜 말도 안 하지? 싸웠나? 별로 안 친한가? 하면서 생중계를 했다. 그랬더니 제주도 선생님께서 웃으면서 말씀하셨다.

"쟤들은 사랑을 모를 거야. 보고 있어도 보고 싶은 그 마음을 말이야!"

아암! 터치로 모든 것을 해결하려하는 디지털 세대가 아날로그 세대의 사랑법을 어찌 알 수 있으랴.

"엄마, 키스는 길고 굵게 하는 것이 잘하는 거야?"

오 마이 갓! 길게 하는 것은 알겠다면, 굵게 하는 것은 무슨 소리인지? 조금씩 성장하고 있는 덕원이가 사랑스럽기만 하다.

계화향
___ 4. 6. 일. 종일 비가 왔다

박중훈 감독의 〈톱스타〉를 보느라 새벽 2시에 잠이 들었다. 배우 박중훈이 메가폰을 잡았다고 하여 궁금해서 본 영화다. 감독 데뷔작으로는 모자라지도 차지도 않은 평균 점수는 되어 보이는 그런 영화였다.(이렇게 말하니, 내가 꽤나 영화에 조예가 있는 듯하다. 그러나 전혀 아니다!)

아침 9시에 눈이 떠졌다. 창밖에 빗소리가 들리니 더욱 일어나기가 싫어서 이불 속에서 꼼지락거리면서 이런저런 생각을 했다. 오늘은 『맹자』 읽는 것도, 책 읽는 것도, 글 쓰는 것도, 중국어 공부하는 것도 모두 쉬고 싶다. 아무것도 하지 않은 채 그냥 시간을 보내고 싶었다. 음악을 들으면서 서재 창밖을 보니, 문득 누군가와 소통하고 싶다는 생각에 눈물이 나오려 하였다. 왜, 나는 여기에 있는가? 그것도 머나먼 이국땅에? 내가 여기서 얻고자 하는 것이 무엇인가? P에게 편지를 쓰면서 약간의 치기어린 투정을 부리고 싶었다. 비 때문이다.

그런데 비에 젖은 계화나무에 노오란 꽃이 매달려 있었다. 창문을 열자 계화향기에 약간 현기증이 일었다. 서창에 어른거리던 암향의 정체가 계화였음을 이제야 알았다. 빗속에 계화향이 빗물과 함께 흐르고 있었다. 빨간 우산을 쓰고 교정을 거닐었다. 학생들이 청명절 연휴를 맞아 고향을 가거나 여행을 떠났기에 교정은 한적하기까지 하였다. 비에 젖은 교정을 거닐면서 꽃이 핀 계화나무를 찾았다. 북문으로 뻗은 길에도 계화나무, 남문으로 뻗은 길에도 계화나무, 중국어를 배우는 외국어학원으로 가는 길에도 계화나무, 교수들이 사는 사택에도 계화나무, 동서남북 어디를 가도 온통 계화나무뿐이다. 그런데 꽃이 핀 계화나무는 우리 아파트뿐이었다.

계화나무는 1년에 서너 번 꽃을 피운다. 10월 중순에서 11월은 계화가 피는 절정의 시기라, 계림 전체가 계화 향에 취해 있을 정도다. 그런데 4월인 지금 다시 꽃이 핀 것이다. 혹자는 계화 향을 싸구려 향수 같다고 폄하하지만, 싸구려 향기란 이 세상에 없는 법이다. 다만 대상을 그렇게 인식하는 것일 뿐이다. 우산을 쓰고 오랫동안 계화나무 아래를 서성였다. 비에 젖은 계화 향이 조금은 무겁게, 그러나 아주 천천히 내 몸에 스며들었다. 쪼그리고 앉아 빗방울이 떨어지는 모습을 보았다. 안개꽃보다 작고 벼꽃보다 앙팡지게 생긴, 치자 꽃보다는 옅은 노란 꽃잎이 시멘트 바닥에 여기저기 떨어져 밟혀 있지만, 거기에서도 향이 나는 듯했다. 어쩐지 허전하고 쓸쓸했던 마음이 좀 가라앉는 듯했다.

쌀국수로 가볍게 점심을 해결했다. 비가 오니 할 일이 없었다. 다시 책을 읽다가 석류와 얽힌 한시 이야기를 한 편 썼다. 몇 년 전에 〈맛있는 과일과 한시 이야기〉라는 글을 써보려고 계획을 했었는데, 한두 편 쓰다가 그만둔 적이 있다. 그것을 요사이 다시 시작해보고 싶었다. 고전 속에 깃든 과일이야기를 주제로 하고, 수준은 전문적이지 않은 가벼운 교양서 정도로. 무거우면서도 가볍지 않게, 가벼우면서도 무겁지 않게. 가능할까? 지속적으로 쓸 수 있을까? 페스티나 랑테! 천천히 그러나 서두르라!

집에서 소고기 양념구이로 저녁을 먹었다. 덕원이와 장기를 둔 뒤, 또 할 일이 없어서 책을 읽었다. 일본 사진작가 후지야라 신야의 『인도방랑』이다. 나는 그가 찍은 사진을 보면서 양가의 감정을 느낀다. 그것은, 예리하고 섬세한, 전체와 부분을 볼 줄 아는 예술가의 탁월한 안목에 대한 감탄이다. 또한 섬뜩함과 두려움도 동시에 갖는다. 섬뜩함이란, 두려움이란, 그의 삶에 대한 대범함과 초월성 때문일 것이다. 또한 나는 그의 카메라 앞에 서면, 내가 가지고 있는 끝도 없는 허위의식이 연속 촬영되어 까발려질(?) 것 같은 두려움마저 든다.

나는 그의 작가정신은 "내 생각에 오른쪽 눈과 왼쪽 눈은 눈이 갖는 사상이 다른 것 같습니다(74쪽)"라는 한 문장으로 요약될 것 같다. 오른쪽 눈과 왼쪽 눈의 사상이 다르다니? 그 치열함에 소름이 돋는다. 하루가 이렇게 저물어갔다. 청명절 연휴가 이렇게 지나갔다.

발 마사지
_____ 4. 7. 월. 비가 오다말다 하였다

연휴 마지막 날. 8시 경에 일어나 차를 마시면서 『맹자』의 〈공손추〉장을 읽고 썼다. 매일 『맹자』를 쓰기로 한 것은 잘한 일이란 생각이 든다. 그날 읽은 장을 외우면서(잘 안 외워지면 그냥 쓴다) 손에 힘을 주고 쓰다 보면, 마음이 안정이 되고 정갈해지는 느낌이다.

아침 겸 점심을 먹고 덕원이와 함께 중국어를 공부했다. 오후 4시. 덕원이가 탁구장에 갈 시간이다. 덕원이는 주말에 두 시간씩 탁구를 배우고 있다. 나도 같이 나섰다. 탁구 선생에게 간단히 인사를 하고 마사지 가게로 들어갔다. 발 마사지를 받으려는 것이다. 나 이외에 손님이 없었다. 뜨거운 물에 두 발을 담그고 있으니, 주인이 어깨 안마를 시작했다. 요새 컴퓨터 앞에 오래 앉아 있고 독서에 열중했더니 어깨 뭉침이 더 심해졌다. 아악, 소리가 나올 만큼 뒷목도, 어깨도 아팠다. 한 20분 정도 하고 나니, 거짓말처럼 어깨가 가벼워졌다.

이번에는 본격적으로 발 마사지를 했다. 왼발부터 오일을 바르고 천천히, 정성스럽게, 혈을 꾹꾹 눌러가면서, 비지땀을 흘리면서, 나의 두 발을 위해 그가 온 정성을 기울였다. 가게에는 주인보다 좀 더 어린 젊은 남자가 스마트폰으로 게임을 할 뿐, 조용하였다. 그는 내게 여행을 온 것이냐, 여기에서 일을 하는 것이냐, 한국에서도 마사지를 받느냐 등등 질문을 했다.

그러다가 "중국 남자들은 보통 몇 살에 결혼을 하나요?"하니, 도시에서는 30세, 농촌에서는 24세 정도에 한다고 했다. 여자들의 경우 보통 22세에 한다고 한다. 옆에서 게임을 하는 남자를 가리키면서, "이 사람도 결혼을 했어요. 아기도 있고요"하는 것이다. 너무나 어려 보여서 정말이냐고 물었더니, 그렇다고 했다. 24세라고 한다. "아니, 왜 그렇게 일찍 결혼을 했어요?"라고 하니, 주인장이 말했다. "여자 친구가 있어서요. 흐흐!" 그리고는 자신의 배를 가리키면서 손으로 불룩한 아치형을 그렸다. 속칭 사고를 쳐서(?) 일찍 결혼했노라는 제스처를 취한 것이다. 아하, 그렇구나! 젊은 남자는 이 가게에서 주인과 함께 마사지를 업으로 한다고 했다.

그렇게 대화를 나누면서 1시간 동안 마사지를 받았다. 몸이 한결 가벼워진 느낌이다. 가격은? 40위안이다. 어깨를 풀어주고, 발을 만져주고, 피로를 풀어주는 대가로는 참, 미안한 비용이다. (물론, 여행객은 이런 터무니없는 가격으로 도저히 받을 수 없는 서비스이다. 현지인만 가능하다^^) 어깨가 한결 좋아졌다고 말하니 주인장이, 일주일에 한두 번 지속적으로 받으면 훨씬 좋아질 것이라고 말했다. 그렇게 말하는 것이 호객행위인 것 같은지 겸연쩍게 웃었다.

중국의 요가

___ 4. 8. 화. 구름이 많이 끼고 흐렸다

작년에 계림에 온 이후 매 학기 요가를 수강하고 있다. 중국에서는 요가를 어떻게 할까? 물론, 한국에서 하는 요가와 비슷하다. 수강료는? 학기당 1주일에 두 번해서 200위안이다. 지난 학기에 이어 계속하는 나는 150위안으로 할인받았다. 장소는? 학교 내 실내체육관에서 한다. 보통 한국에서는 신발을 벗고 온돌 바닥에 앉아서 한다. 그런데 이곳 중국에서는 앉을 곳이 없는 시멘트 바닥이다. 요가 수강생은 각자 자신의 요가 매트를 가지고 온다. 그리고 체육관에 비치해 둔 요가 매트를(그 매트는 아주 지저분하다) 시멘트 바닥에 깐 뒤, 거기에 자신의 매트를 다시 깔고서, 그 위에서 요가를 하는 것이다. 한 반에 40~50명 정도 된다.

출입문이 있어서 외부와 차단되는 것도 아니다. 사람들이 지나가다가 얼굴을 쑥 들이밀고 보거나, 혹은 안으로 들어와서 지켜본다. 체육관이니 썰렁하기 짝이 없다. 당연히 아늑한 맛이라고는 없다. 한겨울에는 출입구를 통해 매서운 삭풍이 불어 닥친다. 이런 데서 요가를 할 수 있을까? 요가도 일종의 명상인데 말이다. 아, 그런데도 요가 음악이 나오고 강사의 말을 듣고 따라하다 보면 어느새 몸이 이완되고 집중하게 된다. 도(道)가 어느 곳에나 있음을 뜻하는 도재시뇨(道在屎尿)의 말이 떠오르면서, '그래, 앉은 곳이 바로 명상처지'라는 생각을 하곤 한다.

강사의 말을 다 알아듣느냐하면, 전혀 아니다. 호흡, 내쉬기(呼氣), 들이마시기(吸氣), 성장, 이완(放松) 등의 몇 마디만을 겨우 알아들을 뿐이다.(요새는 조금 더 많이 알아듣는다) 요가라는 것이, 강사의 말보다는 행동을 예의주시하면 되는 것이기 때문에 별 어려움은 없다. 그리고 중국 요가라고 해서 특별한 것이 아니다. 세계 어디를 가도 요가의 동작은 대동소이하지 않은가.

나는 한국에서 요가를 조금은 해 본 터라 웬만한 동작을 보면 '척' 하니 알 수가 있다. 지난 학기에는 정신 줄을 놓고 있다가 다들 왼발을 들고 있는데 나만 오른발을 들고 있는 때도 있었다. 그러면 강사가 마이크에 대고 친절하게 "조영임, 왼쪽입니다!" 라고 한다. 얼른 오른발을 내리고 왼발을 들어도, 머쓱한 건 나뿐이지 다른 사람들은 신경도 안 쓴다. 수강생들은 모두 학생들이기 때문에 내가 최고령자다. 이번 학기에 제주도 김 선생님께서 합류하는 통에 최고령자 자리를 내주었다. 젊고 예쁜 학생들 틈에 끼어서 요가를 하고 있으면 나이를 잊게 된다. 지천명을 향해 가고 있는 내 나이를.

배경 음악은 한국의 요가 학원에서 듣던 음악이거나, 뉴에이지 음악이라 낯설지가 않다. 가끔 음악을 듣고 있으면 한국에 있던 때가 생각난다. 여기는 한국에서 유행하고 있는 '핫요가'는 아직 없는 것 같다.

양변기 마퉁(馬桶)

___ 4. 9. 수. 비가 내렸다

중국어를 공부하다보면 조어(造語)가 재미있는 것이 많다. 특히 외래어인 경우는 더욱 그렇다. 몇 가지 예를 들어보자. 슈퍼마켓(超市), 미니스커트(迷儞裙), 샌드위치(三明治), 아이스크림(冰淇淋), 콜라(可口可樂), 펩시콜라(百事可樂) 등등, 수도 없이 많다.

대개는 영어의 원음을 그대로 음차(音借)한 것이다. 그런데 음차한 것을 가만히 들여다보면, 그 뜻이 기가 막히게 부여된 것이 많다. 예컨대, 미니스커트는 '너를 홀리게 하는 치마'란 뜻으로, 코카콜라는 '입에도 맞고, 즐겁기도 한 것'으로, 펩시콜라는 '백 가지 일이 모두 즐겁다' 등의 의미로 읽힌다.

최근에 양변기(혹은 수세식변기)가 마퉁(馬桶)이라는 것을 알게 된 후,

왜 변기를 마퉁이라 했는지 궁금해졌다. 말먹이를 담는 구유통이 변기와 비슷해서인가, 아니면 마씨 성을 가진 사람이 처음으로 이 물건을 써서 붙여진 이름인가? 별의별 생각을 다 했지만 뾰족한 답이 나오지 않았다. 인터넷 검색을 해 보니, 어느 사이트에서는 "변기에 '馬'가 사용된 것은 변기에 앉는 자세가 말을 탄 자세와 흡사해서"라고 한 것도 있다. 정말 그럴까? 중국 최대 포털 사이트 '바이두'에서 검색한 결과는 다음과 같다.

마퉁의 역사는 한나라 때로 거슬러 올라간다. 그 당시에는 마퉁을 '호자(虎子)라고 불렀다. 이것은 옥으로 만든 황제의 전용품이었다. 황제를 모시는 내시들이 가지고 다니다가 필요에 따라 사용하였다. 말하자면 휴대용 '변기'인 셈이었다. 이것이 마퉁의 전신이다.

그런데, 왜 호자 즉 호랑이라고 했을까? 서한 때에 이광(李廣)이라는 장군이 호랑이를 쏘아 죽인 일이 있었다. 이광은 누구인가? 웅크리고 있는 바위를 호랑이로 잘못 보고 활을 쏘았는데, 화살촉이 바위에 박혀 버렸던, 활쏘기에 있어서 전설적인 인물이다. 그후 호랑이 모양의 소변기가 나왔는데, 이는 사나운 호랑이를 우습게 표현한 것이다. 동물의 제왕격인 호랑이가 한낱 오줌을 받아내는 소변기로 전락하였으니, 호랑이 최초의 굴욕이 아닌가싶다. 이것이 호자(虎子)라는 이름을 갖게 된 연유다. 당나라에 와서 황제의 가족 중에 이호(李虎)라는 이름을 가진 자가 있었는데, 그 이름을 휘(諱: 제왕이나 윗사람의 이름을 직접 부르지 못하는 것을 말함)하기 위하여 수자(獸子) 혹은 마자(馬子)라고 하였다. 그리고 그 뒤에 마퉁이란 이름으로 불리게 되었다는 것이다.

오호라! 양변기를 왜 마퉁이라 부르게 되었는지, 이제야 의문이 풀렸다. 호자에서 마자로, 마자에서 다시 마퉁으로 변한 것이다. 중국에서 마퉁의 전신인 '호자'는 주로 귀족들이 사용하였으며, 무덤에 부장되었다고 한다. 그런데, 호랑이 모양의 '호자' 즉 '휴대용 소변기'가 부여 군수리에서도 출토되었다고 한다. 1500년 전 백제의 유물에서! 부여 군수리 유적에서 발견된 토제 호자는 호랑이가 입을 크게 벌린 채 고개를 약간 돌린 형태라고 한다. 이를 통해 중국제 수입품의 국산화가 이미 진행되었음을 보여준다고 〈네이버 지식백과〉는 말하고 있다. 호자에 관한 또 다른 글 한 편! 조선시대 이덕무의 『청장관전서』에 다음의 글이 실려 있다.

어느 선배 한 분이, 어떤 집에 가서 주인의 아들로 이미 갓을 쓴 장성한 자가 그 아버지와 함께 앉은 자리에서 호자(虎子)에 오줌 누는 것을 보고서, 그 부자는 무례한 자들이라 생각하고 따라서 교제를 끊고 다시 그 집에 가지 않았다. 남들은 그 선배를 너무한다고 하나 나는 너무한 것이 아니라고 생각한다.

장성한 아들이 아버지와 함께 앉은 자리에서 요강에 오줌을 누다니, 교제를 끊을 것까지는 없지만, 나 역시 그들이 무례하다고 생각한다. 마통을 이야기하다보니 여기까지 왔다. 이런 것이 바로 꼬리에 꼬리를 물고 이어지는 앎의 진화가 아니겠는가.

낮 잠
___4. 10. 목. 종일 장맛비처럼 쏟아졌다

아침 8시 40분부터 12시까지 중국어 강의가 있었다. 점심은 북문 앞 만두가게에서 만두 두 판과 빤미엔(拌面)으로 해결했다. 빤미엔은 라면 발처럼 쫄깃한 면에 간장 비슷한 것으로 양념을 하였는데, 라면과 비슷하나 더 고소하다.

점심을 먹고 집으로 돌아와 보니 청바지도 젖고, 운동화도 젖었다. 어쩐지 기운이 없다. 도무지 의욕이 생기지 않는다. 아무 것도 손에 잡히지 않는다. 왜 그럴까? 아마도 비 때문인 것 같다. 장대 같은 굵은 빗줄기가 계속 쏟아지고 있다. 낮잠을 잤다. 설핏 잠이 들었다. 자다가 깨어나도 여전히 빗소리가 들렸다. 아득히 꿈속을 유력하다가 퍼뜩 깨어서보니 정신이 혼몽하였다. 새벽인지, 낮인지, 밤인지, 강의를 가야 하는지, 중국어를 들으러 가야 하는지, 도무지 갈피를 잡을 수가 없었다. 마치 실컷 낮잠을 자고 일어났더니, 얼른 학교 가라고 책가방을 챙겨주는 오빠의 말을 믿고 허겁지겁 방문을 나섰다가, 그제야 오빠에게 놀림을 당한 줄 알고 분해하던 어린 시절의 어느 한때 같았다. 무려 3시간이나 낮잠을 잤다. 아, 갑자기 엄마가 많이 보고 싶어졌다.

저녁은 집에서 제주도 선생님과 같이 먹었다. 돼지고기 두루치기를 메인 메뉴로 해서. 저녁을 먹고 나서, 덕원이는 선생님과 장기를 한 판 두었다. 덕원이의 완패! 덕원이가 매일 나하고만 장기를 두다가 오늘 제주도 선생님을 통해 완전히 새로운 전법과 전술을 익힌 것 같다.

기름진 출근길

_____ 4. 11. 금. 약간의 빗방울이 떨어지고 잔뜩 흐렸다

오늘 오전에 4시간의 강의가 있었다. 우리 대학은 1교시 수업이 8시 20분에 시작된다. 캠퍼스가 3군데로 분산되어 있는데, 지금 거주하고 있는 곳은 위차이(育才) 캠퍼스이고, 강의하는 곳은 옌산(雁山) 캠퍼스이다. 위차이에서 옌산까지는 약 40분 정도의 시간이 소요된다. 1교시 수업을 위해 아침 7시 25분 버스를 타고 간다. 교수 전용 출퇴근 버스가 따로 있고, 학생들을 위한 버스도 따로 있다.

현지 교수들은 대부분 무척 검소하다. 검소하다 못해 어떤 분들은 교수 같은 포스(force)가 전혀 느껴지지 않는 경우도 있다. 간혹 파격적인 옷차림을 하고 지나가는 이가 있다면 틀림없이 젊은 외국인 교수이다. 그러

계림의 봄

55

나 외국인 교수들도 점잖게 차려입고 다니는 경우가 대부분이다. 이른 아침이라 아침식사를 못한 어떤 교수들은 빠우즈(包子) 같은 간편한 음식을 먹으면서 차를 기다린다. 뭘 먹으면서 기다리는 교수들은 대부분 중국인 교수들이다.(출근길에 많은 시민들이 차를 기다리면서 이처럼 간편하게 식사하는 것을 볼 수 있다)

그리고 처음에 와서 놀란 것은, 그들의 머리가 참으로 기름지다는 것이었다. 그들의 그런 모습을 보고 있으면, 옛날 우리 아버지 시대에 멋을 부리기 위해 동백기름 혹은 포마드를 머리에 바르고 2:8 가르마를 했던 때가 퍼뜩 떠오른다. 그런데 여기 교수들에게서는 동백기름이나 포마드를 발랐을 때의 그 어떤 멋도, 그 어떠한 스타일도 나오지 않는다. 그저 매우 기름질뿐이다. 속된 말로 '떡진 머리' 스타일이라고나 할까! 연구에 몰두하느라 외모에 신경 쓸 겨를이 없었노라고 하면 십분 이해가 된다. 그런데 여기에 몇 달 살다 보니, 그들의 그런 헤어스타일이 연구에 몰두한 결과만은 아님을 알 수 있다. 어떤 교수가 우리 과 교수에게 "오늘도 머리를 감았어요? 진짜, 매일 머리를 감아요?"라고 물었다는 것으로도 짐작할 수 있다. 아마도 매일 머리를 감는 것이 습관화가 안 된 것일 수도 있고, 주거환경이 허락하지 않아서일 수도 있다. 나와 아무런 관련이 없어도 미관상, 청결상 불편한 감이 없지 않다.

그런데, 만약 13억의 인구가 매일같이 머리를 감는다고 생각해보니, 미관상, 청결상의 어떤 불편함을 넘어 지구환경과 수자원에 대단히 큰 영향을 미칠 것으로 보인다. 만일 저들이 한국인들처럼 씻기를 좋아하여 물을 펑펑 쓴다면 전 지구적 물의 고갈은 물어보나마나이다. 저들의 기름진 머리가 지구환경에 이처럼 지대한 공헌을 하다니, 미처 생각지 못했던 바다.

태국의 물 축제
___ 4. 12. 토. 흐렸다

오늘 9시 30분부터 도서관 앞에서 태국의 '쏭크란 페스티발(Songkran Festival)'이 있다는 공지를 보고 덕원이와 함께 가보았다. 홍 교수님도 와 계셨다. 쏭크란 축제를 중국어로는 쏭깐지에(宋干節)라고 한다. 많은 학생들이 운집해 있었다. 태국 유학생만 축제에 참가한 것이 아니다. 베트남, 라오스, 캄보디아, 스웨덴 등등 눈에 익은 유학생 친구들이 거의 대부분 참여하였다.

학교 측에서 마련한 개막식이 있은 후 드디어 물 축제가 시작되었다. 얼굴에 하얀 분가루를 바른 젊은 학생들이 신나는 음악에 맞춰 바가지를 들고 서로에게 마구 물을 퍼주었다. 드디어 물 호수가 등장했다. 호수를 든 학생들이 폭포수같이 쏟아지는 물줄기를 이리저리 쏘아댔다. 물세례를 안 받겠다고 버티는 친구를 번쩍 들어서 목욕탕 같은 커다란 물통 안에 집

태국의 물축제를 즐기는 유학생들

어던지기도 하였다. 온몸이 흠뻑 젖은 학생들이 신나는 음악에 맞춰 몸을 흔들면서 물 축제를 만끽했다. 어깨를 들썩이며 엉덩이를 흔드는 그들의 모습을 보는 것만으로도 신이 났다. 좀 더 젊었으면 저들의 틈에 끼여서 놀았을 텐데. 젊다는 것은 참 아름다운 일이다. 젊다는 것은 참 신나는 일이다.

'쏭크란' 축제는 태국의 전통적인 물 축제이다. 쏭크란(Songkran)은 산스크리트어로 '새해'를 의미한다고 한다. 태국은 건기에서 우기로 넘어가는 4월 13일부터 15일까지를 새해로 간주한다. 중국의 춘절처럼, 이 기간은 태국 전역이 축제 분위기이다. 하얀 가루를 얼굴에 묻히고 물세례를 받는 것은, 액운을 막아주거나 씻어주는 '정화'의 의미를 갖는 것으로 해석된다. 그런데 왜 하필 '물'일까? 태국이 불교국가인 것과 관련이 있다. 석가탄신일에 아기 부처님을 머리에서부터 발끝까지 물을 붓는 관불(灌佛) 혹은 욕불(浴佛) 의식을 생각해 보라. 여기서 물은 '신성함'과 '정화작용'이라는 의미를 함유하고 있다.

황사 없는 계림
___ 4. 13. 일. 비는 오지 않고 잔뜩 흐렸다

오전에 친구에게서 "계림은 황사가 어떠니? 계림도 베이징만큼이나 심각한 거니?"라는 카톡이 왔다. 베이징의 황사가 심각한 수준을 넘어섰다는 보도를 접한 것은 이미 오래된 일이다. 한국 사람들이 보면 계림이나 베이징이나 모두 중국 땅이니 당연히 계림도 황사가 심할 것이라는 우려에서 한 질문이다.

그런데 계림은 베이징에서 어마어마하게 멀다. 계림에서 비행기를 타면 베이징까지 가는데 3시간이 소요되고, 고속기차를 타면 11시간, 보통 기차를 타면 26시간 이상이 걸린다. 그러니 베이징과 계림의 기후는 마치

딴 나라처럼 결코 같지 않다. 베이징은 인구도 많거니와 자동차와 인접 지역의 공장 등에서 발생하는 오염이 심각하다. 그래서 베이징은 황사만큼이나 미세먼지가 심각하다. 황사가 사막에서 불어오는 흙먼지라고 한다면, 미세먼지는 자동차나 공장 등에서 발생한 대기오염물질이 섞인 것이다. 황사보다 미세먼지가 더 치명적인 위협을 가할 수 있다. 황사와 미세먼지를 방지하기 위해 고가의 특수 마스크가 속속 등장하는 것도 이상한 일이 아니다.

베이징의 이런 심각한 대기오염과는 달리 계림은 중국에서 손꼽힐 정도로 청정지역이라 할 수 있다. '계림산수갑천하(桂林山水甲天下)'라는 말이 오래전부터 있어 왔듯이, 계림의 산수는 전국에서 으뜸이다. 계림에는 공장이 많지 않다. 공업도시가 아니기 때문에 대기는 깨끗한 편이다. 또 계림은 남방지역이라 겨울철 난방을 하지 않는 것도 깨끗한 공기에 한 몫 한다. 오토바이에 비해 매연 배출이 없는 전동차를 많이 사용한다. 이러한 여러 가지 원인으로 계림은 비교적 공기가 맑고 깨끗하다.

그러나 계림이 청정지역이라고 하여 맑은 날만 있는 것은 아니다. 계림은 봄철 내내 맑은 하늘을 보기 어렵다. 2월부터 5월까지는 비가 자주 오는 철이기 때문에 하늘은 늘 흐려있다. 그렇더라도 황사와 미세먼지로 흐려있는 베이징과는 차원이 다른 것이니 걱정할 필요가 전혀 없다.

어제 태국의 물 축제에 이어 오늘은 라오스의 축제가 있었다. 라오스 유학생들은 기숙사 앞에서 음악을 틀어놓고 먹고 마시면서 춤을 추었다. 커다란 물통에 물을 담아서 서로에게 물세례를 해 주었다. 그들도 물 축제를 한다고 한다. 오후 4시, 덕원이가 탁구장에 갔다. 탁구를 시작한 지 이제 꼭 한 달이다. 아직도 공 넘기는 것만 하고 있다고 덕원이가 잔뜩 투덜대고 있다.

캄보디아 유학생 축제

___ 4. 14. 월. 비는 오지 않고 잔뜩 흐렸다

오전에 중국어 강의가 있었다. 쉬는 시간에 태국 유학생들이 한국말을 가르쳐 달라고 하였다. 오늘은 봄, 여름, 가을, 겨울 사계절을 말해 주었다. 태국도 한류열풍이 거센 듯하다. 김수현을 이야기하면 너무 좋아서 '넘어가려' 한다. 한국드라마, 영화, 유명한 가수 등 줄줄이 꿰고 있다. 한국말도 몇 마디 정도는 알아듣는다. 그들 말로는, 태국은 남부와 북부가 있는데 남부지방에서는 여름과 약간 시원한 가을만 있어서 눈 구경을 못한다고 하였다. 사계절이 분명한 한국이 부럽다고 하였다.

나도 그들에게서 인사말을 배웠다. '샤와디와'와 하나부터 열까지 배웠으나, 발음이 익숙하지 않아 자꾸만 잊어버리고 있다. 태국학생들이 한국에서는 4월 14일을 뭐라고 하느냐고 물었다. 4월 14일? 흔히 블랙데이라고 하여, 애인 없는 사람이 처량하게 '짜장면 먹는 날'이라고 말해 주었다. 정체불명의 '블랙데이', 외국인도 궁금해 하는 이 날이 언제 우리가 기억해야 할 날로 자리 잡혔는지 모르겠다.

12시 강의가 끝나고 집으로 돌아오는데, 앞 동에 캄보디아 유학생들의 파티가 있어서 들렀다. 사진을 함께 찍고, 그들이 준비한 국수로 점심을 해결했다. 캄보디아도 오늘부터 3일 동안 신년 축제라고 한다. 태국처럼 물 축제는 아니었다. 지난 주 토요일에 이어 계속해서 동남아시아권 나라의 축제가 있다. 우리 대학에는 캄보디아 유학생이 13명 있다고 한다.

캄보디아 학생들이 마련한 축제장에는, 마치 신에게 바치는 것처럼 온갖 종류의 과일이 무더기로 쌓여 있고 향을 피운 단상이 따로 마련되어 있었다. 이렇게 사흘 동안 신에게 예를 차린다고 한다. 그들이 준비한 쌀국수는 베트남의 쌀국수와 비슷하였다. 점심을 먹고 나니 음악에 맞추어

춤을 추자고 하였다. 캄보디아 학생이 앞에서 원~투~쓰리~포어 하면서 스텝과 손동작을 가르쳐 주기에 어색한 스텝을 밟아보았다. 쑥스러웠지만 재미있었다. 몇 해 전에 덕원이와 캄보디아에 갔던 때가 생각났다. 1달러를 구걸하기 위해 여행지 곳곳에서 만났던 어린아이들의 까만 눈망울이. 그러나 이곳의 유학생들은 그때 만난 그들과 다른 세상에 살고 있는 듯했다. 스마트하게 잘 생겼고, 예의바르고, 눈빛에서 자신감이 넘쳐났다.

서기장과 이 교수 및 몇 분들과 저녁식사를 마치고 파티 장에 다시 가 보았더니, 아직도 휘황찬란한 불빛 아래 젊은이들이 맥주를 마시면서 신나게 춤을 추고 있었다. 비는 오지 않고, 약간의 바람이 불었다. 덥지 않고 시원하였다. 교정에는 계화향이 은은히 퍼져 있다. 요사이 만나기 어려운 좋은 날인 듯하다.

유학생 줄다리기 경기
____ 4. 15. 화. 흐렸다

외국어학원에서 유학생 줄다리기가 있었다. 어제부터 시작했으나 저녁 약속이 있어서 참여하지 못하였다가 오늘은 요가를 하루 쉬고 체육대회에 참석했다. 우리 반은 태국, 라오스, 파키스탄, 미국, 멕시코 국적을 가진 학생들로 모두 17명이다. 줄다리기는 남자 4명, 여자 4명이 참여한다. 나는 나이가 많아서 시합에는 참여하지 못하고 응원을 하였다. 우리 반에 태국과 라오스 친구들이 많다보니, 동남아시아권 유학생들이 몰려와서 응원을 해 주었다. 목이 터져라 지아유(加油: 힘내!)를 외쳤다. 우리 반은 오늘 세 번 모두 이겨서 내일 또 출전하게 되었다. 게임을 시작하기 전과 끝난 뒤에 다 같이 모여 하이파이브를 했다. 마치 하나가 된 듯 일체감이 느껴졌다.

밤에 이어령의 『생명이 자본이다』의 마지막 책장을 덮었다. 한국 현대지성사의 한 획을 그을 만큼 대단했던 이어령 선생! 그의 유려한 문체에 원숙함과 연륜이 읽혀진다. 그리고 문체에도 나이가 있음을 이제야 깨달았다. 나의 문체를 표현하자면, 붉었다가 푸르렀다가 다시 노랗다가 검었다가 도무지 일정한 색깔이 없다가, 담장 너머를 수시로 기웃거리는 정체불명의 그런 것이다. 정확히 말하면, 색깔이 없는 문체요, 아직 문체라고 할 수 없는 그런 시답잖은 것이라는 뜻이다.

이 책의 키워드는 '생명'과 '사랑'이다. 그는 말한다. "늦었지만 생명이란 말을 리셋하고 흔하고 천해진 사랑이라는 말을 다시 포맷하지 않으면 안 될 것이다. 지난 것과 앞으로 올 시대를 연결하는 하이퍼텍스트가 필요한 까닭이다."(61쪽) "먹는 것은 모든 생명으로 통한다. 바다, 하늘, 들판, 그리고 태양, 먹는다는 것을 다시 생각하면 먹는 것이 곧 자본임을 안다. 돌과 흙은 못 먹는다. 최초의 우리가 먹은 어머니의 젖으로부터, 우유로부터 시작해 우리는 살아있는 생명을 먹었다."(180쪽) 종횡무진, 동서고금을 넘나드는 해박한 지식, 생명과 사랑으로 귀결되는 인문학자의 따뜻한 철학!

새벽 2시. 한국시간 새벽 3시. 잠이 올 것 같지 않았다. 서창 너머 계화나무가 바람에 흔들리는 소리가 들리고 있다.

홀로서기

___ 4. 16. 수. 흐렸다

강의 끝나고 집으로 돌아오는데 제주도 선생님께서 저녁을 같이 하자고 전화를 하셨다. 홍 교수님과 인도네시아 학생도 동석하였다. 학교 남문 근처에 있는 '아줌마'라는 한국 식당에서 삼겹살을 먹으면서 소주를 마셨다. 사모님이 월요일에 가시자 조금 홀가분한 마음이 들기도 하면서 동시에 고맙다고 밥을 사신 것이다.

중국에 오신 지 두 달 만에 집식구가 오니 여간 부담스럽지 않은 모양이었다. 마음 같아서는 현지인처럼 유창하게 중국어를 구사하고 안내를 하면서 '폼'을 잡고 싶었는데 이도저도 아무것도 할 수 없으니 많이 긴장되고 속상하셨던 것 같다. 왜 아니 그러하시겠는가. 홍 교수님의 농담처럼 '가오(?)' 잡는 것을 좋아하시는 분이 사모님 앞에서 한 마디의 중국말도 하지 못하고 있으려니 얼마나 답답했을까. 소주를 마시고 나서 근처 맥주집에서 맥주를 한 잔씩 마셨다. 맥주집에서는 한국 가요가 계속해서 흘러나왔다. 사모님이 오신 것을 계기로 이제 '홀로서기'가 충분히 되실 것 같다면서, 우리가 걱정하지 않아도 될 것 같다고 홍 교수님과 이야기했다. 정말 그럴 수 있을지? '어린 양' 같으신 제주도 선생님께서 과연 홀로서기를 잘 할 수 있을지 걱정이다.

세월호 침몰
____ 4. 17. 목. 비가 오다말다 하였다

어제 오후 인터넷에서 '진도 여객선 침몰 되었으나 전원 구조되었다'는 기사를 보고 안심하였다. 이제 우리나라도 살만한 나라가 되었구나 싶었다. 위기 대처능력이 상당한 수준에 도달했다고 생각했다. 그런데 웬걸! 잇따른 비보는 슬픔을 넘어 분노를 일게 하였다. 21세기에 배가 침몰되어 가는 과정을 보면서, 우리의 소중하고도 소중한 아이들을 구조하는데 힘 한번 쓰지 못한 채 손 놓고 있어야 하는 이 기막힌 현실에 할 말을 잃었다.

아, 대한민국은 아직도 한참 멀었다. 한류, 한류 하면서 마치 선진국 대열에 진입한 것처럼 과대 포장하지만, 대한민국은 아직도 후진국이다. 이토록 무능한 대한민국의 국민이라는 것이 부끄러웠다. 오전에 중국어 강의 시간에 장 선생 부부를 만나 진도 여객선 침몰에 대하여 이야기했다.

그들 역시 비통하고 부끄럽다고 했다. 덕원이는 한국인 친구들과, 나는 지인들과 카톡으로 그 이야기를 했다. 도무지 일이 손에 잡히지 않아서 실시간으로 올라오는 인터넷 속보를 계속 지켜보고 있다. 온 나라가 슬픔에 잠겨 있을 터. 타국살이를 하는 우리도 그 슬픔에서 벗어나지 못하고 있다.

맹자에게 묻는다
___ 4. 18. 금. 비가 오락가락 하였다

어제에 이어 오늘도 진도 여객선 침몰로 도무지 일이 손에 잡히지 않았다. 제천 집에 전화를 걸었더니, 엄마 역시 진도 이야기를 하면서 눈물을 삼키셨다. 사고 이후 인터넷에는 '정부의 미숙한 대응, 졸속 정부, 못 믿을 정부, 이게 정녕 국가란 말인가' 등등 수많은 질타가 쏟아지고 있다. 학교 앞 식당가 어디를 가도 한국의 배가 침몰했다는 말을 전하고 있다. 스마트폰 시대가 분명했다. 학교 앞에서 4위안짜리 간식을 파는 아저씨도, 2위안짜리 더우지앙(豆浆)을 파는 아줌마도 내가 한국인임을 알고 아는 척을 했다. 뭐라고 할 말이 없었다. 부끄러웠다. 두 눈을 벌겋게 뜨고서 생떼 같은 자식이 스러지는 것을 보아야 하는 나라에 살고 있다. 이런 나라의 국민이라니 참담했다.

외국에서 자국민이 당당할 수 있음은 '국격'과 관련 있다. 한껏 치솟고 있는 대한민국의 브랜드 가치가 이번 세월호 침몰로 한없이 추락하고 말았다. 안전 불감증, 총체적 부실로 인한 사고도 문제지만, 정작 그 사고를 수습하는 정부의 대응능력이 '완벽하게 제로'라는 것이 더 큰 문제이다. 아직 희망의 끈을 놓지 않고 구조작업을 벌이고 있고 사고가 수습되는 과정이니, 책임론을 언급하는 것은 차후 문제일 것이다. 누군가는 문책을 당할 것이고, 누군가는 책임을 지고 옷을 벗을 것이다. 그러나 늘 그렇듯이 문책을 당하는 사람도, 옷을 벗는 사람도 '아랫것'들일 가능성이 높다.

몇 천 년 전 맹자의 시대로 거슬러 올라가 보자.

맹자께서 제선왕에게 말씀하셨다. "임금의 신하가 자기의 처자를 벗에게 부탁하고 초(楚)나라에 가서 지내다가 다시 돌아와서 보니, 그의 처자를 얼리고 굶주리게 하였다면 어떻게 하겠습니까?" 왕이 말했다. "그와 절교할 것입니다." 다시 물었다. "법관이 그 부하를 잘 다스리지 못하면 어떻게 하시겠습니까?" 왕이 말했다. "그를 파면할 것입니다." 맹자가 다시 물었다. "나라 안이 잘 다스려지지 못한다면 어떻게 하시겠습니까?" 왕이 좌우를 둘러보고 다른 이야기를 하였다.

『맹자』의 〈양혜왕〉편에 나오는 이야기이다. 맹자의 질문에, 왕은 자신의 처자를 곤궁하게 만든 신하와는 절교를 하겠다고 하였다. 그리고 부하를 잘 다스리지 못한 법관는 파면하겠다고 하였다. 이때 맹자는 왕에게 정곡을 찌르는 질문을 다시 한다. "그렇다면 나라가 잘 다스려지지 않으면 어떻게 해야 합니까?" 다시 말해, 이것은 누구의 책임이냐고 물은 것이다. 또한 이 질문에는 "당신이 모든 책임을 져야 하니 왕 노릇을 그만두어야 한다"는 매우 강한 의미가 담겨 있다. 그러나 왕은 즉답을 회피하고 좌우를 둘러보면서 짐짓 딴소리를 했다.

모른 척 하면서 딴 소리를 하는 왕의 이 같은 태도가, 우리에게는 어찌 이리 익숙하고 친근한가. 맹자 시대 제선왕의 좌고우면(左顧右眄)를 다시 보지 않기를 바라는 기대가 너무 헛된 것은 아닌지. 그러나 이번 진도 사고는 아랫것도, 교활한 관리도, 좌우를 둘러보며 딴소리를 한 제선왕 같은 최고통치권자도 모두 책임을 져야 한다. 어떠한 식으로든.

짝퉁 선글라스

___ 4. 19. 토. 비가 오락가락 하였다

오후 2시 30분. 버스를 타고 홍 교수님과 함께 양쉬(陽朔)의 관광명소인 시지에(西街)를 갔다. 계림에서 양쉬까지는 1시간 30분 정도가 소요되었다. 시지에까지 버스를 타고 도착하니 4시 쯤 되었다. 그 시간에도 관광객이 많았다. 오늘 우리의 목적은 선글라스를 사는 것이다. 지난번 한국 관광객들과 함께 가서 봐둔 안경점에서 안경 네 개를 흥정했다. 홍 교수님 것 2개, 내 것 2개. 처음에는 한 개당 200위안을 달라고 했으나, 홍 교수님이 누구신가. 흥정의 달인이 아니시던가. 흥정 끝에 한 개당 60위안으로 했다. 물론 진짜가 아니고 '짝퉁'이다. 아주 정교하게 만든 특A급 제품이다.

사실 나는 고급 브랜드에 대하여 아는 바가 없다. 그러나 써보니 제품은 아주 멋졌다. 그리고 시계도 하나 샀다. 500위안을 요구했다. 짝퉁에 그렇게 많은 돈을 쓸 우리가 아니지 않은가. 긴 실랑이 끝에 130위안으로 낙찰을 보았다. 오늘 홍 교수님께 '흥정'과 '상황판단'에 대하여 배웠다. 배웠다고 다 실용적으로 활용할 수 있을지는 두고 봐야 하겠지만, 필요한 처세술임에 틀림없다. 특히 나처럼 '둔'하고, '어리숙'한 사람은. 일단 목적한 바의 쇼핑을 모두 마치고 천천히 시내를 구경했다. 간혹 한국어를 쓰는 관광객도 보였으나 대부분 서양인들이었다. 예쁘고 멋진 물건들이 차고 넘쳤다. 덕원이도 사고 싶은 것이 많았지만 오늘은 시지에에 대하여 '간'만 보기로 하고 다음을 기약했다.

계림으로 돌아가는 버스 시간이 8시 30분이라, 시지에 식당가에서 저녁까지 먹었다. 흥 많고 세련되신 홍 교수님께서 거리의 악사를 불러 중국 노래인 〈2002年的第一場雪〉를 부르게 했다. 2002년 이 노래가 중국 전역을 휩쓸었다는 말씀도 함께 하셨다.(2002년이면 내 인생의 암흑기였는데!) 옆

좌석에 있던 사람들이 어깨를 들썩이고 박수를 치면서 흥겨운 분위기를 돋우었다. 한 곡당 30위안이라고 하는데, 그 돈이 아깝지가 않았다. 어스름 저녁 외국인과 내국인이 넘쳐나는 활기찬 시지에서 저녁을 먹고 맥주를 마시면서 한때를 보냈다. 촌스런 계림에서의 생활에 약간의 보상을 받은 것처럼 기분이 좋았다.

돈을 던져주는 나라
____ 4. 20. 일. 잔뜩 흐렸다

중국에서 흔하게 볼 수 있는 것 하나는 돈을 던져주는 것이다. 가게에서도 그렇고 시장에서도 그렇다. 물론 좀 괜찮다고 하는 대형 음식점에서는 그런 일은 없다. 거스름돈을 돌려줄 때 그들은 손님에게 두 손으로 공손하게 주는 법이 없다. 마구 구겨진 돈을 손님 앞에 던져준다. 반듯하게 펴서 주는 사람을 본 적이 없다. 채소가게에서 채소 위로 던져주는 것은 그런대로 봐줄 만하다. 그런데 정육점에서 고기를 썰고 난 손을 쓰윽 닦고서 핏기가 묻은 손으로 돈을 건네준다거나, 생선가게에서 생선 위로 돈을 던져주면 참으로 난감하기 이를 데 없다. 생선 위로 던져준 돈이 절반쯤 젖어도 미안하다고 말하지 않고, 불쾌하다고 말하는 손님도 없다. 나는 요즘 가능한 한 그들에게서 거스름돈을 받지 않기 위해 잔돈을 준비했다가 주려고 한다. 오늘 생선가게에서도 그렇게 했다. 어떤 사람은 말한다. 인구가 워낙 많기 때문에 일일이 공손하게 할 수 없는 상황이니, 이해해 달라고. 그러나 계림 생활을 한 지 1년 반이 지났어도 여전히 돈을 던져주는 것에 대해 낯설다.

테니스 레슨

_____ 4. 21. 월. 비가 많이 왔다

오늘부터 덕원이가 테니스 레슨을 받기로 했다. 홍 교수님께서 행정학과 중국인 교수와 테니스를 치고 계셨다. 온몸이 땀으로 범벅이 되어 있었다. 건강하고 아름다워 보였다. 갑자기 나도 저렇게 땀을 흠뻑 흘리고 싶다는 생각이 들었다. 그래서 본래 덕원이만 레슨을 받기로 하였는데 얼떨결에 나도 끼어들었다. 총 6회, 매 2시간 레슨에 둘이 합쳐서 1200위안이다. 홍 교수님은 "한국에 비하면 엄청나게 싼 가격이니 중국에 있을 때 배워두라"라고 하셨다. 홍 교수님도 꽤 치는 편이지만 자세 교정을 위해 별도로 레슨을 받고 있다. 덕원이는 '헤이더' 제품의 라켓을 912위안에 구입했다. 강사는 진품이라고 하면서 인증번호까지 자세하게 보여주었다.

라켓을 잡는 요령부터, 공을 던지는 방법에 이르기까지 두 시간에 걸쳐 쉬지 않고 팔을 휘둘렀다. 오른팔에 힘이 없어 글씨도 쓰지 못할 것만 같았다. 전에 국궁을 했던 첫날 활을 잡아당기느라 온 힘을 쏟았더니, 그날 저녁 먹는데 '밥숟갈이 덜덜 떨렸던' 때가 생각났다. 시작이 반이라고 했던가. 뭔가를 새로 시작한다는 것은 결과와 상관없이 뿌듯한 일이다. 오후 4시 30분부터 한 시간가량 중국어 과외를 하였다. 저녁을 먹고 녹초가 되어 9시가 못 되어 취침했다.

안산 소식에 또다시 눈물짓다

_____ 4. 22. 화. 오전과 저녁 무렵에 비가 쏟아졌다

초등학교 동창생들과 '담수회'라는 모임을 하고 있다. 1년에 두 번 정기모임을 갖고 애경사에 참여하는 친목모임이다. 친구들이 대부분 경기도

안산에 살고 있어서 그곳에서 자주 모임을 가졌다. 2월 출국하기 전 모임도 안산에서 했다. 안산에 살고 있는 K가 고등학교 다니는 딸아이를 둔 것으로 알고 있는데, 진도에서 여객선이 침몰되었다는 소식 이후 밴드에 아무런 소식도 올라오지 않았다. 소식을 물어볼 수도 없고, 어찌 해야 할 바를 모르고 있던 차에 친구가 밴드에 글을 띄웠다.

"내 딸내미는 고등학교 2학년이 아니고 3학년이야. 사고 난 옆 학교에 다녀. 내 새끼 괜찮다고 하기에는 너무 기막히고 슬프다 못해 우울증이 걸릴 것 같아. 온 동네가 상가마저 정지되어 있어. 오빠 딸 조카가 2학년인데 다른 친구들 찾아달라고 대성통곡하면서 밤을 새우고 있어."

내 친구 딸이 무사하다니 무겁던 마음이 한결 가벼워졌지만, 그 친구가 전하는 안산의 모습이 눈에 선해 자꾸 눈물이 나왔다. 아침 뉴스를 보니, 해양학과 관련 교수들이 사고에 대하여 일체 함구하고 인터뷰를 거절한다고 하였다. 무언의 압력을 받고 있는듯하다고 하였다. 식음을 전폐한 실종자 가족 앞에서 팔걸이의자에 앉아 라면을 먹고 있는 교육부장관, 라면에 계란 넣어 먹은 것도 아닌데 왜 그러냐며 두둔하는 청와대 대변인, 실종자 가족을 향해 '미개'라는 단어를 서슴지 않고 날리는 유력한 서울시장 후보의 아들, 종북 좌파를 언급하는 국회의원, 사망자 명단 앞에서 기념 촬영한 고위 공무원, 계속 뒷북만 쳐대는 정부! 믿지 못할 언론! 이 모든 것들이 지금 대한민국에서 일어나고 있다는 사실이 놀랍기만 하다. 상식이 통하는 사회, 안전한 사회, 공정한 사회, 사람이 먼저인 사회를 갈구하는 것이 그토록 어려운 일인가? 오항녕의 『조선의 힘』을 읽었다.

혈 압
____ 4. 23. 수. 비가 왔다

점심을 먹고 호텔을 보러 나갔다. 경식 언니가 금요일에 온다고 해서

이다. 비교적 깨끗해 보이는 호텔이 하루 360위안이라고 한다. 이 교수의 도움을 받아 언니들과 여행할 계획을 여행사에서 뽑았는데, 5박6일에 9천위안정도의 경비가 들 것 같았다. 생각보다 비쌌다. 아무래도 자유여행을 하는 편이 나을 듯하다. 집으로 돌아와서 계속 잠만 잤다. 머리가 시원하지가 않았다. 이 교수가 병원 예약을 해 놓겠다고 했다. 아무래도 혈압이 문제인 것 같아 학교 병원에 가서 혈압을 측정했다. 130-86. 약 먹을 정도는 아니라고 해서 안심이 되었다.

다빠오(打包)

___ 4. 24. 목. 비가 왔다

요사이 계속 외식을 해서 다빠오(打包: 포장)해 온 것이 많아 점심은 그것으로 해결했다. 여기는 회식을 하면 대개 요리를 많이 주문한다. 한국은 음식을 남기지 않고 모두 먹는 것이 예의라고 생각한다면, 중국은 음식이 모두 떨어지면 손님 접대를 잘 못했다는 생각을 한다고 한다. 그래서 중국의 공식 만찬에서는 음식을 풍성하게 주문한다. 그래서 늘 남는다. 남는 음식은 버리는 것이 아니라, 대부분 포장용기에 담아서 싸가지고 간다.

처음에는 남은 음식을 싸가지고 가는 것이 마땅찮았다. 마치 '없는 사람'처럼 보이는 것 같았기 때문이다. '점잖지' 못해 보이기도 했다. 그런데 여기 중국인들은 남은 음식을 '다빠오'하는데 아주 익숙하다. 지위가 높은 사람도, 낮은 사람도 모두 그리 한다. 사실, 음식물 쓰레기를 줄이기 위해서라도 그렇게 해야 한다. 다빠오는 우리도 본받아야 하는 좋은 문화이다. 다른 분들은 아파트에서 취사를 하지 않기 때문에 '다빠오'는 늘 우리 모자가 가지고 간다. 그래서 오늘 점심은 볶음밥, 쇠고기버섯 조림, 요리 이름을 알 수 없는 고기볶음을 덮혀서 먹었다.

경추

___ 4. 25. 금. 비가 왔다

요즘 계림은 계속 비가 온다. 낮에 비가 오든 안 오든, 한밤중에 혹은 새벽에는 어김없이 장맛비처럼 쏟아진다. 오늘 새벽에도 그랬다.

이 교수와 함께 병원에 갔다. 이 교수 자신도 이곳의 병원 사정을 잘 몰라 영문과 교수를 대동했다. 계림의학원부속의원. 한국이나 중국이나 병원은 아픈 사람으로 미어터지기는 마찬가지였다. 오전 9시인데도 이미 만원이었다. 머리가 어지럽고, 뒷목이 시원하지 않고 늘 답답하다고 했다. 그리고 열기가 정수리 쪽으로 쏠린다고도 했다. 젊은 여의사는 경추에 이상이 있는 것 같다고 하며 사진을 찍어보자고 한다. 검사 결과 경추 c_{3-6} 사이, c_{4-6} 사이에 간극이 있고, 오른쪽 $c_{4/5}$, 왼쪽 $c_{6/7}$ 사이에 구멍이 뚫렸다고 하였다. 그러나 다른 이상 징후는 없다고 하였다. 수술까지는 필요하지 않다고 했다. 몇 년 전에도 목 디스크가 의심되어 사진을 찍었더니 경미하다고 하더니만, 그 사이 더 나빠진 것 같았다. 컴퓨터에 오래 앉아 있기도 했지만 바르지 않은 자세가 원인이 된 것 같다. 처방해 준 약을 먹고 좀 쉬었더니 나아진 듯하였다.(엑스레이 찍는데 234.3위안, 약 처방에 90.2위안이 들었다)

영문과 교수가 점심에 먹으라고 쭝즈(粽子) 네 개를 사서 건네주었다. 오리발을 먹느냐고 물어보는데, 아직 먹어보지 못했다고 했더니 그것은 주지 않았다. 덕원이는 쭝즈가 입에 맞지 않는지 반쯤 먹다가 못 먹겠다고 했다. 찹쌀 안에 오리 고기와 해물 등이 들어 있어서 나도 썩 내키지가 않았다.

저녁에 과일을 사가지고 오는 길에 탁구장에 가고 있는 덕원이를 만났다.

"아들! 아들이 걸어오니까 라이트 켜놓은 것처럼 주위가 눈부시게 환~하네. 그거 알아?"

덕원이가 쑥스러워하면서 탁구장에 다녀오겠다고 하였다. 문득 세월호에 자식을 잃은 그분들이 생각나서 또 눈물이 쏟아질 것 같았다. 그분들은 어떻게 사실까. 어떻게 견디실까. 참으로 가슴 아픈 일이다.

드디어 경식 언니와 영옥 언니가 계림에 왔다. 전기렌지 전시회 한다고 각종 팸플릿과 전시용품을 잔뜩 넣은 60kg에 육박하는 가방을 들고 왔다. 공항으로 마중나간다고 했더니 택시 타고 올 수 있다고 하여 그만두었다. 그런데 언니들은 듣도 보도 못한 자가용택시를 타고 나타났다. 리무진 같은 커다란 승합차를 타고서 말이다. 어눌한 중국어를 쓰면서 홍콩, 광저우(廣州), 시안(西安) 등등 중국 지역을 누볐다고 한다. 참 대단한 여사들이다. 둘 다 눈이 퀭한 것을 보니 얼마나 고생을 했는지 알 것 같았다. 오랜만에 만나니 좋았다. 경식 언니는 대학교 1학년 때 만났으니 그 인연이 오래되었다. 고등학교뿐 아니라 대학교 선배이기도 한 언니는 내 인생에 참 각별한 인물이다. 언니들을 위해 우리 아파트에서 가까운 벽거산장(碧居山莊)에 숙소를 정했는데 깨끗하고 괜찮다고 하여 다행이었다.

왕청(王城) 캠퍼스

___ 4. 26. 토. 오전에 장맛비처럼 쏟아지다가 오후에 다시 햇살이 났다

두 분을 모시고 우리 집에서 가정식 백반으로 늦은 아침 식사를 했다. 오늘의 일정은 왕청 캠퍼스를 관람하고 시내를 투어 하는 것으로 했다. 왕청(王城)은 우리가 살고 있는 위차이 캠퍼스와 강의를 하는 옌산 캠퍼스 밖에 있는 제3의 캠퍼스이다. 명 태조 주원장이 그의 종손 주수겸(朱守謙)을 정강왕(靖江王)으로 봉하였는데, 왕청은 바로 그의 근무처이자 저택으로

왕청 캠퍼스 정문

쓰였던 곳이다. 주수겸은 1372년에 왕청 공사를 시작하여 무려 20년이 지나서 완성하였다. 이곳은 승운문(承運門), 승운전(承運殿), 침궁(寢宮), 종묘 등의 여러 건물과 누각을 갖추고 있다. 붉은 담벼락과 황금빛 기와로 인해 이곳의 분위기는 제법 장엄하다. 왕청은 광서사범대학 캠퍼스의 하나이기에 이곳에서 일부 학과의 강의가 진행되기도 한다.

　　택시를 타고 왕청 캠퍼스에 도착하였으나 마침 비가 억수같이 쏟아져서 구경을 제대로 못했다. 내가 학교 신분증을 가지고 있어서 무료입장이 되지만 정작 보려고 했던 주요 건물은 보지 못했다. 빗길에 미끄러울까봐 독수봉(獨秀峰)은 오르지도 못했다. 그러나 비가 내리는 가운데 호젓하게 왕청 캠퍼스를 산책하는 것도 나름대로 흥취가 있었다. 학교 서문 앞 웨라이웨이푸(越來越福) 식당에서 저녁을 먹었다. 중국음식에 익숙하지 않은 영옥 언니는 제대로 식사를 하지 못했다. 저녁을 먹고 단골 마사지 가게로 가서 한 시간가량 발마사지를 받았다. 언니들은 물가가 비싼 홍콩과 비교하여 여러 면에서 만족스럽다고 했다.

양쉬에서의 하루 여행

___ 4. 27. 일. 비가 오락가락하였다

오늘은 양쉬로 이동했다. 가이드 없이 두 분을 모시고 양쉬로 가서 리지앙 유람을 하고 공연을 관람하겠노라고 작정하였는데, 어제 시 중심에서 말도 못하고 길도 헤맨 탓에 기가 꺾여 자신이 없었다. 이 교수에게 말했더니, 여행사를 통해 1일 관광을 할 수 있도록 도와주었다. 배를 타고 리지앙을 유람하는데 4인 350위안, 공연관람 4인 640위안. 거기에 기름값 500위안을 추가로 하여 1,490위안을 여행사에 주고 양쉬로 이동했다. 약간의 경비가 들긴 했지만, 터미널로 가서 버스를 타고 다시 싱핑(興平)으로 이동하는 등의 번거로움이 없어서 편하기는 하였다.

리지앙 유람은 1시간 반 정도 소요되었다. 대나무로 만든 통통배를 타려고 했더니, 운전기사가 오늘은 위험해서 안 된다고 했다.(나중에 들으니, 그 즈음 4인 정원의 통통배에 10여 명을 더 태웠다가 2명이 익사하는 사고가 있었다고 한다) 배를 타자마자 비가 억수로 쏟아졌다. 중국 돈 20위안에 나오는 풍경과 똑같은 곳에서 사진을 찍기도 하였다. 계림산수갑천하(桂林山水甲天下)라는 말이 있지만, 양쉬의 풍경은 계림보다 낫다는 말도 있다. 리지앙을 끼고 바라보는 풍경은 그 중 으뜸이라고 한다. 베트남의 하롱베이가 연상되기도 하지만, 그곳보다 훨씬 아름다웠다. 그렇게 유명하다던 양쉬피지우위(陽朔啤酒魚)의 맛은 싱핑(興安)에서 완전 실패했다. 아무래도 양쉬에서 먹었어야 했나보다. 물고기를 맥주에 담갔다가 요리하는 것으로, 여행객이라면 꼭 먹어야 하는 추천 음식의 하나이다.

리지앙 유람을 마치고 시지에로 이동했다. 거기서 영옥 언니는 두 딸에게 줄 머리빗을 샀다. 경식 언니는 벨라 가방을 하나 샀다. 물론 특A급 짝퉁이다. 한국 돈 28만원을 불렀으나 결국 10만원에 살 수 있었다. 경식 언니는 흥정의 달인이신 홍 교수님보다 한 수 위였다. 말을 많이 한다고 잘 깎는 것이 아니었다. 경식 언니는 살 듯 말 듯, 뭉그적거리면서, 그렇다고 아예 살 마음이 없는 것도 아닌, 그저 10만원이면 사겠다는 몇 마디만 던지고 나가려고 하니 끝내 점원이 두 손을 들고 그 가격에 준 것이다. 그 점원이 말하기를, "당신 언니 정말 대단합니다." 내가 만난 사람 중에 흥정의 달인은 경식 언니였다.

저녁을 간단히 먹고 장이모우(張藝謀) 감독이 연출한 〈인시앙리우산지에(印像劉三姐)〉를 관람했다. '우산지에(劉三姐)'는 유씨 집의 셋째 딸이란 뜻이다. 그러니까 이 작품은 유씨집 셋째 딸의 사랑과 결혼에 관한 이야기이다. 물 위에 설치된 영상물로는 세계 최대일 정도로 스케일이 굉장하다. 출연자만 하여도 700여 명이나 된다고 한다. 그리고 대부분의 출연자들은 리지앙 주변에 살고 있는 소수민족들이라고 한다. 낮에는 투망을 던져 고기를 잡는 어부로 있다가 밤에는 배우로 출연한다는 것이다. 광서자치구의 장족, 묘족 등 소수민족의 생활상을 엿볼 수 있는 좋은 작품이다.

나와 덕원이는 두 번이나 본 터라 큰 감동은 없었는데 두 언니들은 조명이 대단하다고 극찬하였다. 운전기사 말로는 이 영상물을 하루에 세 번 공연하는데, 한 번 공연에 3만 명의 관람객이 몰린다고 하는데 좀 과장인 듯하다. 매회 3천명이면 몰라도 3만 명이라니! 아무튼 인산인해를 이루었다. 모든 일정을 소화하고 계림으로 돌아오니 밤 10시 30분이었다. 경식 언니는 피곤했는지 오고가는 내내 잠만 잤다. 전기렌지 전시회한다고 한국을 떠나 중국에 머문 지가 벌써 십여 일이 넘었고, 매일 그 많은 짐들을 들어 옮기느라 얼마나 심신이 피곤했겠는가. 회사 둘을 경영하다보니 직원들을 생각하면 한시도 쉴 틈이 없었을 것이다. 사장? 아무나 하는 것이 아닌가보다.

삼겹살 파티

___ 4. 28. 월. 비가 오락가락하였다

두 언니들은 호텔에서 쉬고 싶다고 했다. 밥 먹는 것도, 발 마사지하는 것도 자기들이 알아서 할 수 있으니, 신경 쓰지 말고 일 보라고 했다. 그래서 오전에 미용실에 가서 머리를 손질하고, 오후에는 덕원이와 예정대로 테니스 레슨을 두 시간 받았다. 아, 우리 모자는 어쩜 이리도 운동신경이 둔한지 모르겠다. 이번 주에 배운 내용을 완전히 익히지 못해 다음 주에는 복습한다고 했다. 강사가 몹시 답답해하는 것 같았다. 두 분을 모시고 한국음식점인 '백두산(白头山)'에서 삼겹살을 구워 먹었다. 장기간 중국에 체류하다보니 한국음식이 아무래도 입에 맞는지, 다들 맛있게 드셨다.

위산(虞山) 공원

___ 4. 29. 화. 오전에 비가 많이 왔으나 오후에 그쳤다

아침 겸 점심으로 학교 앞 남문 식당가에서 계림 쌀국수를 먹었다. 계림에서 꼭 먹어야 할 유명한 음식의 하나이다. 경식 언니는 먹을 만하다며 땀을 뻘뻘 흘리면서 국수 한 그릇을 다 비웠지만, 영옥 언니는 예의상 몇 젓가락 뜨는 것으로 대신했다. 입에 맞지 않은 모양이다. 후식으로 망궈나이차(芒果奶茶)를 마셨다. 비가 쏟아지는 질펀한 거리를 보면서 차를 마시며 말했다.

"처음 계림에 와서 이 거리를 지날 때 많이 우울했어요. 여기저기 쓰레기가 흩어져 있고, 낡고, 지저분하고. 내가 고작 이런 곳에서 살려고 여기까지 왔나 싶어서요. 그런데 지내다보니 이제 많이 익숙해졌어요. 그리고 묘하게 매력이 있어요. 또 가치를 어디에 두느냐에 따라 얼마든지 다르

게 볼 수 있고요."

영옥 언니가 말했다.

"그러게. 나도 어제 그 말 했는데. 뭐가 아쉬워서 이런 곳에 사냐고!"

경식 언니는 그저 웃기만 했다. 언니는 누구보다도 내 사정을 잘 알고 있으니, 이런 곳에 있어야 하는 내가 안쓰러워 아무 말도 못하는 것인지도 모르겠다.

오후에 차 가게에 들렀다. 전기렌지를 만드는 경식 언니가, 차 시장이 큰 중국을 겨냥하여 차판 겸용 전기렌지를 출시해 볼까하여 들른 것이다. 이리저리 둘러보더니 가격대가 맞지 않을 것 같다고 하였다. 재료비만 90%을 차지하는 언니네 입장에서는 아무래도 타산이 맞지 않을 것 같다는 것이다. 지난번처럼 주인으로부터 융숭한 차 대접을 받았다.

계림 관광의 제1코스인 디에차이취(疊彩區)로 가려 했으나 비가 많이 와서 가까운 위산(虞山)공원을 둘러보았다.(입장료는 1인당 30위안) 이 공원은 우황제를 모신 사당과 장개석의 은신처가 있는 곳이다. 두 언니들은 볼거리가 많아서 입장료가 아깝지 않다고 했다. 깃발을 든 중국 관광객 여러 팀이 지나갔다.

하루 일정이 끝나자 다시 마사지 가게로 가서 마사지를 받았다. 요통이 있는 경식 언니는 허리만 집중적으로 치료를 받고, 나는 전신마사지를, 영옥 언니와 덕원이는 발 마사지를 받았다. 경식 언니는 며칠 머무르면서 마사지만 계속 받고 싶을 정도로 잘한다고 하였다. 라쿠(辣庫)라는 샤브샤브 식당에서 저녁을 먹었다.

작별

_____ 4. 30. 수. 흐리고 비는 오지 않았다

새벽 5시에 언니들이 묵고 있는 산장으로 갔다. 체크아웃(1일 280위안,

총 5박 1,400위안)을 하고 나니 택시기사가 약속 시간에 맞춰 도착했다. 다시 60kg에 육박하는 트렁크를 싣고 광저우로 가기 위해 공항으로 향했다. 그래도 언니들 둘이서 같이 다니니 든든했다. 경식 언니가 하드웨어라면 영옥 언니는 소프트웨어라고 해야 할까. 경식 언니가 지휘를 하면 영옥 언니는 뒤에서 꼼꼼하게 챙기는 스타일이다. 두 사람이 이래저래 상보(相補)가 되고 있어 다행이다. 이제 헤어지면 몇 달 뒤에 한국에 들어가서야 볼 수 있을 것이다. 좀 더 편히 모시지 못한 것이 못내 미안하였다. 언니들이 떠나고 우리는 다시 일상으로 돌아왔다. 오후에 한국어회화 강의를 하고 돌아와 다시 중국어 공부를 했다.

계림의 봄 햇살
____ 5. 1. 목. 화창하였다

오랜만에 환한 햇살을 보니 마음의 잔주름들이 하나씩 쫙 펴지는 느낌이다. 서둘러 집안 청소를 하고, 빨래를 하고, 이불을 널어 말렸다. 봄이 허락도 없이 지나가 버린 탓으로, 한 번도 입지 못한 재킷을 다림질하여 햇살에 말렸다. 한 달 내내 비가 오는 계림에서 햇살은 천금처럼 소중하다. 언제 비가 쏟아질지 모르기 때문에, 햇살이 나오면 만사 제쳐 놓고 온몸으로 햇빛을 받으면서 산책을 하거나, 운동을 한다. 내 몸에 양기를 충전하기 위해서. 아파트 베란다에는 온갖 빨래들이 햇볕을 보려고 빨랫줄에 매달린 채 너풀거리고 있다. 한겨울 코트, 체육복, 치마, 바지…. 여학생들의 속옷은 이제 구경거리도 못된다. 늘 대면하는 것이기 때문이다. 교정의 키 작은 나무들도 기꺼이 빨래를 수용해야 한다. 형형색색의 이불을 뒤집어 쓴 정원수가 수두룩하다. 중국에서만 볼 수 있는 진풍경이리라.

노동절 휴가 첫날이라 그런가, 학생들이 없는 학교는 텅 빈 것 같았다. 농구하는 학생들도, 탁구 치는 노인들도 거의 보이지 않았다. 인도네시아 유학생 여럿이 모여서 수다를 떨고 있다가 나를 보고는 반갑게 인사를 하였다.

한국 뉴스
___ 5. 2. 금. 화창하였다

이 교수가 점심 초대를 하여 홍 교수님과 함께 베이궈춘(北國村)에서 식사를 했다. 노동절인 중국의 명절을 축하한다는 의미에서 이 교수가 마련한 자리였다. 오늘의 화제 역시 세월호였다. 이 교수와 전 교수도 실시간으로 올라오는 한국의 뉴스 속보를 거의 다 시청하여 자세하게 알고 있었다. 안타깝고 슬퍼하는 마음을 넘어 정부에 대한 불신감을 불러일으키기에 충분한 사건이었다. 우리는 한국에 대한 무한한 기대와 긍지를 지닌 학생들을 보기가 민망하고 부끄럽다고 했다. 정말 그랬다. 학생들 얼굴을 똑바로 쳐다보기가 힘들었다. 점심을 먹고 허리 마사지를 받았다. 어제부터 운신하기가 불편할 정도로 허리가 아팠는데, 마사지를 받고 나니 한결 가벼워졌다.

임보 시인의 세월호 애도시
___ 5. 3. 토. 화창하다가 오후 4시부터 비가 내리기 시작했다

희한할 정도로 계림의 날씨가 화창하였다. 오늘도 빨래를 하고, 이불을 널어 말렸다. 임보 선생님께 연재 원고를 보냈더니 답신이 왔다. 서울은 며칠 가물었다가 비 소식이 있을 거라면서, 열무 심어 놓은 텃밭에 물을 주지 않아도 되겠다고 하셨다. 그리고 세월호에 관한 글을 인터넷에 올렸다고 하셔서 찾아 읽었다.

원통쿠나, 사랑하는 아이들아!

큰 강을 막아 거대한 댐을 만들고
땅을 깊이 뚫어 지하철을 건설하고
하늘 높이 마천루를 쌓아올리기도 한
어른들의 손들도 무력하기만 하구나
너희가 탄 한 척의 뒤집힌 배를
서둘러 바로 세울 수가 없다니

세계에서 가장 선박을 많이 만든다는 나라
세계 제일의 IT 강국이라고 으스대는 나라
몇만 불의 GDP와 외환보유고를 자랑하는 나라
5천만의 적지 않은 인구를 가진 나라
이 나라의 어른들은 지금 속수무책
넋을 잃고 발만 동동거리고 있구나

많은 구조선과 구조대원들이 모여들고
모든 매스컴의 눈들이 진도 바다를 지켜보며
지상의 SNS와 통신망들은 아우성을 치고
각계 종파의 신앙인들도 제단 앞에 달려가
자신의 신들에게 무릎 꿇고 매달리건만
굳게 닫힌 물의 문을 열 수가 없구나

아직 채 자라나지 못한 이 나라의 새싹들아,
이제 막 피어나려는 사랑하는 꽃봉오리들아,
심해의 어둠 속에 떨어져 내린 우리의 꿈들아,
정녕 너희는 몽매한 이 사회를 일깨우는 경적인가?

어두운 이 나라를 밝히려는 횃불인가?

이 무능한 어른들을 용서치 말아 다오

가슴 아픈 일이다. 나는 '입'으로 벌어먹고 산다고 농담 삼아 곧잘 이야기한다. 그런데 그 '구설'로 어떠한 위로도 할 수 없고, 어떠한 변명도 할 수 없고, 어떠한 질타도, 어떠한 비난도 하지 않고 있다. 날마다 논문을 쓴다고, 번역을 한다고, 글을 쓴다고 하는 나는 '펜'을 들고 산다. 그런데 그 '펜'으로 어떠한 절박한 논변도 쏟아내지 못하고 있다. 삼천 권의 책을 독파하였으면 무엇 할 것이며, 박사면 무엇 할 것인가.

칼 들고 닭과 씨름하다
___ 5. 4. 일. 비가 많이 왔다

보강을 하였다. 5월 1일이 노동절이고, 그 다음날인 2일에 대한 보강인 것이다. 학생들은 이런저런 이유로 3분의 1이 결석을 하였다. 그토록 쨍쨍하던 날씨가 어제부터 비가 내리기 시작하더니 오늘은 마구 퍼부었다. 집으로 돌아오는데 옷이 반쯤 젖어 있었다.

덕원이가 며칠 전부터 통닭이 먹고 싶다고 하여, 간장치킨을 해보기로 했다. 그런데 준비된 닭이 백숙용이라, 튀김용으로 하려면 토막을 내야 했다. 그런데, 칼을 들고 닭을 토막 내려니 도저히 손을 댈 수가 없었다. 칼을 들었다 놓았다, 눈을 감았다 떴다 하다가, 몇 번 숨고르기를 하고 겨우 몇 토막을 냈다. 아! 그런데 꼭꼭 숨겨둔 닭발을 보고 뒤로 자빠질 뻔 했다. 두 발을 얌전히 몸통 안에 집어넣고 있어서 미처 보지 못한 것이다. 지난번 닭을 사면서 머리가 그대로 있는 것을 보고 없애달라고 하였더니, 칼을 든 종업원이 "어느 나라 사람이냐"고 물었다. 그때도 닭발이 있을 것이라고는 생각하지 못했었다. 중국에서는 보통 닭이든 오리든 머리까지 통째로 요리를 해서 올려놓는다.

　사실, 징그럽고 비위가 상했다. 칼을 들고 닭을 어쩌지 못해 그냥 주저앉고 싶었다. 그런데, 어쩌랴! 아들이 먹고 싶다니 용기를 내어 칼질을 할 수밖에. 칼을 들고 닭을 어쩌지 못하고 있자니, 문득 『논어』의 한 구절이 떠올랐다. 〈양화편(陽貨篇)〉에 '할계언용우도(割鷄焉用牛刀)'라는 말이 있다. 어찌 닭 잡는데 소 잡는 칼을 쓰는가라는 뜻이다. 즉, 작은 일을 처리하는 데 큰 수단을 쓸 필요가 없음을 비유한 말이다. 공자가 무성(武城) 땅 읍재(邑宰)로 있는 제자 자유를 보러 갔다가 거문고 소리를 듣고 한 말이다.

　다시 말해, 무성과 같이 작은 고을은 굳이 예악(禮樂)으로 다스릴 필요가 없음을 농담 삼아 한 말이다. 그러자 자유는 "군자가 도를 배우면 사람을 사랑하고, 소인이 도를 배우면 부리기가 쉽습니다"라고 진지하게 대답하였다. 공자가 적재적소에 어떤 도구를 가지고 어떻게 활용할지를 아는 큰 인물이라면, 제자 자유는 하나의 원리가 두루 통할 수 있다고 믿고 그것을 관철시키는 그런 인물이다.

　지금 우리에게는 공자와 같은 큰 안목을 가진 인물이 필요한 동시에, 자유와 같은 사람도 필요하다. 그러나 공자와 자유 같은 인물이 없다면, 차라리 모기 잡으려고 장검을 빼어드는 자 같은 부류만 없어도 좋겠다. 이런 류는 상황판단도 못하고 설레발만 치다가 애꿎은 사람만 다치게 할 뿐, 권력에 기생하는 부류이기 때문에 인류 발전에 하등의 도움이 되지 않는다.

　간장치킨의 맛은? 완전 실패였다. 양념이 스며들 시간이 없어서인지, 숙성이 되지 않아서인지, 고깃살이 팍팍했다. 한국에서는 그럭저럭 먹을 만하게 요리했었는데, 웬일일까.

최고의 수사학 교과서『맹자』
___ 5. 5. 월. 흐렸다

새벽에『맹자』를 읽고 썼다. 대산 김석진 선생께서는 "『맹자』를 일곱 번 읽은 사람하고는 말도 하지 말라"고 말씀하셨다. 그만큼 언술이 뛰어나기 때문이다. 나 역시『맹자』를 읽을 때마다 감탄을 한다. 설득과 논증에 있어서 이처럼 우수한 교과서가 또 있을까. 흔히 화법의 기술 즉 수사학을 익히기 위해서 아리스토텔레스, 플라톤, 소크라테스를 언급한다. 그러나 화술의 달인이 되고자 한다면,『맹자』를 읽어보기를 권장한다.『맹자』야 말로 수사학 교과서이다. 그 속에는 상대를 설득시키고자 하는 단순 논법만이 있는 것이 아니다. '천리', '인욕', '인의예지' 같은 철학의 개념어를 통해 우리의 의식을 한층 고양시킬 수 있다.

침묵의 절밥 한 그릇
___ 5. 6. 화. 흐렸다

새벽에 일어나서 108배를 하고 기도를 하였다. 석가탄신일이라 황현 스님께 문자로 문안 인사를 드렸다. 문득 어느 사찰에서 지낸 일이 생각났다.

어느 해 겨울, 빚쟁이에게 쫓기듯 하루 이틀 입을 옷가지만 대충 챙겨서 피난처를 찾아 나섰다. 고속버스를 세 시간 타고, 그리고 다시 마을버스와 택시를 타고서야 겨우 도착한 그곳은, 지리산 자락에 있는 '정각사'라는 절이었다. 겨울 해가 막 넘어간 산 밑은 그런대로 따스한 기운이 남아 있었다. 평소 알고 지내던 황현 스님께서 그곳에 잠시 계셨기 때문에,

스님을 빌미로 며칠 묵기로 한 것이다. 초면의 주지 스님께 삼배를 올리고 내가 묵을 방으로 들어갔다. 깨끗하게 정돈된 방 안에는 이불 한 채만이 덜렁 있을 뿐이었다.

저녁을 먹고 난 사찰은 잠잠한 바다 같았다. 어떠한 소리도, 어떠한 울림도, 어떠한 인기척도 나지 않는 적막 그 자체였다. 불이 꺼지고 아홉 시가 되자 다들 일찍 잠자리에 들었다. 나는 불 꺼진 방에서 새우처럼 동그랗게 몸을 말고 앉아 있었다. 나는 독실한 불교신자라고 자부할 만큼은 아니지만 나름대로 신심을 갖고 있었다. 그러나 사찰에서 하룻밤을 묵기는 이번이 처음이었다. 낯선 곳에서 쉽사리 잠이 올 것 같지 않았다. 오만 가지 잡다한 생각이 어둠의 벽면을 타고 스멀스멀 올라와 나를 뒤덮었다. 이리저리 얽히고설킨 생각의 실타래는 밑도 끝도 없이 꼬여 있어 어디서부터 끊어야할 지 알 수 없었다. 이대로 밤을 새울 지도 모르겠다고 생각하면서 나도 모르게 잠이 들어 버렸다가 스님의 독송 소리에 퍼뜩 잠이 깼다.

"관자재보살 행심반야바라밀다시 조견오온개공 도일체고액 사리자 색불이공 공불이색 색즉시공 공즉시색…"

새벽 3시가 조금 안 된 시각이었다. 스님께서 새벽 예불을 준비하시는가 보다고 생각하고 나도 일어나서 동참하였다. 황현 스님도, 주지 스님도 아닌 젊은 스님께서 반야심경을 외우면서 탑돌이를 하고 계셨다. 나도 스님을 따라 반야심경을 외우면서 탑돌이를 하였다. 굵고 낮은 스님의 음성으로 전하는 반야심경은 참으로 청아해서 슬프기까지 했다. 아주 천천히, 한 걸음 한 걸음에 우주적 기원을 담아 걸었다. 맑고 찬 밤하늘에는 쏟아질 것 같이 빼곡하게 박힌 새벽 별들이 보석처럼 빛나고 있었다. 아, 이렇게 슬프고 아름다운 새벽 정경은 처음 경험해 보는 것이었다. 잠시 뒤 황현 스님과 주지 스님이 참석한 새벽예불이 시작되었다. 천지만물을 깨우는 목탁소리와 스님의 청아한 독송은 깊은 울림을 주었다. 경건한 예식이었다. 새벽마다 신과 우주와 자아를 행한 간절한 기도가 행해지고 있다는 사실이 놀라웠다. 어쩌면 우주는, 만물은, 인간은, 이러한 작은 기도의 힘으로 살아가고 있는 지도 모를 일이었다. 예불이 끝나고 서로를 향해 말 없이 합장을 했다. 그리고 아직도 깜깜한 밤하늘을 두고 각자의 처소로 돌아갔다.

아침 6시. 가느다랗게 땡땡땡 종소리가 울렸다.

"보살님!"

황현 스님께서 아침공양을 하자고 부르셨다. 스님을 따라 주방으로 들어가니 세 분의 스님들께서 막 식사를 시작하고 계셨다. 황현 스님은 스님들과 함께 자리에 앉으시고, 나는 말석에 따로 앉아 수저를 들었다. 식판에는 밥과 국, 그리고 나물 반찬이 있었다. 식사하는 동안 내내 아무도, 어떤 말씀도 하지 않았다. 내가 누군지 물어보는 사람도 없었다. 눈길조차 주지 않았다. 오늘은 무슨 일을 할 것인지, 심지어 오늘 날씨가 어떻다는 둥 하는 말씀이 일절 없었다. 그분들은 각자의 식판을 앞에 두고 공양을 하는 데에 열중할 뿐이었다. 그저 수저를 들었다 놓는 소리나, 쩝쩝 후르륵 음식을 씹고 마시는 소리 외에는 어떤 소리도 없었다.

나는 무거운 침묵과 정적 속에서 수저를 들어 밥알을 입에 넣었다. 그 순간, 왠지 모르는 슬픔이 북받쳐 올라왔다. 밥알이 목구멍으로 넘어가는 데 눈에서는 눈물이 마구 흘러내렸다. 숟가락으로 국물을 떠먹으면서 손등으로 눈물을 훔쳤다. 식사를 마친 스님들이 주방을 모두 나가시고 난 한참 뒤에야 겨우 눈물이 멈췄다. 들썩거리던 어깨가 잠잠해졌다. 밥도 먹고, 국도 먹고, 반찬도 먹고, 눈물 콧물도 먹었다.

밥상을 마주하니 애써 참아왔던 슬픔이 봇물 터지듯 한 것이다. 왜 밥을 보면 슬픔이 더하는 걸까? 슬프다면서 밥을 꾸역꾸역 먹는 이유는 또 무엇일까? 밥을 보니, 내가 살아온 자취가 떳떳하지 못해서이다. 밥값을 제대로 하지 못한 삶의 회한 때문이다. "이 음식이 어디서 왔는가, 내 덕행으로 받기가 부끄럽네"라는 공양간의 게송을 떠오르지 않아도, 밥 앞에서 이미 나는 부끄러운 사람이었다. 그러면서 꾸역꾸역 밥을 먹을 수밖에 없는 이유는, 그럼에도 또 살아내야 하는 인생이 있기 때문이다.

아침을 먹고 나오니 황현 스님께서 차 대접을 해 주셨다. 산사에서 지내는 요즘의 일상과 불경 공부에 대한 말씀을 잠깐 하셨다. 당신 말씀만 하실 뿐, 나에게는 어떠한 질문도 하지 않으셨다. 이를테면, 어떠한 괴로운 일이 있기에 이렇게 먼 곳까지 찾아왔느냐와 같은. 조용히 차를 따르고 차를 마셨다.

그렇게 산사에서 이틀을 지냈다. 말없이 새벽별을 보고, 말없이 기도하고, 말없이 탑돌이를 하고, 말없이 절밥을 먹었다. 스님을 뵈어도 말없이 합장만 할 뿐이었다. 무언(無言)이 시비로 점철된 속세에서 벗어날 수 있는 것임을 그제서야 알았다. 무언이 주는 평화로움을 체험했다. 이틀을 묵고 일주문을 나설 때, 감당하지 못할 것 같았던 삶의 무게가 가벼워진 것 같았다. 관계의 뒤틀림도 바로잡을 수 있을 것 같았다. 헛된 집착과 욕망을 내려놓을 수 있을 것 같았다. 빚쟁이에게 쫓기듯 피난처가 필요할 일이 더 이상 없을 것 같았다.

절집을 드나드는 사람들에게 "속인이 절밥을 먹으면 병이 낫고, 스님이 속세의 밥을 먹으면 병이 낫는다"는 말이 전한다. 나는 이 말이 틀리지 않는다고 생각한다. 절밥은 그냥 밥이 아니다. 절밥의 밥알 한 톨 한 톨에는 신과 세상을 향한 간절한 기도와 경배가 응집되어 있기 때문이다. 어쩌면 나도, 침묵과 정적 속에서 눈물과 함께 먹은 절밥으로 인해 당시의 슬픔을 이겨낼 수 있었고, 한층 성숙해질 수 있었는지 모른다.

라오스 음식
___ 5. 7. 수. 흐렸다

중국어 강의 시간에 라오스 음식을 맛보게 되었다. 전 선생님께서 어제 게임에서 진 몇몇 학생들에게 '가장 잘 하는 요리'를 해 가지고 와서 나눠먹자고 하셨기 때문이다. 젊은 라오스 친구가 앙증맞게 생긴 두 개의 나무 밥통과 양념장, 고기요리를 책상 위에 펼쳐 놓았다.

밥은 찰기가 있어서 손으로 조물조물 떼어서 먹어도 손에 전혀 달라붙지가 않았다. 찰밥으로 보인다. 맨밥을 먹어도 맛있었다. 그 밥을 매콤한 고추와 갖은 양념을 버무린 양념장에 찍어 먹었다. 입에서 불이 나는 것처럼 화끈화끈했지만 맛은 괜찮았다. 돼지고기를 고추, 배추 등 채소들과 함께 볶은 요리도 있었다. '랍(Rap)'이라고 한다. 고추가 들어가서 약간 매콤하면서도 라오스 특유의 향신료가 들어가서 그런지 향이 있었다. 오늘 준비한 요리는 라오스 사람들이 평상시에 먹는 음식이라고 한다.

'왕한'이라는 파키스탄 친구는 돼지고기가 들어갔다고 하여 밥만 조금 떼어 먹고 고기요리는 먹지 않았다. 이슬람교도이기 때문이다. 언어와 생활방식이 비슷한 태국의 유학생들은 맛있다면서 오래도록 앉아서 잘 먹었다. 덕원이도 젓가락을 들고 한참 동안 먹고 나서 맛있다고 했다. 이 음식을 준비한 '수리'라는 남학생은 현재 열여덟 살이다. 그러나 이미 결혼을 하여 아들이 6개월이라고 한다. 라오스인들은 열여덟 살에 결혼하는 사람들이 많다고 한다. 평상시에는 8시에 일어나지만 오늘은 음식을 준비하느라 7시에 일어났다고 한다. 그 학생 덕분에 난생 처음 라오스 음식을 맛보게 되었다.

돼지고기가 들어 있어서 못 먹겠다는 파키스탄 친구는 열 명의 형제 중에 여섯째라고 하였다. 어떻게 그렇게 자식을 많이 낳을 수 있느냐고, 젊은 태국 여학생들이 재미있다고 한참을 떠들었다. 쉬는 시간에 더 이야기하다보니 왕르어라는 라오스 친구는 형제가 11명이라고 하였다.

중국의 결혼식
____ 5. 8. 목. 비가 많이 왔다

오늘은 중국어 과외 선생님의 결혼식 날이다. 축의금을 얼마로 해야 할지 몰라서 여러 사람들에게 물어 보았다. 다른 지역에서는 500위안 정도를 한다고 하지만, 계림은 그다지 친하지 않은 사이는 100위안, 친분이 있으면 200위안 하는 것이 보통이란다. 좀 더 신경을 쓴다면 288위안, 혹은 299위안을 하면 더 좋다고 했다. 중국인들은 숫자 '8'을 무척 좋아한다. 그것은 '큰돈을 벌다'라는 의미를 가진 '파차이(發財)'의 '發'의 발음이 숫자 '빠(八)'와 비슷하기 때문이라고 한다. 또 숫자 '지우(九)'는 오래되다, 장수하다의 뜻을 가진 '지우(久)'와 발음이 같기 때문에 역시 중국인들이 선호하는 숫자이다. 장 선생이 축의금으로 200위안을 하자고 제안하여 그렇게 하기로 했다.

초대장에는 6시라고 되어 있지만 보통 정시에 시작하는 경우가 없기 때문에 우리는 학교 앞에서 6시에 택시를 타기로 하였다. 빨간 초대장을 든 외국 유학생들이 택시를 기다리고 있었다. 퇴근 시간에다가 비까지 마구 퍼붓고 있어서 택시 타기가 힘들었다. 무려 40분 이상을 기다렸다가 겨우 타고 갈 수 있었다.

예식장 앞에서는 분홍색 옷을 입은 신부 어머니가 축의금을 직접 받

중국인 신랑 신부

아 챙기고 있었다. 많은 하객들이 테이블에 앉아 예식이 시작되기를 기다리고 있었다. 드디어 신랑신부가 입장을 했다. 전통 혼례였다. 신부는 붉은 드레스를 입고, 머리에는 중국 사극에서 보았던 화려한 왕관을 쓰고 붉은 천으로 얼굴 전체를 가리고 입장했다. 예쁘게 차려 입은 유학생들이 신랑신부 앞에서 장미꽃송이를 던지며 길을 안내하였다. 단상에 오른 신랑신부는 양가 부모에게 절을 하고 차를 올렸다. 그리고 한국에서처럼 축가를 부르고 케이크 커팅을 하였다.

같은 테이블에 앉은 태국인, 인도네시아인, 자메이카인, 그리고 나와 장 선생 부부와 함께 선생님의 행복을 축원하는 건배를 하였다. 공식적인 예식이 끝나자 신랑신부는 각 테이블을 돌아다니며 인사를 하였다. 처음 본 중국 결혼식이 상당히 흥미롭고 재미있었다.

밥벌이의 지겨움
—— 5. 9. 금. 비가 오다 말다 하였다

오전에 4시간 강의를 하고 오후에 보강 2시간을 더 했다. 지난 주 병원 가느라 휴강한 것에 대한 보강이다. 강의 도중에 비가 억수로 퍼붓더니 조금 지나자 다시 소강상태가 되었다. 그러다가 다시 퍼붓기를 반복했다. 강의를 기다리면서, 버스를 기다리면서 김훈의 『밥벌이의 지겨움』을 읽었다. 작가는 말한다.

"이 세상의 근로감독관들아, 제발 인간을 향해서 열심히 일하라고 조져대지 말아 달라. 제발 이제는 좀 쉬라고 말해 달라. 이미 곤죽이 되도록 열심히 했다. 나는 밥벌이를 지겨워하는 모든 사람들의 친구가 되고 싶다. 친구들아, 밥벌이에는 아무 대책이 없다. 그러나 우리들의 목표는 끝끝내 밥벌이가 아니다. 이걸 잊지 말고 또다시 각자 핸드폰을 차고 거리고 나가서 꾸역꾸역 밥을 벌자. 무슨 도리 있겠는가. 아무 도리 없다."(37쪽)

밥벌이의 지겨움이라? 김훈은, 젊었을 때 가장 큰 고민은 생존에 대한 공포였다고 말한다. 그의 화두는 밥이라고 하였지만, 나는 그와 세대가 다르므로 밥이 화두가 된 적은 결단코 없었다. 그럼에도 나는 밥벌이의 지겨움을 견디지 못해 바다 건너 이곳에 와 있다. 사람들은 이렇게 위로했다. 지금 먹고 사는 것만도, 지금 '시간강의'를 할 수 있는 것만도 복 받은 것이라고. 정말 그러한가? 자신을 위해 조금의 시간도 허용할 수 없는, 어떠한 존재감도 느낄 수 없는 그런 시간을 인내하는 것이 정말 잘 하는 것인가? 자신이 황폐화되는 것을 속수무책으로 인내하는 것이 정말 잘 하는 것인가? 수없이 자문했다. 밥벌이를 위해 꾸역꾸역 강의를 계속해야 하는 비참함을 견딜 수 없었다. 그나마 그 강의조차도 허용되지 않는 현실을 인내하는 것이 정말 잘하는 것인지, 나는 그 말에 동의할 수 없었다. 그래서 결국 머나먼 계림 땅 이곳에서 살고 있다.

그럼 지금 행복한가? 내가 사는 아파트에는, 아침 6시가 되면 계화나무 숲에서 새들이 일제히 합창을 한다. 종류를 구별할 수 없는 새들이 저마다의 톤으로 노래한다. 조수미의 하이소프라노 같은 음색도 있고, 신영옥이 부르는 청아하면서 약간 구슬픈 음색도 있고, 테너 김동규 같이 멋스러우면서 재치 있는 혹은 익살스런 음색도 있다. 한태주가 연주하는 그토록 맑은 오카리나 연주가 새들이 내는 울림을, 자연이 내는 숨결과 호흡을 바탕으로 하였음을 실감한다. 새들은 새벽 4시에는 좀처럼 소리 내지 않는다. 그들도 아직 잠이 깨지 않은 시각이기 때문이다. 나는 그토록 간단한 사실을 이곳에 와서야 비로소 알았다. 한국에서는 결코 들리지 않았던, 들을 수 없었던 소리들을 매일 아침마다 들을 수 있게 된 것이다. 밥벌이의 지겨움으로부터 벗어날 수 있게 된 것이다.

퇴근을 하고 저녁 준비할 시간이 없어서 외식을 했다. 한국식 숯불갈비 집에서 삼겹살과 소고기 등을 구워 먹었다. 한국에서 먹던 그 맛을 바라는 것은 사치겠지만 조금 아쉬웠다. 왜 그 맛이 아닐까? 1인당 58위안에 무한 리필이었지만, 양이 적고 입이 짧은 우리 모자는 조금 먹다가 말 았다.

직업에 귀천이 없다고?
___ 5. 10. 토. 천둥번개가 요란하고 비가 많이 왔다

저녁에 탁구장에 갔다 온 덕원이와 함께 닭고기를 사러 시장에 갔다. 덕원이가 닭볶음탕이 먹고 싶다고 해서였다. 시장은 몹시 지저분했다. 입 구에서 끈에 묶인 채 납작 엎드려 있는 개구리를 본 순간 더 이상 시장에 들어가고 싶지 않았다.(계림에는 다양한 개구리 요리가 있다. 개구리는 청와〔靑 蛙〕라고 하는데, 개구리 요리는 대부분 티앤지〔田鷄〕라고 되어 있다) 그런데 덕원 이의 요구로 좀 더 가보았더니 고기부터 생선, 채소, 과일 등 없는 것이 없 었다. 채소 값은 학교 앞보다 쌌다. 닭을 파는 가게가 있어서 그 자리에서 닭의 머리와 발을 제거하고 손질해서 가지고 왔다.

고기를 파는 시전을 거쳐 가자니 비위가 상해서 다시는 오고 싶지 않 았다. 덕원이도 그렇다고 하면서, 무슨 일이 있어도 고기를 잡고 파는 직 업은 하지 않겠노라고 했다. 덕원이는 나보다 훨씬 섬세하고 여리다. 진중 하고 입이 무거운 덕원이도 시장통의 모습에 적잖은 충격을 받은 모양이 다. 집에 돌아와서 맹자 이야기를 했다.

"옛날에 화살 만드는 사람과 갑옷을 만드는 사람이 있었어. 화살을 만드는 사람이 갑옷을 만드는 사람보다 착하지 않은 것은 아니야. 그렇지 만, 화살을 만드는 사람은 항상 화살로 사람을 다치게 하지 못할까만 걱정 을 해. 반면에 갑옷을 만드는 사람은 항상 사람이 다칠까만 걱정을 해. 이 렇게 화살 만드는 사람과 갑옷을 만드는 사람의 입장이 다른 거야. 그러니 까 기술이나 직업은 신중하게 선택하지 않으면 안 돼. 이건 엄마 말이 아 니야. 맹자님 말씀이야."

이 이야기는 『맹자』의 〈공손추장(公孫丑章)〉 7장에 나오는 말이다. 직업에 귀천이 없다고 말하지만, 정말 그러한가? 직업으로 인해, 빈부로 인해 귀천이 나뉘는 것은 엄연한 현실이다. 사농공상의 계급은 사라졌지만 현대판 계급이 존재한다. 아니, 과거 조선시대보다도 더 치졸하게 계급이 형성되어 있다. 특히 대한민국은 더욱 그러하다. 그래서 죽기 살기로 자식을 공부시키려고 하는 것 아니겠는가. 나 역시 내 자식이 신성한 직업을 통해 귀한 존재로 대접받기를 원한다.

닭볶음탕의 맛은? 이번에도 고기가 질겼다. 감자와 채소만 먹고 고기는 먹지 않았다. 여기 고기는 왜 이렇게 질긴 것일까? 밤중에 일어나서 제습기를 켜놓고 잠을 잤다. 약간 무더운데다가 축축한 습기 냄새가 나는 것 같아서였다.

소풍

___ 5. 11. 일. 비가 오다. 바람이 많이 불었다

아침에 비가 많이 쏟아졌다. 비가 멈추고 나니 바람이 심하게 불었다. 마치 태풍 전야 같은 분위기였다. 서창 계화나무에 바람이 부니 한국이 몹시 그리웠다. 바람 부는 교정을 천천히, 아주 천천히 걸었다. 망명한 사람도 아니고, 그렇다고 이민 온 사람도 아니건만, 문득 다시 한국에 돌아갈 수 있을까라는 생각이 들었다. 그리고는 나와 한국 사이에 메꿀 수 없는 격절감을 느꼈다. 산사 열매를 주제로 글을 쓰다가 정민 선생이 엮은 『삶을 바꾼 만남』을 읽었다. 스승이 있었던, 제자가 있었던, 소통할 수 있는 만남이 있었던, 그들이 한없이 부러웠다.

독일 친구 앵커

___ 5. 12. 월. 바람이 시원하게 불었다

오늘 네 번째 테니스 레슨을 받았다. 지금까지 무엇을 배웠는지 모를 정도로 몸이 맘대로 되지 않았다. 홍 교수님은 평생 할 운동이니까 느긋하게, 천천히, 차근차근 잘 배우라고 거듭 말씀하시지만, 할 때마다 배운 대로 되지 않는 내 몸이 참 거추장스럽다는 생각이 들었다. 레슨을 마치고 돌아오는 길에 유학생들이 잔디밭에 앉아서 맥주를 마시면서 놀고 있기에 함께 자리했다. 나무와 나무 사이에 끈을 팽팽하게 매어 놓고 그 위를 맨발로 걷는 학생도 있었다. 덕원이도, 나도 그 위를 걸어보려고 했지만 평형감각이 없어서 쉽지 않았다.

'앵커'라는 독일인 여학생은 고국으로 돌아갈 날이 45일 남았다고 하면서 아쉬워하였다. 열아홉 살인 그녀는 갈색의 곱슬머리에 항상 귀여운 옷차림을 하고 다닌다. 중국어를 잘 하지는 못하지만 수줍게 웃는 그녀를 수업시간에 남학생들이 입을 헤 벌리고 쳐다본다. 중국어 선생님이 질문을 하는데 답변을 못하고 쩔쩔 매고 있으면, 남학생들이 서로 옆에 앉아서 가르쳐 주고 싶어 한다. 그녀의 눈매는 순한 양 같다. 초록의 새싹을 얹어 놓은 연두부 같다. 싱그럽고 야들야들하다. 무엇을 주장하고 싶어 하는 기센 여자들과 다르다. 그래서 그녀는 늘 남학생들에 둘러싸여 있다. 덕원이도 지금껏 본 외국인 중에 제일 예쁘다고 하면서, 그녀가 어떤 남학생과 자주 다니는지 유심히 본다. 그리고 그녀의 남자친구가 바뀐 것 같다고 말하기도 한다. 저녁 무렵 운동장을 함께 뛰던 앵커가 그만 돌아가겠다고 하면, 왠지 운동하는 것이 갑자기 심드렁해지고 재미없어지는 느낌이 든다. 그녀가 곧 떠난다니 서운했다.

태국 음식

제주도 선생님, 강 선생과 함께 태국식으로 저녁식사를 했다. 음식 이름은 '타이궈똥인꽁지탕(泰国冬陰功鷄湯)'. 태국의 대표적인 음식이란다. 집으로 돌아와 태국의 음식을 검색하니 '똠양꿍(Tom Yam Kung)'이 있었다. 오늘 먹은 것과 비주얼이 똑같았다. 닭고기로 국물을 내고 거기에 숙주나물과 상추 등의 채소를 넣어서 끓인 탕이다. 매우 시큼하지만 찌개에 익숙한 한국인 입맛에도 잘 맞는 탕이었다. 시큼한 것은 무엇 때문인지 모르겠다. 혹 토마토를 넣은 것은 아닌지? 약간 얼큰한 맛도 있다. 밥과 함께 먹고 있자니 두 번째 요리인 '시앙라하이시하(香辣海虾)'가 나왔다. 바닷새우를 고추와 양파 등의 채소와 함께 매콤하게 볶은 것이다. 계림에서 보기 드물게 통통하게 살이 찐 새우가 들어 있었다. 후식은 고구마볼이라 하는 '띠과완(地瓜丸)'을 먹었다.

그동안 제주도 선생님께서 유학생들과 어울리면서 찾아낸 맛집이라고 자랑스럽게 데리고 간 곳이었는데, 도착하고 보니 서너 번 가 본 가게였다. 작년 10월쯤 우리 반 3학년 학생들과 이곳에서 식사를 했다. 그때 계림의 대표적인 음식이라면서 주두지탕(猪肚鷄湯)을 시켜서 먹었다. 닭고기로 국물을 내고 돼지내장을 함께 끓인 탕인데, 거기에 숙주나물과 상추 등의 채소를 넣어서 먹는 것이다. 어울릴 것 같지 않은 닭과 돼지고기의 만남이라! 생소한 요리라 학생들에게 물어보았더니, 옆에 있던 용림연이 '돼지 배탕'이라고 하였다. 한자 '저두(猪肚)'가 돼지 배, 즉 돼지 내장이니 맞긴 하지만, 그 표현이 어찌나 소박하던지 웃음이 터져 나오는 것을 간신히 참았다. 유치원생들이 앉는 아주 작은 의자에 몸을 맡기고 땀을 뻘뻘 흘리면서 '돼지 배탕'을 먹었던 그 때가 생각났다.

오늘 먹은 태국 음식이 그때 먹었던 요리와 거의 비슷한 것 같다. 계림은 베트남과 태국과 인접한 곳이라 음식문화가 비슷한 것이 더러 있다. 맥주를 마시면서 중국어 공부를 비롯한 다양한 정보들을 강 선생으로부터 배웠다. 강 선생은 이곳에서 석사과정을 밟고 있는 연구생이다. 순천대학에서 중문학을 전공하였고, 신 HSK 6급에 합격하였다고 한다. 우리 학교는 순천대학과 자매결연을 맺어 매년 십여 명 정도가 이곳으로 어학연수를 온다. 앞으로 강 선생에게 도움을 많이 받을 것 같다.

계림은 힐링의 공간
____ 5. 14. 수. 저녁부터 비가 왔다

날씨가 더워지고 습도도 높아졌다. 오전에 종합 중국어 강의 두 시간을 듣고 집으로 돌아왔다. 덕원이는 아이스크림을 사서 냉장고에 가득 채워 놓았다. 전기가 얼마 남지 않아서 100w 충전을 했다.(충전 비용은 56위안) 오후 1시 15분 스쿨버스를 타고 옌산에 도착하니 2시였다. 커피숍에서 3시 50분 강의가 시작될 때까지 『세상을 바꾼 만남』을 읽었다. 다산 정약용의 시 〈장맛비〉를 읽고 있으니, 내 형편과 비슷하여 절로 웃음이 나왔다.

궁한 살림 찾는 사람 아예 없어서	窮民罕人事
온종일 의관을 벗고 지낸다.	恒日廢衣冠
썩은 지붕 바퀴벌레 툭 떨어지고	敗屋香娘墜
밭두둑엔 팥꽃이 남아 있구나.	荒畦腐婢殘
병이 많아 잠도 따라 자꾸 줄어도	睡因多病減
책 쓰는데 힘입어 근심을 잊네.	愁賴著書寬
오랜 비를 어이해 괴롭다 하리	久雨何須苦
맑은 날도 혼자서 탄식했거니.	晴時也自欺

내식으로 표현하면 이렇다.

"인천공항에서 비행기로 4시간 걸리는, 이곳 계림 땅에는 우리 모자 아는 사람 거의 없다네. 온종일이 아니라 달포를 있어도 내가 찾지 않으면 무인도 같은 곳. 주말이면 나도 다산 선생처럼 벗고 다녀도 흉볼 사람 하나 없네. 천장에 기어 다니던 도마뱀 지금은 보이지 않고 남방지역이라 사시사철 꽃은 피고지고. 2월 중순 이래 환한 햇볕 몇 번이나 보았던가. 해도 달도 보는 것이 신기하다만, 주구장창 비가 내려도 내입에선 지겹단 말 아니 나오네. 촌각을 다투어 읽어야 할 서적이 책상머리에 쌓여 있기 때문이지."

무릎을 바닥에 붙이고 공부에만 몰두하여 복사뼈에 구멍이 세 번이나 났다고 한 다산, 이를 '과골삼천(踝骨三穿)'이라 한다. 어떻게 복사뼈에 구멍이 날 때까지 앉아서 공부를 할 수 있을까? 첫째도 공부요, 둘째도 공부요, 온통 공부만이 머릿속에 있었기 때문에 가능한 일이다.

다산에게 강진이 유배의 공간이자 위대한 집필공간이었다면, 나에게 있어서 계림은 어떤 공간일까? 나는 이곳을 '힐링(healing)의 공간'이자 '동면의 공간'으로 이해하려 한다. 나는 이곳에서 내 안의 상처와 슬픔을 다 털어버리고 싶다. 일종의 '자가 치료'인 셈이다. 그리고 동면의 시간을 거쳐 새 활력을 찾듯이 새로운 인생으로 세팅하고 싶다. 그리하여 계림에 있기 전과 계림에 있은 후의 모습이 확연히 구별되는, 마치 완벽하게 내면을 성형 수술한 것처럼 그렇게 성장하기를 바란다. 저녁을 먹고 꼬치를 사먹으러 가겠다고 한 덕원이는 9시가 못 되어 곯아떨어졌다.

갑파 을

____ 5. 15. 목. 비가 왔다

중국어 강의가 끝나고 제주도 김 선생님, 인도네시아 학생과 함께 점심을 먹었다. 김 선생님이 안내하는 식당으로 갔다. 세탁소 옆이었다. 자주 지나치기는 했지만 선뜻 들어가서 먹고 싶다는 생각이 드는 가게가 아니었던 곳이다. 거기는 각종 채소와 고기를 선택하면 그 자리에서 볶아준다. 그리고 밥과 함께 먹는다. 활활 타는 석탄 불 위에 프라이팬을 올려놓고 땀을 뻘뻘 흘리면서 요리를 하는 주방장 얼굴이 무척이나 순박해 보인다. 검은 기름때가 켜켜이 덧씌워진 프라이팬이 이 식당의 이력을 말해주는 듯하다. 보건위생과에 근무한 경력으로 식사 때마다 위생에 상당히 신경을 쓰는 선생님이 선택한 식당이니, 일단 합격이다.

"눈앞에서 내가 선택한 채소를 볶아주니 안심이 됩니다. 다만 무슨 기름으로 볶았는지 그게 의심될 뿐이지요. 위생도 이 정도면 괜찮은 것 같습니다."

그렇다면 맛은? 따끈한 밥과 각종 채소볶음 한 접시가 8위안이니, 가격 면에서나 영양 면에서나 괜찮은 편이다. 그러나 기름을 과다하게 사용하여 속이 더부룩했다. 우리를 식당으로 안내하여 이것저것 설명해주시는 김 선생님께서는 상당히 만족하신 듯 보인다. 이제 어깨에 힘이 들어가고 자신감을 회복하신 것 같았다. 김 선생님은 사모님이 다녀가신 후 중국어 실력이 많이 늘었다. 이제 어린 학생들과 간단한 대화 정도는 하시는 것 같았다. 이곳 생활에 적응을 하신 모양이었다. 처음 계림에 와서 홍 교수님과 우리들에게 어려움을 호소하셨다.

"아, 여기 생활 정말 힘드네요. 제가 이래 뵈도 한국에서는 '갑'이었습니다요. 갑!"

세상에서 주도권을 쥐고 대접받는 쪽이 '갑'이 아닌가. 그런데 여기서 김 선생님은 그야말로 '을'이라고 하셨다.("누님! 이 세상은 돈이 갑입니다요. 돈이 갑!"이라고 했던 철룡이 후배가 생각난다) 공직에 있다고 누가 알아주기를 하나, 나이 많다고 누가 챙겨주기를 하나, 돈이 있다고 누가 잘 보이려고 하나, 그렇다고 중국어가 통하기를 하나. 도무지 김 선생님은 이곳에서 '기(氣)'를 펼 수 있는 상황이 아니었다. 그야말로 눈물 나는 '을'의 신세가 된 것이다. 한국에서의 '갑'이 중국에서 '을'의 신세가 된 것을 받아들이기 힘들었을 것이다. 이곳 생활에 적응하기가 쉽지 않다는 의미이다.

어린 학생들에게 김 선생님은 그저 나이 많은 퉁쉐(同學: 동학)이기만 했다. 학생들이야 저희들끼리 어울리는 또래가 있으니 굳이 김 선생님과 어울릴 이유가 없는데도, 김 선생님은 그것조차 몹시 서운하다고 하셨다. 학생들에게 밥을 사주면서 같이 놀아주기를 원했지만, 그것도 쉽지 않은 모양이었다. 우리 덕원이가 유일하게 친구가 되어 주었다고 하셨다.

그런데 뵙지 못한 몇 주 사이에 많은 변화가 생겼다. 이제 중국어도 어느 정도 익숙해지신 듯하였다. 고통스러웠던 식사문제도 나름 개선된 듯하였다.(노상 중국음식을 드시니 속이 밍밍하다고 하셨다. 그런데 지금은 조선족 가게에서 김치를 사다가 기숙사에서 식사를 하신다고 한다. 라면도 끓여 드신단다) 자신감을 회복한 김 선생님은 어린 학생들과 어깨를 나란히 하고 다니신다. 인도네시아 학생에게는 '아빠'라 부르게 하고, 누구에게는 '백부'라 부르게 하는 식으로, 관계 맺음을 통해 어린 학생들과 친밀하게 지내려고 노력하신다.

김 선생님은 예순을 바라보는 나이라고는 믿기지 않을 정도로 무척 적극적이시다. 달리 표현하면, 물불 가리지 않고 들이 대신다(^^). 함께 걷다보면 지나가는 외국인이 거의 다 친구인 듯 아는 척을 하신다. 외국생활에서 이러한 적극적인 자세가 없으면 적응하기가 쉽지 않다. 먼저 손을 내밀지 않으면, 누구도 선뜻 다가오지 않기 때문이다. 김 선생님은 여전히 성조가 맞지 않는 중국어를 하신다. 또 중국어가 안 되면 그냥 큰소리로 한국어를 말씀하신다. 신기한 것은, 한국어를 알아듣지 못하는 외국인도 대충의 분위기 파악으로 무슨 상황인지 이해한다. 이제 김 선생님은 아주 적극적인 자세로, 아주 빠른 속도로 '갑'이 되어가는 듯하다. 다행이다.

늙으면 어떻게 살 거야?

___ 5. 16. 금. 맑고 바람이 불었다

저녁을 먹으면서 덕원이가 물었다.

"엄마는 내가 다 크고 나면 뭐할 거야?"

요새 덕원이가 부쩍 자주 묻는 질문이다.

"음…, 엄마는 너 다 키워 놓으면 뭐할까? 지금은 세 가지 정도 생각하고 있어. 하나는, 퇴직하면 중국이나 다른 나라에 가서 한국어 교육 자원봉사하고 싶어. 코이카(KOICA), 한국국제협력단 들어봤지? 거기 들어가서 활동하고 싶어. 그래서 중국어를 어느 정도 할 줄 알게 되면, 그때부턴 영어를 열심히 공부할 거야. 옛날 옌타이대학에 있을 때 이상구 선생님도 코이카 단원이셨잖아. 엄마는 베트남이나 인도네시아 같은 동남아시아 쪽을 생각하고 있어. 몇 년 전에 갔다 온 캄보디아도 괜찮을 것 같아. 둘째로 하고 싶은 것은, 착하고 마음에 맞는 아저씨를 만나서 재미있게 사는 거야. 셋째는, 한국에 돌아가서 마당이 딸린 자그마한 집을 짓고 거기서 살 거야. 날마다 산책도 하면서, 지금처럼 책 읽고 글 쓰고 그러고 싶어."

덕원이가 말했다.

"세 가지 다 좋지만 나는 엄마가 이렇게 했으면 좋겠어. 우선, 외국에 가서 자원봉사를 5년만 하고 한국으로 돌아오는 거야. 그리고 마음에 맞는 아저씨하고 결혼을 하는 거야. 그리고 그 아저씨랑 같이 책도 읽고 글도 쓰고. 그러면 되잖아."

"하하! 정답이네. 알았어. 그렇게 해야겠네!"

덕원이가 많이 컸다. 자기 걱정은 이제 하지 말고, 엄마가 하고 싶은 대로 하라고 한다. 그런 말을 들을 때마다 전기에 감염된 듯 찌릿하다. 또 마음이 아프기도 하다. 그러나 어쩌겠는가. 운명 앞에 별 도리 없지 않은가.

편 견

오전에 비가 억수같이 쏟아졌다. 덕원이와 시 중심에 가서 초밥을 먹으려고 했는데 비가 많이 와서 나설 엄두가 나지 않았다. 그래서 종일 씻지도 않고 있으면서 책을 읽었다. 그리고 앵두를 소재로 글을 한 편 마무리 지었다. 오후에는 김 선생님, 나란, 왕방과 함께 저녁을 먹었다. 바람이 살랑살랑 불어 시원하고 쾌적했다. 계림의 날씨가 이 정도로 유지된다면 더할 나위 없이 좋을 것이다.

나는 요새, 내가 참 편견이 심한 사람이라는 생각을 한다. 외국인 선생 중에 국적을 알 수 없는 여선생이 한 분 있다. 늘 영어를 쓰지만, 유럽 계통은 아닌 듯하다. 얼굴이 넓적하고 각이 졌다. 개그맨 이영자씨처럼 덩치가 좀 크다. 늘 진하게 화장을 하고 다닌다. 그녀는, 작년에도 올해도 한겨울에도 다른 사람이 입고 있는 옷의 반쪽 분량만을 걸치고 있다. 요새는 좀 더워졌다고, 핫팬츠에 탱크톱 차림이다. 그렇지 않으면 가슴 위쪽이 다 드러난 짧은 원피스를 입고 다닌다. 그녀가 지나갈 때면 뭇 남성들이 지나가다 다시 돌아본다. 자전거를 타고 가는 할아버지도 안 보는 척 하면서 슬쩍 다시 본다.

나는 그녀에게서 고상한 것과는 상반된 느낌을 받는다. 나와는 단 한 번도 말을 주고받은 적이 없지만, 나는 그녀가 도시 마음에 들지 않는다. 나와 아무런 상관도 없는 그녀가 마음에 들지 않는 이유를 곰곰이 생각해 본다. 핫팬츠에 탱크톱 차림이지만, 그녀에게서는 어떠한 젊음도, 발랄함도, 싱싱함도, 긴장감도, 팽팽함도 느낄 수 없다. 왜일까? 핫팬츠를 입기에는, 탱크톱을 걸치기에는, 어깨를 드러내 놓고 다니기에는, 그녀의 몸매가 볼품이 없기 때문이다. 손바닥만 한 천 조각은 그녀의 육중한 몸을 감당하기 위태로워 보인다. 적어도 핫팬츠를 입은 여성이라면 쪽 곧은 두 다리로 산뜻하고 팽팽하게 걸어와야 할 터인데, 어쩐지 그녀는 흐물흐물 출렁이듯 걸어온다. 그녀가 마음에 들지 않는 이유는, 볼품없이 뚱뚱한 몸매에 그런 옷차림이 전혀 맞지 않는다고 생각되어서이다. 아, 뚱뚱한 사람은 핫팬츠에 탱크톱이 어울리지 않는다는 이 생각이 얼마나 편협한가. 아, 남의 옷차림을 못마땅하게 여기는 나는 또 얼마나 점잖지 못한가.

인도네시아 축제
___ 5. 18. 일. 빗방울이 약간 떨어졌다

오늘은 10시부터 국제교류처 앞에서 인도네시아 유학생 축제가 있었다. 학교 관계자들과 인도네시아 측 관계자들이 배석하고, 전통 복장을 한 유학생들이 부지런히 학생들을 안내하고 있었다.

인도네시아 전통 의상을 입은 남녀와 그들의 부모가 출연하여 전통혼례를 재연하였다. 강 선생이 신랑 측 아버지로 나와서 모두를 깜짝 놀라게 했다. 예식 중에 신부와 신랑이 조그마한 화병 같은 것을 둘이서 맞잡고 그 자리에서 박살내는 모습을 보니 무척 낯설었다. 한국에서는 거울이 깨지면 불길하다고 이야기하지만, 다른 나라에서는 거울을 깨뜨림으로써 새로운 시작을 알리는 경우가 많다. 인도네시아 예식에서 화병을 깨뜨리는 것은 아마 후자의 의미를 가지는 것 같다.

전통혼례가 끝나자, 나이 지긋한 여자분들이 나와서 인도네시아 전통춤을 선보였다. 그분들은 '화교'라고 한다. 음악과 율동은 경쾌하면서도 단조로웠다. 마치 노동요를 부르면서 행하는 율동 같아 보였다. 우리 학교에는 현재 130여 명 정도의 인도네시아 유학생이 있다. 우리 아파트 아래층에도 인도네시아 유학생이 거주한다. 그들도 다른 유학생들처럼 상냥하

인도네시아 유학생 축제

고, 똑똑하다. 그들이 준비한 간단한 먹거리를 시식했다. 저녁에는 노래와
춤이 곁들어진 흥겨운 모임이 이어진다고 했지만, 우리는 피곤해서 가보
지 못했다.

중국요리 즐기는 법
___ 5. 19. 월. 비가 많이 쏟아졌다

중국어 시간에 중국 요리에 대하여 배웠다. 이른바 중국의 '8대 요
리'는 루차이(魯菜)—산동요리, 촨차이(川菜)—사천요리, 웨차이(粤菜)—광
동요리, 민차이(閩菜)—복건요리, 수차이(蘇菜)—강소요리, 저차이(浙菜)—
절강요리, 상차이(湘菜)—호남요리, 후이차이(徽菜)—안휘요리를 말한다.
북방에서는 밀이 많이 생산되기에 주식이 면이고, 남방은 쌀이 많이 생산
되기에 밥을 주식으로 한다. 중국어 선생님은, 중국인들도 죽을 때까지 중
국 요리를 다 못 먹어보고 죽는다고 했다. 또한 중국인들은 먹는 것을 아
주 좋아하여 하늘에 나는 비행기만 빼고 날개 달린 것은 다 먹으며, 다리가

달린 것은 책상다리 빼고 다 먹는다고도 했다. 한 상 위에 한꺼번에 음식이 차려지는 한국 요리와는 달리 중국요리는 코스대로 나온다. 그 코스는 다음과 같다.

1. 렁차이(冷菜). 음료와 술 — 냉채, 즉 차가운 요리이다. 전채요리와 비슷하다.
2. 러차이(热菜) — 익힌 요리에 해당한다.
3. 주시(主食) — 밥이나 면과 같은 주식이다.
4. 간식과 과일 — 마지막 코스이다.

중국식당에서 식사를 할 때 보니, 대개 이와 같은 코스로 요리가 나온다. 또 하나, 중국인들은 요리를 주문할 때 보통 쓰차이이탕(四菜一湯)으로 한다. 즉, 요리 4접시와 탕 1그릇을 주문한다. 물론 리우차이이탕(六菜一湯), 요리 6접시와 탕 1그릇을 주문하기도 한다. 그런데 요리를 코스대로 잘 먹으려면 무엇보다도 주문을 잘 해야 한다. 식당에서 요리를 주문하는 것은 어려운 일 중의 하나다. 무엇보다도 어떻게 요리했는지를 알아야 하는데, 그게 만만치가 않다. 요즘 홍 교수님과 식사할 때 많이 배운다.(홍 교수님은 대만에서 중국어를 전공하고 현재 중문학과 교수이시니 당연히 중국문화의 고수다) 홍 교수님의 경우, 고기요리(소, 돼지, 양 등) 1~2개, 생선요리 1개, 렁차이 2개 그리고 주식과 음료를 주문하신다. 물론 인원이 많으면 더 다양하게 주문해야 하겠지만 말이다.

어제 대통령의 대국민담화가 있었다. 세월호 참사가 있은 지 34일 만에 하는 담화에 대통령은 눈물을 흘렸다. 나는 왜 그녀의 눈물에 진정성이 느껴지지 않는 것일까? 그녀는 세월호 몰살의 모든 책임이 해경에 있기라도 하듯, 60년의 역사를 지닌 해경을 단박에 해체하겠노라고 했다. 여왕이 해체하라고 하면 머리를 조아리고 네네 해야 하는 시대로 회귀하려는 듯하다. 광명의 시대에 빛이 자취를 감춘 듯 암울하다.

5월 20일은 고백하는 날

___ 5. 20. 화. 비가 왔다

5월 20일은 중국에서 사랑하는 남녀가 고백하는 날이라고 한다. 중국어로 뻬아오바이르(表白日)라고 한다. 오늘이 왜 그런 날이 되었냐고? 5월 20일을 중국어로 하면 우얼링(五二零). 이것은 발음이 비슷한 워아이니(我愛儞)로 읽을 수 있기 때문에 '고백하는 날'이 되었다고 한다. 오늘의 고백을 위해 젊은이들이 어제 준비를 많이 한단다. 중국인들은 발음에 집착을 많이 하는 것 같다. 숫자 '1314520'에도 어떤 의미가 담겨 있다. 이것은 '일생동안 일평생 나는 당신을 사랑합니다'라는 뜻이란다. 왜? 숫자 '13, 14'는 각각 일생(一生), 일세(一世)와 발음이 비슷하기 때문. 그래서 2013년 5월 20일에 결혼한 사람이 엄청나게 많았다고 한다. 코에 걸면 코걸이요, 귀에 걸면 귀걸이식이다. 공감할 수 없지만, 숫자를 통해 긍정적인 의미를 찾아내려는 중국인들의 낙관적인 사고방식을 엿볼 수 있다.

중국어 프리토킹

___ 5. 21. 수. 비가 많이 왔다

강의를 마치고 집으로 돌아와 서둘러 저녁을 먹었다. 그리고 40분 정도 운동장을 달렸다. 저녁 8시에 집에 돌아와 보니 젊은 여학생이 와 있었다. 웨이펀(韋粉)이다. 오늘부터 일주일에 두 번 덕원이와 중국어로 프리토킹(free talking)을 할 학생이다. 덕원이는 매일 중국어를 배우기는 하지만 강의시간 외에는 늘 나와 함께 있기 때문에 중국어를 말할 기회가 없다. 기숙사 생활을 하는 다른 유학생들은 죽으나 사나 중국어를 해야 생존할 수 있기 때문에 우리보다 훨씬 말할 기회가 많다. 아무래도 죽이 되든 밥이 되든, 뭐든 말을 하고 들어야 할 것 같다.

광저우가 고향이라는 그 여학생은 현재 비서학과 1학년생이다. 아버지는 광저우에, 어머니는 난닝에, 자기는 이곳 계림에 산다고 했다. 한국에 대하여 많은 질문을 받았다. 특히 한국의 스타에 대하여 관심이 많았다. 부끄러움을 타고, 웃음이 많은 학생이었다. 연방 두 손으로 입을 가리면서 웃었다. 9시 30분까지 쉴 새 없이 이야기하였다. 정해진 주제는 없다. 그저 묻고 싶은 것을 중구난방으로 질문하는 식이다.

예를 들어, 웨이펀은 "왜 조선족이 한국인과 얼굴 모양이 비슷하나요?", "한국에도 창세신화가 있나요?", "명절에는 어떻게 보내나요?" 등과 같은 것이다. 덕원이는 무슨 이야기를 하려다가 식물도감, 동물도감을 가지고 와서 책장을 넘기면서 "이것 알아요?", "저것 알아요?" 하면서 식물과 동물과 관련된 이야기를 두서없이 하는 식이다.

중국어로 이야기하다보면, 나는 늘 덕원이에게 한 박자 뒤진다. 내가 머릿속으로 조어를 하고 있으면 덕원이는 벌써 입 밖으로 중국어가 술술 튀어나온다. 왜 외국어를 이른 나이에 시작하라고 하는지 알 것 같다. 진즉에 프리토킹 할 수 있게 기회를 마련하지 못한 것이 아쉬울 정도로 괜찮았다.

새들이 깨우는 아침
___ 5. 22. 목. 비가 왔다

아침 5시. 새들이 어서 일어나라고 내 귀를 향해 합창을 한다. 우리 아파트는 울창한 계화나무 숲에 덮여 있다. 아파트 앞에도, 뒤에도, 옆에도 온통 아주 키 큰 계화나무 천지다. 그래서 아침은 늘 이렇게 새소리로 시끄럽다. 그래도 침대에 누워 이리 뒹굴 저리 뒹굴 하면서 계속 새소리만

든는다. 6시 30분. 새들의 합창은 조용해지고 학교에서 틀어주는 음악이 잔잔하게 들린다. 아득한 과거로 회귀하는 듯, 나른해졌다가 달콤한 추억에 빠졌다가, 나 혼자 이런저런 감상에 빠지는데 갑자기 빠른 곡조로 분위기가 전환하면 그제야 이불을 걷고 일어날 마음이 생긴다. 6시 50분이다. 빠른 곡조가 10분 이어지다가 7시가 되면 학교 음악은 더 이상 들리지 않고 다시 새들의 합창이 이어진다. 컹컹 짖어대는 개소리도 들린다. 꼬끼오 하고 수시로 울어대는 닭소리도 들을 수 있다. 중국 교수의 사택에서 개와 닭을 키우는 분이 있는 것 같다.

오늘 아침은 이렇게 시작했다. 신선한 오렌지를 주서기에 갈고 감자를 쪘다. 그리고 바나나를 곁들여서 아침을 해결했다. 중국어 강의가 끝난 오후, 남문 쪽으로 가서 쌀국수를 먹었다. 딱히 먹을 것이 없을 때는 계림 쌀국수가 제일 만만하다. 2냥은 3.5위안. 3냥은 4위안. 이곳에서는 면 종류의 음식을 냥(兩)으로 계산해서 판매한다. 그렇게 싫어하던 덕원이도 요새는 쌀국수를 먹으러 가자고 한다. 오후에 과외 한 시간을 하고 나니 하루 일정이 끝이 났다.

선생을 존중하는 중국 대학

____ 5. 23. 금. 비가 조금 왔다

오전 강의를 마치고 스쿨버스를 탔다. 옌산에서 위차이 캠퍼스로 오는 교수들과 학생들이 많아서 자리가 부족했다. 겨우 자리를 잡고 앉을 수 있었다. 나보다 늦게 버스에 탄 교수 두 분은 자리가 없어 서 있었다. 그러자 버스기사가 다가오더니 대뜸 학생들에게 일어나라고 하고는 두 분을 앉혔다. 두 말 않고 학생들은 자리를 내 주고 서서 창밖을 멀뚱멀뚱 바라보았다. 스쿨버스에서 종종 볼 수 있는 풍경이다. 어떤 버스기사는 아예 교수들이 모두 탄 뒤에 학생들을 태우기도 한다. 어느 면에서 보면, 우리 학교 교훈인 '존사중도(尊師重道: 스승을 존중하고 도리를 중요하게 여긴다)'를 제대로 실천하고 있는 모습이다. 나는 스승을 존중하는 사회 분위기는 상당히 고무적이라고 생각한다. 교육자가 존중받지 못하는 교육현장을 우리는 많이 보지 않았는가. 그러한 교육현장에서 행해지는 가르침은 참 지식이 될 수 없고 참 가르침이 될 수 없다.

대학원생들과 스터디를 하는데 복무원이 와서 벌레 퇴치 약을 건네주고 갔다. 안 그래도 집안에 개미가 득실득실하여 어찌 해야 할지 몰라 난감했었다. 미숫가루 같은 노란 가루약을 구석구석 뿌려 놓았더니 몇 시간 만에 개미가 흔적조차 보이지 않았다. 약이 독한 모양이다.

중국 노래방
____ 5. 24. 토. 오후 2시에 한바탕 비가 쏟아지더니 다시 햇살이 쨍쨍하게 났다

5시 30분에 기상하여 『삶을 바꾼 만남』을 계속해서 읽었다. 7시에 산책을 했다. 아파트도, 교정도 조용하였다. 7시 30분에 운동장을 30분 정도 달렸다. 덕원이를 깨워 오렌지 주스를 먹이고 다시 글을 쓰기 시작했다. 오늘은 오얏에 관한 글을 마무리 지었다. 아직도 풀리지 않는 의문, 오얏과 자두는 같은 종류의 과일이 아닌데 왜 사전에는 '오얏은 자두의 옛말'이라고 할까. 좀 더 자료를 찾아 정리할 필요가 있다.

덕원이는 오후 4시에 제주도 선생님과 옌산으로 놀러 갔다가 밤 10시 50분쯤에 돌아왔다. 제주도 선생님은 중국에 와서 노래방에 한 번도 못 가봤다고 하면서 우리 반 3학년 학생들과 같이 저녁을 먹고 노래방에 가서 신나게 놀아보자고 제안했었다. 돌아와서 잠깐 이야기를 나누니, 중국 노래방에는 요즘 젊은이들이 부르는 신곡 위주로 되어 있고, 한국의 흘러간

옛 노래는 없다고 한다. 그리고 한국 사람들처럼 노래하면서 흥이 나면 탬버린을 흔들면서 춤추는 것도 없이, 그저 얌전하게 노래만 하는 식이었다고 했다. 시쳇말로 '노는 물'이 영 다르다고 했다. 여기 사람들은 전혀 놀 줄을 모른다고도 했다. 그래도 중국 노래방을 체험해 보았으니 만족하셨으리라 본다.

덕원이가 옌산에 갔다 오는 동안 나는 양매에 관한 글을 한 편 썼다. 그리고 김희애 주연의 〈우아한 거짓말〉를 보았다. 한국 학생들 사이에 만연되어 있는 왕따 문제를 다룬 영화다. 왕따 같은 고약한 문화가 어찌 생겼는지, 갈수록 세상이 무섭다. 모든 원인은 일등만을 강요하는, 사람이 우선시되지 않는 사회분위기와 교육 탓이다. 교육현장이 무너지고 가정교육이 제대로 되지 않아서이다.

중천 건괘

_____ 5. 25. 일. 아침에 비가 약간 오다가 햇살이 났다.
다시 오후 4시에 장대비처럼 쏟아졌다

오전에 『삶을 바꾼 만남』을 또 읽었다. 다산은 혜장 스님을 만나 밤새 토론을 벌였다. 혜장은 주역에 조예가 깊었던 학승이었다.

다산이 물었다. "건괘에서 초구라고 한 것은 어째서인가?" 혜장이 대답하기를 "9가 양수의 끝이기 때문입니다."

"그렇군. 그럼 음수는 어디서 끝나지?"

"10입니다."

"그렇다면 말일세. 곤괘는 어째서 초십이라고 하지 않고 초육이라고 했을까?"

이 질문에 혜장은 벌떡 일어나 다산 앞에 무릎을 딱 꿇었다. "20년 주역 공부가 말짱 물거품이옵니다. 곤괘에서 초육이라 한 까닭이 무엇입니까? 미욱함을 깨쳐주십시오."

다산은 끝내 아무 대답도 하지 않았다. 주역의 초구와 초육에 대한 논변에서 다산의 허를 찌르는 질문에 혜장은 초장에 와르르 박살이 난 것이다.

이에 대하여 정민 선생은 "초구와 초육에 대한 설명의 깊은 뜻은 필자의 공부로는 도무지 측량이 안 된다. 20년 공부한 혜장이 모르겠다고 무릎을 꿇은 사연이니, 주역을 모르는 필자가 무슨 설명을 더 보태겠는가?"(116쪽)라고 했다. 그렇게 공부를 많이 한 정민 선생이 왜 모르겠는가. 그저 겸손일 뿐이다.

우주 안의 수는 1에서 10까지인데, 1에서 5까지의 수는 생수(生數)라고 하고, 6에서 10까지의 수는 성수(成數)라고 한다. 생수와 성수는 각각 체와 용이 되고 본말이 된다. 본체가 되는 생수 중에 홀수는 양으로 하늘이고, 짝수는 음으로 땅의 수가 된다. 홀수는 1,3,5의 세 자리이고 짝수는 2,4의 두 자리가 있다. 이것을 삼천양지(三天兩地)라고 한다. 이 삼천양지가 역의 기본이 된다. 그래서 생수 중의 1,3,5를 합한 9는 양을 대표하는 숫자가 되고, 짝수 2,4를 합한 6은 음을 대표하는 숫자가 된다. 9는 하늘이고, 6은 땅이다. 9는 아버지이고, 6은 어머니에 해당된다. 중천건괘의 첫 번째 괘를 초구라 하고, 중지곤괘의 첫 번째 괘를 초육이라고 하는 이유가 바로 여기에 있다.

이 정도 답변이라면 다산의 질문에 부합될까? 이는 대산 선생의 『대산 주역강의』에서 배운 것이다. 오늘은 내친 김에 〈중천건괘〉를 읽고 썼다.

베트남 음식
____ 5. 26. 월. 비가 많이 쏟아졌다

저녁은 특별식이었다. 자주 어울리던 베트남 출신의 대학원생에게 밥을 먹자고 했더니 본인이 직접 요리를 해서 대접해 주겠노라고 했다. 그녀는 우리 아파트 맞은편에 산다. 그녀가 살고 있는 기숙사 현관 입구에는 조리기구가 줄을 서 있다. 만찬에 초대된 사람은, 우리 모자, 제주도 선생님, 강 선생, 태국인, 인도네시아인, 태국 친구의 애인인 중국인 남학생 등 무려 13명이었다.

차려놓은 음식을 보고 감동했다. 베트남 쌀국수와 램(채소고기 튀김 요리이다. 일종의 스프링 롤), 돈가스, 이름을 알 수 없는 부침 등이 주된 음식이었다. 부침은 계란과 돼지고기, 그리고 숙주나물, 당근 등의 채소와 함께 기름에 부친 것이다. 라이스페이퍼(rice paper)에 부침을 얹고 상추와 오이, 박하 등의 녹색 채소를 올리고 동그랗게 말아서 쌀국수 국물에 찍어 먹거나 그냥 먹는다. 중국어로는 춘줸(春卷)이라고 한다. 이것은 라오스, 캄보디아 요리에서 나는 특유의 냄새가 없었다. 후식은 찐 토란과 올챙이 알같이 생긴 것을 넣은 것(역시 이름을 모른다)을 먹었다. 달달했다. 포만감이 배가 되었다.

제주도 선생님과 강 선생이 준비해 간 수박과 맥주를 마시면서 이런저런 이야기를 나누었다. 물론 강 선생이 옆에서 통역을 하면서 말이다. 즐거운 시간이었다. 무엇보다도 요리를 위해 땀을 흘리며 준비한 그 정성이 대단했다. 베트남 대학원생들은 졸업하면 모두 학교 선생이 된다고 한다. 베트남의 학교 선생은 봉급이 그리 많지 않지만 사회적 지위는 비교적 높다고 한다. 똑똑하고 마음이 착한 학생들이라 훌륭한 선생님이 될 것 같다.

여지 꿀
____ 5. 27. 화. 맑았다

시장에서 채소를 사가지고 오는 길에 65위안을 주고 여지 꿀도 같이 샀다. 꿀단지를 앞에 두고 간이의자에 앉아 십자수를 놓는 아주머니의 인상이 나쁘지 않았다. 진짜 꿀 맞느냐고 자꾸 묻는 내가 어리석었지만, 그럴 수밖에 없었다. 요새 여지가 제철인지라 거기에서 추출한 꿀도 이맘때에 나오는가보다. 맛과 향이 괜찮은 꿀이었다. 그런데 과외 선생님은 길거리에서 꿀을 샀다고 했더니, 꿀에 어떤 물질을 넣었을지 모른다면서 못 믿겠다고 한다.

멕시코 사람 요러쓰

___ 5. 28. 수. 더워졌다

우리 반에는 '요러쓰'라고 하는 멕시코인이 있다. 그는 매우 신중하고 예의바르고 점잖다. 그리고 한자를 제법 잘 쓴다. 멋들어진 스카프를 두르거나, 무도복 같은 옷을 입고 오는 걸 보고 나는 그가 범상치 않다고 여기곤 했었다. 아니나 다를까, 나중에 알고 보니 그는 멕시코에서 서예가로 근 10년 활동하였다고 한다. 핸드폰에 내장되어 있는 그의 글씨를 여러 장 볼 수 있었다. 행위예술도 하는 모양이었다. 지난번 수업시간에는 그가 썼다고 하는 붓글씨를 가지고 와서 보여주었다. 낙관을 찍었는데 자신이 직접 조각했다고 한다. 요사이는 표구를 배우러 다닌다고 했다. 여기서 중국어를 배우고 나서, 대만에서 서예가로 활동하고 싶다고 했다. 보기 드문 사람이다.

오늘 쉬는 시간에 인장 세 개를 가지고 가서 그에게 보여주었다. 두 개는 베이징의 유명한 조각가가 새긴 것이고, 하나는 청주에서 서예가로 활동하는 이희영 선생의 작품이다. 베이징에서 새긴 것은 내 이름 석 자와 나의 호인 '연당(姸堂)'이다. 그가 이리저리 만져보더니 돌이 아주 좋다고 하고는, 연당이라는 이름이 예쁘다고도 했다. 그리고 이희영 선생이 조각한 '보영(保瑛)'이라는 글자를 보고는 매우 유연하고 탄력 있는 손놀림이라고 하였다. 찍어놓은 글자의 위아래를 이리저리 가리키면서 설명을 하는데, 과연 그러한 것 같았다. 이희영 선생은 고전적인 글씨뿐만 아니라 현대적 감각을 가미하여 새로운 기법의 쓰기를 추구하는 젊은 서예가이다. 지난 겨울 방학 때 겨우 중국술 한 병 들고 가서 이런 좋은 인장을 받았으니 미안하고 고마운 일이다. 요즈음 자신의 호는 '수성(秀星)'이라고 하면서 일본인 서예 선생이 지어주었다고 했다.

웨이펀과 함께 '아줌마' 식당에서 저녁을 먹었다. 한국음식을 처음 먹어 본다고 하면서 연신 맛있다고 하였다. 저녁을 먹고 집으로 와서 9시 40분까지 이야기를 하였다. 이름이 어째서 '펀(粉)'이냐고 물으니, 그녀가 태어난 시간이 아침 해가 떠오르는 6시여서, 분홍(粉紅)의 붉은 기운이 가득했다고 해서 엄마가 그렇게 지었다고 한다.

계림의 한국 교민들
___ 5. 29. 목. 햇살이 쨍쨍하였다

저녁에 특별한 사람들을 만났다. 계림관광전문대에서 강의하는 장 선생과 그의 동생, 그리고 대우버스 부총경리로 있는 김 선생님을 만났다. 장 선생은 계림에서 2년 반 정도 있었고, 김 선생님은 3년 근무하였다고 한다. 중국 학교에서 중국어를 전공했다고 하는 장 선생은 물론 김 선생님도 중국어에 능통하였다. 그의 동생은 광서사범대학 경영학과에 재학 중이다.

그들에 의하면, 계림에 상주하고 있는 한국인은 12명 정도가 더 있으며, 1년에 한두 번 만나서 식사를 한다고 했다. 대부분 사업가라고 한다. 또한 계림에 거주하고 있는 동포는 250여 명 되는데, 그분들의 자제를 위해 매주 일요일에 한국어 문화학교를 개설하여 운영하고 있다고 한다. 덕원이를 비롯하여 한국인 학생들도 여럿 있으니 이참에 정식으로 인가를 받고 정부로부터 지원을 받아 학교를 운영하는 것에 대해 생각해 보자고도 했다. 계림 땅에 의외로 여러 분들이 계시다니 마음으로라도 의지가 되는 듯 했다.

전동차가 많은 계림

___ 5. 30. 금. 비가 왔다

　계림에서는 자동차보다는 전동차를 많이 이용한다. 한 가구당 보통 2 대의 전동차를 소유하고 있는 집들이 많다. 전동차는 오토바이와 달리 전기를 충전해서 쓰기 때문에 대기오염을 일으키지 않는다. 게다가 소음이 거의 없다는 장점도 있다. 다만 오토바이처럼 가속력이 썩 좋지는 않다. 전동차는 주로 시내에서 활용할 수 있는 교통수단이다. 우리 학교의 외국인 중에 미국 국적을 가진 교수들은 대부분 오토바이를 사용하고 있지만 그 외 교수들과 유학생들은 대부분 전동차를 가지고 있다. 보통 새것이라도 3천 위안이면 살 수 있고, 중고는 500위안에서 2천 위안에 이르기까지 다양하다.

　전동차가 주요 교통수단이 되다보니, 전동차를 장식하는 경우가 많다. 비가 오거나 뜨거운 햇볕을 가리기 위해 커다란 파라솔 같은 것을 설치하기도 한다. 또 한겨울 매서운 추위와 바람을 막기 위해 양쪽 손잡이에 따뜻한 천을 만들어 덧대기도 한다. 양쪽 손잡이와 다리까지 추위를 막아주는 바람막이도 있다. 전동차를 타고 다니는 사람들의 의상도 꽤나 재미있다. 한여름에는 선글라스에 긴 소매를 입고, 그다지 춥지 않은 봄가을에는 점퍼의 팔만 긴 채 운전을 한다. 이렇게 하면 바람을 막을 수 있기 때문이다.

　전동차는 충전비도 매우 저렴한 편이다. 다만, 도둑을 맞기 쉬우니 조심해야 한다. 계림에서 전동차를 타는 사람 중에 도둑을 맞지 않은 사람은 거의 없을 것이다. 그 정도로 '손을 많이 타는' 물건이다. 덕원이 과외 선생님은 무려 4번이나 도둑을 맞았다고 한다. 최근에는 강 선생을 비롯하여 한국 학생 여럿이 도둑을 맞았다. 튼튼한 자물쇠로 잠가 두어도 전동차 통째 도둑맞는 경우도 있고, 배터리만 도난당하는 경우도 많다.

　오늘 덕원이는, 우리도 전동차를 사면 어떻겠느냐고 물어본다. 시내 갈 때도, 시장 갈 때도 전동차가 있으면 시간을 절약할 수 있으니 얼마나 편하겠느냐고 자꾸 보챈다. 사실, 나는 자전거도 겨우 타고 다닐 정도로 운동신경이 그리 발달하지 못했다. 그러니 전동차를 안전하게 잘 탈 자신이 없다. 그리고 무엇보다도 건강을 위해서, 안전을 위해서 걸어 다니는 것이 아직은 좋다.

등산복 좋아하는 한국인

___ 5. 31. 토. 햇살이 쨍쨍하였다가 한두 차례 비가 쏟아졌다

영화를 보러 간 덕원이가 우리 반 학생인 미결, 공천, 초화와 함께 집으로 왔기에, 그들과 함께 '아줌마' 식당에서 저녁을 먹었다. 그곳에서 한국인 단체 여행객을 만났다. 나는 그분들을 보면서 오늘도 생각했다. '한국인들은 정말 어디를 가든 표가 나는군!'

계림에서 만난 한국인들은, 외모를 보면 확연히 알 수 있다. 무엇보다도 복장이 그것을 말해준다. 모두 단체로 맞춰 입기라도 한 것처럼 스포츠웨어 일색이다. 등산모자, 화려한 윗옷과 바지, 바람막이 점퍼 혹은 조끼, 그리고 등산화에 이르기까지 통일되어 있다. 배낭도 똑같다. 목에 손수건을 두른 것도. 다만 상표가 다를 뿐이다. 어쩌다 한두 명이 이런 복장을 하는 것이 아니다. 여행객 전부가 이런 복장을 하고 있다. 어떤 외국인은, 뉴욕 거리에서 등산복 차림의 한국인 단체 여행객을 보고 엄청 웃었다고 한다. 내게 물었다. "한국인들은 등산복을 왜 이렇게 좋아해요?" "아마 편하기 때문에 그럴 거예요"라고 얼렁뚱땅 답해주었다.

어쨌든 한국인의 복장에 개성이 없다는 것만은 분명하다. 그리고 복장을 통해 한국인의 '집단'의식을 읽을 수 있다. 식당에서 많이 듣는 소리가 있다. "야, 이것저것 시키지 말고 웬만하면 하나로 통일해!" 한국인에게는 '다함께', '하나로', '우리' 혹은 '통일'을 지향하고자 하는 잠재된 무의식이 분명 있는 것 같다.

계림의
여름

6~8
Month

행복한 하루

___ 6. 1. 일. 비가 한두 차례 쏟아졌다

요새는 밤 12시가 넘으면 어김없이 비가 내린다. 새벽 4시에 잠이 깨었으나 한 시간 여를 침대에 누워 뒤척이다 일어났다. 『삶을 바꾼 만남』을 이리저리 뒤적이며 스승과 제자였던 다산과 황상을 생각한다. 6시 30분. 교정에 음악이 흐르고 빗소리가 들리니, "아! 지금이 낙원이구나"라는 생각이 절로 들었다. 잔잔한 행복감이 밀려왔다. 책을 읽고 음악을 듣고 빗소리를 들을 수 있다는 것이 얼마나 행복한 일인가. 누군가 말했던가, "아! 신이시여, 내 잔이 넘치나이다."

단옷날은 휴일

___ 6. 2. 월. 저녁에 또 비가 내렸다

오늘은 중국의 명절인 단오이다. 이 교수 식구와 홍 교수님을 만나 점심을 먹었다. 홍 교수님은 여기 살림을 정리하고 한국으로 돌아갈 준비를 하느라고 마음이 분주한 듯하였다. 곧 한국으로 돌아가신다니까 부러운 생각이 들었다. 우리는 그동안 있었던 크고 작은 일들을 이야기하였다. 양현이네 학교 선생님이 "왜, 중국의 명절을 한국에서 뺏어갔냐?"면서 불만스럽게 말했다고 한다. 중국이나 한국은 예로부터 음력 5월 5일 단오를 길일이라 하여 명절로 여겼다. 그러나 한국은 이제 단오라는 절기만 남아 있을 뿐, 아무런 행사도 하지 않는다. 강릉에서 단오축제를 하는 것뿐이지, 사실상 잊혀진 명절이나 마찬가지다. 아마 선생님께서 한국의 단오축제를 염두에 두고 그런 말씀을 하신 것 같다고 하였다. 그러나 양현이는 마음이 영 불편한 모양이었다.

근래 이 교수가 야심차게 준비한 학생들의 한국 어학연수 건은 별 성과도 없이 흐지부지될 모양이었다. 당초와는 달리 학교 측에서 적극적으로 협조를 하지 않는 것 같았다. 그 일로 많은 수고를 한 이 교수가 크게 실망한 눈치다. 이 교수는 사이다를 마시고 우리 셋은 맥주를 마시면서 이야기를 많이 했다.

밤 9시 40분에 강 선생이 찾아왔다. 논문을 써야 하는데 도무지 감이 잡히지 않는다면서 조언을 구하러 온 것이다. 교수법, 교육학, 문학 등 여러 분야를 생각하고 있지만, 아직 딱히 정한 것이 없다고 했다. 나는 그 방면에 아는 것이 없어서 어떤 주제로 논문을 쓰는 것이 좋겠다고 조언할 처지가 못 되어, 일단 여러 분야의 논문을 읽으면서 본인이 쓰고 싶어 하는 분야를 정해 가지고 오라고 했다. 그래야 그 다음 작업을 진행할 수 있을 것 같았다.

요가학원
____ 6. 3. 화. 새벽에 천둥 번개가 요란하고 비가 많이 왔다

요새 학교에서 하는 요가가 좀 심드렁해졌다. 몇 주째 같은 동작만 반복하다보니 지루하고 재미가 없어졌다. 오후에 중국어 과외가 끝나고 베트남 학생 범주연과 함께 전동차를 타고 난청에 있다는 요가학원에 갔다. 요가가 재미없어졌다고 했더니, 마침 그도 헬스클럽에 등록을 하려던 참이라고 하면서 동행했다. 헬스클럽에는 눈에 익은 유학생과 외국인 선생들이 많았다. 키가 194cm나 된다는 미국인 교수 제임스도 땀을 뻘뻘 흘리면서 운동을 하고 있었다. 갑자기 젊은 열기가 느껴져 그 속에서 함께 뛰고 싶다는 생각이 들었다. 범주연은 140위안을 주고 한 달 이용권을 끊었다. 석 달이면 300위안으로 할인이 된다고 한다.

7시 10분에 시작한다는 요가반에 들어가서 한 시간 수강을 했다. 학교 체육관 맨 바닥에 요가 매트를 깔고 하는 열악한 환경과는 비교가 되지 않았다. 요가반도 여러 종류가 있었다. 전문 강사의 노련한 몸놀림도 마음에 들었다. 제법 시설이 잘 갖추어져 있고 내용도 충실하여 한국에서 하는 것보다 나았다. 다만 오늘 수강한 이 반은 기본 요가에 춤을 가미한 것이라 따라 하기가 좀처럼 쉽지 않았다. 강의가 끝나고 강사와 상담을 하니, 서너 번만 따라하다 보면 전혀 문제될 것이 없다고 했다. 문제는 교통편이 불편하다는 것이다. 매번 범주연의 전동차를 빌려 타고 다닐 수가 없기 때문이다.

은사님을 생각하면서

_____ 6. 4. 수. 새벽에 천둥 번개가 요란하고 비가 많이 왔다

옌산 캠퍼스 내에 있는 커피숍에서 강의시간을 기다리면서 『내가 좋아하는 한시』를 읽었다. 작년에 한시학회 회원들이 주축이 되어 엮은 책이다. 내가 쓴 〈여행으로 되찾은 젊음〉도 한 꼭지 실려 있다. 김혜숙 선생님께서 쓰신 〈바라보는 마음, 함께하는 마음〉을 읽었다. 겨우 13쪽에 달하는 짧은 글을 두 시간이 넘게 읽고 또 읽었다. 활자 사이로, 한시 너머로 선생님과 함께 했던 추억들이, 새벽 호수에 안개가 피어오르듯 끝없이 솟아났다.

대학원 석사과정 수업을 받을 때 선생님을 처음 뵈었다. 까만 머리핀으로 단단하게 고정시킨 짧은 단발의 모습. 단정하게 개량 한복을 입으시고 좀 오래된 나무 책상에 앉아서 대학원생들에게 차를 따라 주셨다. 그때 '보이차'라는 것을 처음 마셔 보았다. 손에 겨우 잡힐 정도의 조그만 잔에 담긴 먹물같이 까만 물이 보이차라고 하셨다.

"맛이 어떠니? 중국차란다. 짚단 썩은 냄새 같은 것이 나지?"

정말 그랬다. 짚단 썩은 냄새가 났다. 그때 '차'라는 것을 처음 접하고 문화적 충격 같은 것을 받았다. 멋있게 차를 마시면서 책을 보시는 교수님의 삶의 영역을 그때부터 동경했던 것 같다. 아마 그때부터 나도 그 영역에 들어가고 싶다는 소망을 가졌는지 모르겠다. 그런 문화를 누리는 집단 속으로 편입하고 싶어 했는지 모른다.

선생님의 강의는 최고였다. 선생님 연구실 문턱을 드나들 때에는, 늘 긴장과 두려움이 있는 동시에 약간의 설렘과 희열이 있었다. 비전공자인 다른 후배들은 선생님의 수업이 있는 전날에는 긴장감에 잠이 오지 않는다고 했다. 강의가 끝나고 연구실을 나올 때면 안도의 한숨을 쉬거나 눈물을 찔끔거리는 후배도 있었다.

선생님의 강의는 그만큼 맵짰다. 한 마디의 말씀도 그냥 흘려버릴 것이 없을 만큼 꽉 찬 강의였다. 선생님의 뛰어난 통찰력과 직관력은 감히 타의 추종을 불허하였다. 선생님의 입에서는 촌철살인의 명언이 마구 쏟아졌다. 마치 깨어진 두 조각의 거울을 갖다 붙이기라도 한 것처럼 그렇게 딱딱 맞을 수가 없었다. 또한 선생님의 강의에는, 의식의 밑바닥까지 보여주어야 하는 치열함이 있었다. 만천하에 드러난 나의 지적 한계에 부끄러움과 수치스러움에 쥐구멍이라도 찾고 싶은 심정이 들었다. 선생님 앞에만 서면 오금이 저리는 듯했다. 그런데 이상하게 강의를 듣고 나면 행복했다. 더 공부하고 싶다는 욕망이 마구 솟아났다.

선생님께 대학원 석사논문 지도를 받고 박사논문 지도까지 받았다. 논문 지도교수님이 아닌데도 불쑥 찾아가 지도를 부탁드렸다. 지금 생각해보면, 나는 참 불량스러운 학생이었다. 그러나 앞뒤 재지 않고 선생님께 배움을 청했던 그 불량스러움으로 인해 나는 선생님께 많은 것을 배울 수 있었다. 석사논문과 박사논문의 초고를 빨간 펜으로 수정을 해주셨을 때만 해도, 교수님들은 늘 그렇게 지도해주시는 줄 알았다. 그래서 뼈에 사무치도록 감사한 일인지 몰랐었다. 그런데 석사를 마치고 박사논문을 쓰면서, 또 대학 강의를 하면서, 학생들을 지도하면서 그제야 깨달았다. 그 어떤 교수님도 그처럼 하지 않으신다는 것을. 후배들의 석사논문을 지도해 주던 어느 날은, 선생님의 은혜가 사무치게 그리워 눈물이 나기도 했었다. 그때 지도해주셨던 논문의 초고뭉치가 보자기에 싸인 채 아직도 서재 한 귀퉁이에 놓여 있다. 그것을 볼 때마다 선생님이 한없이 그립다. 그리고 무엇으로, 어떻게 해야 그 빚을 갚을 수 있을까 생각한다.

이이의 시에는 일상과 주변의 평범한 사물들과 마음을 다하여 오롯이 마주하는 정성스러움이 있다. 이리저리 마음이 움직이지도 않고, 여러 생각과 감정이 들끓지도 않는다. 이이의 마음은 오롯이 눈앞의 대상 그 자체에 머물러 함께한다. 눈앞에 아무것도 없으면, 이이는 오롯이 자기 자신을 바라보며 자기 자신과 함께 한다. 이 오롯한 바라봄과 함께함의 평온함은 언제나 내게 큰 위안이 된다.(『내가 좋아하는 한시』, 124쪽)

선생님께서 율곡의 시를 읽고 나서 쓰신 위의 구절은, 조금의 가감도 없이 선생님의 삶의 모습을 있는 그대로 표현한 것이다. '일상과 주변의 평범한 사물들과 마음을 다하여 오롯이 마주하는 정성스러움'이 바로 선생님의 삶의 태도였다. 그 어떤 순간도 거짓된 만남을 가진 적이 없으셨다. 그 어떤 대상에게도 마음에 없는 말씀을 한 적이 없으셨다. 늘 상대를 향해 마음을 다해 오롯이, 정성스럽게 대면하셨다. 일상생활도 그러하였고, 교육현장에서도 그러하셨다. 선생님은 참 교육자이셨다. 나는 그런 선생님을 닮고 싶었다. 정갈하고 고운 개량한복을 입으신 선생님의 모습은 멀리서 보아도 가까이서 보아도 학자로서의 품위와 덕성을 그대로 보여주셨다. 선생님은, 내가 닮고 싶어 하는 일인이셨다.

선생님 댁에 빨갛게 핀 베란다의 동백과 오죽, 거실 한 쪽에 자리 잡은 골동품 같은 골드스타 텔레비전(아마도 60년대 초반에 나온 TV일 것이다), 우전 신호열 선생님의 필적, 거실에 빼곡하게 꽂힌 수많은 책들, 최근 새

식구가 된 작은 어항 속 물고기들, 마치 여러 식구가 함께 사는듯한 화장실의 수많은 칫솔들, 앉은뱅이책상에 앉아서 사과를 깎고 차를 우리시던 다정하신 선생님의 모습이 눈에 훤하였다. 신년에 단정하게 앉아 세배를 받으시며 덕담을 해주셨던 나의 은사님이 한없이 그리웠다.

강의를 마치고 5시 30분 스쿨버스를 탔다. 예상대로라면 6시 10분쯤에 집 앞에 도착하여야 하는데 7시 40분이 되어서야 겨우 도착했다. 비가 와서 많이 정체되었다. 설상가상으로 마구잡이로 끼어드는 승용차와 접촉사고까지 발생했다. 스쿨버스 기사와 승용차 운전자가 도로 위에서 언성을 높이면서 실랑이를 벌이는 바람에 시간이 더 소요되었다. 뒤늦게 경찰이 왔어도 실랑이는 계속 되었다. 결국 버스기사가 지갑에서 200위안을 꺼내서 상대에게 주고 나서야 끝이 났다.

우리 반 유학생들과 저녁을 같이 먹기로 했는데, 결국 참석하지 못한다고 했다. 오늘 회식을 위해 100위안까지 투척했는데 아쉽게 되었다. 웨이펀과의 만남도 취소했다. 학교 앞 식당가에서 저녁을 사먹고 돌아와 캔맥주를 마시면서 6.4지방선거 결과를 밤늦도록 지켜보았다. 세월호 여파로 선전하리라 기대했던 야당이 기대에 부응하지 못해 아쉬웠다. 그래도 진보성향의 교육감이 대거 당선되는 이변이 있어서 나름대로 아쉬움을 달랠 수 있었다.

김영수 교수님
____ 6. 5. 목. 하루 종일 비가 오다가 저녁에 그쳤다

연변대학에서 오신 김영수 교수님과 저녁식사를 했다. 내일 대학원 논문 답변이 있어서 오신 것이다. 연변에서 비행기를 타고 이곳 계림까지 오셨다고 하니, 제자의 청을 기꺼이 들어주신 인품이 참 넉넉하신 것 같

다. 김영수 교수님은 전 교수의 지도교수이시다. 올해에 '중국한국어교육연구학회'와 또 다른 학회 회장에 선출되는 등 다양한 학회활동을 하신다. 작년에 뵈었을 때보다 얼굴이 더 좋아지신 것 같다. 대학원 행정을 맡은 양 교수가 함께 참석하여 '한국어번역 자격증' 취득에 관한 이런저런 이야기를 나누었다. 저녁을 먹고 '리카페이(李咖啡)'라는 커피숍에서 맥주 한 잔씩을 더했다. 스타벅스 같은 느낌이 드는 곳으로, 계림에서 보기 드문 세련된 커피숍이었다. 오랜만에 커피향 짙은 괜찮은 커피숍에 앉아 있으니 기분이 좋았다.

대학원 논문 답변 심사
___ 6. 6. 금. 햇살이 쨍쨍하였다

새벽 4시에 일어나 어제 늦게 받은 대학원 심사용 논문을 읽었다. 이번에 논문 답변을 할 학생들은 모두 7명이었다. 우리 대학원이 통번역대학원이다 보니, 학생들이 그동안 직접 번역한 텍스트를 중심으로 연구를 한 것이었다. 시간이 없어서 꼼꼼하게 다 읽지 못했다. 논문심사는 8시 50분부터 시작하여 12시까지 이어졌다. 발표자는 5분 발표하고 다섯 명의 심사위원들이 15분 질의하는 것으로 진행했다.

이번에 졸업하는 7명의 학생 가운데 두 명을 제외하고 나머지는 모두 광서사범대학 출신이다. 대학원 졸업생들이지만 여전히 한국어가 유창하지는 못했다. 본래는 별도의 논문을 작성하지 않고 번역본만을 제출해도 졸업이 가능했는데, 얼마 전부터 학교에서 논문 형식을 요구하여 학생들이 논문을 쓴 것이라고 했다. 대학원 과정에서 논문을 작성하는 방법과 요령에 대해 지도를 받은 적이 없기 때문에, 이번에 제출된 논문은 거의 번역본에 대한 보고서 수준이었다. 여러 심사위원들이 논문의 체계, 용어, 서술상의 비논리성 등을 지적, 수정하도록 요구했다. 그러나 학원 하나 없고, 한국어를 연습할 수 있는 여건이 전혀 마련되지 않은 곳에서, 학생들이 이 정도의 수준을 보여주는 것만으로도 대단히 훌륭하다고 생각한다.

7명의 답변을 모두 듣고 학생들을 퇴실시킨 후, 심사위원들이 그 자리에서 점수를 매겼다. 그리고 심사위원장을 맡은 김영수 교수님께서 모든 학생들이 무난하게 논문 답변 심사를 통과하였다고 말씀하심으로써 심사가 완료되었다. 7명의 학생들이 각기 교단에 서서 감격스럽고 감사하다는 소감을 말했다. 그리고 후배 대학원생이 준비한 꽃다발과 선물을 받아들고 그 자리에서 사진 한 장씩을 찍었다. 심사위원들과 단체사진도 찍었다. 이렇게 해서 '통번역대학원의 논문 답변 심사'가 끝났다. 심사위원들은 그 자리에서 사인을 하고 심사료(700위안)가 든 봉투를 건네받았다. 한국의 대학원 논문심사와는 전혀 다른 방식이었다.

오후에는 학생들이 심사위원과 지도교수를 위해 점심을 대접했다. 모두들 기뻐하는 표정이 역력했다. 심사위원과 교수들, 그리고 학생들이 돌아가면서 건배를 하며 맥주잔을 부딪쳤다. 어떤 학생은 한국의 완도 학원에 근무하고 있는데, 어젯밤에 중국에 왔다가 오늘 밤 비행기를 타고 다시 한국으로 돌아간다고 했다. 또 전 교수의 동생은 저녁 7시 기차를 타고 산동성 옌타이로 돌아가야 한다고 했다. 기차로 무려 24시간이 걸린단다. 김영수 교수님도 내일 아침 비행기로 떠나신다. 계림에서 상하이까지 2시간, 다시 상하이에서 2시간을 비행기를 타야 연길공항에 도착하신다고 했다.

광활한 중국 땅에서 살아가는 저들의 이야기를 들으면 아직도 실감이 가지 않는다. 고향으로 돌아가기 위해, 볼 일을 보기 위해 사나흘 기차를 타고, 몇 시간 비행기를 타고 이동해야 하는 중국 땅! 이 속에서 살아가는 이들도 대단하고, 이 속에서 살아남는 자들도 대단하다.

계림 시내 구경

___ 6. 7. 토. 햇살이 쨍쨍하였다

모처럼 시내 나들이를 했다. 덕원이가 며칠 전부터 프라모델을 사서 조립해 보겠다고 하여서 그것을 사기 위해 웨이샤오탕(微笑堂) 백화점에 갔다. 이 백화점은 계림 시내에서 가장 규모가 크다. 중국 백화점의 물건 값은 여기 월급 받아서는 살 수 없는 것들이 대부분이다. 가격표를 보면 '후덜덜'해진다. 7층까지 둘러보았지만 덕원이가 원하는 물건을 끝내 사지 못했다.

백화점을 나와서 시내 투어를 했다. 맥도널드에 들러 햄버거, 아이스크림을 사 먹고, 대만의 유명한 먹거리인 시앤위시앤(鮮芋仙)를 맛보았다. 하얗게 갈아놓은 얼음 위에 쫀득쫀득한 떡과 젤리, 푸딩 같은 것이 들어간 것이다. 노란색, 흰색, 분홍색의 떡은 모두 토란으로 만든 것이다. 팥빙수처럼 달달하지는 않고 좀 밍밍하다. 그래도 건강에는 좋다고 한다. 한 그릇에 20위안. 결코 싸지 않은데도 가게에는 앉을 자리가 없이 젊은이들로 꽉 차 있었다.

재혼? 하지 마세요

___ 6. 8. 일. 맑고 더웠다

"젊음이 아깝네요. 얼른 좋은 분 만나 재혼하세요."

"왜 아직 혼자 살아요?"

내가 혼자되고 나서 초창기에 이따금씩 들었던 말들이다. 한국인들은 남의 일에 참견하고 들여다보기 좋아하는 사람들이 많다. 그러니 나같이 젊은 여자가 혼자 사는데, 왜 아니 호기심이 생기지 않겠는가? 별로 친하지도 않은데 오랜만에 만나 할 말이 없으면 어색하게 재혼카드를 꺼내는 분도 있었다. 그런데, 근래 재혼 이야기를 꺼내는 사람들의 분위기가 좀 달라졌다.

"재혼이요? 뭣 하러 재혼을 하세요. 골치 아프게 살지 말고, 외롭지 않게 그냥 연애만 하세요."

이렇게 말하는 분들은 내 동년배가 아니라 나보다 연장자가 많다. 심지어 우리 어머니 또래의 분들도 그렇게 말씀하신다. 내가 보기에 근 십 년 만에 결혼에 대한 인식 자체가 변화한 것이라 생각한다. 이것은, 지금 우리 사회가 '결혼'이라는 제도 자체를 매우 거추장스러운 것으로 인식하고 있다는 말도 된다. 젊은이들도, 노인들도 아무런 구속도, 속박도 없는 자유연애를 갈망하고 있다는 뜻이다. 여기에는 서로에 대한 어떠한 책임도 지고 싶지 않다는 생각이 얼마간 들어 있음은 물론이다.

그런데 나는 자유연애는 탐탁치 않다. 나는 결혼이라는 제도적 장치 아래 가정이라는 울타리를 가지고 싶다. 그리고 그 가정에서 내가 책임질 수 있는 역할을 수행하면서 살고 싶다. 아내로서, 어머니로서, 며느리로서, 또는 가족의 어떤 관계자로서 말이다. 내가 다시 가정이라는 울타리를 구성할 수 있다면, 이렇게 살고 싶다.

잔잔한 들꽃 무늬가 새겨진, 잘록한 허리에 촘촘하게 주름을 넣은 하얀 색 앞치마를 정갈하게 입고, 그를 위해 하얀 와이셔츠를 반듯하게 다려 뿌듯하게 입혀주고 싶다. 사각 가방을 들고 출근하는 그의 뒷모습을, 보이지 않을 때까지 한없이 배웅하고 싶다. 갓 지은 따끈한 밥과 노릇노릇 잘 구워진 생선을 놋쇠 그릇에 담아 얌전하게 생선가시를 발라 먹여주고 싶다. 오늘은 누구를 만났으며, 무슨 생각을 하였는지, 어떤 음악을 들었는지, 어떤 글을 썼는지, 노오란 치자향이 묻어날 것 같은 그의 턱 밑에서 종달새처럼 재잘대고 싶다. 온통 가을빛으로 물든 양평의 두물머리에서 붉게 물들어가는 낙조를 바라보며 이어폰을 나눠 끼고 모차르트의 클라리넷 협주곡 2악장을 함께 듣고 싶다. 설 명절이면, 한복을 곱게 차려 입고 맞절

을 하며 고상하고 품위 있게 새해를 맞이하고 싶다. 소록소록 내리는 눈이
천지를 하얗게 뒤덮도록 그를 존중하고, 나 역시 존중받으며 그렇게 살고
싶다. 주말이면 온 식구들을 초대하여 함께 밥을 먹으면서 떠들썩하게 보
내고 싶다. 그리고 나와 그가 경험한 삶의 지혜를 내 후손에게 들려주어
인생의 시행착오를 줄여주고 싶다.

　　나는 재혼을 통해 얻게 될 속박이 두렵지 않은 것은 아니지만, 그보다
는 책임 있는 역할을 하면서 살고 싶다. 한번 쓰고 버려지는 일회성 연애
는 싫다. 그리고 무엇보다도 태어나 한 번도 아버지라는 이름을 불러보지
못한 내 아들에게 아버지의 존재를, 더 많은 가족의 존재를 통한 기쁨을 주
고 싶다.

몸치

___ 6. 9. 월. 맑고 습도가 높아졌다

　　오후 2시에 테니스 레슨을 받았다. 덥고 습도가 높아서 무척 힘들었
다. 준비해 간 물이 다 떨어지자 코치가 오토바이를 타고 가서 물 두 병을
사서 우리에게 주었다. 쉬는 시간마다 줄담배를 피우는 것만 빼고 사람은
무척 착하고 괜찮은 것 같았다. 언어가 원활하게 소통이 안 되니 얼굴 표
정을 보면 나와 덕원이가 하는 행동이 맘에 드는지 안 드는지 금방 알 수
있다. 배운 대로 하지 않고 엉뚱한 동작을 하면 얼굴을 잔뜩 찌푸리면서
그렇게 하면 안 된다는 표정을 한다. 오늘 레슨 7주차인데도 여전히 라켓
을 처음 잡던 그때와 별반 다르지 않은 것 같다. 어느 세월에 게임을 할 수
준이 될까 싶다. 그래도 코치가 홍 교수님께, 덕원이 동작이 아주 깔끔하
다고 칭찬했단다.

　　과외시간에 처음으로 에어컨을 가동했다. 이달부터 과외는 덕원이

혼자 한다. 아무래도 나와 실력차이가 많이 나기도 하고, 빨리 진도를 나가야 할 것 같아서이다.

중국 맥주
____ 6. 10. 화. 맑고 더웠다

오늘은 중국어 강의를 하지 않고 맥주공장에 견학 가는 것으로 대신했다. 덕원이는 맥주를 못 마시니까 안 가도 된다면서 늦잠을 자겠다고 했다. 초급반 학생 30여 명이 함께 갔다. 서문에서 버스를 타고 20여 분을 가니 '연경맥주'라는 간판이 보이는 공장에 도착했다.

계림 사람들은 주로 춘성(純生)맥주와 리취안(漓泉)맥주를 마신다. 두 맥주는 모두 옌징(烟京) 맥주공장에서 생산한다. 맥주 맛은 춘성이나 리취안보다 옌징맥주가 좀 더 좋다. 한국의 맥주보다 도수가 낮아 알코올 농도가 3.3%다. 한국 맥주를 마시다가 이곳 맥주를 마시면 뭔가 깊은 맛이 없고 심심하다는 느낌이 든다. 제조방법과 도수가 다르기 때문일 것이다.

공장을 둘러보고 시음용 맥주 한 잔씩을 얻어 마셨다. 소주잔 같은 작은 잔으로 한 잔씩. 그나마도 대부분의 유학생들은 술을 안 마신다고 하면서 사양했다. 독일에서 온 유학생들은 캔 맥주를 달라고 해서 벌컥벌컥 들이켰다. 제주도 선생님은 아무래도 이곳 맥주가 심심하다면서 영 맛이 없다고 하셨다. 이곳에서 자체적으로 맥주를 생산할 수 있는 것은, 아마도 양쉐의 리지앙(漓江)이 있어서일 것이라고 하면서 "그 정도 물을 가지고 맛있는 맥주를 만들 수 있을까? 맥주는 물이 아주 중요한데…" 하셨다. 제주도에서는 청정수를 이용하여 자체적으로 맥주를 만들고 있다고 했다.

중국 맥주의 좋은 점 하나! 가격이 싸다는 것이다. 캔 맥주 하나에 2.2위안 혹은 3위안. 병맥주 하나에 4위안이니 얼마나 싼가. 더운 날씨에 맥주공장을 다녀와서 그런지 몹시 피곤했다. 그래서 낮잠을 좀 많이 잤다.

비자 연장

____6. 11. 수. 새벽에 비가 오고, 낮에는 맑고 습도가 높았다

오전에 비자를 연장하기 위해 신체검사를 받았다. 비자 만기가 7월 15일까지라 서둘러야 할 것 같아서 중국어 강의를 수강하지 않고 검사국으로 갔다. 작년에도 한국에서 17만원을 주고 신체검사를 하였지만 거류증을 만들기 위해 이곳에서 또 다시 했었다. 작년에 한 것과 상관없이 비자 연장을 위해 또 해야 한다고 했다.

난청백화점 앞 검사국에서 10여 항목에 걸쳐 검사를 했다. 덕원이는 13세라 하지 않아도 된다고 했다. 검사라는 것이 거의 형식적이었다. 의사들은 모두 나이가 많았다. 아마도 퇴직한 분들이 주로 근무하는 것 같다. 잠옷 비슷한 반바지 차림에 하얀 가운을 걸친 분도 있다. 작년과 마찬가지로 밥주걱을 들고 시력검사를 받았다. 가슴 엑스레이를 찍고, 초음파 검사를 하고, 피를 뽑았다. 다음 주 화요일 이후에 결과가 나온다고 했다. 요금은 257.4위안.

가족관계증명서

____6. 12. 목. 맑고 무척 더웠다

오후에 사무실에 들렀더니, 나와 덕원이의 가족관계증명서와 작년 비행기 영수증을 챙겨가지고 오라 한다. 가족관계증명서는 비자 연장을 위해 필요한 서류이고, 비행기 영수증은 환불받는데 필요하기 때문이다. 집으로 돌아와서 가족관계증명서를 한 시간여 찾았다. 중국으로 오면서 혹시 필요할 것 같아 분명히 챙겨가지고 왔는데 아무리 해도 찾을 수가 없었다. '아, 이 서류 한 장 때문에 한국에 갔다가 와야 하나?' 하면서 몹시 걱정을 했다. 그런데, 다행스럽게도 책상 서랍 속에 고이 모셔져 있는 것이 아

닌가! 늘 이런 식이다. 제주도 선생님께 이런 사정을 말씀드렸더니, 요새는 본인이 직접 가지 않아도 본인이라는 증명만 할 수 있으면 해외에서도 가족관계증명서를 뗄 수 있다고 하셨다.

저녁에 강 선생이 커튼 가게 직원을 데리고 와서 거실에 커튼을 달아 주고 갔다. 나 혼자서는 도저히 할 수가 없어서 강 선생에게 이야기했더니 해결해 준 것이다. 커튼만 달아주는데 40위안. 혼자서 할 수 없으니 남의 손을 빌릴 수밖에 없다.

돗자리

____ 6. 13. 금. 몹시 더웠다

지난 주 대학원 논문심사를 하느라 휴강한 것을 오늘 보강했다. 저녁에 제주도 선생님과 '아줌마식당'에서 부대찌개를 먹고 소주를 한 병 마셨다. 아직도 중국 음식에 익숙하지 않아 식사 때마다 괴롭다고 하소연을 하신다. 지난번 유학생들과 잘 어울리는 것을 보고 이제는 이곳 생활에 많이 적응을 했으려니 했는데, 음식은 아직도 편하지 않은 모양이었다. 식사를 하고 나오다가 돗자리 파는 가게에 들렀다. 제주도 선생님은 날씨가 많이 더워서 여름 날 준비를 해야겠다면서 돗자리, 베개, 방석을 사셨다. 흥정을 해서 세 개 모두 110위안을 주었다. 돗자리는 겨울에 한국으로 돌아갈 때 덕원에게 물려주겠다고 하셨다.

한국 장아찌

____ 6. 14. 토. 몹시 더웠다

오후 4시쯤에 낯선 전화가 걸려왔다. 오전에도 두 번 걸려온 전화였다. 그런데 사투리가 심해서 도무지 알아들을 수가 없었다. 덕원이에게 전화를 바꿔줬더니, "정확하게는 모르겠지만 우체국으로 오라는 것"이라고 한다. 그리고 보니 한국에서 택배가 올 때가 된 것 같았다. 우체국으로 갔더니 그런 전화를 한 적이 없다고 한다. 어찌 해야 할지 난감해 하니까, 우체국 직원이 출입문을 열고 앞에 있는 차를 가리키면서 그곳으로 가보라고 했다.

나무 그늘 아래에 포장된 물건 여러 개를 늘어놓고 연방 전화를 거는 아저씨가 앉아 있었다. 까맣게 그을린 얼굴에, 더운지 웃옷을 반쯤 걷어서 배가 훤히 보였다. 대번에 한국어가 쓰여진 박스 하나가 눈에 띄었다. 사인을 하고 집으로 들고 왔다. 지금 살고 있는 아파트 주소가 적혀 있으면 경비실로 택배가 와야 할 텐데, 여기는 그리 하지 않는 모양이다.

경식 언니가 밑반찬을 해서 보낸 것이다. 월요일에 택배를 보낸다고 했으니 일주일 만에 도착한 것이다. 외국살이 하면서 처음 받아보는 택배라 덕원이도 기분이 좋은 모양이었다. 단단하게 포장한 박스를 뜯어보니 비닐에 싸여진 두 개의 플라스틱 단지가 있었다. 작은 용기는 서너 겹의 랩으로 덮여 있었고, 내용물이 흘러내릴까봐 용기 입구를 고무줄로 꽁꽁 묶어 놓았다. 고무줄이 아니라 고무장갑 끝을 자른 것이었다. 못 쓰는 고무장갑이 이렇게 변신을 하다니! 과연 꼼꼼한 영옥 언니다웠다. 작은 용기에는 매실 장아찌가, 커다란 단지에는 초간장에 절인 마늘종과 오이지가 들어 있었다.

지난달에 계림에 왔던 언니들이 덕원이 먹이겠다고 밑반찬을 해서 보낸 것이다. 한국에 돌아가서는 나보다 덕원이가 눈에 삼삼하다고, 덕원이 먹을 만한 반찬을 해서 보내주겠다는 메일이 왔었다. 덕원이가 초절임한 마늘종이 먹고 싶다고 했는데, 언니들이 덕원이 마음을 알기라도 하듯 이렇게 보낸 것이다. 계림에도 마늘종도 있고 오이도 있다. 물산이 풍부하여 시장 어디를 가도 쉽게 구할 수가 있다. 그런데 먹는 방법은 우리와 좀 다르다. 한국처럼 초간장 절임이 있긴 하다. 무를 초절임한 것이 식당 메뉴에도 있고, 길거리에서도 판다. 그런데 맛이 한국 것과는 다르다. 또 그것을 담그려면 간장과 식초가 있어야 하는데, 그 맛이 한국과 달라 직접 만들어 볼 엄두를 내지 못하고 있었다. 매실은 아직 시장에서 본 적이 없다. 안 그래도 매실 원액을 만들어 보려고 찾고 있으나 보지 못했다.

달달하면서 매콤한 매실장아찌를 따뜻한 밥 위에 얹어 먹으니 잃었던 입맛을 되찾은 듯했다. 매실장아찌, 마늘종, 오이지! 한국인의 밥상에 자주 오르는 참으로 소박한 반찬들을 여기 중국에서 먹으니 감회가 남달랐다. 재료비나 수고비보다 택배비가 훨씬 비쌌을 텐데도 주저하지 않고 보내준 언니들의 마음이 고마웠다. 몇 주일을 먹을 수 있을 만큼 넉넉하게 보내왔으니, 먹을 때마다 언니들이 생각날 것 같다.

아버지 날
___ 6. 15. 일. 더웠다

오늘은 중국의 '아버지의 날'이라고 한다. 중국에서는 6월 셋째 주 일요일을 '아버지의 날'이라고 하고, 지난달 5월 둘째 주 일요일을 '어머니의 날'이라고 한다. 여기서도 부모님께 카네이션을 달아 드리고, 선물을 드리고, 사랑을 전한다고 하니 부모님에 대한 마음은 한국과 비슷한 모양이다.

초 밥
___ 6. 16. 월. 몹시 더웠다

오후 2시에 테니스 레슨을 받으려고 걸어가는데 사람들이 보이지 않았다. 서점 옆 농구 코트와 탁구대에도 인적이 드물다. 마치 방학이라도 한 것처럼, 휴일이라도 된 것처럼 한산하였다. 스마트폰 날씨 정보를 참고해 보니, 오늘 계림의 최고 기온이 35도라고 한다.

아래층에 사는 인도네시아 유학생 '압핀'이 어디 가느냐고 묻기에, 테니스 치러 간다고 했다. 그러자 압핀은, "지금?"이라고 말하면서 우리를 쳐다보았다. 뙤약볕이 내리쬐는 뜨거운 한낮에 테니스를 치러 가는 우리가 그의 눈에는 이상한 사람으로 보인 것 같았다. 숨이 턱턱 막히는 더위와 열기 속으로 빨려 들어갈 것만 같다. 아무래도 이 시간에 테니스를 친다는 것은 건강상으로도 좋지 않을 것 같았다. 코치에게 말해서 이제부터는 저녁시간으로 옮기자고 제안을 하고 다시 집으로 돌아왔다. 꽁꽁 언 얼음물이 집으로 돌아오는 몇 분 사이에 반쯤 녹아 있었다. 아, 여름을 어떻게 견딜 수 있을 지 걱정이 앞선다.

덕원이 과외가 끝나자 그토록 먹고 싶다고 노래를 한 초밥을 먹으러 시내로 나갔다. 한국에서 곧잘 먹었던 '회전초밥'과 비슷하였다. 예상대로 좀 비쌌다. 접시의 색깔별로 5위안, 8위안, 10위안, 15위안, 18위안, 25위안 등 가격이 다양하였다. 맛은 제법 괜찮았다. 그런데 덕원이는 열 접시도 못 먹고 젓가락을 내려놓았다. 배부르게 먹으려면 너무 비싸서 도저히 못 먹겠다는 것이다.

"덕원아, 네가 먹고 싶은 초밥 정도는 엄마가 사 줄 수 있으니까 먹고 싶은 대로 맘대로 모두 먹어도 돼!"

그래도 덕원이는 더 이상 먹지 않았다.

"겨울방학에 가면, 경지 이모가 맛있는 회 실컷 사준다고 했으니까 그때 먹지 뭐!"

덕원이는 늘 이런 식이다. 너무 일찍 철이 든 것 같아 마음이 또 짠하였다.

학교 수영장

___ 6. 17. 화. 아침에 비가 오고 나서 좀 시원해졌다

덕원이 과외를 마치고 학교 수영장에 갔다. 테니스장 바로 옆에 있다. 지난 12일에 개장을 하였는데 사람들이 많았다. 어린 학생들이 많았다. 회원권을 끊지 않으면 1인당 8위안이다. 나는 작년에 이곳에서 수영 레슨을 처음 받았다. 홍 교수님께서, 코치가 젊은데다가 얼굴도 잘 생겼고, 더군다나 강습비도 한국에 비해 엄청 싸니까 여기서 수영을 배우라고 자꾸만 부추기는 바람에 망설임 없이 등록을 하였다. 홍 교수님은 짓궂게 수영코치가 젊고 잘 생겼다고 거듭 말씀하셨다. 10번 레슨에 800위안이니 싸긴 하다. 레슨도 원래 한 시간씩 받기로 했는데 어떤 날은 한 시간 반 이상을 하는 날도 있었다. 그런데 레슨을 5차례 받고 날씨가 너무 추워져서 더 이상 레슨을 받을 수 없었다. 마지막 날 물속에 들어갔다가 그야말로 '얼어서 죽을 것만' 같았다.

작년에 받지 못한 5차례의 레슨을 올해 받기로 했다. 모처럼 물속에 들어갔는데도 여전히 물에 뜨는 것이었다. 신기하고 좋았다. 물속에서 한 시간 반 이상을 놀았더니 덕원이가 배가 몹시 고팠던 모양이다. 학교 앞 식당에서 생선요리를 시켜서 밥을 두 그릇 먹었다.

바이프메이

___ 6. 18. 수. 비가 무척 많이 왔다

새벽 5시부터 천둥과 번개를 동반한 폭우가 엄청 쏟아졌다. 비가 많이 와서 그런지 중국어 시간에 지각하는 학생이 많았다. 중국어 선생님에게 들은 이야기 하나! 요즘 중국 청년들이 생각하는 이상형은 바이프메이(白富

다양한 국적의 유학생들

美)란다. 즉, 피부가 하얗고, 돈이 많고, 얼굴이 예쁜 여자를 좋아한단다. 중국 여성들의 이상형은 까오프슈와이(高富帥)다. 즉, 키 크고, 돈이 많고, 잘생긴 남자를 좋아한다는 뜻이다. 드라마에서 자주 나오는 신조어라고 한다. 역시 한국이나 중국이나 돈과 외모에 대한 갈망과 추구는 동일한 것 같다.

강의가 끝나고 집으로 돌아오는데 옷이 반쯤 젖었다. 새로 산 우산인데도 비가 새어서 정수리서부터 온통 젖었다. 오후 1시쯤에는 그렇게 비가 쏟아지던 하늘이 말짱하게 개었다. 오후에는 지난주에 못한 강의를 4시간 보강했다.

선생 노릇
_____ 6. 19. 목. 비가 많이 내렸다

중국어 회화 수업을 종강했다. 30분 만에 35과부터 40과까지 진도를 나갔다. 그야말로 '수박겉핥기' 식이었다. 지난달에 일주일 결강을 한 탓에 이렇게라도 진도를 나간 것이다. 중국인 교수들이나 선생님들은 수업과 관련해서는 매우 철저한 편이다. 그런데 회화 선생님은 정시에 수업을 하는 날이 많지 않다. 무슨 사정이 있어서 수업을 못하게 되면 그 전날에라도, 혹은 당일에라도 학생들에게 전달해야 하는데 그렇지 않은 경우가 있었다. 어느 날은 아무런 통보도 없이 수업에 안 들어오셨다. 학생들이 한 시간 넘게 마냥 기다리고 있는데도 말이다.

회화 선생님은 영어를 모국어처럼 잘 구사하신다. 대단한 장점이 아닐 수 없다. 그런데 문제는 수업시간에 툭 하면 영어로 말씀하신다는 것이다. 영어를 알아들을 수 있는 친구는 멕시코인과 파키스탄인 두 명밖에 없는데도 말이다. 내 생각이지만, 아무리 알아듣지 못하는 중국어라고 하더라도 중국어로 지속적으로 설명을 해 주는 것이 공부하는 학생들에게는 더 도움이 될 것 같다. 그리고 무엇보다 중국어 회화 선생님은 결코 친절하지 않으시다. 나는 그분을 보면서 '타산지석'으로 삼으려 한다. 그 분을 보고 나를 반성한다.

지각을 하지 않았는가? 아무런 통보도 없이 결강을 하지 않았는가? 결강에 대한 보강이 있었는가? 친절한 선생님인가? 학생들의 눈높이에 맞는 교육을 하고 있는가? 학생들의 질문을 답답하게 여기지 않았는가? 학생들에게 마음으로 최선을 다했는가? 선생노릇을 제대로 잘 하고 있는가?

중국 대학의 기말고사
___ 6. 20. 금. 오늘도 비가 많이 내렸다

기말고사를 보았다. 기말고사와 동시에 한 학기 강의가 끝나는 셈이다. 한국과는 달리 여기는 18주 강의를 한다. 그리고 중간고사를 보지 않는다.(한국은 15주 강의에 중간고사, 기말고사 2주를 제외하면 실제 13주 강의가 이루어진다. 거기에다가 각종 축제와 체육대회, 엠티를 빼면 겨우 10여 주 강의하는 셈이다. 그러고 보면 짧은 강의기간에 비해 등록금이 턱없이 비싼 것은 사실이다)

중국 대학에서는 한국과 달리 시험문제를 미리 제출한다. 이미 지난 달 5월 중순 경에 기말시험 문제를 학교에 제출하였다. 시험문제도 A유형과 B유형을 내고, 거기에 따른 답안지도 작성해야 한다. 그리고 각 항목의 점수까지 산정한다. 그런데 이번에 내가 맡은 두 과목은 카오차(考察) 과목이라서, 규정대로 시험문제를 제출하지 않아도 된다. 담당자가 자유롭게 시험문제를 출제하고 평가할 수 있다.

한국실용한자강독. 이 과목은 1학년 학생들이 수강했다. 선배들이 배워보지 못한 새로운 과목을 이번에 개설한 것이다. 한국어를 배우려면 한국 한자에 대한 이해가 반드시 있어야 한다는 취지에서 마련한 과목인데, 학생들은 힘들어 했다. 그 원인을 분석해 보았다. 첫째, 간체자에 익숙해 있는 중국 학생들에게 번체자는 무척 생소한 글자였다. 둘째, 학생들이 이해할 수 있는 한국어 어휘가 제한되어 있었다. 한자에 대한 이해를 목적으로 하지만 그것을 설명하는 것은 한국어다 보니, 1학년이 이해하기에는 역시 어려운 어휘가 많았다. 셋째, 학생들은 한국어를 조금 이해하고, 나는 중국어를 아주 조금 말할 수 있는 실력이다 보니 원활한 의사소통이 되지 않았다. 내가 중국어에 익숙하였다면 전혀 문제될 것이 없는 수업이었다. 어쩔거나! 짧은 기간 안에 중국어 실력을 향상시키는 수밖에 별 도리가 없어 보였다.

한 학생이 컨닝을 했다. 컨닝은 중국어로 쭈어삐(作弊)라고 한다. 책과 노트를 모두 가방에 넣고 시험을 치르게 했지만 어떤 여학생이 시험지 밑에 작은 쪽지를 깔아놓고 내가 보지 않는 틈틈이 컨닝을 했다. 컨닝을 하였다고 시험 결과가 반드시 좋은 것은 아니었다. 반드시 짚고 넘어갈 사안이기는 했지만 눈 감아 주었다. 옛글에 '은악이양선(隱惡而揚善)'이라는 말이 있다. 남의 단점은 숨겨주고, 남의 장점은 드날려 준다는 뜻이다. 남의 약점을 만천하에 공개하고 낱낱이 따지는 것만이 능사는 아니다. 컨닝을 한 그 학생도 내가 눈치 채고 있었음을 알았을 것이다. 그 학생은 살면서 그것이 마음의 짐이 되어 자신을 자책하면서 보다 더 잘 살 수도 있을 것이다. 똑똑한 학생이라면.

고급한국어회화 시험은 세 시간에 걸쳐 진행되었다. 준비해간 16개의 항목 중에서 한 학생에게 3~4개 항목을 질문하는 것으로 했다. 늘 그렇듯이 학생들의 실력은 상중하로 나뉘었다. '누구를 제일 존경하는가?'라는 질문에 어떤 학생은, 할아버지를 존경한다면서 눈물을 글썽이기도 했다. 어려서 엄마 아빠가 이혼하는 바람에 할아버지 밑에서 자라게 된 어린시절을 더듬더듬 이야기하였다. 중국이나 한국이나 부모의 이혼으로 아이들이 상처받는 것은 마찬가지라는 생각이 들었다. 이렇게 해서 한 학기 시험이 모두 끝나고 드디어 방학이 되었다.

외국인 교수들

____ 6. 21. 토. 새벽부터 비가 내리다가 오후에 잠시 소강상태를 보이더니 저녁에 비가 다시 내렸다

내가 사는 아파트는 외국인 교수를 위한 전용 공간이다. 총 4개 동이 있는데 그 중에서 한국인은 나 혼자이다. 국적은 미국, 캐나다, 네덜란드 등 아주 다양하다. 교수들은 대부분 본국에서 대학을 졸업하고 왔기에 그들의 나이는 20대 중반이다. 모두 젊고 발랄하다. 그들은 나보다는 수업시간이 많아서 주당 12시간 정도를 강의하며 일주일에 세 번 옌산 캠퍼스에 간다. 그리고 금요일 오후부터 주말 내내 양숴에서 암벽등반을 하거나 시지에(西街)에서 즐기다가 온다. 지난 학기에 마음에 드는 미국인 여교수가 있어서 주말을 이용하여 덕원이 영어 과외를 부탁했으나 그녀는 일언지하에 거절했다. 주말에는 운동을 하고 놀아야 한단다.

금요일 혹은 토요일 밤에는 외국인 교수들이 같이 모여 맥주 파티를 연다. 기타를 치면서 큰 소리로 노래 부르고, 유쾌하게 웃는다. 그들이 부르는 올드 팝을 듣고 있노라면 까마득히 잊힌 학창 시절이 생각나곤 했다.

외국에 살고 있지만 여전히 나의 의식은 틀에 박혀 있고 자유롭지 못하다. 어느 것에도 매이지 않고 자유로운 외국 선생들이 부러울 때가 많다.

먹고 싶은 음식, 치킨
___ 6. 22. 일. 밤새 비가 오더니 아침에 그쳤다

비가 멈춘 계림은 바람이 많이 불고 시원했다. 오후에 햇살이 잠깐 나왔다가 사라졌다. 덕원이가 심심하다면서 엊그제부터 아는 사람을 모두 동원하여 보이스톡을 하고 있다. 이모, 이모부, 은경이 누나에게 보이스톡 연결을 했는데 모두 안 받아서 매형 전화번호를 알아내어 드디어 통화를 했다. 용태 형은 일 끝나고 당구를 친다고 하였다. 덕년이 형을 통해 큰엄마와 통화를 하고, 미선이 누나와도 통화를 했다. 미선이 누나는 종강 파티를 끝내고 집으로 돌아가는 중이라 했다. 그리고 친구 민호, 규영, 수빈이까지 통화했다. 덕원이에게도 이야기를 해 주고, 이야기를 들어줄 친구가 필요하다. 덕원이에게 미안한 마음이 들었다.

오후에는 치킨이 먹고 싶다는 덕원이를 위해 닭튀김을 했다. 네이버에서 레시피를 검색해서 열심히 했건만, 덕원이는 카레가루가 들어간 것은 별로라고 하였다. 지난번에 만든 간장치킨이 훨씬 맛있다고 하면서 다음에는 그렇게 해 달라고 주문하였다. 한국의 치킨은 타국살이하면서 정말 먹고 싶은 메뉴 중 하나이다.

여기서도 컨닝, 저기서도 컨닝!
___ 6. 23. 월. 비가 오려는지 종일 흐렸다

오전 9시부터 11시까지 외국어학원에서 중국어 종합시험이 있었다.

주말 내내 정말 열심히 공부했다. 한번 배운 것인데도 도무지 처음 본 것처럼 생소한 것도 많았다. 파키스탄인 왕한이 "꼬마친구, 정말 대단해요"라고 하면서, 덕원이 시험지를 보겠다고 우리 뒷줄에 앉았다. 시험은 선생님이 알려준 대로 출제되었다. 문제를 열심히 풀고 있는데 소란스러워서 뒤를 돌아보았더니, 가관이 아니었다.

한 남학생은 잘 하는 친구의 답지를 보고 베끼고 있고, 태국인 여학생들은 서로의 답지를 보면서 소곤거리고 있었다. 전 선생님은 내 앞에 앉아서 가끔 헛기침만 하면서 자신의 존재를 알릴뿐 어떤 제재도 하지 않으셨다. 한 시간 만에 답지를 내고 나오면서 보니, 왕한은 아예 스마트폰으로 검색해서 베끼고 있었고, 또 다른 친구도 책상 밑에서 스마트폰을 만지작거리다가 나와 눈이 마주치자 손가락을 입으로 갖다 대면서 '쉿! 비밀이야!'라고 말하는 듯 웃었다.

여기 유학생들은 반드시 시험을 보아야 하고, 일정 점수가 되어야 월반을 할 수 있는 모양이다. 그렇지 않고서야 굳이 컨닝을 할 이유가 없을 것 같았다. 아마도 유학생들의 시험 분위기가 대체로 이렇다보니 선생님들도 엄하게 단속을 하지 않는 모양이다. 또 유학생들을 엄격하게 관리하다보면 이탈자가 나올 수 있고, 시험이 어렵다는 등의 불평이 나오면, 유학생 유치에 도움이 되지 않을 수도 있기 때문인 듯하다. 깐깐하고 딱 부러지는 전 선생님께서도 이렇게 좌시하는 것을 보면 말이다. 멕시코인 요리쓰는 그저 중국어를 배우는 것이 목적이지만, 나머지 학생들은 모두 내년부터 본과생으로 편입을 하거나, 석박사과정생으로 들어가서 공부할 계획을 가지고 있다. 이런 학생들이 투잡(two jobs)을 하고 있는 나보다 열심히 하지 않아도 될지 걱정이 되었다.

광저우까지 가야하다니

___ 6. 24. 화. 바람이 불고 시원했다. 밤에 비가 내렸다

국제교류처에서 비자 연장을 위한 자료가 미비하다며 사무실로 오라는 메시지를 보내왔다. 덕원이와 내가 모자관계인 것을 증명하는 확인서를 한국대사관에서 발급받아 와야 한다고 한다. 대사관이 있는 베이징으로 가든가, 영사관이 있는 상하이나 광저우로 가야 한단다. 비교적 가까운 곳이 광저우였다. 생각지도 않게 광저우를 가게 생겼다.

홍 교수님과의 마지막 식사

___ 6. 25. 수. 더웠다. 한두 차례 비가 쏟아졌다

오전에 햇살이 환하게 비추어서 베란다에 운동화와 구두를 말렸다. 습도가 높은데다가 비에 젖은 신발을 말리지 않은 채로 현관에 두었더니 냄새가 났기 때문이다. 저녁 6시 30분에 '춘지(春記)'라는 식당에서 홍 교수님, 전 교수와 같이 식사를 했다. 식당 입구에는 하얀 웨딩드레스를 입은 신부와 양복을 입은 신랑이 인사를 하면서 하객들을 맞이하고 있었다. 이 식당에서 결혼식이 있는 모양이다.

중국에서는 대개 커다란 식당에서 예식을 한다. 광장같이 넓은 홀에 사람들이 굉장히 많았다. 애연가들이 뿜어대는 담배 연기로 식당 안 공기가 탁했다. 음식을 주문하고 나니 조금 있다가 신랑신부가 등장하였다. 생각지도 않게 남의 결혼식에 하객이 된 셈이었다. 커다란 스크린 앞에서 신랑신부가 반지를 끼워주고, 입맞춤을 하였다. 서로에게 맥주를 따라주면서 이런저런 이야기를 나누다가 신랑신부 쪽을 보니 어느새 예식이 끝나버렸다. 아주 간략하게 치른 모양이다.

곧 이어 신랑신부가 각 테이블을 돌아다니면서 하객들에게 인사를 하였다. 우리 옆 테이블에 신랑신부가 오니 젊은 하객들이 술을 거푸 따라 주고 담배를 권하였다. 그런데 그 담배라는 것이, 콜라병에 십여 개가 넘는 담배가치를 꽂고는 피트 병의 주둥이를 입에 대고 빠는 것이었다. 우리나라도 담배에 관대했던 몇 십 년 전에는 이런 문화가 있었는지 모를 일이다. 젊은이들의 객기로 치부할 수도 있지만, 어찌 되었든 좀 저속해 보였다.

홍 교수님은 기말고사 후 12일 동안 베트남을 여행한 이야기를 풀어 놓으셨다. 하롱베이, 호치민 등등 많은 곳을 다니셨다고 한다. 여행 전에 베트남어를 공부하면서 준비를 좀 하였어도, 혼자서, 그것도 중국어가 안 되는 곳이라 많이 긴장하셨다고 한다. 여권분실로 국제 미아가 될까 걱정되어 크로스백을 잠시도 놓지 않았다는 말씀도 하셨다. 한화 130만 원 정도가 소요되었다고 하니, 잘 다녀오신 듯하다. 홍 교수님은 지갑만 두둑하면 어디를 가든 고생하지 않는 법이라고 하셨다. 옳은 말씀이다.

밥만 먹고 헤어지기가 아쉬워 커피숍에서 맥주를 마셨다. 내일이면 한국으로 떠나신다고 생각하니 마음이 허전하였다. 한국말이 통하고 정서가 통하는 홍 교수님이 우리 앞 동에 계시다는 것만으로도 마음이 든든했다. 밤마다 들려오는 피리소리를 들으면 왠지 위안이 되었다. 중국말이 통하지 않을 때마다 번거롭게 여기지 않고 문제를 해결해 주셨던 선생님이 그리울 것 같다. 권위적이고 보수적인 인문학자와 달리 홍 교수님은 진보적이고 진취적이시다. 무엇보다도 홍 교수님은 솔직하고 순수하시다. 헤어지게 되어 많이 서운했다.

귀국 선물, 전기담요
____ 6. 26. 목. 햇살이 쨍쨍하다가도 비가 마구 쏟아지기를 몇 번 반복했다

저녁 7시 40분쯤 홍 교수님께서 대자리, 선풍기, 전기담요를 가지고

우리 집으로 오셨다. 선물로 준다고 하셨다. 다른 건 몰라도 전기담요는 아주 유용하게 쓸 것 같다. 작년에 오면서 사 가지고 온 온수 매트가 고장이 났기 때문이다. 8시 10분 홍 교수님의 아파트로 가서 함께 짐을 내렸다. 20kg 되는 커다란 트렁크 하나, 배낭 하나, 작은 가방 두 개였다. 오늘로 1년 동안의 타국살이가 끝난 것이다. 처음에는 어찌 살지 막막하였는데 이렇게 1년이 훌쩍 지나갔다고 하면서 한국으로 돌아간다고 하니 마냥 좋다고 하셨다. 남문에서 택시 타고 공항으로 가시는 것을 배웅하였다. 이렇게 또 한 분이 한국으로 돌아가셨다. 당장 선생님의 피리소리가 들리지 않을 것이라 생각하니 마음이 허전했다.

번역 노동에 시달리는 대학원생

___ 6. 27. 금. 후덥지근했다

학교 시험과 중국어 시험이 모두 끝났다. 이제부터 본격적으로 방학인 셈이다. 그동안 내내 머릿속을 짓누르고 있던 논문을 꺼내어 읽기 시작했다. 8월 말까지 반드시 써야 하는 논문이라 머리가 무거웠다. 오후 4시에 대학원생 석정이, 몽우, 용용이 찾아왔다. 다음 주부터 방학이라 인사드리러 왔다고 한다. 아이들이 갖고 온 수박과 참외를 먹으면서 이런저런 이야기를 나누었다. 학생들은 방학이라고는 해도 번역할 책이 워낙 많아서 고향에 잠깐 갔다가 연구센터에서 줄곧 일할 것이라고 했다.

대학원생들이 하는 번역은 거의 '노동'에 가깝다. 제출해야 할 번역이 급한 경우, 어떤 날은 40시간을 쉬지 않고 일한 적도 있다고 한다. 한 달에 1인당 한 권 이상을 번역하고 있다. 대학원생들은 너무 바빠 다른 일은 아무 것도 못한다면서, 이게 사는 것이냐는 등의 불만을 토로하였다.

그러나 석사박사과정을 거쳐 온 내가 보기에는 참 복이 많은 아이들이다. 석사과정에서 이렇게 혹독하게 트레이닝을 받는 곳은 아마 중국에

광서사범대학 도서관

서도 드물 것이다. 학과나 지도교수가 프로젝트를 많이 가지고 오면 올수록 아이들은 할 일이 많아지니 피곤할 수밖에 없다. 그러나 크든 작든 프로젝트에 참여하면서 얻은 경험과 지식들은 오롯이 자신을 살찌우는 양분이 된다는 것을 아직 모르는 것 같다. 그 많은 책을 번역한다는 것은 어느 곳에 가서도 결코 할 수 없는 일이다. 번역 전문가를 꿈꾸는 이들에게 이보다 더 완벽한 실습현장이 어디 있겠는가?

번역을 많이 해서 그런지, 우리 대학원생들의 어휘 실력은 남다르다. 한국 대학에서 석·박사과정을 밟았던 어설프고 실력 없던 중국 유학생들보다 어휘가 훨씬 정확하다. 저녁시간이 다 되었는데 아이들을 그냥 보내려니 마음이 불편했다. 대학원생들이 온다는 생각을 못하고 제주도 선생님과 저녁 약속을 했기 때문이다.

좋은 책은 문이 여러 개
——— 6. 28. 토. 한두 차례 비가 쏟아졌다

내일 광저우 갈 서류를 준비하고 주소와 지도를 찾아보았다. 인터넷을 검색하다가 조경란 작가를 인터뷰한 기사를 읽었다. 그녀는 말했다.

"좋은 책은 문이 여러 개가 달려 있어요. 읽는 나이에 따라서도 공개되는 문의 수가 달라요."

나도 글을 쓰면서 이와 비슷한 생각을 했다. 어떤 독자층을 향해 글을 쓸 것인가 고민할 것이 아니라, 나의 글 속에 여러 세대의 독자층이 공감할 수 있는 내용을 담을 수 있어야 한다고.

웨이펀이 저녁에 놀러 와서 밤 10시까지 이야기하다가 돌아갔다. 웨이펀은 이야기하기를 꽤나 좋아하는 학생이다. 나는 요통이 있어서 침실에 들어가서 쉬었다. 침대에 누워 둘이서 하는 이야기를 들으니, 덕원이가 웨이펀에게 한국어를 가르쳐주면서 연신 '잘했다'면서 칭찬을 아끼지 않았다. 칭찬을 들은 웨이펀의 쑥스러워하는 듯 한 웃음소리가 들렸다.

대필 교수가 장관 후보 되는 나라
___ 6. 29. 일. 무더웠지만 바람이 제법 불어 시원하였다

인터넷 한겨레신문에서, 사회 부총리 겸 교육부 장관 후보자로 지명된 김모 교수에게 제자가 보낸 편지를 보았다. 그는 김 교수에게 석사과정을 지도받았다고 한다. 그 과정에서 학생들이 쓴 논문을 학술지의 제1저자로 쓴 것, 특강원고 대필, 강의 대타, 심지어 문화일보 칼럼 대필까지 했다는 것을 폭로하고 인사청문회 전에 사퇴할 것을 촉구하였다. 그가 자신의 이름 석 자까지 밝혔기에 김 교수는 그가 누구인지 대번에 알 수 있을 것이다.

그의 용기에 박수를 보낸다. 혹자는 제자의 이런 폭로성 글을 대하고 사제 간의 도의가 무너졌다고 개탄할 수도 있을 것이다. 제자는 스승의 그림자도 밟아서는 안 된다는 옛 가르침을 따른다면 말이다. 그러나 지금 우리는 못난 스승을 애써 감싸주고 위신을 세워 주어야 하는 그런 처지에 직면한 것이 아니라 대한민국의 백년지대계(百年之大計)를 책임질 수장을 뽑

는 엄중한 상황에 직면해 있는 것이다. 그의 교육관과 이념에 따라 대한민국이 발전하느냐 퇴보하느냐가 달려 있다. 그렇다면 사사로운 의리보다는 날선 비판과 평가를 통해 제대로 된 수장을 뽑아야 한다. 스승에 대한 제자의 배덕과는 다른 문제이다.

사실, 나는 김 교수의 행태를 보고 별반 놀라지 않았다. 무려 11건의 논문을 가로채기 했는데도 말이다. 왜일까? 교육계에 몸담고 있는 사람이라면 '그거, 이쪽 바닥에서는 전부터 그래 왔어. 관행이야'라고 할 것이 틀림없기 때문이다. 교육자로서 유명세를 타거나, 어느 단체의 앞자리에 있거나, 정치적 야욕을 꿈꾸는 분 중에 제자 논문을 가로채거나 논문을 대필하는 행태가 아주 없지는 않을 것이다. 교육계의 오랜 관행이다. 다만 누구도 말하지 않을 따름이다. 아니 말해서는 안 되기 때문이다. 왜? 대학에서 교수가 아닌 이상 모두 살아남기 위해 눈치 보아야 하는 '을'이기 때문이다.

안타까운 것은, 성실하고 책임감 있고, 뚜렷한 교육이념과 철학을 가진 교수가 대한민국에 부지기수로 많음에도 불구하고, 왜 박의 정권에서는 김 후보자와 같은 수준미달의 사람만 낙점하는가이다. 빈 수레가 요란하고, 아는 것이 없는 자가 더 큰소리치고 다님을 왜 모른단 말인가. 때를 기다리며 위수 가에서 낚싯대를 드리우고 있는 강태공 같은 은자를 찾지 못하는가 말이다. 잠룡(潛龍)을 알아보는 현자가 없기 때문이다. 아니, 잠룡을 품을 수 있는 군주가 없기 때문이다.

광저우 한국총영사관
___ 6. 30. 월. 몹시 더웠다

어젯밤 10시 20분에 광저우행 기차를 탔다. 우리는 3층 침대 중에서 가장 아래 침대에서 잤다. 시야푸(下鋪)라고 하는 곳이다. 나는 214위안, 덕원이는 할인받아 156.5위안. 2007년 이후 처음 타보는 침대기차다. 중국의 기차문화가 2007년에 비하면 장족의 발전을 한 듯하다. 무엇보다도 실내가 청결해졌다. 그리고 실내에서 담배를 피우는 사람을 볼 수 없다. 오전 11시가 되어서 광저우에 도착했다. 12시간이 넘게 걸린 것이다.

세수도, 양치도 하지 못하고 눈곱만 뗀 채 기차역을 나와서 지하철을 타고 한국총영사관으로 향했다. 지하철에서 내려 도보로 10분이면 도착한다고 되어 있어서(광저우 한국총영사관 홈페이지 참조) 걸어가려다가 자전거를 탔다. 8원이란다. 영사관에 도착하니 12시 10분, 어떤 사람이 우리를 보더니 '시야반(下班)'이라고 한다. 오전 업무가 끝났다는 뜻이다. 에구, 12시부터 오후 2시까지 점심시간이란다. 우리를 태운 자전거 기사가 점심을 먹어야 하지 않겠냐고 하기에, 그렇다고 하니까 식당가로 태워다주었다. 영사관 근처라 괜찮은 식당이 있을 줄 알았는데 마땅한 식당을 찾지 못해 결국, 중국 라면을 먹었다. 라면이 먹고 싶어서가 아니라 그곳이 유일하게 에어컨이 되는 가게였기 때문이다.(한국의 라면 같은 것이 아니라 중국에서는 면 종류를 그렇게 부른다.)

점심을 먹고 영사관으로 다시 가 문이 열리기를 기다렸다. 오후 2시가 되니 사람들이 줄을 서기 시작했다. 중국인도 있고, 조선족도 있고, 한국인도 있었다. 내가 필요한 서류는 덕원이와 내가 모자관계임을 증명하는 가족관계증명서의 공인인증이다. 다행히 준비해간 서류에 별다른 문제가 없어서 오후 4시에 원하는 자료를 받을 수 있었다.

영사관을 나와 우리가 묵을 숙소를 찾아갔다. 숙소는 '광저우 리버사이드 유스호스텔'이다. 중국어로 '江畔國際青年旅舍'이다. 처음에는 조선족 민박집에서 묵으려 했는데 1박에 150위안, 2인이니 300위안, 이틀 밤을 묵으면 600위안이어서 결국 유스호스텔로 가게 되었다. 거기는 침대 두 개 있는 방 하나가 1박에 180위안, 2박에 360위안으로, 비교적 싸고 무엇보다도 외국인들이 많이 묵는 곳이라 안전하다고 생각해서다. 전철역에서도 그리 멀지 않고, 강변에 있어서 풍경도 나쁘지 않았다. 당구를 치는 사람, 노트북을 가지고 작업을 하는 사람, 이야기를 나누는 서양인도 있었다. 덕원이는 에어컨이 빵빵하게 나온다면서 좋아했다. 그런데 아쉽게도 우리 방만 와이파이(WIFI)가 되지 않았다. 1층 프론트에서만 가능했다.

저녁을 먹기 위해 광저우 시내에서 가장 번화하다는 베이징루(北京路)로 나갔다. 계림이 시골 동네라는 것을 다시금 실감했다. 으리으리한 건물과 고급스러운 장식들. 무엇보다도 사람들의 모습이 달랐다. 대부분 희멀건 하면서도 키 크고 잘 생겼다. 맛있는 저녁을 먹으려고 잔뜩 기대했지만 기대에 미치지 못했다. 베이징루에도 누더기를 걸치고 길바닥에 엎드려 구걸하는 거지들이 여러 명 있었다.

숙소로 돌아와 맥주와 음료수를 마시면서 서로 수고했다고 칭찬했다. 덕원이가 컵에 맥주를 따라 주면서 "흐르는 냇물도 장모님이 따라주어야 맛이 나는 법. 엄마! 오늘 수고 많이 했어요. 흐흐" 하는 것이다. 술 마실 때는 이성이 따라주어야 맛이 난다는 뜻이다. 홍 교수님께서 맥주를 따라 주면서 늘 하던 멘트를 아들이 흉내 낸 것이다. 아들이 따라주는 맥주를 한 캔 마시고 곯아 떨어졌다.

광저우 투어

_____ 7. 1. 화. 몹시 더웠다. 비가 한두 차례 내렸다

오전 10시가 되어서야 겨우 일어났다. 온몸이 두들겨 맞은 것처럼 아팠다. 장시간 기차를 타고 배낭을 메고 종일 돌아다녔기 때문이었다. 아침 식사는 어제 저녁에 손님이 많았던 것으로 기억되는 숙소 근처 식당에서 먹었다. 메뉴가 어찌나 많은지 무엇을 먹어야 할지 알 수가 없었다. 식당 주인에게 이 식당에서 가장 많이 먹는 것이 무엇이냐고 물어 주문했다. 쌍피나이(雙皮奶)와 니우나이시미루(牛奶西米露), 그리고 튀김류. 쌍피나이는 우유와 흰 달걀을 찐 것으로, 부드러우면서 야들야들한 푸딩 같았다. 니우나이시미루는 우유에 까만 선초(仙草)가 올챙이 알처럼 떠 있는데 맛이 괜

찮았다. 먹고 나서 보니 이것은 디저트이지 식사라기에는 부실했다. 그럼 어제 저녁에 그 많은 사람들이 맛있게 먹은 것은 대체 뭐였지?

광저우에서 놀라웠던 것은, 시민들이 교통질서를 잘 지킨다는 점이었다. 인적이 드문 신호등 앞에서도 자가용이 정지선을 정확하게 지켰고, 어디서든 무단횡단을 목격하지 못했다. 계림은 교통질서에 한해서는 무법천지다. 신호등은 그저 걸려 있을 뿐, 신호를 지키지 않는 차량이 부지기수이다. 오토바이와 자가용이 뒤엉켜 신호체계가 마비된 그런 도시이다. 계림의 교통질서 수준이 그러하기에 중국 전체도 그러할 것이라고 생각했던 내 생각이 짧았다. 어떻게 질서의식이 이렇게 다를 수 있을까.

다시 지하철을 타고 이동했다. 광저우의 지하철에는 온통 '비'의 광고로 도배가 되어 있다. 비의 본명이 정지훈이라고 했던가. 중국에서 꽤나 인기 있는 한류스타인 듯하다. 오전에 천지아츠(陳家祠)를 관람했다. 청나라 말기인 1894년 광동성 72개현에 거주하는 진씨 성 가진 사람들이 합자하여 건축한 서원이다. 본래는 과거시험을 보기 위해 온 사람들을 위해 숙

청나라 때 건축된 천지아츠 서원

소로 제공하였던 곳이었는데, 1905년 과거제도가 폐지되면서 진씨 실업학당으로 바뀌게 되었다고 한다. 별 기대를 하지 않았던 곳이었는데, 건물의 규모라든가, 건축양식, 조각 등이 예사롭지 않았다. 단체로 견학을 온 학생들이 앉아서 뭔가를 열심히 쓰고 있었다. 해설사가 자세하게 설명했지만 도통 알아들을 수가 없는 우리는 따로 관람을 했다. 광저우의 10대 관광지라고 할 만했다.

점심을 먹고 다시 전철로 웨시우(越秀)공원으로 갔다. 규모가 크고 조경이 잘 된 깨끗한 공원이었다. 한 시간가량 공원의 호수에서 오리 배를 타면서 놀았다. 공원 내의 광저우박물관 견학도 빼놓지 않았다. 여행할 때 빼놓지 않는 코스의 하나가 박물관 견학이다. 전문가적 안목은 없지만, 박물관을 빼놓는 여행은 어쩐지 뭔가 빠진 느낌이다. 광저우박물관은 기대에 미치지 못했지만, 그래도 광저우의 역사와 문화를 한 눈에 볼 수 있었다.

박물관을 나와 중산기념관을 둘러보는데 날씨가 너무나 더워 옷이 흠뻑 젖을 정도였다. 덕원이는 더위와 갈증으로 음료수를 입에 달고 다녔지만 힘들어 못 다니겠다는 말은 하지 않았다. 본래 남월왕박물관(南越王博物館)도 견학하려고 했으나 너무 지쳐서 조금 일찍 숙소로 돌아왔다. 숙소 근처에서 저녁을 간단히 먹고 후식으로 양 꼬치를 먹었다. 한 편에서 각종 꼬치를 굽고 다른 한 편에는 식탁과 의자를 진열해 놓으니 거리 전체가 야외식당이 되었다. 고기 굽는 연기와 냄새, 사람들의 왁자한 소리로 야시장 같은 분위기였다. 우리도 자리를 잡고 앉아 양고기를 비롯한 각종 꼬치를 배부르게 먹었다. 광저우에서의 마지막 밤을 이렇게 보냈다.

광저우의 동물원과 옥 도매시장

_____ 7. 2. 수. 몹시 더웠다. 비가 한두 차례 내렸다

오전 11시 짐을 싸서 체크아웃 했다. 야진(押金) 100위안을 받았다. 야

진은 담보금이다. 중국의 숙박시설은 모두 야진을 받는다. 유스호스텔 들어갈 때 내가 낸 돈 다시 돌려받은 것인데, 그 횡재한 느낌은 뭘까! 겨울 외투를 세탁하려다가 호주머니에서 만 원짜리를 발견했을 때의 느닷없는 기쁨과도 비슷하다. 호스텔 앞 편의점에서 우유와 주스, 샌드위치로 요기를 했다. 그리고 1위안짜리 배를 타고 사미앤(沙面)으로 건너갔다. 이곳에 옛 미국 대사관과 유럽식 정원 등 볼만한 것이 많다고 하여 찾아가려 했으나 찾지 못했다. 버스를 타고 지나가다 보니 '沙面'이라는 간판과 함께 유럽식 건물 같은 것이 보였다. 다시 내려서 볼 것까지는 없을 것 같아 광저우 동물원으로 이동했다. 버스로 20분 정도 걸렸다.

동물원 도착 12시 반. 한낮이라 그런가, 낮잠을 자는 동물들이 많았다. 곰과 사자를 보았지만 위용이라고는 눈곱만큼도 없이 초라하고 볼품이 없었다. 앞으로 동물원은 가지 않을 생각이다. 인간이 동물에 가한 가장 잔인한 행태가 바로 '동물원'임을 다시금 깨달았다. 초원에서 마음껏 뛰어다녀야 할 사자가 몇 평 안 되는 좁은 우리에 갇혀 인간이 주는 먹이를 받아먹으면서 일생을 살아가게 하는 동물원이야말로 인간의 이기성과 잔인성을 보여주는 전형적인 시스템이다.

동물원을 나오니 마땅히 갈 곳이 생각나지 않아 베이징루처럼 번화하다고 하는 상시아지우루(上下九路)로 갔다. 전철에서 내려 택시를 탔다. 택시기사와 몇 마디 하다가 알아들을 수 없어서 덕원이를 쳐다보니 덕원이가 한숨을 쉬었다.

"엄마는 그것도 몰라! 택시기사가 그러잖아. 큰 도로에서 그냥 택시를 탔으면 돌지 않고 바로 직진했을 것이라고."

그런 말을 못 알아듣다니! 그런데 갑자기 화가 치밀어 올랐다.

"야, 그렇게 잘 알아들었으면 택시기사에게 네가 대꾸하면 될 것을, 왜 가만히 있었어? 그리고 엄마보고 한숨을 쉬는 거야? 엄마가 너보다 '듣기'가 안 좋은 것, 네가 더 잘 알잖아!'

내가 중국어를 못 알아들을 때 우리는 늘 이런 식으로 감정이 상한다.

같이 들었는데 내가 못 알아들었다는데서 오는 '자존심 상함'이라고 해야 하나. 그렇다고 해도 저는 알아들었으면서 가만히 있는 그 자세, 이를테면 방조하는 그 태도가 나는 도시 마음에 들지 않았던 것이다. 아무래도 아들과 대화하는 방법에 문제가 있는 것 같다. 택시에서 내렸는데도 감정이 풀리지 않아 서로 뚱해 있었다. 아, 엄마인 내가 너무 유치하고 어른스럽지 못한 것 같다.

사실 우리가 가고 싶었던 곳은 식당가였는데, 택시에서 내려 보니 사방팔방이 온통 옥(玉) 가게였다. 세상에 태어나서 그렇게 많은 옥을 구경하기는 처음이었다. 옥 도매시장이었다. 자그마한 옥 하나를 들어 가격을 물어보니 1800위안이라고 한다. 이 비싼 옥들을 누가 사간단 말인가? 끝도 없이 펼쳐진 미로 같은 옥 가게를 벗어나는 것도 쉬운 일이 아니었다. 계획에 없던 옥 가게를 실컷 구경한 셈이 되어 버렸다.

기차시간은 오후 6시 40분. 시간이 애매하여 다른 계획을 포기하고 기차역 맥도널드로 들어가 시간을 때우기로 했다. 중국에서 여행하면서 시간 때우기 가장 좋은 곳은 햄버거 가게이다. 다른 곳보다 청결하고 시원하며, 무엇보다도 무선인터넷이 가능하기 때문이다. 맥도널드에서 2시간을 '죽치고' 있다가 역으로 들어갔다. 끝없이 인파가 밀려왔다. 노동절이나 국경일에는 사람이 얼마나 많을지 상상이 갔다. 역사 안으로 들어가기까지 두 번의 검색을 통과해야 했다. 첫 번째는 표 검사를 하고, 두 번째는 몸에 지니고 있는 물건을 검사하였다. 역사 안으로 들어가 플랫폼으로 걸어가는데 약간의 두려움이 엄습했다. 알아들을 수 없는 말로 고개를 주억거리면서 빠르게 걸어가는 사람들의 발소리에서 추격당하는 듯 한 느낌이 들었다. 커다란 짐 보따리를 질질 끌고 가는 노인들, 나무막대기를 어깨에 걸치고 두 개의 보따리를 메고 가는 사내 등 천태만상이었다. '그래, 여기가 진짜 중국이지'라는 생각이 들었다.

돌아오는 기차는 쭝푸(中鋪)를 탔다. 3층 침대 중에서 가운데 침대라는 뜻이다. 나는 206위안, 덕원이는 148.5위안. 아래층보다는 여러 모로 불편하였다. 우리 침대 위층에는 나이든 부인이 탔다. 딸과 함께 여행하는 듯한데, 딸은 아래 침대에 자리를 잡았다. 잠잘 시간이 되자 나이든 부인이 3층으로 올라가는데 발을 어디 디뎌야 할지 모른다면서 사다리를 잡고 우왕좌왕하자 옆 칸의 남자분이 부인의 다리를 잡고 '이렇게 이렇게' 하라고 했다. 한참을 소란스럽게 하는 데도 아래 침대에 있는 딸은 엄마를 쳐다보지도 않고 이어폰을 끼고 핸드폰만 만지작거리고 있었다. 참 냉정한 딸내미다. 부인은 우리를 쳐다보면서, 그래도 중간 침대가 제일 낫다는 말을 서너 번이나 반복했다. 9시 40분. 과일 수레를 밀고 가는 판매원이, "지금이 마지막 과일!"이라고 소리를 지르며 지나갔다. 10시. 불이 꺼졌다. 침대에 누우니 이런저런 생각이 스쳐갔다.

불혹의 중턱을 넘긴 나, 언제까지 이렇게 떠돌아다녀야 할까? 정착의 삶이 필요한 나이가 아닌가? 한국으로 돌아갈 수 있을까? 돌아간다면 어떤 모습으로? 나의 노후는 어떻게 보내야 하나?

중국 제품
_____ 7. 3. 목. 비가 내렸다

새벽 5시가 되자 기차 안이 술렁거렸다. 사람들이 컵라면을 하나씩 들고 뜨거운 물을 가져다가 부어 먹었다. '새벽부터 라면이 땡길까?' 밤새 좁은 침대칸에서 웅크리고 있었더니 몸이 찌뿌둥했다. 오장육부가 뒤틀린 듯 한 느낌이다. 차장이 돌아다니면서 기차표를 돌려주고 우리는 기차표 대신 받은 딱지를 그에게 주었다. 6시. 종점인 계림역에 도착했다. 원래 이렇게 작은 도시였나, 원래 이렇게 촌스런 동네였나 싶은 생각이 절로 났다. 택시를 타고 집으로 돌아왔다. 그래도 20평 남짓 되는 이 공간이 참으로 편안하게 느껴졌다.

오전 10시. 광저우영사관에서 떼어 온 서류를 국제교류처 비서에게 건네주고, 여권을 맡겼다. 별 문제없이 비자 연장이 되겠지. 국제교류처에서 나와 사춘휘 선생이 있는 사무실로 가서 기말성적 처리를 했다. 수기로 표기한 성적을 컴퓨터에 입력하고, 강의한 과목에 대한 담당 선생의 의견을 간단히 기재하고 서명을 했다.

오후 3시. 이 교수와 함께 외사처 부처장을 만나 이런저런 이야기를 나누었다. 부처장은 아주 젊은 여자였다. 중국 사회에서 여성의 약진을 이렇듯 학교에서도 확인할 수 있다. 한국에서 가지고 온 화장품을 선물로 드렸다.

저녁에 덕원이가 광저우에서 사가지고 온 과일껍질 깎는 기계를 써보겠다고 했다. 건전지 2개를 넣어야 작동이 된다면서 건전지를 사가지고 왔다. 건전지를 넣었는데 아무리 만져도 작동이 되지 않는다면서 '속았다'고 했다. 한 개에 39.8위안을 주고 샀다. 우리는, 중국에서 뭔가를 살 때는 꼭 건전지를 넣어 그 자리에서 시험해 보고 가지고 와야겠노라고 했다. 다섯 개 사면 한 개는 공짜로 준다고 했는데, 그 말에 현혹되어 다섯 개를 샀으면 어쩔 뻔 했나 싶었다. 역시 '중국제품은 믿지 못할 것!'인가. 작동이 되지 않는 기계를 한참 만지작거리던 덕원이가 크하하! 웃었다.

"엄마! 세상에나! 기계에 문제가 있었던 것이 아니야. 새로 산 건전지에 배터리가 없어서 그랬던 거야! 어떻게 새로 산 건전지에 배터리가 없을 수가 있지? 봐봐!"

다른 건전지를 갈아 끼우니 그제야 기계가 작동이 되었다. 음, 역시 우리는 중국에 대해 아직도 모르는 게 너무나 많았다. 기계를 이용해 참외를 깎아본 덕원이는 비효율적이라면서 머리를 절레절레 흔들었다.

글쓰기

___ 7. 4. 금. 비가 내렸다

오전 10시부터 12시까지 테니스 레슨을 받았다. 지금까지 살면서 이렇게 많은 땀을 흘리기는 처음인 듯하다. 코치가 핸드폰을 검색하더니 오늘 최고 온도는 36도, 습도는 78%라고 한다. 덕원이가 듣고서, 그 정도의 습도는 한국의 사우나 수준이라고 했다. 오늘 코치의 얼굴이 많이 일그러졌다. 우리 둘 다 가르쳐주는 대로 하지 못했기 때문이다.

논문을 쓰려고 앉았는데 며칠 돌아다닌 탓인지 손이 잡히지 않아 이런저런 책을 뒤적였다. 정신과 전문의 양창순 박사가 쓴 『나는 까칠하게 살기로 했다』를 읽었다. 그녀는 한국에서는 꽤나 유명한 의사이다. 그러나 지루했다. 상식적인 이야기가 많고, 설명적인 어투가 마음에 들지 않았다. 예컨대 "세상을 안다는 것은 바로 나를 아는 것이고, 나를 아는 것은 세상을 아는 것이다. 자기를 아는 것이 힘이 되는 이유는 바로 자기가 세상을 살아가는 힘이 되기도 하고, 세상 그 자체이기도 하기 때문이다. 자신을 알아야만 우린 운명을, 그리고 인생을 이길 수 있는 것이다."

전형적인 자기 계발서에서 볼 수 있는 표현들이다. 그럼에도 불구하고 이 책이 가진 장점이 많이 있었다. 저자가 만난 환자들의 사례를 통해 익히 알고 있을 것 같은 인간의 감정과 생각들을 논리적으로 풀어 써서 공감하게 하는 부분들이 그러했다. 다음의 구절들이 그렇다.

"스트레스를 극복하기 위해서는 먼저 말로 표현할 수 있어야 한다. 자신이 경험한 사건들에 대한 기억, 감정, 생각을 말로 표현함으로써 마음속에 쌓인 것을 털어내야 하는 것이다." (121쪽)

나 역시 몇 년 전부터 글쓰기를 통해 내 안의 상처들을 보듬고 힐링하는 연습을 시도하고 있다. 만리장성처럼 굳게 닫혀 도저히 열리지 않을 것 같았던 마음의 벽이 조금씩 열리면서 그것이 말로 전달되고 언어로 표현되면서, 나도 모르게 상처투성이 기억으로부터 조금씩 자유로워질 수 있었다.

상대방의 이야기를 들어주는 편인 나는 말하는 것이 서툴다. 세련되지 못하고 거칠다. 그러니 내 감정을 말로 토로하는 것은 여간 어려운 일이 아니다. 반면 글쓰기는 말보다는 친근한 편이다. 그래서 글쓰기는 나자신과의 대화인 동시에 나를 촘촘하게 보여줄 수 있는 창구이다. 그 창구가 있다는 것은 이미 상처로부터 자유로워졌다는 증좌이기도 하다.

초등 6학년 때 일기
___ 7. 5. 토. 비가 많이 왔다

하루 종일 비가 많이 왔다. 외출할 엄두가 나지 않아 집에서 책만 보았다. 어쩌다 초등학교 6학년 때 일기장을 보게 되었다. 30년도 더 된 낡은일기장 속에 그려진 내 모습이 너무나 어색했다. 거기에 재미있는 한 대목이 보였다. 전문을 옮겨본다.

81. 12. 4. 금
실과시간에 배운 석쇠 만들기를 한 것을 어제 검사 맞지 않은 사람은오늘 맞기로 하였다. 나는 '우'를 받았다. 미숙이는 '수'를 받았다. 미숙이는 미숙이네 아버지께서 만들어 주셔서 아주 잘 만들었는데 나는 내가 해서 잘 만들지 못했다. 나도 아버지께 만들어 달라고 했으면 '수'를 받았을텐데 하고 생각해본다. 하지만 다시 만들면 미숙이 보다도 더 잘 만들자신은 있다. 손재주가 있는 사람과 없는 사람도 있다고 하는데 나는 손재주가 없지만 열심히 해서 손재주 있는 사람이 되어야겠다.

실과시간에 석쇠 만들기를 한 모양이다. 어렴풋이 기억이 날 것도 같았다. 미숙이는 아버지가 석쇠 만드는 것을 도와준 덕분에 '수'를 받고, 나는 내 힘으로 만들어 '우'를 받았다. 어린 마음에 '우'를 받은 것이 무척 억울했던 모양이다. 공평하지 못하다고 여겼던 것 같다. 일기 아래에 담임선생님께서 빨간 펜으로 "선생님이 정확히 알아보고 성적을 기록하여야 되는 것을 선생님의 잘못인가 봐" 라고 쓰신 것이 있었다. '박종원'이라고 새긴 도장도 찍혀 있었다. 키 크고, 체육을 전공하신, 점잖은 분이셨다. 그때 박종원 선생님께서 이 일기를 보고 어떤 생각을 하셨을까?

지금 생각해보아도 나는 참 당돌한 아이였다. 예나 지금이나 내가 하고 싶은 말은 꼭 하고야 마는 그런 성격의 소유자 같다. 말이 되든, 글이 되든. 문득 "참 당차신 것 같습니다!"라고 한 말이 떠올랐다. 처음으로 맞선을 본 맞선남이 두 번째 만났을 때 내게 던진 말이다. 아마도 그는 두 번 만나고서 나의 성격을 간파한 것 같았다. 당찬 것은 맞다. 당차지 않고서야 어떻게 한국 땅을 미련 없이 버리고 중국에 와서 살 생각을 했겠는가. 그나저나 박종원 선생님은 지금 어디에서 어떤 모습으로 살고 계실까?

영혼이 자유로운 미국인들
___ 7. 6. 일. 비가 많이 오다가 오후에 그쳤다

저녁을 먹으러 가다가 제임스와 거스를 만났다. 두 사람 모두 우리 학교 외국인 교수이다. 거스의 손에 '요커리리(優克麗麗)'라는 자그마한 기타가 있었다. 기타 칠 줄 아느냐고 했더니, 무척 쉽다면서 그 자리에서 기타를 쳤다. 옆에 있던 제임스는 조금도 주저하지 않고 몸을 흔들면서 노래를 불렀다. 한참 동안. 이들의 영혼은 어쩜 이리 자유로울까? 그들은 나처럼 중국어 스트레스도 없다. 간혹 중국어 학원에 나올 뿐 공부에 대한 집착 같은 것은 없어 보인다. 그렇다고 나태한 것도 아니다. 아무튼 자유로워 보인다. 부럽다! 어디에도 구속되지 않고 억압받지 않는 자유로운 영혼!

중년오락실

___ 7. 7. 월. 비가 오다말다 하였다

오후에 운동화를 맡기려고 세탁소에 갔다. 그래야 깨끗하게 빨 수 있고, 천의 손상을 막아 오래 신을 수 있기 때문이다. 한 켤레 당 8위안. 세탁소를 나와 주변을 산책하다가 '중년오락실(中年娛樂室)'이라 쓰인 가게 앞을 지나갔다. 중년오락실이라? 얼핏 보아도 예순이 넘어 보이는 할머니 할아버지들이 모여 마작을 하고 있다. 열 개쯤 되어 보이는 테이블이 꽉 찼다. 담배 연기가 자욱했다. 그렇다고 '전문도박단' 같은 그런 분위기는 전혀 아니다. 마치 시골 할머니들이 모여 심심풀이로 '화투'를 하는 그런 분위기라고나 할까. 마작도 일종의 오락이니, 오락실이라고 칭한 것이 틀린 말은 아니다. 그런 오락실이라고, 공공연히 간판을 내걸 수 있는 중국의 사회적 분위기가 흥미롭다. 마작, 화투 같은 게임을 반드시 척결해야 할 나쁜 문화로 취급할 필요는 없다. 이러한 것들이 쓸쓸한 노후를 보내는 이들에게 조금의 위로가 된다면 괜찮지 않을까?

수박 한 통에 3위안

___ 7. 8. 화. 맑았다

저녁 6시부터 2시간 동안 테니스 레슨을 받았다. 레슨이 끝나고 꼬치구이를 먹으러 나가다가 강 선생을 만났다. 수박 한 통에 3위안이어서 샀는데 맛은 어떨지 모른다고 하였다. 수박이 제철이다. 한 통에 3위안부터 10위안까지 비교적 싸다. 그런데 수박을 믿고 먹어도 될지 늘 걱정이다. 우리 반 학생 아무개에게 들은 얘기다. 몇 년 전 수박 농사를 하셨던 그 애 아버지는 수박을 빨리 익게 하기 위해 어떤 약물을 수박 한 통 하나하나마다 주사바늘로 투입하였다고 한다. 그래서 그 애 집에서는 수박을 가족 아무도 먹지 않고 팔기만 하였다고 한다. 과일뿐만 아니라 채소류에도 농약을 많이 사용하고 있어, 일부 농가에서는 자기 집에서 먹을 것과 판매하는 것을 구별하여 짓는다고도 하였다. 한국에 비하여 과일과 채소가 무척 싸지만, 정말 안심하고 먹어도 될지 걱정이 아닐 수 없다.

강 선생은 14일에 태국과 인도네시아 여행을 떠난다고 한다. 강 선생도 떠나고 나면 학교의 한국인이 우리 모자밖에 없을 것이다. 덕원이는 우리만 남을 것이라고 생각하니 쓸쓸하다고 했다.

논 문
___ 7. 9. 수. 새벽부터 아침까지 비가 왔다. 오후에는 맑았다

요새 쓰는 논문은 강문팔학사에 대한 것이다. 조선 후기 성리학자였던 한수재 권상하의 제자 중에 뛰어난 몇몇을 일러 강문팔학사라고 부른다. 그들의 시세계를 조명해 보는 작업을 시도하고 있다. 그들의 문집이 남아 있음에도 불구하고 연구는 불모지나 다름없다. 성리학자였기 때문에 시인으로서 조명 받지 못한 이유가 큰 듯하다. 강문팔학사 각자에 대한 연구에서부터 강문팔학사 전체를 아우르는 조망이 있어야 할 듯하다.

머리 손질
___ 7. 10. 목. 더웠다

오후에 덕원이가 미용실에서 머리를 손질했다. 중국 미용실에서는 머리를 깎기 전에 꼭 물어본다.

"머리를 감으시겠어요?"

머리를 감는데 별도의 돈을 내야 하기 때문이다. 중국에는 미용실에 머리만 감으러 오는 손님이 많다. 머리를 감고 드라이기로 말려주는 데 15위안이고 머리를 깎는 것도 15위안이다.(시내는 학교 앞보다 비싸다) 머리를 다 깎고 난 덕원이는 오늘도 마음에 안 든다고 하면서, 한국에서처럼 잘 깎을 수 없냐며 투덜거렸다.

"덕원아, 여기는 중국이야! 한국에서처럼 똑같이 잘하기를 바란다면 외국 사는데 무슨 어려움이 있겠니? 너는 어떻게 깎아도 변함없이 잘 생겼으니 너무 신경 쓰지 마!"

사실, 나도 미용실 갈 때면 은근히 걱정이 된다. 테니스 레슨을 받다가 덕원이가 공을 잘못 날리는 바람에 코치 얼굴을 때렸다. 코치는 괜찮다고 했지만 눈두덩이 부어있었다.

출생이 궁금해!
___ 7. 11. 금. 더웠다

논문을 쓰고 있는데 느닷없이 덕원이가 물었다.

"엄마는 진짜 할머니가 낳은 거 맞아?"

"뭔 소리야?"

"엄마를 보면 할아버지도 할머니도, 아무도 닮지 않았단 말이야. 삼촌들과 이모도 안 닮은 것 같고. 도대체 엄마의 그 대단한 용기는 어디서 나온 거야? 엄마는 뭐든 궁금하면 꼭 먹어보고, 뭐든 해 보잖아. 그리고 엄마는 마음만 먹으면 뭐든 다 할 수 있잖아. 이거, 아무래도 분명히 출생의 비밀이 있어 보인단 말이야!"

내가 별종처럼 느껴지나 보다. 우리 식구 중에 나처럼 무모하고 도전의식이 있는 사람은 별로 없으니까.

이 별

___7. 12. 토. 비가 많이 왔다

순미에게서 카톡이 왔다. 충주 작은아버지께서 돌아가셨다는 소식을 전한다. 요양병원에 누워 계신지 벌써 4년이 되어 주위를 안타깝게 했는데 운명하신 것이다. 나이가 든다는 것은 많은 이들과의 이별을 감내해야 하는 것. 그리고 그런 이별들을 자연스럽게 받아들일 수 있는 진짜 어른이 되어간다는 것이다. 모든 이별은 어른이 되어가면서 만나는 과정이다.

나는 무늬만 주부

___7. 13. 일. 소낙비가 한두 차례 지나갔다

점심에 '라이스페이퍼만두'를 만들어 보았다. 돼지고기와 각종 채소를 다져서 밑간을 하고, 그것을 라이스페이퍼에 돌돌 말아서 튀겨 먹는 요리이다. 라이스페이퍼를 찬물에 담가 부들부들해지자 다진 소를 넣어서 말았다. 네이버 요리사처럼 예쁘고 야무지게 말아지지가 않았다. 프라이팬에 기름을 두르고 튀겨 보았다. 물을 머금은 라이스페이퍼가 기름을 만나니 '난리'도 그런 난리가 없었다. 사방으로 기름이 튀고, 젓가락을 잡은 손에도 기름이 튀었다. 물론 실패작. 그래도 덕원이는 특별한 맛이라고 하면서 다음에 다시 도전해 보자고 했다. 라이스페이퍼의 쫄깃한 맛이 괜찮았다. 보기에는 간단하고 쉬워 보였는데 생각처럼 쉽게 되지 않았다. 아무렴! 무늬만 주부가 주부 9단의 솜씨를 단 한 번의 실습으로 마스터할 수 있겠는가! P와 카톡을 주고받았다. 보내온 사진을 보니 일본에도 나팔꽃이 있는 모양이다.

관심 받고 싶은 아이
___ 7. 14. 월. 더웠다

새벽 5시. 차를 마시면서 하루를 열었다. 6시가 다 되어 누군가가 현관문을 두드렸다. 나가보니 강 선생이었다. 오늘 태국으로 여행을 떠난다면서 노트북이 들어있는 가방을 맡아 달라고 했다. 인도네시아 친구인 압핀도 내일 떠난다고 한다.

저녁 6시에 테니스 레슨을 받았다. 아직도 라켓을 잡는 동작이 부자연스러워 코치가 인상을 찌푸렸다. 몸이 어떤 것을 기억하는 데는 적어도 3개월이 걸린다고 하던데, 답답한 노릇이다. 레슨을 받는 내내 덕원이 표정이 밝지 않았다. 집으로 돌아오는 길에 물어 보았다.

"코치님은 아무리 그래도 그렇지, 엄마만 지도해 주고, 나는 쳐다보지도 않잖아. 두 시간 내내 나에게는 이런저런 말도 안 하시잖아. 남자가 여자를 좋아한다고는 하지만 이건 정말 아닌 것 같아! 엄마에게는 이래라저래라 친절하게 하시면서!"

헐! 그런 일이 있었나? 오늘은 코치가 내 라켓에 줄을 매달아 주었다. 한쪽 라켓에 줄을 매고 다른 쪽 끝은 팔뚝에 매달았다. 라켓을 든 팔 동작이 자꾸 틀렸다면서, 이렇게 하면 교정이 될 것이라고 했다. 레슨을 시작한 이후 덕원이는 동작이 많이 안정되었고 가르쳐주는 대로 제법 잘 하고 있다. 그런데 나는 여전히 제자리걸음을 하고 있다. 가끔 코치는 어떻게 해야 할지 몰라 고개를 푹 숙이고 한숨을 내 쉬었다. 어린 학생 같으면 화를 내기라도 할 텐데, 나이 많은 아줌마에, 이 대학교수라고 하니 어떻게할 수도 없을 것이다.

"덕원아! 너는 지금 아주 잘 하고 있어서 코치가 별다른 말을 안 하는 거야. 엄마 봐, 네가 봐도 정말 엉터리로 하고 있잖아. 코치가 엄마에게만 친절한 게 아니고, 엄마가 못해서 그러는 거야. 오호라, 질투였구나! 맞지?"

덕원이의 얼굴이 활짝 펴졌다. 나는 전혀 개의치 않은 일을 덕원이는 전혀 다르게 생각하고 있었다니, 놀라웠다. 의젓해 보이지만, 아직도 사랑과 관심을 받고 싶어 하는 어린아이이다. 세상 모든 사람들은 나이가 들어도 타인의 관심을 받고 싶어 할 것이다. 그래도 다행인 것은, 속마음을 말로 표현해 주었다는 점이다.

나는 속마음을 표현하는데 서툴다. 서운하거나 속상한 일도 꾹꾹 참았다가 불같이 '성토'할 줄만 알지 조곤조곤 설명하는 법을 모른다. 중요한 것은 대화다. 나도 내 마음을 모르는데 자식의 속마음을 어떻게 알 수 있을까? 요즈음 느낀 것인데, 대화도 학습이 필요한 듯하다. 자신의 속마음을 잘 표현할 수 있는 것도 배움이 필요하다. 내 마음의 상태가 어떠한지를 상대에게 적절하게 전달할 수 있는 방법도 기술이 필요하다. 연습이 필요하다. 작은 일에서부터 큰일에 이르기까지 지금처럼 마음 터놓고 이야기할 수 있는 모자가 되었으면 좋겠다.

낡은 외투처럼 편안한 도시 계림
―― 7. 15. 화. 비가 한 줄기 지나가서 그다지 무덥지 않았다

점심을 먹고 미용실에 가서 머리를 손질했다. 'Silence'라는 올드 팝이 흘러나왔다. 가끔 생각한다. 내가 생각보다 훨씬 빨리 계림 생활에 적응할 수 있었던 것은, 아마도 계림의 문화가 한국보다 십 수 년 뒤져 있기 때문이 아닌가 하고. 계림보다, 서울보다 훨씬 첨단의 대도시에 입성하였다면 지금처럼 적응속도가 빠르지 못했을 것이다.

계림은 여러 모로 한국보다 뒤져 있다. 유행하는 음악을 들어보아도 알 수 있다.(내가 음악에 조예가 있는 것은 절대 아님!) 교정에서 흘러나오거나 가끔 택시를 타고 갈 때 나오는 음악은 거의 올드 팝이거나 올드한 세미클래식이다. 나는 이런 음악을 듣고 있으면 기억에도 가물가물한 대학생활

을 떠올리게 된다. 어느 날 새벽, 교정에 흘러나오는 '시크릿 가든(Secret Garden)'을 듣고는 눈물을 왈칵 쏟기도 했다. 루치아노 파바로티(Luciano Pavarotti)의 가성을 들었을 때도 그랬다.

음악은 추억을 동반한다. 까마득히 잊고 있었던 과거가 음악을 통해 되살아난다. 이런 이유 때문에 계림이 편안하게 느껴지는 듯하다. 낡고 오래된 외투를 걸쳤을 때 느끼는 편안함처럼 말이다.

낡은 아파트

_____ 7. 16. 수. 맑고 시원했다.
번개를 동반한 비가 한두 차례 내렸다

어제 저녁에 침대가 부서졌다. 며칠 전부터 삐걱거리더니 아주 망가져 버린 것이다. 복무원에게 말했더니 오후에 침대를 보러 왔다. 새것으로 교체하는 데 며칠이 걸릴 것이라고 한다. 오늘 밤 한국에서 아이들이 3명이나 오는데…. 난감했다. 할 수 없이 매트리스와 침대 머리 등을 버려 달라고 했더니, 그것도 윗사람이 수리가 가능한지, 새것으로 사야 하는지 확인해야 한다는 것이다. 말이 통하지 않아 전 교수께 전화로 도움을 청했더니 해결해 주었다. 복무원들이 와서 일단 매트리스만 빼고 나머지 부속들을 베란다로 옮기는 것만 도와주고 갔다. 나머지는 또 며칠 있다가 해결해 줄 모양이다. (이제 기다리는 것에는 어느 정도 익숙해져 있다!)

며칠 전 국제교류처에서 외국인 교수 아파트의 낡은 집기들을 교체해 주겠다는 메일을 보내왔다. 이번에야말로 낡고 못쓰는 것들을 교체할 수 있는가 싶었는데, 상태를 보고나서 가능하면 수리라니! 이 아파트에는, 수리해 쓸 수 있는 집기는 하나도 없어 보인다.

내가 새것을 무작정 좋아하는 사람은 아니다. 나는 어떤 물건이든 한 번 사면 족히 십 수 년은 쓰는 편이다. 지금도 학교 갈 때 늘 들고 다니는 갈색 사각 가방은, 첫 강의를 시작한 1997년에 선물 받은 것이다. 햇수로 18년이 넘었다. 서너 차례 수선을 맡기기도 했지만, 여전히 지금도 나와 함께 하고 있다.

그러나 내가 거주하는 아파트의 집기들은 세월을 두고 아껴서 쓰고 싶은 그런 것들이 아니다. 너무 낡았다. 옷장 서랍의 절반은 열리지 않고, 책상과 의자는 삐걱거리고, TV도 낡고, 커튼도 낡고, 모기장도 낡았다. 그래도 감사한 것은 단돈 1원도 내지 않고 무료로 살 수 있다는 점이다. 그리고 필요하면 복무원이 와서 문제를 해결해 준다는 것이다.

중국 냄새

_____ 7. 17. 목. 맑고 더웠다

0시 10분 비행기가 지연되어 0시 50분에 도착했다. 캐리어를 밀고 조카들 셋이 나오는 것을 보니 안도와 함께 기쁨이 밀려왔다.

"아, 중국 냄새! 쩌네. 아, 더워. 한국으로 다시 돌아가고 싶어."

은지가 공항을 나와 던진 첫마디였다. 한국인이 중국에 첫발을 디뎠을 때 제일 먼저 느끼는 것은 냄새, 중국 냄새다. 서양인이 한국에 첫발을 디뎠을 때 맡는 것도 마늘과 된장 냄새, 특유의 한국 냄새가 아닐까 생각된다. 공항에서 집으로 오는 내내 아이들의 수다가 멈추지 않았다.

"덕원아, 별별치킨 트렁크에 있다."

"진짜? 어떻게 가지고 왔어."

"딱 13시간 지난 거다. 이거 뭐, 트렁크에서 완전 발효되었겠다."

"아, 먹고 싶다! 근데 누나는 눈이 이상해?"

"응, 쌍수(쌍커플 수술의 줄임말) 했어. 애들은 훨씬 낫다고 하던데. 안 그러니?"

"얼마 주고 했어?"

"몰라, 엄마에게 졸랐거든. 해 달라고"

"야, 근데 중국사람 무섭지 않니? 저번에 인터넷 보니까 먹을 것 달라는 사람에게 안 줬다고 칼로 찔렀다는 뉴스 나오던데. 아, 그리고 어떤 병원에서는 환자 고환을 떼어갔다는 뉴스도 있고. 진짜 무서운데, 괜찮은 거야?"

"고모! 길이 왜 이렇게 깨끗해요? 완전 한국하고 똑같네요. 여기가 중국이라니 믿기지 않네요. 흐흐!"

40분쯤 뒤, 우리가 사는 아파트 문을 열고 들어간 아이들이 소리를 꽥 질렀다.

"아! 진짜 작다!"

화장실에 다녀 온 은지가 더 큰 소리로 말했다.

"고모! 우리 집에 가자. 우리 고모가 왜 이런 데서 살아. 우리 집에서 같이 살자. 이게 뭐야!"

그렇게 떠들더니 새벽 4시가 다 되어서 잠이 들었다. 그리고 오전 11시가 넘어서 일어났다. 일어나자마자 민수와 수인, 덕원이는 한국에서 가지고 온 보드 게임을 한다. 심심할까봐 수인이가 챙겨가지고 온 것이다. 아침 겸 점심식사는 한국에서 가지고 온 반찬을 꺼내서 먹었다. 엄마가, 덕원이가 먹고 싶다고 한 깻잎반찬, 멸치볶음, 장아찌 무침을 해서 보내셨다. 아, 덕원이와 나의 솔 푸드(soul food)!

"역시 우리 할머니 솜씨가 최고란 말이야."

수인이도 오징어채볶음과 탕수콩을 가지고 왔다.

"수인아, 엄마가 병원에 다니느라 바쁘실 텐데 반찬까지 해서 보냈네. 수인이는 좋겠다. 엄마가 이렇게 맛있는 반찬을 매일 해 주시니까"

"이모! 우리 엄마 요리 전혀 못해요. 이거 반찬가게 아줌마 솜씨에요!"

헐! 그렇구나! 수인이는 꽤나 쿨한 것 같았다. 아니면 쿨한 척을 하는지 며칠 두고 봐야겠다. 밥을 먹는 동안 그동안 있었던 일을 침을 튀겨가면서 이야기한다. 그래서 짧은 시간에 많은 정보를 알게 되었다. 동생이 요사이 술을 많이 마신다는 것, 올케가 운동을 하긴 하는데 이전보다 더 먹는다는 것, 수인이가 수학 점수 18점을 맞았다는 것 등등.

바람이 불고 시원한데도 아이들은 계속 덥다고 한다. 아무래도 습도가 높아서 적응을 하려면 며칠 기다려야 할 것 같다. 아니, 적응을 하기 보다는 날씨에 대한 기대심리를 저버리는 것이 나을 듯도 하다. 과일가게에 가서 망고스틱, 망고, 릿츠, 바이시양궈, 배, 복숭아, 화룡과 등을 잔뜩 사 가지고 왔다.

저녁은 우리가 자주 가는 베이궈춘(北國村)에 가서 먹었다. 오리고기, 생선요리, 탕수육 등등을 주문했다. 은지는 오리고기가 맛있다고 하면서 제법 먹는데, 수인이는 느끼하다면서 얼마 먹지 못했다. 한국 토종처럼 식사를 즐겨하는 민수는, 김치 한 사발 있었으면 딱 좋겠다고 했다. 역시 느끼하단다.

하루 동안 체험한 중국에 대한 아이들의 소감을 종합해 보면, '담배 안 피우고, 남자들이 웃통 안 까고(^^) 다니고, 좀 덜 더우면 살 것 같다'고 한다. 아이들이 바라는 것은, 이곳에서 1년을 살아본 내가 정말로 바라는 바다. 그러나 앞으로 십 년 뒤에 혹은 어른이 되어서 다시 이곳을 찾는다면 지금과는 비교가 되지 않을 만큼 발전된 중국의 모습을 보게 될 터이니 지금의 중국을 잘 기억하라고 했다. 아마 그때쯤이면 아이를 안고서 담배 피우는 남자도 볼 수 없을 테고, 가래침을 마구 뱉는 사람도 보기 어려울 것이고, 웃통 벗고 다니는 남자들도 찾기 어려울 것이다. 그야말로 문화대국으로 성장해 있을 것이다. 지금의 속도대로 중국이 발전한다면.

왕청 캠퍼스 견학
___ 7. 18. 금. 맑고 더웠다

이른 점심을 먹고 아이들을 이끌고 왕청(王城) 캠퍼스를 견학했다. 교직원증을 보여주니 무료입장이 가능하단다. 아이들은, 이곳이 광서지역의 유서 깊은 역사와 문화를 간직한 곳이라고 해도 시큰둥하다. 그저 더위에 지쳐 갈증만 나는 모양이다. 독수봉(獨秀峰)에 오르려 하자 안내원이 표 검사를 하기에, 신분증을 보여주면서 전에도 이렇게 올라가봤다고 했더니 올라가라고 했다. 해발 100미터도 안 되는 독수봉을 오르는데 아이들은 온갖 푸념을 늘어놓았다. 계단이 좁고 미끄럽다는 둥, 가팔라서 무섭다는 둥, 힘들다는 둥. 아이들은 걷는 것도, 운동도 거의 하지 않는 저체력임이 입증되었다. 얼굴이 벌겋게 달아오르고 나서야 겨우 독수봉 정상에 도착했다. 인증 샷에 강한 한국인답게 정상에서 단체사진을 찰칵 찍고 내려왔다.

그리고는 계림에서 가장 크다고 하는 웨이샤오탕(微笑堂) 백화점을 투어하고 시 중심을 돌아다녔다. 아이들은 새로운 것을 먹어보는데 상당히 소심한 편이다. 나와 덕원이는 호기심 때문에 우선 먹어보는데, 조카들은 일단 맛이 어떠냐고 물어보기부터 한다. 시 중심에서 철판구이를 먹고 돌아오면서 양 꼬치를 사가지고 와서 먹었다. 양 꼬치는 맛있다고 한다. 은지에게 하루 동안 쓴 비용을 계산하라고 하고 나머지 아이들은 일기를 쓰게 했다. 네 아이들은 밤늦도록 카드 게임을 하면서 놀았다.

궁금증

___ 7. 19. 토. 몹시 더웠다

아이들과 함께 1박2일 여정으로 양쒀를 가기로 했다. 11시쯤 버스터미널에 도착하여 양쒀 가는 표를 끊으려고 하니, 웬 아주머니가 와서 1인당 20위안이라고 하면서 양쒀 가는 버스까지 안내해 주었다. 버스비가 약간 쌀 뿐 노선은 같았다. 양쒀에 도착하여 양쒀 공원을 먼저 가자고 하니, 아이들은 모두 싫다며 고개를 흔들었다. 공원이 뭐 특별한 게 있겠냐며 시지에로 바로 가자고 했다. 아이들은 걷는 것 자체를 무척 싫어했다.

시지에에서 쇼핑하는 아이들

시지에에 도착하여 프랑스인이 직접 요리하는 레스토랑에서 스파게 티와 피자를 먹고 쇼핑을 시작했다. 쇼핑을 가장 즐겨하는 애는 은지다. 친할머니와 외할머니를 위해 은팔찌 두 개를 사고, 엄마와 함께 입을 잠옷 도 두 벌 사고, 부채도 샀다. 머리에 꽂는 화환도 샀다. 옷가게를 지나칠 때 마다 옷을 사고 싶어서 기웃거렸다. 나는 올해 갓 태어난 손녀를 위해 치 파오 두 벌을 샀다. 덕원이는 이번에도 선풍기를 샀다. 민수와 수인이는 쇼핑에 별 흥미가 없어 보인다.

쇼핑을 마치고 오늘 묵을 유스호스텔을 찾아갔다. 쇼핑 거리인 시지 에(西街) 한 중간에 위치한 아주 싼 곳이다. 1인당 40위안. 본래 6인이 거주 하는 방에 투숙한다고 예약했는데, 도착해 보니 침대 하나를 다른 사람이 쓰게 되었다는 것이다. 유스호스텔 측에서 오후에 내게 전화를 걸었는데 내가 받지 않아 어쩔 수 없다고만 했다. 방에 들어가니 이미 어떤 여자 분 이 있었다. 중국인이라고 했다. 그렇다면 나머지 한 사람은? 수인이가 말 했다.

"이모, 중국인 말고 서양인이면 좋겠어요. 젊고 잘 생긴 사람이면 더 좋겠어요. 아, 누군지 넘 궁금해요. 이모, 이 여자에게 물어봐요. 어떤 사람

인지?'

　말수가 적은 수인이가 나머지 침대의 주인이 누구인지 무척 궁금해하는 것이 나는 더 신기했다. 여자 분에게 물어보니, 나머지 침대의 주인은 중국인이고, 나이는 26살이라고 한다. 그리고 남자란다. 수인이는, "에구, 중국인이야. 실망이네. 그래도 잘 생겼으면 좋겠다"고 했다. 짐을 정리하고 1층으로 씻으러 간 아이들이 돌아와서 소리를 질렀다.

　"고모, 악! 최악이야."

　"이모, 어떻게 씻어요?"

　"오줌 냄새 완전 찌네!"

　여기는 방값이 싼 대신 화장실이 따로 없다. 공용화장실을 써야 한다. 물론 남녀 구분은 있다. 씻는 곳이 따로 있는 것도 아니다. 화장실 천장에 샤워기를 달아놓았다. 은지는 어떻게 씻어야 하는지 아이들에게 시범을 보였다. 다리를 약간 벌리고 엉거주춤 샤워하는 포즈를 취하는 은지의 모습을 보고 다들 웃겨 죽겠다고 소리를 질렀다. 중국여행을 많이 한 나도 이처럼 공간 활용을 한 화장실은 처음 보았다. 아무래도 비위가 상해 못 씻을 것 같았다. 씩씩한 은지가 먼저 씻고 오더니 말했다.

　"고모! 생각보다 괜찮네. 아, 시원해!"

　땀 냄새가 나서 못 참겠다고 한 민수도 이어서 씻었다. 그러나 수인이와 덕원이는 양치질만 했다. 나도 못 씻었다.

　나가서 저녁을 먹고 숙소로 돌아왔다. 여전히 마지막 침대의 주인은 나타나지 않았다. 수인이는 궁금해서 미치겠단다. 복도에서 발자국 소리가 날 때마다, 여닫는 문소리가 날 때마다 심장이 떨린다고 한다. 중학교 2학년 소녀의 마음이 이랬었나! 하긴, 낯선 사람들과 같은 공간에서 잠을 잘 일이 전혀 없었을 테니 궁금하기도 할 것이다. 잠시 뒤 그토록 궁금해 한 침대 주인이 문을 열고 들어왔다. 아이들이 숨을 죽이고 그를 쳐다보았다. 그는 침대로 올라가 짐을 싸고 내려와서는 잠시 전화를 걸더니 씻으러 나갔다. 그 사이에 아이들이 비명에 가까운 소리를 질렀다.

"아, 최악이야. 완전 감자같이 생겼네."

"아니, 방금 캔 감자 같네."

"키도 안 크고 뚱뚱하고! 괜히 기대했네. 시간이 아깝다."

"이모, 저 먼저 잘게요. 완전 기분 나빠요!"

그 남자는 순식간에 아이들 사이에서 '감자'로 불렸다. 그것도 '방금 캔 못생긴 감자'로. 아이들은 카드 게임을 멈추고 잠을 자려고 누웠고, 감자로 불리는 남자도 누웠다. 중국인 여자는 나갔다가 오겠다면서 찾지 말라고 했다. 그러더니 새벽 3시에 들어왔다. 외국인들이 흥청거리는 시지에 클럽이나 바에서 밤새 춤추다가 온 것은 아닌지.

집 밥

_____ 7. 20. 일. 몹시 더웠다

아침 10시. 짐을 챙겨서 유스호스텔을 나왔다. '감자'는 우리들보다 일찍 나갔다. 복도에서 떠드는 소리를 들어보니 일행이 있는 것 같았다. 중국인 여자는 이불을 뒤집어쓰고 자고 있었다. 간단하게 아침을 먹으려고 죽, 만두, 빵을 시켰다. 수인이는 만터우를 한 입 베어 먹더니 젓가락을 놓았다. 민수는 죽을 몇 숟가락 뜨고 역시 그만이었다. 며칠 다녀보니 민수와 수인이는 중국 음식 부적응자들로 판명이 났다. 아무리 맛있고 특별한 음식이라고 해도 이 애들에게는 밥과 김치가 최고인 것 같았다. 두 애들을 위해 KFC에 가서 햄버거를 먹었다. 맛있다고 한다. 나는 종종 생각한다. '햄버거'야말로 진정 위대한 음식이라고! 이토록 짧은 역사를 가진 음식이 어떻게 하여 이처럼 국적을 불문하고, 노소를 불문하고 급속도로 확장될 수 있었는지 놀랍기만 하다. 거의 전 세계 사람들의 입맛을 점령하였으니 말이다.

양쉬 버스터미널로 가서 싱핑으로 이동하려 했으나 싱핑 가는 차편이 없다고 하여 양디(楊提)로 향했다. (양쉬에서 양디까지 1인당 9.5위안, 1시간 소요) 양디로 가는 버스 안에서 혼자 여행하는 여자와 인사를 나누었다. 혼자서 왔으니 우리 식구와 합류하자고 했다. 한 시간 가량 뒤에 양디에 도착했다. 리지앙을 유람하는 배 삯이 상당히 비쌌다. 가이드 없이 그냥 구매하면 210위안이고, 가이드가 구매해 주면 150위안이라고 한다. 다른 방법을 찾아보아도 뾰족한 수가 없어 보여 하는 수 없이 150위안을 주고 배를 탔다.

덕원이와 민수와 중국 여자가 같이 탔다. 멀리서 바라보니 세 사람은 양말을 벗고 배 난간에 걸터앉아서 물놀이를 한다. 재작년 이맘때쯤 이 교수 식구와 여기 왔던 것이 생각났다. 아름다운 풍경이었다. 문득 이백의 시 한 구절이 떠올랐다.

멀리 한강 물은 청둥오리 머리의 푸른색
흡사 이제 막 발효하는 포도주 빛이로세.
(遙看漢水鴨頭綠 恰似葡萄初發醅)

아름다운 리지앙에서의 뱃놀이

푸른 물빛을 이제 막 발효하는 포도주 빛이라고 하다니! 저 드넓게 너울너울 넘실대는 포도주여! 이백은 진정 주신(酒神)의 경지에 이른 시인이 맞는가보다. 하릴없이 배만 타고 2시간을 가자니 졸음이 몰려와 깜빡 졸기도 했다. 은지와 수인이도 이런 배는 처음 타본다면서 좋다고 했다. 여자애들이라 그런지 별다른 장난도 없이 그저 얌전히 앉아있기만 했다.

그렇게 2시간 정도의 뱃놀이가 끝나고 중국 여자와 함께 싱핑 터미널까지 걸어갔다. 그 여자의 말을 들으니, 현재 4개월째 여행 중이며, 신장(新疆), 시장(西藏), 윈난(雲南) 등을 다녀왔다고 했다. 캐논 수동 카메라 한 대만 들고 있을 뿐 별다른 짐이 없어 물어보니, 양쒀 숙소에 있다고 한다. 그녀는 우리에게 아이스크림을 사 주었다. 그녀와는 터미널에서 헤어졌다. 우리는 계림으로, 그녀는 양쒀로 갈 길이 다르기 때문이었다. 싱핑에서 계림까지는 2시간 30분이 소요되었다. 양쒀에서 한두 군데 더 보려고 했던 계획도 수포로 돌아갔다. 버스로 이동하는 시간이 많았고, 무더위로 인해 힘들었기 때문이었다.

계림에 도착하여 외식을 하자고 했더니 아이들 모두 '집밥'을 외친다. 집밥! 외국인들도, 중국인들도 우리들처럼 집밥을 좋아할까? 집밥이 그립다는 것은 객지생활을 오래 하였다는 뜻이거나, 아니면 매식문화에 익숙하지 않다는 뜻이다. 그런데 이 녀석들은 집 나온 지 하루밖에 안 지났는데 벌써 집밥! 집밥!이란다.

더 위

___ 7. 21. 월. 더웠다

더위에 지친 아이들이 밖을 나가고 싶어 하지 않았다. 하루 종일 집에서 에어컨을 켜 놓고 컴퓨터로 TV를 보거나 스마트폰 게임을 했다. 다들 집에서 어떻게 지내는지 그대로 보여주고 있는 듯했다. 결국 외출하지 않는 날에는 책을 한 권 읽고 밤에 독후감을 쓰기로 약속했다. 수인이는 거의 몇 달 만에 책을 읽는다고 했다. 민수와 은지, 덕원이도 마찬가지였다.

여름

___ 7. 22. 화. 몹시 더웠다

오늘 최고 온도는 36도, 습도는 78%. 연일 무더위가 심해 외출할 엄두가 나지 않는다. 낮 동안 집에 있다가 저녁 때 쯤 훠궈(火鍋)를 먹으러 시내로 나갔다. 저녁인데도 바람 한 점 없고 후덥지근했다. 펄펄 끓는 훠궈 냄비가 등장하고 이어서 고기와 채소가 담긴 접시가 식탁에 올라오니 분위기가 나는 듯 했다. 중국 음식에 익숙하지 않은 민수와 수인이를 위해 볶음밥을 주문했더니 맛있다고 한다. 옆 테이블에서 가늘고 긴 잔에 담긴 형형색색의 예쁜 음료수를 마시는 모습이 보기 좋아 우리도 주문하였다. 그리고 건배를 외쳤다. "애들아, 오늘도 수고했다." 알코올이 아주 약간 들어간 샴페인 종류인 듯하였다. 분위기가 무르익으니 아이들이 저마다 속 얘기를 한다.

은지 왈: 고모, 저는 얼른 어른이 되고 싶어요. 일단 주민등록증이 나오면 제일 먼저 술하고 담배를 사보고 싶어요.(덕원이가 말했다. "담배는 몸에 안 좋은데 그걸 어떻게 피워?") 그냥 어른들처럼 사 보고 싶어요. 그리고 돈을 많이 벌고 싶어요. 엄마 아빠로부터 얼른 독립하고 싶고요. 아~ 혼자 살면 얼마나 좋을까요.(내가 속으로 말했다. '혼자 살아봐라, 얼마나 좋은가… 그래도 엄마가 해 주는 밥 먹고 다니는 때가 최고 좋다는 것을 알게 될 테니') 고모, 저는 대학가기 싫어요. 그 시간에 돈을 많이 벌고 싶어요. 아니지, 그래도 대학은 가야 하나?

수인 왈 : 이모, 저는 제복 입은 남자가 좋아요. 멋있잖아요. 그렇지만

저는 독신주의자예요.(왜?) 그냥요. 멋있잖아요. 혼자 살면 엄마 잔소리도 안 듣고 하루 종일 하고 싶은 것 다 할 수 있잖아요. 그리고 결혼해서 엄마 집에 못 가고 남편 집에 가서 일만 죽어라고 하는 거 싫어요. 그래서 결혼 하기 싫어요. 아, 그리고 저는 의사가 되고 싶어요. 근데 공부는 하기 싫어 요. 의사가 되려면 6년 이상을 공부해야 하는데, 그건 좀 자신이 없기도 해 요. 흑흑!

민수 왈 : 고모, 저는 어른이 되면 술을 많이 마셔서 취해보고 싶어요. 어떤 느낌인지 진짜 궁금해요. 근데 저는 아직 꿈이 없어요. 뭐가 되고 싶 은지 도무지 생각이 안 나요.

덕원이는 형과 누나들이 하는 말만 들을 뿐이었다. 중고등학교 아이 들이 이런 고민과 이런 생각을 하고 있다는 것을 알게 되었다. 아이들은 아직 무엇이 되고 싶은지 구체적인 꿈은 없어도, 저마다 돈은 많이 벌고 싶 다고 한다. 그만큼 하고 싶은 것이 많아서일 것이다. 아이들이, 나에게 어 려서 꿈이 뭐였느냐고 물었다. 내가 초등학교 때는 선생님이 되고 싶었다 가, 중학교 때는 여형사나 간호사가 되고 싶었다가, 고등학교 때는 시인이 되고 싶었다고 말해 주었다. 그랬더니 아이들이, 무슨 꿈이 그렇게 많이 바뀌었냐고 한다. 정말 그랬다. 그런데 지금은 간호사도, 여형사도, 시인 도 아닌 선생님이 되어 버렸다.

저녁을 먹고 야시장을 구경하기로 했으나 시간이 늦어 다음에 가기로 하고 난청백화점에 가서 쇼핑을 했다. 저녁 9시가 넘었는데도 쇼핑객이 굉 장히 많았다. 날씨가 더우니 이곳으로 피서를 온 모양이었다. 아이들은 이 리저리 둘러보더니 과자, 빵, 음료수를 샀다. 과자만 한 바구니 사서 저울 에 달아보니 한 봉지에 46위안이 넘었다. 민수가, 먹어보고서 맛이 없으면 어쩌려고 이렇게 많이 사느냐면서 투덜대기 시작했다. 평소에 민수는 돈 을 전혀 안 쓰고, 은지는 돈만 있으면 뭐든 써버리는 그런 성격이다. 민수는 용돈을 받아도 한 푼 쓰지 않고 있다가 결국 누나에게 빌려주거나 뺏기는 경우가 허다했다. 남매라도 성격이 참 다르다. 먹을 것을 잔뜩 사가지고 집으로 돌아온 아이들은 에어컨을 켜 놓고 게임을 하면서 과자를 먹었다.

시앙비산(象鼻山) 공원
___ 7. 23. 수. 몹시 더웠다

오늘도 더웠다. 최고 온도가 37도! 점심을 먹고 외출하기 싫어하는 애들을 억지로 데리고 계림 시내에 있는 시앙비산(象鼻山) 공원으로 향했다. 아이들은 18세 이하라서 반값인 35.7위안이었다. 내가 교직원증을 보여주자, 공원 매표소 직원이 그래도 표를 사야 한다고 했지만 우겨서 무료입장을 했다.(가끔 우기기도 한다. 입장료가 무려 75위안이기 때문이다) 공원에는 태평천국과 관련된 기념관과 사찰이 있었으나 다소 조잡했다. 공원에 술 저장창고가 있어서, 그 앞을 지나가던 아이들이 코와 입을 틀어막았다. 술

계림의 유명 관광지 시앙비산

냄새가 진동했다. 계림 삼화주(三花酒) 저장실이 거기에 있었다. 계림 삼화주는 계림을 대표하는 특산물이자 유명 지방주이다.

좁다란 계단을 따라 올라가니 보진탑이라고 하는 벽돌 탑이 보이고, 그 아래로 계림 시내가 훤히 내려다 보였다. 거기까지 올라가는데 겨우 15분 정도 걸린 듯한데, 워낙 더위가 심해서 온몸이 땀으로 흥건했다. 아이들은 덥다면서 짜증을 냈다. 코끼리가 강물을 마시는듯한 형상을 한 곳에서 사진을 찍고 쉬었더니 아이들 표정이 다시 밝아졌다. 유명한 관광지라서 그런지 깃발을 든 단체 여행객이 많았다. 금방이라도 비가 쏟아질 것 같아 다른 관광은 포기하고 택시를 타고 집으로 돌아왔다.

아이들은 조금이라도 덥고, 조금이라도 힘든 것을 참지 못했다. 아이들이 대개 그럴 것이다. 요즘처럼 부모가 자식을 위해 '완벽한 시스템'을 제공해주는 환경에서는 더욱 나약한 것 같다. 부족하다면 뭐든 다 해결해주는 부모가 있으니, 참고 견딜 이유가 없을 것이다. 그러나 어른이 되어서 살아가야 할 세상은 그렇게 녹록하지 않는데, 얘들을 어떻게 단련시켜야 할까? 걱정이 앞섰다.

저녁을 먹고 야시장에 갔다. 시지에서 그렇게 예쁘다고 한 물건들이 야시장에 거의 있을 뿐만 아니라 가격도 훨씬 쌌다. 쇼핑을 좋아하는 은지는 오늘도 엄마, 아빠, 할머니의 선물을 왕창 샀다. 야시장에서 돌아오는 길에 꼬치가게에 들러 꼬치를 사먹었다. 수인이가 드디어 입맛에 맞는 꼬치를 찾은 것이다. 밤에 전기를 400w 충전했다. 가격은 224위안. 복무원이 놀라면서 쳐다보았다.

대통밥

_____ 7. 24. 목. 무더웠다가 저녁 8시 이후에 강한 바람과 함께 비가 쏟아졌다.

남문 근처 식당에서 저녁을 먹었다. 대통에 연잎을 깔고 밥을 얹고 원하는 채소와 고기를 주문하면, 그 위에 약간의 채소를 얹어서 찐 것이다. 느끼하지 않고, 맛이 깔끔하기 때문에 덕원이가 선호하는 음식의 하나이다. 채소 3종류, 고기 3종류를 시키면 10위안, 한 끼 식사로 가격 면에서도 저렴한 편이다. 그러나 민수는 조금 먹다가 말았다. 입맛이 까다로운 수인이도 그럭저럭 먹을 만하다고 하는데 민수는 아닌 모양이었다. 저녁에 꼬치 먹으러 나가려다 돌풍과 천둥 번개가 심해서 포기했다.

집에서 놀다

___7. 25. 금. 맑았다가 저녁 6시 이후에 바람이 불고 비가 내렸다

점심을 먹고 아이들과 디에차이산(疊彩山)을 다녀오려고 했으나, 갑작스럽게 이 교수가 회의를 하자고 한다. 오히려 아이들은 쾌재를 불렀다.

"고모! 볼 일 보고 천천히 오세요. 학교일이 중요하지, 우리랑 산에 가는 것이 뭐가 중요해요. 우리 걱정은 전혀 하지 마시고요!"

"네 녀석들 속셈을 내가 모를까봐 그러냐. 이 더위에 외출하려니 생각만 해도 싫지?"

집으로 돌아와 보니 아이들은 머리를 맞대고 영화를 보고 있었다. 은지가 샤브샤브 먹으러 가자고 했으나 바람이 많이 불고 비가 내려서 외출하지 못했다. 오늘 저녁 메뉴는 카레밥. 아이들은 비 때문에 꼬치를 못 먹게 되었다면서 아쉬워했다.

계림 관광의 필수, 디에차이산(疊彩山)

___7. 26. 토. 맑았다

점심을 먹고 계림 관광의 필수코스라고 하는 디에차이산(疊彩山)을 다

녀왔다. 산의 모양이 아름다운 비단을 포개 놓은 것 같은 형상을 하였다고
하여 '첩채산(疊彩山)'이란 이름이 붙었다고 한다. 산책 코스가 적당한데다
가 깨끗하여서 마음에 들었다. 아이들이 숲속에서 도마뱀을 보았다면서
도마뱀 이야기를 한참 하였다. 정상에 오르니 계림 시내가 훤히 내려다보
였다. 우리가 다녀왔던 왕청과 시앙비산공원, 시가지도 보였다. 다들 이번
등반은 마음에 드는 모양이었다. 은지와 덕원이와 민수는 미끄럼틀을 타
고 내려갔다. 중국에서는 이것을 후아다오(滑道)라고 한다. 1인당 20위안.
입고 있는 바지가 상할 것에 대비하여 군용 담요 비슷한 천을 허리에 두르
고 장갑을 꼈다. 은지는 천을 둘러 주는 아르바이트생이 중국인 같지 않게
잘 생겼다며 좋아하였다. 별도의 안전장치가 없어서 위험하지 않느냐고
했더니 조금도 위험하지 않다고 하였다. 수인이와 나는 걸어서 내려왔다.
수인이는 겁이 많고 새로운 것에 대한 거부감이 크다. 입맛도 까다로웠다.
딸만 있는 집에서 곱게 자란 티가 났다. 우리보다 먼저 내려온 아이들은
코스가 너무 짧아 아쉽다고 하면서 전혀 위험하거나 무섭지 않았다고 했
다. 요즘 덕원이도 겁이 많이 없어졌고, 새로운 것을 경험해보는 것에 대
한 거부감도 사라진 것 같다. 가까이에 있는 복파산을 가려 했더니 아이들
이 입을 모아 말했다.

"고모! 산이 다 비슷하지, 특별한 게 뭐 있을까요? 그냥 갔다 치고 샤
브샤브나 먹으러 가요. 배고파요!"

조선족이 운영하는 송이네 가게에 가서 치즈떡볶이 한 봉지를 산 후
샤브샤브를 먹으러 갔다. 우리가 떠드는 소리를 듣고 손님들이 여기저기
서 쳐다보았다. 종업원이 신기하다는 듯이 저희들끼리 "저 사람들이 한국
인이래!" 하면서 소곤거렸다.

저녁을 먹고 광장에서 두 시간여를 놀았다. 은지는 고등학생, 나머지
아이들은 모두 중학생인데도 어릴 적 많이 가지고 놀았다는 비누거품을
사서 불었다. 하얀 비누거품이 환상처럼, 추억처럼, 꿈처럼 광장 위의 저
녁 하늘로 날아다녔다. 걸음마를 하는 중국의 아이들이 신기한 듯 비누거

품을 아장아장 쫓아다녔고, 그런 아이들이 귀엽다면서 은지와 수인이는 비누거품을 손에서 놓지 않았다.

어른이 되어서만 어린 시절을 추억하는 것은 아니다. 중학생이 되어서도, 고등학생이 되어서도, 어른이 되어서도 어린 시절을 돌이켜보는 것은 정신건강에 이로운 일이다. 돌이켜볼 수 있다는 것은 그만큼 여유가 있다는 것이며, 여유가 있는 것은 크고 작은 어떤 상처든 자연치유가 가능하다는 이야기 아닌가. 날이 어두워질 때까지 비누거품을 불었다.

배앓이
_____ 7. 27. 일. 맑았다

수인이가 새벽 1시부터 화장실을 들락거리더니 배가 아프다고 한다. 설사가 난 모양이다. 한국에서 가지고 온 지사제를 복용했다는데 아무래도 겁이 나서 한의원에서 준 소화제를 먹었다. 수인이가 아침에 제 엄마와 문자를 주고받더니 엄마 말로는 '장염'이라고 하면서, 배가 좀 더 아프면 병원에 가야 한다고 하셨다면서, 근처에 병원이 있느냐고 물었다. 인터넷에서 찾아보니 장염에는 녹차가 효과가 있다고 하여 녹차를 마시게 했다. 그리고 핫 팩을 데워 배에 올려주었다. 밥보다는 죽이 나을듯하여 흰죽을 사다가 먹였다. 그리고 바로 잠을 내처 자다가 서너 시간 뒤에 일어났다. 이제 배도 안 아프고 속도 편해졌단다. 다행이었다. 물갈이를 한데다가 기름기 많은 중국음식에 익숙하지 않아 배앓이를 한 것 같다. 여행을 하다보면 언제나 있을 수 있는 일이다. 응급상황만 아니면 지나치게 당황할 일이 아니다. 그래도 조카들이 먼 곳까지 와서 탈이 날까봐 내심 걱정이 컸다.

저녁에는 치즈떡볶이를 했다. 수인이에게 아직 완전히 나은 것이 아닐지 모르니 치즈떡볶이를 먹지 말라고 했더니 싹, 나았다고 큰소리치면서 맛있게 먹었다.

임보 시인
___ 7. 28. 월. 맑았다

남문 근처에 있는 죽 가게에서 점심을 먹었다. 채소와 돼지고기를 넣은 죽과 만두, 면이다. 두 사람이 먹을 만큼의 죽 한 그릇에 4위안이다. 수인이와 은지는 맛있다고 한다. 한국인들은 죽을 아플 때 먹는 음식으로 알고 있다. 평상시에 죽을 잘 먹지 않는다. 요즘 '본죽'과 같은 죽 전문 식당이 많이 생기긴 했지만 말이다. 그러나 식당에서 파는 죽은 결코 싸지 않다. 그런데 여기는 다양한 종류의 죽이 있고 값도 싸다.

한국에 있을 때, 중국처럼 가볍게 먹을 수 있고 값이 싼 죽 같은 음식이 있다면 좋겠다는 생각을 했었다. 매 끼니마다 각종 반찬을 준비해야 하는 한국의 아침 식탁이 바쁜 현대인에게 부담이 되는 것은 사실이다. 식탁을 책임지고 있는 주부에게는 더욱 그렇다. 가볍게 먹을 수 있는 한 그릇 음식의 개발이 필요하다.

이번 달 연재는 주일재 윤승임에 대한 글을 썼다. 윤승임은 청원군 미원면에 은거하였던 조선의 유학자였다. 글을 보내고 났더니, 임보 선생님께서 새로운 시집이 나왔다며 우송해 주겠다는 답신을 보내셨다. 참으로 기대된다.

시란 무엇인가? 시란 어떠해야 하는가? 시는 무더운 한여름에 시원하게 쏟아지는 빗줄기 같은 것이어야 한다. 시는 한겨울 따뜻한 아랫목에서 살얼음이 뜬 동치미 국물을 마실 때처럼 서늘함을 주어야 한다. 임보 선생님의 시는 소낙비 같기도 하고, 동치미 국물 같기도 하다. 읽으면 시원한 쾌감이 느껴진다. 그뿐인가, 위트와 해학까지 있다. 그리고 아무도 알려주지 않은 인생길에 대한 답을 넌지시 보여주기도 한다. 〈마누라 음식 간보기〉라는 시가 있다.

아내는 새로운 음식을 만들 때마다
내 앞에 가져와 한 숟갈 내밀며 간을 보라한다
그러면
"음 맞구면 맛있네"
이것이 요즈음 내가 터득한 정답이다

물론
때로는 좀 간간하기도 하고
좀 싱겁기도 할 때가 없지 않지만
만일 좀 간간한 것 같은데 하면
아내가 한 입 자서 보고나서
뭣이 간간허요 밥에다 자시면 딱 쓰것구만 하신다

만일
좀 삼삼헌디 하면 또 아내가 한 입 자서 보고나서
"짜면 건강에 해롭다요 싱겁게 드시시오" 하시니
할 말이 없다
내가 얼마나 멍청한고
아내 음식 간맞추는데 평생이 걸렸으니

정답은
"참 맛있네" 인데
그 쉬운 것도 모르고.

정답을 놓고 늘 오답만 제출하는 것이 우리 인생살이다. 그러다가 어느 날 문득 깨닫는다. 임보 시인이 전하는 것처럼.

부채

___ 7. 29. 화. 맑았다

오늘은 은지가 화장실을 들락거린다. 한국 한의원에서 처방해 준 소화제를 먹이고 핫팩을 배에 올려주었다. 한두 시간 잠을 자고 일어나서는 개운하다고 하여 오후 늦게 야오산(堯山)행 택시를 탔다. 서둘러 갔지만 오후 4시가 넘은 시각이라 입장할 수 없다고 한다. 노적암이라는 동굴을 가려고 했더니 그곳도 거리가 멀어 어려울 것 같다는 것이다. 하는 수 없이 이른 저녁을 먹으러 마이시앙팡(麥香坊)이란 식당으로 갔다. 깔끔한 실내 장식과 서비스가 좋아 자주 찾는 곳이다. 오늘은 특히 당나귀 고기가 맛있었다.

집으로 돌아와서 은지와 배드민턴을 쳤다. 그리고 야시장에 가서 선물을 샀다. 이번에 수인이는 아빠, 엄마, 외삼촌, 외할아버지의 이름을 넣어 붓글씨를 쓴 부채를 샀다. 지난번에 왔을 때 한자를 몰라서 못했다며 아쉬워하더니, 엄마가 한자를 알려주었다고 하면서 여러 개를 샀다. 붓글씨를 쓴 분의 약력을 보니, 무한대학을 졸업하고 오랫동안 작품 활동을 하였다고 한다. 글은 영화롭고, 복되고, 재물 많이 들어오고, 자손 번창하라는 등의 좋은 의미를 담고 있다. 돌아오는 길에 아이스크림과 꼬치를 사 먹었다.

야오산(堯山), 계림 관광의 상징

___ 7. 30. 수. 덥고 맑았다

어제 입구까지만 갔던 야오산(堯山)을 다시 찾아갔다. 오후 3시인데도 관광객이 많아서 표를 사는데도 시간이 한참 걸렸다. 등산 코스가 있기는 하였지만 더위에 산을 걸어서 올라가는 사람은 거의 없었다. 리프트(중국어로는 란처[纜車])를 타고 올라갔다가 미끄럼틀(중국어로는 후아다오[滑道])을 타고 내려왔다. 비용은 1인당 140위안. 비싼 편이다. 야오산은 해발 909m로, 계림에서 가장 높다.

인터넷에, 계림의 모든 산들이 돌산인데 비해 이곳만은 흙산이라고 소개되어 있다. 리프트가 처음에는 완만하고 느리게 이동하여 그다지 무섭다는 생각이 들지 않았는데 점점 높이 올라갈수록 현기증이 나고 추락할 것 같은 두려움이 들었다. 그러나 위험하지는 않았다. 30분 정도 리프트를 타고 올라가면서 보는 야오산의 정경은 특별하였다. 야오산을 보지 않고는 계림의 산수를 말하지 말라는 말이 틀리지 않았다. 가까이 있는 산들도 멀리 보이는 산들도, 산 너머 또 그 너머에 끝없이 이어진 산봉우리는 한 폭의 동양화 같았다. 장지아지에(張家界)에 있는 산들의 형세가 웅장하고 스케일이 크고 남성적이라면 계림의 산은 곡선이 많고 우아하여 여성적이다. 운무에 가려 흐릿한 형체만 보이는 산봉우리 너머에 우리가 알지 못하는 신화나 전설이 있을 것만 같았다. 비가 많이 오는 봄에 와도 좋을 것 같았다.

정상에는 요(堯) 임금의 동상과 기념관이 있었으나 감동적인 수준은 아니었다. 20분 정도 주위를 산책하고 소수민족의 공연을 보았다. 내려올 때에는 리프트를 절반 쯤 타고 다음에 미끄럼틀을 탔다. 수인이도 이번에는 용기를 내서 타보겠다고 한다. 은지는 물 만난 물고기마냥 고고 싱을 외치며 속도를 내어 내려갔다. 아이들은 모두 '오늘이 최고 재미있는 날'이라고 했다.

저녁은 거위 전문식당인 춘지(春記)에서 먹었다. 처음 왔을 때는 음식이 기름겨서 못 먹겠다고 하더니 이제는 적응이 되었는지 다들 맛있다고 한다. 저녁을 먹고 발마사지를 받았다. 발마사지를 처음 해본다는 수인이는 간지럽고 아프다고 하더니, 받고 나서는 발이 스펀지처럼 폭신폭신해졌다며 좋아했다.

꼬치를 사가지고 집에서 캔 맥주를 마시면서 보궐선거 결과를 지켜봤다. 새누리당의 압승이자 새민련의 완패였다. 오늘 따라 맥주 맛이 지독하게 썼다. 앞으로 한국 뉴스를 볼 일이 없을 것 같다. 다만 생떼 같은 자식을 잃은 세월호 유가족들이 앞으로 기댈 데가 더 없을 것 같아 불쌍하고, 다시는 이 같은 사고가 일어나서는 안 된다며 철저한 진상규명을 위해 애타게 외쳐온 '세월호특별법'이 어디로 표류할지 안타깝기만 하다. 그뿐인가, 4대강 심판도 물 건너 갈 것 같다.

치싱(七星)공원

___ 7. 31. 목. 덥고 맑았다

아이들과 오후 늦게 계림시의 대표적 공원인 치싱공원에 갔다. 무료입장이 가능할 줄 알았는데 공무원증만 있어도 안 되고 시민증이 있어야 한다. 치싱공원에서 하고 싶었던 정글짐 같은 것은 하지도 못했다. 오후 5시에 폐장을 하는데 우리가 5시 몇 분 전에 도착하였기 때문이다. 동물원도 문을 닫았다. 그저 공원을 산책하는 것으로 대신했다. 아이들이 "좀 더 일찍 준비해서 올걸!" 하며 안타까워했다. 조금 돌아다니다가 결국 아이스크림을 먹으면서 공원을 나왔다.

"에이, 돈만 버렸네."

아이들이 나오면서 투덜거렸다. 치싱공원은 계림 시민에게는 2위안의 입장료만 받는다. 그외 타지인이나 외국인은 모두 75위안을 받는다. 그뿐인가, 공원 안에서 동물원을 관람하려면 별도로 70위안을 내야하고, 정글짐은 40위안을 내야 한다. 공원만 산책하다 나오는데 375위안을 썼으니, 속상할 만하다. 저녁을 먹고 집으로 돌아와 아이들과 장기와 오목을 두었다.

계림의 마지막 밤

____ 8. 1. 금. 더웠다. 오후 4시쯤 강풍과 함께 비가 내리다가 그쳤다

아이들이 선물을 사야 한다며 난청백화점과 월마트에 가자고 한다. 저마다 할머니 할아버지, 친척, 그리고 친구들에게 선물할 과자와 특산품을 샀다. 민수는 술을 좋아하는 아빠 엄마를 위해 중국술을, 그리고 큰아빠께 드린다며 담배를 샀다. 비싼 담배는 한 갑에 500위안 하는 것도 있다. 담배가 이렇게 비싼 줄 몰랐다. 돈쓰는 것에 인색한 민수가 식구들 선물을 하나하나 챙기는 것을 보니 기특했다. 아이들은 오늘이 중국에서의 마지막 밤이라면서 꼬치를 사다가 파티를 했다. 그리고 밤늦도록 이야기를 하다가 새벽에 잠이 들었다.

외로움

____ 8. 2. 토. 더웠다

아이들이 어제 못 산 선물을 사려고 월마트에 다시 갔다. 이번에는 젤리 같은 먹을 것을 잔뜩 사거나 한국에서는 보기 어려운 완구류를 샀다. 저녁은 베이궈춘(北國村)에서 먹었다. 중국 음식이 진짜 맛있다면서, 이렇게 맛있는 음식을 더 이상 먹을 수 없어 아쉽다고 한다. 은지는 고등학교를 졸업한 후 꼭 여기로 다시 와서 중국어를 배우겠다고 한다. 저녁 10시 30분에 남문 앞에서 공항까지 태워다 줄 택시를 기다렸다. 택시를 기다리면서 아이들은 남문 앞에서 파는 양꼬치를 사 먹었다. 정말 맛있다면서 한국에 싸가고 싶다고 한다.

공항에서 아이들이 짐 부치고 수속 마치는 것을 확인하고는 집으로 돌아왔다. 덕원이는 돌아오는 택시 안에서 울기 시작하더니 집으로 돌아

와서는 대성통곡을 했다.

"왜 나만 맨날 혼자 있어야 해! 나는 엄마랑 둘이만 있어서 진짜 쓸쓸하고 외롭단 말이야. 엄마는 내가 친구도 없이 혼자 지내는 것이 얼마나 슬픈지 알기나 하냔 말이야! 그런데 형이랑 누나가 와서 진짜 좋았단 말이야. 이제 민수형이랑 컴퓨터 게임도 못하고, 형아랑 오목도 못하고, 형아랑 목욕도 같이 못하고, 형아랑 잠도 같이 못 자잖아. 형아가 보고 싶어! 엉엉!"

덕원이는 눈이 벌겋게 되도록 울더니 잠이 들었다. 그 모습을 보니 나도 가슴이 아파서 눈물이 나왔다. 중국으로 온 것도, 친척, 친구들과 떨어져 혼자 있게 한 것도, 같이 놀아줄 친구 한 명도 없는 곳에 혼자 있게 한 것도, 말이 통하지 않는 중국학교에 혼자 다니게 하는 것도, 모두 엄마 탓이니 엄마를 원망 하려무나!

의욕 없는 하루
___ 8. 3. 일. 더웠다

덕원이는 오늘도 의욕이 생기지 않는다면서 누워서 훌쩍거렸다. 민수랑 카톡이라도 하면 기분이 좋아질 것 같은데, 어제 번개가 친 이후 인터넷이 되지 않아 그도 못하였다. 내일 과외도 못한다고 미루었다. 둘이서 밥을 먹는데 너무 조촐했다. "둘이서 먹는 것보다 다섯이서 먹는 것이 훨씬 맛있는데!" 아이들이 떠난 빈자리가 생각보다 컸다.

침대가 부서진 지 20여일, 문짝이 고장 나 열고 닫을 수가 없게 된 지 보름이 지났는데도 감감무소식이다. 국제교류처에 물어보니 내일쯤 침대가 도착한다고 한다. 먹을 물이 떨어져 배달을 해달라고 했더니, 방학이라 안 된다면서 직접 들고 가라고 한다. 물 한 통이 18.9리터인데, 그 무거운 것을 무슨 수로 3층까지 들고 간단 말인가. 하는 수 없이 가게에서 1.5리터

짜리 물 두 개를 사가지고 왔다.

저녁에 제주도 선생님, 강 선생과 함께 식사를 했다. 제주도 선생님은 한국에 갔다가 돌아오신 지 한참 되었는데 조카들이 와 있는 통에 이제야 뵈었다. 사모님께서 보내주신 화장품을 선물로 받았다. 강 선생은 태국과 인도네시아 두 나라를 여행하고 돌아왔다면서 여행 이야기를 많이 했다. 특히 태국에는 일본 자동차, 일본 전문 식당 등이 많다고 한다. 강 선생은 두 나라에서 먹은 음식과 여행 사진을 보여주면서, 대학원을 졸업한 뒤에 중국보다 물가가 싸서 살기 좋은 태국 쪽으로 진출해 볼까 생각하고 있다고 한다. 제주도 선생님은 줄곧 기숙사에 혼자 있으면서 그야말로 '수행'을 하셨다고 한다. 다음 학기부터는 학원에 열심히 다니는 것보다는 여행을 많이 하시겠단다. 여전히 혼자 여행 다니는 것이 두려우신 것 같다.

컴퓨터
___ 8. 4. 월. 더웠다

인터넷 회사 직원이 와서는 번개 때문에 모뎀에 고장이 났다고 하면서, 새것으로 교환하면 바로 인터넷을 할 수 있다고 한다. 덕원이 과외 선생님은 번개가 치는 통에 TV가 망가졌다고 한다. 계림은 번개가 무섭게 친다. 과외가 끝나고 덕원이와 함께 남문 근처 컴퓨터 부품을 파는 가게로 가서 모뎀을 구해와 장착했다. 모뎀은 85위안. 몇 번 인터넷 선을 끼웠다 뺐다 했더니 인터넷이 원활하게 되었다. 덕원이가 환호작약한다. 우울한 기분이 싹 사라졌다면서 콧노래까지 부른다.

천 분

___ 8. 5. 화. 새벽에 비가 왔다

저녁에 중문학을 전공하는 구 교수와 카톡을 했다. 이번에 새로운 프로젝트를 계획하고 있는데 잘 되면 같이 해보자고 제의한다. 그러면서 나더러 공부는 이제 그만 하고 사업 쪽으로 눈을 돌리라는 조언도 한다. 공부는 백날 해도 큰돈을 벌지 못하니, 한·중 간 무역에 관심을 가지라는 것이다. 구 교수는 몇 해 전부터 일반인을 대상으로, 중국 고전을 바탕으로 한 인문학 강의를 지속적으로 하고 있다. 예컨대 '삼국지에서 배우는 마케팅', 혹은 '인문학에서 배우는 감성 리더십' 등과 같은 것이다. 대기업 강연도 꽤 하고 있어 그 방면에서는 이름이 알려진 것 같다. 구 교수는, 내가 중국으로 오기 전에 좋은 아이템이 있으면 강의할 수 있도록 주선해 주겠다고 했었다.

나는 구 교수의 조언에, "내가 사업할 수 있는 역량이 있었다면 이렇게 먼 곳까지 와서 선생을 했겠어요!"라고 에둘러 답했다. 나라고 돈 버는 것에 관심이 없겠는가마는, 천분(天分)이 그러하니 어쩌겠는가.

테니스 코치

___ 8. 6. 수. 매우 더웠다

오전 10시 반부터 테니스 레슨을 두 시간 받았다. 보름 만에 받는 레슨이다. 오늘도 처음부터 다시 시작하는 느낌이다. 이렇게 해서 언제 실력이 늘까 의구심이 들지만, 가랑비에 옷 젖는 줄 모른다고, 차츰차츰 몸이 익숙해질 것이라 기대해 본다. 덕원이가 또 투덜댔다.

"코치님은 내가 잘못하면 무서운 표정을 짓는데, 엄마가 잘못하면 그냥 웃기만 해. 진짜 기분 나빠."

"코치님이 엄마보고 왜 웃는 줄 알아? 엄마는 엄마가 생각해도 너무 엉터리같이 하는 것 같아서, 엄마가 먼저 잘 봐달라고 웃거든. 웃는 얼굴에 침 못 뱉는다는 말이 있잖아! 너도 다음 주에 코치님 보고 먼저 웃어봐!"

레슨비 1200위안을 드렸다. 덕원이가 양현이와 함께 수영을 하고서 이 교수 집에서 잤다.

아파트 수리
___8. 7. 목. 더웠다

오전에 두 사람이 와서 부서진 문짝을 수리하고 부엌 쪽에 커튼을 달아주었다. 새 커튼을 달고 나니 한결 청결해진 느낌이다. 커튼이라고 해야 고가의 화려한 것이 아니다. 화장실 변기에서 쉴 새 없이 나는 소음도 고쳐주었다. 온수기로 연결되는 호스에 누수가 있다고 하니 웃으면서 그것은 고칠 수가 없다고 한다. 땀을 뻘뻘 흘리면서 일을 하여 고마웠다.

물
___8. 8. 금. 더웠다

오후에 덕원이 과외 선생님이 전화로 물을 주문해 주셨다. 18.9리터 짜리 10통을 주문하자 한 통은 공짜라고 한다. 1통 당 7위안이고, 물통에 대한 야진(押金)은 30위안이었다.(중국은 보통 야진을 낸다. 야진은 담보금이다. 호텔에 투숙할 때도 그렇고, 학교 기숙사에 입실할 때도 그렇고, 심지어 기숙사 출입 카드를 발급할 때도 야진을 낸다) 학교 복무원이 가져다주는 물은 한 통에 5위안, 거기에 운송료 1위안을 포함하여 6위안이다. 물이 떨어질 때마다 복무원에게 부탁을 해야 했는데 잘 된 일이다. 저녁에 좀 시원해진 것 같아 오랜만에 운동장에 나가 달리기를 했다. 날이 어둑해졌지만 운동을 하는 사람들이 많았다. 박쥐가 날개를 퍼덕이면서 앞길을 막기도 했다. 여기서는 밤이면 박쥐 떼를 많이 볼 수 있다.

더운 날의 식당 풍경
___ 8. 9. 토. 더웠다

　제주도 선생님, 강 선생과 함께 생선찜, 닭볶음, 채소 볶음을 주문해서 먹었다. 에어컨이 가동되는 곳이라 특별히 들어간 식당인데, 시끄러워서 밥을 제대로 먹지 못했다. 옆 테이블 젊은이들이 맥주 한 박스를 옆에 놓고 마시면서 시끄러운 소리로 게임을 했다. 바닥에는 맥주병과 휴지조각들이 흩어져 있고, 담배꽁초가 여기저기 버려져 있었다. 무엇보다도 젊은이들이 쇳조각 깨지는 것 같은 소리를 질러대면서 게임을 하는데 몹시 신경이 거슬렸다. 에어컨 앞에 앉아서도 웃통을 훌러덩 벗고 알아들을 수 없는 말들을 뱉어냈다. 끊임없이 뿜어대는 담배 연기와 소음에 가까운 저들의 대화로 밥을 어디로 먹었는지 모를 정도로 정신이 없었다. 평소 같으면 '여기 사람들은 원래 그래!'라고 생각하고 이해할 수도 있는데, 오늘은 더위 탓인지 왠지 신경이 날카로웠다. 조용하고, 시원하고, 청결하고, 담배 연기 없는 곳에서, 상대의 이야기를 경청하면서, 우아하게 식사하고 싶다.
　덕원이가 낮부터 배가 약간 아프다고 하고, 미열이 있어서 걱정을 했다. 그런데 다행히도 저녁을 먹고 집으로 돌아와서는 별 탈이 없었다. 한여름이라 식중독에 걸릴까 신경이 많이 쓰인다.

밥솥이 고장 나다

_____ 8. 10. 일. 오전에 비가 오더니 오후에 말짱하게 개었다가 저녁에 다시 비가 내렸다

새벽 2시부터 비가 많이 내렸다. 비가 와서 좀 시원할까 싶어 산책을 했으나 후덥지근하기는 마찬가지다. 며칠 전부터 전기압력밥솥이 고장 나서 냄비에 밥을 했다. 압력밥솥에 장착된 클린 카버가 부서졌기 때문이다. 한국에 AS 신청을 했지만 언제 올지 모르는 상황이다. 중국에서 파는 밥솥이 어떤 것인지 알 수가 없어 살 수도 없는 노릇이다. 급한 대로 냄비를 이용했다. 냄비 밥을 해 보기는 옛날 학창시절 야영 갔을 때 빼고 처음이었다. 밥물이 자꾸 끓어 넘쳐서 옆에 줄곧 서서 밥솥을 사수(^^)해야 했다. 밥물이 좀 줄어들고 자작자작 쌀이 익는 것 같아 불을 끄고 한참을 그대로 두었다. 냄비로 밥을 짓는 것은 여간 번거로운 일이 아니었다. 냄비에 한 밥맛은? 찰진 맛이 없고 푸석거렸다. 옛날 우리 엄마들은 가마솥에, 냄비에 어떻게 밥을 하셨는지 모르겠다.

청국장

_____ 8. 11. 월. 맑고 더움.
저녁 7시 폭우가 쏟아졌다가 멈췄다

덕원이가 청국장에는 두부와 호박이 들어가야 한다면서 혼자 배낭을 메고 시장에 가서 이것저것 사가지고 왔다. 호박 1개, 양파 2개, 복숭아 4개, 토마토 한 봉지. 두부장수가 시장에 나오지 않아 두부는 못 샀다고 했다. 청국장은 지난번에 조카들이 한국에서 가지고 온 '엄마표 청국장'이다. 호박, 양파, 팽이버섯, 표고버섯, 파, 마늘과 함께 청국장을 넣고 보글

보글 끓였다. 아파트에 청국장 냄새가 진동했지만, 미안할 일은 아니다.(현재 우리 아파트 외국인 교수들은 모두 고향으로 가서 우리밖에 없다) 덕원이는 청국장을 먹으면서 할머니가 많이 보고 싶다고 한다. 그리고 청국장이 맛있다며 밥을 두 그릇이나 먹었다.

덕원이는 열 살이 될 때까지도 매운 음식을 거의 먹지 못했다. 그래서 김치는 아예 입에 대지도 못했다. 된장국도 맛이 없다면서 먹지 않았다. 걱정이 많았다. 한국인이 되어서 한국인이 즐겨 먹는 전통음식을, 나중에 커서도 먹지 못하면 어쩌나 싶었다. 그러나 기우였다.

어른들은 말씀한다. "지금은 이렇게 안 먹어도 나중에 크면 다 먹게 되어 있어. 한국인이 어디 가겠어." 정말 어른들의 말씀이 조금도 틀리지 않았다. 이제는 나보다 김치를 더 좋아하여 잘 먹는다. 덕원이가 중국인들과 어울려 살아도 한국의 음식을 기억하길 바란다.

쿠첸 서비스센터와 인터넷으로 연결이 되었다. 부숴진 클린 커버와 밥솥을 사진으로 찍어 보내줬더니 신속하게 처리해 주겠다고 한다. 저녁은 '백두산'에 가서 삼겹살을 구워 먹었다. 저녁 7시부터 폭우가 쏟아지더니 한두 시간 지나자 말끔하게 개었다.

양념장
—— 8. 12. 화. 하루 종일 비가 왔다

점심은 라면으로 때웠다. 밖에 나가 사먹는 것도, 밥을 먹는 것도 내키지 않아서이다. 라면에 매콤한 라지아오장(辣椒醬)을 곁들였다. 빨간 고추와 토끼 고기를 주재료로 하여 만든 양념장이다. 좀 기름지기는 하지만 매콤한 맛이 그리울 때 먹으면 괜찮다. 이 양념장은 작년 11월 초 덕원이 졸업 문제로 한국으로 돌아가려고 할 즈음 우리 반 춘혜에게서 받은 선물이다. 회화 수업이 끝나고 쓰기 수업을 기다리면서 교수 휴게실에서 책을 보고 있는데, 춘혜가 문을 노크하고 들어와서는 수줍게 이것을 내밀었다.

"선생님! 저번에 인터넷으로 이것을 주문해서 먹어보니 진짜 맛있었 어요. 선생님 생각이 나서 특별히 하나 더 주문한 것이에요. 드셔 보세요!"

감동적이었다. 크고 멋지고 비싼 선물을 받았어도 그때처럼 가슴 뭉 클하지는 않았을 것이다. 깨어질까봐 겹겹이 포장한 채 그대로, 비닐봉투 에 담아서 부끄럽다면서 내미는 춘혜의 그 손이 예뻤다. 새삼 감사하는 마 음이 들었다. 온 힘을 쏟아 가르치고 사랑해주어야 할 나의 학생들이 이처 럼 순박하고 예쁘다는 사실에.

송이네 가게

____ 8. 13. 수. 시원했다

계림에는 한국 물건을 파는 가게가 하나 있다. 가게 이름은 '송이네' 이다. 조선족이 운영하고 있다. 오전에 송이네 가게에 물건을 몇 개 주문 했더니 배달이 왔다. 품목과 가격을 적어보면 다음과 같다.

〈김밥용 김 1개—12위안, 단무지—8위안, 어묵—18위안, 배추김치 한 봉지(반 포기)—18위안, 연세우유(1리터) 2병—70위안, 사과식초—10위안〉

송이네 가게에서 파는 한국 물건들은 종류가 아주 많다. 어지간한 것들은 거의 다 있다. 한국에서 직수입한 것도 있지만, 칭다오(靑島)의 공 장에서 만든 제품들도 있다. 김치도 공장에서 만든 것이라는 것을 감안하 면 그런대로 괜찮다. 다만 대부분의 물건이 한국과 비교하여 약간 비싼 편 이다.

저녁에 덕원이 과외 선생님과 식사를 했다. 선생님의 임신 소식을 듣고 축하하는 의미에서 남편도 오라고 해서 함께 양고기 샤브샤브를 먹었다. 남편은 인도네시아 사람이다. 키 크고 잘 생겼다. 우리 학교에 유학생으로 왔다가 선생님과 결혼까지 하게 되었다고 한다. 남편은 현재 계림에서 여행사 가이드로 활동하고 있다. 중국어를 3년 배우고, 3년 정도 계림에서 직장생활을 했으니 중국어를 상당히 잘 하는 편이다. 5월 결혼할 당시만 해도 아이는 천천히 낳겠다고 하였는데, 예고 없이 천사가 불쑥 찾아왔다고 한다. 얼마 전까지만 해도 입덧이 있어서 음식을 못 드신다고 하더니 요새는 입덧도 가라앉고 식욕이 왕성해졌다고 한다. 두 분 다 선남선녀이니 태어날 아기도 당연히 예쁠 것 같다.

촘스키 교수
___ 8. 14. 목. 비가 오다가 맑았다

인터넷에서 노옴 촘스키 교수가 한국의 세월호 유족에게 보낸 편지를 보았다.

Dear Mr. Kim Young Oh,

I learned with deep distress that your daughter was a victim of the tragic ferry accident. And I was also informed of your hunger strike in an effort to induce the government to discover and reveal the truth about this shocking catastrophe, the least it can do, at the very least to help ensure that nothing like it will occur again. I would like to offer my firmest hopes that your honorable actions will have the impact they should. Noam Chomsky

친애하는 김영오씨께,

따님이 비극적인 여객선 사고로 목숨을 잃었다는 소식을 듣게 되어 대단히 마음이 아픕니다. 또한 정부가 할 수 있는 최소의 것으로써, 그리고 적어도 이런 일이 다시는 일어나지 않도록 하기 위해, 이 충격적인 재난에 관한 진실을 정부가 규명하고 공개하도록 하기 위한 노력으로 당신이 단식투쟁을 하고 있음을 전해 들었습니다. 당신이 하고 있는 고귀한 행동이 당연히 좋은 결과를 가져오기를 바라는 제 확고한 희망을 전해드리고 싶습니다. 노움 촘스키.

촘스키가 누구인가? 인문학자로서 촘스키를 모르는 사람이 있던가? 그러한 세계적 석학이 '세월호 특별법' 제정을 위해 죽음의 단식을 하고 있는 김영오씨께 희망의 메시지를 보낸 것이다. 그분의 언어학 서적을, 대학시절에 밑줄을 그어가며 외운 때가 있었다.

학자는 모름지기 세상과 괴리될 수 없는 법. 세상을 등지고 공부를 한다는 것은 진정한 공부가 아니다. 진정한 학자가 아니다. 그러한 공부는 그저 밥벌이를 위한 수단에 불과한 것이다. 공부(工夫)를 통해 끊임없이 자신을 성장시켜야 한다. 끊임없이 성장하는 사람에게 사회가 눈에 들어오지 않는다면 헛공부하는 것이다. 사회란, 내가 연대해야 할 또 다른 나의 모습이다.

나는 쇼셜테이너라고 비난받는 김장훈씨, 김미화씨, 김제동씨의 행동을 적극 지지한다. 나는 사회와 정치활동에 적극 참여하고 있는 교수들을 존경한다. 프란체스코 교황이 말했듯이 "정치는 공동선을 위한 다양한 길의 하나"이기 때문이다. 침묵하는 것이, 부정부패를 외면하는 것이 나라사랑의 길이 아니다. 목소리를 내야 할 때 침묵하고, 행동해야 할 때 수수방관하는 태도는 그야말로 소인(小人)일 뿐이다. 그런 점에서 우리 학계는 너무도 조용하다. 이따금씩 이벤트처럼 터트리는 시국선언이 고작이다.

우리는 너무도 오랫동안 길들여져 있다. 자기 목소리를 내면 불이익

계림의 여름

195

SOUTH KOREA
Sewol ferry has sunk,
so has the Park Administration

0
Rescued

Who's Responsible for These Numbers?
The Park Administration!

「뉴욕타임즈」에 게재된 세월호 기사

은 없을까 먼저 생각하게 된다. 대학 졸업자가 대부분이고 매년 만 명에 육박하는 박사를 배출하는 나라에서, 공동선을 향한 목소리를 잃어버리고 있다. 사회에 대한 지식인의 책임의식은 점점 희박해지고 있다. 그저 내 한 몸의 안위와 출세를 보장받는다면, 그것으로 충분하다고 한다. 나는? 침묵하고, 좌시하고, 수수방관하는 그저 그런 소인(小人)일 뿐이다.

촘스키 교수도 진심으로 세월호 유가족을 격려하건만, 우리 정부는 왜 이리 몰인정한가? 그들은 대한민국의 (빽 없는) 국민이라는 단 하나의 이유만으로 자기 목숨과도 바꿀 수 없는 소중한 자식을 잃은 애처로운 사람들이다. 한 나라의 지도자가 되어서, 아무리 이념이 다르고 추구하는 방향이 다르다 하더라도, 죽음의 단식을 하는 유가족을 찾아와 손 한 번 잡아주지 못한단 말인가? 왜 그들의 말을 귀 기울여 들으려 하지 않는가? 그들이 살인을 했나? 법을 위반했나? 부정부패에 연루되기라도 했나? 북한을 찬양이라도 했나? 왜 그들이 죄인이 되어야만 하는가? 그들의 소망은 단 하나. 수학여행 가겠다고 집 나간 멀쩡한 자식들이 왜 죽었는지, 그 이유만이라도 알고 싶다는 것이 모두란다. 교황의 방문이 가여운 이들에게 희망이 되기를.

덕원이가 밥맛이 없다고 하여 산책을 나간 김에 밥을 한 봉지 샀다.

전기밥솥의 클린 카버가 망가지는 바람에 냄비에 했더니, 밥맛이 없다고
한다. 한 팩에 2위안이다. 밤공기가 청량했다. 금방이라도 우수수 낙엽이
떨어질 것만 같다.

한국 음식
_____ 8. 15. 금. 맑았다

　오전에 덕원이 과외 선생님이 손수 만든 것이라면서 김밥을 가져왔
다. 인도네시아 남편이 한국 김밥을 좋아한다면서 아침에 만들었다고 한
다. 지단, 햄, 당근, 단무지가 들어간 우리식 김밥이다. 훌륭하다고 칭찬했
더니 좋아한다.
　덕원이 과외가 끝나갈 무렵, 두 남자가 와 침대를 조립해 주고 갔다.
부서진 지 한 달 만에 교체해 준 것이다. 침대를 조립해 준 남자는, 한쪽 구
석에 놓여 있는 라텍스를 보더니 "이것은 허리에 안 좋아요. 그냥 침대에
서 자는 것이 좋아요"라고 한다.
　중국인들은 소프트한 침대를 좋아하지 않는다. 특히 청소년들이 소
프트한 침대를 쓰면 허리 건강에 좋지 않다고 말한다. 중국 침대는 정말
딱딱하다. 우리 반의 멕시코인 요러쓰는 중국생활에서 가장 나쁜 것 중의
하나가 바로 딱딱한 침대라고까지 말한다. 서양인들도 중국의 딱딱한 침대
에 적응 못하기는 마찬가지인가 보다. 아무튼 새 침대라고 하니 기분이 좋
았다. 점심을 먹고 휴식을 취한다고 침대에 누운 덕원이가 말했다.
　"엄마, 겨울방학에 한국에 가면 떡볶이, 김말이, 어묵을 먹을 거야. 비
행기에서 내리자마자 바로 먹을 거야. 아, 순대도 먹고 싶어. 김말이를 떡
볶이 국물에 톡, 찍어 먹으면 얼마나 맛있을까? 흐흐! 생각만 해도 기분 좋
네. 회는 경지 이모가 사준다고 했고, 작은삼촌은 별별치킨을 사주실 테
고, 큰삼촌에게는 할머니하고 같이 먹었던 짜장면과 탕수육 사 달래야지."

계
림
의
여
름

197

덕원이 머릿속에는 한국의 먹거리가 가득하다. 그리운 한국음식!

저녁에 4박5일의 장지아지에(張家界) 여행을 마치고 돌아오신 제주도 선생님을 만났다. 계림에 온 이후 장도의 첫 여행이라 감회가 크신 것 같았다. 계림에서 딱딱한 기차 의자에 앉아 7시간을 간 다음, 창사(長沙)에서 다시 장지아지에까지 6시간 버스를 타고 이동했다고 한다.(계림에서 리우저우까지 간 다음, 리우저우서 장지아지에까지 침대기차를 타고 가는 방법도 있는데!) 좋은 경험이 되었을 것이다. 피곤하셨는지, 오늘밤은 편하게 푹 자고 싶다면서 맥주에 고량주를 섞은 술을 몇 잔 하셨다.

공감의 눈물
____ 8. 16. 토. 맑고 시원하였다

오늘 아침 교황의 주도 아래 거행된 시복식에 관한 인터넷 기사를 보았다. 시복식이란, 천주교 순교자 가운데 성인 다음으로 존경받는 대상인 '복자'를 선포하는 의식이라고 한다. 시복식이 거행되기 전에 교황은 카퍼레이드 중 세월호 유가족들 앞에 차를 멈추고 34일 째 세월호 특별법을 위해 단식을 하는 김영오씨의 손을 잡아 주었다. 김영오씨는 머리를 조아리고 교황의 손에 입을 맞추었다. 교황을 향해 수많은 유가족들이 하염없이 눈물을 흘렸다. 나도 가슴이 먹먹하여 눈물이 앞을 가렸다. 자식을 가슴에 묻은 유가족의 심정을 조금, 아주 조금은 이해할 수 있을 것 같다.

어느 날 문득 예고도 없이 죽음이 내 앞을 가로막았다. 도무지 믿기지 않아 헛웃음이 나올 때도 있었다. 도대체 내가 무슨 죄를 많이 지었나, 내가 지은 전생의 업보니 나를 데려가라면서 땅을 치고 하늘을 원망했다. 독실한 불교 신자가 되어 눈물을 꾹꾹 삼키면서 불경을 읽기도 했다. 그러나 세상은 달라진 것이 없었다. 부활이란 신화나 전설 속 이야기일 뿐이었다. 꼭 있어야 할 단 한 사람이 부재할 뿐이었다. 대문을 쓰윽 열고 '다녀왔습니다!'라고 외칠 것만 같아 하루 종일 대문에서 눈을 떼지 못하였다. 급기야 어느 날은 혼자서(아니, 둘이서) 대화를 하기까지 했다. 정원 가득히 꽃이 피면 꽃이 핀다고 하고, 바람이 불면 바람이 분다고 하고, 날씨가 추워지면 날이 춥다고 하고. 또 어떤 날은 어릴 적 가난하여 제대로 못 먹인 것이 가슴에 걸려 목 놓아 울었다. 밥을 먹어도 밥을 먹은 것이 아니고, 잠을 자도 잠을 잔 것이 아니었다. 그야말로 살아도 산 것이 아닌 세월을 보냈다. '모질고 질긴 목숨'을 한탄했다. 상봉의 기쁨을 맛본 꿈에서 깬 새벽녘은 늘 울음바다였다. 그렇게 하기를 1년, 2년, 3년. 12년이 지난 지금도 대문에서 눈을 떼지 못하고 있다. 사진 속 얼굴을 손에서 놓지 못하고 있다.

아들을 가슴에 묻은 우리 어머니의 이야기다. 교황의 손을 잡고 한없이 눈물을 흘리며 위로받으려는 세월호 유가족들은 아마도, 죽은 자식의 사진 한 장, 그들이 남긴 문자 한 줄을 목숨 줄이 끊어지는 날까지 붙잡고 있을 것이다. 살아도 산 것이 아닌 그런 세월을 하염없이 보낼 것이다. 우리 어머니처럼.

소프라노 조수미씨가 교황 앞에서 부른 〈아베마리아〉를 들었다. 이제껏 들은 〈아베마리아〉 중에서 최고였다. 천상의 목소리라는 찬사를 들을 만하였다. 그녀의 간절한 기도와 울림으로 눈물이 멈추지 않았다. 오늘 들은 〈아베마리아〉는 왜 이리 슬픈 것일까?

중국 래프팅
_____ 8. 17. 일. 비가 왔다

강 선생의 주선으로 계림에서 2시간 거리에 있는 롱성(龍勝) 자치현에서 래프팅(rafting)을 했다. 래프팅을 중국어로는 피아오리우(漂流)라고 한다. 어제 저녁 먹으면서 들은 갑작스러운 제안에 논문으로 헝클어진 머릿속이 복잡해서 NO를 하려다가 덕원이를 생각해서 간다고 했다. 사실, 덕원이를 구실삼아 간다고는 했지만 중국에서 처음 해 보는 래프팅이라 약간의 기대감도 없지 않았다. 10시 30분, 버스터미널에서 30여 명을 태운 버스가 출발했다. 도착하니 오후 1시. 1시 30분에 배를 탄다고 예약을 한 상태라, 각자 컵라면, 소시지, 초코파이로 점심을 때웠다.(중국 컵라면을 그날 처음 먹어보았다. 기름이 좀 많고 특유의 냄새가 났다)

신고 간 운동화를 벗고 5위안을 주고 슬리퍼를 대여했다. 그리고 배낭과 카메라, 핸드폰 등의 소지품을 맡기고 래프팅 할 수 있는 곳까지 버스로 이동했다. 그야말로 롤러코스터 타는 기분이었다. 차 한 대가 다닐 정도의 좁고 구불구불한 산길을 버스는 거침없이 질주했다. 한쪽은 천 길 낭떠러지였다. 커브에서도 브레이크를 밟지 않았다. 그저 시속 80km로 마구 달리기만 했다. 운전기사의 노련하고 스릴 넘치는 운전솜씨에 박수를 보내고 싶었지만, 버스에서 내린 우리는 가슴을 쓸어내려야 했다. 자리가 없어서 맨 앞에 서 있었던 강 선생은 고개를 절레절레 흔들었다. 태어나 이런 버스는 처음 타본다고 했다. 예전 백두산 정상까지 타고 갔던 지프차보다도 더 스릴 넘치게 운전을 하는 것 같았다.

오후 2시, 드디어 보트를 탔다. 너무 낡아서 물에 뜰까 싶은 허름한 구명조끼를 착용했다. 안전모는 없었다. 한국에서 하던 래프팅과는 달랐다. 고무보트에 2인이 탑승하고, 별도의 노는 없었다. 보트에 장착된 손잡이만 잡으면 되었다. 급히 조를 짰다. 나와 제주도 선생님, 덕원이와 쌤이라는 인도네시아 친구(24살), 강 선생과 천루(26살)라는 중국 여성이 각각 한 보트를 탔다.

노도 없고, 보트가 뒤집힐 일도 없으니 완전 뱃놀이하는 것 같겠다던 우리의 예상은 여지없이 빗나갔다. 호수 같이 잔잔한 곳에 대기하고 있던 20개 정도의 보트가 차례로 출발을 했다. 제주도 선생님은 롱성으로 가시

면서 장난기가 발동하여 기필코 나를 물속에 집어넣겠다고 몇 번을 말씀
하셨는데, 그럴 필요가 없었다. 2미터 못 미치는 곳에서 낙하하면서 물을
완전히 뒤집어썼기 때문이다. 물 폭탄을 맞고 덕원이의 안경은 어디론가
날아가 버렸다. 한국에서 하던 래프팅이 아니었다. 완전 스릴 만점이었다.
노를 저을 필요가 없으니, 물살에 보트가 떠가도록 맡기기만 하면 되었다.
바윗돌과 바닥에 깔린 돌멩이들을 피해 요리조리 보트가 물살을 따라 급
하게, 혹은 완만하게 움직였다. 때로 수초나 바위에 걸려 오도 가도 못하
게 되는 경우도 있었다.

　　깊고 깊은 계곡물을 따라 그렇게 떠내려갔다. 이제는 낭떠러지 같은
곳이 없겠지? 이젠 좀 완만하겠지? 하면서 마음 놓고 있으면 여지없이 낭
떠러지가 있어서 물 폭탄을 맞아야 했다. 여기저기서 비명소리가 끊이지
않았다. 보트 한 척이 뒤집혀졌지만 옆에 있던 안전요원이 급히 와서 구조
해 주었다. 맨 앞에서, 중간에서, 그리고 대열의 끝에서 안전요원들이 바
짝 따라붙었다. 귀신도 때려잡는다는 해병대 출신의 제주도 선생님은, 물
만난 물고기마냥 그렇게 재미있어 할 수가 없었다. 물살이 거의 없는 곳에
서는 보트에 엎드려서 두 손으로 물살을 저어가며 앞으로 나아갔다.

　　래프팅을 시작한 지 한 시간, 중국식 래프팅에 익숙해진 것 같았다.
혼자 보트에 탄 중년 남성은 앉지도 않고, 아예 하늘을 보고 大자로 누워서
래프팅을 즐겼다. 좌우에 나무들이 빼곡하게 있고, 하늘은 더 없이 높고
높았다. 며칠 째 계속해서 내린 비로 많아진 물소리와 함께 고음의 새소리
도 들렸다. 아주 이따금씩 인가가 있고, 계단식 논에 벼가 누렇게 익어가는
것이 보였다. 영화 〈인디아나 존스〉에 나오는 그런 미지의 계곡 같았다.

　　그러나 잠시 뒤, 우리 일행은 다시 겁을 먹었다. 무려 4미터나 되는 낭
떠러지를 통과해야 했기 때문이다. 안경을 벗어서 주머니에 넣고 손잡이
를 안전하게 제대로 잡았는지 몇 번을 확인하고, 앞에 있는 덕원이에게도
꼭 잡으라고 당부하였다. 눈을 꼭 감고 드디어 통과했다. (지나고나니) 음,
별 거 아니었다. 이제 담력도 좀 생긴 것 같았다. 그런데 이번에는 강 선생

이 안경을 잃어버렸다.

이렇게 1시간 반을 물속에서 놀았다. 무덥던 계림의 여름에 제대로 피서를 한 셈이었다. 방점을 콕, 찍은 기분이었다. 그런데 우리의 중국 래프팅 체험을 증명할 사진이 없는 것이 다소 아쉬웠다. 입수를 하니 스마트폰도, 카메라도 소지할 수가 없었기 때문이다. 입수하기 전에 한 장, 체험이 끝나고 머리서부터 발끝까지 물을 뒤집어쓰고 난 뒤에 찍은 한 장이 전부였다.

중국의 래프팅에 대해 모두 흡족해 했다. 여세를 몰아 9월에는 양쉬에서 래프팅을 한 번 더 해보자는 제안에 다들 OK했다. 물론 천루(秦露)가 반드시 참여한다는 조건하에. 천루는 26살이고 리우저우 출신이다. 한국어를 좋아하여 10년 정도 혼자서 공부를 했다는데, 간단한 회화는 물론이고 우리끼리 하는 대화도 조금 이해한다. 지금은 계림에서 직장생활을 한다고 했다. 성격이 화통하고 발랄하며 귀여운 데가 많은 아가씨였다. 경비는 1인당 138위안이 들었다. 계림에서 롱성까지 버스 60위안, 래프팅 78위안. 여행사를 통하지 않고 개인적으로 오게 되면 래프팅 비용이 1인당 188위안이다. 현지인을 대동하여 여행하는 것이 여간 도움이 되는 것이 아니었다.

계림에 도착하니 저녁 7시였다. 학교 북문 근처 식당에서 저녁을 먹고 덕원이와 강 선생은 안경점에서 안경을 맞췄다. 두 사람이라고 하니 할인을 해 주었다. 각자 300위안. 집으로 돌아오니 밤 11시였다.

조선족 김 교수
____ 8. 18. 월. 비가 왔다

계림일기

202

어젯밤에 많이 내리던 비가 아침에는 그쳤다. 어제 래프팅 하느라 체력 소모를 많이 해서 그런지, 온몸이 천근처럼 무거웠고 목이 많이 부었다. 오전 10시에 수영장에서 조선족이신 김 교수를 만나 1시간 반가량 수영을 했다. 코치의 말을 제대로 알아듣지 못했는데 중간에서 통역을 해 주니 확실히 나았다. 김 교수는 경제학을 전공하고 있으며, 계림에 자리 잡은 지는 10년 되었다고 한다. 그녀는 6번째 레슨이라고 하는데 실력이 좋았다. 매일같이 수영장에 나와서 연습을 한 결과라고 했다. 점심을 먹고 나자 완전히 녹다운이 되었다. 털끝 하나도 까딱하고 싶지 않을 정도로 피곤이 몰려왔다. 테니스 코치가 저녁에 테니스 치자는 것도 못한다고 했다.

아들 바보

___ 8. 19. 화. 비가 왔다

오전에 비가 많이 왔다. 오후에 덕원이와 함께 리앤다(聯達)에 가서 스파게티와 피자를 먹었다. 계림에 온 후 가장 맛있는 피자를 먹은 것 같다. 스파게티는 좀 짰다. 중학교 입학을 앞둔 덕원이가 학교와 기숙사에서 입을 옷이 부족할 것 같아 윗도리 3벌, 반바지 2벌을 샀다.

"우리 덕원이는 무슨 옷을 입어도 어쩜 이렇게 잘 어울리니? 연예인이 따로 없다니까! 노란색, 연두색 다 잘 어울려."

장난으로 한 말이라도 덕원이가 듣기 싫은지 가방을 메고 성큼성큼 앞으로 걸어갔다. 그리고 휙 돌아서서 인상을 팍팍 썼다.

"엄마, 제발 그런 말 좀 하지 마! 엄마 눈에는 그렇게 보일지 몰라도 다른 사람은 그렇게 생각하지 않는단 말이야."

나도 은근히 '아들바보'이다. 그런데, 부모라는 것이 제 자식보다 더 예쁜 것은 세상에 없다. 어떤 부모든 다 그렇다. 조인성? 김수현? 정말 잘 생겼다. 움직임 자체가 화보다. 그런데, 아무리 잘 생긴 조인성과 김수현이라고 해도 자기 아들보다 예뻐 보이지 않는단 말이다. 모든 엄마의 눈에는.

양 한 마리

_____ 8. 20. 수. 맑았다

저녁 7시. 제주도 선생님, 강 선생과 함께 양 갈비를 먹으러 갔다. 택시를 타고 내리니 '연호미식일조가(燕湖美食一條街)'라는 간판이 보이고 식당이 즐비했다. 그 중 가장 사람이 많은 곳이 우리가 먹으려는 식당이다. 광장처럼 널찍한 곳에 빼곡하게 사람들이 앉아서 양 갈비를 뜯고 있었다. 30분을 기다려 겨우 자리가 났다. 그것도 자리를 바로 뜰 것 같은 식탁 옆에 서서 기다렸다. 그래야 냉큼 자리에 앉을 수 있기 때문이다. 체통 없는 짓이라고? 여기서는 그래야 먹을 수 있다.

주문하고 다시 30분을 기다리니 드디어 양 갈비 2인분과 조개요리, 채소요리가 나왔다. 1회용 장갑을 끼고 양 갈비를 뜯는 재미가 괜찮았다. 잡내도 나지 않았다. 좀 모자라는 것 같아 양 갈비 2인분을 더 시켰다. 1인분에 50위안이다. 사람들이 줄을 서서 기다렸다가 먹는 이유를 알 것 같았다.

제주도 선생님 말씀으로, 이날 우리가 먹은 양 갈비는 진짜란다. 한국에서 갈비라고 하면, 갈비에 고깃살을 붙여서 가공한 것이 대부분이라고 한다. 그리고 우리가 먹은 4인분은 갈비 20대로, 양 한 마리를 먹은 셈이란다. 허걱! 그렇게나 많이 먹었나! 양 갈비 맛에 반한 우리는 내몽골에 가서 양고기를 실컷 먹자고 했다. 강 선생이 지원자를 더 모집하여 추진하겠다고 한다. 제주도 선생님이 말씀하셨다.

"요새 같으면 살 것 같습니다. 같이 밥 먹는 사람이 있죠, 한국어과 학생들하고 놀러 다니죠. 운동하죠. 제대할 날만 기다리는 군바리처럼 달력에 엑스 표만 쳐가면서 한국에 돌아갈 날짜만 헤아리고 있었는데, 요새는 시간이 너무 빨리 가네요. 오~ 즐거운 인생!'

가슴통증
___ 8. 21. 목. 맑았다

어제부터 이따금 왼쪽 가슴 부위가 바늘로 콕콕 찌르는 듯 한 통증이 느껴졌다. 좀 있으면 괜찮아지겠지 싶었는데 통증이 그대로다. 인터넷으로 검색을 해 보니, 비슷한 증상을 경험한 여성들이 많은 것 같았다. 여성호르몬 때문에 발생하는 현상일 수 있다며 산부인과에 가서 정밀검사를 받으라는 기사가 보였다. 지난 겨울방학 때 한국에서 가슴과 목에 결절이 있어서 조직검사까지 했으니 과히 걱정을 하지 않아도 될 것 같지만. 타국살이의 걱정은 이렇게 아플 때 바로 조치할 수 없다는 것이다. 중국 병원을 이용해도 되지만, 아직은 미덥지 않다.

머리 염색
___ 8. 22. 금. 맑았다

어제부터 아파트 밖에 수도관을 매설하느라 인부들의 고함소리와 굴착기 소리로 시끄러웠다. 오후에 염색을 했다. 다음 주가 지나면 개강이니 슬슬 준비를 해야 할 것 같았다. 값은 60위안. 30분 소요되었다. 학교 앞은 시내에 비해 싸서 조금 못미더웠지만, 실패해도 무리는 없어 보여 그냥 염색을 했다. 문득 P가 생각났다. 내 머리를 자꾸 쳐다보기에 물어보니 "머리가 참 까만 것 같아서요." 그래서 고백했다. 흰 머리가 많아 한 달에 한 번 까만색으로 염색을 해야 한다고. 매달 염색을 해야 하는, 할 수밖에 없는 나의 괴로움을 P는 알까? 오후 7시에 수영장 근처 '베이궈춘(北國村)'에서 이 교수와 양현이를 만나 식사를 했다. 감기 기운이 있는지, 눈이 빠질 듯이 아프고 열이 약간 있다. 논문을 수정하다가 일찍 쉬었다.

서예 고수
____ 8. 23. 토. 맑다

　오전 9시 30분. 제주도 선생님과 택시를 타고 계림박물관으로 갔다. 오전에 계림시와 제주시에서 주관하는 '서화교류전' 개막식이 있기 때문이다. 한국에서 20여 서예가가 왔다. 내빈들의 인사가 끝나고 붉은색 테이프를 끊는 것으로 개막식을 알렸다. 이번 교류전에는 서화 100여 편이 전시되었다.

　전시장에서 즉석 휘호를 해 주는데 볼 만했다. 오늘 행사의 하이라이트였다. 양국의 협회 회장이 나와 굵은 붓을 힘차게 휘두르며 글씨 혹은 그림을 그렸다. 진한 묵향이 감동스러웠다. 더 휘호(揮毫)하실 분이 없냐고 하자, 하얀 비닐봉투를 든 남루한 행색의 노인 한 분이 종종 걸음으로 나오더니 탁자 앞에 섰다. 그리고 펼쳐놓은 종이 위에 붓을 날리는데, 글씨인지 그림인지 분간이 안 갔다. 초서보다 한 수 위인 초초서쯤 되어 보였다. 노인은 용이 승천하는 듯 강렬하게, 또 유연하게 휘호를 하고 한 발 물러나자, 주위 사람들이 모두 감탄했다. 떨리는 손으로 낙관을 찍은 노인은 협회 회장과 나란히 서서 자신의 작품을 들고 기념사진을 찍었다. 박수소리가 크게 울렸다. 그는 현재 81세로 현직에서는 물러났지만, 이 지역에서는 꽤나 이름 있는 분이라고 한다.

　나는 그의 행색에 적잖이 놀랐다. 그 분은 트렁크 팬티같은 짤막한 반바지에 색이 바래고 구멍이 뚫린 옅은 주홍색 티셔츠 차림에, 낡은 슬리퍼를 신고 있었기 때문이었다. 그뿐인가, 서법가가 소중히 다루는 낙관도 화장지에 둘둘 말아 비닐봉지에 넣어 가지고 왔다. 그 노인이 계림에서 유명한 서법가의 한 분이라니! 다시 그 분을 보니 눈빛이 어린아이처럼 맑았다.

　나는 중국인의 이런 면에 놀란 때가 여러 번 있었다. 도무지 권위가 있어 보이지도 않고, 도무지 실력이 있어 보이지도 않고, 도무지 돈푼을 쥐고 있는 것 같아 보이지도 않는데, 알고 보면 그 바닥을 주름잡는 전문가이고 실세란다. 허걱! 이것이 중국과 한국의 차이인가? 그러고 보면 한국은 지나치게 루키즘(lookism), 외모지상주의에 빠져 있다. 실력보다 외모를, 실제보다 허세를 지향한다. 우리는 빈 수레처럼 요란하다. 옷차림이 전부인양, 아파트 평수가 인격인양 착각하며 살고 있다. 언제부터 외양에 이렇게 집착을 했을까?

내가 이번 개막식에 참석한 것은 괜찮은 서예 선생을 만날 기회가 있을까 싶어서였다. 통역을 맡은 초적 선생에게 덕성까지 갖춘 훌륭한 분을 소개해 달라고 부탁했다. 그분들과 점심식사를 마치고 집으로 돌아왔다.

기다려봐!

___ 8. 24. 일. 맑았다

새벽 1시부터 복통과 함께 설사가 났다. 서너 번 화장실을 들락거리다가 잠이 들었다. 소화제를 먹고, 감기약을 거푸 먹었다. 설사는 멎었는데 배가 아프기는 마찬가지였다. 삭신이 쑤셔서 종일 침대에 누워 자다 깨다를 반복했다.

누워서 임보 선생님이 보내주신 『검은등뻐꾸기의 울음』을 읽었다. 선생님의 열일곱 번째 시집이다. 지난 달 말께 부치신다는 책을 어제 받았다. 진즉 도착하였을 터인데 방학이라 경비실이 잠겨 있었던 탓에 다른 곳에 보관된 것이 아닌가 싶다. 그래도 반송되지 않고 받게 되어 다행이다. 선생님의 시는 어렵지 않아서 좋다. 선생님의 시에는 늘 자연이 있고, 생활이 있고, 여운이 있다. 그리고 인생을 살아본 장자(長者)의 혜안과 지혜가 있다. 그뿐인가. 선생님의 시에는 빠지지 않는 위트가 있다. 〈기다려봐〉란 시다.

모처럼 초등학교 동창회에 갔다가
지네들끼리 수군수군하며 건네는
파란 알약을 하나 얻어 왔다.

술 한 잔 걸치고 늦게 귀가한 내가
기고만장해 아내에게 건네는 말
"기다려 봐!"

영문도 모르고 기다리던 아내는
잠이 들고
기다리라며 기다리던 나도
지쳐 잠이 들었다.

그게 '짜가'였나?
다음 날 아침 친구에게 전화를 걸었더니

그 친구 건네는 말
"자넨 도인 체질인가 봐!"

이 시를 읽고 아픈 배를 움켜쥐고 한참을 웃었다. 책장을 덮고서도 웃음이 가시지 않았다. 임보 선생님은 내가 아홉 살 때 대학을 졸업하셨다. 그 연세에 '짜가 비아'를 드시고 사모님께 기다리라며 큰소리치고 잠든 모습이 마치 코믹 영화의 한 장면 같다. 웃음이 나오다가도 약간 쓸쓸하기도 했다. 모진 풍파 다 겪고 어느새 초로의 노인이 되셨는지, 그 노인이 "나팔바지에 찢어진 학생모 눌러쓰고 / 휘파람 불며 하릴없이 골목을 오르내리던 / 고등학교 2학년쯤의 오빠가 다시 되고 싶다"고 하였다. 선생님의 시를 읽으니 어렴풋하게나마 인생길이 보이는 것도 같다. 아직 가보지 않은 노년의 모습이 조금은 이해가 될 것도 같다. 노년은 그저 하드웨어만 낡았다 뿐이지 소프트웨어는 여전히 청춘이고 소년임을 말하고 있다. 나팔바지 입고 휘파람을 불던 고등학생 시절로 돌아가고 싶다는 선생님이, 왜 이리 친근하게 느껴질까?

복통
____ 8. 25. 월. 비가 오다가 맑았다

오전부터 복통이 더 심해진 것 같아 겁이 덜컥 났다. 한밤중에 복통이 심해 병원에 실려 갔는데 담석증이라고 하여 수술한 희정이 생각도 나고, 급성복막염으로 고생한 아무개 생각도 났다. 수술할 정도의 위급상황이 발생하면, 한국으로 급히 돌아가서 수술을 해야 하나? 아니면 여기서 수술을 해야 하나? 별의별 생각을 다 하다가 이 교수에게 전화를 했다. 오후 3시에 병원 예약을 해 놓았으니 조금만 참으란다.

병원에 갈 시간이 가까워지면서 복통이 좀 누그러졌다. 진단 결과 '장염'이라고 한다. 다행이었다. 예약을 하고 갔으니 망정이지 안 그랬으면 종일 병원에서 기다릴 뻔했다. 병원은 역시 한국이나 중국이나 아는 사람을 통해 가는 길이 제일 빠르다. 우리 학교 외사처에 근무하는 분의 아내가 이 병원에 있어서 편의를 봐준 것이란다. 접수하는데 8.5위안. 진료비와 약값 55.1위안이 들었다. 중국인들처럼 의료보험 혜택을 받을 수 있는 방법을 알아봐야겠다. 약을 먹었어도 배의 통증이 완전히 가시지는 않았다.

향수병

새벽에 일어나 책을 보다가 기운이 없어 아침에 다시 잠이 들었다. 그 사이 꿈을 꾸었다. 유치원복을 입은 덕원이가 수십 명의 아이들과 소풍을 갔는데 어찌어찌하여 아이들이 쓰러져서 다치게 되었다. 머리에서 피가 난 아이도 있었다. 급히 덕원이를 부르며 찾아 헤매었는데 찾지 못했다. 땅바닥에 주저앉아 덕원이 이름을 부르면서 울다가 잠이 깨었다. 덕원이가 다가와 내 이마를 쓸어내렸다.

"엄마! 엄마! 나 여기 있어. 왜 그래? 꿈이야. 걱정 마."

눈물이 왈칵 쏟아졌다. 아, 꿈이었구나. 내 아들이 여기 있구나. 며칠 못 먹고 앓는 통에 기력이 약해진 것 같다. 나흘 만에 집에서 밥을 했다. 부글부글 끓어오르던 속이 좀 가라앉기도 하고, 며칠 못 먹었더니 밥이 먹고 싶기도 했다. 타국살이에서 가장 중요한 것의 하나가 건강이다. 무엇보다 먼저 건강을 챙겨야 한다. 그래야 향수병을 이겨낼 수 있고 외로움을 극복할 수 있다. 아프면 마음이 약해지기 때문이다.

덕원이가 한국 친구 성재, 민호와 카톡을 했다. 두 명 다 여자 친구가 생겼다고 하는데 믿을 수 없다는 반응을 보였다. 아무래도 거짓말을 하는 것 같다고 하면서 여친에 대한 이야기를 한참 나누었다. 덕원이도 사춘기에 진입한 듯하다.

생강, 마늘을 많이 먹는 계림 사람들

오전에 김 교수와 수영장에 갔는데 수영장이 문을 닫았다. 김 교수가 자기 집에 가서 커피를 마시자고 해서 그 댁에 가서 담소를 나누었다. 그 댁도 학교 사택인데 면적이 아주 넓었다. 그녀는, 계림은 고온다습하기 때문에 무엇보다도 먹는 것에 신경을 많이 써야 한다고 말한다. 여기 사람들이 생강, 고추, 마늘을 많이 먹는 이유도 높은 습도로부터 건강을 유지하기 위해서라고 한다. 계림 음식에는 생강, 고추, 마늘이 많이 들어간다. 고온다습하기 때문에 특히 관절염에 주의해야 한다. 그러고 보니, 이곳 사람들이 닭발, 오리발을 많이 먹는 이유를 알 것 같다. 닭발은 관절에 좋다고 하여 우리나라 여성들도 즐겨먹는다. 간장과 식초에 넣어 조리한 닭발을 음료수 가게에서도 팔고 길거리에서도 판다. 여기 사람들은 닭발 두세 개를 하얀 봉지에 담아 들고 다니면서 먹는다.

썸남썸녀
___ 8. 28. 목. 맑다가 밤에 비가 왔다

인터넷에서 자주 보이는 신조어가 있다. '썸', '썸남썸녀', '썸타다' 등이다. 인터넷 백과사전을 찾아보니 "흔히 썸남, 썸녀, 썸타다 등으로 표현되는 인터넷 신조어. 누가 먼저 썼는지, 어디에서 유래되었는지는 알 수 없으나 이런 류의 단어가 흔히 그렇듯 학생들이나 여성 커뮤니티 등에서 시작된 것으로 추정되며, 남녀 간에 묘한 기류가 흐른다는 섬씽(something)이라는 단어는 예전부터 간간히 써왔지만 썸이라는 단어 자체가 사용되기 시작한 것은 2009년 이후로 추정된다"고 정리되어 있다.

'썸'은 위에서 인용한 대로 'something'의 'some'으로 보는 것이 일반적인 듯하다. 그래서 '썸남썸녀'의 의미는 "지금은 확실히 연애하는 사이는 아니지만, 서로에게 호감이 있어서 발전할 수 있는 남녀 사이, 혹은 그런 기류를 보이는 남녀 사이" 정도로 파악하면 될 것 같다. '썸타다'라는 뜻 역시 "이성관계로 잘 되어 간다"는 의미이다. 요사이 인터넷에 오른

표제어를 보면, "사랑과 우정 사이부터 '썸'까지", "썸학개론의 역사", "유시민 전 보건복지부 장관과 함께하는 인문학과 썸타다" 등과 같이 광범위하게 쓰이고 있다.

이렇게 이상한 조합의 단어를 누가, 왜 만들어낼까? 그리고 그러한 단어들을 앞 다투어 쓰는 언중의 심리는 무엇일까? 분명한 사실은 이미 언중 사이에 광범위하게 이 단어가 사용되고 있고, 그보다 더 적확하게 표현할 수 있는 (순)우리말이 없다는 것이다. 한국의 신조어가 실시간으로 중국으로 전파되다보니, 중국에서 한국어를 가르치는 나로서도 이러한 단어들에 대해 관심을 가질 수밖에 없다.

중국대학교수

_____ 8. 29. 금. 맑았다

대학원 박사과정 수료를 1학기 앞둔 1997년 3월에 대학에서 첫 강의를 시작했다. 그로부터 17년 동안 모교를 비롯한 인근 지방대학에서 강의를 했다. 초창기에는 학생들에게 내가 가진 지식을 나눠준다는 자부심과 만족감이 있었고, 박사학위를 취득하고 나서는 나도 대학의 정규직이 될 수 있다는 기대감이 있었다. 그러한 실낱같은 기대감과 막연한 희망이 십수 년 동안 강사직을 유지할 수 있게 한 힘이었다고 하겠다.

그러나 나는 현재 한국이 아닌 중국에서 교수가 되었다. 한마디로 말해서 '교포박'이 되기 싫어서였다. '교포박'은 교수를 포기한 박사란 뜻이다.(이 단어는, 고전평론가로 유명세를 떨치고 있는 고미숙 선생의 말이다) 석·박사과정을 수료한 후 박사학위를 취득한 연구자가 두드릴 수 있는 취업의 문은, 인문학의 경우, 매우 한정되어 있다. 나의 경우 대학에서 강의하는 길 외에는 없었다. 강의 외에도 연구를 소홀히 할 수 없었기 때문에 논문을 쓰고 고전 번역을 했다. 그리고 글을 쓸 수 있는 잡다한 일을 마다하지

않고 했다. 그러한 외골수 인생을 살아온 사람이 교수가 될 수 없다는 절
망감에 '교포박'이 되기를 선언하기란 쉬운 일이 아니었다. 지금까지 살아
온 것과는 다른 삶을 개척하기란 더더욱 쉬운 일이 아니었다.

  박사라는 칭호가 영광스러웠던 때가 얼마나 있었을까? 경제활동 능
력이 저조하고, 사회적 명예가 주어지지 않으면 '빛 좋은 개살구'에 불과
한 것이 오늘날의 박사일 뿐이다. 시간강사라는 직업이 자랑스러웠던 때
가 얼마나 있었을까? 시간강사는 대학의 정규 일원 즉 교수가 되었을 때만
이 인정되는 직업일 뿐이다. 교수가 되지 못한 시간강사는 그저 '보따리장
수'로 전락하거나, '학원선생'만도 못한 존재일 뿐이다. 시간강사를 왜 이
리 폄하하느냐고? 나는 시간강사를 무려 17년간 했기 때문에 그 비애를 누
구보다도 잘 알고 있다.

  첫째, 시간강사는, 그 하나로는 최저 생계비도 보장받을 수 없을 정도
로 열악하다. 시간강사는 매 학기마다 강의시수가 다르기 때문에 1년 앞을
내다 볼 수 없다. 더구나 요즘처럼 '대학구조조정'과 '시간강사법'이 있다
보니, 전공과목은 물론이려니와 교양과목 한두 강좌 얻는 것도 어려운 지
경이 되어 버렸다. 그뿐인가, 여름과 겨울 방학 동안의 무급기간(강사들은
이 기간을 '보릿고개'라고 한다!)이 있어 비참할 정도로 힘든 시간을 보내야 한
다. 매 학기마다 '이번 학기에는 몇 강좌를 할 수 있나'를 두고 전전긍긍해
야 한다. 그래서 많은 시간강사는 '입에 풀칠하기' 위해 투잡 혹은 쓰리잡
을 해야 한다. 투 박사, 쓰리 박사도 어렵지 않게 만난다. 인기 없는 박사학
위 가지고는 강의를 할 수 없기 때문에 또 다른 박사학위를 취득하는 것이
다. 1%의 가능성을 믿고 각종 연구재단에 연구계획서를 쓰는 것은 다반사
가 되어 버렸다. 십 수 년의 피땀 어린 노력을 통해 얻은 것이 고작 1주일
에 몇 시간의 강의뿐이라니! 이것은 개개인의 역량을 떠나 한국 대학의 구
조적인 문제로 반드시 개혁해야 할 과제다. 고급인력의 방치는 개인은 물
론 국가적으로도 막대한 손실이 아닐 수 없다.

  둘째, 시간강사는 거대한 대학이라는 조직 안에서 어떠한 존재감도

없다. 십 수 년의 교육경력과 연구경력이 있다 하더라도 시간강사는 어떠한 발언권도 주어지지 않는다. 대학은 오로지 정규직 교수를 중심으로 움직이는 집단이다. 대학이라는 곳은 교수와 강사라는 신분제도가 분명히 있는 그런 곳이다. 혹자는 요사이 신분제도가 좀 더 세분화되었다고 농담을 한다.(한국에는 정년트랙의 교수 외에 비정년 트랙의 교수군에, 강의전담교수, 산업협력단 전담교수, 초빙교수 등 다른 이름을 가지고 있다) 이러한 대학의 신분(?)제도에 익숙한, 영악한 한국의 학생들은 간혹 뒷담화로 "이 과목을 맡은 분은 교수니, 강사니?"를 먼저 묻는단다. 왜 학생이 담당선생이 교수인지 강사인지를 물어야 하는가? 교수가 강사보다 학생 지도능력에 있어서 월등한 것도 아니고, 강사가 교수보다 실력이 없는 것이 아님에도 불구하고, 대학은 물론 학생들조차도 교수와 강사를 따지고 구분하려 한다.

주어진 직분에 최선을 다하다보면 언젠가는 나에게도 기회가 있을 것이라는 매우 순진하고 막연한 희망과 기대감으로 대학 강사의 비애를 견뎌냈다. 그런데 이태 전부터는 화산이 폭발하기 직전 마그마가 지하에서 마구 꿈틀거리듯이 나를 통째로 집어삼킬 기세였다. 모든 것이 의미가 없었고, 모든 것이 식상하여 구토가 나올 지경이었다. 강의가 끝나고 돌아오는 스쿨버스 안에서 알 수 없는 눈물이 흐르곤 했었다. 원인불명의 '스트레스성 두통'으로 온몸에 마비가 올 것 같았다. 스트레스로 두피가 벗겨져 앉은 자리가 하얗게 될 정도였다.

더 이상 강의를 할 수 없을 것 같았다. 더 이상 시간강사를 지속할 수 없을 것 같았다. 강사로 있는 한 자존감 있는 삶을 살 수 없을 것이라는 생각이 들었다. 그러나 강의를 할 수 없으면 무엇으로 먹고 살아야 할지 대책이 서지 않았다. 다른 삶에 관해 아는 길이 전혀 없었고, 잘할 수 있는 일도 없기 때문이었다. 그야말로 모든 영역에서 젬병인 그런 삶이었다.

벼랑 끝에서, 오랜 숙고 끝에 결국 막다른 길을 선택했다. '교포박'이 되기 싫어서 중국 대학을 선택했다. 살기 위해서 한국 땅을 떠났다. 그리고 한국에서의 교육경력과 연구경력을 인정받아 전임강사, 조교수, 부교

계
림
일
기

214

수를 거치지 않고 중국대학의 정교수로 정식 채용되었다.(이 교수는, 한국인으로서 광서자치구 뿐만 아니라 중국 내에서 정교수로 채용된 경우는 내가 처음이라고 한다) 연봉과 처우조건 등을 한국의 교수와 비교하면 열악하기 짝이 없지만, 중국에서는 삶의 질이 보장된다는 장점이 있어 만족한다.

브레히트(Brecht)는 말한다.

"죽은 물고기만이 강물을 따라 흘러간다."

강물이 흘러가는 대로 그저 몸을 맡긴 채 두둥실 흘러가고 싶었던 시절이 있었다. 그러나 그것은 나의 몫이 아니었다. 후배 정민의 말처럼, 나는 '프런티어'가 되고 싶지 않았지만 나도 모르게 그렇게 되어 버렸다. 살기 위해 한 번도 가보지 않은 물길을 거슬러 올라야 했다. 거친 물살이 가로막는 시련도 있을 것이다. 그러나 나의 선택에 후회는 없다. 그것 역시 내가 겪어야 할 몫일 것이기 때문이다.

제주도 홍보행사
___ 8. 30. 토. 맑았다

오후 3시에 난청백화점 옆 프레스센터에 들렀다. 어제부터 그곳에서 제주도 선생님께서 한국어과 학생들을 데리고 제주도 관광 홍보를 한다고 하였기 때문이다. 초적 선생도 와 있었다. 어제는 왕방과 미결이가, 오늘은 초화와 춘혜가 도우미를 한다. 중국인들이 가장 가고 싶어 하는 곳은 서울과 제주도라고 한다. 그래서 이곳 계림에서도 제주도 관광에 관심이 높다. 계림에서 제주까지 왕복 2500위안이라고 하니 비용도 저렴한 편이다. 저녁에는 제주도 선생님과 식사를 했다.

원칙

___ 8. 31. 일. 맑았다

아침에 일어나 임보 시인의 〈검은등뻐꾸기의 울음〉을 다시 읽었다.
오후에 춘혜에게서 9월 3일과 4일에 4학년 학생들이 야영 가는데 같이 참
여해 달라는 문자가 왔다. 목요일에 수업이 있어서 수업을 변경할 수 있는
지 학과장께 여쭈어 봤더니 어려울 것 같다고 한다. 다음 주는 개강 첫째
주라서 학교 차원에서 강의 여부를 확인하기도 하는데다가 수업시간을 마
음대로 조정할 수 없다는 규정이 이번 학기부터 시행된다고 한다. 모든 일
에는 원칙을 따르는 것이 최상이다. 더구나 나는 외국인 교수로서 책잡히
는 일은 아예 하지 않는 것이 신상에 이롭다. 아쉽지만 학생들과의 만남은
다음을 기약해야 할 것 같다.강신주의 『감정수업』을 읽기 시작했다.

겨 림 의

가을

9~11
Month

제습기

___ 9. 1. 월. 맑았다

제습기가 고장 났다. 작동을 하고 5분이 되면 저절로 정지가 되어 쓸
수가 없게 되었다. 여기서는 서비스를 받을 수 없으니 난감한 일이었다.
올케가 서비스센터에 전화를 걸었더니, 동작반복을 해 보고서 그래도 안
되면 국내로 반입하여 A/S를 받아야 한다고 했단다. 그런 하나마나한 소
리를 들으려고 문의를 한 것이 아니지 않은가. 그런데 어째서 한국에서 가
지고 온 가전제품 — 밥솥, 온수매트, 제습기까지 — 이 몽땅 고장이 나는
가. 서비스를 제대로 못 받으면 다 버려야 하는 물건인데, 답답한 노릇이다.

주중 대한민국 대사

___ 9. 2. 화. 맑았다

저녁에 권영세 주중대사와 식사를 했다. 계림에 거주하는 한인들을
초청하여 간담회 비슷하게 마련된 자리였다. 쉐라톤 호텔에서 만났다. 광
저우의 총영사도 참석하였다. 계림에 거주하는 한인대표로, 대우버스 회사
직원 7명, 아시아나 항공사 직원 1명, 관광전문대 장 선생, 제주도에서 파
견 나온 김 선생님, 쉐라톤 호텔 지배인의 부인, 그리고 내가 참석하였다.

권 대사는 그 자리에 참석한 여러 사람들에게 개인적으로 이것저것
물어보면서 애로사항이 없느냐고 했다. 내게는, 어떤 계기로 계림에 왔으
며, 한국어학과의 규모는 어떤지, 어려움은 무엇인지 등등을 물었다. 그리
고 이곳에 한인회가 없으니 자주 모여 어려운 일을 의논하고 힘든 일이 있
으면 광저우 영사관에 도움을 청하라고도 했다. 다른 분들은 거류증을 해
마다 갱신해야 하는 것과 아이들 교육 문제가 제일 힘들다고 한다.

나는 학교 아파트에서 거주하다보니 다른 한인들과의 교류가 전혀 없어서 몰랐는데, 오늘 참석한 사람들은 알음알음 만나기도 하는 모양이었다. 아무래도 이곳에 오래 거주하려면 이분들과도 친하게 지내는 것이 좋을 듯하다. 이제 정말로 내가 중국 거주자가 된 것 같았다. '교민'이 된 것이다. 교민이 되었다함은 타국에서 대한민국의 대표국민이 됨을 의미하기도 한다. 중국 어디를 가든 '한국인'이라는 타이틀이 따라다닐 것이다. 나의 행동거지가 한국인의 대표 행동양식이 되는 것이다.

권 대사는 생각했던 것보다 젊고 스마트했다. 2013년 6월에 주중대사로 취임하였으니 이제 1년 남짓 된 것이다. 그분 말씀으로, 대사 중에서 가장 많은 팔로워를 가진 트위터(Twitter)라고도 한다. 짧은 시간에 대화를 나누긴 하였지만, 경험이 풍부하고 사고와 철학이 닫혀 있지 않은 것 같았다.

사실, 나는 오늘 모임에 적잖이 긴장과 기대를 했다. 이 나이 되도록 주중대사 같은 고위직을 만날 일이 없었으니 말이다. 중국에 오지 않았다면 평생 만날 일도 없었을 것이다. 동행하신 제주도 선생님은 나보다 한술 더 떴다.

"제주도에 있었으면 대사를 만날 일이 있겠어요? 공무원으로서 영광이지요."

그리고는 나에게 여권을 챙겨 가라고 했다. 아마도 보안문제로 우리가 쉐라톤 호텔에 가서 대사를 면접하기까지 적어도 세 차례 정도의 검문이 있지 않을까 생각한다고 하셨다. 제복을 입은 중국 공안이 레이저 탐색기로 우리 몸을 정밀검색하고, 우리가 들고 간 가방 검사를 하는 등, 이중 삼중의 검색대를 지나고 나서야 대사를 만날 수 있을 것이라고 하셨다. 강 선생과 현식이는, 그런 높은 분을 만나러 가는 우리 두 사람이 부럽다면서, 자기들에게도 그런 날이 올 수 있을까 부러워했다.

정말 이중삼중 검색을 통과하고 대사를 만났을까? 쉐라톤 호텔에 도착하니 호텔 법인장의 부인이 나와 우리를 식당까지 안내하였다. 예상과 달리 단 한 차례의 검문검색도 없이 주중대사를 면접하였다.(아, 우

리는 왜 이리 오버한 걸까^^)

청주 사람
_____ 9. 3. 수. 맑다가 저녁에 비가 내렸다

오랜만에 외국어 학원에 가서 중국어 공부를 했다. 그동안 논문 쓴다, 뭐한다 하느라고 집에만 있었더니 입이 딱 붙어버린 것처럼 어색하였다. 한국인 장 선생 부부와 함께 수강을 하게 되었다. 수업시간에 이야기를 나누다 보니 같은 청주 사람이라는 걸 오늘 처음 알게 되었다. 여기서 만나는 사람들은 모두가 외국인이라, "어느 나라 사람이세요?"라고만 물을 뿐, "어느 지방 사람이세요?"라고 묻는 일이 거의 없기 때문이다. 장 선생은 여기서 사업을 하려고 중국어를 배우고 있는 중이란다. 어제에 이어 오늘도 부지런히 번역을 했다. 천곡 송상현의 『천곡수필집』 번역이다.

덕원이 생일
_____ 9. 4. 목. 맑았다

오전에 4시간 강의를 했다. 저녁에는 덕원이 생일 축하와 순천 대학교 학생들 환영을 겸한 모임을 가졌다. 순천대학 학생들이 계림에 온 지 2주일이 되어 가는데 정식으로 인사를 하지 못했기 때문이다. 그리고 오늘은 덕원이 양력 생일이다. 매년 음력 생일에는 황현 스님께서 덕원이 생일 축원 기도를 해주셨는데, 올해는 정신없이 지내다보니 그만 깜빡 잊고 축원 기도 해달라는 전화를 드리지 못했다. 며칠 지나고 나서야 알았으니, 난 부족한 것이 많은 엄마다. 강의가 끝나 돌아오는 길에 케이크를 배달해 달라고 주문을 하고 집으로 오니 오후 5시 40분이다. 저녁은 샤브샤브 전문점 '라쿠(辣庫)'에서 먹었다. 제주도 선생님과 강 선생, 그리고 순천대학에서 온 4명의 학생들 모두 식당이 마음에 든다고 했다. 소고기, 양고기, 새우, 볶음밥, 각종 채소 등을 잔뜩 주문했다. 사천요리답게 혀끝이 얼얼할 정도로 매웠지만, 맛있다.

식사를 마치고 준비해간 케이크에 촛불을 켰더니, 식당 측에서 센스 있게 불을 끄고 중국어와 영어로 생일축하 음악을 틀어주었다. 현식이는 촛불 붙인 생일 케이크를 10년 만에 본다고 하고, 제주도 선생님도 중국에서 처음 케이크를 맛본다며 좋아하셨다. 덕원이는 무척 쑥스러워했다. 저녁을 먹고 집까지 세 정거장을 걸어서 왔다. 배가 부른데다가 바람까지 시원하게 불어서 걷기에 괜찮은 밤이었다. 집으로 돌아와 보니 구두 신은 발에 물집이 잡혀 있었다.

중학교 배정
____ 9. 5. 금. 맑았다

오후에 전 교수에게서 덕원이 학교가 배정되었다는 전화가 왔다. 안도의 한숨이 나왔다. 새 학기가 시작된 지 일주일이 지났는데도 학교 배정이 안 되어 이래저래 걱정이 많았다. 다행이다. 밤에 덕원이와 영화 〈군도: 민란의 시대〉를 보았다.

명문 중학교
____ 9. 6. 토. 맑았다

오전에 덕원이를 데리고 전 교수, 이 교수와 함께 배정된 중학교에 갔다. 교무실에서 담임을 만나 인사를 나누고, 덕원이는 바로 교실로 들어갔다. 학교 구경하고 선생님들께 인사만 하고 돌아갈 줄 알았는데 바로 교실로 투입(?)된 것이다. 182반. 한 시간쯤 뒤 쉬는 시간에 교실로 가보니 덕원이 주위에 아이들이 잔뜩 몰려 있었다. 반장이라는 아이가 덕원이를 데리고 화장실을 가고, 도서관을 간다면서 분주했다. 덕원이는 잔뜩 긴장을 했고, 아이들은 한국인 학생이라 약간 흥분했는지 얼굴이 상기되어 있었다. 복도에서도 "쟤가 한국인이래?" "선생님, 우리 반에 한국인이 있어요!"라고 떠드는 소리가 귀에 들어왔다.

덕원이를 학교에 남겨둔 채 우리 셋은 다시 집으로 돌아왔다. 오는 길에 '경상도'에서 냉면을 먹었다. 오후 2시 45분에 덕원이 학교에 다시 찾아갔다. 담임선생님께 한국 화장품을 선물로 드리면서 '잘 부탁한다'고 했다. 담임은 여자 분이다. 덕원이와 함께 앞으로 머물게 될 기숙사를 구경했다. 513호. 4인 1실의 공동기숙사이다. 네 개의 침대가 있고, 각각의 나무 옷장이 있었다. 화장실 두 개, 세면과 손세탁을 할 수 있는, 네 개의 수도꼭지가 달려 있는 긴 세면대, 정수기, 에어컨 등등이 갖추어져 있었다. 세탁기는 따로 없었다. 청결상태는 아주 양호했다. 한국 대학의 기숙사만큼이나 시설이 갖추어져 있다. 덕원이는 1학년 아이들과 생활하지 못하고 2학년 형들과 방을 같이 쓰게 되어 불만이 많아 보였다. 학교 배정이 너무 늦게 되어 이렇게 된 것이니 어쩔 도리가 없다고 해도 여전히 불만이었다.

기숙사를 둘러보고 나서 덕원이와 나는 일본어학과 양 교수의 차를 얻어 타고 집으로 돌아왔다. 전 교수는 학부모 회의와 발표가 있어서 나중에 온다고 한다. 지난 학기에 비해 양현이 성적이 많이 좋아졌고 학습태도도 훨씬 좋아졌기 때문에, 부모로서 학생을 어떻게 지도하고 관리했는지에 대한 일종의 우수사례 발표를 학부모들 앞에서 하게 되었다고 한다. 축하! 고무적인 일이다.

집으로 돌아온 덕원이에게 첫 수업이 어땠냐고 물었지만 아무 말도 안 했다. 그리고는 핸드폰과 컴퓨터 게임을 한참 하다가 심드렁한지, 그제야 학교에서 있었던 일을 쏟아냈다.

"오늘 수학, 물리, 지리를 배웠는데, 하나도 모르겠어. 선생님이 하는 말을 전혀 못 알아듣겠어. 쉬는 시간에 애들이 와서, 몇 살이니? 어디에서 왔니? XO를 아니? 니하오를 한국어로 뭐라고 하니? 등등 그런 걸 물어봤어. 점심시간에는 반장이랑 몇몇 애들과 식당에 가서 먹었어. 밥맛이 없었어. 진짜 맛없어. 그래서 양현이 형이 음료수를 사줬어. 점심시간에 애들 기숙사에 가서 구경도 하고 이야기도 했어. 아~~ 어떡해? 이젠 진짜 중학교에서 공부하는 거야? 엄마! 나도 한국에 있는 내 친구들처럼 평범하게 학교 다니고, 평범하게 생활하고 싶어. 엄마는 중국에 있는 것이 행복하지? 수업도 조금 하고, 하고 싶은 것 다 하면서 여유 있게 살게 되어서. 나는 뭐야? 엄마 때문에 이런 곳에 와서 고생해야 되잖아?"

그렇게 한참 응석을 부리고 나더니 진정이 된 모양이었다.

"학교 공부는 하면 되지 뭐. 엄마가 말한 것처럼 '최고급 중국어 학원'에 다닌다고 생각할게. 그래도 기숙사는 형들하고 생활하는 것이 정말 맘에 안 들어."

그러더니 잠시 뒤 기숙사에서 필요한 물건을 사야 한다면서 목록을 작성했다. 수건, 칫솔, 치약, 옷, 물병, 비누, 샴푸 등등. 덕원이가 천천히, 긍정적으로 모든 것을 받아들이기 시작하는 것 같았다.

저녁에는 양현이의 제안으로 덕원이 입학을 축하할 겸 '피자 파파'에서 식사를 했다. 저녁을 먹고 걸어오면서 전 교수께 들으니, 덕원이와 양현이가 다니는 학교는 광서자치구에서 명문 중의 명문으로 꼽히는 곳이란다. 이 학교만 졸업해도 중국의 명문대학에 갈 수 있다고 한다. 더구나 영어특성화 학교라서, 중학생의 영어실력이 대학생 수준 이상이라고 한다. 명문이다 보니 계림은 물론 광저우에서도 이 학교에 오려고 하는 학생이 있다고 한다. 우리는 광서사범대학 교직원이어서 수업료를 면제 받지만, 다른 사람은 적게는 9000위안부터 많게는 18000위안에 이르는 수업료를

계림의 가을

223

낸단다. 덕원이가 광서사범대학 부속 제2학교에 입학하게 되었다고 하니 주위 분들이 '대단하다'면서 엄지손가락을 추켜세우는 이유가 있었다. '미앤페이(免費: 무료)'라고 하면 한 번 더 '대단하다'고 한다.

한국 학생들 사이에 만연해 있는 학교 폭력, 왕따 등은 이 학교에서는 상상할 수 없다고 한다. 남학생들만 사는 기숙사에서 혹시 성추행이라도 있을까 걱정이라고 했더니, 이 교수는 펄쩍 뛰면서 있을 수 없는 일이니 마음 놓으라고 했다. 광서지역의 최고 학생들이 모인 학교이다 보니, 학교의 학생 관리가 흠잡을 데가 없다고 한다. 급식 같은 것에서 조금이라도 문제가 생기면 즉각 학부모들의 항의와 반발이 거세다고 한다.

덕원이가 이런 명문 중학교에 입학하게 되었으니 대단한 영광이 아닐 수 없다. 입학하기까지 우여곡절이 많았다. 계림에는 국제학교가 따로 없다. 그러니 당연히 지역 학교를 다닐 수밖에 없다. 다른 한국인들은 중국 학교에서 한국 학생 입학을 허가하지 않아 여러 학교의 문을 두드려야 했으며(특별히 한국인이라서 입학을 불허한 것이 아니라 외국인이 입학하는 사례가 드물기 때문에 학교 운영상 저어하는 것 같다), 어떤 분은 결국 상하이에 있는 학교로 옮겼다고 한다. 덕원이도, 입학을 못하게 될까 걱정을 많이 했다. 부속중학교 두 곳 모두 한국인의 입학을 허용하지 않는다고 했기 때문이다. 우리 학교 인사처장과 총장까지 나서서 부속중학교 관계자들께 양해를 구하고, 마지막에는 부속중학교 이사들이 임시총회를 열고나서야 입학허가가 떨어졌다고 한다. 그것도 내가 광서사범대학 정식 교수의 신분이니까 가능하였다고 한다.

이 모든 절차를 이 교수가 혼자 처리해야 했으니, 그 고충과 번거로움이 어떠했을지 짐작이 가고도 남는다. 나와 덕원이를 뒤에서 돌봐 주면서, 복잡한 과정은 일절 말하지 않고 그저 결과만 똑 부러지게 말하는 이 교수의 일처리와 태도에 고맙고 미안할 따름이다. 가끔 생각한다. 비록 선후배로 만났지만 전생의 두터운 인연이 없고서야 어떻게 이렇게 좋은 인연으로 이어질 수 있을까. 모든 것이 감사할 뿐이다.

이제까지 공부다운 공부를 한 번도 해 본적이 없는 덕원이는 이렇듯 우수한 학생들과 어울리면서 중국어를 익히는 동시에 중국학생과 똑같은 학습을 해야 한다. 처음 몇 달은 그야말로 '혼돈' 그 자체일지 모른다. 그래도 덕원이가 잘 견뎌낼 것이다. 덕원이는 오기가 있고 뚝심이 있기 때문이다. 덕원이의 목표 하나! 열심히 공부해서 자기 뒤로 한 명을 제끼는 것이란다. 이제 내 삶의 방향키도 당분간 덕원이를 향해 맞춰야 할 것 같다. 덕원이와 영화 〈최종병기 활〉를 보았다.

한국 전화
＿＿ 9. 7. 일. 맑았다

오후에 제주도 선생님께서 추석 명절 밑이니 시내에 가서 목욕을 하자며 전화를 주셨다. 아쉽게도 덕원이와 시내를 나가겠다고 약속을 한 터라 다음에 같이 가자고 했다. 리앤다 광장에 쇼핑을 하러 갔다. 덕원이에게 필요한 물건을 샀다. 바지, 운동화, 학용품 등등. 그리고 마트에서 아라비카 커피콩을 샀다. 500g에 28.8위안. 한국에서 가지고 온 커피콩을 다 먹고 나니 커피콩을 어디서 파는지 알 수가 없어서 그동안 원두커피를 마시지 못했다. 커피콩을 보니 가뭄에 단비 오듯 정신적 해갈이 된 듯 한 기분이 들었다.

밤에 식구들과 보이스톡을 연결해서 통화했다. 엄마 목소리가 쩌렁쩌렁 해서 안심이 되었다. 오빠와는 오랜만에 통화를 하니 눈물이 왈칵 쏟아져서 말을 잇지 못했다. 오빠의 모습 속에 돌아가신 아버지의 모습이 어른거려 더욱 보고 싶었다. 시댁식구들과도 통화를 했다. 시어머니는 여전히 식사도 잘 하시고 건강하시다면서 걱정 말라고 형님이 말씀하셨다. 시어머니는 온통 덕원이 걱정뿐이란다. 덕원이와 나이가 같은 석년이는 벌

계림의 가을

225

써 변성기가 왔는지 청년 목소리가 났다.

중국의 추석
___ 9. 8. 월. 맑았다

아침에 일어나서 청소를 하고 빨래를 했다. 추석이라고 하니, 섭섭하지 않게 중국 '월병'을 하나 먹었다. 강 선생이 친구네 가게에서 만든 것이라면서 지난 번 덕원이 생일 때 미리 챙겨준 것이다. 그다지 달지 않아서 좋았다. 국제교류처에서 외국인 교수들에게 추석 선물로 준 월병도 있었다. 덕원이가 양현이네 집에 가고 없으니, 아침도, 점심도 귀찮아서 간단히 챙겨 먹었다. 음악을 틀어놓고 커피를 마시다가 침대에 벌렁 드러누워 책을 보자니, 무단히 웃음이 터져 나왔다.

아, 추석인데 시댁에 갈 일도 없고, 제사 지낸다고 음식 장만할 일도 없고, 설거지할 일도 없다니. 괜히, 이유 없이, 좋다는 느낌이 들었다. 모든 것에서 해방된 기분이 들었다. 그렇다고 내가 이러한 생활을 갈망했던 것은 아니다. 그렇지만 그러한 구속으로부터 자유로워졌다고 생각하니 알 수 없는 희열이 생긴다.

저녁에는 양현이네 식구와 초적 선생을 만나서 식사를 했다. 그리고 작년에도 그렇게 했듯이 학교 운동장에 텐트를 치고, 자리를 깔고 앉아서 달구경을 했다. 올해도 달이 참 예쁘게 떠올랐다. 여러 사람들이 띄운 붉은 소원등이 바람을 따라 높이 날아갔다. 중국의 추석은 늘 이렇게 보낸다. 간단히 월병을 먹고, 저녁에는 달구경을 하는 것이 추석날의 주요 행사이다.

기숙사

___ 9. 9. 화. 맑았다

오늘은 덕원이가 기숙사로 들어가는 날이다. 이불, 요, 베개, 옷 서너 벌, 샌들, 치약 칫솔, 양치 컵, 샴푸, 바디워셔, 물병, 영어사전, 노트, 세숫대야 등등. 배낭을 메고 트렁크를 끌고 다른 손에는 비닐봉지를 들고 기숙사로 나섰다. 오후 5시 30분에 남문에서 양현이를 만나 둘이 택시를 타고 갔다. 지난번에 기숙사를 둘러보았기에 굳이 내가 따라가지 않아도 될 것이다.

덕원이가 낮부터 마음이 심란하다고 하더니, 택시를 탈 시간이 가까워지자 기숙사에 들어가기 싫다고까지 했다. 가기 싫다는 애를 억지로 보내고 나니 마음이 한없이 무거웠다. 일이 손에 잡히지 않아 멍하니 인터넷을 검색하다가 그래도 마음이 허전하여 청소를 했다.

박사논문을 쓸 때 덕원이가 엄마 집에서 1년을 지낸 적이 있었다. 논문은 써야 하고, 강의도 해야 하는데, 혼자서 아이를 돌볼 수 없어서 결국 시골 엄마 집으로 보냈다. 격주로 덕원이를 만났고, 헤어질 때는 늘 눈물 콧물이 앞을 가렸다. 그리고 서당생활 할 때도 1년 가까이 떨어져 있었다. 이제껏 두 번 떨어져 있었지만, 그때는 모두 엄마, 아버지 그리고 훈장님이 살뜰히 돌봐주셨으니 별 걱정을 하지 않아도 되었다. 그런데 지금은 그때와 사정이 다르다보니 걱정이 되어서 일이 손에 잡히지 않았다. 불을 환하게 켜놓고 잠을 청했지만 잠이 오지 않아 날이 훤하게 밝은 뒤에야 잠시 눈을 붙였다.

중학교 생활

___ 9. 10. 수. 비가 많이 오다가 그쳤다

12시까지 중국어 강의를 듣고 부리나케 조선족이 운영하는 '송이네'

가게로 향했다. 김밥을 싸려고 단무지, 햄 등의 재료를 샀다. 오늘은 덕원이네 기숙사로 저녁밥을 해가지고 가는 날이다. 덕원이네 학교는 매주 수요일에 학부모가 아이들을 위해 저녁밥을 해가는 것을 허용한다. 월요일부터 금요일까지 기숙사에서 살고 기숙사 밥을 먹는 아이들을 위해 이날만큼은 부모들의 특별식을 먹도록 배려해준 것이다. 오늘의 메뉴는, 김밥과 매운 꼬마김밥, 샌드위치를 준비했다. 전 교수와 함께 학교에 도착해서 수업이 끝나기를 기다렸다.

5시 10분. 수업이 끝난다는 음악이 흘러나오자 아이들이 저마다 교문에서 기다리는 부모를 향해 몰려왔다. 멀리서 덕원이와 양현이가 오는 것이 보였다. 점점 가까이 다가올수록 덕원이 얼굴이 시뻘겋게 상기된 것이 보였다. 나와 눈이 마주치자 금방이라도 눈물이 뚝, 떨어질 것 같은 분위기였다. 가슴이 철렁 내려앉았다. 하루 종일 무슨 일이 있었던 걸까? 얼마나 힘들면 저런 표정을 지을까? 식당으로 가서 도시락을 펼쳐 놓으니, 양현이는 김밥과 샌드위치가 맛있다고 했다. 다행이었다. 덕원이는 배불러서 안 먹겠다고 하였으나 억지로 샌드위치를 먹었다.

"엄마, 너무 힘들어! 선생님이 하는 얘기도, 아이들이 하는 얘기도 하나도 못 알아듣겠어. 영어는 더더욱 하나도 모르겠어. 책이 없어서 그냥 듣기만 했어. 기숙사에서 자는 것도 맘에 안 들어."

울고 싶은데 꾹꾹 참는 것 같았다. 전 교수가 덕원이를 다독여주었다. 중국말을 잘하는 양현이도 이곳 생활에 익숙해지기까지 많은 시간이 걸렸고, 지금도 어려워한다고 한다. 전 교수 자신도 계림 생활이 힘들었다고 하였다. 조금 익숙해질 때까지 잘 참아 보자고도 했다.

양현이가 도와주어서 학교 매점이나 식당에서 물건을 살 수 있는 카드를 하나 만들었다. 여기서는 현금이 아니라 모든 것을 카드로 결제한다. 학교에서 학부모에게 보내는 문자 수신료 80위안과 책값 200위안을 덕원이에게 주었다. 그리고 양현이와 덕원이는 다시 교실로 들어갔다. 둘이 들어가는 모습을 보면서, 양현이가 없는 다른 학교에 배정받았더라면 어쩔 뻔 했나 싶었다. 덕원이를 보내고 나니, 회한이 밀려왔다.

'왜, 진작 중국어 공부를 더 완벽하게 시키지 못했나? 덕원이가 아무리 하기 싫다고 해도, 왜 억지로 시키지 못했나? 왜, 한국에 있을 때 다른 학생들처럼 영어학원에 보내 기초를 닦지 않았나? 영어학원도, 수학학원도, 전 과목 학원도, 보습학원도 깡그리 무시하고, 왜 애를 이렇게 방치했나? 도대체 무슨 배짱으로, 철저한 준비도 없이, 이렇게 허술하게 해서 애를 힘들게 하나?

중국 남자 라오저우
___ 9. 11. 목. 맑았다

오전에 〈쓰기〉와 〈회화〉 수업이 있었다. 9월 10일인 어제가 중국의 스승의 날이라면서 아이들이 꽃다발과 선물을 주었다. 꽃다발은 3학년 아이들이 직접 만든 것이라고 하니 더욱 의미가 있었다. 집으로 돌아와서 선물을 풀어보니, 노트와 양말이었다. 작년에는 머그컵과 무릎담요를 받았다. 그때도 지금도 아이들의 소박한 마음과 정성을 생각하면 잔잔한 미소가 그려진다. 선생은, 학생들의 사랑과 관심을 받을 때, 행복하다. 그리고 사회적 존재감을 느낀다.

12시 40분. 집으로 돌아왔다. 그리고 2시에 다시 택시를 타고 덕원이 학교를 방문했다. 교육비 1000위안을 재무과에 냈다. 나와 함께 온 어떤 중년 남자는 그 자리에서 18000위안을 내었다.

어제서부터 곰곰이 생각했는데, 아무래도 덕원이를 집에서 다니게 하면서 공부를 보충하는 것이 나을 것 같았다. 그래서 택시를 타고 오면서 기사에게, 매일 월요일부터 금요일까지 오전 6시 30분에, 오후에는 5시 10분에 아이를 통학시킬 수 있느냐고 물어보았다. 그는 자기도 아이를 학교에 보내야 해서 어렵다고 했다. 그래서 다른 기사는 가능하냐고 물으니, 보통 8시에 출근하는데 6시 30분은 너무 이른 시간이라 힘들 것이라고 한다. 계림 사람들은 돈 버는 것에 집착하지 않는 것 같다. 내가 제안한 경우는, 그야말로 과외의 일이기 때문에 수입도 적지 않을 텐데, 할 사람이 없다고 하니 말이다. 자가용도 없고, 덕원이를 통학시켜줄 마땅한 택시기사가 없을 것 같은데, 이 일을 어쩐다? 전에 다른 분에게서 들으니 기숙사 생활을 하지 않고 통학하는 학생들이 있다고 하는데, 그런 분들과 카풀(car pool) 하면 좋을 것 같았다. 그런 분을 어떻게 알 수 있을까? 도무지 답이 나오지 않았다.

전 교수에게 이런 사정을 말씀드렸더니, 이 교수에게서 바로 연락이 왔다. 일본어학과 양 교수가 딸을 통학시키는데 그분의 도움을 받을 수 있다고. 그리고 기숙사보다는 집에서 생활하는 것이, 그리고 과외선생을 붙여서 공부를 보충하는 것이 괜찮은 방법이라고 하였다. 이 교수가 나서니 쾌도난마처럼 모든 문제가 순식간에 해결되었다. 이런 기쁜 소식을 내일 기숙사에서 돌아오는 덕원이에게 어떻게 전해줄까?

저녁 7시부터 9시까지 수영을 했다. 수영이 끝나고 김 교수 댁에서 맥주를 마시면서 이런저런 이야기를 나누었다. 김 교수는 연길이 아니고 백두산 밑에 있는 산골에서 나고 자랐다고 했다. 나중에 연길 출신의 남편과 결혼했을 때 연길이 아닌 '안쪽' 출신이라서 무시를 많이 당했다고 한다. '안쪽'은 연길 지역이 아닌 곳을 통틀어 그렇게 부른다고 한다. 연길과 안쪽 사람들의 사고방식과 생활방식에 차이가 많다고 했다. 김 교수는 오래전에 남편과 헤어지고 지금은 혼자지만 한족 출신의 남자친구가 있다. 김 교수는 한족과 조선족은 여러 면에서 차이가 있다고 했다. 새로 사귄 남자친구와 그 조상의 산소를 방문했을 때 무척 놀랐다고 한다. 북방의 조선족은 대개 화장을 하여 조상의 산소가 특별히 없는 반면 남방의 한족들은 누대에 걸친 산소가 있을 뿐만 아니라 관리도 잘 한다고 한다. 또한 한족은

효와 형제간의 우애를 무척 중요시한다고 한다. 주(周)씨 성을 가진 남자친구가 그러하다고 했다. 김 교수는 그를 라오저우(老周)라고 불렀다.

이런저런 이야기로 시간 가는 줄 모르고 있다가 자리를 파하고 일어나려는데, 갑자기 김 교수의 남자친구가 들어왔다. 민망해서 인사를 하고 가려고 하니 괜찮다면서 자꾸 더 이야기를 하자고 한다. 지금까지 배운 중국어를 총동원해서 그와 대화를 나누었다. 중간 중간에 내가 무슨 말이냐고 되묻기도 하고, 그가 발음이 틀렸다고 다시 해보라고도 했다. 직업이 수의사라고 한다. 술은 한 잔도 못 마신다는데 입담은 아주 좋았다. 잠시도 쉬지 않고 이야기를 이어 나갔다. 그렇게 1시간의 대화를 나눈 덕분에 중국어 회화 공부를 제대로 했다.

적응
___ 9. 12. 금. 맑았다

오전 6시 30분 학교 재무과로 나갔다. 이미 많은 사람들이 줄을 서서 기다리고 있었다. 8시에 직원들이 출근하면서 문이 열리고 번호표를 발급받았다. 18번째였다. 이렇게 아침부터 재무과에서 기다린 것은, 작년에 중국으로 국제 이사를 하면서 발생한 비용처리를 하기 위해서였다. 남문으로 가서 쌀국수 한 그릇을 사먹고, 집으로 돌아와서 모닝커피를 마셨다. 그리고 중국어 공부를 하다가 10시가 되자 다시 재무과로 갔다. 6번 번호표를 받은 사람이 재무과 직원에게 영수증을 내고 뭔가를 기입하고 있었다.

재무과 직원의 일처리 모양새를 보니 오늘 안으로 끝날 것 같지 않다. 그래서 18번은 언제쯤 가능한가? 오늘 안으로 끝날 수 있는가? 물었다. 직원이 "일에 따라 다른데, 무슨 일로 왔느냐?"라고 하는데, 복잡한 사정을 중국어로 말할 수 없을 것 같았다. 잠시 뒤 전 교수가 재무과로 와서 직원에게 사정 이야기를 하고 이사 영수증 뭉치를 넘겨주었다. 계산기를 두드리며 회계를 맞춰보더니 끝났다고 한다. 그때가 11시 10분. 전 교수가 직원에게 영수증을 건네면서 물어본 것이 얼떨결에 바로 처리 된 것이었다. 뭐, 일종의 새치기인가. 안 그랬으면 오늘 중에 끝나지 않았을 지도 모른다. 등록금을 내겠다는 남학생은 아직도 뭔가를 쓰고 있었다.

다른 것은 몰라도 중국의 이런 행정은 조속히 개선되어야 한다. 이 학교 교수들도 국가급 프로젝트를 수행하는데 든 비용처리를 할 때면 골치가 아프다고 한다. 행정적인 절차가 매우 까다롭고 합리적이지 않기 때문이다. 다음 주 중에 이사 비용이 통장으로 들어갈 것이라고 했다. 월급이 나오지 않아 다시 2층으로 가서 확인한 결과 늦어도 주말까지는 입금된단다.

제주도 선생님과 강 선생, 현식이와 점심을 먹었다. 강 선생에게 덕원이 영어 과외선생을 구해달라고 부탁했다. 저녁 6시. 덕원이가 스쿨버스를 타고 도착할 시간이 된 듯 하여 남문에서 기다리고 있었다. 순천대 학생인 초희와 나란히 걸어오는데 제법 표정이 밝아보였다.

"엄마, 나 이제 괜찮아. 수요일에는 정말 힘들었는데 이틀 지나니 견딜 만하네. 선생님이나 친구들이 하는 이야기도 많이 알아듣겠어. 물론 공부는 아직 아니지만. 생각해보니, 지금 가장 급한 것은 영어를 공부하는 것 같아. 내가 한국인이라고 하니까 선생님들이 무척 친절하게 대해 주셨어. 특히 영어시간에 내 이름을 자꾸 부르면서 발표를 하라고 해서 기분이 좋았어. 아무래도 공부를 해야겠어!"

화요일 저녁에 가기 싫다는 기숙사로 덕원이를 억지로 보내고, 수요일 저녁에 울상이 된 덕원이 얼굴을 보고 절망에 가까운 후회와 걱정을 했는데, 이틀이 지난 금요일 저녁에는 이렇게 표정이 밝게 변한 것이다. 말도 통하지 않는 학교에 억지로 밀어 넣고, 노심초사했던 며칠의 고통이 한순간에 사라지는 것 같았다. 주위에서 다들, "걱정 마세요. 아이들은 정말 적응을 잘 한다니까요"라고 해도, 혼자 적응하면서 삭여야 하는 그 어린 마음을 헤아려보면, 가슴이 미어질 것 같았다.

기숙사에 가지 않고 앞으로 집에서 다닐 것이라고 했더니, 덕원이의 반응이 시큰둥했다. 이제 적응 잘 하고 있는데 엉뚱하게 왜 그런 일을 만들었냐는 표정이다. 현관문을 열고 들어온 덕원이가 외쳤다.

"와우, 우리 집이다!"

그리고는 소파에 벌렁 누우면서 좋다고 한다. 저녁을 먹고 두 시간 가량 영어공부를 했다. 덕원이의 공부하는 자세가 이전과는 사뭇 달랐다. 이제야말로 목적의식이 생긴 것 같다. 못 본 며칠 사이에 한층 성숙해지고 야물어진 것 같다.

이 교수 가족
____ 9. 13. 토. 오전에 비가 쏟아졌다가 다시 맑았다

아침 8시에 식사를 하고 나서, 덕원이는 영어공부를 했다. 새로운 단어를 읽고 쓰고 통문장을 암기했다. 오전에 은행에 가서 통장을 확인해 보니, 드디어 두 달 치 월급이 통장에 찍혀 있었다. 오후에 덕원이와 월마트에 가서 스탠드, 쌀, 세제, 먹거리 등의 물건을 샀다. 돌아오는 버스 안에서 보니 '무단횡단을 할 경우 벌금 5위안'이라는 현수막이 여기저기 걸려 있었다. 조만간 계림의 교통문화도 개선될 것이다.

저녁 7시에 이 교수 가족을 만나 '야미(芽米)'에서 식사를 했다. 월급도 탔고, 덕원이 문제도 잘 해결된 데다가 전 교수가 월요일이면 한국으로 떠나기 때문에 겸사겸사 만난 것이다. 이곳은 서양요리 전문 식당이다. 스테이크, 피자, 볶음밥, 우동 등을 시켰다. 중국에서 스테이크는 처음 맛보았다. 그럭저럭 먹을 만한데 밥이 없는 것이 흠이었다. 전 교수와 흑맥주를 한 잔씩 했다. 그리고 전 교수에게 빌린 4천 위안을 돌려드렸다.

계림식물원

___ 9. 14. 일. 오전에 비가 쏟아졌다가 다시 맑았다

새벽 4시에 잠이 깨어 책을 읽고 중국어 숙제를 했다. 오전 11시에 제주도 선생님을 만나 리앤다 광장에 갔다. 덕원이가 중학교 입학을 했는데 선물을 사 주시겠다고 저번부터 말씀하셨기 때문이다. 나이키 매장에 가서 파란색 가방을 샀다. 299위안. 과용하신 것 같아 미안하고 감사했다.(이곳에도 나이키, 아디다스 등과 같은 스포츠웨어 전문점이 있다. 그러나 한국 매장처럼 제품이 다양하지 않고, 디자인도 약간 다르다) 제주도 선생님은 리앤다 광장이 처음이라신다.

옷 가게에 들러 티셔츠를 사고, 근처에 있는 식물원을 관람했다. 요새는 중국생활에 요령이 생겨 거짓말(^^)도 한다. 나는 공무원증이 있어서 입장료가 무료지만 덕원이와 제주도 선생님은 각각 20위안을 내야 한다. 제주도 선생님은 입장료를 내고, 덕원이는 학생증이 있는데 깜빡하고 안 가지고 왔다고 했더니 무료입장을 해 주었다. 이제 덕원이는 중국 학생이라고 해도 누구나 믿는다. 어디를 가도, 베이징 표준어를 구사한다는 말을 듣기 때문이다. 식물원은 20위안을 받을 만큼의 값어치는 없어 보였다. 계림 자체가 식물원이기 때문이다. 집으로 돌아오니 오후 5시였다. 한 걸음도 걸을 수 없을 만큼 피곤하였다.

공부

___ 9. 15. 월. 맑았다

오전 6시. 덕원이를 깨워 아침을 먹었다. 집에서 통학하기로 결정을 하고 담임선생님께 전화하니 학교에 통학신청서를 제출해야 한다고 했다.

거의 모든 학생이 기숙사 생활을 하다 보니, 통학하는 학생들은 별도로 관리하기 때문에 '통행증'을 만든다고 한다. 중국어가 능숙하지 않아 전 교수가 사정 이야기를 중국어로 쓰고 내가 사인을 했다. 매번 이 교수 부부의 고생이 많다. 6시 55분, 일본어학과 양 교수가 딸과 함께 약속 장소로 나왔다. 한국화장품을 선물로 드리면서 잘 부탁한다고 인사를 했다. 매번 이렇게 통학을 도와주니 참으로 감사한 일이다.

학교에서 돌아온 덕원이가 교과서 일체를 받았다면서 보여주었다. 저녁을 먹고 7시 30분에 중국어 과외선생이 왔다. 한국의 '국어'에 해당하는 '어문(語文)'을 가지고 예습 복습을 하기로 했다. 문장이 길어져서 덕원이가 많이 힘들어했다. 과외가 끝나고 나와 함께 영어공부를 한 시간 넘게 했다. 매일 조금씩 하다 보니 익숙해지는 것 같았다. 모든 공부가 그렇듯이 절대시간이 필요함을 여러 번 강조했다. 기초가 다져지지 않았으니 투자시간이 그만큼 많아야 한다. 영어 선생님은 학교에서 유일한 한국인인 덕원이에게 신경을 많이 써주는 모양이었다. 수업시간에 매번 발표를 하라고 하니, 거기에 고무된 덕원이도 영어만큼은 잘하고 싶다면서 열성을 보인다.

덕원이가 중학교에 간 이후로 내 시간이 거의 없어졌다. 저녁에는 덕원이 챙겨주고 영어공부를 도와야 하니 더더욱 그렇다. 11시가 되면 저절로 눈이 감길 정도로 피곤하였다. 덕원이는 나보다 두 배 세 배 피곤할 것이다. 짠한 마음이 든다.

방값 NO, 교육비 NO
___ 9. 16. 화. 맑았다

중국어 시간에 장 선생에게서 들으니 중국 생활이 만만치 않아 보였다. 가장 큰 문제는 경비가 많이 든다는 것이었다. 두 사람은 한 학기에 각각 6800위안의 등록금을 내고, 월세 2600위안을 낸다고 한다. 그뿐인가. 소학교 다니는 아들은 1학기에 10000위안의 학비를 낸다고 한다. 거기에 유치원 다니는 아이의 학비까지! 허걱! 장 선생 이야기를 들으니 나는 그들에 비하면 참으로 복 받은 것 같다. 아파트가 낡긴 했지만 무료이고, 덕원이도 교육비가 무료이니 말이다.

중국대학에서는 교수들에게 기본적으로 집을 한 채씩 임대해 준다. 물론 약간의 집세를 낸다. 가령 27평 규모의 아파트는 120위안 정도의 월세를 낸다. 그리고 계약할 때 자녀에 대하여 어떤 식으로 책임져 달라는 조건을 제시하면, 학교에서는 최대한 배려를 하여 해결해 준다. 나도 덕원이의 중학교와 고등학교 문제를 해결해 준다는 계약조건이 명시되어 있어서 학교 측에서 계약이행을 한 것이다. 그리고 교수 자녀이기 때문에 교육비가 면제된 것이다.

정원 외 입학
___ 9. 17. 수. 비가 오다가 맑았다

저녁 8시에 덕원이의 영어 선생님을 만났다. 영어 선생님이 직접 전화를 걸어 덕원이의 학교생활에 대하여 상의를 하자고 해서 이 교수와 함께 만났다. 이 교수의 절친한 친구라고 한다. 그분의 말씀을 한마디로 요약하면, 중국어도, 영어도 전혀 하지 못하는 덕원이가 학교에서는 무척 부담스럽다는 것이다. 광서사범대학 소속 교수의 자제라고 하니 어쩔 수 없이 입학을 허가하긴 했지만, 실제 교육을 담당하는 담임이나 담당과목 선생님들이 상당히 부담을 느낀다는 것이다. 그 학교는 광서지역에서 가장 좋은 학교로 평판이 난 곳이기 때문에, 모든 선생님들이 자기 반의 성적 향상을 위해 대단히 신경을 쓰고 있는 상황인데, 덕원이가 그런 분위기에 도움이 되지 않는다는 것이다. 학생들의 학업 성취도는 선생님들의 자존심과 연봉과도 직결되기 때문에 대단히 민감하다는 것이다.

'정원외 입학'으로 알고 있었기 때문에, 나는 덕원이의 공부에 대하여 그다지 스트레스를 받지 않았다. 아무리 열심히 한다고 해도 본토인을 따라잡기가 쉽지 않기 때문이다. 더구나 이곳은 광서 지역의 최고 학군 아닌가. 덕원이에게도 그저 중국 학생들 틈에서 고급 중국어를 공부한다는 생각으로 학교에 다니라고만 했는데, 영어 선생님의 말씀을 들어보니, 그게 아닌 모양이었다. '정원외 입학'은 있을 수 없는 시스템이라고 하면서, 이 학교에 입학한 이상 공부를 위해 노력을 기울여야 한다는 것이었다.

그리고 덕원이가 처해 있는 상황에 대하여 담당과목 선생님들의 양해를 구하기 위해 식사를 대접하거나 선물을 드리는 것이 좋겠다는 의견까지 제시했다. 중국에는 이런 문화가 있으니 이해해 달라는 것이다. 선생님을 대접하는 것은 한국에도 있는 문화이니 전혀 이상할 것이 없다. 내가 중국말이 안 되니 식사대접은 어려울 것 같고, 차후 준비가 되는대로 선생님들께 선물을 드리기로 했다. 아무튼, 학교에서 일어난 일을 이렇게 소상하게 말씀해 주시고 어떻게 대처해야 할지도 알려주시니 감사했다. 이야기를 하다가 영어 선생님은 마지막으로 이런 말씀을 하였다.

"혹시 법적으로 상담할 일이 있으면 말씀해 주세요. 중국에는 법이 두 개 있습니다. 하나는 표면적으로 지켜야 할 법이고, 다른 하나는 표면적인 법 말고 이면적인 법이지요."

이 교수에게서 들으니, 영어 선생님의 부인이 판사라고 한다. 영어 선생을 10년 하고 나서 법대에 입학하여 판사가 되었다는 것이다. 두 분 모두 대단한 사람들인 것 같았다. 한국 화장품을 선물로 드리면서 감사하다는 말씀을 거듭 하고 헤어졌다.

이 교수와 택시를 타고 오면서 덕원이 문제를 어떻게 해야 할지 고민을 좀 해야겠다고 말했다. 이 교수는 좀처럼 피우지 않은 담배를 피워 머리가 어지럽단다. 평상시 혼자 있을 때는 담배를 피우지 않다가도 이렇게 흡연가를 만나면 같이 담배를 피운다. 일종의 '접대 담배'인 셈이다. 가

만히 보면, 이 교수의 사람 다루는 솜씨가 대단하다. 지혜롭고 합리적으로
일처리를 하는 것 같다.

말수 적은 남방 사람들

_____ 9. 18. 목. 맑았다

저녁에 덕원이와 함께 줄넘기를 하자고 했다. 문방구에 가서 줄넘기
를 사가지고 왔는데, 줄이 너무 길다. 다시 문방구로 가서 주인에게 줄을
줄여 줄 수 있느냐고 했더니 가능하다고 한다. 그러더니 드라이버, 펜치
등의 도구를 꺼내서 작업을 시작했다. 손쉽게 될 줄 알았는데, 일이 번거
로운지 한참을 끙끙거렸다. 급기야는 손바닥에 상처까지 났다. 벌건 피가
흘렀다. 번거롭게 해서 미안하다고 했더니, 나를 쳐다보지도 않고 "메이꽌
시(沒關係: 괜찮아요)"라며 작업을 계속했다. 주인이 작업을 끝내고 환하게
웃으면서 줄넘기를 건네주는데 정말 미안하고 고마웠다. 남방 사람들은
북방인들과는 성격이 다르다. 북방 사람들이 말이 많고 표현을 적극적으
로 한다면, 남방 사람들은 말수가 적고 얼굴에 표정이 잘 드러나지 않는
다. 좋게 표현하면 좀 우직해 보이고, 나쁘게 표현하면 속에 무슨 마음을
품고 있는지 모른다. 문방구 주인이 피까지 흘리면서 줄을 줄여 주었다고
하니까, 덕원이도 앞으로 그 집만 이용하겠단다.

중1 어문 교과서

_____ 9. 19. 금. 비가 오고 선선했다

오전에 중국어 강의가 끝나고 장 선생 부부와 쉐라톤 호텔의 사모님
과 점심을 같이 먹었다. 간단하게 루어쓰펀(螺蛳粉). 약간 매콤했지만 먹을

만했다. 긴 소매를 입기에는 조금 이른 듯하지만, 아침저녁에는 두툼한 이불을 덮을 정도로 선선해졌다.

오후에 덕원이가 공부하는 어문 교과서를 살펴보았다. 어문 교과서에는 문학작품이 수록되어 있어 내가 보기에도 어려운 것이 많았다. 모두 7단원으로 구성된 교과서는 6,7단원의 고문을 제외하고 나머지는 모두 국내외 근현대 작가의 작품이 실려 있다. 예컨대 노신(1881~1936)의 〈연〉, 주덕(1886~1976)의 〈나의 어머니를 추억하며〉, 주자청(1898~1948)의 〈봄〉과 같은 작품이 14편 수록되어 있다. 또한 마크 트웨인의 〈나의 첫 번째 문학 시도〉, 헬렌 케어의 〈나의 선생님〉, 투르게네프의 〈숲과 초원〉을 비롯한 6편의 국외 저명작가의 작품이 실렸다.

6,7단원에는 〈논어〉, 〈세설신어〉, 왕안석의 〈상중영(傷仲永)〉, 〈목란시(악부시집)〉, 구양수의 〈매유옹(賣油翁)〉, 역도원의 〈삼협(三峽)〉, 〈고문(古文)〉 두 편, 〈맥상상(陌上桑)〉 등의 작품이 실렸다. 그리고 10편의 한시가 실려 있는데 열거해 보면, 왕유의 〈잡시(雜詩)〉, 이상은의 〈야우기북(夜雨寄北)〉, 정곡의 〈회상여우인별(淮上與友人別)〉, 왕발의 〈송두소부지임촉주(送杜少府之任蜀州)〉, 유우석의 〈수락천양주초봉석상견증(酬樂天揚州初逢席上見贈)〉, 이백의 〈문왕창령좌천용표요유차기(聞王昌齡左遷龍標遙有此寄)〉, 왕안석의 〈등비래봉(登飛來峰)〉, 상건의 〈제파산사후선원(題破山寺后禪院)〉, 두보의 〈망악(望岳)〉, 조조의 〈관창해(觀滄海)〉 등이다. 근래 들어 '고문'을 중시하는 영향을 받아서 교과서에 고문의 분량이 이전보다 많아졌다고 한다.

문학작품은 비유와 상징으로 이루어진 것이 많기 때문에 중국인들도 어려워한다. 한국어학과 학생들에게 물어보아도 중학교 때 배운 내용이 지금도 어렵다고 이야기한다. 나 역시 고문은 이해할 수 있어도 근현대 작품은 생소한 어휘들로 인해 사전이 없으면 읽어내기가 쉽지 않다. 그러니 덕원이가 어문을 얼마나 어렵게 생각할지 짐작이 가고도 남는다.

군사훈련

_____ 9. 20. 토. 맑았다

오전에 오랜만에 테니스 레슨을 받았다. 꾸준히 레슨을 받아야 하는데, 몸이 잊어버릴 만 할 때마다 운동을 하니, 실력이 늘지 않는 것이 당연하였다. 오늘도 코치가 화를 꾹꾹 참으면서 가르치는 것 같았다. 토요일인데 테니스장 바깥에서는 신입생들의 군사훈련이 진행되고 있었다. 보통 중국의 신입생들은 남녀 구분 없이 한 달가량 군사훈련을 받는다. 개강한 날부터 군사훈련을 시작하기 때문에 학교에서 군복 입은 학생과 군인을 곧잘 볼 수 있다. 주말에도 계속 한다. 새벽 6시에도 구령소리가 들리는 것을 보면, 꽤 이른 시간부터 훈련을 시작하는 것 같다. 덕원이 학교 신입생들도 일주일간 군사훈련을 받았다고 한다. 물론 덕원이는 외국인이라서 열외란다. 테니스 코치는 군사훈련이 '시간낭비'일 뿐이라며 부정적인 반응을 보였다.

파키스탄 친구

_____ 9. 21. 일. 맑았다

저녁 무렵에 파키스탄 친구 왕한을 만났다. 지난 학기에는 외국어학원에서 같이 중국어를 공부했지만, 이번 학기부터는 박사과정 수업을 듣기 때문에 옌산 캠퍼스에 있단다. 반가웠다. 그가 전하는 파키스탄은 참으로 보수적인 나라이다. 아직도 남녀 차별이 분명한 사회이다. 학교에서도 길거리에서도 남녀가 통행하는 길이 따로 있다고 하며, 젊은 여자는 어머니를 동반해야 시장에 갈 수 있다고 한다. 또한 대부분 부모가 정해준 사람과 혼인한다고 한다. 왕한 역시 부모가 정해준 여자와 결혼을 할 것이란다. 현재 그는 박사과정생이다. 이렇게 배울 만큼 배운 사람도, 아직까지 부모가 정해준 여자와 결혼을 할 수 밖에 없다니.

문득 루쉰(鲁迅)이 생각났다. 루쉰은 결혼하기 전, 전족한 여성과는 결코 결혼할 수 없다고 말한 적이 있었다. 당시 중국 여인 대부분이 전족을 한 상황에 비추어보면, 그의 발언은 매우 파격적이었다. 어느 날 루쉰은 유학 중에 갑자기 고향으로 돌아오라는 부모님의 전갈을 받고 급히 고향으로 가게 된다. 그런데 자신도 동의하지 않은 결혼식이 이미 준비되어 있었다. 루쉰은 그때 자신의 부인을 처음 만나보았다. 그런데 그녀는 자신이 그토록 혐오하였던 전족 여인이었다. 그녀의 발은 너무나 작아서 전족을 풀어줄 수 없는 지경이었다고 한다. 중국 현대 문학의 거장이었던 루쉰에게도 어찌할 수 없는 운명이 있었던 것이다. 루쉰 부부는 표면적으로는 정상적인 부부였지만 정상적이지 않게 살았다. 제도적으로만 부부일 뿐이었다. 그의 아내는 어떠한 대화상대도, 연애상대도 되지 못했다. 공감도 하지 못하고, 대화도 할 수 없는 사람과 한평생을 한 공간에서 살아야 한다는 것, 그것은 견딜 수 없는 비극이다. 루쉰조차도 끝내 그 비극의 틀에서 벗어나지 못했다. 파키스탄 친구의 상황은 어떤지 모르겠다.

자전거 브레이크가 고장 나서 3위안을 주고 수리했다. 오랜만에 자전거를 타니 기분이 좋아 저녁 늦게까지 교정을 돌아다녔다.

명령

____ 9. 22. 월. 맑았다

오후 2시 20분부터 5시 20분까지 〈회화〉 강의를 했다. 지난주에 3학년 학생들이 난닝(南寧)에서 진행하는 국제기업박람회에 다녀오느라 공식 휴강을 했기 때문에 보강 2시간을 더 하였다. 3학년 전체가 19명인데 그 중에서 서너 명을 제외하고 모든 학생들이 난닝에서 9일 동안 통역, 번역

및 허드렛일을 하면서 보냈다. 매년 난닝에서 개최하는 박람회에 한국의 기업들도 참여하기 때문에, 그들을 위해 우리 학교 한국어학과 학생들이 봉사를 한다. 통역을 제대로 했느냐고 물어보니, 아이들이 웃으면서 '열심히 했다'고 한다. 2년 배운 한국어 실력으로 제대로 통역하기를 바라는 것은 무리이다. 다만, 그러한 경험들이 한국어 공부에 자극제는 충분히 될 수 있을 것이다. 청주에서 온 기업인도 있었다고 한다.

강의 끝나기 20분 전에 문자를 받은 학생 대표가 나에게 양해를 구하고 학생들에게 전달사항을 말했다. 조금 있다가 아이들의 '우우!'하는 소리가 들리더니 두 명의 여학생이 책가방을 쌌다. 지금 당장, 기숙사로 돌아가서 청소를 해야 한다는 것이다.

"강의가 아직 끝나지 않았는데도 가려고 하는 거니?"

"위의 명령이에요!"

학생들은 어쩔 수 없다고 한다. 아이들이 입을 씰룩거리면서 약간 불만을 표시하였지만, 늘 있는 일이라서 예사롭지 않게 여기는 표정이었다. 중국 대학에서 1년을 넘게 지냈지만, 늘 여기가 사회주의 국가가 맞는가라는 생각을 하곤 했다. 한국과 별반 다르지 않다고 생각하곤 했는데, 오늘처럼 '위의 명령'이라는 말을 들으니 새삼 낯설었다.

집에 도착하니 저녁 6시 30분. 저녁을 해 먹을 시간이 없을 것 같아 쌀국수를 먹으려는데, 식당에서 혼자 쌀국수를 먹고 있던 이 교수를 만났다. 짧은 대화를 나누고 부리나케 집으로 돌아와 덕원이 영어선생을 인터뷰했다. 젊은 미국인으로, 우리 학교 외국인 교수이다. 밝고 명랑해서 덕원이 영어 과외 선생으로 마음에 쏙 들었는데, 안타깝게도 시간이 맞지 않아 못하겠단다. 확실히 서양인들은 동양인보다 자유롭고 생기발랄하다. 덕원이가 중국어 과외를 끝내고 나니 밤 9시. 하루의 일정이 모두 끝났다.

열

6시 20분. 아침식사를 하고 나서 덕원이가 먹은 것을 토했다. 배가 아프다기에 찜질팩을 데워서 올려 주었다. 갑작스러운 학교생활과 공부에 대한 스트레스로 인한 것이니 긴장하지 말라고 하면서 학교로 보냈다. 저녁 7시. 집에 돌아와 보니 덕원이가 침대에 누워 끙끙 앓고 있었다. 열이 많이 났다. 학교에서도 머리가 어지러워 양호실에 누워 있었으며, 배가 또 아플까봐 아무 것도 먹지 않았다고 한다. 죽을 먹이고 해열제를 먹였다. 열이 오르락내리락 했다.

덕원이가 학교에 다니기 시작한 지 꼭 2주일! 긴장의 연속이었을 것이다. 단 한 명도 알지 못하는 59명의 학생들 틈에 앉아 있을 덕원이! 이따금씩 알아들을 수 있는 몇 단어 외에 전혀 알지 못하는 언어들을 나열하는 수업시간! 5천 명 가운데 유일한 한국인으로 주목받고 있는 덕원이! 다른 사람 같으면 생병이 났어도 진즉에 났을 터이다. 학교에 못 다니겠다고 어깃장을 놓아도 벌써 놓았을 터이다. 열이 나고 탈이 나는 것은 당연하였다. 그래도 영어공부를 열심히 시작해 보겠다고 하고, 다른 아이들을 금방 따라잡을 수는 없어도 차근차근 열심히 하겠다는 마음을 내는 것만도, 얼마나 기특한 일인지 모른다. 중국어 과외선생님에게 덕원이가 열이 나서 공부를 못하겠다고 전화했다. 선생님이 알았다고 하면서 밤이 늦어도 상관없으니 무슨 일이 있으면 바로 연락하라고 한다.

밤 9시쯤에 경제학과 김 교수가 우리 집에 오셨다. 동과(冬瓜)와 방금 쪘다는 콩 줄기를 들고 왔다. 나는 제천 시골에 살았어도 콩 줄기를 쪄서 먹은 기억이 없다. 아직도 따뜻한 콩을 까서 먹으니 고소하고 담백했다. 김 교수에게 덕원이가 아프다고 하니 연변 사투리를 써가며 위로했다.

"선생님요, 아를 그렇게 힘들게 하지 마쇼. 지 절로 올매나 힘들었을 기요. 공부도 하라고 하지 말고, 지 절로 알아서 할 때까지, 닦달하지 마이소. 선상님도 이제 교수 되었으니 쉬며 쉬며 하이소. 아덜을 그렇게 잡는다고 되는기 아니래요. 나는요, 우리 아덜 공부하라고 안 했어요. 공부 못해도 지금 잘만 살아요. 공부 못하는 아덜이 사회생활은 더 잘해요. 아프다고 하니 내일 학교 보내지 마이소. 한 이틀 집에서 놀게 하이소. 아, 그리고 '해상 비단길' 어쩌구 하는 학술대회가 있는데 조 선생님이 마음이 있으면 같이 가시던가요. 지난번 동과 준다고 해놓구 잊어뿌렸지 뭐요. 비단길을 한국에서는 '실크로드'라고 해요? 오, 그렇구나."

김 교수는 수영장이 문을 닫았다고 하면서, 조만간 배드민턴장에서 다른 교수들과 함께 만나자고 하고는 돌아갔다.

결 석

―― 9. 24. 수. 맑았다

덕원이가 학교를 가지 못했다. 아침에 일어났는데 열이 가시지 않아 담임선생님과 카풀을 도와주시는 양 교수께 메시지를 보내 못 간다고 했다. 나도 중국어 학원에 못 간다고 메시지를 보냈다. 덕원이는 오전 내내 잠을 자고 일어나더니 기운이 좀 나는지 오렌지 주스를 한 잔 마셨다. 그리고 점심에는 고등어구이를 해서 밥 한 그릇을 먹었다. 아무 것도 하지 말고 푹 쉬라고 했더니 혼자 킬킬 웃으면서 카툰을 보다가 컴퓨터 게임을 했다. 그렇게 온종일 뒹굴뒹굴 하더니, 저녁 때가 되자 중국어 과외를 하겠다고 했다.

앞으로도 이렇게 몸살을 앓을 때가 많을 것이다. 혼자 힘들어하고, 혼자 아파하고, 그러다가 혼자 감당하고, 혼자 견뎌내야 할 것이다. 나는 그저 옆에서 필요할 때 손을 잡아주고 하소연을 들어줄 뿐이다. 나는 요즘 좋은 부모에 대하여 종종 생각한다. 나는 누구 말마따나 무늬만 '엄마'일

뿐, 엄마의 역할을 제대로 하지 못했다. 특히 자식의 교육에 관해서는 방치수준이었다. 한국에 있을 때 언젠가 덕원이가 시험을 앞두고 이렇게 말했다.

"엄마? 다른 친구들은 엄마들이 공부를 도와준다고 하는데, 엄마는 왜 안 그래?"

"덕원아, 네가 엄마를 봐봐. 엄마는 매일 책보고 논문 쓰는 시간도 부족한데, 어떻게 너의 공부를 도와주니? 그리고 공부는 엄마가 도와준다고 되는 것이 아니라 자기가 알아서 하는 거야."

사실이 그랬다. 늘 해야 할 일이 많았기에 덕원이의 공부를 챙겨줄 여유가 없었다. 먹고 살기 위해 마다하지 않고 잡일을 해야 했다. 내가 제대로 된 직장을 잡지 않으면 안 된다는 생각에, 늘 내 일이 우선이었다. 덕원이는 뒷전이었다. 참 미안한 일이다. 그런데 다시 그때로 돌아간다 하더라도, 다른 것은 몰라도 공부는 스스로 알아서 하는 것이라고 할지 모른다. 그때나 지금이나, 나는 그렇게 자상한 엄마가 아니기 때문이다. P는, 아들 걱정을 하는 내게 "스스로 알아서 잘 할 것이다. 유전자는 못 속인다. 걱정보다는 칭찬이 제일이다"라는 메시지를 보내왔다.

여교수들
____ 9. 25. 목. 맑았다

위차이 캠퍼스에서 옌산 캠퍼스에 도착하니 아침 8시였다. 1교시는 8시 20분에 시작된다. 20분의 여유가 있어 교수 휴게실에 앉아 기다렸다. 오늘도 6,7명의 여교수들이 휴게실에 들어오더니 준비해 온 먹을 것을 가방에서 꺼냈다. 더우지앙(豆漿)과 우유를 마시는 분도 있고, 찐 계란을 꺼내 탁자에 두드려 깨어 먹는 분도 있다. 식빵을 먹는 이도 있고, 빠오즈와 만두를 먹는 이도 있다. 찐 옥수수를 먹는 이도 있다. 그녀들은 아침을 먹으며 깔깔깔 많은 이야기를 했다. 그리고 8시 15분이 되자 모두 교실로 들어갔다. 그녀들은 주로 이렇게 아침을 해결하는 것 같았다.

이번 학기 들어 대학원 첫 수업이다. 신입생 6명 중에 남학생이 1명, 여학생이 5명이었다. 남학생은 광서사범대학 계열인 이강학원을 졸업하고 현재는 대우버스에서 근무한다. 여학생 다섯 명은 모두 풀타임으로 공부한다. 조선의 문인인 권섭의 문집을 읽고 번역하는 수업을 하겠다고 했더니, 모두 난감한 표정을 지었다. 매주 각자의 할당만큼 번역하여 발표하고, 다 함께 수정을 하는 것으로 진행하겠다고 했더니 역시 좋아하지 않는 기색이었다. 다음 주에 첫 발표를 보면 이 아이들의 수준을 가늠할 수 있을 것이다.

붓글씨
___ 9. 26. 금. 맑았다

저녁 6시 30분. 덕원이와 함께 '수마방' 식당으로 갔다. 김 교수가 중문학과 한 교수와 그의 부인인 손 교수를 함께 초대해서 나를 소개시켜주려고 마련한 자리였다. 전에 김 교수와 이야기하면서 붓글씨를 쓰고 싶다고 했더니, 자기와 절친한 교수 중에 붓글씨를 잘 쓰는 분이 있다면서 나중에 소개시켜 주겠다고 한 것이 발단이 되었다. 김 교수에 의하면, 손 교수는 풍이 있어서 아무 음식이나 먹지 않는다고 한다. 그 식당의 음식을 거의 들지 않았다. 손 교수는 신강 사람이고, 그의 남편인 한 교수는 호남 사람이라고 한다. 두 분의 말씀을 명확하게 이해하지 못하는 것이 많아 중간에 김 교수가 통역을 해야 했다. 한 교수는 순천대학을 한 차례 다녀온 경험이 있어서 한국에 대한 동경과 그리움이 상당히 많아 보였다.

식사를 마치고 손 교수 댁에 가서 차를 마셨다. 계림에 와서 중국인의 가정집은 처음 가본다. 남문 쪽에 있는 학교 사택인데 이 교수의 집보다 훨씬 넓었다. 방 4칸에 커다란 거실이 있었다. 거실에 소파가 놓여있고, 텔레비전, 에어컨 등 각종 가구들이 빼곡하게 잘 정돈되어 있었다. 특히 사방 벽면에 가득 붙어있는 글씨가 눈에 들어왔다. 상당수를 한 교수가 쓴 것이라고 한다. 어려서 할아버지로부터 배웠을 뿐 서실에 나가거나 독선생을 두고 따로 배운 적은 없다고 하였는데, 문외한인 내 눈에도 예사롭지 않아 보였다.

한 교수가 부지런히 주방 쪽을 왔다 갔다 하더니 차도구와 차를 준비했다. 철관음에 오미자 몇 알과 대추 한 알을 넣어서 차를 우렸다. 이렇게 조합한 차를 마셔본 적이 없었는데 괜찮은 맛이었다. 건강을 생각해서 이렇게 마신다고 한다.

김 교수가 1주일에 한두 번 나를 불러다가 서예를 가르쳐 달라고 하니, 한 교수는 따로 배울 것 없이 그냥 집에서 매일 20분가량 연습만 하면 된단다. 그리고는 자기가 보던 서예 입문 책을 가져와 페이지를 넘기면서 이것은 안진경체, 이것은 소동파체, 이것은 구양순체 하면서 이 중 하나를 선택해서 연습하란다. 진짜 집에서 매일 연습만 하면 실력이 늘게 될지, 여전히 의구심이 들었지만 알겠다고 했다. 손 교수는 커다란 유자를 쪼개어 권했다. 그렇게 손 교수 댁에서 차를 마시고 유자를 먹으면서, 10시가 넘도록 이야기를 나누었다. 김 교수는 두 분은 '법 없이도 살 사람들'이라고 한다.

수육 김치쌈
____ 9. 27. 토. 맑았다

연재물을 보내야 하는데 좀처럼 글의 가닥이 잡히지 않아서 이 책 저 책 뒤적이면서 시간을 허비했다. 연재는, 2년 전에 임보 선생님께서 〈우리 시〉의 '한시한담' 코너에 글을 쓰면 어떻겠느냐는 말씀으로 시작한 것이

계림의 가을

247

지금까지 이어지고 있는 것이다. 요사이는 주로 충북지역의 한시 작가를 발굴하여 쓰고 있다.

오후에 자전거를 타고 북문으로 가서 인터넷 연장 신청을 했다. 석 달 치 180위안을 냈다. 인터넷 한 달 이용료가 60위안이다. 저녁에 제주도 선생님께서 강 선생네 기숙사를 빌려서 식사를 준비할 테니 오라고 하셨다. 제주도 선생님이 거처하는 기숙사는 취사시설이 되어 있지 않아 강 선생 숙소를 빌린 것이다. 태국, 인도네시아 학생 등 10여명을 초대하셨다. 오늘의 메인 메뉴는 '수육 김치쌈'이었다. 아침 7시에 현식이를 데리고 시장에 가서 고기를 샀다고 하면서, 김이 모락모락 나는 돼지고기를 도마에 올려놓고 쓱쓱 써셨다. 기름이 들어가지 않은 담백한 고기 요리를 자신이 먹고 싶어서 선택한 메뉴라고 하면서 좋아하셨다. 외국 친구들도 김치를 잘 먹었다. 수육을 안주삼아 소주를 몇 잔 마셨더니 취기가 올라 집으로 돌아와 일찍 잤다. 김 교수가 준 동과가 비닐봉지에 덮인 채 테이블에 그대로 놓여 있다. 어떻게 요리해서 먹어야 할지 모르기 때문이다.

체육대회
_____ 9. 28. 일. 한낮은 무척 더웠다

오늘은 10월 1일부터 1주일 간 있을 국경절 휴가를 위해 보강을 했다. 정확히 말하자면 10월 6일 월요일 강의에 대한 보강인 셈이다. 덕원이네 학교는 보강 대신 체육대회를 한다. 오늘부터 화요일까지 3일 동안.

"무슨 학교가 일요일에 체육대회를 하냐고요?"

불만이 가득한 얼굴로 학교에 갔던 덕원이가 저녁에 돌아왔는데 얼굴이 새까맣게 그을려 있었다. 하루 종일 햇볕에 앉아 있었단다. 덕원이네 반에서 입기로 한 반티는 머리에서 발끝까지 이어진 캐릭터 옷이었는데, 그것을 입고 종일 있었다고 하니, 더위에 오죽 고생을 했을까 싶다. 덕원이는 참여하는 종목이 없어서 하루 종일 앉아 있거나 양현이와 함께 이곳 저곳 돌아다녔다고 한다. 재미없는 체육대회!. 그래도 3일 동안 공부를 안 해서 좋다고 했다.

옌산에서 위차이 캠퍼스로 돌아오는 스쿨버스 안에서 대학원 부학장과 함께 앉아서 왔다. 그는 영어과 교수이다. 오늘 하루만 강의를 9시간 했다고 하면서 엄청 피곤하다고 한다.

국제이사 비용
___ 9. 29. 월. 맑았다

작년에 국제이사를 하는데 소요된 비용과 항공료 55000위안이 처리되어 입금되었다. 중국 대학에서는 새로 부임하는 교수들의 이사 비용 일체를 책임져준다. 모두 그러한 것은 아니지만, 많은 대학에서 그렇게 하고 있다. 또한 항공권도 지원해 준다. 그런데 외사처(外事處)에서 5만 위안 이상은 처리해 줄 수 없다고 하여, 우리 학과가 소속된 외국어학원 측에서 나머지 비용을 부담하겠다고 한다. 다만 외국어학원 예산이 충분하지 않아 몇 번 나누어서 지급하겠다는 통보다.

장 선생의 초대
___ 9. 30. 화. 맑았다

중국어 강의를 끝내고 12시가 넘어서 집으로 돌아오니 좀 있다가 덕원이도 왔다. 운동회 마지막 날인데다가 내일부터 연휴의 시작이라 수업이 일찍 끝났단다. 덕원이는 방바닥에 누워서 네이버 웹툰을 보면서 과자를 먹었다. 내일부터 학교에 안 간다고 생각하니 행복하고 기분 좋단다.

저녁에 장 선생 댁에 초대되었다. 우리 학교에서 약 15분 거리에 있는 '세기신성(世紀新城)'이라는 아파트에 거주하는데, 아파트의 규모와 청결함에 1차로 놀랐다가 아파트에 들어가서 또 한 번 놀랐다. 40평이 넘어 보이는 실내가 잘 정돈되어 있었다. 한국의 아파트와 별반 달라 보이지 않았다. 그들의 아파트에 비하면 내가 사는 아파트는 말할 수 없을 정도로 초라했다. 덕원이는, 우리도 이런 곳으로 이사 가자고 한다.(글쎄! 우리 아파트는 공짜지만, 이 아파트는 월세 2600위안을 내야 하는데. 우리 형편에 그게 가능할까?) 장 선생네는 세입자이다. 소파며 냉장고, 옷장, 침대 등 모두 따로 구입한 것이 아니라 주인이 갖춰준 것이라고 한다. 현재 장 선생이 살고 있는 집의 주인은 이런 아파트를 5채 소유하고 있고, 그가 소유한 자동차가 4대나 되는 갑부란다. 주차장에 주차되어 있는 차들도 거의 '아우디'급이었다. 주민들은 한국의 중산층과는 비교할 수 없을 만큼 부자인 것 같았다.

장 선생은 아들만 둘이 있다. 큰 애는 소학교 4학년이고, 작은 애는 3살이다. 큰 애는 어릴 적 '드럼 신동'으로 텔레비전 출연을 여러 번 했던 유명인이라고 한다. 드럼을 가르친 적이 없는데 드럼을 잘 쳤단다. 작은 애는 붙임성이 있어서 덕원이 손을 잡고 졸졸 따라다녔다. 두 아들 모두 눈빛이 초롱초롱했다. 저녁 메뉴는 등뼈 김치찜과 골뱅이무침이었다. 메인 메뉴의 솜씨도 훌륭했지만 곁들여 내놓은 김치와 깻잎반찬이 일품이었다. 특히 김치 맛이 아주 훌륭했다. 장 선생의 부인 음식 솜씨가 수준급이었다. 미국에서 3년 반 살면서 익힌 살림 솜씨란다. 매일 먹는 반찬은 물론이려니와 떡과 빵, 그리고 감주 같은 음료도 만들 수 있다고 한다. 나보다 열 살이나 어린 그녀가 존경스러웠다. 맛있는 음식을 먹으면서 문득 덕원이에게 미안한 마음이 들었다. 아, 나는 엄마로서 왜 이렇게 잘 하는 것이 없을까?

새 자전거

___ 10. 1. 수. 맑았다

이른 점심을 먹고 덕원이와 자전거를 사러 시내로 나갔다. 덕원이가 요사이 자전거 타는 재미가 붙어서 자기 자전거를 갖고 싶다고 하기에, 중학교 입학 선물로 사준다고 했다. 천 위안이면 좋은 자전거를 살 수 있을 것이라는 말을 듣고 그 정도를 예상했는데, 의외로 가게 주인은 480위안짜리(정가는 580위안으로 세일 중이라고 함)를 추천했다. 학생들은 대개 이 정도의 가격대에서 구입한다고 했다. 안전모와 자전거 사슬, 경보음 등을 추가로 샀다. 덕원이는 초등학교 3학년 이후 처음 새 자전거를 갖게 되었다면서 좋아하며 오후에 자전거를 타고 중학교까지 갔다 왔다.

덕원이가 새 자전거를 갖게 되면서 전에 타던 자전거는 내 전용이 되었다. 나도 자전거 타는 재미가 붙어 아침 러시아워 전에 한 시간 정도, 혹은 햇볕이 없는 저녁 시간대에 한 시간 정도 자전거를 탄다. 이곳 계림에서는 자전거보다는 전동차를 더 많이 탄다. 학교 주차장에도 자전거보다 전동차가 훨씬 많다.

자전거를 타면서 계림의 교통체계를 조금 이해할 수 있게 되었다. 그러면서 자동차를 운전할 수 있을 것 같은 자신감도 생겼다. 버스를 타고 다닐 때는, 이런 혼잡한 도로에서 도저히 운전을 할 수 없을 것 같았다. 자동차, 전동차, 자전거가 마구 뒤섞여 있는데다가 운전자는 물론 보행자도 신호체계를 무시하고 제멋대로 끼어드는 것이 다반사이다. 반대편 차선에서 위험천만하게 유턴하여 끼어드는 차, 역주행하는 차도 부지기수다.

그런데 자전거를 타면서 보니, 신호체계를 무시하면서 제멋대로 운전하기는 하지만 나름 유연하게 움직이는 것 같다. 그리고 시내에서는 자동차도 전동차도 속력을 내지 않기 때문에 크게 위험해 보이지 않았다.

공부하는 지도자가 그립다

____ 10. 2. 목. 맑았다

오늘은 음력으로 9월 9일, 중양절이다. 중양절은 옛날에는 큰 명절이었으나 지금은 유명무실해졌다. 지금 중국에서는 웃어른을 섬기고 공경하는 날, 제사를 지내는 날이라고만 알고 있다. 이 날, 남방지역의 사람들은 성묘를 하고 폭죽을 터트린다고 한다.

며칠 전에 쓴 원고를 마무리했다. 이번 달 원고는 기묘명현의 한 분이었던 김정에 대한 내용이다. 글을 쓰면서 참고자료를 읽다가 보니 조선시대의 경연(經筵)이 상당히 수준 높은 제도였음을 다시금 확인했다. 경연이란, 임금에게 유학의 경서를 강론하는 것을 말한다. 이 제도에는, 임금이 훌륭한 왕도정치를 실현하도록 교육하는 것과 왕권을 규제하고자 하는 두 가지 목적이 있었다. 조선시대에는 경연이 매우 활발하였는데, 세종의 경우 즉위하고서 하루도 빠지지 않고 20여 년 동안 경연에 참석하였다고 한다. 좋은 임금이 되기 위해 쉬지 않고 공부하였다는 말이다. 세종이 성군으로 불리는 데에는 그만한 이유가 있었던 것이다. 공부를 해야 아집에서 벗어날 수 있고, 시대의 흐름을 파악할 수 있고, 국제정세를 파악하여 나라를 지킬 수 있는 것이다.

조선의 그러한 제도가 오늘에도 계승되고 있는지 의문이다. 끊임없는 자기 공부를 통해 아집 없는, 그래서 누구와도 소통할 수 있는 그런 지도자가 그립다. 어느 한 시기에 갇혀 성장이 멈추어 버리지 않은, 지혜롭게 시대의 흐름을 파악할 수 있는 그런 지도자가 그립다.

초 대

저녁에 이 교수, 양현, 제주도 선생님, 경제학과 김 교수를 초대해서 집에서 식사를 했다. 김 교수는 문어(선생님은 문어라 하는데 오징어이다.)와 청경채, 그리고 집에 있던 화분 하나를 가지고 왔다. 거실과 부엌을 둘러보고는 놀라 말했다.

"밥 가마를 한국에서 가지고 오셨어요? 이건 뭐라 하는 거예요? 김치 냉장고요. 오, 그렇구나. 김치 냉장고가 있으니 김치가 많겠네요? 하나도 없다고요? 조 선생님은 내보다 가마솥이 훨씬 많네요. 별의별게 다 있네요."

잡채, 수육, 튀김, 고추잡채, 생선구이, 전복미역국 등을 준비했다. 스스로 평가하건대, 수육은 고기를 잘못 사서 너무 퍽퍽하고, 잡채는 정신 놓고 있다가 당면을 너무 오래 삶아 탱탱한 맛이 없고, 고추잡채는 고추기름을 구하지 못해 칼칼한 맛이 없고 좀 밍밍했다. 그렇지만 김 교수는 한국의 요리가 낯설다고 하면서 매우 신기해했다.

"오, 잡채는 이렇게 하는 거예요? 이게 뭐라요? 이걸 한국말로 '꽁치'라고 해요? 연변에 가면 이렇게 해서 먹는다고 하던데 처음 먹어보네요. 맛있어요."

그리고는 작은 소리로 내게 속삭였다.

"내가 연휴 마지막 날에 우리 집에서 물만두를 하려고 하는데, 아무리 생각해도 내는 조 선생님처럼 이렇게 못 차리겠네요. 그냥 '금강산'이라는 한국식당에 가서 불고기나 먹을까요? 그런데 저 두 분 선생님도 모셔야 하나요?"

가만 보면, 김 교수는 상당히 귀여운 데가 많은 분이다. 저녁을 먹고 술을 한 잔 더 하면서 이런저런 이야기를 했다. 지난번에 강 선생이 선물로 준 홍주를 마셨다. 제주도 선생님이 '사시미'를 먹을 수 있는 날이 87일

남았다고 하면서 회를 먹을 수 없는 계림의 생활을 토로하시자, 이 교수가 노르웨이산 참치 파는 곳을 안다고 했다. 500g에 90위안이란다. 제주도 선생님이 기뻐하면서 날을 잡아서 같이 가자고 했다. 그렇게 한 시간쯤 이야기를 나누다가 돌아가셨다. 설거지를 마치고 송강호 주연의 〈관상〉을 보고 잤다.

게 이

___ 10. 4. 토. 맑았다

점심에 베트남 친구 후엔의 기숙사에 초대를 받았다. 지난 학기에는 후엔이 캄보디아 친구와 연인이더니, 이번 학기에는 현식이와 연인이 되었다. 한 달 전, 남자친구와 헤어져 슬프다면서 우울해 하더니, 어느새 현식이와 가까워진 것이다. 여기 유학생들은 대부분 애인이 있다. 유학생활이 외로운데다가 젊은 혈기이니 자연스럽게 그리 되는 것 같다.

후엔이 준비한 요리는 춘줸(春卷)과 정체불명의 탕이었다. 탕은, 오징어, 새우, 버섯에다가 파인애플, 토마토와 옥수수까지 들어가서 시고 달달하다. 매우 이질적인 재료들의 조합이라 우리 입맛으로는 용납하기 힘들지만, 그래도 맛있게 먹는다. 왜? 여기는 외국이고, 모든 것이 허용되기 때문이다.

베트남 친구들은 하나같이 요리를 잘 한다. 그리고 손이 크다. 내가 대학생일 때 누구를 불러서 밥을 먹이는 것은 상상도 할 수 없는 일이었다. 그런데 저들은 보통 십여 명 이상의 지인들을 초대해 대접하곤 한다. 후엔의 이야기를 들어보니, 베트남은 중국처럼 매식문화가 아니라 집에서 식사를 하기 때문에 대부분 요리를 잘 한단다. 내가 물었다.

"지난번에 얼굴이 까만 '탄'이라는 태국 친구 진짜 '게이' 맞아? 농담한 거지?"

후엔은 정색을 하며 그렇다고 대답했다. 후엔의 말로는 태국과 베트남에는 '게이'가 상당히 많다고 한다. 그리고 태국은 그들만의 결혼을 인정하고, 사람들도 게이를 전혀 이상하게 보지 않는단다. 한국에서 홍모 씨가 게이임을 커밍아웃을 했을 때, 영화감독 김모 씨가 동성과 결혼한다고 했을 때 입에 담지 못할 욕설이 인터넷 댓글로 달린 것이 떠올랐다. 한국이 참으로 편견이 많은 나라라는 생각에 전적으로 동의한다. 그럼에도 나역시 태국 친구가 게이라고 하니 낯선 것은 마찬가지였다. 현식이도 그들이 게이라고 해서 처음에는 이상하게 봤는데, 가까이서 보니 오히려 마음이 여리고 착하다고 한다.

덕원이와 영화 두 편을 보았다. 윤제문 주연의 〈나는 공무원이다〉를 보고 난 덕원이가 평을 한다.

"이거 영화 맞아? 무슨 드라마 같아. 영화 찍는데 돈도 별로 안 들었겠는데. 아, 진짜 재미없는 영화야."

따분한 공무원 생활을 그리려고 한 것인데 대본이 짜임새가 없어서 그런가, 윤제문이란 배우가 아깝다는 생각이 들었다. 연속으로 송중기 주연의 〈늑대 소년〉을 보았다. 2012년 당시만 해도 인기가 있었던 영화였는데, 다시 보니 아쉬운 부분들이 눈에 들어왔다.

닭 삶은 국물에 생선도 삶고, 채소도 삶고
___ 10. 5. 일. 맑았다

오늘은 중국인 친구 천루(陳露)의 주도하에 시골에 가서 토종닭 요리를 먹기로 한 날이다. 오후 3시, 기숙사 앞에서 여러 사람을 만났다. 그리고 나와 현식이, 강 선생과 덕원이, 제주도 선생님과 중국인 시아오예(小葉), 천루와 소진이가 짝이 되어 전동차를 나눠 탔다. 중간에 천루의 고모와 고모부가 탄 전동차 한 대가 더 합류했다. 전동차 다섯 대가 도로 위를

계림의 가을

질주했다. 평균 시속 40~50km이니 질주라기에는 좀 무색하다.(전동차는 전기로 충전하기에 오토바이와 비교될 수 없을 정도로 속력이 낮다.) 갱스터가 된 것 같은 재미난 느낌이 들었다. 가을이라고는 하지만 여전히 뜨거운 햇볕 아래 뽀얀 먼지를 뒤집어쓰고, 한 시간 넘게 달렸다.

계림 시내를 벗어나 시골로 들어가니, 한국의 농촌 비슷한 풍경이 펼쳐졌다. 조경수를 키우는 식목원이 상당히 넓게 분포되어 있었다. 밭에는 각종 채소가 심어져 있었고, 아직 수확하지 않은 누런 벼도 보였다. 시골로 들어갈수록 분뇨 냄새가 진동했다. 소진이는 외가댁에 갔을 때 자주 맡아본 냄새란다.

오후 4시 넘어 목적지에 도착했다. 동네 이름은 알 수 없고, 다만 야오산(堯山) 뒷동네라고만 했다. 우리를 안내한 천루나 그의 고모도 처음이라고 했다. 예약을 하지 않아 기다려야 한다기에, 우리는 동네를 한 시간 가량 산책했다. 내 고향 제천의 수산면 수곡1구 풍경과 조금도 다르지 않았다. 하늘을 찌를듯한 울창한 수목이 있고, 냇물이 졸졸 흐르고, 비탈진 밭에 옥수수가 자라고, 드문드문 야국이 청초하게 피어 있었다. 산책을 하면서 천루의 고모 내외와 이야기를 했다. 천루와 같은 직장을 다닌단다. 계림 사투리를 쓰지 않고 발음이 정확한 보통화를 써서 많이 알아들었다. 그들 역시 한국에 대하여 대단한 호감을 갖고 있었다.

5시가 되어 식당으로 내려왔다. 일행 열 명은 둥그런 식탁에 둘러앉았다. 장작불 위의 시꺼먼 가마솥의 물이 끓기 시작하자 주인이 토막을 친 토종닭을 집어넣었다. 10분 쯤 지나자 먹어도 된단다. 한국인들은 다들, '어라? 이건 또 뭐지? 이게 다야? 다른 건 없는 거야?' 하는 표정이 역력했다. 빨간 고추를 썰어 넣은 간장을 각자의 접시에 덜었다. 그리고 익은 닭고기를 건져 간장에 찍어서 먹었다. 다른 양념을 첨가한다거나 다른 요리도 나오지 않았다.(거참! 간단하네!) 닭발은 천루와 그의 고모가 먹었다. 닭대가리는 아무도 안 먹겠다고 하여 이리저리 돌리다가 결국 제주도 선생님께서 드셨다. 제주도 선생님은 중국 식당에서 평소 이런 말씀을 자주 하셨다.

"한국에서는 닭발과 닭대가리는 부산물로 취급합니다. 그래서 음식점에서도 따로 취급하지요. 그리고 혐오감을 불러일으키기 때문에 닭요리를 할 때 함께 넣지 않습니다. 함께 넣으면 한국에서는 난리가 날 겁니다."

옆에 있던 내가 놀랐다.

"제주도 보건위생과에 근무하시는 특급 공무원께서 부산물인 닭대가리를 드시다니요? 뉴스감입니다."

그리고는 사진을 찍어 드렸다. 그렇게 닭 두 마리를 먹었다. 닭을 다 먹고 아니 이번에는 닭 삶은 그 물에 양어장에서 잡은 토막 친 생선을 집어넣었다. 생선 이름을 말하는데 알아듣지를 못했다. 역시 아무런 양념도 하지 않았다. 제주도 선생님께서 또 한 말씀 하셨다.

"도무지 이 동네 요리법은 알 수가 없네요. 닭 삶은 물에 생선을 다시 삶다니요. 거참!"

이런저런 말들이 오고갔지만 잘 익은 하얀 생선살은 그런대로 담백했다. 생선을 다 먹고 나니 이번에는 그 국물에 동과와 배추를 넣었다. 아주 맛있었다. 채소를 다 먹고 나니 이번에는 그 국물에 닭 피를 집어넣었다. 닭을 잡고서 받아놓은 피 두 그릇이 식탁에 놓여 있었는데, 그것을 넣은 것이다. 한국의 '선짓국'과 같은 것이라 한다. 몇몇 사람이 맛보고 나서 '아무 맛도 없다'는 둥, '괜찮다'는 둥 평한다. 나는 비위가 약해 일찌감치 젓가락을 내려놓았다.

거기에서 천루의 고모부의 친구들을 만났다. 옆 테이블의 다섯 젊은이들이 친구라고 한다. 그들은 '한구워펑요(韓國朋友)'라고 하면서 연신 맥주잔을 채워주고 건배를 했다. 어떤 젊은이는 내게 "한국과 중국은 매우 우호적인 나라이다. 그런데 일본은 그렇지 않다"라고 하면서 일본에 대해 반감을 보이기도 했다. 제주도 선생님은 그들과 명함을 주고받고 형 아우 하더니만, 나중에 묵주까지 선물로 받았다. 계림에서 다시 만나 한잔하자는 약속까지 한다.

식대는 348위안. 제주도 선생님과 내가 나눠 지불했다. 오늘 먹은 음식을 어떻게 평가해야 하나? 토종닭을 시골 농가에서 먹었다는 것이 포인트일 터. 그럼 맛은? 아무런 양념도 가하지 않은 닭이면 닭, 생선이면 생선 고유의 맛을 경험해볼 수 있는 기회였다고 해야 하나? 닭 삶은 물에 생선도 끓이고 채소도 삶아 먹은, 알 수 없는 요리라고 해야 하나? 그래도 중국 현지인이 안내하였으니 좋은 경험을 한 것이다.

전동차를 타고 다시 계림 시내로 향했다. 캄캄한 밤중인데도 들녘에는 아직 일을 하는 사람들이 있었다. 밤길을 걷는 사람들도 있었다. 약간 흐린 밤하늘에 둥근 달이 떠 있고, 별이 듬성듬성 보였다. 이따금 환한 불빛을 보이며 지나가는 차량이 있을 뿐 매우 한적하였다. 전동차를 타고 싶다던 덕원이는, 이날 원 없이 탈 수 있었다. 집으로 돌아오니 8시 30분. 전동차 뒤꽁무니에 매달려 오기만 했는데도 온몸이 두들겨 맞은 것처럼 아프고 피곤이 몰려왔다. 9시도 안 되어 곯아떨어졌다.

중국인 남자친구 어때요?

___ 10. 6. 월. 맑았다

저녁을 먹고 나자 김 교수에게서 배드민턴을 치자는 전화가 왔다. 체육관에서는 마침 물리학과 교수들의 배드민턴 시합이 있어서 자리가 나지 않아 이용할 수 없었다. 하는 수없이 김 교수와 그의 남자친구 라오저우(老周)와 함께 운동장을 몇 바퀴 돌면서 이야기를 나누었다. 라오저우는 오늘도 '중국인 남자친구'를 소개시켜 주겠다고 하면서 나의 동의를 구하려 한다. 돈 많고, 친절하고, 잘 생긴 사람이라는 것이다. 남자친구가 있으면 중국어 공부에도 상당히 도움이 될 것이란다. "한국에서 기다리는 애인이 있다"고 농담을 던지자, 라오저우는 "한국애인은 한국애인이고, 여기서도 좋은 사람을 만나 보라"고 한다. 김 교수는 아무 말도 안 하고 그냥 웃기만 한다. 집으로 돌아와서 하정우 감독의 〈롤러코스터〉를 보았다. 태어나서 그렇게 많은 욕은 처음 들어보았다.

물만두

_____ 10. 7. 화. 맑았다

햇살이 좋아 베란다에 겨울 외투를 널어 말렸다. 여기는 습도가 높아 이따금 이렇게 햇볕을 쬐어 주어야 곰팡이 피는 것을 방지할 수 있다. 베란다에 있던 덕원이가 계화나무 끝에 뭔가 달렸다기에 자세히 보니, 꽃망울이 맺혀 있었다. 조만간에 꽃을 피울 것 같다. 기대된다.

오후에 김 교수의 저녁 초대를 받았다. 5시 30분, 이미 먼저 온 한 교수와 그의 부인인 손 교수가 채소를 씻어서 칼로 다지고 있었다. 나도 오이 써는 것을 도왔다. 만두소에는 돼지고기, 청경채, 파, 양파가 들어갔다. 한 교수는 각종 양념을 넣은 만두소를 버무리고 난 뒤 프라이팬에 기름 반 사발 정도를 넣고 끓였다. 그리고는 끓인 기름을 만두소에다 쏟아 넣었다. 여기는 기름을 끓여 만두소에다 섞는 모양이다. 끓는 기름이 들어가니 지글지글 소리를 내면서 돼지고기가 익었다.(엄마는 만두소에 들기름을 넣으셨다. 그러면 부드러워진다고 한다)

주인장을 부엌에 남겨두고 나와 한 교수 내외는 거실에서 만두를 빚기 시작했다. 한 교수는 남자인데도 만두 만드는 솜씨가 보통이 아니었다. 그가 만두 2개를 빚을 때 그의 부인과 나는 겨우 1개를 빚었다. 둘이서 다정하게 무슨 이야기를 나누는 것 같은데, 몇 마디만 알아들을 뿐 대부분 알아듣지 못했다. 중간 중간 들으니 순천대학에서 먹었던 음식에 대한 이야기였다. 한 교수는 나와 동갑이다. 그런데 나는 그가 한 세대 쯤 위 선배로 느껴진다. 행동거지가 점잖아서, 아니면 붓글씨를 잘 쓴다고 생각해서 그런가.

만두를 거의 다 빚을 즈음 다른 교수 두 분이 들어왔다. 남자 분은 경제학과 교수로 금융학을 전공하고, 다른 한 분은 회계학을 전공한다고 했다. 둘은 부부란다.(중국은 부부가 같은 학교에서 근무하는 경우가 많다. 이직할 때도 남편, 또는 아내의 직장을 책임져주는 경우가 많다. 부부가 같은 직장에 근무하는 것을 달가워하지 않는 한국과는 사뭇 다른 직장 문화이다) 그들과 함께 만두를 만들고 나서 음식이 차려질 때까지 한참 이야기를 나눴다. 회계학과 여교수는 얼굴도 예쁘고 이야기하는 것을 좋아했다. 회계학에는 취미가 없었지만 아버지의 바람으로 전공을 하게 되었다는 이야기와, 인문학에 관심이 있다는 말을 했다. 반면 남편은 인문학에 대해 전혀 관심이 없다면서 한 에피소드를 이야기하자 다들 박장대소했다.(이 대목에서 나도 웃었지만 정확한 말뜻을 알아듣지는 못했다!) 중국역사에 대해서도 한참을 이야기했다. 그 여교수는 발음이 아주 분명하여 마치 연설을 하는 것처럼 느껴졌다. 그녀의 중국어는 상당히 매력적으로 들렸다.

드디어 식탁에 물만두, 김치, 쿠과(苦瓜)볶음, 호박볶음, 오이무침 등

만두를 빚고 있는 중국의 교수들

의 요리가 올라왔다. 김 교수가 직접 담갔다는 포도주 한 잔씩을 하고 맥주를 마셨다. 쿠과는 한 조각 먹어 보니 매우 썼다. 요즘 한국에서는 쿠과가 건강식으로 알려져 비싼 가격에 판매된다고 들었다. 한국의 광주와 5.18민주화운동, 명성왕후, 홍콩의 시위 등 다양한 주제로 이야기가 끊임없이 이어졌다. 이럴 때 말이 원활하게 소통될 수 있다면 얼마나 좋을까 하는 생각이 들었다. 아직도 기초회화를 벗어나지 못하고 있는 내가 답답할 뿐이었다. 휴일에 이렇게 지인들을 집으로 초대하여 같이 음식을 만들어 먹고 담소하는 모습이 좋았다. 집으로 돌아갈 때 김 교수가 물만두와 과일을 싸서 손에 들려주었다. 국경절 연휴 마지막 날을 중국인 교수들과 물만두를 만들어 먹으면서 그렇게 보냈다.

사이버 망명

____ 10. 8. 수. 맑았다

국경절 연휴가 끝나고 다시 일상으로 돌아왔다. 6시. 덕원이를 깨워 아침을 먹으라고 하니, 밥맛이 없다고 한다. 어제 김 교수가 싸준 물만두와 사과와 포도를 씻어 주었더니, 만두는 한 개 먹고 과일은 모두 먹었다. 반바지 차림으로 자전거를 타고 양 교수와 만나기로 한 곳으로 가던 덕원이는, 춥다면서 자전거에서 내렸다. 소름이 오돌오돌 돋았다. 이제 아침저녁은 제법 선선하다.

오후에 지인과 카톡을 하다가 '텔레그램'으로 망명한다는 글을 보았다. 요새 정부에서 메신저 통제를 한다는 말을 듣고, 나 역시 텔 쪽으로 옮겨볼까 생각 하던 차라, 지체 않고 앱을 다운받았다. 가입하고 보니 이미 적잖은 지인들이 텔레그램에서 활동하고 있었다.

"님도 망명하셨군요!"

텔에서 나눈 첫 인사였다. 나는 단언컨대 사상적으로 불온하거나 이

적단체에 가입하여 활동을 한 사람은 아니다. 비밀 대화를 할 상대도 없을 뿐더러, 메신저 사용 빈도는 거의 최하위에 속한다. 어쩌면 메신저가 무용지물일 수 있는 그런 사람이다. 그럼에도 불구하고 내가 텔 쪽으로 옮겨가려는 이유가 있다. 인터넷 시대에 '사이버 검열'이라는 칼을 뽑아든 정권의 행태가 도시 마음에 들지 않기 때문이다. 신문을 보니 "다음 카카오톡 감청 영장이 147건에 이르고, 카톡 이용자들의 통신사실 확인자료 제공 요청 건수는 2,467건에 이르고, 압수수색 영장은 4,807건"이라고 한다. 누가 국민의 사생활을 함부로 감청하라는 권리를 저들에게 주었나?

수사기관도 수사기관이지만, 다음과 다음 카카오톡을 신뢰한 국민을 제1 소비자로 인정하지 않고 수사기관의 감청에 응한 다음 대표의 마인드도 마음에 들지 않았다. 국민은 21세기를 앞서 달려가고 있는데, 국민의 리더는 아직도 70년대의 사고방식에 머물러 있는 듯하다. 시대를 앞서가지 못하는 리더와 시대를 앞서가는 국민 사이의 불협화음은, 결국 지난한 고통과 시련만 있을 뿐이다. 안타깝다.

학생 기숙사
___ 10. 9. 목. 맑았다

오전에 강의가 끝나고 아이들과 함께 점심을 먹었다. 카드가 없어서 학생들이 사주는 밥을 얻어먹었다. 현금결제가 가능한 곳에서 점심을 먹자고 제안했더니, 다들 불편하다며 그냥 식당에서 해결하자고 한다.(학생들은 참 예의바르다. 선생님이든 누구에게든 공으로 얻어먹는 것을 기꺼워하지 않는다) 점심 후 과일을 사가지고 아이들이 사는 기숙사를 방문했다. 6명의 여학생이 거주하는 기숙사는 온갖 물건들로 꽉 찼다. 여섯 개의 침대가 아래위로 나란히 있고, 오른쪽에는 여섯 개의 책상이 나란히 붙어 있었다. 5명은 한국어학과 학생이고 나머지 한 명은 영문과 학생이다. 마침 영문과 학생이 들어오더니 공손하게 인사를 한다. 덕원이네 학교의 기숙사와 구조가 비슷했다. 옷장만 없을 뿐 샤워기가 달려있는 화장실 두 개와 세면대가 있는 것도 같았다. 아이들은 이 같은 기숙사에서 4년을 산다. 4년 내내 같은 공간에서 생활하다보니 기숙사 동기들은 모두 형제만큼이나 친하게 지낸다. 아이들은 나더러 아무 침대에 누워서 잠시 낮잠을 자라고 하는데, 아무래도 불편할 것 같아 이야기를 좀 더 나누고는 나왔다. 모두 낮잠을 자기 때문에 그들을 방해하고 싶지 않아서였다. 대학원 수업을 마치고 나니 무척 피곤했다.

잔소리
___ 10. 10. 금. 맑았다

중국어 회화 수업을 마치고 일찍 귀가했다. 종일 논문을 교정보았다. 8월 말에 제출한 논문에 대한 심사서가 메일로 왔는데 일부 수정을 요구했기 때문이다. 보다 구체적이고 예각적인 접근을 통해 의미 있는 연구 성과를 도출해내지 못한 것이 끝내 아쉬웠다. 보다 정치하고 미학적인 분석이 있어야 했다. 논문을 쓰면서 각(角)을 세워야 한다고 스스로에게 수없이 다짐하였건만, 능력의 한계를 극복하지 못했다.

저녁을 먹으면서 덕원이가 말했다.
"엄마, 여자들은 왜 그렇게 비교하는 것을 좋아하는 거야? 우리 반의 남자 선생님들은 절대로 안 그리는데, 여자 선생님들은 꼭 다른 반과 비교를 해서 말한단 말이야! 누구네 반은 어떻고 하면서. 그리고 여자들은 왜 그렇게 잔소리를 많이 하는 거야? 아휴, 지겨워. 그리고 보면 우리 엄마는 참 잔소리 안 하는 사람인 것 같아. 그렇지? 엄마가 잔소리하는 것을 별로 못 들은 것 같거든."

나는 잔소리를 잘 안 한다. 상대가 뭔가를 할 때까지 마냥 기다린다. 상대가 할 마음이 없는데 잔소리를 늘어놓을 필요가 없다고 생각하기 때문이다. 매우 쿨한 편이다. 그러나 잔소리를 하지 않는 것이 좋은 것만은 아니다. 자잘한 잔소리는 애정과 관심의 또 다른 표현이기 때문이다. 엄마는, 부모는, 교육자는 잔소리를 할 필요가 있다. 잔소리가 어떤 때는 아이에게, 학생에게 길을 제시하거나 도움을 주는 경우도 있기 때문이다.

보 강

_____ 10. 11. 토. 맑았다

오늘은 주말이지만 지난 10월 7일 국경절 휴일에 대한 보강을 하는 날이다. 덕원이도 주말에 학교 가야 한다면서 불만이 많았다. 그러나 중국은 유치원부터 대학교에 이르기까지 모든 곳에서 보강을 한다고 하니, "그렇다면 할 수 없지 뭐!" 하면서 학교로 갔다. 생각해 보면, 휴일에 대한 보강을 반드시 하도록 하는 중국의 시스템은 나쁘지 않아 보인다.

마퍼더우푸

_____ 10. 12. 일. 맑았다

오늘은 광서사범대학 개교기념일이다. 1932년에 설립되었으니 그 역사가 결코 짧지 않다. 2012년에 개교 80주년 행사를 거창하게 치른 바 있다. 현재 광서사범대학은 왕청(王城), 위차이(育才), 옌산(雁山) 등에 세 개의 캠퍼스가 있고, 21개의 단과대학과 71개의 전공학부를 두고 있다. 규모로 보나 내실로 보나, 명실 공히 광서장족자치구의 중점대학이라 할 수 있다.(2007년 광서자치구의 면적은 237,558평방km이고 인구는 50,613,316명으로 남한

광서사범대학 정문

과 비슷하다)

점심 메뉴로 마퍼더우푸(麻婆豆腐)를 시도해보았다. 중국 식당 어디를 가도 쉽게 볼 수 있고, 우리 입맛에도 잘 맞는 요리이다. 이번에도 나의 요리 선생인 '네이버'가 제시하는 레시피를 참고했다. 잘게 썬 돼지고기에 고춧가루, 소금 등의 밑간을 해서 기름에 달달 볶았다. 그리고 물을 붓고 끓이다가 간장을 조금 더 넣어 간을 맞추었다. 그리고 가늘게 썬 매운 고추와 두부를 넣었다. 드디어 완성이다. 그런데 비주얼은 그럭저럭 마퍼더우푸인데, 맛은 완전히 두부찌개가 되어 버렸다. 마지막에 녹말가루를 넣어야 되는데 그것을 못 넣었기 때문이다. 그래서 마퍼더우푸 특유의 걸쭉함이 없었다. 역시 초보 주부의 수준을 벗어나지 못했다.

오후에는 『중국 고고학사』 번역문을 읽고 교정을 보았다. 이 책은 우리 학과에서 진행하는 번역 프로젝트의 하나로, 중국어로 된 것을 한국어로 번역한 것이다. 번역이 끝나면 한국에서 출판할 예정이다. 초창기 중국 고고학계의 상황을 엿볼 수 있는 좋은 책이다.

계림 사람들의 아침식사

___ 10. 13. 월. 맑았다

덕원이가 입맛이 없다면서 차려놓은 아침밥을 제대로 먹지 않았다. 그래서 남문에서 더우지앙(豆漿)과 샤오마이(燒麥) 두 개를 샀다. 샤오마이는 만두처럼 작은 모양의 찹쌀밥이다. 덕원이를 태워다 줄 양 교수가 오기를 기다리면서 사가지고 간 음식을 먹었다. 날씨도 쌀쌀한데 거리에서 무엇을 먹고 있자니, 좀 청승맞은 것 같기도 했다. 덕원이도 나와 같은 느낌이 들어서 그런지, 밥맛이 없어도 집에서 먹고 나와야겠다고 한다. 양 교수를 기다리고 있는 곳은 바로 소학교 앞이라, 이른 시간에 등교하는 아이들이 저마다 더우지앙과 만터우 같은 빵을 먹고 있었다. 또 고기와 채소를 넣어 꼭꼭 뭉친 찹쌀밥을 사서 먹는 아이들도 있었다.(이 찹쌀밥은 한 개에 3위안 하는데 제법 속이 든든하다.)

계림 사람들은 아침을 아주 간단하게 먹는다고 한다. 많은 사람들은 계림 쌀국수로 때운다. 그래서 쌀국수 집은 새벽부터 붐빈다. 집에서 이것

길거리에서 죽을 팔고 사는 시민들

저것 조리해서 먹는 것보다는 식당에서 3~4위안을 주면 싸고 간편하게 먹을 수 있기 때문이다. 재미있는 것은, 식당 안에 의자가 많이 있음에도 불구하고 국수 그릇을 한 손에 들고 서서 훌훌 먹는 사람들이 많다.(아침뿐 아니라 점심도 그렇다. 상가에서 일하는 사람들은 한 손에 젓가락을 들고, 한 손에는 고기와 채소요리를 한꺼번에 넣은 밥그릇을 들고 여기저기 돌아다니면서 먹는다)

　여기 사람들은 쌀국수 외에도 죽, 만터우, 찐만두, 쭝즈, 유티아오(油條) 같은 것으로 아침을 해결한다. 유티아오는 길쭉한 모양으로 튀긴 밀가루 음식이다. 주로 더우지앙과 함께 먹는다. 쭝즈는 바나나 잎이나 대나무 잎에 찹쌀과 채소 및 고기를 넣고 찐 것이다. 물론 이것들은 간편하므로 가게에서 사서 걸어가면서, 혹은 버스를 기다리면서 먹는다. 전동차나 자전거를 타고가면서 먹는 사람도 있다. 그런데 덕원이와 나는 걸어가면서, 혹은 차를 기다리면서 길거리에서 먹는 것이 익숙하지 않다. 거리에서 먹는 것은 좀 처량 맞아 보인다.

쉐라톤 호텔
　　__ 10. 14. 화. 맑았다

　오전에 중국어 강의가 끝나고 제주도 선생님과 장 선생 부부와 함께 쉐라톤 호텔로 갔다. 호텔의 법인장이 그의 부인과 함께 점심을 초대했다. 그 사모님은 우리 학교 외국어 학원에서 중국어를 듣고 있어서 자주 만났지만 남편은 오늘 초면이었다. 동안이었다. 한국에서 고등학교까지 다니고 캐나다로 유학을 가서 그곳에서 13년을 살다가 이 호텔 법인장으로 옮겨왔다고 한다. 쉐라톤 호텔은 이랜드 계열사이다. 3년 계약직이라 이곳에서 얼마나 오래 있을지는 알 수 없다고 한다.

　"사모님은 매일 이렇게 뷔페식으로 식사를 하세요? 손수 요리할 일이 전혀 없으시겠네요."

계림의 가을

267

"아이쿠, 우리도 여기서 식사하는 것이 열흘 만이에요. 처음에는 한 동안 여기 식당에서 밥을 먹었는데, 지금은 안 먹어요. 우리 아이도 여기에서 밥 먹는 것을 싫어해요."

법인장인 그의 남편도 한 마디 거든다.

"한국의 신라면이 정말 맛있어요. 진짜요! 이번에 한국 가서 라면 한 박스 사가지고 왔어요. 뷔페에서 이런 음식을 매일 먹는다고 생각해 보세요. 질립니다."

그렇구나! 호텔 사모님도 요리를 하고, 한국의 신라면을 맛있게 먹는구나! 이야기를 들어보니, 법인장은 지금의 위치에 오르기까지 고생을 참 많이 한 모양이었다. 나중에 기회가 되면 그의 성공담을 자세히 듣고 싶었다.

점심을 먹으면서 들은 정보 하나! 사모님이 운전면허를 취득하려고 인터넷에서 필기시험문제를 다운받아 보고 놀라 기절할 뻔 했다고 한다. 시험문제가 무려 1,000문제나 되었다고 한다. 실제 시험은 천 문제 중에서 무작위로 뽑아서 낸다고 하는데, 중국말도 익숙하지 않은 처지에 천 문제를 어느 겨를에 다 봐야 할지 난감하다고 한다.(참, 중국스럽다!) 그나저나 중국인들은 한국에서 운전면허증을 취득해 오는데, 왜 중국에서는 한국의 운전면허를 인정하지 않는지, 모를 일이다.

핸드폰이 오징어 물에 빠지다
___ 10. 15. 수. 맑았다

『중국 고고학사』를 마저 교정보고 저녁 무렵에 자전거를 타고 시장에 가서 해물탕용 게와 새우, 오징어와 각종 채소를 사가지고 집으로 돌아왔다. 시장 본 물건을 넣은 가방을 열어 본 순간, 아악! 해물 봉지를 가방 맨 밑바닥에 놓았는데, 날카로운 게의 집게발에 봉지가 터져 가방 안에 두었던 핸드폰이 물에 홍건히 젖어 있었다. 맙소사! 서둘러 핸드폰을 들고 수리점으로 갔다. 수리점 사장이, 뭔 냄새예요? 하면서 킁킁거렸다. 오징어 냄새라고 하니 웃었다. 한 시간 뒤 50위안이라고 하면서 수리가 완료되었단다. 다행이었다. 그러나 버튼이 눌러지지 않아 다시 맡겨야 했다. 학교에서 돌아온 덕원이가 계속 투덜거렸다.

"엄마는, 핸드폰을 가방에 넣으면 어떡해? 그리고 오징어는 물이 흐를 것이 뻔한데, 어쩌자고 가방에 넣었어. 그냥 손에 들고 오면 될 것을."

당장 카톡도 할 수 없고, 네이버 웹툰도 볼 수 없게 된 것을 못내 안타까워했다.(속으로, 엄마는 기분이 좋겠냐? 엄마도 속상하다, 속상해!) 그래도 덕원이가 해물탕은 아주 맛있단다. 속이 꽉 찬 게살을 먹으니 행복하다나?

대학원생들
____ 10. 16. 목. 맑았다

오후에 대학원 강의를 하고 났더니 힘이 쭉 빠졌다. 이번 학기에는 조선시대의 문인인 권섭의 글을 읽고 번역하기로 했으나, 대학원생들이 힘에 부쳐했다. 간체자가 아닌 번체자를 읽는 것도 쉽지 않은 수준이니 당연히 번역은 무리였다. 이곳 아이들은 어려서부터 간체자를 배웠기 때문에 번체자는 잘 모른다. 학생들이 번역한 숙제를 검토해보자 한숨이 나왔다. 한국어도 안 되고, 번역도 안 되는 최악의 상황이었다.

무엇보다도 공부하는 태도가 마음에 들지 않았다. 그들은 단 한 글자를 위해 사전을 찾아야 하는 수고로움을 이해하지 못하는 것 같았다. 아니, 그렇게 공부하는 것을 달가워하지 않았다. 인터넷에서 검색해 보고 안 나오면 그만인 것이지, 왜 사전까지 찾아보느냐는 표정이었다. 사전 찾아보는 것을 매우 번거롭게 여기고 있었다. 번역은 글자와의 싸움이다. 한 글자를 어떻게 해석하느냐에 따라 뜻이 달라지기 때문에, 글자 한 자 한 자에 대한 천착이 필요하다. 그러니 인터넷 검색에서 얻은 것으로는 온전한 번역을 할 수 없다. 사전은 번역의 필수 도구이다. 글자에 대한 천착은 번역의 기본자세이다.

모름지기 공부하는 자에게 가장 시급하고도 중요한 것은 동기부여이다. 무엇 때문에, 무엇을 위해서 공부를 해야 하는지에 대한 목적의식이 없으면 사상누각일 뿐이다. 아이들에게 번역을 해야 하는 목적의식이 있는지 궁금하다. 저들을 어떻게 교육시켜야 하고, 어떻게 훈련시켜야 할지 고민이 되었다.

저녁에 핸드폰을 찾으러 갔더니 아직 못 고쳤다며 부품을 교체하는데 드는 비용이 90위안이라고 했다. 아무래도 새 핸드폰으로 개비하는 것이 나을 듯싶어 수리를 포기했다. 핸드폰을 수리하는 데 드는 비용이 '밑 빠진 독에 물 붓기'식으로 계속 들어갈 것 같기 때문이다. 카톡도, 텔레그램도, 웨이신(微信)도 안 되는 세상은 참으로 적막하였다.(웨이신은 중국인들이 많이 쓰는 메신저이다)

초등학생도 기숙사 생활하는 중국
____ 10. 17. 금. 맑았다

우리 학교에는 부설 유치원, 부설 초·중등학교가 있다. 부설 유치원과 초등학교는 모두 교내에 딸려 있다. 덕원이가 다니는 중등학교는 부설이긴 하지만 몇 년 전에 부지를 새로이 구해 시내 외곽으로 옮겨 갔다. 외곽이라고 해야 자동차로 15분 걸리는 곳이다. 중국도 한국처럼 한 자녀가 많기 때문에 자녀 교육에 엄청난 관심을 갖고 많은 투자를 한다. 그래서 중국에는 집중적으로 공부시키기 위해 기숙형 학교가 많다. 덕원이가 다니는 중고등학교도 기숙형이다. 심지어 유치원도 기숙사를 운영하는 곳이 있다. 우리 학교 부설 초등학교도 기숙사를 운영한다.

금요일 오후 4시쯤. 초등학교 정문에는 한 주일의 기숙사 생활을 마치고 집으로 돌아가는 아이들을 기다리는 부모로 인산인해를 이룬다. 더러 경찰이 와서 차량을 통제하기도 한다. 이불보따리와 옷가지를 들고 나오는 학생을 반가이 맞이하여 집으로 돌아가는 부모들을 볼 수 있다. 할머니와 할아버지들도 있다.

초등학생 때부터 기숙사 생활을 하다니, 참 기특하다. 그들이 지내는 기숙사 창문에 손바닥만 한 속옷과 양말 등이 널려 있는 것을 종종 볼 수 있다. 고사리 같은 손으로 제 속옷을 빨았다고 생각하니 대견했다. 자립적이고 독립적인 인간으로 성장하는데 많은 도움이 될 것이다. 그런데 한편으로 안쓰럽기도 하다. 자립적이고 독립적인 것도 좋지만, 부모 품을 일찍 떠나는 것은 정서상으로 좋아 보이지 않는다. 부모와 친밀한 유대 관계를 조성할 수 있는 나이는 고등학생 이전에야 가능하다. 머리가 크고 나면, 내 자식이라도 서먹서먹할 수 있다. 또 고등학교를 졸업하면 대학을 위해, 직장을 위해 부모 품을 떠날 확률이 높으니, 그 이전만이라도 부모와 많은 시간을 보내는 것이 좋을 듯하다.

저녁을 먹고 영화 〈해적〉을 보았다. 우스꽝스럽고 어설픈 설정의 코미디 영화였다. 오래간만에 덕원이와 깔깔거리며 웃을 수 있는 시간이었다.

편두통

____ 10. 18. 토. 맑았다

편두통이 심해 약을 복용하고 종일 잤다. 아무 것도 할 수 없을 정도였다. 저녁에 카톡으로 식구들과 통화를 했다. 내일 사촌동생 결혼식이라 작은댁에 모두 모여 있다고 하면서 식구대로 돌아가면서 통화를 했다. 한국은 요새 많이 추워졌단다.

소수민족

___ 10. 19. 일. 맑았다

오전에 덕원이 중국어 과외를 했다. 그리고 오후에는 월마트에 가서 덕원이 기숙사에서 덮을 이불, 바지 두 벌, 윗도리를 샀다. 계절이 바뀔 때마다 덕원이 옷이 늘 부족하다. 요새 부쩍 키가 커서 전에 입던 옷들을 입을 수 없게 된 것이다. 그런데 어디에서 옷을 사야 할지 난감했다. 키, 몸 모두 애매한 사이즈라 적당한 옷을 찾기가 쉽지 않다. 쇼핑을 마치고 집으로 돌아오는 버스 안에서 덕원이와 깔깔거리면서 이야기하는데 옆의 남자가 우리에게 물었다. 머리를 길게 기르고 청바지를 입고 있었다.

"어느 소수민족이에요?"

엥? 한국인이라 하고 버스에서 내렸다. 광서자치구에는 장족(藏族)을 포함하여 12개 소수민족들이 살고 있기 때문에 자기가 이해할 수 없는 언어를 쓰고 있는 우리를 그 소수민족의 하나라고 생각했는가보다.

계림 사람들

___ 10. 20. 월. 맑았다

갑자기 무더워졌다. 낮 기온이 30도 가까이 되는 것 같다. 교내에 계화꽃이 활짝 피어서 계화의 암향이 밤하늘에 부동(浮動)하고 있었다. 한국에서는 계화나무를 본 적이 없으니 당연히 꽃도 구경해 본 적이 없다.

푸른 하늘 은하수 하얀 쪽 배엔
계수나무 한 나무 토끼 한 마리
돛대도 아니 달고 삿대도 없이

가기도 잘도 간다 서쪽 나라로

동요 〈반달〉에도 버젓이 나오는 계수나무를 어찌하여 본 적이 없을
까? 사전에, 계수나무의 원산지는 중국이고, 특히 계림과 운남에서 많이
난다고 명기되어 있다. 한국인들은 계수나무가 '계피'라는 약재로만 활용
되는 줄 알 뿐, 계화향이 이토록 향기로울 것이라고는 생각지 못할 것 같
다. 느티나무만큼이나 우람하고 울창한 가지와 이파리 속에 작고, 여리고,
노란 꽃을 매달고 있는 계수나무를 보고 있으면 기분이 좋아진다.

'화무십일홍(花無十日紅)'이란 말이 있듯이, 제 아무리 아름다운 꽃도
열흘이면 지고 만다. 꽃향기를 보내는 기간이 1년에 열흘에 지나지 않으니
얼마나 안타까운 일인가. 그런데 1년에 한 번만 꽃을 피우는 여느 꽃나무
와는 달리 계수나무는 1년에 서너 번 꽃을 피운다. 그리고 꽃이 피어있는
기간도 보름이 넘는다. 이렇게 품성이 넉넉한 꽃나무가 또 있을까싶다. 어
쩌면 계림 사람들의 순후한 성품은 계수나무에 영향을 받았는지도 모르겠
다. 사람들의 성품은 그들이 나고 자란 환경과 결코 분리될 수 없기 때문
이다.

평퉈기

____ 10. 21. 화. 비가 왔다

덕원이가 양 교수를 만나러 가는 도중에 배탈이 났다. 배가 살살 아프
다고 하는 애를 그냥 학교로 보냈다. 양 교수의 딸은 어제 오늘 이틀간 결
석을 하는 모양이다. 감기가 걸렸다고 한다. 당신 딸은 학교에 못 가는데
아무 연고도 없는 덕원이를 학교까지 태워주고 있으니, 양 교수가 참 고맙
다. 이렇게 계속 폐를 끼쳐도 될지 고민이 된다. 자립의 길을 모색해야 할
것 같다.

계림 시내에서 볼 수 있는 뻥튀기 아저씨

　덕원이 과외가 끝나고 바람을 쐬려 남문에 나갔다가 뻥튀기 장수를 보았다. 사내가 한 손으로는 장작 쪼가리를 연신 불덩이 속에 집어넣고, 한 손으로는 뻥튀기 몸체에 바람을 넣어주는 풍구 같은 것을 열심히 돌리고 있었다.

　더위가 완전히 가시지 않은 후덥지근한 날씨에 벌건 불덩이와 불에 달구어진 시커먼 쇠붙이를 앞에 둔 사내는 얼마나 더울까. 덕원이는 뻥튀기 장수를 처음 본단다. 나도 중학교 이후로 이런 광경은 처음 본다.

　어렸을 때, 뻥튀기 장수가 시골 동네에 오는 날이면, 엄마는 쌀과 보리, 옥수수 등을 자루에 넣어 튀겨가지고 오곤 하셨다. 그때 동네 꼬마들은 뻥튀기 장수가 온다는 소식을 어디서 들었는지, 죄다 그 주위에 모여들곤 했다. 꼬마들의 유일한 관심은 '뻥'하는 굉음이었다. 언제 터질지 모르는 굉음에 대비하기 위해 진즉부터 귀를 틀어막고 있었다. 드디어 '뻥'하는 소리와 함께 시커먼 쇠붙이 속에서 별똥같이 하얀 튀밥이 푸짐하게 쏟아지는 것을 보면 너나없이 '와!' 탄성을 지르곤 했었다. 그 순진무구한 아이들의 탄성이 뻥튀기 장수의 삶을 격려하고 신나게 했던 박수가 아니었을까 싶다.

튀밥은 한 겨울 내내 '특별간식'이었다. 엄마와 아버지는, "튀밥 많이 먹으면 밥맛없으니까 그만 먹어"라고 하셨지만 심심하기 짝이 없는 손과 입은 튀밥이 바닥날 때까지 멈추지 않았다. 벌써 30년도 더 된 옛날이야기 이다. 계림에서도 뻥튀기 장수를 구경하기가 쉽지 않은 모양인지, 지나가 다가 사진을 찍는 젊은이도 더러 있었다. 튀밥을 먹으면서, 계화향이 부동 (浮動)하는 교정을 산책하면서 어린 시절을 추억하는 것도 나쁘지 않았다.

공산당
___ 10. 22. 수. 비가 왔다

학기 초 〈쓰기〉 수업 시간에 매일 일기 쓰는 과제를 내주었다. 말하 기보다 쓰기가 어렵고, 듣기보다 쓰기가 어려운 것이 사실이다. 쓰기는 한 국어를 구사할 수 있는 한국인조차도 어려워하는 영역이다. 꾸준한 연습 이 필요하다. 2주마다 일기 검사를 하는데 오늘 어떤 학생의 일기다.

"오늘은 밤에 기숙사에서 입당원서를 씁니다. 중국 공산당에 가입할 수 있다면 평생의 영광입니다. 저는 중국 공산당에 가입하기 위해 분투노 력해야 합니다. 파이팅!'

대충 이와 같은 내용의 일기였다. 민주주의 국가에 사는 나로서는 공 산당이라는 용어가 낯설기만 하다. 거기에다가 남북이 분단된 우리는 공 산당에 대한 교육을 얼마나 많이 받았는가. 학생들이 공산당에 입당하는 것을 평생의 영광으로 여기는 줄을, 일기를 읽고 새삼 알게 되었다. 화웨 이(華爲) 휴대폰을 899위안 주고 구입했다.

엄마 성(姓)을 따르는 중국

___ 10. 23. 목. 맑았다

저녁 무렵에 만물상 사장이 아파트를 방문했다. 화장실의 변기 커버가 부서지고 샤워기가 고장 났기 때문이다. 물론 복무원에게 요청하면 해결해 주긴 하겠지만, 얼마나 기다려야 할지 알 수가 없어서 자비를 들여 수리하기로 한 것이다. 변기 커버 85위안, 샤워기 호스 교체 35위안, 그리고 수공비 25위안이 첨가되었다. 만물상 사장은 변기 커버를 교체하면서 이런저런 말을 많이 했다.

특히 덕원이가 '얼프'에 다닌다고 하니까 하던 일을 멈추고 '얼프' 출신인 두 딸 자랑을 하였다. 그는 핸드폰에 저장된 사진을 한참 찾더니만, 올해 '얼프' 출신 학생들이 북경대학, 청화대학, 복단대학, 무한대학, 중국인민대학 등을 비롯하여 하버드, 홍콩대학, 싱가폴대학 등의 명문대학에 진학하였음을 보여주었다.(지금도 덕원이가 다니는 학교 정문의 한쪽 벽면에는 졸업생들의 진학 상황을 전시해 놓고 있다.) 사장은 그의 딸 이름과 '남경대학'을 가리키면서 자랑스러워했다.

그런데 사장의 성씨는 '판(範)'인데 그의 딸은 '양(楊)'이었다. 사장이 말하기를, 딸만 둘이 있는데 첫째 딸은 엄마 성을 따르고, 둘째 딸은 아빠 성을 따라서 그렇다는 것이다. 중국에서는 부계를 따르든, 모계를 따르든 상관이 없단다. 헐, 친 자매끼리 성씨가 다를 수 있다니! 또한 부모의 성을 모두 취하는 경우도 많아졌단다.

우리나라는 2008년 호주제가 폐지되었지만 여전히 성씨만은 부계를 따르고 있다. 중국과 한국, 같은 유교문화권인데도 실상을 들여다보면 차이가 많다. 어느 면에서, 중국은 한국보다 훨씬 개방적이고 유연하다.

빵밍

_____ 10. 24. 금. 맑았다

아침 7시. 양 교수의 차가 도착했다. 그의 딸 빵밍이 함께 타고 있었다. 빵밍은 월요일부터 목요일까지 결석을 하더니, 오늘 드디어 등교를 하는 모양이다. 처음에는 감기에 걸려서 결석한다고 하더니, 그 이튿날에는 감기는 나았는데 학교 가기 싫어서라고 하더니, 며칠 있다가 덕원이에게 들으니 가출을 했단다. 양 교수는 방황을 심하게 하고 있는 딸 때문에 마음고생이 여간 아닌 모양이었다. 자기 딸은 가출을 한 상태인데, 생면부지의 덕원이를 매일 통학시켜주는 양 교수의 심정은 어떨지, 그걸 알고도 어떻게 할 수 없이 난감한 내 마음. 심란했다.

오후 7시, 덕원이가 집으로 왔다. 화가 잔뜩 나 씩씩거리면서 "나쁜 새끼! 개념 없는 것!"이라며 욕까지 했다.

"수업이 5시 10분에 끝났잖아. 그래서 선생님하고 둘이서 빵밍이 나오기를 기다렸어. 아무리 기다려도 안 나오는 거야. 6시가 넘어서도 안 오더니, 6시 30분이 되어서야 나타나는 거야. 아휴! 분통 터져. 여태 뭐했냐고 하니까, 글쎄 친구들하고 저녁 먹고 놀다가 온 거래. 우리가 정문에서 기다리는 것을 뻔히 알면서도 말이야. 그래 놓고 미안하다는 말 한 마디도 없어. 어쩜 그렇게 개념이 없을 수가 있지? 그리고 선생님도 그렇지, 빵밍이 그렇게 행동하면 따끔하게 혼을 내서야 하는데, 왜 이렇게 늦었냐고 한 마디밖에 안 하서. 이럴 때 보면 이영남 선생님처럼 불같이 화를 내고 따끔하게 혼을 내는 성격이 더 나은 것 같아. 아무튼 나는 내일부터 자전거를 타고 학교에 갈 거야."

전후사정을 알게 된 나는 덕원이를 살살 달랬다.

"네가 화를 내는 것도 충분히 이해해. 엄마도 너의 입장이었다면 더 화를 냈을 지도 몰라. 그런데, 지금은 엄마가 운전을 할 수 있는 여건이 안 되고, 그렇다고 자전거를 타고 통학하는 것도 위험해서 안 되는 곤란한 상황이잖아. 그러니 덕원이가 마음을 좀 더 느긋하게 가졌으면 좋겠어. 학교 끝나고 으레 빵밍을 기다린다고 생각하고, 차 안에서 혹은 밖에서 책을 읽거나 음악을 들으면서 기다리면 어떨까? 세상에는 내 마음대로, 내 뜻대로 안 되는 경우가 무척 많아. 그때마다 팽하고 돌아서면 결국 너만 힘들어져. 그러니 좀 더 느긋하게, 넉넉하게 생각해 봐."

그래도 덕원이는 분이 풀리지 않는 모양이었다. 7시 30분에 영어 과외 선생님이 오셨다. 공부를 시작한 지 30분도 안 되어 밖에서 '펑'하는 소리가 들리더니 정전이 되었다. 잠시 밖이 소란스럽더니 다시 잠잠해지고 칠흑 같은 어둠만이 있었다. 우리 아파트 일대가 모두 정전이 되었다. 전기가 쉽사리 들어올 것 같지 않아 과외 선생님이 일찍 돌아가셨다. 촛불을 켜고 음악을 들었다. 밤 10시 45분이 되어서야 전기가 들어왔다.

자전거 등교

___ 10. 25. 토. 맑았다

아침 6시 40분. 덕원이가 자전거로 학교에 갔다. 어제 양 교수의 딸로 인한 화가 가시지 않은 것 같았다. 오전 7시 20분이 못 되어서 학교에 잘 도착하였다는 전화를 받고 안심이 되었다. 옷이 땀으로 흠뻑 젖었다고도 한다.

5시 10분에 학교가 끝나니 늦어도 6시면 집에 도착할 텐데 덕원이가 아직 오지 않았다. 핸드폰이 꺼져 있는 것으로 보아 자전거를 타고 오는 것 같다. 날이 어둑해지고 6시가 지나도 연락이 없으니 불안해졌다. 안절부절하다가 이 교수에게 전화를 걸었더니, 다시는 자전거를 타고 가지 못하게 하라고 신신당부한다. 이 교수와 통화하는 중에 덕원이가 근처까지 왔다는 전화를 동시를 받게 되었다. 조금 있다가 태연하게 음료수를 마시면서 들어오는 덕원이를 보니 눈물이 왈카 쏟아질 것 같았다. 제주도 선생님께서 저녁을 드시면서 나와 덕원이에게 동시에 말씀하셨다.

"애들은 다 그렇게 크는 겁니다. 걱정하지 마세요. 그리고 덕원이, 네가 늦게 와서 엄마가 얼마나 걱정했는지 지금 모를 거다. 지금 상황이 어떠하다는 것을 자주 전화를 해서 알려드려야 해. 알겠니?"

하루가 48시간처럼 길게 느껴졌던 날이었다.

자전거 등교 끝!

_____ 10. 26. 일. 맑았다

일요일이지만, 덕원이는 학교에 갔다. 내일이 개교 30주년이라 휴강하기 때문에 오늘 보강을 들으러 간다고 한다. 어제 자전거를 타고 학교에 오고간 것이 고단했는지, 오늘은 양 교수 차를 얻어 타고 간단다. 덕원이는 오후 4시가 다 되어서 집으로 왔다. 다시는 자전거를 타고 학교에 가지 않을 것이라 한다. 덕원이 학교는 인적이 드문 외곽지대인데다가 자잘한 사건사고가 많이 나는 곳이라 어른들도 그 길을 기피한다는 말을 이 교수에게서 들었기 때문이다. 또 최근 계림에서 실종사고가 십여 건이 넘게 발생했다는 이야기도 들었다. 아무튼 경계하고 조심해서 나쁠 것은 없다. 모든 것이 서툰 한국인이기 때문에 더욱 그렇다. 저녁에 대학원생들과 함께 '경상도'에서 회식을 했다.

퇴계 이황을 생각하다

_____ 10. 27. 월. 맑았다

오늘은 바쁜 날이었다. 오전에 중국어 강의를 듣고, 끝나기가 무섭게 집으로 돌아와서 간단히 점심을 차려먹고 다시 옌산 캠퍼스로 향했다. 〈회화〉 두 시간 강의를 마치고 집으로 돌아와서 연재를 마무리했다. 이번 달 연재는 '퇴계 이황'을 주제로 쓰고 있다. 우러러 쳐다보기도 어려운 큰 인물에 대하여 글을 쓰는 것은 언제나 두려운 일이다. 문득 글을 쓰다가 서당에서 글을 배울 때 훈장님께 들은 이야기가 생각났다.

"퇴계 선생은 젊어서도, 늙어서도 한결같았던 분이었다고 합니다. 퇴계 선생이 젊었을 때 이야기입니다. 선생의 장인 될 분이, 퇴계 선생의 행동거지를 보고 문득 백주대낮에 한 치의 흐트러짐도 없이 꼿꼿하게 행동하는데, 밤에는 어떤 모습일지 몹시 궁금했다고 합니다. 그래서 퇴계 선생의 자는 모습을 몰래 훔쳐보기로 했답니다. 그런데 자는 모습을 보고는 무릎을 치면서 탄복을 했다고 하지요. 밤에 잠자는 모습도 낮에 의관을 갖추고 있던 모습과 조금도 다르지 않았다는 것입니다. 옛 선비들은 의식이 있든, 없든 항상 주경(主敬)하셨던 것입니다."

이번 달 주제가 독자의 좋은 반응을 얻을지는 알 수 없다.

인 연

___ 10. 28. 화. 맑았다

오전에 중국어 종합과목만 듣고 집으로 왔다. 어제 복단대학에 계신 황 교수께서 논문을 읽어달라고 부탁을 하셨기 때문이다. 무엇보다도 내게 연락하신 것이 고마웠다. 황 교수는 내가 박사과정 때 처음 뵈었으니 알고 지낸 지는 20여 년이 된다. 그때나 지금이나 여전히 소녀같이 수줍은 미소를 머금은 모습은 변함이 없다. 충북대 인문대학 뒤편에 벚꽃이 하얗게 질 때 하얀 롱스커트를 입고 산책을 하시던 모습이 지금도 눈에 선하다. 작년에 우리 대학 주최로 열린 학회에서 선생님을 뵙고 무척 반가웠다. 상하이로 놀러 오면 주숙(住宿)을 책임지겠다고 하고, 방학에는 연변에

같이 가서 휴가를 보내자고 하셨다. 중국에 있는 동안 이래저래 뵐 일이 더러 있을 것 같다. 인연이란, 이렇게 이어지는가 보다. 저녁에 원고를 보내고 전화를 했더니, 밤 새워 논문을 정리할 것이라고 하신다.

배우자
___ 10. 29. 수. 맑았다

오전에 독해수업이 있었다. 문장 중에 이런 내용이 있었다.

"남편은 키 크고 잘 생겼으며 직장은 중학교 선생이다. 그런데 부인은 키 작고 뚱뚱하며 배운 것이 없는 무학력자이고 전업주부다. 사람들은 이 두 사람이 결혼을 한 것과 60년이 넘게 금슬이 좋은 부부로 사는 것에 대해 늘 이상하게 생각한다. 그래서 남편에게 물으니, '사랑은 이유가 필요하지 않은 것이다(愛是不需要理由的)'라고 답했다고 한다."

강의를 하는 선생님은 외모나 성격이 다른 것은 용납할 수 있지만, 학력의 차이가 나는 것은 극복하기 어려운 문제라고 생각한다면서 우리 의견을 물어보았다. 사실, 나도 학력 차이를 극복하기란 어려울 것이라고 생각한다. 나는, 배우자와 함께 공유하고 공감할 수 있는, 대화가 통하는 그런 사이이고 싶다. 그러려면 지적 수준이 비슷해야 한다고 생각한다. 그런데 우리 반의 젊은 친구들은 선생님과 나의 사고방식을 이해할 수 없단다. 그들은 독일, 프랑스, 이탈리아, 리트아니아 출신이다. 사랑하면 그만이지, 다른 조건 따위는 필요하지 않다는 것이다. 동서와 노소 차이에서 기인하는 것인가. 아니면 개인적 성향에 따른 것인가?

쓸쓸해 보이는 제임스

＿＿ 10. 30. 목. 맑았다

학부 강의를 마치고 3학년 학생들과 학교 식당에서 점심을 먹었다. 마침 그 식당에서 혼자 식사를 하는 제임스를 만났다. 제임스는 미국 국적의 교수이다. 우리 아파트 바로 옆 동에 산다. 키가 194cm에 제법 잘 생겼다. 같은 테이블에서 밥을 먹으면서 아이들을 소개시켜 주고 이야기를 나누었다. 제임스는 아이들에게 '나를 그의 친구'라고 말했다. 제임스가 그렇게 말해주니, 갑자기 내가 무척 젊어진 느낌이었다. 아이들에게 영어로 말해보라고 했더니, 예교가 열심히 질문을 했다. 식사가 끝날 즈음, 예교의 얼굴에는 땀이 송송 맺혀 있었다. 영어로 질문을 하려니 진땀이 날 정도였나 보다. 여기 아이들도 영어 회화는 무척 약하다.

저녁에 덕원이와 간식을 사러 가다가 제임스를 또 만났다. 덕원이는 제임스가 너무 쓸쓸해 보인단다. 지난 학기만 해도 인도네시아인 여자 친구와 함께 다니더니, 이번 학기에는 그 친구가 본국으로 돌아가 늘 혼자 다니기 때문이다. 단짝처럼 어울리던 거스 선생도 베트남인과 사귀고 있어서, 제임스는 식사도 혼자 하는 모양이다. 둘이 다니는 모습을 늘 보다가 혼자 있는 것을 보니 더 쓸쓸하게 느껴졌나 보다.

할로윈데이

＿＿ 10. 31. 금. 비가 오다

오늘은 10월의 마지막 날, 미국의 '할로윈데이(Halloween Day)'이기도 하다. 앞방에 사는 미국인 선생은 머리에 뿔을 달고 손과 발에 기다란 손톱과 발톱을 붙인 장갑과 신발을 착용하고, 엉덩이에는 꼬리를 붙이고 학

할로윈 축제를 즐기는 젊은이들

교로 갔다. 윗방에 사는 미국인 여선생도 빨간 코트를 입고 귀여운 바구니
를 들고 축제에 갔다.

　외국어학원에서도 사범대학 부속 초등학교에서 열리는 할로윈파티
에 참가하는 것으로 수업을 대신하였다. 나와 장 선생 부부를 제외한 우리
반 친구들은 모두 외국인이고 젊은 친구들이라 재미있는 복장을 하고 파
티에 참가하였다. 특히 이탈리아인 제이크어는 슬리퍼를 신고 머리에 밴
드를 하고 파란색 목욕가운을 입고 참가했다. '목욕탕 컨셉'이란다. 옌산
캠퍼스에서도 음악학원에서 외국인 선생들의 즐거운 파티가 열렸다.

　덕원이 과외가 8시 30분에 끝나자, 우리는 할로윈 축제가 궁금해서
시내로 가기로 했다. 아파트를 나오자 바로 요란하게 분장한 한 무리를 만
날 수 있었다. 그들 역시 시내로 가는 모양이었다. 하얀 드레스를 입은 사
람, 로마인 복장을 한 사람, 얼굴에 무섭게 화장을 한 사람 등 다양했다. 버
스 안에서 우리 반 친구 제이크어를 만났다. 얼굴에 진한 분장을 해서 처
음엔 알아보지 못했다. 눈 주위를 시커멓게 몇 겹으로 분칠을 하여서 무서

움을 자아내게 한 것이다. 덕원이를 소개시켜 주니 둘이 악수를 했다. 시 중심에서도 화려하면서도 무섭게 분장을 한 사람들을 많이 만났다. 특히 하얀 천으로 온몸을 감싸고 입술에 피를 흘리는 강시 모습을 한 사람이 가장 주목을 받았다. 같이 사진을 찍자고 하는 사람도 있었고, 무섭다고 울음을 터뜨린 어린아이도 있었다. 아들과 함께 온 외국어학원 선생님도 만났다. 젊은이들은 '클럽'에 가서 새벽까지 춤추고 노래하면서 축제를 즐긴단다. 우리는 간식을 사먹고 집으로 돌아왔다. 10월의 마지막 밤을 그렇게 보냈다.

유차(油茶)

____ 11. 1. 토. 비가 왔다

오전 7시. 옆집에 살고 있는 왕 교수가 운동을 같이 하자고 전화를 했다. 왕 교수는 전공이 지질학이다. 운동복을 차려입고 운동장에 나가서 달리기를 시작했다. 그런데 10분도 되지 않아 비가 마구 쏟아지는 바람에 할수 없이 집으로 돌아왔다. 그리고 한 시간 뒤에 왕 교수를 다시 만났다. 지난 번 운동장에서 만난 다른 선생들과 유차(油茶)를 마시면서 이야기를 하자고 했기 때문이다.

한국식당인 '아줌마' 근처 식당에서 모였다. 나를 포함하여 모두 6명이다. 먼저 유차(油茶)가 나왔다. 유차는 남방에서 많이 마시는 차란다. 밥그릇에 튀긴 땅콩, 튀긴 찹쌀밥 등을 넣고 거기에 소금과 파를 약간 넣고 뜨거운 물을 부었다. 뜨거운 물은, 찻잎과 생강, 마늘을 넣고 끓여서 황토빛이 났다. 뜨거운 물을 붓고 잘 섞은 다음, 숟가락을 이용하여 떠먹거나 밥그릇을 들고 홀홀 마시기도 한다. 약간 쓴맛이 느껴졌으나 자꾸 마시다 보니 쓴맛은 덜하고 몸에서 열기가 느껴졌다. 유차를 마시는 동안 요리가 나왔다. 한국의 쑥떡과 비슷한 떡 한 접시, 찐 만두, 연근 요리, 고기볶음,

청경채볶음, 감자볶음 등이었다. 왕 교수는 지린(吉林) 사람이고, 옆에 앉은 손 교수는 헤이룽지앙(黑龍江) 사람이란다. 나머지 세 사람은 모두 계림이 고향은 아니지만 남방 출신이라고 한다.

손 교수가 집에서 가지고 온 술을 꺼내서 각자의 잔에 따라주었다. 영지로 만든 술인데 52도 쯤 된다고 한다. 컵 가득 술을 따라 주더니만, 새로운 친구가, 그것도 한국인이 우리 팀에 들어오게 된 것을 환영한다면서 건배를 제안했다. 밖에는 억수같이 비가 쏟아지고 있었다. 어디서든 술을 마다할 내가 아니지만, 아침부터, 그것도 9시에, 52도짜리 술을 마시는 것은 익숙하지 않은 일이었다. 손 교수는 부지런히 건배를 청하고, 앞자리의 교수는 유차의 찻물을 계속 부어 주었다.

그들의 대화를 가만히 들어보니, 남방 사람과 북방 사람의 성향과 기질이 확연히 다른 듯하다. 확실히 북방사람들이 적극적이고 패기가 있다. 왕 교수는 보통화를 쓰지 않아서 말을 알아듣기가 굉장히 어려웠다. 그래도 자주 만나 이야기한 탓인지 적응이 되어 전보다는 많이 알아들을 수 있다. 대화는 10시 40분까지 이어졌다. 수업이 없어서 다들 여유로운 모습이었다. 쏟아지던 빗줄기가 멈추었다. 11월 9일에 가까운 곳으로 여행을 가자고 약속하고 헤어졌다.

한국어를 독학한 중국 학생
___ 11. 2. 일. 비가 왔다

오전에 중국인 학생이 우리 집에 왔다. 이름은 강도(江濤). 광서사범대학 4학년으로 수학을 전공하고 있다. 주말마다 덕원이의 수학 공부를 도와줄 학생이다. 수학과 학생인데 한국어를 아주 잘한다. 한국어를 혼자 공부했다고 한다. 대학교 1학년 때부터 한국어 동영상을 보면서 공부하였고, 나중에는 한국의 드라마와 토크쇼 등 각종 프로그램을 많이 보았단다. 그의 한국어 수준은 우리 과 3학년 학생에 견줄만했다. 아니, 발음은 훨씬 더 정확했다. 그리고 쓰기도 훨씬 잘 쓰는 것 같았다. 아이들이 내게 보내는 문자를 보면 틀린 데가 많은데, 그는 비교적 정확했다. 참으로 영민한 학생 같다. 그 역시 한국에 대한 동경과 많은 기대를 가지고 있었다. 한국어와 중국어를 겸용해서 설명을 하니 덕원이 입장에서도 공부하기가 수월할 것이다. 과외가 끝난 후 함께 '아줌마' 식당에 가서 비빔밥을 먹었다.

저녁에 양 교수의 딸 빵밍의 생일 파티에 초대되었다. 빈손으로 가는 것이 예의에 맞는지 알 수가 없어 홍빠오(紅包)에 200위안을 넣어가지고 갔다. 이 교수도 초대되었지만 마침 연변대학에서 오신 손님을 모시고 다녀야하기 때문에 양현이만 보냈다. 모두 열 사람이 모였다. 양 교수 부부, 그의 딸 빵밍, 양 교수의 형님, 빵밍의 친구 쩐쩐, 양 교수 부인의 동생 부부, 그리고 양현이와 우리 모자. 내가 한국인이라고 하니 그의 형님이 무척 반가운 표정을 지었다. 많은 질문을 했는데 알아듣지 못해 중간에 양현이가 통역을 잘 해 주어서 대화를 할 수 있었다. 그의 형님은 창사(長沙)에서 왔다고 했다. 식사를 하고 준비해 간 케이크를 먹었다.

P에게서 장문의 카톡이 왔다. 일본은 한 달에 사나흘 문화의 날 연휴가 있다고 한다. 이 기간에 중고서적 박람회가 개최된단다. 그는 5월에는 두 달 치 생활비를, 8월에는 한 달 치 생활비에 달하는 중고 책을 샀다고 한다. 오늘은 이틀 간식비에 해당하는 책을 샀다고 하면서, 특별히 NHK의 실크로드 탐사 사진집 5권을 500엔에 경매로 샀다면서 기뻐했다. 그가 보낸 문자를 통해 일본의 문화를 가늠할 수 있었다. 중고서적이 환영받는 나라라니, 문화수준이 다른 것 같다. 더불어 아직도 많은 돈을 들여 책을 사들이는 그의 학구열이 남다르게 느껴졌다.

리트아니아에서 온 친구

___ 11. 3. 월. 맑았다

날씨가 갑자기 많이 추워졌다. 덕원이 기숙사에서 쓸 두툼한 이불을 제때 잘 산 것 같아 마음이 놓였다. 월요일은 덕원이가 교복을 입고 간다. 교복이라는 것이, 한국학생들이 입는 유니폼이 아니라 체육복이다. 매주 월요일과 금요일 이틀간은 체육복을 입고 등교한다. 학생들이 입는 교복만 보아도 '얼프(二附)' 학생이라는 것을 대번에 알 수 있다. 학교에서도 밖에서도 '얼프' 교복을 입은 학생들을 자랑스럽게 여기는 분위기이다.

오늘 중국어 회화 시간에 리트아니아 학생의 발표가 있었다. 리트아니아(Lithuania)라는 나라는 여기서 처음 들어보았다. 발트해 남동 해안에 위치한 나라로 인구가 500만 정도라고 한다. 주변에 에스토니아, 라트비아가 있고, 1991년에 소련으로부터 독립하였다고 한다. 그 작은 나라에서 중국어를 전공하고, 그래서 이곳 계림까지 어학연수를 온 것이다. 그녀는 공자학원을 통해 국비유학생으로 왔기 때문에 학비는 물론 생활비까지 지원받고 있다. 그러한 그녀도 대단하지만, 세계 곳곳에 뿌리를 내리고 있는 공자학원의 위력이 더 대단해 보인다. 우리 학교 유학생들은 대부분 공자학원을 통해 들어온 장학생들이다. 충북대에도 공자학원이 있지만, 공자학원이 이렇게까지 빠른 속도로 세계화될 것이라고는 미처 생각하지 못했다. 중국, 참 무서운 나라이다.

중국어 시험

___ 11. 4. 화. 맑았다

오전에 중국어 시험을 보았다. 지난 학기에는 중간고사라는 것이 없었는데, 이번 학기에는 중간, 기말고사가 모두 있다. 담임인 리리리(李丽丽) 선생이 무척 꼼꼼하고 열정적이기 때문이다. 1과에서 5과까지 공부한 내용에 대한 종합 테스트를 하였다. 시험 결과 작문과 어법이 가장 취약하였다. 특히 어법을 집중적으로 공부해야 할 것 같다. 성적은 100점 만점에 85점. 리리리 선생이 담당한 두 반의 평균 성적은 72점이라고 하니, 평균을 살짝 넘은 실력이다. 그럼에도 불구하고 내 성적은 우리 반 최고 점수란다. 풀타임으로 공부하는 유학생들에게 좀 미안한 생각이 들었다.

영국인 과외 선생님
___ 11. 5. 수. 맑았다

덕원이가 오후 6시 즈음에 학교에서 돌아왔다. 오자마자 바로 저녁식사를 했다. 그리고 7~8시에 중국어 과외를 하고, 다시 8시 30분부터 9시 30분까지 영어 과외를 하였다. 오늘, 영어 선생님이 임신한 사실을 새롭게 알았다.

덕원이 영어 선생님은 영국인이다. 영국에서 유학생인 중국인 남편을 만나 결혼하고, 현재는 남편을 따라 이곳 계림에 살고 있다. 25세로 키 크고 얼굴이 백옥같이 희다. 머리카락은 노란색인데 약간 은빛을 띠었다. 상체는 마르고 하체는 좀 뚱뚱한 편이다. 중국어 회화는 나보다 좀 잘하는 편이다. 앉아 있을 때 보면 뱃살이 많이 있어, 외국인들은 하체비만이 있어서 그런가보다고 생각했는데, 오늘 들으니 임신을 해서 내년 3월 초에 출산을 한단다. 그래서 2월 말에 영국으로 돌아갔다가 5월에 다시 중국으로 온단다.

미국인과 영국인은 영어도 약간 다르지만, 기질 면에서도 다른 듯하다. 뭐랄까! 영국은 전통이 있는 나라가 아닌가. 그래서 그런지 행동하는 것도 점잖다. 덕원이와 영어 선생님은 영어와 중국어를 섞어가면서 대화를 한다. 덕원이의 영어 실력이 많이 향상되어 단편소설을 암기할 정도가 되었다. 영어에 대한 거부감은 없어졌지만 여전히 어렵다고 한다.

시험 볼 때는 물병과 볼펜을——

___ 11. 6. 목. 맑았다

옌산 캠퍼스에서 강의를 끝내고 돌아오는 버스 안에서 강 선생을 만났다.

"선생님, 내일 모레 시험 보시잖아요? 공부 많이 하셨어요? 이제 며칠 안 남았네요. 작문은 가급적 간단하고 정확하게만 쓰면 점수가 나와요. 길게 쓸 필요가 전혀 없어요. 그리고 학생들은 시험 볼 때, 물병과 볼펜을 잘 챙깁니다. 왜냐하면 작문에 어떤 단어가 나올지 모르는데, 혹여 물병과 볼펜 겉 표면에 글자가 써져 있으면 그것을 참고할 수 있거든요!"

강 선생의 코치가 재미있다. 강 선생은 중문학과를 나와서 대학원을 다니고 있으니, 중국어 고수이다. 이미 6급 자격증도 가지고 있다. 아하, 물병과 볼펜을 챙기란 말이지!

조미료가 많이 들어간 중국 음식

___ 11. 7. 금. 비가 많이 왔다

오전에 중국어 회화 수업이 끝나고 만둣국을 사 먹었다. 지난번에 찐 만두를 먹을 때는 조미료 맛을 못 느꼈는데, 오늘 물만두를 먹다보니 조미료가 둥둥 떠 있었다. 조미료 냄새가 썩 내키지 않아 먹다 말았다. 중국요리의 강한 양념 때문에 처음에는 몰랐는데, 이제 보니, 중국인들은 조미료를 상당히 많이 쓴다. 면에도, 죽에도 조미료를 쓴다. 우리 7,80년대 같다. 인공 조미료가 등장하면서 조미료를 넣지 않으면 맛이 안 난다고 여겼던 그때와 비슷하다. 또 중국인들은 과하다 싶을 정도로 '기름'을 많이 사용한다. 조미료와 기름을 많이 넣어 조리한 음식을 사먹는 날은, 속이 더부룩하고 편하지가 않다. 오는 길에 찐 옥수수 한 개(3위안), 만터우 2개(1.8위안)을 샀다. 비가 억수같이 쏟아지는 통에 운동화가 반쯤 젖었다. 계림에 있으려면 레인부츠를 장만해야 할 것 같다.

HSK 시험

_____ 11. 8. 토. 밤에 비가 오고 선선하였다

아침 8시 40분에 국제교류원으로 갔다. 그곳에서 HSK(중국어능력시험) 시험이 있기 때문이다. 1년에 두 번 HSK 능력시험이 있는데 시험장소가 대부분 난닝(南寧)이었다. 그런데 이번 학기에는 우리 학교에서 보게 되어서, 차비도 아낄 겸, 실력 테스트도 할 겸 4급에 도전하기로 했다. 시험장에 가 보니, 응시자가 6명이 모두였다. 시험 감독관 전 선생님께서 나를 보시더니 깜짝 놀라셨다. 그러면서 옆의 시험 감독관에게 나를 소개시켰다. 나와 덕원이 영어 과외 선생님을 제외하고, 다른 응시자들은 베트남인과 국적을 알 수 없는 흑인이었다. 내 앞에 앉은 베트남 친구가 조그만 소리로 말했다.

"내가 시험공부를 많이 못 해서 그러는데…"

눈치가 없는 나는, 답안지를 보여 달라는 소리인지 아니면 자리를 바꿔달라는 것인지 알 수가 없어 애매한 눈길로 그를 쳐다보았더니, 그가 됐다면서 그만두었다. 답안지는 2B로만 작성해야 하는데 미처 몰라 준비를 못해갔다. 다행히 앞자리에 앉은 친구가 하나를 빌려 주었다.

한국 유학생들에게 들으니, 중국에서 보는 HSK가 한국에서 보는 것보다 쉽다고 한다. 한국에서는 작문을 직접 작성해야 하기 때문에 정확하게 단어를 쓸 줄 알아야 하지만, 중국에서는 컴퓨터에 답안을 직접 쓰기 때

문에 한자 병음만 알면 검색해서 얼마든지 쓸 수가 있기 때문이란다. 그리고 중국에서는 약간의 컨닝도 허용하고, 점수도 후하게 준다고 한다. 그래서 한국 기업에서는 중국에서 획득한 HSK 점수를 인정하지 않는 곳도 있다고 한다.

그런데 오늘은 컴퓨터가 아니라 시험지에 2B를 이용하여 답지를 작성하는 형식이었다. 시험이 시작되기 전에 감독관은 가방과 핸드폰을 앞 테이블에 모두 놓고 가라고 한다. 그리고 책상에는 수험표와 여권만 놓으라고 한다. 듣기 45분, 독해 40분, 쓰기 15분의 시간이 주어졌다. 듣기가 가장 부담스러웠던 과목이었는데, 예상 외로 수월하였다. 어떤 친구는 시험의 유형을 파악하지 못해 시험관에게 어떻게 해야 하는지 질문하기도 하였다.

9시부터 시작한 시험은 11시가 안 되어 끝났다. 시험이 끝나자, 덕원이 영어 선생님은 감독관에게 베트남 친구들이 핸드폰으로 컨닝을 했다면서 왜 가만히 두었냐고 따졌다. 그리고 나에게는 시험이 대체로 쉬웠다고 말했다. 응시료 450위안이 헛되지 않을 것으로 보인다. 시험 결과는 한 달 뒤에 나온다.

오후 5시 30분에 양 교수의 딸인 빵밍과 그의 친구 쩐쩐이 우리 집에 왔다. 빵밍의 엄마가 우리 아파트 앞까지 데려다 주었다. 귤 한 봉지를 들고 왔다. 지난 주 빵밍의 생일 날 만났을 때, 한국어를 배우고 싶으면 우리 집으로 오라고 했더니, 정말로 온 것이다. 한국에 대하여 이런저런 이야기를 하다가 덕원이가 보던 한국어 책을 보여주었다. 그리고 간단한 한국어 몇 마디를 알려 주었다. 그들은 내가 말하는 한국어가 너무 귀엽다고 했다. 빵밍의 친구 쩐쩐은 아주 또랑또랑하게 질문을 하고 뭔가를 배우려는 자세를 보여주었다. 덕원이는 이 친구들이 오기 전에 자전거를 고친다는 핑계로 집을 나갔다. 아마도 여학생들을 만난다고 생각하니 쑥스럽기도 하고 부끄러워 자리를 피한 것 같다.

여 행

<u>_____</u> 11. 9. 일. 비가 왔다

아침 6시 20분. 아파트 앞에서 왕 교수를 만났다. 지난번에 유차를 마시면서 여행가자고 한 날이 오늘이기 때문이다. 비가 추적추적 내리고 있었다. 컴컴한 새벽길을 10여 분 걸어서 다른 교수의 집까지 갔다. 도착하였다고 전화를 하니, 그쪽에서 하는 말. 비가 와서 여행사에서 오늘 여행을 취소하였다는 것이다. 이분들과 어떤 곳으로 어떤 식으로 여행을 갈지 궁금하기도 하였지만, 비가 와서 좀 귀찮고 성가시다는 생각도 없지 않았다. 약간 서운하다는 마음을 왕 교수에게 전하고 집으로 돌아와서 다시 잠을 잤다. 빗소리를 들으며 늦게까지 잠을 잔 것이 얼마만인지, 여유롭고 행복했다.

선진국

<u>_____</u> 11. 10. 월. 비가 왔다

오후에 〈회화〉 수업이 있었다. 선진국, 후진국이라는 단어를 설명하다가, "여러분이 보기에 한국은 선진국이라고 생각하나요?"라고 물었더니, 모든 학생들이 '선진국'이라고 한다. 너무 당연한 답변이 아니냐는 눈빛이었다.

한국이 과연 선진국인가? OECD 국가 중에서 출산율 최저, 고등교육 1위임에도 행복지수는 최저수준, 산재사망률 1위, 사회복지수준 최하위, 노인자살률 1위, 노인 빈곤율 1위를 기록하는 우리나라를 어떻게 선진국이라고 할 수 있나? 통계는 통계일 뿐이라고? 그런데 올해 진도에서 일어난 대참사는 어떻게 이해해야 하나? 눈을 벌겋게 뜨고서도 우리의 소중한 아이들을 잃어야 했다. 그것도 3백 명이 넘는 인원을. 사고가 발생한 지 반 년이 지났어도 어떠한 진상규명도 이루어지지 않았다. 국가란 과연 무엇 인가? 그뿐인가, 전시작전통제권(wartime operational control) 조차 단독으로 행사할 수 없는 그런 나라이지 않은가.

　　외국에 살게 되면서 생긴 변화라고 한다면, 나는 내 나라를 좀 더 객 관적이고 냉정하게 바라볼 수 있게 된 점이다. 그래서 요즘 한국 상황이 심히 불안하고 안타깝다. 나는 한국에 대한 무한한 동경과 기대를 가지고 있는 우리 학생들에게 한국의 실상을 말하지 못했다.

독신자의 날
──── 11. 11. 화. 비가 왔다

　　오늘이 한국에서는 '빼빼로데이'라고 하여 친구들에게 빼빼로를 사 서 주거나 같이 먹는 날이라면, 중국에서는 '꽝군지에(光棍節)'라고 한다. 11월 11일이 1자가 네 개인 것에 착안하여 '독신'을 뜻한다. 그러니까 '독 신자의 날'인 것이다.

　　이 날 독신자를 위해서 인터넷이나 대형 매점에서는 대대적인 할인행 사를 실시한다. 작년에는 중국 최대의 쇼핑몰인 '알리바바'가 하루 350억 위안(약 6조 1,500억원)이 넘는 매출을 달성했다고 전했다. 작년 11일 0시에 판매가 시작된 지 1분 만에 거래액이 1억 위안(약 176억 원)을 돌파했다고 하니, 어마어마한 열기를 짐작하고도 남는다.

　　덕원이 과외 선생님도 어제 하루만 2천 위안을 썼단다. 어제와 오늘, 이틀간에 걸쳐 세일을 한다고 하여, 내년에 출산할 아기용품을 인터넷에 서 싸게 구입하려고 눈이 빠지게 온라인 쇼핑을 하였단다. 작년에도 그랬 듯이, 내일 아침이면 얼마나 많은 물건이 팔렸는지 언론에서 대대적으로 보도할 것이 틀림없다. 그런데 나는 아직 중국에서 인터넷 쇼핑을 한 적이 없다. 인터넷 쇼핑이 싸다고는 하지만, 여전히 중국 제품에 대하여 아는 것이 없기 때문에 번거롭다는 생각이 앞선다.

한류가 한국문화는 아니다

_____ 11. 12. 수. 맑았다

한국학의 대부라고 하는 베르너 사세(73, Werner Sasse) 한양대 문화인류학과 전 석좌교수가 한류에 대해 일갈한 기사를 읽었다.

"미안하지만 지금의 한류는 한국의 문화가 아니다. 자본을 벌기 위해 미국에서 유입된 문화를 한국적으로 전파하는 문화일 뿐이다. 한국적인 한복, 한옥, 서예 등 우수한 문화를 진정으로 알리는 것이 중요하다."

한류에 대하여 가장 정확하게 이해하고 가장 적확하게 표현한 것이 아닌가 생각한다. 내가 공부하고 있는 외국어학원에서 만난 유학생들은 이른바 K-POP에 열광하고, 한국의 유명 가수나 배우에 대해 엄청난 관심을 보이고 있다. 그들의 열광과 관심에 놀란 적이 한두 번이 아니다. 그러나 그들이 알고 있는 한국은 그래서 매우 제한적이다. 사세 교수의 말처럼, 이제 진짜 한류를 알려야 할 때이다. 그러자면 대한민국 국민 스스로가 우리 것에 대한 애착과 깊이 있는 공부가 필요하지 않을까 싶다.

김 선생의 모친이 돌아가셨다는 부고를 받고, 라 선생에게 부의금을 대신 전달해 달라고 부탁했다. 대학원 후배인 김 선생은, 내가 연구소에 근무할 때 동료로 함께 일하면서 많이 의지했던 분이다. 연구 외에는 아무 것도 할 줄 모르는 나를 많이 도와주었다. 다양한 사회경험이 있는 그녀는 모든 방면에 능력이 있었다. 그래서 '아날로그 신지식인'라는 별명이 붙기도 했다. 그녀가 어머니를 잃은 슬픔을 잘 견뎌 내기를 바란다는 문자를 보냈다.

휴 강

___ 11. 13. 목. 맑았다

요즘 덕원이는 아침밥상을 앞에 놓고 늘 이런 이야기를 한다.

"엄마, 눈이 안 떠져. 졸려. 하루 종일 자고 싶어. 학교는 도대체 누가 만든 거야? 학교가 없어졌으면 좋겠어. 아, 학교에 무슨 일이 일어나서 학교 가는 일이 없었으면 좋겠어."

덕원이는 학교 갔다 와서 과외를 하고 숙제를 하고 나면 밤 11시가 넘는다. 그리고 아침에는 적어도 6시에는 일어나서 식사를 해야 하기 때문에 늘 잠이 모자란다. 그래도 책가방을 들고 문을 나설 때는 씩씩하다.

"엄마! 오늘도 기분 좋게 학교 다녀올게요."

그런 덕원이를 볼 때면 가슴이 뭉클해진다. 덕원이에게 이렇듯 '밝고 환한 에너지'를 주신 신에게 감사드린다.

우리 대학은 오늘부터 토요일까지 체육대회를 개최한다. 이 기간에 전공과목은 공식 휴강이다. 물론 외국어학원의 중국어 강의도 휴강이다.

체육대회 때 사물놀이 공연을 하는 한국어학과 학생들

이 교수에게 들으니, 40세 이하의 교수들과 당서기는 체육대회에 참가해야 하지만, 그 외 교수들은 굳이 가지 않아도 된단다. 나와 이 교수는 우리 과에서 '원로(元老)'에 해당된다. 그래서 모처럼 휴가를 받은 것 같아 여유로웠다. 이런저런 책을 뒤적이면서 한가로운 시간을 보냈다.

홍차

___ 11. 14. 금. 맑았다

오전에 빨래를 하고 청소를 했다. 모처럼 따사로운 햇살이 서창에 비추었다. 번역을 하고 있자니 햇살이 아까워서 늦게 점심을 먹고 교정을 산책했다. 계화향이 교정에 가득하고, 커다란 계화나무 아래에는 노란 꽃송이가 그림처럼 떨어져 있었다. 노란 계화를 따는 아주머니들이 몇 있었다. 계화차를 만들려는 모양이다. 내친 김에 홍차를 사러 난청백화점에 갔다. 늘 마시던 대홍포도 떨어지고, 보이차는 매일 마시니 지루한 감이 없지 않았기 때문이다. 빠마(八馬) 차 가게에서 보이차와 홍차 두 종류를 시음해 보고 250g에 백 위안을 주고 홍차를 샀다. 빠마는 티앤푸(天福)와 다이(大益)에 버금가는 중국의 대표적인 차 관련 기업이다. 보이차의 맛이 기대에 미치지 못해 홍차만 샀다. 차를 한 봉지 들고 집으로 돌아오는데 무슨 큰 선물을 받은 것처럼 기분이 좋았다. 차란? 종일 집에 틀어박혀 작업을 할 때 나와 함께 하는 유일한 벗이다.

7시간의 도보 여행

___ 11. 15. 토. 비가 내리다 말다 하였다

오전 6시 45분. 아파트 옆 라인에 사는 왕 교수를 만났다. 지난번에 가지 못한 여행을 떠나기로 한 날이다. 쌀국수 집에서 나머지 세 명의 선생들을 만났다. 모두들 배낭을 멘 등산복 차림이었다. 간단히 쌀국수로 아침을 해결한 후 버스를 두 번 갈아타고 여행사 일행들과 만났다. 손형(성이 孫이다. 왕 교수는 그녀보다 나이가 많은 그에게 꺼[哥]자를 붙여 부른다. 중국식 표현으로는 쑨꺼[孫哥]다. 그래서 나도 그렇게 부르기로 했다)이 대표로 등록을 하고 참가비를 냈다. 하루 여행 경비는 1인당 30위안이다. 가이드 같은 두 남자는 군복 같은 제복을 입고 '동성연(同城緣)'이라고 붉게 씌어 있는 여행사 깃발을 들고 있었고, 여자는 참가자로부터 경비를 받아 메모를 하거나 전화기를 들고 열심히 통화를 했다. 참가자가 모두 모인 듯하자 두 대의 대형 버스에 나눠 탔다. 오늘 참가 인원은 백 명 가량이다. 남자보다는 여자가 훨씬 많았다.

계림 시내를 벗어나 9시 40분쯤에 싱안(興安)에 위치한 리엔탕춘(蓮塘村)이라는 시골 마을에 도착했다. 오늘 여행은 '도보여행'이다. 가랑비가 내리긴 하지만, 우산을 쓸 정도는 아니어서 걷기에는 비교적 괜찮은 날씨였다. 자동차나 전동차가 다니지 않는 길을 '뤼다오(綠道)'라고 한다. 우리식으로 하자면 '녹색도로'인 셈이다. 깃발을 든 가이드가 앞장서고 우리는 그 뒤를 따라 걷기 시작했다. 포장이 되어 있는 도로를 따라 걸으면서 풍경을 보니 전형적인 시골 모습이었다. 왕 교수는 공기가 좋다면서 어린애처럼 좋아했다. 앞서 가는 남자들이 뿜어댄 담배 연기로 인해 내가 몇 차례 기침을 하다가 말했다.

"중국 남자들은 정말 담배를 많이 피우네요. 요즘 한국에서는 공공장소에서 담배 피우는 사람을 보기 어려워요. 혹시 선생님 남편도 담배를 피우시나요?"

왕 교수가 잠시 멈칫하더니만 내 어깨에 손을 얹고 귀에 대고 말했다.

"나는 남편이 없어요."

미안했다. 그런데 나도 그렇다는 말을 그녀에게 하지 못했다. 조금 더 가자 하천이 나왔다. 돌다리조차 없어서 여행자들은 양말을 벗고 물을 건너야 했다. 맨발로 물길을 건너려니 성가시다는 생각이 들었다. 그때 우리 일행 중의 왕형이 돌을 주어다가 물길 앞에 차례대로 놓기 시작하였다. 그러자 옆 사람들이 너도나도 왕형을 따라 돌을 하나씩 주어왔다. 돌다리가 금세 만들어졌다. 뜻하지 않게 돌다리를 밟고 물을 건널 수 있었다.

세상은 두 부류의 사람이 있는 것 같다. 한 부류는 앞 세대가 한 것을 그대로 따라서 하는 것이고, 다른 부류는 앞 세대의 불합리를 보고 전혀 새로운 길을 개척하는 것이다. 만약 왕형이 돌다리를 만들지 않았다면 나머지 여행자들은 찬 물길을 맨발로 건너야 했을 것이다.

걷기 시작한 지 한 시간 반 가량 지나서 링취(灵渠)에 도착했다. 링취는 계림의 명소의 하나로 꼽히는 곳이다. 평소에 한번 가봐야겠다고 생각했던 곳이었는데 생각지도 않게 이렇게 오게 되었다. 링취는 진시황 33년(B.C 214)에 건설한 것으로, 현존하는 세계의 수리(水利)공사 중에서 가장 잘 정비되었으며 가장 오래된 운하의 하나이다. 전체 길이는 37.4km로, 과학적 설계와 정교한 건축을 자랑할 만하다. 링취는 진나라 이후 중원과 영남(岭南) 지역의 교통의 중추적 역할을 하였으며, 진시황이 전국을 통일하는데 크게 기여하였다고 한다. 링취의 건축물들은 비교적 잘 보존되어 있었다.

링취부터 풍경이 한층 더 볼만하였다. 그리 크지도 않고 작지도 않은 하천에 맑은 물이 흐르고, 냇가에는 오래된 고목이 그림처럼 늘어져 있었다. 고목에는 나무 이름을 알려주는 친절한 표지판이 붙어 있었고, 들녘에 심어놓은 채소류에도 각각 이름이 붙어 있었다. 이따금 냇가에서 빨래를 하는 여자들도 보이고 투망을 던져 고기를 잡는 촌부도 보였다. 그림 같은 풍경이다. 여행자들은 이런 좋은 풍경을 놓칠세라 연신 셔터를 눌러댔다. 이따금씩 만나는 시골 사람들의 표정이 아주 밝았다. 전혀 가난해 보이지가 않았다. 그들이 사는 집들도 제법 풍족해 보였다. 아이들을 데리고 식사를 하는 할머니의 모습을 보고 셔터를 누르려니, 찍지 말라며 부끄러워한다.

2시간 반이 지나자 가이드가 점심시간이라고 하며 30분의 시간을 주었다. 손형은 배낭에서 자리를 꺼내 펼치고 준비해 온 도시락을 열었다. 그는

도보 여행에 참가한 중국인들

동북요리라고 하는, 두 가지 요리를 만들어왔는데, 얇게 썬 삶은 돼지고기 요리와 목이버섯볶음이었다. 그리고 밥도 준비해 왔다. 왕형은 양배추 고기 볶음과 땅콩볶음을 가져왔다. 두 분이 가지고 온 요리는 모두 손수 만든 것이라고 하는데 맛이 좋았다. 역시 중국 남자들은 요리를 잘 한다. 왕 교수는 가게에서 두 가지 반찬을 사가지고 왔다. 제일 젊은 정 교수와 나는 빈손으로 와 그들이 준비해온 요리를 나눠 먹었다. 손형은 나더러, 체면 차리지 말고 많이 먹으라며 연신 권하였다. 술도 빠지지 않았다. 손형과 왕형은 영지술, 고량주, 포도주를 가지고 와서 밥 한 숟가락 먹을 때마다 건배를 불렀다. 여자들끼리만 온 팀들은 옥수수, 고구마, 컵라면 등과 같은 간단한 먹거리로 점심을 해결하고, 남자들과 같이 온 팀은 제법 잘 차려서 먹는 듯했다. 손형과 왕형에게 한국 남자들은 당신들처럼 요리를 잘 하지 못한다고 했더니, 정말이냐며 의아해했다. 한국 남자들은 가부장적이고 권위적이라서 요리 같은 것은 잘 못한다고 했다. 요즘 젊은이들은 많이 다르긴 하지만 말이다. 손형과 왕형은 술이 한잔 들어가자 점심시간이 짧은 것을 못내 아쉬워했다.

　　행렬을 뒤따라 걸었다. 사탕수수밭을 지날 때 왕 교수가 사탕수수 한 근을 5위안에 샀다. 밭에서 직접 파는 것이라 싸게 사긴 했으나 껍질을 벗

계림의 가을

299

겨주지 않아 먹기가 난감했다. 그래도 시내에서 파는 것보다 당도가 높았다. 사탕수수를 먹으면서 걷고 또 걸었다. 사탕수수밭에는 절도를 했을 경우 500위안에서 1000위안의 벌금을 물리겠다는 표지판이 붙어 있었다.

66세의 왕형은 나보다 발걸음이 가벼웠다. 그는 나를 시아오메이뉘(小美女)라고 불렀다. 왕 교수에게는 그냥 '메이뉘'라고 하는 것을 보니, 내가 왕 교수보다 어리기 때문에 그리 부르는 모양이다. 지치지 않도록 옆에서 계속 말을 걸었지만, 나는 그의 말을 절반도 이해하지 못했다. 심한 계림 사투리로 말했기 때문이다. 도저히 걸을 수 없는 지경에 이르자 다리에서 쥐가 날 것 같았다. 다리에 쥐라도 난다면 동행인들이 얼마나 난감해할까를 생각하면서, 걸음을 멈추고 심호흡을 하고 앉았다 일어났다를 반복하였다. 손형과 왕형은 걱정스러운 표정으로 계속 나를 지켜보고 있고, 정 교수는 여차하면 나를 업고 가겠다고 한다. 특별히 잘하는 운동은 없지만, 그래도 걷는 것만큼은 자신 있다고 생각했는데, 오늘 보니 전혀 아니었다. 요즘 운동을 하지 않아서 더욱 힘든 것 같았다. 끊임없이 걷는다는 것이 이리 고통스런 일인지 몰랐다. 목적지에 도착할 때까지, 오후 5시 30분까지, 그렇게 걷고 또 걸었다.

미처 생각지도 못한 7시간의 긴 도보여행이었다. 힘든 하루였다. 그러나 특별한 경험이었다. 우리 일행은 다음 여행을 약속하고 여행사 버스를 타고 계림 시내로 들어왔다. 다시 버스를 갈아타고 집으로 돌아오니 저녁 8시였다. 덕원이도 오늘 가을소풍을 갔는데, 나는 너무 피곤해서 소풍이 어떠하였는지 듣지도 못한 채 잠이 들어버렸다.

후유증

___ 11. 16. 일. 흐렸다

아침에 깨어보니 다리가 퉁퉁 붓고 발목이 아파 한 걸음도 걸을 수가 없었다. 덕원이 과외 선생님께 양해를 구하고 꼼짝없이 침대에 누워 있었다. 점심은 덕원이가 밖에서 사가지고 와서 먹었다. 저녁때가 되어서야 붓기가 좀 가라앉고 조금 걸을 수 있었다. 입술이 풍선처럼 부풀어 올랐다. 어제 7시간 걸은 후유증이 컸다. 그러나 영광의 상처이다.

김밥과 김치를 팔다
_____ 11. 17. 월. 맑았다

오후 〈회화〉 수업시간에 들으니, 학생들이 체육대회 기간에 김치와 김밥 만드는 체험을 했다고 한다. 소금을 너무 많이 넣어서 무척 짰지만 그래도 맛있었다고 하면서, 일부는 타과 학생들에게 판매를 해서 380위안 정도를 벌었다고 한다. 한국인들이 먹는 김치와 김밥은 중국인에게도 인기가 있다. 저녁에 은지와 카톡을 했다. 고등학교 2학년인 은지는 여름방학에 계림을 다녀간 후 이곳 대학에서 공부를 하고 싶다는 얘기를 했다. 오늘은 고등학교 성적이 어떠해야 중국 대학에 진학할 수 있는지 등등 여러 가지 질문을 하더니만, 꼭 고모가 있는 대학에 가서 중국어를 공부하고 싶다고 한다.

한 달 생활비
_____ 11. 18. 화. 맑고 따뜻하다

오늘 회화 시간에 한 달 용돈이 얼마나 되는지에 대하여 이야기하게 되었다. 우리 반 유학생들은 대부분 1000~1200위안 쓴다고 한다. 그들은 주로 공자학원 유학생들로, 학비 외에도 한 달 생활비 1200위안을 지원받는다. 그 정도면 물가가 비교적 싼 계림에서 생활하기에는 무난하다. 장 선생은 월세 포함, 4식구 생활하는데 6천 위안 정도 쓴다고 한다. 월세가 2600위안이니 실로 생활비는 많이 쓰는 것이 아니다. 회화 선생님은 4인 가족이 그것밖에 쓰지 않느냐며 감탄하면서, 아이도 없고, 집세도 내지 않는 선생네는 남편과 단 둘이서 그 이상을 쓴다는 것이다.

나는 덕원이의 과외비를 포함하여 한 달에 7천 위안을 쓴다. 우리가 사는 아파트는 무료이다. 그러나 과외비만 4천 위안이 넘고, 덕원이 식대와 용돈 및 학교에 내는 비용이 천 위안이다. 식비를 줄이고 줄여서 2000위안 미만으로 쓰고 있지만, 쉽지 않다. 계림이 물가가 싸다고는 하지만 교육비는 싸지 않다. 그리고 보면 한국이나 중국이나 사교육비는 결코 싸지 않은 것 같다.

학업 스트레스
—— 11. 19. 수. 흐렸다

저녁에 덕원이가 양현이와 함께 집으로 왔다. 이 교수가 저녁 약속이 있다고 하여 양현이가 우리 집에 온 것이다. 덕원이에게 이따금씩 들으니, 공부에 대한 스트레스가 많아서 그런지 양현이가 자주 짜증을 낸단다. 이번 학기에 어떻게 해서든 성적을 올려야 하는 상황이니 본인은 물론 이 교수도 스트레스가 많은 모양이다. 저녁 메뉴는 해물탕이다. 게, 새우, 오징어, 조개를 푸짐하게 넣어서 끓였더니 두 아이들이 맛있다면서 땀을 흘리며 먹었다. 양현이가 말했다.

"선생님, 고등학교 시험 끝나면 저를 못 볼지도 몰라요. 저는 고등학교에 합격하기만 하면 계림에 없을 거예요. 아마도 한국에 가 있을 지도 몰라요. 우리 아빠는 내가 고등학교에 합격하기만 하면 미국이든 아프리카든 가고 싶은 곳 어디라도 보내준다고 했어요."

양현이와 덕원이가 다니는 학교는 광서자치구에서 가장 좋은 학교로 꼽힌다. 공부깨나 한다는 아이들이 모이는 곳이다. 그러니 고등학교 입학이 결코 쉽지 않다. 그래서 입시에 대한 스트레스가 엄청나게 심하다. 학생은 물론 부모조차도 그렇다. 저녁을 먹고 양현이는 덕원이에게 영어책을 읽어보라고 하더니 발음을 이렇게 저렇게 해야 한다면서 일러주었다. 두 아이들이 함께 있으면 마음이 든든하고 뿌듯하다. 서로 의지가 될 수 있어서 얼마나 고마운지 모른다.

중국 술

___ 11. 20. 목. 맑고 따뜻했다

대학원생들의 학습 태도가 조금 개선된 듯하다. 그렇다고 실력이 향상된 것은 아니다. 여전히 갈피를 잡지 못해 우왕좌왕하고 있고, 중국말도 한국말도 아닌 것을 번역해 오고 있긴 하다. 그렇지만 공부하는 태도에서는 조금 진지하고 신중해진 것 같다.

쉬는 시간에 장욱 학생에게서 들으니, 그의 아빠가 운전면허시험에 합격했다고 한다. 필기시험과 도로주행을 하는데 4000위안의 비용이 들었고, 도로주행 시험에서 시험관이 뒷돈 700위안을 요구했다고 한다. 700위안을 내면 합격을 보장할 수 있지만, 만약 내지 않을 경우 합격을 보장할 수 없다고 하여 울며 겨자 먹기 식으로 뒷돈을 주었다는 것이다.

옌산에서 위차이 캠퍼스로 돌아오는 스쿨버스 안에서 강 선생을 만났다. 강 선생은 이번 겨울방학에 한국에 돌아간다고 한다. 귀국할 때 어떤 선물을 사야 할지 고민이라며 중국 술에 대한 이야기를 했다. 중국 술에 대하여 조금 아는 내가 여러 종류를 추천해 주었다. 중국 술은 워낙 다양하고 가격대도 천차만별이기 때문에 선물을 하는 사람의 주머니 사정과 선물을 받는 분을 동시에 고려하여 선택하는 것이 좋다.

일단 중국술은 가격 기준으로 상중하로 나눌 수 있다. 상급에 속하는 술에는, 우량예(五粮液), 마오타이지우(茅台酒), 펀지우(汾酒), 수이징팡(水井坊), 낭지우(郎酒), 지우구이지우(酒鬼酒) 등이 있고, 중급에는 시지우(習酒), 꿍푸지아지우(孔府家酒), 똥지우(董酒), 루저우라오지우(瀘州老窖), 지앙지우(醬酒), 주이에칭지우(竹葉青酒), 옌타이꾸냥지우(烟台古釀酒) 등 많이 있다. 각 지방에서 나는 토속주 혹은 민속주는 비교적 값이 싼 편이다. 5위안, 10위안짜리 바이지우도 있다.

우량예와 마오타이지오와 같은 술은 가짜가 많기 때문에 개인적으로 선호하지 않는다. 대단한 식견을 갖추지 않는 한 진짜와 가짜를 구별하기가 쉽지 않기 때문이다. 중국의 바이지우는 대체로 52도와 38도로 나눌 수 있는데 선물을 받을 상대를 보고 선택하면 될 듯싶다. 또 하나, 술 이름은 하나인데 가격이 천차만별인 경우가 있다. 예컨대 낭지우(郎酒)는 한국에서도 괜찮은 바이지우로 알려져 있지만, 1천 위안 대가 넘는 것도 있다. 그러나 6~7백 위안, 2백 위안, 혹은 백 위안 이하의 것도 있다. 한국의 중식당에서 쉽게 접할 수 있는 옌타이꾸냥지우(烟台古釀酒)는 30~80위안 대에서 구입할 수 있고, 맛도 나쁘지 않기 때문에 무난하게 추천할 만한 술이다. 고가의 바이지우는 가짜가 많은 반면 저가의 바이지우는 가짜가 거의 없다는 것도 생각해 둘만하다.

나는 몇 년 전까지만 해도 수이징팡(水井坊)을 선물용으로 많이 구입했다. 그러나 비싸기 때문에 요새는 그보다 가격이 낮은 시지우(習酒)를 주로 선물한다. 시지우는 300위안 정도면 살 수 있다. 시진핑(習近平) 주석이 즐겨 마시는 술이라고 하면서 선물하면 상대방이 은근히 좋아한다. 사실, 시진핑 주석이 이 술을 진짜 좋아했는지는 확실하지 않다. 이야기를 엮어 내기 좋아하는 중국인들이 술 이름에 '習'자가 들어간 것을 이용하여 지어낸 것일 가능성이 높다. 강 선생은 학생 신분이라 고가의 바이지우를 살 수 없으니 옌타이꾸냥지우(烟台古釀酒) 정도면 괜찮을 것 같다고 한다.

『조선의 그림 수집가들』을 읽다

___ 11. 21. 금. 흐렸다

학교 강의도, 중국어 강의도 없는 날이다. 구름이 잔뜩 끼어서 한낮인데도 어두컴컴하여 실내에 불을 켜야 했다. 날씨는 그다지 춥지 않으나 몹시 흐렸다. 종일 집에서 번역을 했다. 그리고 『조선의 그림 수집가들』(손영옥 지음)을 읽었다. 아니 감상했다. 책에 조선과 중국의 서화가 많이 수록되어 있기 때문이다. 참 잘 만든 책이다. 조선의 많은 컬렉터를 통해 그들이 사랑한 예술세계를 엿볼 수 있었고, 고아한 조선 선비의 정신세계를 확인할 수 있었다. 언젠가 꼭 경험하고, 도달하고 싶은 동경의 세계의 하나가 서화라고 생각했기에 공감이 갔다. 일찍이 조선의 문인 유한준은 "그림을 알면 진정 사랑하게 되고, 사랑하게 되면 진정 보게 되고, 볼 줄 알게 되면 소장하게 된다. 이런 사람은 그저 모으는 사람과는 다르다.(知則爲眞愛, 愛則爲眞看, 看則畜之而非徒畜也.)"라고 말한 바 있다. 그림을 알고, 사랑하게 되고, 볼 줄 알게 되는 경지에 이를 수 있다면 그것으로 족하다. 가난한 교수가 미술 작품을 소장한다는 것은 언감생심이다.

베트남 문화제

___ 11. 22. 토. 낮 최고 기온이 2도까지 올라갔다.
맑고 따뜻하였다

대학에서 베트남 문화제가 열렸다. 오전 9시 30분부터 11시 30분까지 진행되었는데, 많은 유학생들과 관계자들이 참석하였다. 우리 대학이 중국의 남방지역에 위치하다보니 인접 국가인 베트남, 라오스 등 동남아시아 권에서 많은 학생들이 유학을 온다. 베트남 역시 중국의 오랜 우방으로, 2010년까지 우리 대학에서 배출한 유학생만 만 명이 넘는다. 지금도 몇 백 명의 학생들이 이곳에서 수학하고 있다. 한국에서 만나는 가난한 베트남인들과는 달리 이곳 유학생들은 대부분 풍족하고 여유가 있다. 그들은 다른 나라 유학생들보다 총명하고 지혜롭다.

오전 행사는 관계자들의 축사와 함께 유학생들의 춤과 노래로 꾸며졌다. 축제를 주관하는 학생들은 베트남의 전통복장인 '아오자이'를 입었다. 아오자이는 꽃무늬가 있는 롱 드레스이다. 또한 참가 학생들은 얼굴이나 옷에 베트남 국기가 그려진 스티커를 붙였다. 순천대학 학생들도 얼굴에 빨간 스티커를 붙이고 돌아다녔다. 내게도 빨간 스티커를 주었다.

기다리고 기다리던 베트남 요리를 맛볼 수 있는 즐거운 시간도 있었다. 어림잡아 2,3백 명이 참가한 것 같은데, 그 많은 학생들과 선생들이 모두 먹을 수 있도록 음식을 준비했다. 베트남 요리에서 절대 빠질 수 없는 춘쥔(春卷)도 있었다. 오전에 두 시간의 중국어 과외를 마친 덕원이를 데리고 베트남 음식을 먹었다.

저녁에도 베트남 문화제 공연이 이어졌다. 7시 30분부터 시작된다는 공연을 보기 위해 7시에 공연장에 갔으나 이미 많은 사람들로 앉을 자리가

베트남 문화제 개막식

없을 정도였다. 강 선생과 현식이, 그리고 한국 학생들도 일찌감치 와서 자리를 잡고 앉아 있었다. 우리는 다행히 선생님들을 위해 특별히 마련한 좌석에 앉을 수가 있었다. 본격적인 공연에 앞서 베트남의 삶과 풍정을 담은 사진을 보여주었다. 전에 가보았던 하롱베이의 풍경이 보이자, 덕원이는 베트남에 다시 한 번 가보고 싶다고 한다.

공연장은 젊은 열기로 뜨거웠다. 베트남 민속춤 공연이 있었고, 베트남의 이웃나라인 라오스 유학생들의 축하공연도 있었다. 라오스, 인도네시아, 캄보디아 등 각국 유학생들이 전통 복장을 입고 행진하는 모습도 볼 수 있었다. 순천대학의 여학생 두 명이 우리 한복을 입고 나왔다. 단아하고, 그러면서도 화려하고 우아한 우리 한복이었다. 중국 학생들의 발랄한 춤 공연도 있었다. 그들의 공연을 보면서, '젊다는 것은 그 자체로 참으로 아름다운 일'이라는 생각이 들었다. 나도 젊었을 때 저렇게 빛이 났을까 싶었다.

공연의 하이라이트는, 외국어학원의 선생님들이 마련한 축하공연이었다. 남자 선생님들은 노래를 하고, 여자 선생님들은 귀여운 복장을 하고 춤을 추었다. 평소 전혀 화장을 하지 않는 선생님들이지만, 오늘 만큼은 몰라볼 정도로 화려하게 치장을 했다. 51세의 제일 나이가 많으신 전 선생님도 참가했다. 전주가 흘러나왔으나 마이크를 잡고 노래를 하는 선생님들은 박자를 놓쳤고, 여자 선생님들의 춤 동작은 일치하지 않았다. 학생들이 우스워죽겠다고 소리를 질렀다. 그럼에도 불구하고 유학생들에게서 가장 많은 박수를 받았다. 박자감이 떨어지고 몸짓도 발랄하지 못했지만, 학생들을 위해 열정적인 모습을 보여준 선생님들의 진심어린 마음을 이해하였기 때문이 아닐까.

우리 대학에서 중국어를 배우는 것은 여러 면에서 장점이 많다. 한국에서는 하얼빈과 흑룡강성 일대를 최적의 유학지로 꼽고 있지만, 그곳은 이미 너무 많은 한국 유학생들이 있기 때문에 중국어 유학지로서 그다지 추천하고 싶지 않다. 베이징이나 상하이도 유학하기에 좋은 도시이지만, 교육비와 생활비가 많이 든다는 단점이 있다. 더구나 베이징은 대기오염이 너무 심하다. 우리 대학은 중국의 최 남방에 위치해 있어 지리적으로는 불리하지만, 다른 도시에 비해 학비와 생활비가 싸고 한국인이 거의 없기 때문에 한국인이라는 이유만으로도 환영받을 수 있다. 또한 한국인이 없어야 단기간에 중국어 실력을 향상시킬 수 있다. 계림은 중국에서 손꼽히는 자연풍광과 깨끗한 환경을 지닌 곳이다. 그리고 무엇보다도 우리 대학이 가진 장점은, 동남아시아나 중앙아시아 나라들의 유학생들과 교류할 수 있고 그들의 문화를 체험할 수 있다는 점이다.

중국산 MP3

____ 11. 23. 일. 더웠다. 낮 최고 기온 20℃

난청백화점에 가서 MP3를 235위안에 구입하였다. 핸드폰을 통해 노래를 다운받고 들을 수 있지만, 덕원이네 학교는 핸드폰 사용을 금지하고 있다. 대신에 MP3는 허용하고 있어서, 친구들이 낮잠을 자거나 쉬는 시간에 MP3로 음악을 듣는다고 한다. 덕원이가 전부터 MP3를 갖고 싶다고 했는데 살 시간이 없었다. 좋은 물건을 보여 달라고 했더니 235위안짜리를 꺼내 주었다. 120위안, 80위안 대의 제품도 있지만, 음질이 썩 좋지 않았다. 덕원이는 "너무 비싼 것을 산 것 같다" 면서도 무척 좋아했다. 집으로 돌아와 음악을 다운받는 내내 콧노래를 불렀다.

계림의 날씨

____ 11. 24. 월. 새벽에 비가 왔다.

한낮은 몹시 더웠으나 저녁이 되자 다시 서늘해졌다

중국어 선생님의 아이가 아프다고 하여 부득이 휴강되었다. 장 선생의 둘째 아이도 배탈이 나서 며칠 째 고생하고 있다고 하자, 이 선생님은 산자(山楂)나무 열매즙을 먹으면 효과가 있다고 하였다. 산자는 한국에서 '산사'라고도 하고 '아기사과'라고도 불리는 열매로 위장 장애에 도움이 된다고 알려져 있다. 요즘 계림의 날씨는 매우 변덕스럽다. 어떤 날은 한 낮의 최고 기온이 20℃가 넘어 몹시 더웠다가 그 다음날은 언제 그랬냐는 듯이 초겨울 날씨처럼 선선하다. 이렇게 더웠다 추웠다를 반복하고 일교 차가 심하다보니 몸이 적응을 하지 못해 탈이 날 수도 있다. 도무지 계림 의 날씨는 가늠할 수가 없다.

할 말, 안할 말
____ 11. 25. 화. 맑았다

덕원이가 학교에서 있었던 일을 이야기했다.

"엄마, 중국어 선생님이 나에게 중국어 공부하는 것이 어렵지 않느냐 고 물었어. 그리고는 한국에 돌아갈 거냐고 하기에 그렇다고 했어. 그랬더 니 선생님이 여기서 중국어를 공부하는 것은 아무래도 인생을 낭비하는 것 같다면서 한국으로 돌아가는 것이 좋겠다고 하셨어."

아들의 말을 듣고, 밥을 먹던 숟가락을 집어던질 뻔 했다. 인생 낭비 라니! 인생을 낭비하기 위해 한국의 모든 것을 다 버리고 여기까지 왔단 말 인가! 이제 겨우 재미를 붙여서 열심히 공부하려고 하는 아이에게 찬물을 끼얹다니! 그래서 그 선생님에 대하여 꼬치꼬치 물었다. 성이 팽(彭)씨이 며, 어문을 가르치고, 담임선생님보다 약간 나이가 많은, 여자 분이라고 한 다. 화가 나서 씩씩거리는 내게 덕원이는, 오히려 자기가 선생님의 말씀을 제대로 이해하지 못해 그런 말을 했을지도 모른다며 선생님을 두둔했다.

덕원이는 입학을 하고나서 지난달에 중간고사 시험을 치렀다. 영어 과목을 제외한 어문, 역사, 정치, 생물, 수학 등 전 과목 평균이 20점이었다. 덕원이 점수만 보면, 과연 중학교를 다녀야 할지 회의가 올 수도 있다. 그러나 덕원이는 중국에 온 지 1년이 되었고, 중국어에 입문하여 본격적인 공부를 시작한 것도 겨우 1년밖에 안 된다. 그런 아이에게 시험결과를 거론하는 것 자체가 어불성설이다. 이제 중국어에 입문한 아이에게 얼마나 높은 점수를 원한단 말인가. 더군다나 인생 낭비라는 말을 함부로 하다니! 중국어가 되어야 선생님께 전화를 걸어 지금 처한 상황을 설명할 수 있는데, 이러지도 저러지도 못하는 내가 답답할 뿐이었다. 과정은 무시한 채 결과만을 중시하는 선생님의 태도가 바람직한가. 결과는 지금의 점수로 말하는 것이 아니라, 몇 년 뒤, 혹은 더 먼 훗날에 말해도 늦지 않다. 그리고 인생의 결과는, 지금의 점수로 예단할 수 있는 것이 아니다.

나는 한국에서 수많은 유학생들을 만났다. 뛰어난 학생도 있었지만, 때론 수준 미달의 한국어 실력으로 가까스로 학위를 취득하여 본국으로 돌아간 이들도 있었다. 나는 그들에 대하여, 저렇게 얕은 한국어 실력으로 도대체 무엇을 할 수 있을까 생각했었다. 그러나 그들은 지금 대부분 본국에서 내로라하는 대학의 교수로 재직하고 있다. 인생에 있어 결과는 아무도 예측하지 못한다. 그리고 교육의 활용방법 역시 다양하기 때문에 획일화된 점수로 이야기할 수 있는 것이 결코 아니다. 젊은 선생님이라 사회경험이 풍부하지 못해서 그런 말을 했을 것이라고 생각한다. 덕원이가 상처받지 않기를 바랄 뿐이다.

녹색 모자

____ 11. 26. 수. 흐리고 구름이 잔뜩 끼었다.

낮 최고 기온 16℃

중국어 강의시간에 들으니, 중국인들은 녹색 모자를 좋아하지 않는다고 한다. 그래서 녹색 모자를 선물하면 결례라고 한다. 사전을 찾아보니,

뤼마오즈(綠帽子)는 '오쟁이 진 남편'이라 되어 있고, 다이뤼마오즈(戴綠帽子)는 '아내가 바람을 피우다'라고 되어 있다. 녹색모자에 어떤 사연이 있기에 기피하는지, 관련 고사를 바이두에서 찾아보니 다음과 같았다.

"옛날에 얼굴이 예쁜 아내와 장사를 하는 남편이 있었다. 남편이 장사를 하느라고 자주 외출을 하자, 아내는 외로움을 이기지 못해 천을 파는 장수와 눈이 맞았다. 두 사람은 남편이 장사를 나갈 때마다 만나서 사랑을 나누곤 하였다. 그러다가 예상치도 못하게 남편이 돌아온 어느 날, 천 장수는 그녀의 남편 침대 밑에 겨우 몸을 숨기고 하룻밤을 지낸 적도 있었다. 그러한 일로 놀란 부인은 남편이 돌아오는 것을 알기 위해 천 장수에게 녹색 천으로 모자를 만들게 했다. 남편은 녹색 모자를 선물로 받고 몹시 기뻐하였고, 매번 그 모자를 쓰고 장사를 나갔다. 그리고 부인과 천 장수는 그때마다 몰래 만나 사랑을 나누었다."

이러한 유래로 인해, 녹색 모자는 바람을 피우는 아내와 관련이 된단다. 아무튼, 중국인들은 녹색 모자를 선물하지 않을 뿐만 아니라 녹색 모자를 쓰는 것조차 이상하게 여긴다고 한다.

아들이 중국여인과 결혼한다면
____ 11. 27. 목. 맑았다

옌산에서 수업을 마치고 돌아오는 길에 강 선생을 만났다. 강 선생은 이번 겨울방학에 태국인 여자 친구를 데리고 가서 부모님을 뵐 것이라고 하면서, 걱정이 하나 생겼다고 했다. 부모님은 여자 친구로서는 이해하지만 결혼상대로는 '좀 그렇다'고 하셨고, 누나는 반대를 한단다. 강 선생이 물었다.

"선생님은 덕원이가 중국 여자와 결혼한다면 어떻게 하실 거예요?"

그런 질문을 받고 보니, 딴 사람 이야기가 아니고 바로 내 이야기가 될 수도 있겠다 싶었다. 덕원이가 여기서 중고등학교 6년을 다니고 중국에서 대학을 나온다면, 아마도 중국인을 며느리로 보게 될 확률이 높을 것이다. 지금 덕원이는 중국 여자랑은 결코 결혼하지 않겠노라고 하지만, 이곳에서 오래 생활하다보면 한국인보다는 중국인의 사고방식이 더 편하게 느껴질 것이다. 그러면 자연스럽게 중국인과 결혼하게 될 것이다. 그런 상황이 벌어진다면, 나는 자연스럽게 받아들일 것이고 또 반대하지 않을 것이다.

몇 년 전 일본의 어느 시사주간지에, '살아생전에 부모님을 몇 번이나 만날 수 있을까?'를 계산한 독특한 기사가 실린 적이 있었다. 그 기사는 '(평균수명-부모님의 나이)×1년간 부모님을 만날 수 있는 횟수'라고 공식까지 제시했다. 나에게 이 공식을 대입해보면, (80-74)×12=72, 곧 앞으로 나는 72회 정도 어머니를 만나는 것이다. 그것도 한 달에 한 번 부모님을 뵙는다는 가정 하에서. 그러나 나와 같이 외국에 있다면 그 빈도는 현저히 떨어질 것이다.

이 기사는 우리에게 앞으로 부모님을 만날 수 있는 횟수가 그렇게 많지 않으니 부모님과의 소중한 시간을 많이 가져야 한다는 뜻을 시사한다. 또 한편, 이 기사는 부모로서 자식을 만날 수 있는 횟수도 그다지 많지 않음을 동시에 시사한다. 요컨대 우리 시대는, 부모형제가 함께 살지 않는 이상, 그들과 함께 할 수 있는 시간이 그다지 많지 않다는 것이다. 부모와 함께 지낼 수 있는 시간보다 배우자와 함께 하는 시간이 훨씬 많기 때문에 자식의 의견을 절대적으로 존중해주어야 한다. 그래서 나는 덕원이가 중국 여성을 만나 결혼한다 하더라도 반대할 생각이 없다.

대박과 단두대

____ 11. 28. 금. 맑았다

2008년 어느 봄날, 청주대 김 교수와 함께 노랗게 핀 산수유 꽃을 찾아 드라이브를 나섰다. 노란 산수유 꽃이 제법 아름다운 공주영상정보대학이 있는 마을을 찾아갔다. 대학이 들어섰다고는 하지만 여전히 시골 같은 분위기를 풍기는 곳이었다. 노란 산수유 꽃이 활짝 핀 시골 마을을 산책하면서 상춘(賞春)을 제대로 즐겼다. 그러다가 대학교 앞에 새로이 건축된 주택과 상가 사이 커다란 간판이 걸린 건물 앞을 지나가면서, 기분이 유쾌하지 않았다. '대박 민박'이라는 대형 간판이 걸려 있었기 때문이었다.

언제부터인가 '대박'이라는 단어가 즐겨 사용되기 시작했다. 학생들도, '와, 대박', '대박 좋은데!' 같이 이 단어 없이는 의사전달을 할 수 없을 것처럼 입에 붙이고 다닌다. 대박의 뜻을 사전에서 찾아보니, '어떤 일이 크게 이루어짐을 비유적으로 이르는 말.'이라고 되어 있다. 인터넷에서는 "주로 대박이 터지다의 형식으로 쓰여 '흥행이 크게 성공하다', '큰돈을 벌다'는 뜻을 나타낸다. 도박판에서 사용하는 경우가 많으므로 대박(大博)이란 한자에서 왔다고 보는 견해도 있고, 흥부가 큰 박을 터뜨려 횡재를 하는 장면을 연상하는 사람도 있으나 이 말의 유래가 정확히 무엇인지 확인할 수 있는 단서는 없다"라고 정리하고 있다. 곧 대박이란 성실과 근면을 통해 얻은 결과라기보다는 '횡재로 인해 큰돈을 벌다'라는 의미에 가깝다. 이 '대박'의 결정체는 '로또 복권'이다.

하이데거가 '언어는 존재의 집'이라고 했듯이, 모든 언어는 존재와 무관하지 않다. 언어를 통해 그 사람의 사유뿐만 아니라 살아온 환경과 배경까지도 읽어낼 수 있다. '대박'이라는 어휘가 진리의 전당이라는 대학교 앞에, 학생들이 머무는 숙소 앞에 걸려 있으니, 학생들은 의식적이든 무의식적이든 그 단어를 볼 때마다 '인생의 대박'을 생각할 것이다. 그것은 대박 인생을 꿈꾸도록 학생들을 충동질하는 데 기여한다.

'단두대'라는 단어도 그렇다. 단두대는 프랑스 혁명 당시 사용된 처형 기구이다. 지난 25일 인터넷은 "단두대로 규제 혁명"이라는 헤드라인으로 모조리 도배를 했다. 이 말은, 대통령이 일자리 창출과 투자를 가로막는 규제들을 한꺼번에 '단두대'에 올려 처리하게 될 것이라는 규제 개혁

의지를 밝힌 자리에서 나왔다. 규제 개혁을 향한 단호한 의지를 '단두대'로 표현한 것으로 보인다. 집권 이후 그녀가 쏟아낸 수많은 언어 중에는 동조할 수 없는, 공감하기 싫은, 나쁜(내가 생각하기에) 언어가 적지 않다. 예컨대, 통일대박, 국가개조, 혁신, 적폐, 원수, 단두대, 암 덩어리 등과 같은 것이다. 왜 이리 극단적인 단어를 선호하는가? 『맹자』 〈만장〉 하편에 이런 구절이 있다.

"그의 시를 외우며, 그의 글을 읽으면서도 그의 인물됨을 알지 못할 수 있겠는가?(頌其詩 讀其書 不知其人 可乎?)"

그의 시를 읽고 그의 글을 읽으면 반드시 그의 인물됨을 알게 되어 있다는 뜻이다. 시와 글이 그럴진대, 직접적으로 표출되는 말은 말해 무엇 하겠는가? 또 맹자는 〈공손추〉 상편에서 언어에 대하여 다음과 같이 말하였다.

"한편으로 치우친 말에 그 사람 마음 어딘가에 숨겨진 것이 있음을 알며, 음란한 말에 그 사람 마음이 어딘가에 빠져 있음을 알며, 간사한 말에 그 사람 마음이 도리에서 벗어나 있음을 알며, 회피하는 말에 그 사람이 어딘가 궁지에 빠진 것임을 알 수가 있다.(詖辭知其所蔽 淫辭知其所陷 邪辭知其所離 遁辭知其所窮.)"

언어가 어느 한편에 치우쳐 있음은 틀림없이 무엇인가가 결핍되어 있다는 해석이다. 그런 점에서 그녀의 언어에는 그녀의 존재가 고스란히 들어있다. 그리고 과거와 현재의 그녀의 삶을 어렴풋이 짐작할 수 있다. 그리고 그녀의 사유를 읽어낼 수 있다. 아, 그래서 거침없이 '단두대'를 말하는 그녀가 무섭다. 슬프다.

담임 선생님

____ 11. 29. 토. 맑았다

이 교수가 어제 특강을 해주신 제주도 선생님께 감사하다면서 점심식사를 제안해서 덕원이와 나도 자리를 함께 하였다. 그리고 저녁에는 덕원이 담임선생님과 식사를 했다. 물론 이 교수도 함께였다. 담임선생님이 보자는 말씀에 적잖이 긴장을 했다. 혹여 중간고사 성적을 보고서 '학교 퇴출'이라는 극약을 처방하면 어떻게 해야 할지 머릿속이 복잡했다. 며칠 전에 덕원이에게 한 "여기서 인생 낭비하지 말고 한국으로 돌아가라"는 중국어문 선생님의 말씀에 충격을 받았던 터라, 저쪽에서 세게 나오면 나도 세게 나가야겠다는 꿍꿍이를 하였다.

그런데 담임선생님은 예상 밖의 말씀을 하셨다. 학교 성적은 차차로 올리면 되지만, 덕원이가 학교와 공부에 대한 스트레스가 심한 것은, 담임이 보기에 걱정이란다. 그러면서 덕원이와 관련된 어떠한 것이든 좋으니 수시로 상의를 하라고 하셨다. 일단 안심이 되었다. 인생 낭비 운운은 덕원이와 중국어문 선생님 사이에 대화의 왜곡이 있었던 것으로 결론지었다.

나와 함께 있을 때는 계속 밝은 모습을 보여주어서, 덕원이가 힘들긴 하지만 견딜만하다고 여겼는데, 담임이 보기에는 그렇지 않은 모양이었다. 그래도 담임이 이런저런 말씀을 해 주시니 마음이 안정되었고, 학교와 담임에 대한 믿음이 갔다. 이 교수가 중간 중간 내가 담임선생님께 하고 싶었던 말들을 보충설명해 주었다. 아니, 내가 말하는 것보다 훨씬 더 조리 있게 정리했다. 덕원이에게 일이 생길 때마다 대변인 역할을 해야 하는 이 교수께 미안하고 고마웠다.

엄마, 옷 좀 사 줘!

____ 11. 30. 일. 비가 오락가락 하고 바람이 불어 스산했다

오늘 점심은 김 교수와 제주도 선생님, 덕원이와 함께 '금강산'이라는 한국식당에서 먹었다. 김 교수가, 얼마 안 있으면 귀국하실 제주도 선생님을 위해 불고기를 대접하고 싶다고 하여서 마련한 자리였다. 김 교수

가 고기를 불에 구워 먹으면 모두 '불고기'라고 알고 있어서, 제주도 선생님께서 한국에서는 대개 '양념에 재웠다가 불에 구운 음식'을 불고기라고 부른다고 알려 주었다. 음식에 관해 전문가적 식견을 가진 제주도 선생님은 이날 손수 고기를 구우면서 차돌박이와 삼겹살이 다르다는 것과 한국의 먹거리에 대하여 길게 설명하셨다. 김 교수는 감탄사를 연발하였다.

"오, 그런가요? 몰랐어요. 그렇구나."

김 교수는 제주도 선생님에게 한국에 가기 전에 '한국의 먹거리'라는 주제로 문화강의를 한번 하시라고 제안하였다. 제주도 선생님은 이날 먹은 '차돌박이'는 육질과 가격 면에서 모두 괜찮다며 칭찬을 아끼지 않으셨다.

저녁에 덕원이가 말했다.

"엄마, 옷 좀 사줘야겠어. 학교에 입고 갈 옷이 깔맞춤이 안 되어 안 되겠어."

요사이 덕원이가 입고 다니는 옷은 체육복 한 벌, 청바지 한 벌, 점퍼 한 벌, 속에 입는 티셔츠 두 벌이 전부다. 사이즈가 적당한 것이 없어 매번 사지 못했기 때문이다. 요사이 부쩍 외모에 신경을 많이 쓰고 있지만, 덕원이 입에서 '깔맞춤'이란 말이 나올 줄은 몰랐다. 그새 많이 큰 것 같아 절로 웃음이 나왔다. 깔맞춤이란, "옷이나 액세서리 등의 색상을 비슷한 계열로 맞추어 코디하는 형태"를 뜻하는 신조어로, 주로 아이들이 많이 쓴다.

계
림
의

겨
울

12~2
Month

에이즈의 날

___ 12. 1. 월. 바람이 불고 추워지기 시작했다

오후에 옌산 캠퍼스에 가 보니 교정의 나무마다 빨간색 천들이 줄줄이 매달려 있어서 마치 붉은 꽃이 핀 것 같았다. 중국의 관광지 어느 곳에서나 쉽게 볼 수 있는 그런 빨간 천이다. 학생들에게 물어보니, 오늘 에이즈(AIDS)의 날을 기념하기 위해서 그리 한단다. 에이즈의 날 캠페인 부스에서는 지나가는 학생들에게 예방 책자와 '콘돔'을 나눠주고 있었다.

감옥 아닌 감옥

___ 12. 2. 화. 비가 오다말다 하였다

오후에 아이들을 데리러 덕원이네 학교에 갔다. 양 교수가 일이 있다면서 아이들을 못 챙긴다고 하고, 이 교수도 옌산에서 수업중이어서 어려울 것 같다면서 나에게 부탁하였기 때문이다. 요즘 양 교수의 딸이 또 가출을 하여 양 교수 속을 바글바글 썩이는 모양이었다. 오후 5시 20분. 종소리가 울리자 아이들이 교실에서 기숙사로 분주하게 이동하는 모습이 보였다. 기숙사에서 생활하는 아이들을 위해 특별간식을 챙겨온 부모도 있고, 이불을 챙겨서 건네주는 부모도 있었다. 고3인 딸을 보러 온 중문학과 한 교수를 교문에서 만나 인사를 나눴다. 학교 관계자 외에 출입을 금지하는 출입통제장치를 사이에 두고 부모와 학생들이 물건을 주고받고 대화를 하는 장면을 보니, 학교가 '감옥 아닌 감옥'이 맞는 것 같았다. 덕원이와 양현이를 데리고 택시를 타고 집으로 돌아왔다. 저녁을 먹은 양현이는 물리 과외를 받으러 간다면서 일찍 돌아갔다.

레인부츠

하루 종일 비가 많이 왔다. 이탈리아인인 제이크어는 검은색 레인부츠를 신고 등교했다. 한 켤레에 25위안을 주고 샀다고 한다. 비가 많이 오는 계림에서는 레인부츠가 꼭 있어야 할 것 같다. 젊은이들은 '레인부츠'라고 부르고, 좀 나이가 있는 사람들은 '장화'라고 한다. 몇 년 전부터 한국에서도 레인부츠가 유행이어서 누구든 한 켤레 정도는 가지고 있다.

진영 씨의 이야기를 들어보니, 한국에서 판매되는 레인부츠 대부분이 중국제라는 것이다. 25위안을 주고 산 중국제 레인부츠와 한국의 모 백화점에서 몇 배나 비싸게 구매한 레인부츠를 비교해보니 신발에 쓰인 글자까지 똑같았다고 한다. 값싼 중국제가 한국에서는 5배 혹은 10배 이상의 가격으로 판매되는 일이 허다하다는 것이다.

레인부츠뿐만이 아니다. 요즘 여기는 날씨가 많이 추워진 탓으로 다양한 난방용품을 쓰고 있다. 그 중에서도 손과 발을 따뜻하게 데워주는 휴대용 '핫팩'을 사용하는 사람들이 많다. 전기렌즈에 데울 필요도 없고, 뜨거운 물을 넣을 필요도 없이 10분 충전하면 3시간 정도 열이 지속될 수 있다. 연구원 시절에 이 핫팩을 18000원을 주고 공동구매한 적이 있다. 요즘 인터넷에서 2만원이면 살 수 있다. 그런데 여기서는 똑같은 제품이 25위안이다. 핫팩도 레인부츠와 마찬가지로 몇 배 부풀린 가격으로 한국에서 판매된다.

먹거리도 그렇다. 계림의 특산품 '뤄한궈(羅漢果)'는 다른 지역에서도 알아준다. 이 열매는 기관지, 천식에 특효가 있으며 당뇨에도 탁월한 효능이 있다고 알려져 있다. 한국 TV에서도 방영된 적이 있어서 적잖은 사람들이 이 열매의 효능을 알고 있다. 이 열매는 중국시장에서 1개에 1~2위안, 비싼 것은 4위안에 살 수 있다. 그런데 한국의 모 마켓에서는 1개에

1000원, 25개에 25000원에 팔고 있다. 같은 제품이 이처럼 한국으로 가면 몇 배 이상의 고가로 판매되고 있다. 장사에 눈 밝은 사람이라면 놓치지 않아야 할 부분이다.

돌솥비빔밥

—— 12. 4. 목. 맑았다. 낮 최고 기온 16도

점심은 인경, 조박, 경춘, 아추와 함께 학교 식당 2층에서 한국 음식을 먹었다. 강의가 끝나고 '밥 먹으러 가자'고 하면 덜 수줍어하는 몇 명이 따라붙고, 수줍음이 많은 아이들은 실실 웃다가 꽁무니를 빼고 저희들끼리 식사를 한다. 그래서 오늘은 수업이 끝나자마자 이름을 불러 함께 가자고 했더니 쑥스러워하면서도 따라왔다. 아이들의 추천으로 돌솥비빔밥을 먹었는데, 맛이 괜찮았다. 가격은 8~10위안이다. 아이들은 주로 밖에서 간단하게 식사를 하고, 이런 곳은 자주 이용하지 않는다고 한다. 주머니 사정이 여의치 않기 때문이다. 우리 학생들의 한 달 생활비는 600~800위안이다. 많아도 1000위안을 넘지 않는다고 한다. 그러니 먹고 싶은 음식을 마음대로 먹을 수가 없는 형편이다.

중국영화

—— 12. 5. 금. 맑았다

오늘 중국어 회화 수업은 '영화' 관람으로 대체했다. 오전 9시에 모여서 한 시간 가량 영화에 대한 강의를 하고, 시내버스를 타고 리앤다에 있는 영화관으로 갔다. 2-1반과 2-2반 학생 16명이 참가했다. 학생증을 소지한 학생은 25위안에 영화표를 살 수 있었고, 나는 VIP 회원카드를 가진 선생님의 도움으로 15위안에 영화표를 샀다. 개봉 첫날 11시 20분에 시작하는 영화라서, 우리 외에 관람객은 없었다.

영화 제목은 〈총총나니앤(忽忽那年)〉, 한국어로 하면 '그 해가 빨리 지나가다'이다. 고등학교를 졸업하고 15년 뒤에 고교시절 친하게 지낸 친구들과 그때의 사랑, 우정 등을 회상하는 내용이다. 중국의 고등학생과 대학생활을 이해하는데 도움이 되었다. 중국어를 공부하기에는 괜찮은 영화였으나, 청소년을 겨냥한 영화라 아무래도 무료한 감이 없지 않았다. 그런데 영화를 보는 내내 교복을 입고, 중국학생들과 생활하는 덕원이의 모습이 오버랩 되어, 마음이 짠했다. 이런저런 생각도 들었다.

'덕원이 인생에 있어서 추억의 한 장면이 될 중고등학교 시절을, 이렇게 중국에서 보내게 하는 것이 잘하는 것일까? 덕원이를 행복하게 하는 것일까? 인생을 함께 할 소중한 벗을, 힘들 때 힘들다고 속마음을 털어놓을 수 있는 그런 소중한 친구를 만날 수 있을까? 덕원이가 점점 어른으로 성장해가면서 성장통을 앓게 될 때, 사랑으로 가슴앓이를 할 때, 나 혼자서, 그러한 것들을 잘 이겨나가도록 도와줄 수 있을까?

계림의 한국 식당
___ 12. 6. 토. 비가 오다말다 하다

덕원이 수학 과외가 끝나자 시내로 나가 쇼핑을 했다. 마음에 꼭 들지는 않았지만 덕원이 옷을 세 벌 샀다. 그리고나서 제주도 선생님을 만나 '아줌마' 식당에서 삼겹살을 먹었다. 아줌마식당은 우리 학교 남문에 본점이 있고, 몇 달 전에 시내 중심가에 분점을 오픈하였다. 낯익은 여자 주인이 와서 인사를 하고 서비스로 삼겹살 한 접시를 주었다. 그녀는 조선족으로 전에 가이드를 한 전력이 있어서 그런지 싹싹하고 눈치가 빠르다. 그리고 사업수완이 제법 있다. 새로 오픈한 식당은 크고 넓고, 무엇보다도 깨끗해서 마음에 들었다. 마침 한국 관광객 두 팀이 와서 식사하는 모습도 볼 수 있었다. 그런데 이날 먹은 소고기는 솔직히 별로였다. 한국에서 받는 서비스를 이곳에서 바란다면 무리이겠지만, 이곳의 종업원들은 여전히 손님이 무엇을 요구하는지 잘 모른다. 일일이 '마늘 주세요! 상추 주세요! 된장 주세요!'를 이야기해야 가지고 온다. 그래도 이 식당은 계림에 있는 몇 안 되는 한국 음식점 중에서 깨끗한 곳이다. 한국음식에 관심이 많은 중국인들은 종종 내게 묻는다.

"그 식당 음식이 정말 정통인가요?"

그러면 나는 대답한다.

"정통이긴 해요. 그렇지만…."

계림에 있는 두서너 곳의 한국식당은 한국 음식을 맛볼 수 있는 곳이기는 하지만 완전히 한국적인 것은 아니다. 더구나 한국 식당의 주인이 거의 조선족이다 보니, 아무래도 중국적인 요소가 많이 결합되어 있다. 아쉬운 점이 있긴 하지만, 한국음식을 처음 접하는 외국인들에게는 맛집이 될 수 있다.

치즈와 담요를 사다

—— 12. 7. 일. 맑았다

며칠 전부터 '그라탕' 요리를 하기 위해 치즈를 사려 하였지만 구할 수가 없었다. 살림에 관해 모르는 것이 없는 진영 씨에게 물어보니 수입가게에 가면 맛있는 치즈를 구할 수 있을 것이라면서 알려 주었다. 원하던 모짜렐라 조각치즈는 살 수 없었지만 다른 치즈를 40위안에 구해 가지고 왔다. 계림에는 수입물품을 파는 가게가 서너 군데 있지만 물건이 다양하지 않고 값이 비싼 편이다. 한국제품도 있지만 역시 가격이 착하지 않다.

돌아오는 길에 담요 한 장을 260위안 주고 샀다. 우리 아파트는 난방이 되지 않아 등이나 무릎을 덮을 담요 한 장 정도는 가지고 있어야 겨울을 날 수 있다.

『연금술사』를 읽다

___ 12. 8. 월. 맑았다. 낮 최고기온 15℃

오후에 옌산 캠퍼스 커피숍에서 차를 마시면서 책을 읽었다. 옆 테이블에는 우리 아파트에 사는 외국인 교수들이 모여 한담을 나누고 있었다. 모두 미국인으로 영어를 가르치고 있다. 나이는 모두 20대 중후반으로 젊다. 그들의 중국어 실력은 약간의 회화를 할 정도이고, 그들끼리는 주로 영어로 대화한다. 베이징에서 1년 있었다고 하는 어떤 선생은 중국어 실력이 아주 좋다. 내가 영어를 조금만 할 수 있어도 그들과 자주 대화를 할 수 있을 텐데, 아쉬웠다.

파울로 코엘료의 장편소설 『연금술사』를 밤에 계속 읽었다. 참으로 아름다운 소설이다. 간결하고 유려한 문체는 마치 한 편의 시를 연상케 한다. 자아의 신화, 연금술사, 마음, 꿈, 보물, 사랑, 만물의 정기 등이 이 책에 나오는 키워드들이다. 아름다운 구절들이 너무나 많았지만, "자아의 세계를 이루어내는 것이야말로 이 세상 모든 사람들에게 부과된 유일한 의미지. 자네가 무언가를 간절히 원할 때 온 우주는 자네의 소망이 실현되도록 도와준다네"라는 문구가 가장 기억에 남을 것 같다. 우리가 익히 알고 있는, 너무나 잘 알고 있어 식상하기까지 한 진리의 아포리즘을 이러한 아름다운 한 편의 소설로 표현해 낼 수 있는 소설가는, 얼마나 위대한 존재인가.

스팸메일도 반가울 때가 있다

___ 12. 9. 화. 맑았다

    2013년 8월 29일에 계림에 왔으니 여기에 산 지도 1년이 넘었다. 처음에는 모든 것이 낯설고 적응하기 힘들었다. 특히 예측하기 어려운 계림의 날씨가 그랬다. 그런데 지금은 이곳에서 오랫동안 살아온 사람처럼 많은 부분들이 익숙하고 편안해졌다. 내가 하는 일은 주어진 강의를 하는 것이다. 강의시수는 많지 않다. 그렇다고 하여 시간이 넉넉한 것은 결코 아니다. 강의가 없는 날에는 거의 매일 유학생들과 함께 중국어를 공부한다. 그리고 번역을 하고, 글을 쓴다.

    어떤 때는 '이국 만 리 먼 곳까지 와서 이렇게 놀아도 되나. 이렇게 가만히 있어도 되나'하는 생각에 잠자는 시간도 아까울 때가 있다. 나는 잠시도 쉬지 않고 강의하고, 공부하고, 책을 읽고, 글을 쓰고, 번역을 했다. 그래서 외로울 틈이 없었다. 그런데 요즘은 외롭다는 생각이 부쩍 든다. 어떤 때는 한국에서 날아오는 '스팸메일'조차도 반가울 때가 있다. '스팸메일'이 반갑다니, 그 마음을 누가 이해할 수 있을까? 바쁜 와중에도 문득문득 외롭다는 생각이 드는 것은 어째서일까? 내 외로움을 진단해 보았다. '대화의 부재'로 인한 것이라는 결론이다.

    나는 언젠가 P에게 '수평적인 대화'가 그립다는 편지를 쓴 적이 있다. 그때 말한 바로 그 '수평적인 대화'의 부족으로 인한 외로움인 것이다. 수평적인 대화라? 같은 눈높이를 가진 상대와 함께 공감하고 공유할 수 있는 대화라는 뜻이다. 나는 나에게 어울리는 대화의 상대가, 덕원이는 덕원이에게 어울리는 대화의 상대가 필요하다.

    생각해보면, 타국살이라는 것이 참 외롭고 고독하다. 대화할 수 있는 사람이 많지 않기 때문에 더욱 그러하다. 많은 사람들 속에 섞여 있어도, 나만 '외딴 섬'에 떨어져 있다는 느낌이 들 때가 있다. 그 '섬' 안에서 혼자 많은 부분들을 이해하고, 참고, 삭이고, 견뎌내야 한다. 끊임없이 외롭고 고독한 자신을 다독여야 한다.

문득, 나 같은 성인도, 할일이 많은 사람도 이렇듯 외롭고 고독하다고 하는데, 어린 나이에 조기 유학한 이들은 어떨까라는 생각이 들자 몸서리가 처졌다. 타국생활에 잘 적응하고, 학교성적도 웬만큼 따라가고, 언어도 익숙하여 문제될 것이 없다고 해서 그의 마음까지 아무런 문제가 없는 것은 아닐 것이다. 어쩌면 밖으로 드러나지 않는, 드러내고 싶지 않은 외로움이 심장을 파고들어 단단하게 굳어버렸을지도 모른다. 인생의 성공을 위해 자식의 조기유학을 선택한 부모들은 어린 자녀들이 혼자 감당해야 할 무서운 외로움의 실체를 상상이나 할까? 괜찮다고, 괜찮다고 말하면 정말 괜찮은 걸까? 보이는 것만이 다가 아님을 그들은 알까? 주위 사람들에게 권하고 싶다. 부모 중 누구도 동행하지 않는 조기유학은 절대 보내지 말라고.

HSK 4급에 합격하다

___ 12. 10. 수. 맑았다

중국어 강의가 끝나자 현식, 후엔 그리고 제주도 선생님과 점심을 먹었다. 지난달에 HSK 4급 시험 본 결과가 잘 나와서 문제집을 빌려준 현식에게 고맙다고 밥을 샀다. 4급 시험은 300점 만점으로 180점이 합격점수인데, 나는 263점을 받았다. 현식이가 축하해 주었다. 4급 시험은 보통 중문학과 2학년 학생들이 보는 급수이고, 대개 190점의 점수를 받는다고 한다. 현식이는 한국에서 4급 시험에 떨어졌지만 내년에 5급 시험에 도전해 보겠다면서 나더러 같이 보자고 제안했다. 현식이는 후엔과 같이 다니더니 중국어가 몰라보게 발전하였다. 역시, 젊은 애들의 어학습득은 확실히 빠르다. 특히 중국어를 잘하는 여자 친구와 사귀면 그 실력은 일취월장 는다.(중국어 공부를 위해 나도 중국인 남자친구를 만들어야 하나…)

남학생이 귀한 한국어과

___ 12. 11. 목. 맑았다

신매와 로림, 문빈이와 점심을 먹었다. 문빈이는 3학년의 유일한 남학생이다. 여학생들 틈에 끼어 기를 못 펴서 그런지, 늘 말이 없고 혼자 다닌다. 한국어 실력은 보통 이하지만 요사이 부쩍 재미를 붙여서 열심히 노력중이라고 한다. 한국어학과에는 남학생이 귀하다. 각 학년마다 한두 명밖에 없다. 한국어 실력만 좋으면 취직할 곳이 많이 있을 것 같은데도 우리 과 남학생들의 실력은 모두 저조한 편이다. 로림이는 치통이 있다면서 팥죽을 먹고, 신매는 라면을 먹었다.

전례 없이 더러운 시대

___ 12. 12. 금. 흐렸다

『맹자』의 〈등문공〉 장을 읽고 썼다. 이런 구절이 있다.

"군자의 덕은 바람이요, 소인의 덕은 풀이라, 풀에 바람이 지나가면 반드시 쓰러진다.(君子之德 風也 小人之德 草也 草尙之風必偃.)"

위 구절은 흔히 '초상지풍(草尙之風)'으로 압축하여 표현한다. 위정자가 어떻게 하느냐에 따라서 백성도 그에 맞추어 따라가기 마련이므로, 다른 누구의 탓을 하기 전에 위정자 스스로 바로서야 함을 강조한 말이다. 위정자란, 군주가 될 수 있고, 정치하는 사람이 될 수 있으니 사회 지도층에 있는 사람을 통칭한다. 이 구절은, 아랫물이 맑기 위해서는 틀림없이 윗물이 맑아야 하듯이 일반 서민의 삶이 맑고 투명하려면 사회지도층에 있는 위정자가 솔선수범하여 맑고 투명해야 함을 보여주어야 한다는 뜻을 함유하고 있다.

우리 사회는 어떠한가? 위정자들이 솔선수범하여 깨끗함을 보여주고 있는가? 윗분들이 맑고 투명한가? 근래 고위직의 인사청문회가 있을 때마다 국민들은 개탄을 금치 못한다. 도무지 눈을 씻고 봐도 맑고 투명한 인사들은 찾을 수 없고, 온갖 비리와 부정부패에 연루되지 않은 자가 없기 때문이다. 지금 우리는 온전한 위정자의 자격을 갖춘 이를 찾을 수 없는 시대에 살고 있다. 이것은 사회 각계각층에서 도덕이 붕괴되었다는 뜻이기도 하다. 박노자 씨는 요즘의 한국사회를 '전례 없이 더러운 시대'라고 표현했다. 그는 그 어떤 한국인보다 한국을 사랑하고, 한국사회가 안고 있는 문제를 정확하고 신랄하게 진단해 왔다. 어쩌면 그가 귀화인이기 때문에 한국사회에 대한 객관적 진단이 가능할지 모르겠다. 표현이 다소 거칠긴 하지만, 결코 틀린 말이 아니다.

눈이 맑은 학승

_____ 12. 13. 토. 맑았다

저녁에 신 선생과 카톡을 했다. 오늘이 황현 스님 생신이라서 여러 신도들과 스님을 모시고 저녁식사를 할 것이란다. 요사이 묵언수행 중이라서 전화를 못 받으실 것 같다기에 안부 인사를 대신 전해달라고 했다.

아주 오래 전부터 '눈이 맑은 학승(學僧)'을 만나는 것이 바람 중의 하나였다. 그러다가 신 선생을 통해 황현 스님을 처음 뵙게 된 나는 그 자리에서 스님의 맑은 눈빛과 고아함에 압도되었다. 스님께서는 이 시대에 보기 드문 학승이시다. 평생 모든 불교 경전을 읽겠노라는 서원(誓願)을 세우고, 몸이 아파 가누기도 힘든 때에도 손에서 경전을 놓지 않으셨다. 스님이 계신 곳에는 늘 경전이 있었다. 빼곡하게 각주가 달린 두툼한 한문 원전을 보셨다. 그리고 금강경을 중국어로 낭송하는 연습을 하곤 하셨다. 배우기를 진정 좋아하는 그런 분이셨다. 스님께서는 덕원이를 상좌로 받아들이고 '영우(靈佑)'라는 법명을 내려 주셨다. 그렇게 시작된 인연으로 스님께서는 늘 우리 모자에게 관심을 가져 주고 기도를 해 주신다. 마음으로 의지하는 큰 스님께서 외로운 우리 모자를 위해 기도를 해 주신다는 그것만으로도 얼마나 든든한 힘이 되는지 모른다.

고고학

_____ 12. 14. 일. 흐렸다

하루 종일 『중국고고학사』를 부지런히 읽고 교정했다. 고고학에 관하여 전혀 아는 바가 없는 사람이지만, 고고학적 발견을 위해 분투한 근대 중국의 고고학자들의 이야기를 읽고 있으면 가슴이 마구 뛰고 설렌다. 작은 기와조각 하나를 발견했을 때의 감격이 나에게도 전달되는 듯하다. 고고학도 다른 학문과 마찬가지로 기본적으로 성실함을 요하는 분야다. 전에 문화재 발굴을 한다는 고고학 분야의 연구원을 만났을 때 무척 놀랐다. 얼굴에서 풍기는 이미지는 전문분야의 연구원 급인데, 그의 손은 공사장에서 일하는 인부의 것이었기 때문이다. 고고학은 밖에서 보면 고상한 학문 같지만, 실제 현장 작업은 무척 거칠다고 한다. 그래서 그들은 그들의 고고학 작업을 '노가다'라고까지 말한다. 그만큼 힘들다는 의미이다. 그런 거칠고 투박한 작업을 통해 시간을 거슬러 올라가서 비밀스럽고 신비한 역사와 문화의 빗장을 열 수 있다는 것이 얼마나 흥미롭고 가치 있는 일인가.

오, 한국인이게요?

_____ 12. 15. 월. 맑았다

강의가 끝나고 위차이 캠퍼스로 돌아가는 스쿨버스를 기다리고 있는데 나이 지긋한 여자 분이 버스가 언제 오고, 얼마나 걸리는지 나에게 물어보았다. 버스는 5시 40분쯤에 탈 수 있고, 위차이까지 40분이 걸린다고 했더니 고맙다고 했다. 또 무슨 이야기를 물어보는데, 그건 외국인이라서 모르겠다고 했더니 깜짝 놀라면서 말했다.

"오, 외국인이었어요? 어느 나라 사람이에요?"

한국인이라고 하니, 옆에 있던 여학생이 반색을 하면서 다가와서 이것저것 물어보았다. 아직도 계림은 한국인이 많지 않기 때문에 한국인이라고 하면 무척 반가워하고 신기해 한다. "와, 한국인이래!"

어떤 사람은 펄펄 뛰면서 과잉반응을 보이는 경우도 있다. 한국인이라고 반겨주는 저들이 고맙다. 그리고 속으로 생각한다. '외국에서 한국인이라는 이유로 대접받으려면 국격(國格)이 높아져야 한다. 한국이 발전해야 외국에서 사는 한국인들이 자긍심을 가지고 살 수 있다. 내가 중국에 오고 나서 오히려 국내 정치에 관심을 많이 갖게 된 것도 자연스런 일이다.'

중국의 인구정책
___ 12. 16. 화. 맑았다

중국어 회화 시간에 들으니, 요즘 중국의 인구정책에 변화가 생겼다고 한다. 전에는 1가구 한 자녀만을 허용하였으나, 최근 부부가 모두 독자인 경우 두 자녀도 둘 수 있도록 허용하였다는 것이다. 산아제한 규정을 초과하여 낳는 것을 차오성(超生: 초과출산)이라고 한다. 회화 선생님은 여동생이 있는데, 그 여동생을 낳고 2만 위안을 범칙금으로 냈다고 한다. 쌀을 배급받던 그 시절에 여동생은 호적이 없기 때문에 쌀을 배급받지 못했다는 이야기도 하였고, 학교 때 여동생을 포함하여 네 식구가 있다는 가족사항을 솔직하게 말하는 바람에 장학생 선발에서 제외되었다는 이야기도 했다. 말씀을 하시는 선생님이나 듣는 우리들이나 가슴이 울컥 했다.

문득 우리 학과의 여학생이 쓴 글이 생각났다.

"나는 우리 집의 첫째 딸이다. 내 밑으로 여동생이 태어나서 벌금 8천 위안을 냈다. 그다지 부유하지 않은 우리 집은 더욱 가난해졌다. 그리고 4년 뒤에 다시 남동생이 태어났다. 그 때는 16000위안을 내야 했다. 내 동생은 참으로 비싼 남동생이었다."

그런데 두 자녀를 허용하도록 인구정책이 바뀌었어도 더 낳으려는 사람이 많지 않다고 한다. 한국과 마찬가지로 어마어마한 양육비가 들기 때문에 출산에 대하여 긍정적이지 않다는 것이다.

계림의 시장

_____ 12. 17. 수. 맑았다

오후 4시 쯤 시장에 나갔다. 수산물과 고기 및 채소를 모두 파는 제법 큰 시장이다. 좀처럼 보기 어려운 전복(鮑魚)이 있어 한 개에 10위안씩 주고 네 개 샀다. 전복 표면을 솔로 빡빡 문질러서 씻고 살을 분리하는 서비스까지 해주었다. 조기는 한 마리에 15위안을 주었다. 계림은 해산물이 귀한 편이다. 이곳에서 판매되는 대부분의 해산물은 베이하이(北海)산이다. 방사능에 오염된 일본 해산물이 이곳까지 오지 않을까 염려되어 매번 물어보지만 역시 베이하이산이라고 말한다. 해산물은 귀하기도 하지만, 신선하지 않은 것도 많고, 다소 비싸다.

생선을 사고 나서 감자, 호박, 버섯, 파 등의 채소류를 샀다. 무는 반토막을 샀다. 중국인들은 집에서 요리를 많이 안 해서 그런지, 시장에서 물건을 사가지고 가는 것을 보면 좀 우습다. 얘들 소꿉장난 하듯이 물건을 산다. 예컨대 쪽파 서너 뿌리, 감자 한두 개, 청경채 몇 가닥, 이런 식이다. 한국인들이 마늘을 서너 접을 사거나, 양파 한 자루, 감자 한 박스 등 대량으로 사다가 먹는 것과는 너무나 대조적이다. 먹거리가 싸고 풍부하기 때문에 군이 대량으로 살 필요가 없어서일 수도 있다는 생각이 든다. 대파 두 대를 사서 반으로 잘라 달라고 했더니, 가게 주인은 "오늘 바로 먹지 않으면 파의 풍미가 사라지기 때문에 좋지 않다"며 "그래도 괜찮냐"고 거듭 물었다.

여기 사람들은 외국인이라고 해서 특별히 비싸게 팔거나 속임수를 쓰지 않는다. 계림 사람들은 비교적 솔직하다. 계산이 밝은 그런 사람들이 아니다. 그리고 계림 상인들은 '단골'이란 개념이 별로 없어 보인다. 나는 늘 가는 가게만 이용하는데도 나를 보고 반갑다느니, 덤으로 더 주겠다느니, 깎아주겠다느니, 하는 따위의 말을 절대 하지 않는다. 남방 사람들의 성격인 것 같다.

농산품은 공산품에 비하여 매우 싸다. 다만 걱정이 되는 것은 곡물의 유전자 변형이라든가, 농약의 과다사용 등에 대하여 전혀 아는 바가 없기 때문에 얼마나 믿을 수 있는가 하는 점이다. 물론 한국이라고 해서 절대 안전지대는 아니다. 싼 중국산 농약을 수입해 사용하는 농가가 늘고 있다는 뉴스를 봐도 그렇다. 아무튼, 오늘 저녁은 덕원이가 좋아하는 조기요리다.

크리스마스에 사과를 먹는다?

___ 12. 18. 목. 맑았다

강의가 끝나고 혜쌍, 효범, 천남이와 점심을 먹었다. 아이들은, 선생님과 점심을 함께 먹을 수 있어서 영광이라면서 좋아했다. 여기 아이들에게 선생님은 여전히 어려운 존재로 인식되고 있다. 그들은 얌전하게 점심을 먹는 한편 질문을 많이 했다. 한국의 날씨는 어떤지, 방학하면 무엇을 할 것인지, 선생님의 아들은 학교에 잘 적응하고 있는지 등등. 수업시간에는 보지 못했던 친근한 눈빛으로 호기심 어린 질문을 던지는 그들이 귀여웠다. 그들은 크리스마스 날 중국에서는 사과를 꼭 먹는다는 말도 했다.

사과? 크리스마스에 왜 사과를 먹느냐고 물었더니, 사과는 중국어로 핑궈(苹果)이고 평안을 뜻하는 평안(平安)과 첫 음절의 발음이 같기 때문이란다. 평안하게 잘 지내라는 의미로 사과를 먹는단다. 역시 중국인다운 발상이다.

양현이가 우리 집에서 저녁을 먹고 11시가 넘어서 돌아갔다. 요사이이 교수 댁에 화장실 공사를 한다고 벌여 놓아서 호텔에서 잔다고 한다. 우리 집에서 재우지 못하고 늦은 밤에 보내자니 마음이 편하지 못했다. 그러나 우리 집은 침대가 하나뿐이라 어쩔 도리가 없었다. 겨울에도 난방이 되지 않아 바닥에서 한기(寒氣)가 올라와서 침대가 없으면 잠을 잘 수가 없다.

〈적벽부〉

_____ 12. 19. 금. 맑았다

12시 중국어 회화 수업이 끝나자 남문 근처 식당에서 점심을 먹었다. 추운 집에서 혼자 식사하고 싶지 않았다. 돌아오는 길에 햇살이 따뜻해서 교정을 산보했다. 많은 사람들이 운동장이 내려다보이는 의자에 앉아서 따뜻한 햇살을 즐겼다. 문득, 소동파의 〈적벽부〉를 읽고 너무 슬프고 아련해서 잠을 이루지 못했다고 하시던 김혜숙 선생님이 생각났다. 그립고 뵙고 싶었다. 〈적벽부〉를 읽을 때마다, 강의할 때마다, 나는 왜 선생님처럼 아련한 생각이 들지 않을까를 고민하곤 했다. 그런데 세월이 한참 흐른 어느 땐가 〈적벽부〉를 읽자니 가슴이 아려오고 눈물이 났다. 아마도 세상의 신고(辛苦)를 겪은 탓이 아닐까. 산책을 마치고 돌아와서 〈적벽부〉를 읽고 썼다.

제주도 선생님과 송별회를 하다

____ 12. 20. 토. 맑았다

오전에 덕원이가 역사과목을 두 시간 공부했다. 덕원이는 중국 역사
가 상당히 재미있다고 한다. 아무래도 덕원이의 인문학적 흥미와 소질은
나를 닮은 것 같다.

저녁에 경제학과 김 교수와 함께 제주도 선생님을 모시고 '베이궈춘
(北國村)'이라는 동북요리 식당에서 식사를 했다. 다음 주에 완전히 귀국하
시는 선생님을 위한 일종의 송별회였다. 나는 청주에, 선생님은 제주도에,
김 교수는 중국에 사셨으니 우리 모두는 중국 땅, 그것도 계림이 아니었다
면 만날 일이 거의 없는 사람들이다. 이렇게 만난 것을 '인연'이라는 말 외
에는 딱히 설명할 길이 없어 보인다. 만난 것도 인연이지만, 계림을 떠나
면 또 언제 다시 만날지 모르는 인연이기도 하다. 섭섭하고 아쉬움이 많
다. 처음 오셔서 적응을 잘 하지 못하셨을 때, 말벗이 없어 외로워하셨을
때, 내 시간을 줄여서라도 좀 더 도움을 드리지 못한 것이 미안하기도 했
다. 그러나 이별 앞에 후회가 무슨 소용이란 말인가. 이런저런 아쉬운 마
음을 맥주를 마시면서 달랬다.

엄마가 있어 행복해요

____ 12. 21. 일. 맑았다

바람이 많이 불고 약간 추웠다. 낮 최고 기온은 9℃, 최저기온은 5℃.
교정에 노란 은행잎이 수북이 떨어지고 낙엽은 조금 붉은 빛을 띠었다. 청
춘남녀들이 사진을 찍는다고 은행나무 곁에 서성이고 있다. 사시사철 초
록이기만 할 것 같던 이곳 계림도 조금씩 계절이 바뀌고 있었다.

저녁에 덕원이와 시장에 갔다. 수면 바지 두 개(각 20위안), 실뜨기한 모자(30위안), 덕원이 장갑(15위안), 탁상시계(18위안)를 샀다. 그리고 삼겹살을 사다가 구워 먹었다. 요새 덕원이가 자주 하는 멘트다.

"엄마! 감사합니다. 이렇게 맛있는 음식을 차려주어서요. 만약에 엄마 없이 나 혼자 유학을 왔다면 이렇게 맛있는 음식을 먹을 수 있겠어요? 엄마가 있어서 정말 행복해요! 엄마 사랑해요!"

좀 닭살 돋는 멘트지만, 아무리 들어도 싫증나지 않는, 그것은 아들이 엄마에게 사랑한다는 말이다. 어쩌면 엄마로서의 존재 이유가 되기도 하는 말이다.

좌 파

____ 12. 22. 월. 맑았다

저녁에 연변대학에 계신 김영수 교수님과 식사를 했다. 며칠 우리 대학원에서 강의를 하느라 머물고 계셨기에 자리를 마련한 것이다. 교수님과 맥주를 마시면서 허물없이 이런저런 많은 이야기를 하다가 한국의 정치로 화제가 바뀌었다. 김 교수님도 한국의 정치상황에 대하여 비교적 소상하게 알고 계신 듯했다. 세월호 참사는 너무도 부끄러운 일이었다고 하신다. 그리고 대한민국을 뒤흔들고 있는 화제의 남자, 정 아무개에 대한 이야기도 했다.

문득 이 교수가 내게 말했다.

"선생님, 선생님은 좌파가 맞습니다."

이 교수는, 진짜 좌파가 뭔지는 모르지만 보수 세력의 입장에서 보면 그렇게 볼 수 있다면서, 자신도 좌파로 보여질 것이라고 사족을 붙였다. 생각해보니, 이 교수의 말대로 나는 좌파가 맞을 수도 있다. 작년에 선을 본 맞선남이 내게 말했다.

"선생님의 약력을 보니, 학민사, 오마이뉴스, 동학 관련 번역 등. 선생님의 노선이 쫌……"

그가 내 생애 처음으로 출간한 『아들아, 이것이 중국이다』(학민사 발간)라는 책에 소개된 저자 약력을 본 모양이었다. 그 책에 소개된 나는 이렇다.

"1969년 충북 제천 출생. 충북대학교에서 〈삼당시인의 시세계 연구〉로 문학박사학위를 받았다. 현재 충북대, 충주대에 출강하고 있으며, 오마이뉴스 시민기자로 중국 관련 기사를 연재하고 있다. 공역으로 〈동학농민국역총서〉(2007), 〈우암선생언행록〉(2006), 〈옛 선현의 편지글〉(2004), 〈청풍명월을 노래한 김득신의 시〉(2002) 등이 있다."

나는 나의 노선이 전혀 이상하지 않다는 '변명' 아닌 '설명'을 해야 했다. 내가 오마이뉴스를 알게 된 것은 10여 년도 더 된다. 나는 당시 오마이뉴스가 진보성향의 인터넷 신문이라는 것보다는 모든 시민이 기자가 되어 글을 쓸 수 있다는 사실에 더 매료되었다. 내가 쓴 글에 대하여 알지 못하는 수많은 사람들이 공감을 하고 댓글을 달거나 이메일을 보내 격려하는 그런 글쓰기 공간이 있다는 것이 너무나 놀랍고 신선했다. 그래서 중국에 있는 동안 오마이뉴스를 통해 많은 글을 발표했다.

그 후 오마이뉴스에 발표한 글이 아깝다면서 책으로 내는 것이 어떠냐는 제안을 하신 분이 있었다. 수중에 돈 한 푼이 없는 상황에서 과연 출판을 할 수 있을까를 고민했다. 그래도 한번 해보자는 심산으로, 내 글이 실릴 수 있는, 내 글과 호흡이 맞는 출판사를 찾았다. 여러 출판사의 경향을 파악한 뒤 최종 세 군데를 낙점했다. 그리고 나는 세 출판사에 나의 글과 약력을 보내면서 출판 의향을 물어보았다. 그리고 얼마 뒤에 긍정적인 답변이 왔다. 그곳이 바로 '학민사'였다. 책을 인쇄하여 서점에 배포하기 전에 서울 인사동의 한 음식점에서 학민사의 김학민 사장과 편집장을 처음 만났다. 출판사와 작가의 의례적인 만남이었다. 사장은 넥타이를 맨 양복 차림이었지만 마음씨 좋은 헐렁한 시골 사람 같은 인상이었고, 편집장

은 조선시대에서 넘어온 여인같이 단아하고 얌전한 분이었다. 그때 편집
장이 김학민 사장에 대하여 '고생 많이 하신 분'이라고 스쳐가듯 한 마디
한 것을 기억하고 집으로 돌아와서 인터넷 검색을 해보았다. 그리고 그제
야 김 사장이, 70년대 학생운동의 대부격이었다는 것과 유신독재에 맞서
민주화를 위해 투쟁하였다는 사실을 알게 되었다. 더불어 학민사는 사회
과학 서적을 출간하는 대표적인 출판사라는 것도 알게 되었다. 사회, 정
치, 정의에 대하여 너무나 무지했던 나 자신이 한없이 부끄러웠다. 그리고
그런 출판사에서 내 생애 첫 책을 출간하게 된 것을 영광으로 생각했다.

책이 출판되고 나서 몇몇 교수님이 내게 물으셨다.

"어떻게 학민사를 알게 되었나?"

나 같은 촌사람이, 그것도 초짜 작가가 학민사를 어떻게 알게 되어 출
판하게 되었냐는 어투였다. 또 한편으로 나와 학민사 사장이 사상적으로
같은 노선이어서 그런 것이 아니냐는 의구심을 갖고 묻는 분도 있었다. 더
러 '걱정'된다는 말씀도 들었다. 그때 나는 그분들에게서, 오늘날 우리 민
주주의가 독재와 맞서 싸운 많은 분들의 피와 땀이 아니었다면 불가능하
였을 것임에도 불구하고, 민주화를 위해 투쟁하신 분들의 노고를 인정하
지 않고 오히려 '좌경'이니 '좌파'니 하는 잠재의식이 있음을 엿볼 수 있었
다. 나는 그런 이중성을 가진 교수들이 더 이상 존경스럽지 않았다. 그 후
로 교정에서 만난 분들뿐만 아니라 많은 사람들이 이중의 잣대로 세상을
바라보고 있음을 알게 되었다. 남북분단의 비극이 우리로 하여금 균형 잡
힌 사유를 하지 못하도록 강제하고 있었다. 아무튼 그렇게 우연히 만난 학
민사 식구들과의 인연은 지금까지 이어지고 있다.

동학농민혁명에 대한 번역서를 출간한 것에 대하여는 설명할 필요도
없다. 나는 고전 번역가이기 때문에 번역 의뢰가 들어오면 내용과 상관없
이 거의 작업을 한다. 그 당시 석촌 선생님을 비롯한 그 문하의 여러 선생
들이 한 팀이 되어서 번역을 했기 때문에 더 밝힐 것도 없다.

이렇게 내 사상이 전혀 이상하지 않다는 장황한 설명을 하였는데도

여전히 '좀⋯'이라고 토를 다는 이가 있다면 그것은 순전히 나의 반골(反骨) 기질 때문이 아닌가 생각된다. 나는 좌파적 성향의 소유자라기보다는 반골기질의 소유자이다. 나는 권력과 권위에 아부하려 애쓰지도 않고, 동조하려 하지도 않는다. 그저 내 방식대로, 내 느낌대로 행동할 뿐이다.

그런데 요즘은 내가 좌파로 불린다 해도 하등 서운할 것 같지 않다. 나는 박 정권에 어떠한 믿음과 신뢰도 가지고 있지 않다. 나는 아름다운 우리 국토를 쑥대밭으로 만들어 놓은 전직 대통령을 경멸한다. 나는 세월호 참사에 대한 철저한 진상규명과 관련자들의 엄중한 처벌을 원한다. 나는 허구한 날 종북몰이를 하는 정치모리배들을 전혀 존중하지 않는다. 나는 진즉에 친일파를 청산하지 못한 우리 근현대사가 부끄럽다. 나는 세월호와 함께 침몰된 상식과 양심의 부재에 대해 통탄한다. 나는 사회적 약자 편에 서서 활동하는 시민단체가 얼마나 소중한 존재인지 안다. 나의 이 생각들이 '좌파적' 성향이라 한다면, 나는 '좌파'가 맞다.

땅콩 리턴에 대한 단상

___ 12. 23. 화. 맑고 포근했다. 낮 최고기온 12℃

중국어 수업시간에 2008년에 일어난 쓰촨(四川)성 지진 때의 이야기를 했다. 그 당시 왕라오지(王老吉)라는 음료회사가 지진 피해자들을 위해 무려 1억 위안을 기부했다는 선생님의 말씀을 들었다. 중국 돈으로 1억이면 한국 돈으로 어림잡아도 160억 원이 넘는다. 왕라오지 회사는 2008년 당시만 해도 광동지역에서만 출시하던 조그만 회사였는데, 이러한 통 큰 기부가 계기가 되어 중국의 음료시장을 완전히 석권하게 되었다고 한다. 물론 당시 '효과'를 기대하고 기부를 했는지는 알 수가 없다. 아무튼 왕라오지는 현재 중국인들이 가장 많이 마시는 음료가 되었고, 그 회사는 재난 앞에 통 큰 기부를 한 모범적인 사회적 기업으로 이미지화되어 있는 것만은 사실이다. 말하자면 중국에서 '노블레스 오블리주'를 실천한 기업이라고 할 수 있다. 기업주가 이러한 마인드를 가지고 있으면 사회와 국민은 발 벗고 나서서 도와주게 되어 있으며, 그래서 국민이 사랑하는 기업으로 성장하게 되는 것이다.

'땅콩 현아'라 불리는 대한항공 부사장으로 인해 빚어진 해프닝이 떠올랐다. 땅콩 봉지 하나 때문에 일어난 사건은 그야말로 국격을 떨어뜨리는 망신스러운 일로 전 세계인의 주목을 받았다. 사건을 일으킨 당사자인 대한항공 부사장의 기본적인 인성과 자질은 새삼 거론조차 못되는 일이다. 그녀가 평범한 주부였다면 그저 '진상녀' 정도로 넘어갔겠지만, 그녀는 대한민국을 상징하는 대한항공의 부사장 아닌가. 사건이 발생한 뒤, 그녀를 비호하기 위해 대한항공과 국토부에서 행한 저급한 수작과 뒷거래는 국가와 재벌에 대한 국민의 불신을 가중시켰다. 그들에게서 '노블레스 오블리주' 정신을 기대한다는 것은 우스운 일이다.

재벌 2세, 3세들은 이른바 '금 수저 물고 태어나' 세상에 두려울 것이 없는 현대판 초 귀족들이다. 그들이 역사와 인생살이를 조금만 공부하였어도 그런 저급한 행동은 하지 못할 것이다. '부자가 3대를 못 간다'는 말이 왜 나왔는지, '창업(創業)'보다 '수성(守成)'이 왜 어려운지 자문해야 할 것이다. 그리고 인생의 부메랑은 현대판 귀족이라고 하여 비껴가지 않는다는 것을 그들은 알까? 무엇보다도 재벌은 국민의 희생과 도움 없이는 될 수 없었다는 사실을 잊지 말아야 한다. '땅콩 리턴'은 어쩌다가 한 번 한 실수로 용서하고 덮어버리기에는 너무도 큰 사건이다.

짝퉁 나이키 신발

—— 12. 24. 수. 맑았다

중국어 강의가 끝나고 장 선생 부부와 쉐라톤 호텔 사모님과 함께 제주도 선생님을 모시고 '라쿠(辣庫)'에서 점심식사를 했다. 내일 귀국하는 제주도 선생님을 위한 송별모임이었다. 다른 분들도 그동안 정이 많이 들어서 섭섭하고 아쉽다고 한다. 밥을 먹으면서 이런저런 이야기를 하던 중 장 선생이 최근에 경험한 짝퉁 이야기를 했다.

"제가 '타오바오(淘寶)'라는 중국 최대 인터넷 쇼핑몰에서 아들의 운동화를 샀어요. 나이키 정품이라는 것을 몇 번이나 확인하고 2백 위안 대에 구입했죠. 그런데 아들이 새로 산 신발을 신고 바로 그 날 달리기를 하다가 그만 밑창이 날아가 버렸지 뭡니까. 딱 한 번 신고 밑창이 떨어져버린 거예요."

장 선생은 중국의 짝퉁에 혀를 내둘렀다. 나이키는 중국어 발음으로 나이커(耐克)라고 한다. 중국인들은 나이키라는 메이커를 무척 좋아한다. 유명 브랜드이기 때문에 좋아하는 이유도 있지만, 나이키의 문양이 '맞다'를 뜻하는 기호(√)와 같기 때문이라는 속설도 있다.

저녁에 영어 선생님이 크리스마스이브라고 하면서 직접 만든 '애플파이'를 가지고 오셨다. 감칠맛 나게 잘 만들었다. 예쁘게 포장한 사과를 드렸더니 선생님이 재미있다면서 웃었다.

제주도 선생님이 떠나시다

_____ 12. 25. 목. 흐렸다. 낮 최고 기온 15℃

아침에 일어나니 덕원이가 환호를 하면서 말했다.

"아니, 굴뚝도 없는데 산타할아버지가 어떻게 오셨데요? 중국에도 산타가 오시나봐!"

덕원이가 크리스마스 깜짝 선물을 본 모양이었다. 올해는 '발을 따뜻하게 해주는 보온주머니'를 선물했다. 여기는 실내 난방이 안 되다보니 다양하고 재미있는 보온 주머니가 많다. 덕원이가 재미있다면서 만족해했다. 아침을 먹고 덕원이도, 나도 학교에 갔다. 중국은 크리스마스가 휴일이 아니기 때문이다. 그래서 그런가, 크리스마스의 들뜬 기분도 연말 분위기도 전혀 나지 않았다. 저녁에 제주도 선생님과 마지막 식사를 했다. 괜찮은 식당에서 좋은 것을 대접해 드리고 싶었는데, 선생님은 사양하셨다.

"이것저것 뭘 먹어봐도 다 그저 그러네요. 차라리 한국식당에 가서 먹는 게 좋겠어요."

'아줌마식당'에 가서 부대찌개를 먹었다. 밥을 다 먹고 한참이 지난 뒤에야 덕원이가 와서 김밥을 먹었다. 양 교수 딸이 학교가 끝났는데도 안 나오는 바람에 무려 1시간 반을 기다렸단다. 결국 이 교수가 택시를 타고 학교로 들어가서 두 아이들을 데리고 왔단다. 개념이 없다는 둥, 남을 전혀 배려하지 않는다는 둥, 계속 투덜거리는 덕원이를 데리고 제주도 선생님의 숙소로 갔다. 짐을 정리하면서 우리에게 많은 물건을 주셨다. 전기담요, 여름용 대자리, 빨래 건조대, 찻잔, 녹차, 1년은 족히 쓸 필기도구, 각종 노트 등등. 밤 10시가 되자 학교전용 리무진이 도착했다. 선생님과 작별인사를 하려고 한국에서 온 유학생 전원이 와서 한 사람씩 포옹을 하고 악수를 했다. 태국과 베트남 유학생들까지 왔다. 계림에 온 이후 홍 교수님에 이어 제주도 선생님까지 두 분이 귀국하는 것을 전송해 드렸다.

쓸쓸한 하루

___ 12. 26. 금. 흐렸다. 낮 최고 기온 10℃

오전에 중국어 회화 수업이 있었으나 장 선생 부부가 아프다면서 나오지 않았다. 장 선생 부부도 없고, 제주도 선생님도 안 계시니 학원이 텅 빈 것 같았다. 금방이라도 '크 하하하!' 하고 호탕하게 웃으면서 제주도 선생님이 나타나실 것만 같았다. 오늘은 왠지 쓸쓸하고 고적하다. 날씨

마저 잔뜩 흐려 있었다.

아무렇게나 지은 내 이름

___ 12. 27. 토. 흐렸다

눈이 펑펑 내리던 어느 겨울이었다. 얼큰하게 취기가 오른 우리들은
카페에 앉아 철학과 최모 교수의 동양학 강의를 들었다. 이 날의 동양학이
란, '사주정설'이니 '성명학'이니 하는 그런 것들이었다. 최 교수는 이미
그 방면에 이름이 높아 '최도사'라는 별명이 있었다. 들릴 듯 말 듯 조곤조
곤 그분의 강의가 끝나자 동석한 교수들이 자기 이름을 써주면서, 어떠냐
고 물어보았다. 최 교수는 용신이 어떻고 일주가 어떻고 오행이 어찌해서
어떻다면서 그들의 이름자를 풀어주었다. 이윽고 내 차례가 되어 그분이
어떠한 풀이를 할지 잔뜩 긴장을 하고 기다렸다. 최 교수는 쪽지에 뭐라고
한참을 끼적이더니 대뜸 말했다.

"아무렇게나 지은 이름이네. 아무렇게나 지었어."

나는 아무렇게나 지은 이름이라는 말에 주눅이 들어 버려서 '제가 대
학교수가 될 수 있는 이름인가요?' '언제쯤이면 대운이 열릴까요?' 같은
질문은 아예 꺼내지도 못했다.

하얗게 쌓인 눈길을 밟고 집으로 돌아오는데 '아무렇게나 지은 이름'
이라는 말이 뇌리를 떠나지 않았다. 그런데 최도사의 말씀처럼 내 이름은
아무렇게 지은 것이 사실이었다. 내가 태어나자 고모가 면사무소에 출생
신고를 하러 가셨는데, 내 이름에 대한 가족들의 어떠한 합의도 없어 고모
는 '영님'이라는 이름을 당신 맘대로 지었단다. '영(永)'이라는 항렬을 넣
어서 말이다. '영님'으로 하겠다는 고모의 말을 들은 면사무소 직원은 마
땅한 한자가 없으니 '님'은 그냥 '임(任)'으로 해야겠다며 그렇게 기록하였
단다. 그렇게 해서 아무렇게나 내 이름이 탄생된 것이었다. 그러니 내 이

름에 성명학에서 말하는 음양오행의 조화를 기대하기란 어려운 일이었다.

나는 아무렇게나 지은 이름을 개명해야겠다는 생각을 잠시 했었다. 당시 나는 어떻게든 대학에서 자리를 잡고 싶은 생각이 팽배하여, 이름을 바꿔서라도 이후의 삶에 변화가 있기를 바랐다. 그러나 그 생각은 곧 접고 말았다. 아무렇게나 지은 이름을 갖고 살아온 지금까지의 내 삶을 돌아보니, 결코 아무렇게나 산 삶이 아니었기 때문이었다. 비록 중간에 비운을 만나 절망의 시간을 보내긴 했어도, 나는 늘 학인(學人)의 삶을 살았다. 그것도 한문학을 전공하여 독서성(讀書聲)이 끊이지 않는 그런 문사(文士)의 삶을 살았다. 나는 형제는 물론 사촌, 오촌 심지어 육촌에 이르는 일가친척을 통틀어 우리 집안의 유일한 박사였다. 그것도 여자로서. 옛날로 치면 문벌도 없는, 그런 한미한 집안에서 여자로 태어나 사내처럼 글을 읽으면서 살아온 것이다. 더군다나 지금 나는 내 이름 석 자를 가지고 중화민국에서 대학교수 노릇을 하고 있으니 아무렇게나 지어진 이름이긴 하여도 그리 나쁜 이름은 아니지 않나 싶다.

수도원 같은 곳

___ 12. 28. 일. 맑았다

종일 번역을 했다. 저녁에 덕원이와 피자파파에서 식사를 했다.

"엄마가 피자를 먹고 싶어 하다니, 오늘은 웬일이래?"

덕원이는 피자를 먹자고 먼저 제안한 내가 이상한 모양이었다. 가끔씩 괜찮은 식당에서 피자도 먹고 싶고, 거품이 풍성하고 달달한 카푸치노 커피도 마시고 싶을 때가 있다. 나는 계림 생활을 종종 수도원 생활과 견주곤 한다. 우리가 사는 아파트는 영락없는 수도원이다. 침묵과 고요와 명상이 있는 그런 수도원. 수도원의 고요와 침묵과 종소리가 너무 무겁게 느껴지면, 달밤에 몰래 담장을 뛰어넘어 세상 밖을 쏘다니다 새벽녘에 돌아오는 소설 속의 수사처럼, 나에게도 잠깐의 월담(越墻)이 필요하다. 월담의 끝이 기껏해야 카푸치노 한 잔, 피자 한 조각 같은 것이라니, 생각해보면 참 단조로운 사람이다.

중국 대학에서 공부하는 것도 괜찮아

_____ 12. 29. 월. 맑았다

외국어학원에 드나드는 학생들이 현저히 줄어들었다. 거의 파장 분위기다. 이미 적잖은 학생들이 본국으로 돌아가기도 했고, 다음 주에 시험을 보고 나면 방학이기 때문에 학생들의 열기가 많이 수그러들었다.

점심에 장 선생, 모세 등과 식사를 했다. 1년 동안의 어학연수를 마친 모세는 다음 달에 귀국한다. 컴퓨터를 전공하고 있는 모세는 군대 갔다 와서 다시 중국 대학을 다닐 계획이라고 한다. 계림이 아닌 상하이나 광저우로 갈 것이란다.

우리 대학에서 어학연수를 하고 있는 한국 유학생 중에는 한국 대학을 정리하고 중국 대학에 다니겠다고 하는 이들이 더러 있다. 중문학을 전공하는 현식이는 내년 가을학기부터 아예 우리 대학의 중문학과로 학적을 옮기기로 결정했다고 한다. 잘한 결정이라고 격려해 주었다. 중국 대학에서 공부하는 것도 괜찮다. 반드시 한국 대학을 나와야 하는 것도, 한국에서 취직해야 하는 것도, 한국에서 살아야 하는 것도 아니다. 한국을 벗어나서 더 넓은 세계에서 사는 것도 괜찮다. 지금 취업난이 얼마나 심각하며, 취업하고 나서도 직장생활이 또 얼마나 고달픈가. 많은 젊은이들이 그야말로 미생의 인생이지 않은가. 미생의 인생을 참고 견뎌내야 하는 것만이 정답은 아니고, 더욱이 미덕도 아니다. 굴레를 벗어나 다른 방식으로 사는 것도 해답의 하나이다.

손톱 기르는 계림 남자들

___ 12. 30. 화. 맑았다. 낮 최고기온 17℃

오후에 아이들을 데리러 중학교에 갔다. 양 교수와 이 교수 부부가 모두 대학원 면접시험장에 있는 관계로 내가 갔다. 택시를 탔다. 운전대를 잡고 있는 택시기사의 손을 보니 손톱이 눈에 들어왔다. 매 발톱처럼 길었다.

계림의 남자들은 엄지, 검지 또는 새끼손가락의 손톱 기르는 것을 좋아한다. 아주 길게 기른다. 4cm는 되어 보인다. 손톱을 길게 기르는 어떤 문화적 배경이 있을 것이라 추측을 해 보지만, 청결해 보이지는 않는다. 학생, 선생, 음식점 직원, 찻집 주인, 은행 직원, 서점의 점원도 손톱을 기른다. 기다란 손톱을 가지고 도대체 무슨 일을 할 수 있는지 알 수 없다. 아무튼 그로테스크하다.

계림 남자들에 대한 험담을 좀 더 해야겠다. 내가 보기에, 그들은 도무지 씻는 것을 좋아하지 않는 것 같다.(물론 모든 계림 남자들이 그렇다는 것은 아니다!) 요즘은 추운 겨울이라 더욱 그러한 것 같다. 태어나서 머리를 단한 번도 감지 않은 듯, 그들의 머리는 몹시 떡져 있다. 가까이 가기라도 하면 쉰 냄새가 난다. 또 세탁은 언제 했는지도 모른다. 아무튼 택시 안에서 나는 찬바람을 감수하고 창문을 활짝 열고 학교까지 갔다.

양현이와 덕원이는 종이 울리자마자 학교 정문으로 나왔는데, 빵밍은 40분이 지나서야 나타났다. 아이들 셋을 데리고 남문에서 내렸더니 택시기사는 추가요금 5위안을 요구했다. 빵밍을 기다리느라 계획에 없던 시간이 초과되었으니 당연한 일이었다. 계림 남자들이 불결하다고 성토를 하긴 했지만, 이곳 사람들은 대개가 선량하다. 한국에서 택시기사가 40분을 마냥 기다렸다면 언짢은 표정을 짓거나 엄청난 추가요금을 요구할 것이다.

제야

____ 12. 31. 수. 맑았다. 낮 최고기온 20℃

밤 12시가 되자, 2015년 새해를 축하하는 폭죽이 터지고 화려한 불꽃놀이가 몇 분간 지속되었다. 한국인들은 보신각 타종 소리와 함께 새해를 시작하는데, 중국인들은 폭죽과 불꽃놀이로 시작하는가보다.

중국에서의 1월 1일

____ 1. 1. 목. 맑았다

새해가 시작되었다. 어제와 똑같은 해가 뜨고 똑같은 일상의 반복이니, 새해 같다는 느낌이 전혀 들지 않는다. 그러고 보면 한국인들이 요란스럽게 하는 '새해 일출' 이벤트는 새 출발의 괜찮은 아이템이라는 생각이든다. 어제와 오늘을 확연하게 구획하는 것이 필요하다면 말이다. 어젯밤에 보낸 원고에 대한 임보 선생님의 답신이 왔다.

"묻혀 있는 옛 시인들을 다시 들추어 그들의 빛나는 작품들을 세상에 드러내 보이는 일은 오늘을 사는 현대인들에게도 적지 않은 도움이 되리라 생각합니다. 한편 저승에서 그분들이 이러한 사실을 알게 된다면 얼마나 흐뭇해할까 하는 생각이 듭니다."

간단한 답신이었지만, 내가 쓰고 있는 글에 대한 의미부여가 된다 생각하니 적잖은 위로가 되었다. 점심에는 떡국을 끓여먹고 저녁에는 이 교수 가족과 샤브샤브를 먹었다. 목포대학에서 한 학기 강의를 하고 돌아온 전 교수를 만나니 반가웠다. 기댈 언덕이 있어 좋기도 하고 속 풀이를 할 상대가 있어 기쁘다. 이 교수는 직속 후배이지만 아무래도 남자다 보니 깨알 같은 속 얘기를 하기에는 체면이 서지 않아 못한 이야기들이 있는데, 전 교수는 같은 여자다보니 함께 수다를 떨어도 편하다. 그동안 학교에서 있었던 일이며 학생들에 대한 이야기를 주고받았다. 밤에는 덕원이와 함께 임순례 감독의 〈남쪽으로 튀어〉라는 영화를 보았다.

욕? 해도 된다
—— 1. 2. 금. 맑았다

신년 연휴 두 번째 날. 오후에 덕원이와 함께 리앤다 광장에 갔다. 딱히 볼일이 있는 것은 아니고, 어디든 나가서 바람을 쐬고 싶어 하는 덕원이 때문이었다. 덕원이는, 이른 아침에 학교에 갔다가 저녁에 돌아와서는 과외하고 숙제하고, 다시 주말에는 하루 종일 과외를 받는 생활을 반복했다. 옆에서 보는 나도 안쓰러운데 본인은 얼마나 답답할까 싶다. 머리와 가슴이 뻥 뚫릴, 시원한 일이 있어야할 것 같다. 맛있다고 자주 먹는 팝콘 가게 앞에서 덕원이가 대뜸 욕을 했다.

"좆됐네"

팝콘이 이미 다 팔려서 사먹을 수가 없어서 그런 모양이었다. 덕원이가 욕을 하다니! 그러나 덕원이가 내뱉는 욕이 귀에 거슬리지 않았다. 사실 덕원이는 자라면서 욕을 한 적이 거의 없다. 덕원이는 어려서부터 엄마인 나하고만 있어온 탓으로 소심하고 신중한 편이다.

나는 덕원이가 좀 거칠고, 터프하고, 덜렁대고, 우악스럽고, 털털 맞고, 지저분하게 행동하는 것도 괜찮다고 생각한다. 그리고 가끔 욕을 하는 것도 허용할 수 있다. 답답한 제 속을 한두 마디 욕으로 갈무리하는 것도 나쁘지 않다고 본다. 점잖고 예의바르게 커가는 덕원이가 고맙고 기특하지만, 또래 아이들처럼 그렇게 욕도 하면서 커야 한다는 생각도 든다. 그래야 커서 만날 거친 남자들의 세계에 적응할 수 있지 않을까 싶다. 그러고 보면 '나는 괜찮다', '나 혼자서도 잘 할 수 있다'고 하면서도 내게 '싱

글 맘' 콤플렉스가 있는 것도 사실이다.

빨리 늙고 싶었던 때가 있었다
___ 1. 3. 토. 맑았다

새해가 시작된 지 이틀이 지났다. '세월이 쏜살처럼 빨리 간다'느니, '시간은 나이에 비례하여 흐른다'느니 하는 말들이 절실하게 공감이 가는 이유는, 나이가 들었다는 증거가 아닌가 싶다. 한때 빨리 늙고 싶었던 적이 있었다. 지금은 퇴직하신 성 교수님 품에 안겨 "선생님, 저는 얼른 늙고 싶어요. 지금 제가 겪고 있는 고통의 시간들을 잊을 수 있는 그런 나이가 되고 싶어요" 하면서 흐느꼈다. 성 교수님은 내 어깨를 토닥이며 많은 위로의 말씀을 해 주셨지만 나는 울음소리로 인해 어떤 말씀도 들을 수 없었다. 그때 내 머리에는 미망인임을 알리는 하얀 머리핀이 꽂혀 있었다.

나는 서른 중반에 '미망인'이 된 나를 인정하고 싶지 않았다. 그런 나를 슬프게 바라보는 사람들의 시선이 부담스러웠다. 그런 시선으로부터 자유로울 수 있는 길은 빨리 늙는 길뿐이라는 생각에, 얼른 늙고 싶었다. 세월을 겪고 초로의 늙은이가 되면, 모든 것으로부터 자유로울 수 있을 것 같았다. 그로부터 많은 세월이 흐른 지금, 나는 빨리 늙고 싶다는 생각을 하지 않게 되었다. 아니 그보다는 늙고 싶지 않다. 그래서 흘러가는 세월이 안타깝다. 이제 사람들의 시선으로부터 자유로워졌는지 모른다. 또 '미망인'의 실루엣을 벗어 던지게 되었기 때문에 그런지 모른다.

보 강
___ 1. 4. 일. 흐렸다. 낮 기온 14℃

일요일인데 덕원이가 학교에 갔다. 중국은 1월 1일부터 3일까지 연휴인데, 1월 2일은 공식 휴일이 아니기 때문에 공휴일에 보강을 한다. 중고등학교, 대학교뿐만 아니라 직장인들도 모두 정상 근무를 한다. 중국은 휴일 대비 보강이 철저하다. 한국처럼 시늉만 하는 것이 아니다. 그런 점에서 원리원칙을 내세우는 중국의 시스템이 바람직하다고 보인다.

번 역

___ 1. 5. 월. 흐렸다. 낮 기온 14℃

어제에 이어 문밖출입을 하지 않은 채 하루 종일 번역을 했다. 강의도 없고, 중국어 수업도 없어서 알찬 시간을 보냈다.

티켓팅

___ 1. 6. 화. 잔뜩 흐렸다

오후에 대학원생 동빈이와 통화를 했다. 티켓팅을 해야 하는데 마땅찮은 모양이었다. 1월 말에 갔다가 2월 말에 돌아오는 여정인데, 이미 1등석을 제외하고 표가 매진되었다는 것이다. 동방항공은 1등석이 8366위안이란다. 상하이 경유 비행기도 4566위안이란다. 성수기도 아닌데 비행기 요금이 많이 오른 것 같다. 2월 말이 설 연휴가 지난 때이기도 하고 방학이 끝나는 때라서 그런 모양이란다. 저녁에 다시 아시아나 항공 지점장과 통화를 했다. 아시아나 항공 쪽도 사정은 마찬가지라고 하면서 다음 주까지 상황을 지켜본 뒤에 경유해서 가는 항공권을 구입하자고 했다. 진즉에 서둘러 티켓팅을 하지 않은 것이 후회되었지만, 이곳 사정을 모르니 어쩌겠는가.

프라이드 치킨
___ 1. 7. 수. 흐렸다

종일 번역을 했다. 저녁에 근처 시장에 나가 보니 닭을 튀겨서 파는 상인이 있었다. 비교적 기름이 깨끗하고 청결하게 하는 것 같아 20위안을 주고 사왔다. 중국인들은 튀김 닭에 고춧가루와 후추를 섞어 찍어 먹는 모양인데, 아무 양념도 없이 먹으면 '프라이드'가 되는 것이다. 덕원이도 맛있다고 했다.

사서(四書)
___ 1. 8. 목. 잔뜩 흐렸다

지금 살고 있는 아파트는 방 2칸에 작은 거실과 부엌, 화장실이 딸려 있다. 방 한 칸은 침실로 쓰고, 다른 한 칸은 공부방으로 쓰고 있다. 작년에 계림에 온 이래 덕원이와 같은 침대를 쓰고 있다. 덕원이가 진작부터 불편함을 호소했다.

"엄마, 나도 내 방에서 나 혼자 자고 싶어. 이젠 엄마하고 같은 침대에서 자는 것이 불편하단 말이야."

사실 나도 머리 큰 아들놈하고 같은 침대를 쓰는 것이 여간 불편한 일이 아니었다. 학교에서 이 아파트가 아닌 다른 공간으로 옮겨가야 한다는 전갈을 준 지 이미 오래다. 이사를 가야 하는데 언제, 어디로 가야 할지 정해진 것이 없는 상태다. 마냥 기다릴 수만은 없어서 오늘은 마음먹고 책장 정리를 했다. 안 보는 책은 정리해서 학과 사무실로 보내고 남은 공간에 덕원이 침대를 놓으려 한다. 작년에 계림에 오면서 내가 가지고 있던 수천 권의 책을 정리하였는데도, 오늘 보니 또 안 보는 책이 수두룩했다. 그때만 해도 꼭 읽을 요량으로 쌈짓돈을 풀어서 장만한 책이건만, 먼지를 뒤집어쓴 채 책장 한 면을 지킨 지 너무 오래되었다.

책들을 정리하면서 문득 교수님 한 분이 떠올랐다. 몇 해 전 '니체'를 전공하신 정동호 교수님께 여쭐 것이 있어 연구실 문을 노크하고 들어섰다가 큰 충격을 받았다. 연구실에는 책상 하나만 덩그러니 있을 뿐 다른 기물은 아무 것도 없었기 때문이었다. 인문학 전공 교수들의 연구실에는 앉을 자리만 빼고 사방이 책으로 장식되어 있는 것이 일반적이다. 그런데 교수님의 방에는 철제 책상 하나만 덩그러니 있었던 것이다. 오래 전에 책을 정리하였다는 말씀을 하면서 농담을 하셨다.

"사람들이 내게, '연구실에 책이 없는 것을 보니 댁에 많은가 봐요' 해요. 그런데 우리 집에 온 사람들은, '댁에 책이 없는 것을 보니 연구실에 많은가 봐요' 하거든. 그런데 사실 나는 책이 없어요."

그러면서 당신 책장에 성경과 독일 유학할 때 서점에서 산 책 두 권만 최후까지 간직하고 있는 것이라고 하셨다. 그 후로 나는 그것을 '문화적 충격'이라고 말하곤 했다. 소중히 여기는 책을 버릴 수도 있고, 정리할 수도 있다는 것을 그때 처음 알았다. 내 주위에는 책이 있어서 행복했고, 책을 읽으며 살다가, 책에 맞아 쓰러져 죽는 것도 영광이라는 책 예찬론자들이 많았기 때문에 더욱 그러했다. 정 교수님의 텅 빈 연구실을 생각할 때마다 '무소유'가 떠오른다. 책을 소유해야만 내 지식이 되는 것이 아님을 알면서도 소유욕을 끊지 못했던 내 모습과 대조되곤 했다. 작년에 이어 올해도 책장을 정리하면서 내게 남을 최후의 책은 무엇인가를 생각했다. 임보 시인은 〈헌책을 치우며〉에서 다음과 같이 썼다.

월간 문학지/ 계간 잡지들 다 버린다/ 딱딱한 산문이며/ 까다로운 문학 이론서들 다 치운다/ 순수이성비판도 상대성이론도/ 사서며 경전도 모두 보낸다/ 석도와 제백석/ 왕유와 두보는?/ 곁이 너무 허허해 왕유는 아직 두기로 한다.

선생님은 시인이시니 왕유의 작품을 남겨두기로 하셨다는데, 나는 왕유의 작품도 아니고, 성경도 아니고, 불전도 아닌, '사서(四書)'를 남겨두기로 했다.

드라마 〈오만과 편견〉
―― 1. 9. 금. 비가 왔다

아침에 일어나보니 팔이 부어있었다. 어제 책장 정리를 하는데 힘을 쏟았기 때문이다. 일을 해야 하는데 마음이 둥둥 떠 있는 것 같아 최민수 주연의 〈오만과 편견〉을 시청했다. 최민수 씨는 지난 연말 MBC 연기 대상식에서, "다른 때도 아니고 요즘은 제가 법을 집행하는 검사로 살고 있기 때문에 말이죠. 뭐 잘한 게 있어야 상을 받죠"라고 하며 연기대상 수상을 거부하여 세간의 화제가 되었다. 〈오만과 편견〉을 보니, 요즘 세상을 제대로 반영하고 꼬집었다.

"사학비리 저지른 님들, 실형 사는 거 보셨어요?"

"범인이 누군지 뻔히 알면서도 놔주고, 죄 없는지 알면서도 필요하다 싶으면, 일단 아무 죄나 씌워 기소하는 거. 많이 보셨잖아요?"

"그러니까 정치개입은 했으나 선거법 위반은 아니다, 이런 판결이 나오는 거지."

"대한민국 법조는, 쪽 팔린다고 못 하는 짓 따윈 없는 조직이에요"

대한민국 검사들에게 이처럼 돌직구를 날린 드라마가 또 있을까 싶다. '정치개입은 했으나 선거법 위반은 아니다'라는 말이 압권이 아닐 수 없다. 그러나 드라마가 히트를 친들 무슨 소용이 있단 말인가. 서민들이 사는 세계와 높은 양반들이 사는 세계는 확연히 구분되어 있어 여전히 '특권의식'과 '갑질'을 내려놓지 않으니 말이다.

미국 선생들과 한식을 먹다

_____ 1. 10. 토. 비가 왔다

비가 추적추적 내렸다. 기온은 낮지 않아 약간 선선한 느낌 정도다. 저녁에 제임스와 거스 두 미국인 선생과 거스의 여자 친구인 베트남 유학생과 함께 식사를 했다. 본래 우리 집에서 한식을 먹기로 했는데, 요즘 이래저래 정신이 사나워서 한국식당에서 사 먹었다. 김치볶음밥, 오징어덮밥, 떡볶이, 순대를 먹었다. 떡볶이를 처음 먹어본다는 두 미국인은 젓가락질을 못해서 자꾸만 미끄러지는 떡볶이가 재미있단다. 순대는 연변에서 많이 먹는 그런 찹쌀 순대다. 약간 냄새가 났지만 그런대로 먹을 만하다. 방학 동안 여행 계획, 계림 생활 등에 대하여 이야기를 나누다가 미국에서 벌어진 총기사고 이야기로 이어졌다.

계림은 미국과 한국에 비하여 여러모로 조용하고 공기 좋다는 의견에 다들 동감했다. 세 사람은 모두 23살이다. 제임스는 다음 학기에는 일본에서 반 년 정도 있다가 다시 중국으로 돌아와 중국어를 본격적으로 공부할 것이라 한다. 정치학을 전공한 거스는 내후년 쯤 미국으로 돌아가 대학원을 갈 생각이라고 하면서 국제정치에 관심이 있다고 한다. 저녁을 먹고 나오면서 제임스와 거스는 '엄마' 같다며 나를 포옹해 주었다. 조금 낯설었지만 따뜻한 느낌이 좋았다.

노 래

_____ 1. 11. 일. 비가 많이 왔다

종일 『중국고고학사』 번역문을 교정보았다. 저녁에 덕원이가 공부를 하다가 대뜸 묻는다.

"엄마는 노래 잘 해? 한번 불러 봐."

"엄마가 노래 못하는 거 너도 알잖아? 엄마는 음치, 몸치, 길치, 삼치(三痴)라고 했잖아?"

덕원이는, 엄마를 닮아서 자기가 노래를 못한다면서 속상해 한다. 어쩌다가 노래를 이렇게 못하게 되었는가를 생각하다가 문득, 어느 여인이 떠올랐다.

남동생이 결혼할 때였으니, 15년도 더 된 일이다. 청주에서 예식을 치렀기 때문에 제천 우리 집에서는 마을 어르신들을 모시기 위해 관광버스를 대절했다. 예식을 치르고 제천으로 돌아가는 관광버스 안은 흥거운 유행가가 흘러나오고 술을 드신 어르신들이 춤을 추는 유흥의 자리로 바뀌었다. 지금은 관광버스에서 춤을 추거나 노래를 부르면 사고를 유발할 지도 모른다면서 단속을 하고 있지만, 그때만 해도 그런 의식이 없었다.

술을 한두 잔 드신 마을 어르신들은 마이크를 돌려가면서 노래를 부르자고 했다. 그러자 육촌 오빠의 구성진 가락을 필두로 하여 한 사람도 빼놓지 않고 노래를 부르기 시작했다. 우리 민족이 음주가무를 즐겼다는 사실은 굳이 고문헌을 찾아보지 않아도 될 일이다. 촌부들도 마이크만 갖다 대면 조금도 주저하지 않고 애창곡을 멋들어지게 뽑아 대는 것을 보면, 특별한 DNA를 간직하고 있음이 분명하다.

그때 마을 어르신들 중에 오래도록 기억나는 분이 계셨다. 약간 술을 드신 그분은 좌중을 앞에 두고 마이크를 잡고 노래를 부르기 시작했다. 그런데 그 노래라는 것이 음성도, 박자도 모두 틀려서, 흘러나오는 반주곡과는 영 딴판의 것이었다. 그런데도 끝까지 지그시 눈을 감고 자신의 노래에 도취되기라도 한 듯 진지하게 노래를 불렀다. 가슴 속에 응어리진 한을 노래로 풀어보려는 몸부림 같아 보였다.

그 분은 바로 우리 윗집에 사셨다. 그분의 자녀들은 오빠와 동생과도 동창이었으니 정말 가까운 이웃이었다. 그런데도 나에게는 단 한 번도 말

쓸을 낮추는 법이 없었다. 공부를 많이 하여 박사라고 하는 내가 어려웠던 것이 아닌가 싶다. 그 분은 시집살이 매섭게 한 것으로도 동네에 소문이 나 있다. 시어머니는 며느리에게 주는 밥도 아깝다 하며 밥을 굶겼고, 딸을 낳았다고 하여, 또 아이들이 학교에서 공부를 못하면 모두 엄마를 닮아서 그렇다면서 구박을 했다고 한다. '배불리 밥 먹는 것이 소원'이라고 하였다니 그분이 어떻게 사셨는지 짐작이 간다. 그렇게 모질게 시집살이를 시킨 시어머니가 치매에 걸렸을 때에도 며느리로서의 역할을 다했단다. 그리고 남편과 둘이 살다가 남편도 치매에 걸려 작고하자 혼자 사시게 되었단다. 언젠가 엄마에게서 들은 이야기이다.

"오늘 내가 대규 엄마하고 미용실에 가려고 수산을 갔잖아. 버스를 탔는데, 아 글쎄, 버스비를 안 내고 그냥 타는 거여. 버스기사가 버스요금을 내라고 하는데도 아무 말도 않고 그냥 앉아 있기만 하는 거여. 그래서 내가 버스요금을 대신 내 줬잖아. 나중에 알고 보니까 버스요금을 내야 하는 것도, 버스비가 얼마인지, 어디서 내려야 하는 지도 하나도 모르는 거여."

종합해 보면, 시어머니와 함께 살 때는 시어머니가, 남편과 함께 살 때는 남편이 모든 것을 주관해서 했기 때문에 그분은 세상 물정을 전혀, 조금도, 하나도 모른 채 살아오셨던 것이다. 심지어 오만 원, 만 원, 천 원도 구별하지 못한단다. 타임머신을 타고 조선시대에서 넘어온 것 같다. 엄마는 한 동안 그분을 모시고 수산과 제천을 돌아다니면서 돈 쓰는 것을 비롯하여 이것저것 세상물정을 알려주셨단다. 엄마가 청주에 머물기라도 하면 대신 집안 단속을 해 줄 정도로 가까운 이웃으로 지냈다. 나도 제천에 갈 때면 먹을 것을 사들고 꼭 인사를 드리곤 했다.

그런데 작년부터 이상한 조짐을 보이기 시작하더니 급기야 요양병원에 입원했다는 소식을 들었다. 치매란다. 경미하였을 때는 아들이 모시고 있었는데 병세가 점점 심하게 되자 감당할 수 없어 결국 병원으로 옮겼다는 것이다.

"아니, 어떻게 그런 몹쓸 병에 걸렸단 말이여. 남편은 시어머니 자식이니 그렇다 손쳐도 그 사람은 왜 치매에 걸린 거여? 아무래도 젊어서 하도 고생을 해서 그런 것 같어. 시어머니 시집살이가 좀 심했어. 그리고 아저씨는 좀 구박을 했어. 다 속병, 화병이 들어서 그런 거여. 은행에 돈이 아무리 많으면 뭣 해! 젊어서 머슴처럼 일만 하다가 돈 한 푼 제대로 쓰지 못하고 죽게 생겼으니. 불쌍해서 어쩔거나! 딱해서 어쩔거나!"

돌이켜 생각해보면, 그 때 음정도 박자도 모두 틀리게 노래를 하면서도 그렇게 진지하게 끝까지 부른 이유를 알 것도 같다. 두 눈을 지그시 감은 채 노래를 하던 그 분을 생각하니 가슴이 아려 왔다.

계림의 장례 풍습

_____ 1. 12. 월. 흐렸다

저녁에 덕원이 과외선생님에게서 연락이 왔다. 선생님의 큰아버지가 돌아가셔서 상갓집에 다녀왔는데, 계림의 풍습은 상갓집을 다녀오면 다른 집에는 최소한 7일이 지나야 출입할 수 있다면서 당분간 과외를 할 수 없겠노라고 한다. 아마도 다른 사람에게 좋지 않은 기운을 끼칠까 염려해서라는 것이다. 우리나라도 장례와 관련하여 여러 가지 금기사항이 있다. 예컨대, 결혼 날짜 받아두고 상갓집에 가지 않는다거나 명절 밑에 상갓집을 갔다 오면 차례를 지내지 않는다는 등과 같은 것이다.

성적처리

_____ 1. 13. 화. 낮에 햇볕이 반짝하다가 다시 흐렸다

그동안 미뤄두었던 성적처리를 마무리했다. 성적처리라고 해야 대학

원 포함 세 개 과목에 50명 남짓 평가하는 것이니, 한국에 비하면 수월한 편이다. 한국에서는 학기가 끝나면 성적처리 하는 데 1주일 이상이 소요된다. 시간강사는 맡은 과목과 학생이 많으면 더 많은 시간을 성적처리 하는데 할애해야 한다. 그뿐인가. 성적을 확인한 학생들의 이의신청 전화를 받거나 이메일 문의에 답변하는 것도 끊이지 않는다.

"저는 열심히 했는데 왜 이렇게 성적이 나왔나요?"

"장학금을 받아야 하는데 성적을 조금만 올려주실 수는 없습니까?"

"DO를 주시려면 차라리 F를 주십시오."

학생들의 이러한 질문에 정중하게 답변을 하지만, 학점에 변동이 생기는 일은 거의 없다.

우리 대학에서는 평소 점수와 기말고사 점수 두 가지를 가지고 평가한다. 한국처럼 A학점에서 F학점에 이르는 각 등급에 어떠한 제한이 있지 않다. 인터넷으로 점수를 입력하고, 한 학기 강의한 내용에 대하여 짤막한 자체 평가를 서술하면, 그것으로 완료된다. 학점에 대한 학생들의 이의신청이라든가 질문을 받는 경우는 없다. 교수들은 성적처리가 완료되어야 실질적으로 방학에 접어든다.

한국에 있는 이 교수로부터 메일이 왔다. 겨울방학에 일본 여행을 하는 한편 안견의 〈몽유도원도〉를 관람할 수 있을 것 같았는데, 아쉽게도 일이 틀어졌다는 내용이었다. 〈몽유도원도〉는 일본의 천리대학에서 소장하고 있다. 몇 해 전 한국에서 〈몽유도원도〉를 전시하면서 손상이 되어 수장고에 꽁꽁 묶어두고 있다는 것이다. 실망하기는 나도 마찬가지였다. 서울 전시 때 보지 못한 〈몽유도원도〉 실견의 감격을 간접적으로나마 듣고 싶었는데, 그럴 수 없게 되어서 말이다.

『논어』를 읽다

_____ 1. 14. 수. 맑았다. 새벽 기온 6℃

『논어』〈술이〉 장을 읽고 썼다. 마음의 평정을 잃게 될 때, 마음이 불안할 때, 내 자신이 한없이 초라하게 느껴질 때, 무엇인가를 반성할 때 나는 경서를 읽는다. 그리고 나면 마음의 평정을 찾고 자신감을 회복할 수 있다. 그리고 좀 더 이성적이고 객관적으로 세상을 볼 수 있는 힘을 얻을 수 있다.

비행기 티켓

_____ 1. 15. 목. 맑았다. 낮 최고기온 12℃

아시아나 항공 지점장의 배려로 한국으로 돌아가는 항공권을 구입했다. 가는 편은 직항이지만, 오는 편은 광저우를 경유해서다. 그래도 표를 구할 수 있어서 다행이 아닐 수 없다. 할인 가격으로 1인 3490위안. 총 6980위안을 송금하였다.

티켓팅을 했다는 말을 들은 덕원이는 벌써부터 인천공항에 내렸을 때의 시원하고 상쾌한 바람이 그립단다. 나도 짧은 기간 체류할 한국에서 해야 할 일들이 떠올랐다. 가족과 함께 보내는 시간 외에 건강검진, 치과치료를 해야 하고, 천곡 선생 문중에 번역 보고를 해야 한다. 그리고 특별히 안산체육관을 방문하여 세월호 참사로 희생된 학생들을 추모하고 싶다. 서울의 지인을 만나러 가는 길에 광화문의 세월호 유족들도 만나 위로하고 싶다. 서점에서 하루 종일 보내면서 신간을 스캔하면서 신영복 선생의 『마지막 강의』를 보고 싶다. 늘 옷이 없다고 불만인 덕원에게 옷과 신발 등을 사줘야 한다. 아무튼 이래저래 빠듯한 일정이 될 것 같다.

사춘기

___ 1. 16. 금. 맑았다

침대에 누워서 덕원이와 이런저런 이야기를 나누었다.

"엄마, 우리 학교는 연애를 금지하잖아. 그런데 친구들에게 들으니까 우리 반에 연애하는 애들이 7커플이나 된대. 뭐, 사실 다들 몰래 하는 거지만 말이야."

"원래 한국 학교에서도 연애 못하게 금지하고 있어. 그래도 몰래 몰래 연애하잖아. 근데, 너네 학교는 아이들이 공부만 하고 다른 것은 관심 없다고 하더니, 연애는 하는가봐? 혹시 너도 연애하고 싶은 거 아냐? 그렇지?"

"사실 나도 처음에는 여자 친구가 있었으면 좋겠다고 생각했어. 그런데 지금은 아니야. 중국말도 못하고 성적은 꼴찌인 내가 여자 친구나 사귄다면 다들 나를 얼마나 한심하게 보겠어? 그리고 계림 여자들 너무 못생겨서 마음에 안 들기도 해. 헤헤!"

덕원이는 공부하는 틈틈이 머리를 빗으면서 이런 스타일이 어울리느냐, 저런 스타일이 어울리느냐 물어보곤 한다. 여드름이 나기 시작하면서 매일 저녁 천연비누로 얼굴을 씻는데 아주 오랜 시간 공을 들인다. 콧수염이 조금씩 짙어지는 것이 신경 쓰인다면서 면도를 해야 하는지 연거푸 물어본다. 목욕하고 나오는 모습을 어쩌다가 보기라도 하면, "엄마, 변태야!" 소리를 지르기도 한다. 바야흐로 사춘기를 보내고 있다.

영어 문법 과외

___ 1. 17. 토. 맑았다

오늘부터 덕원이가 현식에게 영어 문법을 배우기로 했다. 현식이는 호주에서 1년 동안 영어 어학연수를 한 바 있고, 필리핀에서는 학생들에게 영어를 1년 가르친 경력이 있다. 그의 실력은 여기 있는 외국인들과 자연스럽게 대화를 할 수 있는 정도다. 덕원이가 학교에서, 그리고 영국인 과외선생에게서 영어를 배우고 있지만 아무래도 문법은 우리말로 배우는 것이 정확할 것 같아 현식에게 부탁을 한 것이다.

저녁에는 강 선생, 그의 태국인 여자 친구 픽, 현식이와 함께 '따쓰촨(大四川)'이라는 식당에서 사천식 샤브샤브를 먹었다. 그런대로 괜찮다고 생각했는데, 집으로 돌아온 덕원이는 차라리 덮밥을 먹는 것이 나을 뻔 했다면서 배가 고프다고 간식을 찾았다.

트라우마

_____ 1. 18. 일. 햇볕이 잠깐 비추었다가 다시 흐렸다

오후 5시 20분. 현식에게 영어를 배우고 돌아온 덕원이가 초코파이가 먹고 싶다며 자전거를 타고 사러가겠단다. 십여 분 뒤에 돌아온 덕원이는 화장실로 헐레벌떡 뛰어갔다. 곧이어 화장실에서 나온 덕원이는 어지럽다면서 몸을 제대로 못 가누고 내게 안겼다. 덕원이가 장난치는 것이라고 생각했는데 그게 아니었다. 정신이 반쯤 나간 채 소파에 앉아 있는 덕원이의 얼굴이 핏기 하나 없이 백지장 같더니, 곧 이어 식은땀이 흘렀다. 손발이 열기 하나 없이 차가웠다.

심장이 쿵 내려앉는 듯 했다. 무의식 결에 덕원이의 뺨을 두 손으로 때리면서 괜찮으냐, 왜 이러냐 물었다. 지체해서는 안 될 것 같아 이 교수에게 전화를 걸려고 하는데 손이 떨려 버튼이 눌러지지 않았다. 양 교수에게 잘못 걸었다. 그 사이 정신이 돌아온 덕원이가 왜 아무에게나 전화를 거냐며 화를 내더니 전화를 툭 끊어버렸다. 다시 이 교수에게 전화를 걸었다. 그리고 전 교수에게도 전화를 걸었다. 아무도 전화를 받지 않았다. 어

떻게 해야 할지 몰라 앞이 까마득한데 전 교수에게서 전화가 왔다. 물을 한 모금 마신 덕원이가 한결 좋아졌다면서 입을 열었다.

"갑자기 너무 어지러워 그런 거니까 병원 갈 필요 없어."

젊은 애가 몸을 못 가눌 정도로 갑자기 어지러운 것이 예삿일이 아닌 것 같아 급한 대로 간이병원에 가서라도 의사 소견을 들어봐야 안심이 될 것 같아 억지로 데리고 나갔다.

자초지종을 들은 의사는, "바람을 맞았다"고 한다. 운동을 해서 열기가 있는데 갑자기 옷을 벗으면 찬바람이 들어와 그럴 수 있다는 것이다. 그러면서 덕원이는 체온이 약간 낮다고 한다. 따뜻한 탕국을 먹이고 후추와 생강을 끓여서 마시게 하라고 한다. 구토 같은 다른 증세를 동반한 것이 아니니 뇌 검사까지 할 필요는 없단다. 전 선생님과 함께 셋이서 집까지 걸어왔다. 쌩쌩해진 덕원이는 언제 그랬냐며 아무 일도 없다는 듯이 행동했다. 그리고 배가 고프단다. 한 시간 동안 지옥과 천당을 갔다 온 그런 기분이었다. 옛 일을 돌이키고 싶지 않았으나 나의 기억은 어느새 그쪽에 닿아 있었다. 심장이 내려앉고 손발이 떨려 손가락 하나도 움직일 수 없었던 그때 말이다.

"덕원아, 엄마는 트라우마가 있단다."

저녁을 먹고 나서 나는 거기까지만 이야기를 하고 더 이상 말을 잇지 못했다. 나는 그때의 일을 내 기억에서 밀어내고 싶다. 아무도 내 잘못이라고 말하지 않았지만 나는 죄책감으로부터 자유롭지 못했다. 검은 두루마기에 검은 갓을 쓴 사내가 중년의 남자를 이생으로부터 데려가려고 할 때, 나는 속수무책으로 발만 동동 구르고 있었다. 겨우 8개월 된 어린애를 등에 업고서 말이다. 아무 것도 하지 못했다는 그 죄책감이 오랫동안 나를 짓눌렀다. 그로부터 십여 년이 흐른 지금, 기억도 희미해지고 죄책감으로부터도 자유로워졌다고 생각했는데, 그게 아니었던 모양이다. 갑자기 땅바닥에 주저앉아 미친 여자처럼 목 놓아 울고 싶어졌다.

중국 쌀

——— 1. 19. 월. 맑았다. 낮 기온 14℃

오후에 시장에서 늙은 호박 반 토막을 샀다. 1.8위안. 호박죽에 들어
갈 찹쌀이 필요해서 쌀가게에 들렀다. 많은 종류의 쌀이 진열되어 있었다.
예컨대 이런 것들이다. 꾸이지우지우(桂九九) 2.2위안, 용푸미(永福米) 2.5
위안, 꾸이시앙미(桂香米) 2.6위안, 타이궈시앙미(泰國香米) 2.8위안, 트어지
유미(特級油米) 3.5위안, 아이짠유미(矮粘油米) 3위안, 시앙미(香米) 2.7위안.
여기서는 쌀도 무게 단위인 근으로 판다.

나는 유미(油米)를 먹는데, 1근에 3.2위안이다. 20위안어치 사면 보름
이상 먹을 수 있다. 이 쌀은 불릴 필요도 없이 씻어서 물을 붓기만 하면 된
다. 그리고 약간 찰기가 있어 맛이 좋다. 한국 살 때 맛있었던 진천쌀, 청원
생명쌀, 괴산쌀 등과 비교해도 전혀 떨어지지 않는다. 여기서는 중국 쌀
뿐만 아니라 태국 쌀도 판다. 미국에서 3년을 살았다는 진영 씨의 이야기
를 들어보면, 미국산도 한국 쌀과 비교할 수 없을 만큼 맛이 좋단다. 값도
무척 싸단다.

우리나라에서 중국산과 미국산 쌀이 좋다고 하면 사대(事大)가 아니
냐는 눈총을 받을 수도 있다. 하지만 지금은 우리 것만 좋다고 고집할 수
없는 세계화 시대이다. 맛의 차이가 그 자리에서 판명되는 시대이다. 그러
나 맛이 좋고 값이 싸다고 하여 외국산 쌀 수입을 마구잡이로 허가하는 것
은 큰 문제이다. 한 국가의 식량자급은 장기적인 차원에서 무척 중요하
다. 쌀농사를 짓는 농가를 보호하기 위해 무조건 '신토불이'만을 외쳐서
될 일도 아니나, '우리 것'이라는 이유로 소비자에게 무조건 호소할 일도
아니다. 식량은 전적으로 국가가 장기적인 비전을 가지고 대처해야 되는
것이다.

아무튼 중국 쌀도 맛있다.

프랑스 친구

___ 1. 20. 화. 맑았다. 낮 기온 14℃

통장에 200위안이 들어왔다. 우리 학교에서는 박사학위를 소지한 교수들에 한하여 200위안의 상여금을 지급한단다. 오전에 2월 28일 광저우에서 계림으로 오는 기차표를 예매했다. 작년 12월 광저우-계림 간 고속철도가 개통되면서 12시간이 넘게 걸리던 것이 2시간 40분으로 단축되었다. 요금은 2등석으로 1인당 137.5위안이다.

점심에는 중국어 공부를 같이 하는 메이링과 식사를 했다. 그녀는 프랑스인이다. 나이는 23세. 바비 인형 같은 외모에 포도주 빛의 굵은 웨이브 머리를 하고 있다. 한국에 대해 관심이 많아 그녀의 핸드폰은 K팝 노래와 동영상으로 가득 차 있다. 또한 한국어도 약간 할 줄 안다. 프랑스에서 만난 한국인 선생이 요즘도 이메일로 한국어 숙제를 내준다고 한다. 그녀는 사업을 하는 아빠와 가정주부인 엄마, 그리고 오빠와 여동생이 있다면서 핸드폰 속 가족사진을 보여주었다. 중국음식을 먹으면서 이런 저런 이야기를 나누었다. 방학에 프랑스로 돌아가고 싶지만 비행기 값이 비싸 이곳에서 여행을 하거나 공부를 하면서 지낸다. 계림에서는 프랑스인을 만나기가 쉽지 않다. 프랑스에 대해 아는 것이 별로 없는 나는 그저 그녀가 신기할 따름이다.

『논어』〈학이〉편을 쓰고 외웠다. 그리고 한유의 시 〈송설존의지임서(送薛存義之任序)〉를 읽었다.

폭 죽

___ 1. 21. 수. 맑았다. 낮 기온 14℃

0시가 지나서 아파트 뒤편에서 폭죽이 터졌다. 5분 쯤 지나자 이번에는 앞쪽에서 터졌다. 남방에서는 사람이 죽으면 폭죽을 터트린다고 하는데, 그런 것일까? 중국인들은 참으로 폭죽을 좋아하는 것 같다. 폭죽 소리에 잠이 달아났다. 저녁에는 전 교수와 함께 두 아이들을 데리고 피자파파에서 피자를 먹었다. 저녁 7시 8분이 되자 상가 건물 밖에서 폭죽이 터졌다. 전 교수의 말씀으로, 이곳 남방 사람들은 '8'이란 숫자를 좋아하여 '8'이 들어간 시간에 결혼을 하거나 폭죽을 터트린다고 한다. 숫자 '8'의 발음에 파차이(發財)라는, '큰돈을 벌다'는 뜻이 있기 때문에 그러한 것이다.

늙어간다는 것

___ 1. 22. 목. 맑았다. 낮 기온 20℃

덕원이 학교는 오후 5시 20분에 끝난다. 그래서 덕원이가 집에 돌아오면 6시쯤 된다. 덕원이는 늘 아파트 앞에서 사람들이 다 듣도록 큰 소리로 나를 부른다.

"엄마! 아들 왔어!"

그리고 내 얼굴을 보자마자 말한다.

"엄마, 오늘 저녁 메뉴는 뭐야?"

덕원이가 '엄마는 밥'이라고 생각하는 것이, 나로서는 행복하다. 오늘 저녁 메뉴는 무, 버섯, 은행, 밤, 대추, 콩을 넣은 영양밥이다. 간장에 비벼서 먹으면 한 끼 식사로 괜찮다. 겨울 무를 많이 먹는 방법의 하나가 이와 같은 영양밥이다. 그래도 식탁에 고기가 없으면 서운해 하는 덕원이를 위해 돈가스를 몇 조각 튀겨서 곁들였다. 식사 전에 나는 오늘도 이렇게 이야기했다.

"덕원아, 겨울 무는 몇 년 묵은 인삼보다도 훨씬 몸에 좋아. 겨울 무를 많이 먹어야 돼."

덕원이가 한숨을 쉬면서 대답한다.

"아휴! 지겨워! 무밥 먹을 때마다 듣는 그 소리, 아마 백 번은 들은 것 같아."

아, 정말 그랬다. 나도 늙고 있구나! 같은 소리를 반복하는 것을 보니. 엄마도 그렇고 시어머니도 그렇고, 왜 노상 같은 말을 그렇게 반복하는지, 지겨웠다. 그런데 어느새 내가 그분들을 따라가고 있었다.

맥주 파티

—— 1. 23. 금. 흐렸다. 낮 기온 20℃

저녁에 강 선생 기숙사에서 치킨과 맥주 파티가 있었다. 시험이 끝나는 날이라 덕원이와 야시장을 가기로 약속하였는데, 치킨과 맥주라는 말에 마음이 동하여 야시장 가는 것을 미루었다. 덕원이가 놀려댔다.

"우리 엄마 진짜 너무 하시네. 나하고 야시장 간다고 약속해놓고 치맥이란 말에 그렇게 넘어가시다니!"

요사이 강 선생이 시간이 많다면서 다양한 요리를 실험적으로 선보이고 있다. 바삭하게 튀긴 닭은 아주 맛있었다. 그의 태국 여자 친구인 픽은 매콤한 조개볶음과 돼지 심장을 튀긴 요리를 선보였다. 태국인들은 돼지 심장을 밑간을 해서 기름에 튀겨 먹는다고 한다. 처음 먹어보는 돼지 심장, 쫄깃했다. 현식이는 튀김닭에 어울리는 소스를 만들고 파를 채 썰었다. 이것이 곁들여지면 양념치킨과 파닭이 되는 것이다. 저들에게는 무엇이든 시도해 보는, 시도해보고 싶어 하는 열정이 있어서 좋다. 실패한다고 하여 그것을 실패라고 말하는 사람은 없다. 그것은 그것대로 우리에게 익숙하지 않은 음식을 맛볼 기회를 주는 것이니 괜찮다. 타국살이는, 낯선 것에 대한, 익숙하지 않은 것에 대한 무한한 포용을 할 수 있게 한다. 나는 맥주를 사가지고 가는 것으로 일조했다. 치킨을 먹고 맥주를 마시면서 많은 이야기를 나누었다. 젊은이들의 사는 얘기, 그들의 관심, 그들의 고민을 들을 수 있었다. 외롭고 힘든 유학생활과 타국살이지만 이처럼 즐거운 시간도 더러 있다.

가스통 바슐라르
___ 1. 24. 토. 맑았다. 낮 기온 20℃

요 며칠 가스통 바슐라르의 책을 정독했다. 바슐라르는 세상의 모든 대상을 꿈꾸고자 했다. 『꿈꿀 권리』에서는 모네, 샤갈, 바로끼에, 필리다, 꼬리티, 마르쿠시스, 플로꽁 등과 같은 화가, 조각가, 판화가 등의 작품에 대한 그의 섬세한 사유와 몽상이 서술되었다. 예를 들자면 이런 식이다. 모네의 〈수련〉을 보고서 그는, "그토록 많이 되찾아진 젊음, 낮과 밤의 리듬에 대한 그토록 충실한 복종, 새벽의 순간을 알리는 그 정확성, 이것이야말로 수련으로 하여금 바로 인상주의의 꽃이 되도록 한 이유인 것이다. 수련은 세계의 한 순간이다. 그것은 두 눈을 지닌 아침이다. 그것은 또한 여름 새벽의 놀라운 꽃이다"라고 평한다.

바슐라르가 세상을 떠나기 1년 전에 내놓은 그의 마지막 저작 『촛불의 미학』은 더욱 특별한 의미를 지닌다. "생명이란 불이다.", "모든 식물은 하나의 램프다.", "모든 꽃은 불꽃의 전형", "불은 꽃피고 꽃은 불로 빛난다"와 같은 문장들은 참으로 시적이다. 바슐라르가 대상을 통해 얻은 몽상의 궁극적 도달점은 하나, 모든 생명에는 불꽃을 함유하고 있다는 것이다. 나는 이러한 바슐라르적 몽상이 한없이 즐겁다. 오늘 서창 밖에 바람에 흔들리는 계화나무가 특별히 빛나는 존재로 다가옴은 그의 덕분이다.

그의 몽상은 어느 지점이 시작이고 어느 지점이 끝인지 불분명하다. 그저 끊임없는 바라봄과 그를 통한 사유, 그리고 한없는 몽상이 있을 뿐이다. 그런데 그 몽상 끝에 서술된 그의 언어는 독자를 경탄케 한다. 대상에 대한 통찰력에 무릎을 치게 한다. 세상에 존재하는 사물을 이해하기 위해서는 많은 시간을 들여 꿈꾸지 않으면 안 된다. 그야말로 바슐라르적 몽상이 필요한 것이다. 그런데 우리가 살고 있는 시대는 얼마나 반 몽상적인가. 우리는 오랫동안 정해진 시간에 모든 것을 마쳐야만 우수한 인자라고 세뇌되었다. 그래서 몽상할 수 있는 시간적 여유 없이 살았으며, 몽상은 한갓 '부질없음'이라고 치부했었다.

고백컨대, 나는 몽상할 줄 모른다. 잘 꿈꾸는 법을 배우지 못했다. 진즉에 내게도 몽상이 필요했다. 나의 글은 너무나 팩트(fact)에 치중되어 있다. 몽상이 없는 삶이란, 몽상이 없는 글이란, 너무 드라이하다. 그래서 영혼을 흔드는 깊은 울림이 없다.

귀국 준비

—— 1. 25. 일. 맑았다. 낮 기온 16℃

오후에 리앤다에 가서 트렁크 두 개를 샀다. 몇 년을 들고 다닌 가방이 드디어 망가졌기 때문이다. 빈니야(賓尼亞)와 라떵홍(拉丁紅)이라는 중국제품을 각각 534위안, 498위안을 주고 샀다. 원래 1556위안과 1368위안이라는데 세일한 것이다. 덕원이 과외선생님은 인터넷으로 '아메리칸 튜어리스트' 3종 세트를 1000위안에 샀다면서 추천을 했지만, 시간이 없을 뿐만 아니라 신뢰가 가지 않아 직접 확인하고 산 것이다.

그리고 쇼핑을 했다. 가장 중국다운 것이 무엇일까를 고민하면서, 선물 받으면 좋아할 물건들이 무엇일까를 생각하면서 술, 차, 과자류 등을 이것저것 샀다. 이번에도 어떤 술을 사야 할지 많은 고민을 했다. 결국 398위안 하는 펀지우(汾酒)를 샀다. 선물 값이 만만치 않았다. 집으로 돌아와 펼쳐 놓으니 물건이 너무 많아 트렁크를 어떻게 싸야 할지 걱정이 앞섰다.

조선-한국어학회
_____ 1. 26. 월. 맑았다. 낮 기온 16℃

며칠 전에 이 교수의 집에서 안 쓰는 침대를 가지고 왔다. 그런데 조립 나사가 없어서 사용을 하지 못하고 있었다. 저녁에 이 교수가 한 선생을 모시고 와서 침대를 조립하여 주었다. 조립 나사 없이 연결만 하면 되었는데, 그걸 못해서 며칠을 보냈던 것이다.

이 교수는 최근 조선-한국어학회의 이사로 추대 받아 학회 참석을 위해 내일 연길로 떠난단다. 한국의 학회 이사와는 달리 중국에서는 전국 10개 대학의 교수에게만 주어지는 것이기 때문에 여러 특권이 있는 모양이다. 이 교수가 학회 이사가 됨에 따라 소속 학교와 학과도 그만큼 위상이 올라간다고 한다. 이 교수는 중국 내에서 다섯 손가락 안에 들 정도로 실력을 인정받고 있는 번역가이다. 이제 학회 이사까지 맡게 되었으니 '잘나가는 중진 학자'가 된 것이다. 점점 성장하는 이 교수가 자랑스러웠다. 수고해주신 한 선생께 '문배주'를 선물로 드렸다. 침대를 설치하고 나자 덕원이는 드디어 자기 침대가 생겼다고 좋아하면서, 오늘부터 독립하겠다고 선언했다.

글쓰기
_____ 1. 27. 화. 흐렸다. 낮 기온 12℃

요사이 매일 밤비가 추적추적 내리고 아침에는 갠다. 종일 햇볕이 나지 않고 잔뜩 흐리고 어두웠다. 집에서 마감을 넘긴 원고를 부지런히 썼다. 그리고 저녁에 3학년 흔흔이가 보낸 일기를 수정해서 다시 보내주었더니, "선생님, 문장 쓰는 것이 너무 어려워요"라는 답신이 왔다.

덕원이 학교성적
—— 1. 28. 수. 흐리고 비가 왔다. 저녁 기온 6℃

12시 30분쯤 택시를 타고 덕원이 학교로 들어갔다. 방학식이기 때문에 좀 일찍 끝난 덕원이를 데려 오려고 간 것이다. 학교 진입로부터 학부모들의 자가용이 빼곡하게 주차되어 있어 타고 간 택시는 주차할 공간조차 없었다. 중고등학생이 한꺼번에 방학을 하면 교통대란이 나기 때문에 학년마다 달리 방학식을 한단다.(이 학교 학생 수는 무려 5천 명이다) 양현이는 2월 10일에 방학을 한다. 중3학생들은 고등학교 입시 준비를 위해서 방학을 단축한다. 기숙사에서 사용하던 이불이며 베개 등을 이고 지고 메고 가는 학부모들이 많았다.

덕원이가 택시 안에서 기말고사 성적을 보여주는데 중간고사 때보다 평균점수가 두 배 이상 올랐다. 계림시에서 보는 영어는 93점을 맞았는데, 학교에서 보는 시험은 반타작 밖에 못했다면서 아쉬워했다. 덕원이 학교는 영어 특성화 학교라서 학생들의 영어실력이 뛰어나다. 중3의 영어 실력이 한국의 대학생 수준에 비길 정도로 높다. 알파벳을 겨우 떼고 들어간 덕원이와는 달리 반 친구들은 더러 영어 작문도 중국어 작문처럼 능숙하게 한다고 한다.

그래도 덕원이가 지난 5개월 동안 공부한 양에 비하면 아주 좋은 성적이라고 칭찬해주었다. 또 사실이기도 했다. 중국어를 고작 1년 배우고 중학교에 들어가서 그만큼의 성적을 낸 것만 해도 장한 일이었다. 자신감이 붙은 덕원이는 다음 학기에 세 명을 뒤로 제치는 것이 목표라고 한다.

좋아서 미칠 것 같아!

_____ 1. 29. 목. 흐리고 비가 옴. 밤 9시 기온 3℃

어제부터 바람이 불고 날씨가 많이 추워졌다. 드디어 계림에도 겨울이 오는가 보다. 짐을 싸면서 덕원이는 계속 콧노래를 부른다.

"그렇게 좋니?"

"응, 너무 좋아서 미칠 것 같아. 아니 날아갈 것 같아!"

저녁에는 전 교수, 양현이와 함께 샤브샤브를 먹었다. 그리고 전 교수의 도움으로 공항까지 가는 택시를 130위안에 맞추었다. 새벽 0시 50분 비행기를 타고 드디어 한국에 간다.

중국여자와 결혼?

_____ 1. 30. 금. 맑았다

오후에 충주 시댁에 들렀더니 시어머니께서 만두를 한다면서 밀가루 반죽을 하고 계셨다. 하얀 밀가루가 묻은 손을 쓱쓱 털면서 "우리 강아지 왔네"하면서 덕원이를 안아주셨다. 1년 만에 뵙는 시어머니는 그 사이 더 노쇠해지신 듯 했다. 이런 저런 이야기를 하셨다.

"다른 것은 몰라도 뿌리를 잊고 살면 안 되는 법이여. 그러니까 중국에서 살아도 절대 한국인이라는 것을 잊으면 안 돼. 아무리 세상이 개화했어도 뿌리는 몇 천 년을 통해 남는 벱이거든. 할미는 우리 강아지가 중국여자하고 결혼하는 것은 절대 반대여. 내가 덕재에게도 얘기했지만 전라도에 가서 학교를 다니는 것은 괜찮지만 전라도 여자와 결혼하는 것은 할미는 반대여. 그런 것처럼 너도 한국인하고 결혼해야 되여, 알았제?"

덕원이는 웃으며 "네네" 연신 고개를 끄덕였다.

우리 식구들은 시어머니의 이런 말씀을 자주 듣지만, 별다른 이견 없이 알겠다고 한다. 시어머니의 생각에 동의한다는 뜻은 아니다. 이해될 수 없는 어른들의 사유에 쌍지팡이를 짚고 아니라 하기에는 그분들의 신념과 사유가 너무나 확고하기 때문이다. 중국에는 길거리에 유도화가 많이 피었다고 하였더니, 시어머니께서는 이런 말씀을 하셨다.

"내가 어려서 삼국지를 읽었는데 이런 이야기가 있었어. 조조가 대부대를 이끌고 남쪽으로 내려왔는데 목이 몹시 마른 병사들이 마침 골짜기에서 나온 물을 먹고 갈증을 해결했거든. 그런데 얼마 안 있어 그 물을 먹은 병사들이 다 죽고 말았어. 나중에 알고 보니 그 골짜기에 유도화가 잔뜩 있었다는군. 유도화에는 독이 들어 있어서, 옛날에는 그것을 가지고 독화살을 만들고 그랬거든. 생각해보니 그 남쪽이 지금의 계림이지 싶네."

총기가 남다르신 시어머니는 『삼국지』 이야기가 나오자 다른 대목도 말씀하시면서 모처럼 대화상대를 만난 듯 즐거워하셨다. 시댁을 나와 충주 언니네 집에 들러 손녀딸을 안아보고 형부를 뵈었다. 그리고 제천 엄마 집으로 갔다. 엄마와 나란히 누워서 손을 잡고 이런저런 이야기를 나누니 중국에서 지낸 1년이 엊그제처럼 느껴졌다.

엄마의 시집살이
____ 2. 1. 일. 맑았다

아버지 산소에 가서 성묘를 하고 내려오는 길에 큰어머니 댁에 들렀다. 큰어머니는 귀가 약간 어두워서 큰 소리로 대화를 해야 했다. 요즘 심심하면 엄마와 자주 만나서 옛날이야기를 하면서 시간을 보내신단다.

"느그 엄마 시집살이 한 것은 하늘이 알고 땅이 알지, 다른 사람들은 몰러. 홀시아버지 밑에서 얼매나 힘들게 시집살이를 했는지, 나는 그 생각

만 하면 지금도 눈물이 나와. 느그 할아버지가 입이 짧아서 뭘 해도 잘 드
시기를 하나. 허구한 날 눈물로 세월을 보냈다니까."

두 분 모두 혼자되어서 외롭게 지내시는데, 형님, 아우 하면서 옛날이
야기 하며 그렇게 시간을 보낸다니, 다행이다.

저녁에 청주에 왔다가 평택 가는 시외버스를 타고 덕원이 큰아빠 댁
에 갔다. 덕원이가 치킨을 먹고 싶다고 했더니 치킨을 시켜 놓고 기다리고
계셨다. 역시 덕원이를 보고는 많이 컸다는 말씀을 하셨다. 덕원이는 큰
아빠와 함께, 나는 형님과 함께 자면서 새벽까지 두런두런 이야기를 나누
었다.

아들은 사춘기 남편은 오춘기
___ 2. 2. 월. 맑았다

덕원이는 아침 늦게까지 잠을 잤다. 밤 비행기를 타고 와서 오자마자
며칠을 돌아다닌 탓에 몹시 피곤했던 모양이다. 큰 조카는 서울 강남으로
영어 학원 다닌다고, 작은 조카는 방학 한 달 동안 아르바이트를 한다고 아
침 7시에 집을 나갔다. 한국인은 누구나 다 고단하다. 학생들은 방학에 아
르바이트를 하거나 스펙을 쌓기 위해 뭔가를 해야 한다. 그래도 취직하기
가 힘들고, 취직이 되었어도 버텨내기가 어렵고, 언제 밀려날지 몰라 전전
긍긍하면서 살아야 한다. 고달픈 인생의 연속이다. 점심을 먹고 청주로 돌
아왔다.

저녁 먹은 것이 언친 것 같아 소화제를 먹었다. 요새 동생과 조카가
대치중이다. 사춘기 조카의 행동이 동생 마음에 안 들고, 조카는 아빠가
자기 마음을 알아주지 않는다고 서운하다며 서로 갈등하고 있다. 중국서

는 이 교수와 양현이가 그러더니, 이곳에 오니 동생네가 비슷한 상황이다. 올케가, 아들은 사춘기이고 남편은 오춘기 같다면서 중간에서 자기도 힘들다면서 볼멘소리를 한다.

평화당 원장님과 훈장님을 뵙다

___ 2. 3. 화. 맑았다.

오전에 평화당 한의원에 가서 원장님을 뵈었다. 원장님은 보은에 서당을 설립하셨을 뿐만 아니라 장학 사업을 크게 펼치셔서 우리 지역에서는 꽤나 알려진 분이다. 충북대학교에 재학 중인 중국 유학생 중에 원장님이 주신 장학금을 받지 않은 학생이 없을 정도로 중국 유학생에 대해서도 각별한 관심을 갖고 계시다. 덕원이가 서당에 있을 때 배가 아프다고 할 때마다 약을 지어주곤 하셨다. 이번에도 중국서 고생한다면서 한약을 공으로 지어주셨다. 지난번에 어지러웠던 것은 기가 약해서 그럴 수 있다면서 너무 걱정하지 않아도 된다고 하신다. 그리고는 덕원이에게 당부하셨다.

"지금은 중국에서 공부하는 것이 힘들지만, 미래에는 반드시 크게 쓰일 날이 있을 터이니 공부 열심히 해. 한국보다 훨씬 넓은 대륙에서 사는 것도 괜찮아. 그리고 꼭 성공해서 나 좀 중국으로 초대해 줘! 알았지?"

매번 한약을 이렇게 공으로 받아먹게 되어 여간 감사할 일이 아니다. 열심히 사는 것으로, 덕원이를 잘 키우는 것으로 보답하는 수밖에 없다.

오후에는 보은 서당으로 훈장님께 인사를 갔다. 마침 글을 읽고 계셨다. 덕원이가 초등학교 1학년 때 함께 글을 읽었던 형과 누나, 동생들은 여전히 서당에 있었다. 작년에 보았던 일곱 살 꼬마도 여전히 있었다. 형윤이는 검정고시 준비를 위해 잠시 나갔다고 하고, 우석이 형제는 중국 남경

2008년 어느날 훈장님께 벌 받는 덕원이와 아이들

에서 대학을 다니고 있다고 한다. 그리고 심두, 선명, 소현이는 국학진흥원에 들어가서 공부하고 있다고 하였다. 아이들을 이렇게 한학의 소양을 가진 인재로 키워서 사회에 내보내기까지 훈장님의 노고가 여간이 아니었다. 훈장님께 절을 하고, 마주 앉아 대화를 하면서 식사를 했다. 옛날 생각이 나 마음이 푸근했다.

훈장님께서 하얀 고무신을 신고 두루마기를 휘날리면서 출타하실 때면, 윤 선생님과 나, 그리고 학동들이 두 손을 공손히 마주잡고 허리를 반쯤 굽혀 훈장님을 배웅하곤 했다. 빳빳하게 풀 먹인 한복을 입고 가르침을 주시던 그 어느 때로 돌아간 것 같았다. 덕원이에게 서당이 배움의 첫 장소였다면 나에게는 정신적 근원에 해당되는 곳이다. 내가 학인(學人)으로 행세할 수 있었던 것도 모두 훈장님의 가르침이 있어 가능했다. 밀린 이야기를 하느라 밤 열 시가 되어서야 자리에서 일어났다.

치과 진료

___ 2. 4. 수. 맑았다

오후에 치과에 가서 스케일링을 하고 검사를 했다. 덕원이와 내가 치아가 썩어 때우는데 '냉장고 두 대(?)' 값이 든다고 한다. 기가 막히지만 미루었다가는 '호미로 막을 것을 가래로 막을 일이 생길 수' 있을 것 같아 치료를 했다. 저녁 무렵 작은아버지 댁에 잠깐 들러 인사를 하고 왔다. 지난 가을에 본 둘째 며느리 자랑하시는 것을 보니 내가 다 기분이 좋았다. 이제 막내아들까지 결혼했으니 할 일을 다 하신 셈이라며 걱정근심 없다고 하신다.

저녁에 경식언니, 영옥 언니를 만났다. 덕원이를 위해 특별히 회 정식을 사주셨다. 덕원이가 계림에 있으면서 가장 먹고 싶었던 요리가 '회'였기 때문이다. 계림에서 만난 이후 사업이 나날이 번창하고 있어 눈코 뜰 새 없이 바쁜 모양이다. 그래도 시간을 쪼개어 중국어 공부를 하고 있단다. 언니들은 계림에서 먹었던 망고와 발마사지가 그립다고 했다.

몸 살

___ 2. 5. 목. 맑았다

지난 주 금요일에 도착한 이후 친지와 지인들을 만나느라 바쁘게 돌아다닌 탓인지, 아직 현지 적응이 안 되어서 그런지, 몸살이 나서 하루 종일 앓았다.

『장서의 괴로움』을 읽다

오카자키 다케시의 『장서의 괴로움』을 읽었다. 이 책에 언급된 것 같이, 집이 기울어질 정도의 책을 소장하지는 않았지만, 나 역시 장서가 얼마나 괴로운 일인지 충분히, 너무나 충분히 공감했다. 그러나 나는 이제 장서의 괴로움 따윈 없어졌다. 왜? 최근 몇 년 동안 내 책의 절반 이상을 내가 속해 있는 대학에 기증했기 때문이다. 그래서 이사할 때마다 책을 어떻게 포장하고 운반해야 할지 고민하지 않아도 된다. 또한 퇴직 후 책을 어떻게 처리할 지 고민하지 않아도 된다.

내 경험으로 비춰 보건대, 장서가보다는 독서가가 훌륭하다. 독서하지 않는 장서가는 그저 수집가일 뿐이다. 나도 어느 한 때는 그저 책을 수집하기만 했던 적이 있었다. 내 손길과 눈길이 한 번도 닿지 않은 채 조용히 책장에 모셔져 있던 그런 책도 많았다. 이 책을 읽으면서 생각지도 않게 일본 문화에 대해 많은 것을 알게 되었다. 일본의 문화, 일본인의 성향 등. 이 책이 내게 준 특별 보너스 같은 것들이었다.

오후에 내과와 산부인과 진료를 받았다. 의사는 작년에 갑상선 조직검사를 한 곳의 결절이 조금 더 커졌지만 이상 징후는 보이지 않으니 지켜보잔다. 병원을 갔다 와서 스님을 뵈러 불교회관에 갔다. 마침 정원에 나와 계시다가 덕원이를 보고는 환하게 웃으셨다. 요사이도 묵언수행 중이시라 달리 말씀을 하지 않으셨지만 반가움이 얼굴에 묻어났다. 차를 마시면서 이런저런 중국 생활을 말씀드렸더니 그저 웃으시기만 하다가 컴퓨터 자판을 두드려, "무엇을 해야 할지 일찍 알면 내 운명을 바꿀 수 있다" 면서 덕원이에게 열심히 공부하라고 하셨다. 묵언수행 하시기 전에 중국을 세 번 다녀가셨다고도 한다. 나에게는 금강경을 공부하라고 하셨다. 생각지도 않은 숙제를 받았다. 저녁은 라 선생과 함께 먹었다.

내 친구 슈가 아티스트

_____ 2. 7. 토. 눈비가 살짝 왔다

오후에 친구 수익이와 그의 동생을 만났다. 내 친구는 슈가(sugar) 아티스트다. 그녀는 설탕으로 이 세상의 모든 물건들을 만들어내는 기막힌 재주를 가졌다. 그녀가 조몰락거리면서 만들어내는 예술품을 보고 있으면, 손재주가 전혀 없는 나로서는 그저 입이 딱 벌어질 뿐이다. 그녀는 손으로 하는 것은 뭐든 잘 한다. 여고시절 가정시간에 저고리며 치마며 버선 등을 만드는 숙제를 내 주면, 곧잘 내 숙제까지 해주었다. 나는 가만히 앉아서 글을 읽을 수는 있어도, 가만히 앉아서 바느질은 못한다. 바느질을 하고 있으면 마음이 차분해지고 촘촘해진다고 하던데, 나는 오히려 갑갑증이 나서 견딜 수가 없다. 내 손으로 만든 것이라고는, 중학교 때 겨우 짜 본 털실 목도리가 유일하다. 나는 가끔 신은 참으로 불공평하다는 말을 한다. 그녀는 여고 동창일 뿐만 아니라 나와 동고동락을 한 사이이니, 우리 인연은 참으로 길고도 깊다.

수익이 동생 창미와 그의 딸 진학문제를 상의했다. 우리 대학에서 어학연수를 1년 하고 본인의 의향이 있으면 본과 진학도 고려하고 있다는 것이다. 이 교수에게 연락해서 어학 코스를 알아보니, 한 학기에 6800위안의 교육비와 2500위안의 기숙사비가 든다고 하였다. 물론 1년의 어학 코스를 밟고 나면 본과 2학년에 진학할 수 있다. 또한 HSK 4급을 취득하면 장학금 혜택도 있다고 한다. 본과는 1년 학비가 15000위안이니 우리나라 국립대학 수준 정도로 보면 된다. 부모는 이미 아이를 보내기로 결심을 한 것 같았다.

나는 외국 대학에 진학하는 것은 여러 면에서 좋은 경험과 기회가 될 수 있지만, 전공 공부를 깊이 있게 하리란 기대는 하지 말라고 했다. 1년의 어학 코스를 밟고 3~4년 동안 전공을 마스터한다는 것은 사실상 힘들기 때문이다. 그러나 한국 대학에서 얻지 못한 특별한 경험을 통해 세상을 넓고 깊게 볼 수 있는 안목이 생기고, 독립적 사유를 하는데 도움이 될 것임은 확실하다.

저녁에는 청주문화원 부원장과 식사를 했다. 오리골의 주인장이자 서예가이신 박 선생님도 동석하셨다. 중국에서도 마시지 않던 바이지우(白酒)를 한국 와서 마시게 되었다. 얼큰하게 취기가 오른 박 선생님께서 노래방을 갈까, 커피를 마실까 하시다가 결국 또 다른 지인의 모임에 합류하였다. 우리 지역의 소설가 정 선생을 막걸리 집에서 만났다. 나를 보더니 깜짝 놀라며 반가워했다. 입담은 소설가를 따를 자 없다더니, 정말 그랬다. 그동안 써온 소설을 탈고했다는 반가운 소식을 들었다. 사모님을 만나 맥주 집까지 갔으니, 오늘은 그야말로 3차까지 간 셈이다.

폐 경
___ 2. 8. 일. 맑았다

지난주에 만났던 산부인과 의사의 말이 뇌리에서 떠나지 않고 맴돌았다.

"많은 여성들이 근종 질환을 앓고 있습니다. 선생님은 지금 당장 수술해야 하는 것은 아닙니다만 폐경이 될 때까지 정기 검진을 꼭 받으시고 잘 관리하셔야 합니다."

지금 당장 수술하지 않아도 된다는 말은 위급한 상황이 아니라는 뜻이니 일단 한숨은 돌린 셈이다. 많은 여성들이 겪는 질환이라고 하니 나만 특별한 사례가 아니라는 생각에 조금은 마음이 놓인다. 그런데 '수술'이라는 단어만큼이나 '폐경'이라는 말이 내겐 낯설게 느껴졌다. 오십을 향해 달려가고 있는 나는 여태 진지하게 폐경을 생각해 본 적이 없다. 폐경의 의학적 정의는, 여성이 나이가 들면서 난소가 노화되어 기능이 떨어지면 배란 및 여성호르몬의 생산이 더 이상 이루어지지 않는데, 이로 인해 나타나는 현상이 바로 폐경이다. 폐경은 꼭 40대 후반부터라고 할 수는 없지만 평균 48세부터 52세에 일어난다고 한다. 그러니 내가 지금 폐경을 겪는다 하여도 이상할 것이 없다. 그런데도 나는 폐경에 대하여 고민해 보지 않았으니, 나의 신체와 신체 변화에 대하여 지나치게 소홀하였다. 자기 몸에 대한 진지한 성찰이 없이 살아왔던 것이다.

폐경은 여성이 겪어야 할 당연한 신체 변화의 하나이다. 싫다고 하여 거부할 수도 없는 노릇이다. 그런데도 폐경을 준비해야 하는 나이라고 하니, 어쩐지 몸에 힘이 빠지고 심란하다. 순순하게 받아들이고 싶지 않다. 이성적 차원이 아니라 심정적인 차원에서 말이다. 왜일까? 폐경은 곧 여성성의 상실이라는 생각 때문이 아닌가 싶다.

문득 고미숙 선생의 강의가 생각났다. 그녀는, 여름에서 가을로 바뀌는 것을 '금화교역(金火交易)'이라고 하듯이, 폐경기 역시 여성의 인생에 있어서 '금화교역'에 해당한다고 말한다. 그러니까 폐경기가 된다는 건 여성성을 잃고 몸이 질적으로 저하된다는 뜻이 아니라, 새로운 방식으로 세팅된다는 뜻이라고 한다.(고미숙, 『동의보감, 몸과 우주 그리고 삶의 비전을 찾아서』)

여성의 몸이 새로운 방식으로, 어떻게 세팅된다는 것인가? 크리스티안 노스럽의 『여성의 몸 여성의 지혜』를 참고하면, "폐경기 이후 여성의 역할은 앞장서서 진실과 지혜로 공동체에 씨를 뿌려 주는 일이다. 원시문화에서 폐경기의 여성들은 지혜의 피를 더 이상 주기적으로 흘려버리는 것이 아니라 보유하는 것으로 간주되었다. 따라서 월경을 하는 여성들보다 훨씬 강력한 힘을 지닌다고 여겨졌다. 이러한 문화적 배경으로 폐경 이전의 여성은 신을 영접할 수도 없었다. 원시사회에서 폐경기의 여성들은 모든 인간과 동물의 자식들에게 책임감 있는 목소리를 제공해 주었다"고 기술한다. 그러니까 폐경기 이후의 여성들은 폐경 전의 여성보다 훨씬 더 지혜로운 여성, 공동체를 이끌어가는 리더로 성장한다는 것이다.

결국 폐경을 받아들이는 관점과 자세의 문제인 것이다. 돌이켜보면, '여성성'이라는 말에 지나치게 집착하며 살아왔는지 모른다. 폐경기의 여성은 '연애, 사랑, 출산'의 의미를 다분히 함유하고 있는 '여성성'에 대한 집착을 그만 내려놓아도 좋을 나이다. 사실, 여름이라는 계절이 좋다고 하여 여름만 있다면 좋겠는가? 청춘이 좋다고 하여 일생 청춘이기만 한 인생이 재미있을까? 계절의 변화를 자연스럽게 받아들이듯, 인생의 변화도, 몸의 변화도 자연스럽게 받아들여야 할 것 같다.

나는 다가올 폐경을 좀 더 적극적으로 받아들여 새롭게 세팅된 여성으로 성장하고 싶다. 갑작스럽게 찾아온 폐경을 맞기보다 준비된 폐경을 의연하게 만나고 싶다. 그리하여 삶의 전 생애를 경험한 장자(長者)의 지혜로, 출산과 양육을 경험한 모성(母性)의 마음으로, 더 큰 인식의 틀을 형성하여 많은 사람들을 품고 싶다.

『투명인간』을 읽다
___ 2. 9. 월. 맑았다

성석제의 신작 『투명인간』을 마저 읽었다. 마지막 페이지를 넘길 때 마음이 묵직했다. 그리고 뿌듯했다. 이번 신작도 나를 실망시키지 않았다는, 소설가로서의 그에 대한 신뢰에서 오는 그런 느낌 때문이다. 나는 오래전부터 성석제의 '팬'이다. 그는 어떤 소설가도 흉내 낼 수 없는 해학적이고도 거침없는 입담을 가졌다. 그의 소설에는 언제나 평균치에도 못 미치는, 모자라는 인간군상이 등장한다. 그러나 소설가는 그러한 군상을 통해 따뜻한 인간애를 보여주고 있으며, 독자로 하여금 인간의 가치에 대하여 생각하게 하였다.

『투명인간』에 등장하는 인물 역시 그러했다. 사실, 그의 소설이 나오기 전부터 우리는 투명인간을 말했다. 자신의 존재를 인정받지 못할 때, "나는 투명인간이었다"라는 식으로. 그의 소설은 우리가 자주 말해 온 '투명인간'에 대한 실체가 담겨 있는 결정판이다. 그리고 투명인간이 되어가고 있는 현대인의 슬픈 현실과 마주하게 된다. 나도 투명인간으로 전락하는 것이 싫어 중국행을 택하였는지 모른다.(그런데 중국에서 나는 또 다른 형태의 '투명인간'으로 살고 있다!)

이 소설이 갖는 또 다른 장점이 있다. 까마득히 잊고 지낸 나의 어린 시절, 60~70년대를 이 소설을 통해 복원하였다. 뿌얀 먼지와 거미줄 속에 갇혀 드러날 것 같지 않았던 내 과거가 활자의 박물관을 통해 생생하게 되살아났다.

저녁에 김 선생을 만나 식사를 했다. 취직하고 나서 마음이 편해서 그런가, 살이 붙은 것 같았다. 작은 애는 대학을 졸업하고 서울시립대 대학원에 가게 되었다면서 좋아하였다. 김 선생처럼 대부분의 지인들이 제자리를 찾아 안정되는 것 같아 마음이 놓였다.

사과를 선물로 받다

―― 2. 10. 화. 맑았다

점심에 청원 문화원장과 식사를 했다. 작년에 청주시와 청원군이 통합되면서 문화원 역시 여러 가지 일로 복잡하다고 한다. 아직도 문화원 통합이 되지 않아 그로 인한 진통으로 골치가 아픈 모양이다. 원장님은 다음 주가 설 명절이라면서 사과 한 박스를 선물로 주셨다.

중국통 한 선생
_____ 2. 11. 수. 맑고 따뜻했다

오늘은 1년 만에 서울 나들이를 했다. 옌타이대학에 있을 때 인연을 맺은 한 선생을 보러 인사동으로 갔다. 그녀의 남편이 인사동에 작업실이 있기 때문이다. 인사동은 언제나 외국인과 내국인으로 시끌벅적한 곳이다. 이런 시끌벅적한 곳에 우두커니 서 있노라면, 어쩐지 내가 외국인인 듯 낯설기만 하다. 우리는 사찰음식 전문 식당에서 점심을 먹고 햇살이 잘 드는 카페에 오랫동안 앉아서 밀린 이야기를 나누었다.

그녀는 중국어 강사이면서 중국어 관련 책을 무려 50권이 넘게 집필한 작가이다. 인터넷에 그녀의 이름 석 자를 치면 집필한 책이 몇 페이지에 걸쳐 나올 정도로 대단한 이력을 지녔다. 늘 쉬지 않고 구상하여 매년 책을 출간한다. 한마디로 중국의 언어와 문화 방면에 있어 '중국통'인 셈이다. 그녀는 최근 몇 년 사이에 '공필화(工筆畵)'를 배우더니, 내년에는 전시회를 개최한단다. 뒤늦게 취미삼아 배운 그림의 매력에 푹 빠진 듯하다.

우리들의 대화에는 언제나 '중국'이 있다. 그 중국은 늘 희망적이다. 희망이 있기 때문에 나와 덕원이가 중국에 있는 것이 아니겠는가. 그리고 그녀가 중국책을 쉼 없이 출간하는 것 역시 그 이유 때문이 아닐까. 저녁에는 이 교수를 만나 요즘 학계 동향을 들었다. 누구를 만나도 한국 대학의 미래가 밝지 않다는 것이 중론이다.

성실하고 자상하신 한 교수님
_____ 2. 12. 목. 맑았다

저녁에 '초우마을'이라는 식당에서 한석수 선생님을 뵈었다. 댁으로 인사드리러 간다고 했더니, 한 잔 하자면서 식당에서 보자고 하셨기 때문이다. 계영, 지현, 은일, 승준 후배 등도 함께 보았다. 지금도 상주에서 사나흘, 청주에서 사나흘을 보내는 생활을 하신단다. 무엇보다 건강해지신 것 같아 다행이었다. 선생님은 퇴직하기 몇 해 전부터 고향인 상주에 터를 닦아 놓고, 그곳에서 매년 고추를 비롯한 농사를 지으셨다. 토박이 농군보다 농사를 잘 지어 이웃에서 오히려 자문을 구하러 온단다.

선생님은 성실한 교육자이셨다. 그리고 무엇보다도 자상하셨다. 그 많은 학부생과 대학원생의 생활을 선생님보다 소상하게 아는 교수는 없었을 것이다. 아무개는 집안 형편이 어떻고, 아무개는 고향이 어디고, 아무개는 남자친구와 헤어지고, 아무개는 성적이 어떻다는 등, 모르는 것이 없으셨다. 그만큼 학생들에 대하여 깊은 관심을 갖고 계시다는 뜻이다. 그래서 선생님을 따르는 학생들이 꽤나 많았다. 인기가 좋으셨다. 농사도 교육처럼 성실하고 자상하게 하시기 때문에 수확이 좋은 것이 아닌가 싶다. 선생님은 내게 각별한 사랑을 주셨다. 진로에 대해서도 늘 걱정해 주셨다. 중국에서 교편을 잡게 된 것을 가장 안타깝게 여긴 분이 선생님 아닐까 생각한다. 선생님의 기대에 미치지 못한 내가 오히려 송구할 따름이다.

오늘도 예외 없이 식당을 나와 노래방으로 2차를 갔다. 흘러간 옛 노래를 구수하게 열창하시는 선생님의 모습을 보니, 연구실에서 〈옥루몽〉을 함께 읽던 어느 한 때, 안동에서 젊은 우리들과 래프팅을 하며 즐거워하시던 그 어느 날이 흑백TV의 한 장면처럼 지나갔다. 모든 것이 추억이 되어 버렸다.

청자에 국수 말아 먹는 사치

—— 2. 13. 금. 맑았다

12시에 김혜숙 선생님 댁을 방문했다. 붉은 꽃무늬가 프린팅 된 롱스

커트를 입으신 선생님은 1년 전과 조금도 다르지 않았다. 화장기 없는 얼굴, 백발의 단발머리에도 소녀 같은 청순함과 맑은 기운은 변함이 없었다. 선생님께 절을 하고 앉으니 "그래, 그동안 잘 있었니?" 하며 맞아주셨다. 짧은 대화를 나눈 뒤 밖에서 한식 정식을 먹고 다시 선생님 댁으로 들어와 차를 마시면서 그동안 있었던 일들을 이야기했다. 여전히 선생님 댁에 맹자 팀이 일주일에 한 번 와서 글 읽고, 퇴직 여교수들과 미동산 수목원에 가신다는 말씀도 하셨다.

선생님께서 가지고 있는 물건들을 서서히 정리하겠다고 하셨다.(실버타운을 생각한다는 말씀을 하셨을 때는, 마음이 많이 무거웠다) 이미 거실 한쪽에 놓여있던 책장은 고서점에서 갖고 갔단다. 주저하며 한 말씀드렸다.

"선생님, 선생님이 아끼시는 물건, 다른 사람에게 주지 마시고 저에게 주세요. 제가 간직하고 싶어요."

나는 물건에 대해 집착을 가진 사람은 아니지만, 어쩐지 선생님께서 아끼시던 물건 하나는 간직하고 싶다는 생각이 들었다. 선생님께서는 거실 장 맨 위에 놓여 있던 청자를 내놓으면서 말씀하셨다.

"이것보다 훨씬 예쁜 것이 있었는데 그것은 이미 다른 사람에게 주었단다. 이것도 그런대로 괜찮으니 갖고 싶으면 가지렴."

아주 오래 전부터 선생님 댁을 드나들면서 보았던 눈에 익은 청자였다. 청자의 빛은 그런대로 고즈넉하고 청아해서 마음에 들었다. 더구나 선생님과 오랜 세월 함께하였다는 것만으로도 나는 만족스러웠다.

"내가 이 청자에다가 국수를 말아 먹었단다. 그랬더니 우리 어머니께서 말씀하시기를, '김혜숙이는 청자에 국수를 말아먹는 그런 사치스러운 여자야' 라고 하시더라. 너도 이 청자에 국수를 말아서 먹고, 그리고 네 아들에게 물려주렴."

청자에 국수를 말아먹었다니? 선생님이 아니고는 감히 누구도 행할 수 없는 그런 일인 듯싶었다. 그리고는 침실로 들어갔다 나오면서 말씀하셨다.

"청자를 쌀 만한 게 없어. 뽁뽁이가 있으면 좋겠지만 그게 없으니, 할 수 없지 뭐."

그러시고는, 지금은 입지 않은 아주 오래된 잠옷 바지로 청자를 둘둘 말아서 종이 가방에 넣어주셨다.

내가 선생님을 좋아하고 존경할 수밖에 없는 이유는, 바로 이런 모습 때문이다. 선생님은 청자의 맑은 빛을 볼 줄 아는 고품격의 안목을 지니셨지만, 청자에 국수를 말아먹을 줄도 알고, 십 수 년 된 헌 잠옷 바지로 청자를 포장할 줄도 아는 그런 자유로운 영혼을 지니셨다. 나는 내 인생에서 선생님같이 아름답고 자유로운 영혼을 지닌 분을 만날 수 있게 된 것을 행운이라 생각한다. 먼 훗날 선생님이 사무치게 보고 싶을 때, 청아한 청자 그릇에 하얀 국수를 얌전히 말아 먹으면서 선생님을 추억하고 그리워할 것이다.

오후 4시에 작은아버지 댁에서 사촌동생 순미를 만났다. 오늘이 작은 어머니 기일이라 온 것이다. 저녁 7시에 중학교 동창들을 만났다. 내가 왔다는 소식을 듣고 멀리 안산에서 달려와 준 미자, 세영, 초등학교 시절 나의 단짝이었던 미숙, 여고 졸업 후 20여 년 만에 만난 은숙, 모두 반가웠다.

'손녀' 돌잔치

____ 2. 14. 토. 맑았다

오후 12시, 충주에서 손녀 돌잔치가 있었다. 금은방에서 돌 반지를 21만 5천원에 구입했다. 주인은 금값이 조금 내렸다고 한다. 조카와 조카사위, 그리고 손녀가 한복을 곱게 차려입고 행사장에서 우리를 맞이했다. 할머니라는 말이 실감나지 않지만 손녀가 생긴 것은 기쁜 일이 아닐 수 없다. 손님들에게 선물을 추첨해주는 시간에, 나는 얼떨결에 사회자에게 호명되어 앞으로 불려 나갔다. 손녀에게 바라는 말을 한 마디 하란다.

"돌이 될 때까지 손녀딸을 건강하게 잘 키워진 조카와 조카사위에게 수고했다는 말을 전하고 싶네요. 음, 우리 손녀딸이 건강하고 밝게 잘 자라서 이 나라에 꼭 필요한 인재로 성장했으면 좋겠어요. 특히 당찬 여성으로 성장했으면 합니다."

사회자가 말했다.

"도덕 선생님 맞으시죠? 어째 말씀하시는 것이 딱 그 스타일입니다."

생각해보니, 참으로 밋밋한 인사말이었다.

손두부

___ 2. 15. 일. 맑았다

"설도 다가오는데 두부 좀 할라고 한다."

"엄마, 귀찮게 뭐 하러 두부를 만들어? 그냥 슈퍼에서 몇 모 사다가 먹어."

"그래도, 설인데 두부는 해야지."

엄마는 기어이 두부를 하시겠다면서 어젯밤에 콩 한 말 반을 물에 불려 놓으셨다.

"맨날 아프다고 물리 치료하러 다니면서 무슨 기운에 두부를 하겠다고 하시는지. 이제 명절이라고 해도 찾아오는 손님도 많지 않은데, 굳이 집에서 두부를 만들 필요가 뭐가 있어."

아무리 투덜거려도 우리 집 대장은 엄마이시니, 어길 수는 없는 노릇이다. 하는 수 없이 방앗간으로 콩을 갈러 갔다. 명절 밑이라 가래떡을 뽑고 떡을 하느라 방앗간은 분주했다. 뽀얗게 간 콩을 가지고 집에 돌아오니 커다란 가마솥에 물이 설설 끓고 있었다. 엄마와 내가 방앗간을 다녀오는 사이에 언니가 불을 지펴 물을 끓여 놓은 것이다. 이제 두부 만들 준비가 되었다. 엄마는 오늘 지원군이 있어서 두부 만들기가 수월할 거라며 든든해 하셨다.

엄마는 물이 끓고 있는 가마솥에 콩물을 한 바가지씩 조심스럽게 퍼넣으셨다. 정신없이 있다가는 끓어 넘칠지 모른다면서 아궁이의 장작을 앞으로 빼서 불 조절을 하셨다. 그리고 솥 바닥이 눌러 붙지 않도록 커다란 나무 주걱으로 쉼 없이 저었다. 콩물이 우르르 끓기 시작하자 나와 언니가 보자기를 양쪽에서 잡고 엄마는 바가지로 콩물을 떠서 들이부었다. 커다란 자루에서 말간 물이 보자기 사이사이로 줄줄 흘러내렸다. 이것이 진짜 두유이다. 보자기에 있던 콩 찌끼는 비지가 된다.

이렇게 짠 콩물을 다시 가마솥에 들이 붓고는 간수를 바가지에 담아서 조금씩 녹이기 시작했다. 순식간에 콩물이 저희들끼리 엉기었다. 간수가 나쁘면 두부 맛이 나빠지니 좋은 간수를 사야 한다. 콩물이 제법 모양새 좋게 엉기자 한 양푼 가득 떠서 따로 놓았다. 이것이 바로 순두부인 것이다. 이제 두부를 만드는 마지막 단계로, 베 보자기를 깐 사각 틀에다 엉긴 콩물을 들이분다. 그리고 나서 사각 모양을 제대로 잡아주기 위해 물이 든 묵직한 양동이 두 개를 사각 틀 위에 나란히 놓는다. 그리고 한 시간이 지나자 집에서 만든, 무공해 손두부가 완성되었다.

약간 단단하면서도 야들야들한 두부 서너 모를 먹기 좋게 썰어 놓고, 순두부를 한 그릇씩 푸짐하게 떠서 상에 올려놓았다. 김장김치와 양념간장 한 종지만 있으면 다른 반찬은 필요 없다. 마침 형부와 오빠도 오고, 육촌 동생도 두부 맛을 보려고 왔다. 어린 시절 두부를 할 때처럼 많이 모이지 않는 것이 아쉽다. 아버지가 살아 계셨던 몇 해 전만 해도, 두부가 만들어지면 아버지와 작은아버지가 제일 먼저 시식을 하셨다.

"형수님이 만든 두부는 세상에서 제일 맛있습니더!"

하얀 두부를 말없이 드시던 아버지가 안 계신지 몇 해가 지났어도 엄마는 이렇게 계속 두부를 만드셨다. 오늘은 작은아버지 대신 온 식구가 돌아가면서 엄마의 두부 솜씨가 세상에서 제일 좋다며 엄지손가락을 추켜올렸다. 엄마가 만든 두부는 시장에서 파는 두부와 확연히 구별된다. 엄마의 두부에는 토속적인 맛이 물씬 난다. 김이 모락모락 나는 하얀 두부를 간장에 톡 찍어서 입안에 넣으면 혀와 어금니 사이로 고소한 두부 냄새가 오래도록 남는다. 두부를 씹고 있으면 콧구멍으로 고소한 냄새가 비어져 나온다. 입 안 가득 묵직한 고소함이 감돈다. 사서 먹는 두부의 맛과 비교를 불허한다. 경찰인 큰조카는 할머니가 만든 두부가 세상에서 제일 맛있다면서 맛집을 내자는 제안까지 했다.

"맛있다고 하는 두부집은 내가 다 돌아다녀봤지만, 우리 할머니가 만드는 두부와는 비교가 안 돼요. 강릉? 이천? 평택? 노노노! 엄마, 그러지 말고 할머니와 함께 손두부집을 열면 어떨까요? 할머니가 스무 살이 되기 전에 시집와서 여태 두부를 만드셨으니 '50년 전통의 손두부'라고 해도 되잖아요. 할머니가 힘들다고 하시면 한복을 곱게 차려 입고 앉아만 계시고, 전수자인 엄마가 하면 되잖아요. 그때는 '50년 전통의 모녀 손두부'로 간판을 바꿔서 하면 돼지 뭐. 하하하! 할머니 솜씨가 너무 아까워서 그래요!"

엄마와 언니가 정말 손두부집을 차릴까마는 그만큼 엄마 솜씨가 좋다는 말이다. 엄마는 식구들이 빙 둘러 앉아 이렇게 뭔가를 맛있게 먹는 것이 '재미'라고 하신다. 그리고 당신 몸이 좀 고단하더라도 식구들 입에, 자식들 입에, 손주 입에 당신이 손수 만든 두부를 먹을 수 있게 해 주는 것이 기쁜 일이라고 하신다. 엄마가 다음에 또 두부를 만든다고 하면 나는 또 투덜거릴 것이다. 그러나 엄마는 엄마대로 내 말은 한 귀로 듣고 또 당신 뜻대로 두부를 만들어 온 식구를 불러다 먹일 것이다. "내가 니들에게 이런 것이라도 해 줄 수 있어서 다행이지" 하시면서. 사실 나도 우리 엄마가 만들어 주는 '50년 전통 손두부'를 오래오래 맛보고 싶다.

급성 간염

___ 2. 16. 월. 맑았다

며칠 전에 신 선생이 급성간염으로 입원을 했다. 어젯밤 대학병원에 입원해 있는 것을 보고 왔는데, 오늘 간수치가 정상으로 돌아오면 퇴원을 하겠다고 했다. 몸이 허약해진 탓도 있겠지만 새 직장에서 받은 스트레스도 한 몫 한 모양이었다. 열정적이고 능력이 출중한 사람이니 머지않아 윗사람에게 두터운 신임을 받을 것을 믿어 의심치 않는다. 오후에 덕원이와 함께 치과치료를 받았다.

『나의 한국현대사』를 읽다

___ 2. 17. 화. 맑았다

모처럼 약속이 없는 날이었다. 유시민의 『나의 한국현대사』를 정독했다. 역사를 바라보는 객관적인 시각을 잃지 않으면서도 개인적인 체험을 놓치지 않고 서술한 책이다. 지루할 수도 있는 역사서에 대한 통념을 깨 다양한 연령층이 흥미진진하게 읽을 수 있을 것이다. 또 현대사에 한 획을 그은 굵직굵직한 사건에 대하여 다양한 잣대를 들이댐으로써, 객관적이면서 공정한 시각으로 역사를 바라보게 한다. 그의 글쓰기 방법이 매우 신선하게 다가왔다.

당신은 내 마누라 아니야!

___ 2. 18. 수. 맑았다

"당신은 내 마누라 아니야!"

교통사고를 당하여 뇌를 크게 다치고 난 후 회복기에 접어들었을 때 형부가 언니에게 한 말이다. 의사는 형부의 기억이 정상으로 돌아오기까지는 한동안의 시간이 걸릴 것이라고 했다. 회복하기 어려울 지도 모른다는, 혹은 회복에 많은 시간이 걸릴 것이라는 우려에도 불구하고 형부는 기적적으로 빨리 기억을 되찾았다. 처음에는 언니와 조카의 얼굴만 알아볼 뿐, 다른 사람들은 기억하지 못할 정도로 심각했다. 형부는 눈앞에 언니가 보이지 않기라도 하면, 엄마 잃은 아기처럼 보채고 불안해했다. 그러니 간병인을 쓸 수도 없는 노릇이었다.

그러다가 차차 기억을 되찾기 시작하면서 착란(錯亂)이 왔다. 엊그제 일을 그토록 생생하게 이야기하다가도 슬그머니 20년 전 혹은 10년 전으로 되돌아가곤 했다.

"큰 처남이 택시를 팔았는지 모르겠네."

"아이구, 그게 언제 적 이야기인데 지금 하고 있어. 10년도 더 된 일을."

형부는 언니의 면박을 받고 "그랬나!" 하면서 멋쩍어 머리를 긁적이다가도 또 어느새 과거와 현재를 마구 돌아다녔다.

언니는 꽃다운 스무 살에 형부를 만나 불꽃같은 사랑을 하고 결혼을 하였다. 첫사랑과 결혼을 한 언니는 세상에 남자라고는 형부밖에 모르는 그런 순진무구한 여자였다. 그런데 형부의 기억이 회복되고 있다는 기쁨도 잠시, 난데없이 당신 마누라가 아니라며 고래고래 소리를 쳤다. 심지어 우리 엄마, 곧 장모 앞에서도 형부는 정색을 하며 "어머니, 저 여자, 애들 엄마 아니에요!" 라고 했다.

언니는 '이러다가 영영 기억이 돌아오지 않으면 어떡하지?'라는 불안으로 밤을 지새웠다. 그때 언니가 가슴을 치며 흘린 눈물이 강을 이뤘다고 해도 믿을 것이다. 그런데 신의 가호인지, 조상의 음덕인지, 형부는 더 이상 기억의 착란을 보이지 않았다. 그리고 언니의 존재를 부정하지도 않았다. 형부는 이제 농담까지 한다.

"내가 언제 그랬어? 내가 기억을 못한다고 지어낸 말은 아니지? 내가 마누라 아니라고 할 때 얼른 도망가지 그랬어."

이러한 모든 일이 지난 석 달 동안에 일어났다. 섣달그믐, 밤이 깊어 가는 줄도 모른 채 우리 자매는 지나온 이야기를 두런두런 나누었다. 간혹 울먹이느라 말을 잇지 못하기도 했다. 그러나 이러한 일들이 '현재 진행형이 아닌 과거'가 된 것에 감사했다. 어쩌면, 의사도 놀랄 정도로 형부가 빠르게 회복한 것은 모두 언니 덕일지 모른다. 형부밖에 모르는 가녀린 언니를 보호하려는, 무의식의 집념으로 인한 것인지 모른다. 나는 형부의 손을 잡고 속으로 말했다.

'형부, 형부가 쓰러졌다는 소식을 들었을 때 정신이 아득한 가운데도 언니가 걱정이 되었어요. 혹시 우리 언니가 나처럼 되면 어쩌나. 불행은 나 하나면 족한데… 하면서요. 형부, 우리 언니 곁에 있어줘서 고마워요.'

설 날
—— 2. 19. 목. 맑았다

정월 초하루 아침이다. 덕원이와 함께 시댁에 가서 떡국을 먹고 시어머니께 세배를 드렸다. 내가 중국에 간 것을 계기로, 시댁에서는 제사를 더 이상 지내지 않는다. 시아버지도 아예 음성에 있는 미타사에 모셨다. 그래서 시댁에서는 명절 아침에 일찍 조반을 먹고 온 식구가 미타사 법회에 참석한다. 시어머니께서도 사후 미타사로 가시겠다고 한다. 한국의 장례문화가 불교와 접목되어 새로운 형태로 발전한 것이다. 미타사에서 법회를 마치고 우리 모자는 다시 제천 엄마 집으로 갔다. 아버지 산소에 가서 성묘를 하고 큰어머니 댁에 들러 세배를 드렸다. 우리 집에는 오후 늦게까지 손님이 끊이지 않고 찾아 왔다.

엄마와의 목욕

___ 2. 20. 금. 맑았다

아침에 엄마를 모시고 목욕탕이 있는 청풍 랜드에 갔다. 명절 다음날인데도 사람들이 많았다. 대부분 가족 동반이었다. 엄마의 몸을 찬찬히 정성들여 밀어드렸다. 엄마는 두 번의 허리 디스크 수술을 하고, 최근 몇 년 사이 두 무릎의 관절 수술까지 하셨다. 젊은 시절 몸을 아끼지 않고 일한 탓에 열 손가락은 마디마디 뒤틀려 있다. 그 손가락을 볼 때마다 마음이 아프다.

"엄마, 이 손가락은 왜 다쳤다고 했지?"

"느그 오빠 돌 때 그랬지. 수수팥떡 해 줄라고 골말 큰 집에 있는 디딜방아에 수수를 빻고 있었는데, 그만 방아가 손가락을 찧었지 뭐냐. 그때 손가락이 홀랑 벗겨지고 하얀 뼈가 다 드러났었지. 벌건 피가 철철 흘렀어."

열두 번도 더 들은 이야기이고, 골 백 번도 더 하신 말씀이지만 언제 들어도 가슴이 짠했다. 때수건을 들고서 "엄마, 왼 팔 들어봐" 하면 초등학교 학생마냥 얌전히 왼 팔을 들고, "엄마, 오른 팔 들어봐" 하면 이번에는 오른 팔을 말없이 드는 우리 엄마, 이제는 정말 늙으신 것 같았다. 그래도 다행인 것은 아직 혼자서 운신할 수 있다는 것이다. 목욕탕에 힘없이 앉아 있는, 주름이 자글자글한, 허리가 구부정한 우리 엄마도 꽤나 아름답고 빛나던 젊은 시절이 있었을 것이라 생각하니, 세월의 무상함에 어쩐지 서글퍼졌다. 엄마를 모시고 목욕탕에 몇 번이나 더 갈 수 있을까를 생각하니, 타국살이를 하는 내가 참 불효를 하고 있구나 싶었다. 우리 모녀는 바나나 우유를 마시면서 목욕탕을 나섰다.

목욕을 끝내고 집으로 돌아와 점심을 먹은 후에 정방사에 다녀왔다. 정방사는 제천시 능강리 산속 절벽 밑에 붙어있는 천년사찰로 의상대사가

창건한 것으로 알려져 있다. 정방사는 몇 해 전부터 설 명절 전후, 또는 사월 초파일에 우리 식구들이 꼭 찾는 절이다. 등산복 차림의 방문객이 제법 많았다. 주지 스님께서 나를 기억하고 반갑게 맞아주셨다. 덕원이와 은지, 민수에게는 세뱃돈을 특별히 챙겨 주시고 염주 한 개씩을 주셨다. 주지 스님은 무척 열정적인 분이다. 다양한 사회활동을 통해 포교를 하시면서 그동안 써온 시를 묶어 시집을 출간하기도 했다. 또한 카톡으로 신도들과 부지런히 소통하려 하신다. 식사 때가 아니었지만 스님의 배려로 떡국 공양을 하였다. 특별히 덕원이에게는 공부 열심히 해서 한중 교류에 큰 역할을 하라고 당부하셨다. 스님의 활동 이야기, 중국 이야기를 나누고 해가 져서야 산을 내려왔다.

영애의 은신처를 찾아가다
____ 2. 21. 토. 모처럼 비가 왔다

오전에 불교회관에서 법회가 있었다. 황현 스님께서 묵언 수행중이시라 별다른 설법은 없었고, 불교회관 회장님을 비롯한 다른 신도 분들과 점심을 함께 하고 조용히 이야기를 나누다가 헤어졌다. 스님을 따로 뵙고 인사를 하고 나오려니 스님께서 환하게 웃으면서 두 손을 따뜻하게 잡아주셨다. 말씀을 하지 않으셨지만 무슨 말씀을 하고 싶으신지 눈빛으로, 따뜻하게 잡아준 손의 열기로 알 수 있었다.

오후 늦게 친구 영애를 만났다. 그녀는 〈막돼먹은 영애씨〉에 나오는 주인공과 동명이다. 그녀는 20여 년 근무했던 사회복지 관련 일을 그만두고 지금은 청주에서 한 시간 거리에 있는 외곽에 외딴 집을 짓고 홀로 산다. 우중에 내비게이션도 없이 찾아간 초행이라 몇 번을 돌고 돌아 그녀가 산다는 동네에 도착하였다. 산 밑에 두 채의 인가가 있었다. 그 중 하나는 태순 언니의 고모부네 집이란다.

영애의 집은 작은 건물 두 채와 커다란 비닐하우스가 전부였다. 비닐하우스에는 빨래가 걸려 있고 잡동사니가 어지럽게 널려 있었다. 벙거지 같은 겨울 모자를 푹 눌러쓴 영애가 문을 열면서 "어서 와!" 하면서 반겨주었다. 그녀의 덧니가 유난히 크게 보였다. 큰 방에는 장롱이며, 세탁기, 책장, TV 등 제법 살림살이가 갖춰져 있었다. 살림살이를 빼고 나면 한두 사람이 겨우 앉거나 누울 정도로 비좁았다. 방 한쪽에는 보자기로 덮인 밥상이 놓여 있고 바닥에는 감과 사과 등의 과일이 담긴 그릇이 놓여 있는 것으로 보아, 잘 챙겨 먹는 것 같다. 그리고 그녀와 '동거'하는 강아지 한 마리가 얌전히 바닥에 배를 깔고 누워 있었다. 어수선하긴 했지만 그런대로 괜찮았다.

"이런 데서 혼자 살면 무섭지 않니?"

"전혀! 얼마나 편안하고 좋은지 몰라. 나는 이런 데가 좋아."

나와 여고 동창인 그녀는 독신이다. 나는 그녀에게 남자친구가 있었다든가, 혹은 그녀의 입에서 남자에 대한 말을 한 번도 들은 적이 없다. 남자에 관해 도통 무관심하다.(그렇다고 남자에게 상처를 받은 것 같지는 않다. 어쩌면 그녀는 '모태 솔로'인지 모른다) 그녀는 남자보다는 강아지만 있으면 한 세상 살아가는데 어려움이 없다고 한다. 그녀는 외모에 대해서도 전혀 무관심하다. 요즘 여성들에게 유행하는 패션 아이템이 무엇인지, 그런 따위에 아예 관심이 없다. 화장을 한 얼굴을 단 한 번도 본 적이 없다. 짧은 커트머리에 모자를 눌러 쓰고, 점퍼를 입고, 낡은 단화를 신고 있는, 다분히 중성적인 이미지가, 내게 각인된 그녀의 유일한 초상이다.

방안을 둘러보다가 천장과 사방 벽면이 황토로 덮여 있어, 물으니 그녀 혼자 칠했다는 것이다. 간혹 태순 언니 고모부의 손을 빌리긴 했지만, 집안의 모든 것들을 며칠에 걸쳐 혹은 몇 달에 걸쳐 혼자서 작업했다는 것이다. 참으로 '대단한 영애씨'가 아닐 수 없다. 차와 떡을 먹고 황토로 꾸몄다고 하는 작은 방으로 건너갔다. 내가 온다고 하여 엊그제부터 군불을 지펴 놓았단다. 장작 몇 토막이 아궁이 앞에 뒹굴고 있었다.

두 사람이 겨우 누울 정도의 좁은 황토방에는 고가구 두 점이 얌전히 놓여 있고 이불이 깔려 있었다. 키가 닿을 정도로 천장은 아주 낮았다. 밖으로 통하는 작은 창마저 황토 칠을 해 버려 세상의 빛과는 차단된 그런 방이었다. 나는 그 방이 아주 마음에 들었다. 홀로 차를 마시기도 좋을 듯했고, 가부좌를 틀고 명상하기에도 좋아보였다. 또 아무렇게나 누워서 즐거운 몽상을 하기에도 괜찮아 보였다. 우리는 따뜻한 방바닥에 누워 팔을 괴고 여고시절과 친구들 이야기를 나누었다. 한 줄기의 빛조차 없는 어둠의 황토방에 누워 있으니 까마득히 잊고 지낸 어린 시절의 어느 한 때로 돌아간 것 마냥 마음이 한없이 편안했다. 그러다가 나도 모르게 까무룩히 잠이 들어 버렸다. 한 시간 넘게 잠을 잤다.

그녀의 황토방에서 하룻밤을 보내지 못한 것이 못내 아쉬웠다. 그녀는 내게 아카시아 벌꿀과 냉중에 좋다는 차를 담은 두 개의 유리병을 건네주면서, 행복하게, 지금 이 순간을 즐기면서 잘 살라는 말을 했다.

그녀의 보금자리가 네온사인이 번쩍이는 화려한 도시에 있지 않은 것이 좋았다. 그녀가 말쑥하게 잘 차려입은 세련된 도시 물을 먹은 여자 같지 않아서 믿음이 갔다. 출세와 경쟁보다는 현재의 삶에 의미를 두고, 마음의 평온을 지향하는 그녀가 좋았다. 그리고 어느 것에도 매이지 않고 무소의 뿔처럼 뚜벅뚜벅 혼자 걸어가는 그녀의 자유로운 영혼이 좋았다. 겨울비가 살포시 내리고 어둠에 둘러싸인 그녀의 집은 더욱 안온해 보였다. 이제 그녀의 집은, 내가 한국 올 때마다 꼭 찾고 싶은 은신처가 되리라.

유학 상담
_____ 2. 22. 일. 맑았다

낮에 수익이와 그 동생, 그리고 그의 딸 수경이를 만났다. 수경이는 이번 학기부터 중국에서 어학연수를 가기로 한 아이다. 170cm가 훨씬 넘는 장신이지만, 여고생의 앳되고 순수한 눈빛을 띠고 있었다. 중국 갈 때 무엇을 준비해야 할지 빼곡하게 적어 와서는 이것저것 물어보았다.

1. 날씨가 그다지 춥지 않다고 하는데 전기담요가 꼭 필요한가요? — 계림은 한겨울에도 영상 10℃ 쯤 되지만, 난방이 안 되기 때문에 실내가 좀 춥단다. 더구나 잘 때는 더 추울 수 있으니 전기담요가 있으면 좋지.

2. 전기밥솥과 헤어 드라이기가 220v인데 중국에서 쓸 수 있나요? — 계림은 한국과 전압이 같아서 쓸 수 있단다.

3. 김치를 거기서도 먹을 수 있나요? — 계림에 조선족이 운영하는 가게가 있는데 거기 가면 한국 물건들을 구입할 수 있단다. 김치, 장아찌, 된장, 고추장, 기름, 삼겹살, 아이스크림, 과자류, 온갖 식기류 등등 심지어 때수건까지. 웬만한 것은 다 있단다.

4. 환전은 얼마나 해야 하나요? — 일단 당장 쓸 수 있는 약간의 용돈만 가지고 가고, 나머지는 현지 은행에서 한국카드를 가지고 뽑아 쓸 수 있는 방법이 있단다. 약간의 수수료가 들긴 하지만, 대부분의 유학생들이 그렇게 쓴단다.

5. 기숙사 배정은 가는 즉시 할 수 있나요? 이불은 사야 하나요? — 학교 측에 이야기를 해 두었으니 배정이 되었을 거야. 배정이 되지 않았어도 우리 집에서 사나흘 머물면서 기다리면 된단다. 그리고 기숙사에는 이불이 있으니 따로 구입하지 않아도 된단다. 혹 이불이 마음에 안 들면 백화점에 가서 사면 돼. 한국에서 파는 것과 똑같지는 않지만 손에 돈만 쥐고 있으면 뭐든 다 살 수 있단다.

6. 이런 것들 외에 어떤 것을 준비해야 하나요? — 중국인이나 외국인 친구에게 줄 자그마한 선물을 준비해 가면 좋겠구나. 계림에서 만나는 외국인들은 한국인을 아주 좋아하니까, 그들이 좋아할 만한 한국적인 소품을 준비해 가는 것도 좋단다.

우리는 이런 저런 이야기를 한 시간 정도 나누고 스파게티와 피자로 점심을 먹었다. 수경이는 약간의 두려움이 있으나 어떤 세계일지 궁금하고 설렌다고 했다. 수경이가 만나는 중국은 어떤 모습으로 비쳐질까? 잘 적응할 수 있을까? 내가 추천을 하긴 했지만 내심 걱정이 적지 않았다.

오후 3시에 안산행 버스를 탔다. 세월호에 희생된 이들을 위한 합동 분향소에 조문을 가기 위해서였다. 5시 30분에 안산 터미널에 도착하여 택시를 타고 화랑유원지로 이동했다. 택시에서 내리니 '세월호 사고 희생자 정부 합동 분향소'라는 대형 건물이 보였다. 정문 앞에는 경찰이 출입을 통제하고 있었다. 건물 좌우로 임시 막사가 세워져 세월호 사건 관련 사진들이 전시되어 있었다.

세월호 사건이 일어난 지 한참 지나서 그런지, 일요일 오후라서 그런지 조문객은 20여 명가량 되었다. 입구에 들어서자마자 그 큰 분향소의 왼쪽부터 오른쪽까지 빼곡하게 걸려있는 영정사진을 보고 가슴이 콱 막혀 숨을 제대로 쉴 수 없었다. 분향을 하고 희생자들을 위해 잠시 기도를 했다. 그리고 영정 사진 앞쪽에 놓여있는 각종 꽃과 그들을 추모하기 위해 혹은 잊지 못해 보내온 편지와 사진 등을 보고 어깨를 들썩이며 한참이나 울었다.

세월호 사건은, 지금 생각해도 도저히 있을 수 없는 일이었다. 세월호 희생자들의 원통한 영혼을 어떻게 위로할 것이며, 유족들은 또 어떻게 위로할 수 있을까? 세월호 침몰은 대한민국 역사에, 혹은 세계사에 길이 남을 초유의 사건이 될 것이다. 그런데, 그런 엄청난 사건이 사람들로부터 잊히고 있다는 사실이 더 슬픈 일이 아닐 수 없다. 또 세월호 사건을 두고 민심이 양분되는 현실은 어떠한가. 사건의 진상규명조차 이루어지고 있지 않는 현실은 어떻게 이해해야 하는가. 나의 조국 대한민국은 과연 상식이 통하는 사회인가 자문하지 않을 수 없었다. 노란 리본을 가방에 달고 청주로 돌아오는 내내 마음이 한없이 착잡했다.

〈국제시장〉을 보고

___ 2. 23. 월. 맑았다

　지현, 은일, 승준, 경화 등 대학원 후배들과 점심을 먹었다. 그리고 오후에 문화원장과 요즘 흥행 중인 〈국제시장〉을 관람했다. 이 영화를 보기도 전에 쏟아져 나온 논평들이 부담스럽고 껄끄러웠다. 특히 대통령의 '애국' 발언은 더욱 그러했다. 영화에 대한 평가는 이미 의견이 분분했다. 늘 그렇듯이 영화적 기법이 어찌하여 훌륭하였다느니, 아니면 이것저것 배합하여 놓은 졸작이라느니, 혹은 그저 그런 영화였다는 등. 거기에다 눈치 빠른 정치인들이 합류하여 '애국'과 '보수'의 키워드를 들먹이며 이용하려는 이상한 모양새로 변질되기도 하였다. 영화 한 편을 두고 보수니 진보니 하면서 이념 논쟁을 하는 한국 사회가 너무 소모적이다. 에너지를 낭비하고 있다.

　그래도 천만 관객이 본 영화라고 하는데, 나도 그 대열에 끼어야 할 말(?)이 있을 것 같았다. 결론적으로, 나는 〈국제시장〉을 보고 참 많이 울었다. 물론 내가 울었다고 하여 이 영화가 '훌륭하다'에 한 표를 던진다는 의미는 아니다. 영화의 도입부분인 흥남부두 철수 장면도 그렇고, 여동생을 잃고 아버지와 이별을 할 때도 그렇고, 파독 광부와 간호사들의 애환도 그렇고, 흥남부두에서 잃어버린 여동생을 찾아 상봉하는 장면도 그렇고, 가족들의 웃음소리를 뒤로 하고 주인공 혼자 앉아 있는 장면도 그랬다. 어린 덕수는 "아버지가 없으면 네가 가장이다"라는 아버지의 그 한 말씀을 굳게 믿고 가장으로서 최선을 다해 살았다. 그리고 할아버지가 된 덕수는 "아버지! 이 정도면 가장 노릇 잘 한 거지요? 막순이도 찾았어요! 아버지 정말 힘들었어요"라면서 눈물을 흘린다. 대한민국에서 가장이란, 참으로 힘든 역할이다. 덕수의 삶과 다른 길을 걸었지만, 덕수는 바로 우리 아버지와 다르지 않다. 덕수의 얼굴 위로 돌아가신 아버지의 얼굴이 오버랩 되어 마음이 쓰려왔다. 평생 고생만 하시고 돌아가신 우리 아버지가, 백발의 아버지가 그립다.

이 영화는, 모진 세월을 살아 온 우리들의 평범한 아버지에 대한 이야기이다. 아버지 시대의 아픔과 상실과 삶의 무게를 좀 더 이해할 수 있게 하여 세대 간의 공감과 소통을 진작시키는데 도움을 줄 그런 가족영화이다. 대통령이 일갈한 '즐거우나 괴로우나 나라 사랑해야 한다'는 메시지를 주는 그런 '애국' 영화는 아닌 것이다.

노 안
____ 2. 24. 화. 맑았다

성모병원에서 안과 진료를 받았다. 요사이 부쩍 눈이 침침하기도 하고, 눈에 물기 같은 것이 어른거리는 것 같기도 하고, 가까운 사물은 안경을 벗어야 또렷하게 볼 수 있어서다. 검사 결과 '노안(老眼)'이란다. 사전에는 "노안이란, 나이가 들수록 가까이에 있는 물체에 초점을 맞추는 능력이 떨어지는 상태를 말하는데, 질병이라기보다는 수정체의 노화에 따른 눈의 장애현상"이라고 명시되어 있다. 이미 적잖은 지인들이 노안의 불편함을 호소하곤 하였는데, 내게도 어김없이 찾아온 것이다. 반갑지 않은 손님이니 불청객이다. 그렇다고 거절한다고 될 일도 아니다. 책을 보고 글을 쓰는 것이 업(業)인 내게 '눈'이란 참으로 소중한 신체기관이다. '노안'이라고 하니 마음이 조금 분망하다. 앞으로 읽고 싶은 책, 읽어야 할 책도 많고, 쓰고 싶은 글도 많기 때문이다. 새삼 눈이 얼마나 고맙고 귀한지 느꼈다.

오후에 지도교수님을 잠깐 뵈었다. 퇴직 후의 생활이 교직에 몸담고 계셨을 때보다 바쁘다고 하신다. 여전히 명예교수로서 일주일에 한 번 대학 강의를 하고, 일주일에 한 번 서울에 가서 동양화를 배우고, 학생들과 한시 스터디를 하신다고 한다. 지도교수님은 경기고, 서울대 석박사를 거치셨으니 그야말로 최고의 엘리트 코스를 밟은 분이다. 선생님은 검도에도 일가견이 있으시고, 바둑과 서예에도 조예가 있으셨다. 무엇하나 빠지는 것이 없을 정도로 다방면에 재주가 많으시다. 나는 늘 지도교수님을 '최고의 지성' 혹은 '이 시대의 진정한 선비'라고 생각한다. 이러한 분을 지도교수님으로 모시게 된 것도 나의 복이다.

중국 옌타이대학에서 함께 근무했던 이상구 선생님으로부터 카톡이 왔다. 올해 4월부터 2년 동안 코이카(KOICA: 한국국제협력단) 단원으로 베트남에서 교육 봉사를 하게 되었다는 소식을 전하셨다. 환갑을 넘기고도 몇 해 지난 그 연세에도 해외 봉사활동을 하시다니, 독립운동가의 후손답게 존경스러운 분이다. 20년 뒤 나도 이 선생님처럼 정신적으로, 육체적으로 건강한 노년을 보낼 수 있을까? 건강한 노년을 위한 준비, 지금부터 해야 하는 일이다.

스승님을 뵙고 차를 얻다
___ 2. 25. 수. 맑았다

오전에 석촌 이두희 선생님께 자문을 구하고 점심식사를 함께 했다. 석촌 선생님은 우리 지역이 자랑하는 한학자이시다. 여든의 고령에도 일주일에 서너 차례 학당에서 한문을 가르치고, 국사편찬위원회에서 초서(草書)를 강의하면서, 왕성하게 번역작업을 하고 계신다. 평생 한학을 전공하신 분답게, 어지간한 사전 정도는 머릿속에 모두 내장되어 있는 듯, 모르는 게 없으시다. 몇날 며칠을 몰라 헤매던 글자와 글귀를 들고 가서 선생님께 여쭙고 나면 선생님께서는 명쾌하게 즉답을 해 주신다. 그럴 때면 감탄이 절로 나온다. 마치 폭포수를 만난 듯 머릿속이 말끔해지고 상쾌해진다. 한국에 있을 때 선생님께 더 많이 배우지 못한 것이 후회가 된다.

　　오후에는 보은의 훈장님께 인사를 하러 갔다. 마침 서당에서 배우기를 청하는 학생과 학부모와 면담을 하고 계셨다. 윤 선생님께서 중국 가서 마시라면서 옻 순을 주셨다. 봄에 나는 옻나무의 어린 잎을 따서 말린 것이라고 한다. 몸이 '냉'한데 효과가 있을 것이라고 하면서 꾸준히 끓여 마시라고 하고는, 나를 꼭 안아 주셨다. 삶에 지칠 때, 외로울 때, 용기가 필요할 때 그분은 언제나 큰 힘이 되어 주었다. 이번 방학에도 나를 위로해 주었다.

　　"샘, 그거 아무 것도 아니니까 걱정하지 말아요. 우리가 더 큰 일도 겪고 살았는데, 잘 이겨낼 수 있어요. 지나친 걱정은 오히려 몸에 해로워요. 몸에 작은 종기가 나면, '그래, 이놈도 나하고 같이 살려고 내게 온 거구나.' 그렇게 긍정적으로, 편하게 생각해요. 그리고 체온을 조금만 높여도 건강할 수 있으니, 몸을 따뜻하게 하는 음식을 잘 챙겨 드시고요. 덕원이가 중국에서 공부하는데 스트레스 받아 너무 힘들다고 하면, 서당에서 공부하는 것도 고려해 봐요. 여기서 공부해도 대학 가는 것은 크게 어렵지 않으니까요."

　　나는 늘 생각한다. 내 인생에서 훈장님과 윤 선생님을 만난 것은 큰 행운이고 복된 일이라고.

　　저녁에 김 선생을 만나 식사를 했다. 지난달에 뜻밖의 실업자가 된 김 선생이 많이 힘들어 하는 것 같아 위로를 해 주었다. 그는 고고학 전문가이다. 아직 젊고 능력이 있는, 무엇보다 성실한 김 선생은 더 좋은 일자리를 잡을 것이라고 믿는다. 위기는 또 다른 기회가 될 수 있으니, 어렵고 힘든 때일수록 용기 잃지 말고 잘 견디라고 했다.

　　사실, 인생에서 생각지도 못한 변수는 또 다른 변화를 예고하는 것이기도 하다. 그 변화는 전적으로 자신의 의지와 생각에 따라 긍정적인 혹은 부정적인 방향으로 흐를 수 있다. 그러니까 지금 당장은 실업자의 눈으로 이 세상을 볼 수 있지만, 자신에게 훨씬 적합한 새로운 일자리를 찾을 수 있는 출발선상이라고, 긍정적인 눈으로 볼 수 있는 것이다. 그러니 변수가 위기의 신호라고 생각할 필요는 없다. 나는 늘 사람들에게 이야기한다. 하나를 잃으면 또 다른 하나를 얻게 되는 것이 세상의 이치라고. 우리 인생도 넓고 깊게 보면 '평형이론'의 논리이지 않나 싶다.

김 선생은 연잎 차 두 봉지를 건네주었다. 작년 여름에 부탁한 것이다. 연잎 차의 가격이 얼마냐고 하니, 연 농사짓는 이 선생의 집에 가서 일손을 거들어 준 대가로 받은 것이니, 맛있게 드시기만 하면 된단다. 연 농사짓는 이 선생에게도, 일손을 거들어 준 김 선생에게도 미안하고 고마운 일이다.

혀를 꿰매다
_____ 2. 26. 목. 맑았다

오전 11시에 대학병원 구강외과에 접수를 하고 의사를 만났다. 혀에 좁쌀만 한 혹이 나서 걱정이 되어 왔노라고 하니까, 의사는 대수롭지 않다는 듯 웃으면서 말했다.

"종양에는 악성과 양성이 있습니다. 제가 보기엔 육안으로 봐도 양성 같으니 염려하지 않아도 됩니다."

여의사의 목소리는 카랑카랑하면서도 씩씩한 하이 톤이었다. 양기가 충만한 체질 같았다. 그녀는, 그래도 걱정되면 조직검사를 하는 것이 낫겠다면서 바로 혀에 마취를 했다. 한 시간쯤 지나 수술대 위에 누웠다. 의사는 혹을 핀셋으로 잡아당기면서 "아프세요? 안 아프세요?"라고 물어보았다. 안 아프다고 하니까 별것 아니란다. 조금 있다가 반쯤 가려진 시야에 바늘과 실이 오고가는 것이 보였다. 무엇을 꿰매는 것 같았다. 잠시 뒤 수

술이 끝났다면서 간호사가 당부했다.

"혀에서 피가 많이 날 수 있으니 거즈를 한 손으로 꼭 잡고 계세요. 피나 침을 뱉어 내시면 안 되고 꼭 삼키셔야 합니다."

마취가 덜 풀린 상태여서 약간 어지러웠다. 혀는 굳어서 말을 할 수 없었을 뿐만 아니라 피와 침이 계속해서 흘러 내렸다. 의사에게 다가가 볼펜으로 "꿰맸어요?"라고 써서 보여주었더니, 의사가 나를 힐끔 쳐다보고는 컴퓨터를 응시하면서 무심히 말했다.

"일주일 뒤에 실밥 풀러 오시면 됩니다."

답답해서 다시 볼펜을 잡고 썼다.

"내일 모레 출국합니다."

의사가 나를 똑바로 쳐다보고는 조금 큰 목소리로 말했다.

"미치겠네! 왜 출국한다는 말을 안했어요?"

어안이 벙벙해서 또 써서 보여줬다.

"왜 나하고 상의도 없이 꿰맸어요?"

의사는 약간 당황한 듯 보였으나 이내 아무렇지도 않은 듯이 말했다.

"당연히 알고 계신 줄 알았지요. 좋아요. 그럼… 일주일 뒤에 눈썹 미는 면도칼로 꿰맨 실을 살살 끊으시면 됩니다."

허걱! 면도칼로 눈썹 한 번 안 밀어본 사람에게, 혀 꿰맨 실밥을 처리하라고 하다니! 절레절레 고개를 흔드니까 의사가 다시 말했다.

"그럼, 내일 오후에 병원에 오세요. 실밥을 풀어 드릴게요. 수술 부위가 그다지 심각한 것이 아니니 그냥 실밥을 풀어도 됩니다. 아셨지요?"

마취에서 조금 풀린 듯싶어 가까스로 집으로 돌아왔다. 그리고 생각해보니 황당하고 어처구니가 없었다. 생각지도 않게 수술한 것도 그렇지만, 눈썹 미는 면도칼로 실밥을 처리하라는 것도 그렇고, 수술하고 그 다음 날 실밥을 풀어준다고 하는 것도 쉽게 납득이 가지 않았다. 실밥을 풀었다가 염증이라도 나면 어쩌려고 그러는지, 그것도 중국에서 말이다.

오후 4시가 좀 지나니 혀가 좀 자유로워졌다. 그래서 의사에게 전화를 걸었다.

"제가 아무리 생각해도 그냥 넘어갈 수가 없어서 전화 드립니다. 저는 조직검사를 하러 간 것이지, 혹을 제거하려고 간 것이 아닙니다. 설령 제거할 수밖에 없는 상황이었어도 환자에게 지금 상태가 어떤 상태라서 제거할 수밖에 없으며, 추후 어떤 상황이 벌어질지 설명을 했어야 하는 것 아닙니까? 출국한다는 말을 왜 안 했냐고 하셨지요? 묻지도 않는데, 어떤 상황인지도 모르는데 내가 선생님에게 출국한다는 말을 왜 해야 합니까? 선생님은 당연하게 알고 있는 사실도 환자는 전혀 모르는 것이 많습니다. 조직검사를 하는데 얼마만큼의 조직이 필요한지 저는 모릅니다. 이건 혹을 제거한 것이 문제가 아니라 환자를 대하는 선생님의 태도와 절차상에 문제가 있는 것이라고 생각합니다."

내 얘기가 끝나자 의사는 차분하게 답했다.

"조직검사를 하는데 조직이 워낙 작아서 당연히 제거하는 것으로 알고 계실 줄 알았습니다. 친절하게 환자를 대하려고 하는데도 이렇게 실수를 했네요. 죄송합니다."

대화는 그렇게 끝을 맺고 실밥 처리는 중국에 가서 하기로 했다. 그래도 불편한 심기가 쉬이 가라앉지 않았다. 저녁에 간신히 치과치료를 하고 언니와 함께 엄마 집으로 갔다. 언니와 엄마는 내 이야기를 듣고 황당하다면서, 당장 말도 제대로 못하고 밥 한 숟가락도 먹지 못하는 나를 안쓰러워했다. 그리고는 땅콩과 잣을 넣어 죽을 쑤어 주셨다.

한국에서의 마지막 밤
___ 2. 27. 금. 맑았다

엄마와 언니는 아침부터 중국에서 먹을 밑반찬을 만드느라 분주하다. 덕원이는 할머니가 만든 반찬이라면, 무엇이든 맛있다고 한다. 여름방학에 만날 것을 약속하고 엄마, 언니를 꼭 안아주고 작별인사를 했다. 자동차가 안 보일 때까지 쳐다보시는 엄마의 눈에 이슬이 맺힌 것 같았다. 연로하신 엄마를 두고 떠나는 것이 못내 마음에 걸렸지만, 어쩌겠는가!

　저녁에는 피자를 시켜 먹었다. 한국에서 가장 먹고 싶은 음식이 무엇이냐고, 중국에 갔을 때 못 먹고 온 것이 후회가 될 음식이 무엇이냐고 물으니, 덕원이는 피자라고 했다. 혀를 꿰매었기 때문에 동생과 함께 아쉬운 이별주 한 잔도 하지 못했다. 짐을 싸고 나니 열두 시가 다 되었다. 덕원이는 며칠 전부터 중국으로 돌아가기 싫다고 투정을 부리더니, 민수와 밤을 새웠다.

광저우(廣州)에서 바가지를 쓸 뻔하다
___ 2. 28. 토. 맑았다

　새벽 4시 45분 청주에서 인천공항으로 가는 버스를 탔다. 그리고 8시 40분에 광저우행 비행기에 탑승했다. 계림 직항 표를 구하지 못해 광저우를 경유해야 했다. 12시에 광저우 공항에 도착하여 기차역으로 이동하였다. 오후 4시 50분 고속기차를 타고 계림으로 가야 한다. 광저우의 낮 기온은 25℃쯤 되었다. 길거리에는 꽃이 만발하고 시민들은 반소매를 입었다. 광저우 기차역 KFC에서 점심을 먹고 핸드폰을 가지고 놀면서 시간을 때웠다. 기차역 상점 앞에는 수많은 사람들이 자리를 깔고 앉아서 잡담을 하거나 아예 드러누워서 기차 시간을 기다리고 있었다. 행색이 초라한 중년 남성이 아들 손을 잡고 슬리퍼를 질질 끌면서 KFC로 들어와 뜨거운 물을 달라고 애걸한다. 라면을 먹으려는 것 같다. 햄버거 가게의 손님들은 먹을 것을 앞에 놓고 얼굴을 수그리고 핸드폰을 두드리고 있었다. 그렇게 몇 시간씩 앉아 시간을 때우고 있었다.

　3시 30분 쯤 검표하는 곳으로 갔다. 그런데 우리가 고속기차를 탈 곳이 이곳이 아닌 광저우 남부역이라는 것을 그제야 알게 되었다. 맙소사, 약간의 시간이 있지만 마음이 급했다. 덕원이와 함께 서둘러 트렁크 두 개를 들고 역사를 빠져 나오는데, 허둥대는 우리의 모습을 본 중년의 사내가 다가와 물었다.

"어디 가요?"

"광저우 남부역으로 가야 해요."

택시기사는 서둘러 자기들을 따라 가야 한단다. 급한 마음에 얼떨결에 그들을 따라 가다가 물었다.

"거기까지 얼마예요?"

그들은 30분이 소요될 정도로 멀기 때문에 300위안이란다. 허걱! 정신이 번쩍 들었다. 지하도까지 따라간 우리가 너무 비싸서 못 가겠다고 했더니 280위안까지 깎아준단다. 그것도 비쌌다. 비싼 것도 문제였지만 그들이 타라고 한 차는 정식 택시가 아닌 자가용이었다. 불길한 마음이 들었다. 기차를 놓치는 한이 있어도 저들의 차를 타서는 안 될 것 같아 시민들이 줄 서서 기다리는 택시로 향했다. 그들은 끈질기게 달라붙어서는 220위안까지 해 주겠다고 한다. 그리고 저희들끼리 수군대기를, "아마도 베트남 사람들인 것 같아"라고 한다.

줄을 서서 택시를 기다리고 있는데 앞뒤 사람들이 남부역까지 전철을 타면 3위안일 뿐만 아니라 훨씬 빨리 갈 수 있다고 조언을 해 주었다. 그러나 전철역까지 가는 시간을 감안하여 우리는 결국 택시를 탔다. 택시기사에게 기차 시간이 촉박하다고 했더니, 그는 기본요금 90위안에 고속도로 요금 10위안을 합쳐 100위안이면 충분하단다. 덜옷을 입은데다가 허둥대느라 온몸이 땀으로 흥건했다. 덕원이도 긴장을 해서 얼굴이 벌겋게 달아올라 있었다.

중국에서 살아온 경력이 1년 반이 넘었는데 아직도 이런 일을 겪어야 하다니! 어떤 일이 있어도 절대 허둥대거나 불안한 모습을 보여서는 안 되는데 그렇지 못했다. 침착하지 못했다. 더군다나 한국이 아닌 중국이라는 사실을 잠시 망각했다. '돌다리도 두드려 보는' 심정으로 늘 안전을 최우선으로 생각했어야 했는데 그렇지 못했다. 여러 모로 반성을 하게 한 해프닝이었다. 무사히 고속기차를 타고 계림에 도착하니 저녁 8시였다.

다시 중국생활 시작
──── 3. 1. 일. 맑았다. 낮 기온 15℃

늦은 아침을 먹고 구석구석 대청소를 했다. 습기로 인해 화장실과 주방에 곰팡이가 피어 있었다. 물을 주문하고 전기와 전화기에 충전을 했다. 그리고 남문 앞에 즐비한 상가로 가서 상점 주인과 인사를 했다. 핸드폰 가게 여주인이 제일 반가워했다. 그녀는 계림 사람이 아니라 호남 출신이다. 학교 주변에서 일어나는 모든 일에 만물박사다. 그녀에게 물어보면 거의 해결된다. 예컨대, 자전거가 펑크 났을 때 어디 가서 고쳐야 하는지, 이사할 때는 어떤 차를 불러야 하는지 등등. 약국 옆 슈퍼 여주인과도 눈인사를 했다. 나는 그곳에서 찐 옥수수를 자주 사 먹는다. 슈퍼 옆의 만토우 가게 주인 내외와도 아는 척을 했다. 그들은 최근 손자를 봤다면서 아기 사진을 보여주며 자랑스러워했다.

쌀국수 가게 주인은 휴대폰으로 드라마를 시청하느라 바쁘다. 오랜만에 나이차(奶茶: 밀크 티)를 한 잔 마시면서 여주인과 이런저런 이야기를 했다. 그녀는 가게에 한국 드라마를 자주 틀어 놓는다.(물론 자막은 중국어로 되어 있다.) 그녀는 덕원이의 중국어 실력이 점점 좋아진다면서 대견해 했다. 그리고 죽집 사장님과 인사를 하고 나서 과일가게로 가 과일을 잔뜩 사가지고 왔다. 파인애플이 제철인 것 같았다. 껍질까지 벗겨주고 1개에 4~5위안이니 싼 편이다. 맛도 아주 좋다. 이제 다시 중국생활이 시작된 것이다. 덕원이는 내내 툴툴거렸다.

"내가 왜, 오기 싫은 중국에 와야 하는 거야? 친구도 한 명 없는 이곳에 내가 왜 있어야 하는 거냐구요? 그리고 겨울방학 숙제도 안 했는데 어쩌란 말이야."

툴툴거리던 덕원이는 오후 2시에 학교에 가서 등록을 하고 오더니 기분이 좀 나아졌다. 중국에서는 방학이 끝나고 새 학기가 시작되기 전인 오늘, 학교에 가서 등록을 한다. 저녁에는 이 교수 가족과 함께 중국식당에서 식사를 했다. 방학 동안에 이 교수가 드디어 차를 샀다. 전 교수가 한국에서 운전면허증을 취득해 왔기 때문이다. 2,000cc의 중미 합작 제품이라면서 상당한 돈을 주고 샀다고 한다. 새로 산 차를 구경하고 시승식을 해보니 좋았다.

전 교수 차를 타고 통학하다
___ 3. 2. 월. 맑았다. 낮 기온 15℃

새로운 학기가 시작되었다. 덕원이는 5시 30분에 일어나서 6시에 식사를 한다. 그리고 6시 50분에 남문에서 전 교수가 운전하는 차를 타고 등교했다. 이제 일본어학과 양 교수의 차를 타지 않아도 되었다. 그의 딸 빵밍이 이유 없이 늦어서 기다리는 일도 없게 되었다. 덕원이가 화를 낼 일도 없게 되었다. 오후에 강 선생을 만나 한국에서 가지고 온 김치 한 조각과 김 한 봉지를 주었다. 강 선생은 내게 석사논문을 쓰기 위해 만든 설문지를 작성해 달라고 했다.

밤에 임보 선생님에게서 메일이 왔다.

"서울에 오게 되면 한번 연락하라고 했는데 말만의 인사가 되고 말았습니다. 〈우리시〉의 홍해리 시인도 한번 보고 싶다고 했는데…"

한국에 있는 한 달 간 바쁘게 돌아다니다 보니 서울 행차를 두 번 하기가 쉽지 않았다. 임보 선생님뿐 아니라 홍해리 시인을 뵐 수 있는 영광의 시간을 놓친 것이 아쉬웠다.

영화 〈허삼관〉

___ 3. 3. 화. 비가 왔다

비가 와서 어두컴컴했다. 이런 날이 3월 한 달 내내 이어질 것 같다. 오전에 배우 하정우가 감독하고 주연을 맡은 영화 〈허삼관〉을 시청했다. 중국작가 위화의 원작 〈허삼관매혈기〉를 영화화한 것이다. 작품명에서 알 수 있듯이, 피를 팔아서 자식을 부양하는 아버지의 이야기를 다룬 소설이다. 그렇다면, 하정우 감독의 영화는 어땠을까? 다소 지루하고 산만하다. 다소간 부성애를 느끼기는 하였으나 그 이상의 감동은 밀려오지 않았다. 어지럼증이 심하여 경추 마사지를 받았다.

족 욕

___ 3. 4. 수. 비가 왔다

저녁에 족욕을 했다. 몸을 따뜻하게 하는데 족욕이 매우 효과적이라는 정보를 보았다. 체온을 1℃만 높여도 면역력을 높이고 각종 질병으로부터 몸을 보호할 수 있다는 것이다. 따끈한 물에 두 발을 담그고 앉아 있노라니 몸의 열기가 발가락과 발목으로부터 시작하여 대퇴부로, 아랫배로, 그리고 가슴 쪽으로 올라오기 시작했다. 열기가 몸을 따라 서서히 이동하는 것을 찬찬히 느끼고 있자니, 마음이 평온했다. 몸에서 후끈하는 열기가 나는 동시에 이마에 땀이 송골송골 맺혔다. 족욕을 제대로 한 것 같다. 덕원이는 물이 뜨겁다면서 발을 뺐다 넣었다 하다가, 조금 더워지기 시작하니 못 참겠다고 투덜거렸다. 요새 덕원이의 체온을 높이기 위해 생강과 대추 달인 물을 자주 먹인다. 그리고 가급적 찬 물보다는 따뜻한 물을 먹도록 권장한다. 건강을 위해 보약을 먹는 것도 좋지만, 일상에서 쉽게 할 수 있는 일부터 챙기는 것이 낫다. 매일 30분의 족욕이 30년의 건강을 지켜준다는 말을 되새긴다.

수경이의 입국
___ 3. 5. 목. 비가 왔다

한국의 구강외과 의사와 통화를 했다. 조직검사 결과가 나왔는데 걱정하지 않아도 된단다. 그러면서 병명은 없지만, 굳이 말하자면 '상피조직 과성장'이라고 한다. 다행이었다. 마침 오전에 실밥을 뽑으러 병원에 가려고 했는데 실밥이 저절로 풀어져 병원 가는 수고를 덜었다. 혀를 꿰매고 난 일주일 동안 제대로 말도 못하고 먹지도 못했다. 지난 일주일은, 말을 하는데 혀가 얼마나 중요한지, 저작(咀嚼)에 혀가 얼마나 귀한 존재인지 깨닫는 소중한 시간이었다. 오후에 경추 마사지를 받았다.

새벽 0시 20분. 계림공항에서 커다란 트렁크를 든 수경이를 만났다. 씩씩하게 걸어 나오는 모습이 듬직해 보였다. 나와는 두 번째 만남이고, 덕원이와는 초면이었다. 약간 부끄러운 듯 수줍게 자주 웃었지만 아주 내성적인 아이는 아닌 듯 했다. 돌아오는 택시 안에서, 무사히 수경이를 만났다고 그의 엄마에게 전화했다. 고등학교를 졸업하였지만, 부모가 보기에는 여전히 어린애 같은 딸애를 중국 땅에 보내 놓고 노심초사하였을 것이다. 집에 도착하니 새벽 1시가 넘었다. 짐을 풀고 모든 일은 내일하자고 하고 일단 내 침대에 나란히 누워 잠을 잤다.

쌀국수를 잘 먹는 수경이

___3. 6. 금. 비가 왔다

　　오전에 수경이를 데리고 학교 이곳저곳을 소개해 주었다. 점심에는 계림 쌀국수를 먹었다. 수경이에게 어떠냐고 물으니, 그런대로 괜찮다며 그릇을 다 비웠다. 조금 놀라웠다. 나는 계림에 온 이후 몇 주일이 지나서야 겨우 쌀국수를 먹을 수 있었다. 쌀로 만든 국수이긴 하지만, 그 안에 들어가는 양념에서 특유의 중국 냄새가 난다. 작년에 계림에 왔던 영옥 언니는 결국 먹지 못했다. 쌀국수 먹는 것을 보니 수경이가 계림에서 적응하는 데 그다지 많은 시간이 필요할 것 같지 않았다. 오후에 경추 마사지를 받았다. 세 번째 마사지를 받은 오늘, 머리가 조금 시원해진 느낌이 들고 어지럼증이 다소 덜한 것 같다. 기온이 영상 6℃로 내려갔다. 어깨가 시려서 담요를 한 장 더 덮고 잤다.

어학연수 준비

___3. 7. 토. 보슬비가 내렸다

　　오전에 덕원이가 현식에게서 영어 과외를 받고 왔다. 그의 여자 친구 후엔이 점심을 같이 하자고 하여 그들과 함께 태국 음식을 먹었다. 수경이는 태국 음식이 별로였는지 많이 먹지 않았다. 점심을 맛있게 먹었다고 인사를 한 후엔이 저녁 초대를 하겠단다. 후엔은 인사성이 밝다. 내가 밥을 사면 꼭 기숙사로 초청하여 베트남 요리를 선보이곤 한다. 그녀가 만든 요리는 베트남식 닭볶음과 완자볼이었다. 닭볶음은 한국의 것과 비슷했지만 맛은 베트남식이었다. 그녀는 총명하고 언어감각이 뛰어나다. 그리고 무엇보다 마음이 착하다. 베트남 유학생들을 보면 삼사십 년 전의 한국 여성들이 그랬던 것처럼 순종적인 면이 많다. 가정 내에서도 미혼인 여성은 요리를 잘 해야 한다는 생각을 많이 가지고 있어서, 다들 요리솜씨가 좋다. 수경이도 그녀가 해 준 요리가 맛있다고 했다.

수경이를 데리고 월마트에 가서 쇼핑을 했다.
"고무장갑은 안 필요해?"
"저는 고무장갑 잘 안 써요. 그리고 설거지할 것도 별로 없어요."
"양치 컵은 안 필요해?"
"별로 필요할 것 같지 않은데요."
"그릇은?"
"전기밥솥이 1인용이라 그냥 먹으면 돼요. 딱히 밥그릇은 안 필요할 것 같아요."
한 시간을 쇼핑했는데 수경이 손에는 노트 몇 권이 전부였다. 가급적 짐을 늘이지 않겠다는 굳건한 생각을 가진 아이였다. 그리고 이것저것 물건을 사는 것을 별로 좋아하지 않는 듯 했다. 수경이는 또래에 비해 전혀 소비적인 아이가 아니었다. 그러니 몸치장을 위한 사치는 더더욱 할 아이가 아니었다. 자기가 뜻한 대로, 남의 말에 휘둘리지 않으면서 중국 생활을 잘 할 것 같다.

밤에 정유정의 소설을 영화화한 〈내 심장을 쏴라〉를 보았다. 두 아이는 "지루하고 졸렸다. 영화 잘못 선택했다"는 촌평을 내린다. 소설로서 독자의 사랑을 얼마나 받았는지 모르지만, 영화로서는 쉽게 공감하기 어려운 면이 많았다. 사실, 나도 좀 지루하게 느껴졌다.

유학생 등록

_____ 3. 8. 일. 비가 많이 왔다. 영상 10℃

오전 10시. 수경이가 외국어학원에 유학생 등록을 하였다. 수경이 외에도 한국에서 온 유학생이 무려 12명이나 되었다. 대부분 한국 대학의 교환학생이기 때문에 수경이보다 나이가 많았다. 오늘 유학생들의 수속에 강 선생과 현식이가 많은 도움을 주었다. 현식이는 처음 왔을 때만 해도 어눌하게 중국어를 구사하더니, 지금은 강 선생과 비슷할 정도로 회화 실력이 늘었다.

수경이의 기숙사가 배정되지 않아 이 교수께 문의를 했더니 바로 배정되었다. 수경이의 룸메이트는 태국인이다. 입실하기 전에 야진(押金) 400위안을 내고 열쇠를 받았다. 수경이의 룸메이트는 내일이 개강인데도 아직 돌아오지 않은 것 같았다. 침대가 두 개 딸린 방에 에어컨과 책상이 구비되어 있어 생활하는 데는 불편함이 없어 보였다.

수경이의 짐을 기숙사로 옮겨다 주고 짐정리를 도왔다. 내일이면 기숙사에서 독립할 수경이와 마지막 밤을 보냈다. 셋이 앉아서 딱히 할 만한 것이 없어서 영화 〈개를 완벽하게 훔치는 방법〉을 시청했다. 수경이와 며칠 같은 침대에서 잠자고 한솥밥을 먹었더니 그새 정이 들었는지, 서운한 마음이 들었다.

등록금

_____ 3. 9. 월. 비가 왔다. 낮기온 14℃

오전에 수경이 등록금을 대납했다. 한 학기 수업료와 기숙사비, 그리고 수속비용을 합하여 9700위안이다. 수경이는 한국 유학생들과 함께 오전 8시 반에 신체검사를 받으러 갔다 왔다. 오후에는 현식이가 그들을 데리고 공안국에 가 거류증(居留證)을 만들도록 도와주었다.

외국어학원에서 배우는 중국어도 오늘부터 개강을 한다. 나는 지난 학기보다 한 단계 업그레이드 된 2-3반의 수업을 듣기로 했다. 중급 정도이다. 이번 학기에도 우리 반 학생들의 국적은 다양했다. 미국, 독일, 태국, 베트남, 인도네시아, 일본, 키르키즈스탄, 짐바부웨, 그리고 나를 포함해 세 명이 한국이다. 이번 학기는 아쉽게도 사흘밖에 중국어 수강을 못하게 되었다. 나머지 이틀은 대학 강의와 시간이 겹치기 때문이다.

오후에 경추 마사지를 받았다. 저녁에 제주도에서 새로 파견된 진 선생님을 모시고 베이궈춘(北國村)에서 식사를 했다. 강 선생, 현식, 수경이도 함께 했다. 진 선생님은 이미 상하이에서 1년간 파견 근무를 한 경험이 있다고 하신다. 중국의 많은 곳을 여행하면서 생긴 에피소드를 재미있게 말씀하시는 것으로 보아, 계림에서 생활하는데 전혀 어려움이 없어 보였다.

중국의 은행통장

___ 3. 10. 화. 비가 왔다. 12℃

오전에 수경이를 데리고 중국 공상(工商)은행에 가서 통장을 개설했다. 유학생 자격으로 통장을 개설하는데 필요한 서류를 무려 4번이나 썼다. 그들이 원하는 형식에 맞추어 작성을 하지 않아 다시 쓰라고 했기 때문이다. 메일을 적는 난에 메일 주소를 적었다고 퇴짜를 놓는 식이었다. 빈 통장에 100위안을 입금했더니, 20위안은 수속비라면서 80위안만 입금되었다. 그런데 한국처럼 입출금 내역이 기재된 통장을 주지 않고 카드만 한 장 달랑 주었다. 나도 중국은행에서 통장을 개설했을 때 카드만 받았다. 중국은 이렇게 하는 모양이다.(나중에 학생들에게 물어보니, 고객이 원하면

입출금 내역이 기재된 종이 통장도 만들 수 있단다)

학교로 돌아와서 구내식당 카드를 만들었다. 구내식당에서는 현금을 받지 않고 일체 카드를 사용하기 때문이다. 100위안을 주었더니 역시 15위안은 수속비라 하고 85위안만 입금되었다. 가만 보니, 중국에서는 일을 처리하는데 수속비가 만만치 않게 드는 것 같다. 어제 수경이의 등록금과 기숙사비 9300위안을 내는데도 수속비 400위안이 들었다. 다음 학기 등록금을 낼 때도 수속비 400위안이 든다면, 1년에 수속비만 800위안이 소요되는 것이다. 좀 과한 것이 아닌가싶다. 오후에 경추 마사지를 받았다.

붓글씨 배우기

____ 3. 11. 수. 비가 왔다. 낮 기온 10℃

붓글씨를 배우고 싶다던 생각을 드디어 실행에 옮기게 되었다. 지인을 통해 선생을 물색했지만 여의치가 않았다. 그런데 우리 학교 서예학과를 퇴직한 교수님이 교내에서 서법 강의를 하고 계신 것을 알게 되었다. 한 학기에 175위안을 주고 등록을 했다. 강의는 일주일에 한 차례다. 한국의 일반인과 학생을 대상으로 하는 평생교육원 강좌와 비슷한 것이었다. 먹물과 붓, 종이를 준비해 오라는 직원의 말을 듣고 준비물을 챙겨 교실로 들어갔다. 교수님의 성은 탕(唐)이었다. 열 명이 채 안 되었는데, 신입은 나 혼자인 것 같다.

탕 교수님은 서법 기초를 한 시간 강의하였다. 중간 중간에 특별히 나에게 이해할 수 있느냐고 묻기도 하였다. 행서, 해서의 글씨체가 어떻게 다른지, 글씨를 쓰는 동작, 각도, 고저를 어떻게 해야 하는지 등에 대한 내용이었다. 그리고 반악(潘岳)의 〈추흥부(秋興賦)〉 앞부분을 붓글씨로 써서 칠판에 붙여 놓고는 각자 연습하라고 하였다. 필체가 아주 좋았다. 번체에 익숙하지 않은 수강생들은 이따금 무슨 글자인지를 교수님께 묻기도 하였다. 탕 교수님은 팔짱을 끼고 왔다갔다 하면서 도움을 청하는 학생들에게 글씨를 써 주고 조언을 해 주었다. 말수가 적고 목소리가 크지 않았다. 기초도 없이, 연습도 해 본 적이 없는 나는 붓을 잡고 쓰라는 대로 썼다. 옆에 앉은 할머니 두 분이 내 글씨를 보고는, 어디서 배웠냐고 물었다. 배운 솜씨가 전혀 아닌데 말이다. 탕 교수님은 붓놀림이 괜찮으니 많이 연습하라면서 견본을 여러 개 써주셨다.

뒷줄에 앉아 나를 챙겨주던 수학과 여학생이 쓴 글씨를 보니 꽤 연습한 솜씨였다. 따로 학원을 다닌 적은 없단다. 그저 혼자서 연습을 많이 했다고 한다. 문득, 중문과 한 교수가 매일 20분씩 꾸준히 쓰다보면 저절로 글씨가 좋아질 것이라고 한 말이 떠올랐다. 나는 한 교수의 말에 공감할 수 없어서, 아니 혼자 연습할 엄두가 나지 않아 아무것도 하지 않았었다. 한 교수의 말을 듣고 매일 꾸준히 연습했다면 지금보다는 붓놀림이 자연스럽게 되었을 것이다. 그러나 모든 출발에는 특별히 인연이 있는 것 같다. 이제 그 특별한 인연이 시작된 것이다. 〈추흥부〉에 묻어나는 짙은 묵향이 이전에 경험해 보지 못한 웅숭깊은 또 다른 세계로 나를 안내할 것만 같다.

입이 얼어붙은 아이들!

_____ 3. 12. 목. 낮 기온 15℃. 새벽에 비가 오다가 오후에 햇살이 비추었다

대학교도 이번 주에 개강을 했다. 한국에 비해 한 주 늦은 셈이다. 첫 수업을 했다. 3학년 학생의 쓰기와 회화. 긴 방학 동안 한국어를 몽땅 잊어버린 듯, 아이들의 입이 얼어붙었다. 한국말 좀 한다는 아이들도 도무지 적당한 단어가 생각나지 않는다면서 난감해 한다. 언어는 방학이라고 쉬고 나면 다시 처음부터 시작해야 하기 때문에 중단이 있으면 안 된다. 한 주일 지나면 다시 얼어붙었던 입이 자연스러워질 것이라 기대해본다. 강

의 끝나고 돌아오는 스쿨버스 안에서 중문과 한 교수를 만났다. 빨간색 점퍼에 베레모를 눌러쓴 점잖은 차림이었다. 영문과 채 교수와 손 교수도 오랜만이라고 하면서 한국에 다녀왔냐고 물었다. 외국인 교수 거스도 만났다. 그동안 못 만났던 여러 교수들을 만나니 새 학기에 대한 기대감이 들었다.

이번 학기부터 덕원이의 영어회화 공부를 도와 줄 학생을 만났다. 지난 학기에 배운 영국인 선생님은 출산을 하고 영국에 체류하고 있기 때문에 부득이 선생님을 다시 구해야 했다. 계림에서는 미국인 선생을 구하기가 별로 어렵지 않지만 대신 교육비가 비싸다. 많게는 1시간 당 150위안을 부른다. 시간당 150위안은 이곳 물가에 비하면 상당히 고액이다. 그래서 이번에는 다른 국적의 선생을 구했다. '블라썸'. 그녀는 필리핀 사람이다. 피부가 까무잡잡하다. 홍콩에서 8년 가까이 근무한 경력이 있다고 하는 그녀는 우리 대학 어학원에서 중국어를 공부하기 위해 이달 초에 온 신참 유학생이다. 나이는 32세. 필리핀은 영어를 쓰는 나라이니 영어는 당연히 잘한다. 그녀는 영어뿐만 아니라 스페인어도 잘 한다. 잠시도 쉬지 않고 말을 하는 명랑 쾌활한 아가씨이다. 덕원이의 회화 공부에 많은 도움이 될 것 같다.

느긋한 계림 사람들

—— 3. 13. 금. 낮 기온 12℃ 비가 왔다

저녁에 경추 마사지를 받았다. 계림 사람들은 참 느긋한 편이다. 요사이 내가 자주 가는 마사지 가게도 오전 11시가 되어서야 문을 연다. 그리고 점심을 먹고 오후 2시 반까지 다시 문을 닫는다. 거리에도 12시부터 2시까지는 사람들이 드물다. 그 시간에 점심을 먹고 대부분 낮잠을 자기 때문이다. 저녁에도 5시 30분부터 7시 30분까지 식사시간이라 또 문을 닫는다.

이들에게는 '열심히 해서 돈을 많이 벌어야겠다'는 생각이 없어 보인다. 단골손님이라고 하여 특별 관리하는 것도 없다. 어쩌면 스트레스를 받지 않고, 얽매이지 않고 사는 저들의 삶이, 경쟁에 밀리지는 않을까, 한 푼이라도 더 벌지 못하면 어떻게 될까 전전긍긍하며 사는 한국인에 비해 잘 살고 있는 지도 모르겠다. 2014년 한국인의 행복지수는 143개국 중 118위의 최하위에 가깝다. 한마디로 말해, 한국인의 삶이 결코 행복하지 않다는 것이다. 계림이 우리나라에 비해 행복지수면에서 뒤져 있다고는 장담하지 못할 것이다. 오늘은 경추 마사지를 받고 나니, 하늘이 또렷하게 보였다.

마늘종 장아찌

_____ 3. 14. 토. 낮 기온 14℃ 비가 왔다

이틀 전에 담근 마늘종 장아찌를 열어보니 제법 맛이 들었다. 요즘 시장에 많이 나오는 것이 마늘종이다. 여태 장아찌는 한 번도 담가보지 않았다. 어미가 물어다주는 먹이를 날름날름 받아먹는 새끼제비마냥, 엄마가 해주는 반찬을 먹다보니 만들 일이 없었다. 요즘은 세상이 좋아져서 어떤 요리든 인터넷에 레시피가 자세하게 나와 있다. 물, 간장, 식초, 설탕을 각각 2:1:1:1의 비율로 하라는 인터넷 정보를 그대로 따라 했다. 짜지 않고 심심하게 잘 되었다는 것이 덕원이의 평이다.

존 윌리엄스의 장편소설 『스토너』를 읽었다. 중간 쯤 읽고 나서 '이제는 그럴 듯한 반전이 나오겠지'라는 기대를 하였지만, 중간을 지나서도, 결말에 이르러서도, 반전은 결단코 일어나지 않았다. 그다지 뛰어나지는 않지만, 그렇다고 아주 비루하지도 않은 주인공의 평범한 삶에 극적 반전

이 있어야 될 것만 같았다. 그래야 위로가 될 것 같다. 주인공 스토너의 삶과 그것을 읽는 독자에게. 왜 그런 생각을 하는가? 우리는 평범하고 일상적인 주인공의 삶보다 다소 과장되지만 영웅적인 주인공을 열망하기 때문이다. 헛헛한 마음으로 소설의 마지막 페이지를 넘겼을 때, 이상하게도 스토너가 낯설게 느껴지지 않았다. 나 역시 스토너의 삶과 별반 다르지 않기 때문이다.

연잎 차

___ 3. 15. 일. 흐렸다. 낮 기온 14℃

잔뜩 흐려 있는 일요일 오전, 한국에서 가지고 온 연잎 차를 개봉하여 마셔 보았다. 잘게 썬 연잎을 찻잔에 넣고 뜨거운 물을 부었더니, 잠시 뒤 옅은 노란빛으로 우러났다. 향이 은은했다. 혀끝에 느껴지는 것은 보이차와도, 대홍포와도, 홍차와도, 녹차와도 다른 맛이었다. 윤 선생님이 준 옻순차와도 또 다른 맛이었다. 여린 초록의 잎에서 노란빛이 우러나는 것도, 여린 초록의 잎에 구수한 맛이 숨어 있는 것도 놀라운 일이다. 세상의 모든 여린 잎이 차가 될 수 있다는 사실은 경이로운 일이 아닐 수 없다. 감잎, 뽕잎, 옻순, 쑥 등이 다 그러하니 말이다. 여린 초록의 잎이 제각각 맛이 다르고, 색이 같지 않고, 향이 차이가 있다는 것도 신기한 일이다.

한 알의 옥수수에 온 우주의 기운이 깃들어 있듯이, 연잎 차 한 잔에도 햇볕과 바람과 비와 흙의 기운이 응집되어 있다. 그리고 연잎 농사를 위해 애쓴 농부의 땀방울과 정성과 고뇌가 깃들어 있다. 아, 차 한 잔을 마시는 일은 우주의 기운을 마시는 거룩한 행위요, 농부의 노고를 추체험하는 것이다.

중국의 경추 마사지

___ 3. 16. 월. 흐렸다

경추 마사지를 받기 시작한 지 8일 째 되는 날이다. 며칠 전부터 몸 상태가 호전되기 시작하더니 오늘은 어지럼증이 거의 없어졌다. 거의 한 달 동안 지속되어온 어지럼증이었다. 구름 위를 둥둥 떠다니는 것 같기도 하였고, 뇌로 통하는 혈류가 전달되지 않는 듯도 하였다. 잠을 잘 때는 왼쪽 손발이 저려 오기도 했다. 뇌압이 팽창하는 느낌을 많이 받았다. 손발의 감각이 둔하기까지 했다.

한국에 있는 동안 어지럼증 때문에 뇌 CT를 찍고, 눈 검사를 하고 초음파 검사를 했지만 원인을 알 수 없었다. 중국으로 돌아와서도 어지럼증이 나아지지 않아 내심 걱정이 많았다. 작년에도, 그 이전에도 비슷한 경험이 있어서 경추가 원인이 아닐까라는 막연한 생각으로 마사지를 받기 시작했다. 마사지사가 하는 말이, 역시 경추가 뇌신경을 자극해서 어지럼증이 생긴 것이란다. 목 안마를 받을 때마다 고통이 심해 신음소리를 내야 했다. 경추의 어느 부위를 누를 때는 이를 악물고 참아야 할 정도로 아팠다. 그는 나를 눕혀서, 혹은 앉혀서 안마를 하고 뒤틀어진 목뼈를 맞추었다. 그때마다 '뚜두둑'하는 소리에 소스라치게 놀랄 정도였다. 조금이라도 긴장하면 '뚜두둑' 소리가 나지 않았다. 그러면 마사지사가 "긴장하지 마시고 편안히 계세요"라는 말을 꼭 한다. 처음 왔을 때보다 목이 많이 부드러워졌다고 한다. 안마를 받을 때 고통이 덜한 것을 보아도 그의 말이 맞는 것 같다.

경추에 이상이 생긴 것은 연구원 시절부터 시작된 것 같다. 그때부터 일이 많고 스트레스가 심했다. 우리 몸은 과거의 누적된 피로와 고통을 기억하고 있는 것 같다. 트라우마(trauma). 우리말로는 '정신적 외상'이라고 한다. 어느 한 때의 끔찍한 경험과 기억이 지속적으로 무의식을 지배하여 그로 인해 고통을 당하는 것을 말한다. 이렇듯 의식은 경험으로부터 자유로울 수 없다. 마찬가지로 우리의 몸도 경험으로부터 자유롭지 못한 것이 분명하다. 젊은 시절 '과로'했다고 하여 당장 쓰러지거나 중병에 걸리지는 않는다. 그러나 지속적인 과로는 몸으로 하여금 기억하게 만든다. 그리고 그것을 기억한 몸에는 언젠가 또 다른 형태의 아픔이 생길 수 있다. 왜, 젊은 시절 이렇게 단순한 사실을 외면하고 몸을 아끼지 않았을까?

　이제 뇌로 통하는 혈류가 온전히 전달되는 느낌이다. 구름 위를 떠다니는 듯 한 느낌도 사라졌다. 어지럼증으로 인해 생긴 다소간의 우울증이 사라질 것 같다. 그리고 삶에 대한 의욕이 되살아나는 듯 했다. 마사지 30분에 그 비용은 30위안이다. 내 몸을 회복하는 대가치고는 참으로 싸다. 중국에 있으니 가능한 일이다.